늑대왕,
루프스

늑대왕, 루프스 1

초판 1쇄 펴낸 날 | 2018년 1월 5일

지은이 | 윤하영
펴낸이 | 서경석

편집책임 | 조윤희 **편집** | 이은주, 이예진 **디자인** | 신현아
마케팅 | 서기원 **경영지원** | 서지혜, 이문영

임프린트 | (MUSE)
주소 | 경기도 부천시 부일로 483번길 40 서경B/D 3F (우) 14640
전화 | 032-656-4452 **팩스** | 032-656-4453
이메일 | roramce@naver.com **블로그** | bolg.naver.com/roramce
홈페이지 | http://www.chungeoram.com

발 행 처 | 도서출판 청어람
출판등록 | 1999년 5월 31일 제387-1999-000006호
어람번호 | 제11-0071호

ⓒ 윤하영, 2018

ISBN 979-11-04-91564-2 04810
ISBN 979-11-04-91563-5 (SET)

뮤즈는 도서출판 청어람 단행본사업본부의 임프린트입니다.

도서출판 청어람은 언제나 여러분의 소중한 작품 투고와 도서 출간 기획 등 다양한 제안
을 기다리고 있습니다. chungeorambook@daum.net

늑대왕, 루프스

I

윤하영 장편소설

MUSE

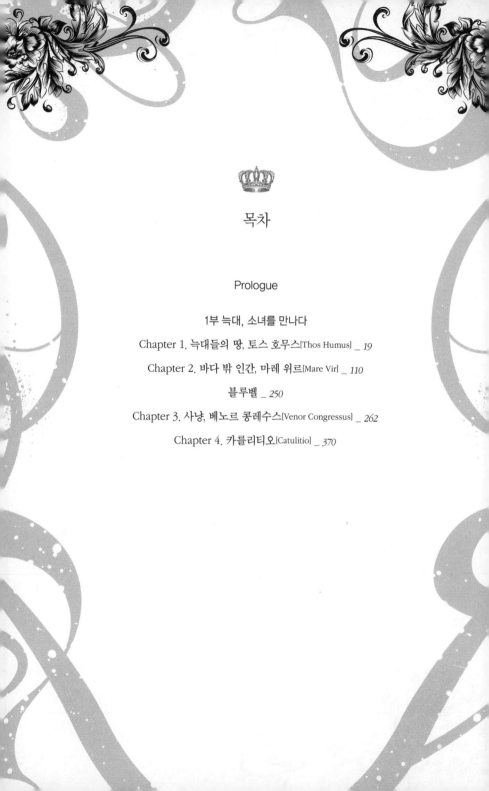

목차

Prologue

Prologue

Prologue
펠릭스 다우스 [Felix Davus]

오른편 어깨에 알싸한 통증이 느껴졌다. 유채는 느릿하게 눈을 떴다. 온몸에 힘이 들어가지 않았다. 찢겼던 어깨는 깨끗한 붕대로 감싸여 있었다. 흐릿한 초점을 맞추었다. 화려한 천장이 보였다. 유채는 그나마 멀쩡한 왼쪽 팔로 침대를 짚으면서 일어섰다.

"일어났군."

잘 알고 있는 낮은 목소리가 들려왔다. 바로 옆에 증오스러운 남자인 루프스가 누워 있었다. 그의 청회색 짐승의 눈이 유채를 담았다. 유채는 몸을 뒤로 빼려고 하였으나, 루프스(Lupus: 늑대 수인의 수장이자 수인들의 왕의 호칭)가 빨랐다. 루프스는 유채의 왼쪽 팔을 잡아 자신의 쪽으로 끌어당겼다. 유채는 루프스의 가슴 위에서 그를 내려다보았다. 루프스는 나른한 미소를 지으며, 유채의 목선을 쓸었다. 루프스의 손끝에 유채의 목에 걸려 있는 금색의 고리가 걸렸다.

"재미있는 구경거리였다."

재미?

유채는 실소를 터뜨렸다.

"당신한테는 사람 목숨이 오고 가는 게 재미인가요?"

죽을 뻔했다. 자신과 블루벨 모두 끔찍하게 죽을 뻔하였다. 자신은 둘째 치고 블루벨이 뭘 잘못했는지는 모르겠지만 저 남자의 변덕이 아니었으면 그곳에서 죽었을 것이다.

"그 암컷 토끼는 죽든지 살든지 내 알 바가 아니지만, 나는 내 펠릭스 다우스가 망가지도록 두지는 않아, 레티티아."

유채는 속이 부글부글 끓었다. 사람의 죽음과 삶을 자신이 결정할 수 있다는 듯이 구는 루프스의 오만함이 첫 번째 이유였고, 펠릭스 다우스가 뭔지 정확히는 모르겠지만 자신의 이름을 멋대로 바꿔 부르고 자신의 목에 개 목걸이 같은 것을 걸어두고 사람을 제 소유의 물건인 양 다루는 루프스의 뻔뻔함이 두 번째 이유였다.

"난 레티티아가 아니라 한유채예요! 그리고 난…… 아악!"

루프스가 아직 다 낫지 않은 유채의 오른쪽 어깨를 억센 손으로 눌렀다. 유채는 비명을 지르면서 몸을 수그렸다.

"마레 위르(수인이 아닌 보통 인간)들은 말이야. 너무 오만방자해."

유채의 어깨를 누르는 루프스의 손의 힘이 강해졌다. 유채는 너무 아파서 이제는 소리도 내지 못했다. 상처가 다시 터질 것 같았다.

"같잖은 자존심에 제 처지도 자각 못 하고 천둥벌거숭이처럼 날뛰지."

루프스가 고통에 몸부림치는 유채의 귓가에 입술을 가져다 대었다.

"레티티아, 너처럼."

루프스의 입꼬리가 비웃음을 품고 올라갔다. 유채의 어깨를 감싼 하얀 붕대에 핏방울이 번지기 시작했다.

"멍청하고 한심한 나의 레티티아에게 내 친절히 설명해 주자면 펠릭스 다우스는 나 루프스의 살아 있는 소유물을 뜻하지. 마레 위르의 말로 하자면…… 애완동물쯤 되겠군."

루프스가 마치 개를 다루는 것처럼 유채의 턱을 만졌다. 보통 때였다면 유채는 굴욕적인 대우에 그의 손을 쳐 내었을 것이지만, 지금은 그가 누르고 있는 어깨가 너무 아파서 그 어떤 반응도 보이지 못했다. 그저 마지막 자존심으로 저 증오스러운 남자 앞에서 눈물을 흘리지 않는 것이 전부였다.

"그러니, 내가 너의 옷을 찢어발겨서 배를 맞추고 너를 품어도 아무도 무어라 할 수 없고, 내가 너를 갈기갈기 찢어 죽여도 누구도 내게 뭐라 할 수 없지."

꽤나 잔혹한 말이었다. 루프스는 눈을 곱게 접었다.

"나는 잔혹한 만큼 너그럽고 자애롭지. 나는 내 마음에 드는 펠릭스 다우스에게는 상을 내려줄 준비가 언제든지 되어 있다, 레티티아."

유채는 헛웃음을 뱉었다. 너그럽고 자애로워? 지금 다친 어깨를 누르고 있는 자가 할 말은 아니었다. 결코 어울리는 말도 아니었다. 사람을 애완동물 취급하는 이에게 결코 어울리지 않는 단어였다.

루프스는 유채의 건방진 눈동자가 마음에 들지 않았다. 모름지기 펠릭스 다우스는 제게 공포심을 가지고 복종해야 했다. 제 앞에 있는 암컷 마레 위르는 공포심은 차치하고 눈물 한 방울 흘리지 않은 채 표독스러운 눈으로 제게 대들고 있었다.

건방져도 너무 건방졌다.

루프스는 유채의 어깨를 더 강하게 눌렀다. 이미 어깨의 상처는 다시 터진 지 오래였다. 루프스의 악력에 벌어진 상처에서 흘러나온 피가 붕대를 누르고 있는 루프스의 손끝에도 묻었다. 유채의 눈에서 드디어 눈물이 또르르 흘렀다. 루프스의 입아귀가 비틀렸다. 역시 수인이나 마레 위르나 동물이나 맞아야 말을 잘 듣는다. 누군가를 복종시키는 데 폭력과 공포가 가장 효과적임은 의심할 여지없는 사실이었다. 루프스는 유채도 마찬가지일 거라 생각했다. 한없이 약한 암컷 마레 위르이지 않은가? 루프스는 유채의 다친 어깨를 쥐고 있는 손의 악력을 더 강하게 했다.

"아악!"

"그러니, 내게 아양을 떨어봐, 레티티아."

마침내 유채의 입에서도 울음소리가 났다. 어깨의 고통이 참을 수 있는 수준을 넘어섰다. 유채의 입술에 피가 배어 나오고 나서야 루프스는 그녀의 어깨에서 손을 떼었다.

"애완동물이면 애완동물답게 주인한테 꼬리도 흔들고 재롱도 부리고 아양도 떨어야지? 안 그래, 레티티아?"

루프스는 잔인한 말을 속삭였다. 유채는 어깨의 고통이 심해 루프스의 말에 제대로 반응할 수 없었다. 루프스가 유채의 겨드랑이에 손을 넣어 자신의 가슴팍 위로 들어 올렸다. 그리고 그 상태 그대로 한쪽 손을 들어서 그녀의 눈물을 닦아주었다.

"가련한 레티티아. 미안하지만, 나는 우는 암컷은 별로 안 좋아해."

루프스는 피가 배어 나온 유채의 입술을 손으로 쓸었다.

"그리고 나는 내 물건에 흠집이 나는 것도 싫어해."

"……당신이 한 짓이잖아."

유채는 이를 악물었다. 저 남자의 장단에 놀아나기 싫었다. 자신은 저 남자의 애완동물도 아니고 이런 대우를 받을 만한 짓도 하지 않았다. 자신은 그저 갑작스럽게 이 이상하고 요상한 세상에 떨어진, 막 수능을 끝낸 평범한 여고생일 뿐이었다.

루프스는 아직도 고분고분해지지 않고 길들여지지 않은 눈동자를 하고 있는 유채를 바라보았다. 이렇게 피를 끓게 하는 무언가는 오랜만이었다. 저 건방진 눈동자가 제 앞에서 유순해지는 것을 보고 싶었다. 한 수인으로서의 정복감을 느끼고 싶었다. 저 건방진 암컷 마레 위르가 제게 복종하는 것을 보고 싶었다.

"레티티아, 너는 복종하는 법부터 배워야겠군."

루프스는 유채의 목에 걸려 있는 구속구를 손으로 쓸었다. 장수를 잡을 수 없을 때는 말을 쏘는 법이었다.

"레티티아, 네 시중을 들어주던 암컷 토끼. 이름이 블루…… 벨? 이었던가? 그 아이가 어디 있는 줄 알고 있나?"

유채의 눈에 갑작스럽게 광채가 돌았다. 그러고 보니, 유채는 블루벨이 어떻게 되었는지 알지 못했다. 씨알도 안 먹히는 발악이라는 것을 알아도 유채는 루프스에게 소리쳤다.

"블루벨이 잘못되면……!"

"내 명을 어긴 그 건방진 암컷 토끼는 지금 지하 감옥에 있지, 춥고 더럽고 험한 곳에 말이야."

루프스는 상체를 일으켜 세웠다. 덕분에 그의 몸 위에 있던 유채도 움직이게 되었다. 작은 움직임에도 상처가 터진 어깨는 욱신거렸다.

"약하디약한 토끼 일족은 그 지하 감옥에서 오래 버티지 못할 거야. 시름시름 앓다가 결국에는 죽겠지."

"블루벨이 뭘 잘못했다고 그 애를 죽이려고 해!"

유채는 멀쩡한 왼쪽 팔로 루프스의 멱살을 잡았다. 블루벨은 저자의 명에 따라 삼 일간 아무것도 먹지도 마시지도 못한 자신을 동정해 약간의 물과 먹을 것을 가져다준 잘못밖에는 없었다.

"여기 내 침실에서 머무르며, 나를 만족시켜 봐, 레티티아."

루프스가 유채의 팔을 떼어내면서 속삭였다.

"재롱을 떨든, 애교를 피우든, 암컷인 것을 이용하든 상관없으니, 나의 펠릭스 다우스로서 주인인 나를 즐겁게 해봐. 그럼 그 암컷 토끼를 풀어주지."

유채의 눈빛이 흔들렸다. 루프스는 그런 유채의 눈을 흥미롭게 바라보았다. 그리고 입꼬리를 올렸다.

결국 자신의 뜻대로 될 것이다. 저 건방진 암컷 마레 위르는 자신의 펠릭스 다우스로서 굴복할 것이다. 그가 키운 사나운 맹수들도 그에게 굴종했는데, 힘없는 암컷 마레 위르쯤이야 식은 죽 먹기였다. 루프스는 유채의 건방진 눈을 도전적으로 바라보았다.

"어디 한번 애교를 떨어봐. 나의 귀여운 펠릭스 다우스 레티티아."

결국 모든 것은 자신의 뜻대로 될 것이다. 여태껏 그래왔듯이.

1부
늑대, 소녀를 만나다

Chapter 1
늑대들의 땅, 토스 호무스 [Thos Humus]

"아악!"

유채는 루프스가 방에서 나간 뒤. 아픈 어깨를 감싸 쥐고 크게 소리를 질렀다. 그렇지 않고는 이 답답함이 풀리지 않을 것 같았다. 솔직히 말해서 그냥 펑펑 울고 싶었다. 하지만 운다고 해결될 일은 아무것도 없었다.

그저 언니와 야식을 먹기 위해서 치킨을 사러 밖에 나갔을 뿐이었다. 그런데 눈을 떠보니 이상한 세상에 떨어졌고 판타지 소설 속에서나 보던 늑대인간에게 애완동물 취급을 받게 되었다. 대관절 자신이 뭘 잘못했기에 일이 이렇게 되었을까.

솔직히 말해 유채는 평범하다면 한없이 평범하다고 말할 수 있는 대한민국의 고등학교 3학년이었다. 그렇다고 아주 평범한 건 또 아니었다. 유채는 단지 조금 특이하게 생겼을 뿐인, 평범한 고등학교 3학년이었다.

유채의 어머니는 외국인이었다. 우크라이나계 혈통이 섞인 우즈베키스탄인으로, 고아였던 그녀는 고아원에서 쫓겨난 뒤 일본에 일자리를 알선해 주겠다는 말에 한국까지 앞뒤 재어보지 않고 전 재산을 털어 날아왔다. 하지만 주선자는 돈만 가로채 잠적했고, 그녀는 천신만고 끝에 식당에서 종업원으로 일하게 되었다. 그리고 그 식당의 단골이던 약사인 유채의 아버지를 만났다.

두 사람은 할머니의 반대를 무릅쓰고 결국 결혼하여 두 자매를 낳고 단란한 가정을 꾸리고 살았다. 어머니가 외국인이고 한국말이 어눌하다는 것은 두 자매의 학창 시절을 조금 괴롭게 하긴 했지만 그렇다 하여 자매는 그녀를 원망하지 않았다. 하지만 단란하기만 하던 가정에 위기가 찾아왔다.

날 때부터 몸이 약했던 언니 유하가 백혈병 판정을 받았다. 요즘 같은 시대에 백혈병은 불치의 병도 아니지만 의대를 다니던 유하에게는 청천벽력 같은 소리였다. 유하는 투병 생활을 시작했고 유채는 고3이 되었다. 수험 생활로 바빠 자주 문병 갈 수 없다는 것이 미안했지만 유하는 괜찮다는 말로 유채를 위로했다.

결론적으로 말하자면 유채는 외국인인 어머니와 백혈병을 앓고 있는 언니를 둔, 대한민국에 흔한 평범한 소녀였다.

유채가 기억하는 한국에서의 마지막은 수능이 끝나고 가채점 결과를 보고하러 병원에 갔던 날이었다. 유채는 서울에 있는 유명 대학의 의대에 다니는 유하만큼 공부를 잘하지는 않았다. 그런데 그날 운이 좋았던 것인지 보통 때보다 점수가 무려 50점이나 높게 나왔고 언니만큼은 아니지만 서울의 이름 있는 유명 대학의 화학공학과에 지원할 수 있는 성적이 나왔다. 유채는 결과에 굉장히 만족스러웠다.

유하는 기분이 좋았던 유채의 마음을 십분 이해하여, 치킨 사 먹을 용돈을 주었다. 병원에서 대놓고 치킨을 시킬 수는 없는 노 릇이라 유채는 밖으로 직접 사러 나갈 채비를 했다. 무슨 바람이 불었는지, 유채는 술을 먹고 싶다 언니를 졸랐고 유하는 수능 끝 난 기념으로 술을 살 돈까지 주었다.

혹시 모를 사태를 대비해 유하는 유채에게 흔쾌히 주민등록증 을 건네주었다. 유채와 유하는 완전히 똑같지는 않지만 그래도 자매다 보니 비슷한 부분들이 많았다. 편의점 알바생이 유채의 얼굴과 유하의 주민등록증을 자세히 보지는 않을 테니 나이를 속 일 목적으로는 적당한 방법이었다.

유채는 운 좋게도 피곤한 알바생과 언니 주민등록증의 도움으 로 편의점에서 맥주 한 캔을 사 치킨과 함께 병원으로 돌아오는 길이었다. 그리고 그것이 유채가 기억하는 한국에서의 마지막이 었다.

그리고 유채가 어떻게 루프스의 펠릭스 다우스가 되고 어깨를 다쳤는지를 알기 위해서는 시간을 조금 거슬러 올라가야만 했다.

유채는 온몸이 욱신거리는 통증을 느끼면서 자리에서 일어났 다. 분명 치킨을 사서 병원으로 돌아가는 중이었다. 그러나 정신 을 차리고 보니 웬 넓적한 돌 같은 곳에 누워 있었다.

"악! 몸이 왜 이렇게 쑤시지."

몸이 마치 누군가에게 얻어맞은 것처럼 쑤셨다. 유채는 속으로 욕을 하며 욱신거리는 어깨를 주물렀다. 차가운 바람이 볼을 스치고 지나갔다. 유채는 주위를 둘러보았다.

"세상에! 여긴 어디야?"

콘크리트 건물과 아스팔트로 포장된 도로는 온데간데없고 드넓은 들판이 눈앞에 펼쳐졌다. 거대한 돌로 된 고인돌 같은 구조물들도 눈에 띄었다. 유채가 앉아 있는 곳도 마치 제단 같은 모양의 넙적한 돌이었다.

"스톤헨지인가?"

흡사 스톤헨지와 같아 보였다. 그러나 스톤헨지라고 하기에는 남아 있는 건물들의 모양이 비교적 온전했다. 그리고 이곳이 정말로 스톤헨지라 해도 문제였다. 무려 태평양과 대서양을 건너, 머나먼 영국 땅에 떨어졌다는 것만큼 어이없는 일은 없기 때문이었다. 유채는 다급하게 코트 주머니에서 휴대폰을 찾았다.

"액정이 왜 박살 났지?"

휴대폰의 액정이 박살 나 있었다. 매끈했던 표면에 자잘한 금이 잔뜩 생겼다. 누군가 힘을 주어 꾹 누른 것과 같은 모양새였다. 유채는 휴대폰을 켜기 위해 깨진 액정을 가볍게 두드렸다. 하지만 화면엔 빛이 들어오지 않았다.

"이거 왜 이래? 배터리가 나간 건가?"

유채는 휴대폰을 두드리다가 전원 버튼을 길게 눌렀다. 불빛이 나면서 배터리가 없다는 표시가 떴다. 유채는 분명 병원에 언니를 보러 가기 전까지만 해도 충분했던 배터리가 잠깐 사이에 나가 버렸다는 것에 놀랄 수밖에 없었다. 지금 시간이 얼마나 지났는지 정확히는 모르겠지만 설마 배터리가 공중방전 될 때까지 이곳에 누워 있었다고는 결코 생각되지 않았다.

유채는 욱신거리는 다리를 움직여서 넙적한 바위에서 내려왔다. 늦가을답게 찬바람이 불었다. 유채는 코트를 여몄다. 주위를 둘러봐도 허허벌판이었다. 사람 사는 흔적 하나 보이지 않았다.

"일단 사람부터 찾자고. 그래야 여기가 어딘지도 알고 집으로도 돌아갈 길을 발견하지."

여기가 한국인지, 영국인지, 아니면 세계 어딘가에 있는 다른 나라인지 일단은 사람을 만나봐야 확실하게 알 수 있을 것이다. 유채는 일단 이곳이 어디든 움직이기로 결정했다. 무턱대고 움직이다 무슨 일이 생길지 모르나 어차피 주저앉아 있어봤자 해결되는 것은 없었다.

"거기 누구냐!"

유채는 어떤 남자의 목소리에 몸을 곧바로 세웠다. 팔에 오소소 소름이 돋았다. 분명, 한국어도 아니고 영어도 아니고, 제가 아는 언어가 아님에도 마치 한국어로 말한 듯이 단번에 이해가 되었다. 영어도 유창하게 못 하는 유채에게는 처음 듣는 언어를 모국어처럼 이해할 수 있는 능력은 없었다.

유채의 등 뒤로 커다란 그림자가 드리웠다.

"꺄악!"

유채는 거대한 그림자를 보고 땅에 주저앉았다. 머리 위로는 여우의 것과 같은 뾰족한 귀가, 허리 옆으로는 털이 북슬북슬한 꼬리 같은 것이 붙은 거대한 남자들의 실루엣이었다. 유채는 벌벌 떨면서 고개를 뒤로 돌렸다. 분명 어떤 고약한 취미를 가진 사람이 변장한 것이 틀림없으리라 믿으면서. 주토피아나 이누야샤 코스프레일지도 몰랐다. 하지만 유채는 코스프레라기엔 너무나 자연스러운 그들을 보고 눈을 크게 떴다. 날 때부터 그렇게 생긴 사람이었다. 한 명은 코와 입이 여우의 그것과 같았고 다른 한 명은 사람의 얼굴이되 머리에는 여우의 귀가, 엉덩이에는 꼬리가 달려 있었다. 게다가 눈마저 사람의 것이 아니라 짐승의 것과 같았다.

믿을 수 없는 광경에 유채는 몸을 벌벌 떨면서 제 팔을 꼬집었다.

"아악!"

꼬집은 팔이 아팠다. 여우 주둥이의 남자가 유채의 얼굴에 들고 있는 횃불을 가까이 가져다 댔다. 유채는 뜨거움에 반사적으로 머리를 뒤로 뺐다.

"야! 이거 마레 위르(Mare Vir: 수인이 아닌 일반 인간을 지칭하는 말) 아니야?"

마레 위르가 무엇인지는 모르겠지만, 남자의 어투가 심하게 험악하다는 것에 유채는 그것이 좋은 뜻은 아닐 거라 생각했다.

"맞네. 좀 다르게 생겼어도 마레 위르네."

또 다른 남자가 유채의 머리채를 잡아챘다. 유채는 반사적으로 그의 손을 할퀴었다.

"꺄악!"

유채는 몸을 버둥거리면서 제 머리채를 움켜쥔 남자의 손목을 물어뜯었다. 남자가 비명을 지르면서 유채를 바닥으로 내동댕이 쳤다. 유채가 정신을 차리기도 전에 그녀에게 손목을 물어뜯긴 남자가 그녀의 얼굴을 내려쳤다.

짝!

엄청난 힘이었다. 그 한 번의 휘두름에 유채의 볼은 붉게 부어오르다 못해 핏기까지 비쳤다. 입안에 피 맛이 돌았다. 한 번도 남자에게 맞아본 적이 없는 유채는 그 엄청난 힘에 까무러칠 정도로 놀랐다. 어안이 벙벙해 소리를 지르지도 못했다.

"이 미친! 감히 천한 마레 위르 주제에 신성한 에클레시아 (Ecclesia)에 들어온 것도 모자라 나를 물어?"

남자가 유채의 머리채를 잡고 몸을 들어 올렸다. 유채는 남자의 손을 손톱으로 할퀴며 저항했다. 하지만 억센 손은 아무리 유채가 애를 써봐도 풀리지 않았다. 유채는 마치 여우의 이빨 같은 남자의 송곳니를 보았다. 순간 머리가 멍해졌다. 그는 마치 판타지 소설 속에나 나오는 수인족 같았다. 여우의 주둥이를 가진 남자가 유채의 턱을 우악스럽게 쥐었다. 유채는 턱이 아파 비명을 내뱉었다.

"악!"

"야, 이 암컷 제법 반반한데?"

남자의 시선이 노골적으로 유채를 훑어 내렸다. 번들거리는 눈동자가 그의 욕망을 그대로 투영해 보였다. 요즘 금욕적인 생활을 하던 그의 눈에 곧 죽을 목숨인 암컷 마레 위르는 달콤한 과일과 같았다. 암컷 마레 위르는 하늘에서 떨어진 여신이라고 해도 믿을 정도의 미모였다. 게다가 허리가 얄실한 것이 조임이 상당할 것 같았다. 작고 붉은 입술이 제 것을 물고 있는 것을 상상하자 온몸이 떨렸다.

유채는 남자의 손에서 벗어나기 위해 안간힘을 썼다. 남자가 저를 어떤 눈으로 보고 있는지 이런 상황에서 알아차리지 못하는 것이 바보였다. 대관절 자신이 무슨 잘못을 했기에 이상한 곳에 떨어져서 이 이상한 남자들에게 강간당할 위기에까지 놓여야 하는 것일까.

"당장 안 놔! 당신들 경찰에 신고할 거야! 이 미친 새끼들아!"

유채는 씨알도 안 먹힐 발악이라는 것을 알면서도 몸을 이리저리 흔들며 반항했다.

"어차피 죽을 목숨인데, 우리한테 봉사 한번 하고 가게 하는 건 어때?"

여우 주둥이의 남자가 진득한 욕망이 묻어나는 목소리로 말했다. 유채는 남자의 말에 소름이 돋았지만 마지막 자존심으로 울지 않기 위해서 입술을 깨물었다. 호랑이 굴에 들어가도 정신만 차리면 산다고 했다. 유채는 반항하기를 멈추지 않았다. 그 편이 이 위기에서 벗어날 확률을 조금이라도 높이기 때문이었다.

남자들은 유채의 반항이 가소로운 것인지 비웃음을 흘리면서 그녀의 머리채를 잡고 흔들었다. 유채는 머리가 뽑히는 것 같은 아픔에 괴로워했다.

"야, 네가 먼저 할 거냐?"

비교적 사람에 가까운 모습을 한 남자가 여우 주둥이 남자에게 물었다. 여우 주둥이 남자의 손가락이 유채의 턱에서 목으로 쓸고 내려갔다. 유채는 겁에 질려 뻣뻣하게 굳었다. 그 손이 가슴을 노골적으로 더듬자 그제야 유채는 비명을 지르며 몸을 뒤틀었다. 손으로 저를 붙잡은 남자의 얼굴을 할퀴려고 하자 그녀의 머리채를 잡고 있던 남자가 이번에는 그녀의 양 팔목을 우악스럽게 잡고 뒤로 꺾었다. 유채는 관절이 꺾이는 아픔에 크게 비명을 질렀다.

"아아아악!"

"뭐, 내가 아래를 맡고 네가 위를 맡으면 되지 않겠어?"

"다음엔 반대로 하고?"

둘은 킥킥 웃으며 눈짓을 교환한 다음 유채의 몸을 바위 위에 눕혔다. 여우 주둥이의 남자가 유채의 다리를 잡아 벌려 자신의 다리로 눌러 고정시켰다. 또 다른 남자는 유채의 반항을 막으려 그녀의 양손을 머리 위로 눌렀다. 여우 주둥이 남자가 유채의 바지를 벗기기 위해서 그녀의 허리를 잡고 바지 단추에 손을 가져갔다.

"참 요상한 옷이야. 요즘 암컷 마레 위르는 이런 옷을 입나?"

여우 주둥이의 남자가 유채의 청바지를 벗기며 중얼거렸다.

"미친 새끼들아! 그만하라고! 그만해! 너희 내가 죽여 버릴 거야!"

유채는 악을 썼다. 두 남자에게 눌린 몸은 꿈쩍도 하질 않았다. 참고 참았던 눈물이 흘러내렸다. 도대체 뭘 잘못했기에 제게 이런 일이 생긴 것일까.

여우 주둥이를 한 남자가 낄낄낄 기분 나쁘게 웃으면서 유채의 바지를 허벅지까지 벗겼다. 맨살에 찬 공기가 닿자 유채는 부르르 몸을 떨었다. 남자들이 휘파람을 불면서 그녀의 허벅지를 매만졌다. 여우의 것과 같은 주둥이가 살갗에 닿고 개의 혀 같은 것이 맨살에 닿는 끔찍한 느낌에 유채는 비명을 질렀다. 벌레가 수십 마리 기어 다니는 것 같은 기분이었다.

"뭐 하는 짓들이냐!"

남자가 유채의 속옷을 벗기려 할 때, 어떤 여자의 목소리가 들렸다. 그러자 남자들이 화들짝 놀라서 유채의 몸에서 손을 떼고 물러섰다.

"내가 빛에 대해 알아보라고 시켰지, 계집질을 하라고 했느냐?"

"아닙니다, 울페스(Vulpes: 여우 수인 일족의 수장을 지칭)님. 저희는 그저 신성한 에클레시아에 침입한 마레 위르를 잡았을 뿐입니다."

유채는 갑자기 나타난 여자가 구세주처럼 느껴졌다. 남자들에게서 풀려난 유채는 얼른 몸을 추슬렀다. 떨리는 손으로 바지를 추켜올리고 몸을 일으켜 세웠다. 저 남자들이 여자에게 붙잡혀 있는 동안 도망쳐야 했다. 유채는 주위를 둘러보고 여자와 남자들이 서 있는 반대쪽으로 정신없이 달리기 시작했다.

"마레 위르가 에클레시아에 들어와? 말이 되는 소리냐?"

울페스(Vulpes) 헤르티아가 역정을 내면서 유채에게 시선을 던졌다. 저기 도망가는 암컷은 꼬리도 없고 귀도 없고 그렇다고 하여 발볼록살이나 발굽을 가진 것도 아니었다. 얼핏 봐도 마레 위르였다. 분명 마레 위르들은 해안가에 모여 사는데, 어찌 수인들의 땅 깊숙한 곳에 위치한 에클레시아까지 들어온 것일까?

"간니오, 잡아와."

헤르티아가 명령을 내리자 한쪽 무릎을 꿇고 읍하고 있던 여우 주둥이의 남자, 간니오가 움직였다. 간니오는 거대한 붉은 여우로 변해 헐레벌떡 달려가고 있는 유채를 뒤에서 덮쳤다.

"꺄악!"

유채는 제 등을 누르는 강한 힘에 앞으로 엎어졌다. 위에서 내리누르는 힘에 배가 터질 듯이 아파왔다. 유채는 비명을 삼키며 겨우 고개를 돌렸다.

"세, 세상에."

보통의 여우보다 몇 배는 큰 것 같은 붉은 여우가 한 발로 제 등을 누르고 있었다.

[울페스 헤르티아님이 널 보자고 하신다.]

유채는 머릿속에 들리는 것 같은 목소리가 아까 보았던 그 여우 주둥이의 남자의 목소리란 걸 깨달았다.

간니오는 덜덜 떠는 유채를 주둥이로 다치지 않게 물고 헤르티아에게 달려갔다. 유채는 부지불식간에 헤르티아 앞에 내동댕이 쳐졌다. 간니오가 다시 여우 주둥이를 가진 사람의 모습으로 돌아와서 한쪽 무릎을 꿇고 고개를 숙였다. 유채는 제 눈앞에서 벌어진 광경이 도저히 믿기지 않았다. 여우 주둥이를 한 남자가 여우로 변했다 다시 사람의 형상으로 돌아오는 것을 가볍게 받아들일 수 있는 사람은 세상에 없을 것이다.

헤르티아가 유채의 턱을 손가락으로 들어 올렸다.

"정말 암컷 마레 위르구나. 어떻게 이곳까지 발각되지 않고 들어온 거지?"

대답을 바라고 건넨 말은 아닌 것 같았다. 유채의 눈앞에 있는 여자는 그래도 비교적 인간의 모습에 가까워 보였다. 물론 엉덩이 뒤에서 살랑대는 여우 꼬리와 사람의 눈이 아닌 여우의 눈과 짐승의 송곳니를 제외한다면 말이다.

"한데, 생긴 것이 이상하네. 분명 마레 위르인데, 마레 위르치곤 생김새가 달라. 이국(異國)적이랄까?"

유채는 마치 자신을 동물 보듯이 쳐다보는 헤르티아의 손을 쳐냈다.

"당신네들이 말하는 마레 위르가 무엇인진 모르겠는데, 난 마레 위르가 아니야! 그리고 당신들 내가…… 컥……!"

헤르티아가 유채의 목을 움켜쥐었다. 유채는 숨이 막혔다. 여자의 악력이 장난이 아니었다. 헤르티아는 입가에 미소를 띠며 자상하게 입을 열었다. 그 모습이 아까 그 두 남자보다 유채에게는 더 무섭게 느껴졌다.

"건방지고 주제 모르는 불쌍하고 멍청한 암컷 마레 위르."

헤르티아는 이국적으로 생긴 이 암컷 마레 위르가 바다를 건

너서 막 수인들의 땅인 스티폴로르(Stipulor)에 도착한 것이라 유추했다. 그렇지 않고서야 이렇게 건방지고 겁을 상실한 것과 같은 반응이 나올 수 없었다. 헤르티아는 하얗게 질린 유채의 뺨을 부드럽게 쓰다듬었다.

"너는 이미 우리들의 땅을 침범한 죄로 죽어도 상관없는 암컷이지. 지금 네게 흥미를 느껴서 너를 살려둘 것인지 살리지 않을 것인지 고민하고 있는 차에 그렇게 건방지게 굴면 내가 무슨 선택을 해야 할까?"

말은 상냥했으나 그 안에 담긴 의미는 상냥하지 않았다. 유채는 숨이 막혀 이제는 정신이 흐릿할 정도였다. 산소가 부족해진 유채는 손가락으로 헤르티아의 손을 긁는 마지막 반항 끝에 정신을 잃었다.

유채의 몸이 축 늘어졌다. 그제야 헤르티아는 유채의 목을 틀어쥔 손을 놓았다. 유채의 몸이 무너지듯이 땅에 떨어졌다.

"죽었습니까?"

생김새가 사람과 비슷했던 여우 수인이 물었다. 헤르티아는 입꼬리를 올리고 고개를 저었다.

"정신을 잃은 것뿐이다. 약하디약한 암컷 마레 위르일 뿐이니."

손가락에 끼고 있던 반지를 빙 돌리던 헤르티아는 손을 들어서 볼프와 간니오의 얼굴을 내려쳤다. 간니오와 볼프의 몸이 휘청거렸다. 둘의 볼이 길게 찢어져 피가 흘러내렸다.

"내가 너희에게 보고를 하라고 했는데. 그 명령은 어디다 팔아먹은 것이냐! 너희는 내가 우습더냐!"

"아닙니다, 울페스님. 저희가 실수했습니다."

울페스란 호칭은 여우 수인 중 가장 강한 이가 받을 수 있었다.

볼프와 간니오는 헤르티아가 내뱉는 살기에 몸을 떨었다.

"하나만 묻자꾸나. 갑자기 에클레시아에 빛기둥이 나타난 뒤, 그곳에 있던 것이 저 암컷 마레 위르뿐이냐?"

"저희가 찾아본 바로는 그렇습니다."

간니오가 대답했다. 헤르티아는 턱을 쓸었다. 그리고 제 앞에 쓰러져 있는 유채를 내려다보았다. 에클레시아에 나타난 빛기둥 다음에 발견된 암컷 마레 위르라.

"저 암컷 마레 위르를 데려와라."

헤르티아가 유채를 손가락으로 가리켰다.

"저 암컷에 대해서 알아봐야겠다."

헤르티아는 막사 안에 앉아 루프스(Lupus: 늑대 수인의 수장이자, 수인들의 왕을 지칭)에게 바칠 공물과 탄신일 선물인 진상품들을 흉물스럽게 쏘아보았다. 헤르티아는 이를 갈았다. 제 오라비를 죽인 원수였다. 갈아 마셔도 시원치 않을 늑대 수인이었다. 헤르티아는 손톱을 날카롭게 세워서 팔걸이를 긁었다.

수인 내전에서 먼저 죄를 범한 것은 전대 루프스이자 현 루프스의 아버지인 로보였다. 별다를 것 없이 평안히 살고 있던 여우 수인 일족의 땅인 울피누스 호무스(Vulpinus Humus)를 침범하고 들어와 전대 울페스이자 헤르티아의 오빠인 베니니타스의 부인인 라일라와 그의 아들들을 처참하게 살해하였다.

라일라를 사랑하고 아들을 사랑하던 베니니타스는 분노했다. 베니니타스는 늑대 수인 일족을 무너뜨리기 위한 내전을 시작했고 그 과정에서 전대 루프스인 로보의 부인인 블랑카를 처참하게 죽였다. 본디 태어나기를 애처가인 늑대 수인답게 로보는 아내의 죽음에 분노했다. 로보는 이성을 잃고 미쳐 날뛰었고 역시나 아직 분노를 다스리지 못하던 베니니타스에게 달려들었다. 결과는 로보의 패배였다.

여우 수인 일족은 수인족의 패권을 잡았으나 늑대 일족만큼 강력하지 않았다. 내전은 삼 년간 지속됐다. 그리고 그 내전을 종식시키고 루프스에 오른 이가 현 루프스이자 로보의 아들인 라이칸이었다. 라이칸은 열여섯밖에 되지 않은 나이로 분열된 늑대 수인 일족을 압도적인 힘으로 통합하고 수인의 왕으로 군림하던 베니니타스의 숨통을 끊었다.

"썩을. 루프스."

헤르티아는 이를 갈았다. 베니니타스는 좋은 남편이었고 좋은 오빠였고 좋은 아빠였으며 좋은 지도자였다. 그 평화를 아무런 이유 없이 짓밟은 것은 당시 루프스였던 로보였다. 지금 여우 수인들에게 그들의 태도는 적반하장이나 다름없었다. 누가 먼저 그들을 도발했는가는 명백했다.

헤르티아는 베니니타스가 죽던 그 순간을 똑똑히 기억했다. 열여섯의 루프스가 이빨로 베니니타스의 숨통을 끊었다. 몸과 분리된 베니니타스의 머리가 땅 위를 굴렀다. 그리고 그 싸늘한 청회안으로 제 승리를 담담하게 선언했다. 헤르티아는 그 고요한 광기가 돌던 청회안과 오빠의 사체를 똑똑히 기억하고 있었다. 한순간도 잊은 적 없었다.

헤르티아는 제 자신의 강력함을 증명함으로써 분열된 여우 수인 일족을 다시 통합했다. 그리고 루프스 앞에 납작 엎드렸다. 다시 도약하여 그의 목을 물어뜯기 위한 발판이었다. 때로는 전진을 위해서 후퇴가 필요했다.

"울페스님, 저 암컷은 어떡할까요?"

헤르티아의 시중을 들던 아이가 물었다. 간니오와 볼프가 데려온 정체 모를 암컷 마레 위르는 바닥에 형편없이 엎어져 있었다. 혹시 몰라서 마레 위르의 입에 재갈을 물려놓고 손과 발을 묶어놓았다. 헤르티아는 마레 위르 암컷이 가지고 있는 물건을 조사해 보았다. 처음 보는 요상한 물건들이 있었다. 표면에 잔뜩 금이 간 직사각형의 검은 거울처럼 생긴 것, 녹색과 파란색의 종이가 들어 있는 가죽 주머니를 비롯해 정체조차 모를 물건들이 수두룩했다. 그리고 입은 복장도 요상했다. 다리의 굴곡을 그대로 드러내는 청색의 질긴 직물로 만든 바지에 어떻게 저런 색으로 염색을 할 수 있을까 의심이 될 정도로의 꽤나 세세한 색의 체크무늬 셔츠를 입고 있었다. 신발도 검은 가죽으로 된 높은 굽이 달려 있었다.

"글쎄. 아까 행동하는 걸 보니 여기 오래 산 마레 위르는 아니고. 빛기둥이 나타난 뒤에 나타난 암컷인데, 그렇다고 성흔(聖痕) 같은 건 없고."

헤르티아가 입가를 쓸었다. 셀레네님의 신전이었던 에클레시아에서 나타났다 하여, 혹 신께서 보낸 성녀인가 싶었지만 성흔(聖痕)도 없었다. 그냥 좀 이국적으로 생기고 하늘에서 내려온 것 같은 아름다움을 가진, 겁을 상실한 암컷 마레 위르였다.

"어디 돈 받고 구경이라도……."

헤르티아의 머릿속에 한 가지 생각이 스쳐 지나갔다. 그녀의 입꼬리가 올라갔다. 헤르티아의 눈이 옆에 쌓아놓은 진상품들로 향했다. 루프스 따위에게 여우 수인 일족의 귀중한 보물들을 줄 수는 없었다. 마침 더 진귀한 것도 생겼고, 루프스는 제 정복욕을 채울 수 있는 것들을 좋아하는 편이었다.

"큰 상자를 가져와라."

"예?"

"저기, 진상품으로 가져왔던 것들은 가지고 울피누스 호무스로 돌아가라."

"그럼, 선물은 어떻게 하시고요?"

헤르티아가 웃으면서 유채를 가리켰다.

"저걸 루프스에게 펠릭스 다우스로 진상할 것이다."

유채는 몸의 흔들거림을 느꼈다. 눈을 떠도 시야가 어두웠다. 유채는 손을 움직이려 했다.

"우읍."

입에 재갈이 물려 있었다. 손을 움직이려 했는데 손목도 묶여 있고 발목에도 밧줄이 묶여 있었다. 유채는 몸을 움직였다. 좁은 공간에 있는 것처럼 여기저기 부딪쳤다. 게다가 누군가 제 머리에 망태기 같은 것을 씌워놓은 것처럼 눈앞도 깜깜하고 얼굴도 답답했다.

마치 가마에 탄 것처럼 몸이 흔들리다가 어느 순간 흔들림이 멈췄다. 그리고 아까 자신의 목을 졸랐던 여자의 목소리가 들렸다.

"우리들의 왕이신 루프스시여."

헤르티아가 늑대 수인 일족의 왕이자 모든 수인의 왕인 루프스에게 고개를 숙였다. 그녀의 붉은 꼬리가 살랑거렸다. 루프스는 삐딱하게 앉아서 턱을 괴고 헤르티아의 인사를 받았다. 헤르티아는 루프스의 앞에 공손하게 무릎을 꿇었다.

"탄신을 축하드립니다."

"고맙군. 먼 길 오느라 수고가 많았네, 헤르티아."

"아닙니다. 저희는 루프스의 은혜에 감사할 따름입니다."

"하긴 네년의 오라비가 내 아버지를 배신하지 않았다면 그대들이 먼 촌구석으로 쫓겨나는 일도 없었겠지."

그 말에 주위에 있던 늑대들이 모두 사절로 온 여우 수인 일족을 비웃었다.

헤르티아는 이를 갈았다. 천박하고 무식하기 그지없는 늑대들이었다. 능력이 출중해서가 아니라 그저 수가 많아 수인들을 지배하고 있음에도 늑대들은 지나치게 오만방자했다. 잔학하고 오만한 늑대들은 지배자의 일족에 어울리지 않았다.

헤르티아는 끓어오르는 분노를 주먹을 쥐면서 간신히 갈무리했다. 지금은 다음을 위해서 고개를 숙여야 했다. 저 거만한 루프스의 목을 잘라서 땅바닥에 구르게 하기 위해서는 지금의 굴욕은 참아야 했다.

"그래서 저희도 과거의 과오를 반성하고 루프스께 충성을 맹세하기 위해서 진상품을 가져왔습니다."

헤르티아의 뒤에 서 있던 거구의 두 남자가 거대한 상자를 바닥에 내려놓았다. 급작스럽게 준비된 것인지 포장이 꽤나 엉성하였다. 그리고 격식에도 맞지 않았다. 루프스에게 진상되는 선물은 금박을 두른 포장지로 감싸고 은박으로 늑대 수인 일족의 문장을 새겨 넣은 끈으로 묶어야 했다. 하지만 헤르티아의 선물은 끈은 격식에 맞았으나 포장지에는 금박이 없었다. 늑대 수인 일족은 이것을 무례라고 생각하였는지 으르렁거렸다.

사실, 갑작스럽게 준비된 선물이라 헤르티아에게 격식에 맞는 포장지가 없기도 했다. 아니, 그런 이유가 없더라도 헤르티아는 루프스에게 예의를 갖추고 싶은 마음이 없었다. 그래서 걱정하는 수하들에게 지금처럼 포장하라 명을 내렸다.

루프스의 측근 중 하나인 케릭스가 쩌렁쩌렁 울리는 목소리로 외쳤다.

"울페스 헤르티아, 너는 우리들의 왕인 루프스를 능멸하려는 것이냐! 어찌 그렇게 예의 없는 선물을 감히 내놓느냐. 너희의 목숨을 살려준 것이 누구더냐!"

헤르티아는 곱게 웃으며 입을 열었다. 케릭스는 머리에 든 건 근육밖에 없는 멍청이였다. 그 멍청한 머리로 루프스에게 절대적인 충정을 맹세하고 꼬리를 흔드는 개 같은 놈이었다.

"저희는 루프스를 능멸하려는 것이 아닙니다. 저희도 이 선물을 급작스럽게 준비할 수밖에 없어 차마 예의를 차릴 수 없었던 점을 송구스럽게 생각합니다."

"그 선물이."

주위의 으르렁거림에도 입을 다물고 있던 루프스가 음산하게 입을 열었다. 좌중이 공포에 질려서 침묵에 휩싸였다.

"내 마음에 들지 않는다면, 네 목숨을 내놓아야 할 것이다."

헤르티아는 오금이 저렸다. 인정하기 싫었지만, 지금의 루프스는 그 자리에 꼭 어울리는 자였다. 그는 누구도 넘볼 수 없는 강함으로 루프스가 되었으며 모든 수인의 왕이 되었다.

"여부가 있겠습니까? 마음에 쏙 드실 것입니다."

헤르티아가 눈짓으로 뒤에 선 수하에게 명을 내렸다. 그들은 상자를 위로 들어서 벗겨내었다.

"세상에! 저건!"

주위에 모여 있는 모든 수인들이 경악을 금치 못했다.

"저건 마레 위르가 아닌가!"

케릭스가 큰 소리로 외쳤다. 양손이 뒤로 묶이고 얼굴에는 검은 망태를 씌워놓은 마레 위르가 있었다. 하지만 그자가 입은 복장이 조금 희한하였다. 단언컨대 이 스티폴로르를 통틀어서 그런 복장을 한 수인이나 마레 위르는 없을 것이었다. 늑대 수인 일족 모두가 그 괴상한 차림새의 마레 위르를 홀린 듯이 쳐다보았다. 그동안 진상되던 선물을 시큰둥하게 바라보던 루프스도 흥미를 표했다.

"신기한 것은 이것만이 아닙니다."

헤르티아가 눈짓을 하자 간니오가 마레 위르의 얼굴에 씌어져 있는 망태를 거칠게 벗겼다.

"세상에."

드러난 마레 위르의 얼굴은 신비로웠다. 일반적으로 마레 위르와 수인족의 위르형(수인들의 인간 형태를 지칭하는 말)은 생김새가 비슷했다. 수인의 외모에 동물적 특징이 드러나는 것을 제외하면 큰 위화감이 없었던 것이다. 하지만, 헤르티아가 데려온 마레 위르는 그들과 분위기도 다르고 얼굴 생김도 달랐다. 마치 하늘에서 내려온 여신 같은 아름다움이 수인들의 눈길을 끌었다. 새까만 밤하늘 같은 검은 눈과 고운 흑색의 비단 같은 긴 머리카락은 고아한 분위기를 풍겼다. 행색이 엉망이 되었음에도 이곳의 그 누구도 범접할 수없는 우아한 아름다움을 뽐냈다.

헤르티아는 신기해하는 수인들을 돌아보고 회심에 가득 찬 미소를 지었다.

"감히 위대한 루프스님을 몰라보고 오만방자하게 날뛰어 우리 수인들에게 큰 피해를 입히고 있는 마레 위르들이 아닙니까. 우리 해안을 불법점거하고 있는 그들에게 우리의 위대함을, 루프스의 위대함을 이 마레 위르를 펠릭스 다우스로 삼으시어 보여주십시오."

펠릭스 다우스(Felix Davus).

루프스의 소유물, 그중에서도 살아 있는 소유물을 의미했다. 쉽게 말해 애완동물이었다.

헤르티아는 입꼬리를 곱게 접었다. 수인들의 법률상 수인은 펠릭스 다우스가 될 수 없었다. 하지만, 마레 위르는 달랐다. 법에는 마레 위르를 펠릭스 다우스로 들일 수 없다는 조항이 없었다. 마레 위르와의 오랜 전쟁에서 비롯된 증오로 수인들은 마레 위르를 그들과 동등하지 않은 아래 지위로 법에 명문화하였다. 헤르티아가 노린 것이 이것이었다.

수인들과 똑같이 이지를 가졌으나, 수인과 법적으로 동등하지 않기에 마레 위르는 펠릭스 다우스가 될 수 있었다. 마레 위르에게 원한이 깊은 수인들은 저들이 증오하는 마레 위르에게 굴욕을 안겨줄 수 있다는 점에서 이에 반발하지 않을 것이 분명했다.

헤르티아의 예상대로 주위가 술렁거리면서 호전적인 그들에게서 긍정적 반응이 터져 나왔다. 원래부터 이곳에 살던 수인족과 대륙에서 이곳으로 넘어온 마레 위르들 사이의 반목은 뿌리가 깊었다. 루프스가 마레 위르를 펠릭스 다우스로 삼는다면, 마레 위르가 그의 애완동물이 된다면 결국은 그들의 노예가 된다는 말과 다를 바 없기 때문이었다.

"글로리아 루프스!"

여기저기서 루프스를 찬양하는 목소리가 높아졌다.

한편, 입이 막힌 터라 그들의 말을 듣고만 있던 유채는 마레 위르가 무엇을 뜻하는 말인지 어렴풋이 알 것 같았다. 그리고 저들은 마레 위르에 호의적이지 않았다.

유채는 손발을 옴짝달싹할 수 없는 상태에서 불안한 눈으로 주위를 훑었다. 처음 보았을 때 깜짝 놀랐던 남자들처럼 동물의 특성이 외양에 남은 사람들이 연회장 같은 곳에 가득 차 있었다. 그중에서도 늑대의 생김새를 닮은 이들이 가장 많았다. 늑대의 꼬리에 늑대의 귀, 늑대의 주둥이, 늑대의 팔다리를 가진 이들이 한가득이었다.

거기다 좀 더 주위를 둘러보니, 토끼, 사슴, 소, 말 등 온갖 동물들의 모습이 섞인 사람들이 있었다. 마치 동물원 한가운데에 자리 잡은 기분이었다.

거기다 펠릭스 다우스란 이상한 단어도 들었다. 그게 무엇인지는 모르지만 이 분위기로 봐선 제게 좋은 의미가 아니라는 건 확실했다. 유채는 불안하게 주위를 훑던 눈으로 저를 계속 뚫어지게 응시하고 있는, 가장 높은 곳에 자리 잡은 남자에게 시선을 던졌다.

고운 은발을 늘어뜨린, 스물 초반으로 보이는 조각 같은 미남이었다. 충분히 남자다웠지만, 미소년다운 모습도 있었다. 동물 모습이 섞인 수많은 사람들 사이에서 그는 정말 사람 같아 보였다. 그에게서는 동물의 꼬리나 귀 같은 것이 보이지 않았다. 남자는 외부 활동이 많은 것인지 피부색은 조금 그을려 있었고 헐렁한 바지를 아슬아슬하게 허리에 걸치고 있었다. 웃옷은 단추를 잠그지 않고 그냥 걸쳐 입기만 해 탄탄한 가슴 근육과 복근이 다

보였다. 이 이상한 곳에서 유일하게 저와 같은 완전한 인간인 것 같은 그를 보면서 유채는 이유 모를 위화감에 몸을 떨었다.

남자가 입가에 여유로운 미소를 띠며 자리에서 일어났다. 앉아 있을 때는 몰랐는데 그는 상당한 장신이었다. 남자가 단상을 밟고 내려오자 유채는 엄청난 위압감을 느꼈다. 오금이 저릴 정도였다.

"마레 위르라고?"

"예, 루프스. 제가 이곳으로 오는 길에 발견한 오만방자한 마레 위르입니다."

루프스는 벌벌 떠는 유채의 턱을 움켜잡았다. 어찌나 우악스러운 손길인지, 턱이 저릿하게 아플 정도라 유채는 고개를 한껏 젖힌 채로 루프스의 얼굴을 마주했다. 그제야 유채는 위화감의 정체를 알 수 있었다. 그는 청회색의 늑대의 눈을 가졌다. 그가 말을 하자 보이는 것도 늑대의 날카로운 송곳니였다.

유채는 본능적으로 알았다. 정도가 다를 뿐이지 저자 역시 이 주위에 많고 많은 이들과 같은 존재라는 것을 말이다.

"암컷인가?"

루프스는 유채의 얼굴을 옆으로 돌렸다. 그리고 노골적인 시선으로 유채의 몸을 훑었다. 유채는 떨기만 할 뿐 어떤 소리도 내지 못했다. 몸이 딱 굳어서 비명조차 나오지 않았다.

"생김새며 몸매가 가는 것이 암컷 같아 보이기는 하는데."

유채는 루프스의 낮은 음성에 몸을 움츠렸다. 루프스가 유채의 턱을 잡지 않은 손으로 그녀의 볼에서 목까지 쓸어내렸다. 그 손길에 유채는 소름이 오소소 돋는 것을 느꼈다.

"확인을 해봐야 확실하겠군."

루프스의 손이 유채의 셔츠 앞섶을 움켜잡았다. 유채가 그 의도를 눈치채고 몸을 흔들었다. 루프스는 유채의 턱을 강하게 움켜잡은 것으로 그녀의 반항을 막았다. 유채가 턱의 아픔으로 몸을 움츠릴 때, 루프스의 손이 그녀의 셔츠를 확 잡아 뜯었다.

투두둑.

단추가 우수수 떨어지고 셔츠가 벌어졌다. 깜짝 놀란 유채는 옷을 수습하고 싶었으나 손목이 등 뒤로 묶여 있어서 아무것도 할 수가 없었다. 그나마 셔츠 안에 반팔 티셔츠를 입었기에 맨몸이 드러날 뻔한 최악의 상황은 피할 수 있었다.

루프스는 마치 품평하듯이 노골적인 눈빛으로 유채의 몸을 위아래로 훑었다. 그 시선에 유채는 비명을 지르면서 몸을 뒤틀었다. 하지만 재갈이 막혀 그 소리는 그저 웅얼거리는 것으로밖에 들리지 않았다. 유채의 얼굴이 수치심에 빨갛게 물들었다. 그녀는 마지막 자존심으로 눈물만은 참았다.

"가슴이 아직 덜 여문 젖비린내 나는 마레 위르 암컷이군."

루프스가 유채의 턱을 내던지듯이 놓았다. 바닥에 내동댕이쳐진 유채는 이글거리는 눈으로 루프스를 올려다보았다.

루프스는 유채의 건방진 눈빛에 가소롭다는 듯이 웃음을 흘렸다. 그는 무릎을 굽혀 마치 강아지를 다루는 양 그녀의 턱을 손가락으로 간질였다.

"길들일 맛이 나는 암컷이군. 하지만 이리 반항적이어서야, 주제도 모르고 주인을 물겠구나."

주위에서 비웃는 듯한 소리가 났다. 헤르티아는 곱게 웃으면서 루프스에게 물었다.

"마음에 드십니까?"

"반항적인 암컷이 내 발 아래에 얌전하게 복종하는 것만큼 큰 즐거움이 없지."

긍정의 의미였다.

"너희의 무례를 내 너그럽게 용서하지, 여태껏 가져온 것 중 최고의 선물이다."

루프스는 유채가 마치 개라도 되는 것처럼 머리를 쓰다듬었다. 루프스는 자신과 같이 내려온 사슴 일족의 궁녀에게 명을 내렸다.

"파렌티아(Parentia: 펠릭스 다우스에게 채우는 구속구)를 가져와라."

사슴의 뿔과 귀, 사슴의 코 그리고 발굽을 가진 여자는 고개를 숙이고 빠른 걸음으로 물러났다. 루프스는 유채의 생김새를 살폈다. 이 암컷은 여태껏 봤던 암컷 마레 위르 중 가장 신비로운 아름다움을 가졌다. 실력 있는 화가가 그린 최상의 명작을 보는 것과 같은 아름다움이었다. 하얀 피부에 자리 잡은 붉은 입술이 유혹적이었다. 루프스는 재갈을 문 유채의 입술을 살살 쓸었다.

약하디약한 암컷 마레 위르다. 채찍과 당근으로 적당히 길들여 저 입술에서는 제가 시키는 말만 뱉게 할 것이며, 저 붉은 입술로 아양을 떨게 할 것이었다. 이 암컷을 길들이는 것은 무료한 일상에 큰 즐거움이 될 것 같았다. 암컷의 몸에 크게 관심을 두는 편은 아니었으나, 제 아래 깔린 이 암컷을 보는 것도 나쁘지는 않겠다는 생각이 들었다.

"파렌티아입니다."

유채의 눈에 마치 개 목걸이처럼 생긴 목걸이가 들어왔다. 목줄만 안 달렸지 생김새가 딱 황금으로 만든 개 목걸이였다. 중앙에는 장식인지 알이 굵은 하늘색 보석이 달려 있었다.

루프스가 파렌티아의 고리를 열고 유채의 목을 잡아챘다.

"이제부터 너는 내 것이다."

루프스는 유채를 자신의 소유물로 선언했다. 유채의 몸이 바들바들 떨렸다. 펠릭스 다우스가 뭔지는 모르지만 노예, 혹은 그보다 더 못한 존재를 뜻하는 말 같았다. 유채는 제 앞에 신이 있다면 저주를 퍼붓고 싶었다.

수인들의 환호성과 함께 루프스는 유채의 목에 파렌티아를 걸었다.

철컥. 자물쇠가 걸리는 소리가 소름 끼치게 들렸다. 금색의 구속구가 유채의 목에 채워졌다. 루프스가 손끝으로 가운데에 매달린 보석을 매만졌다.

"내 펠릭스 다우스가 되었으니 이름이 필요하겠구나."

루프스는 유채를 유심히 바라보다가 입을 열었다.

"이제부터 너는 내 펠릭스 다우스인 레티티아(Laetitia)다."

루프스의 아름다운 미소가 유채에게는 세상에 둘도 없을 공포스러운 그림처럼 보였다.

⚜

유채는 목에 걸린 파렌티아를 손으로 잡아당겼다. 파렌티아는 그녀의 목을 조르기만 할 뿐 결코 풀리지 않았다. 유채는 허탈하게 한숨을 뱉었다.

"하."

루프스란 남자가 자신의 목에 이것을 걸자마자 유채는 그의 주변에 있던 사슴과 다람쥐를 닮은 여자들에게 끌려 나왔다. 유채는 반항하려 했지만 웬만한 성인 남자보다도 더 센 것 같은 그들에게서 벗어날 수 없었다. 욕실에 도착한 후에 그들은 유채의 손목과 발목에 묶인 밧줄을 풀어주었지만 입에 물린 재갈만은 풀어주지 않았다. 그러고는 거친 손으로 유채의 옷을 벗겼다.

그리고 유채는 따뜻한 물이 든 욕탕으로 집어넣어졌다. 꽃향기가 은은하게 풍겼지만 유채는 느긋하게 그것을 감상할 새가 없었다. 그들은 유채를 깨끗하게 씻겼다. 그것이 마치 사극에서 보던, 후궁들이 황제의 침소에 들어가기 전에 하는 꽃단장 같아서 불안했다. 씻고 난 후에는 몸에 장미향이 나는 향유까지 바르게 되고 그 후에야 옷을 입을 수 있었다.

동양과 서양의 복식이 섞인 듯한 하얀 드레스로 갈아입자마자 그들은 또 유채를 우악스럽게 끌고 거울 앞에 앉혔다. 머리에 기름을 발라 윤기가 흐르게 하고 왼쪽 머리카락을 한 줌 잡아서 보랏빛이 도는 천과 함께 땋아 내렸다

그들은 유채를 다시 호화롭게 장식된 작은 방에 밀어 넣고는 재갈을 풀어주었다. 그리고 모두 방을 나가 버렸다. 방문의 자물쇠가 잠기는 소리에 유채는 얼른 달려가 문을 두드리고 문고리를 잡아당겼지만, 굳게 닫힌 문은 열리지 않았다. 결국 유채는 포기하고 문에 등을 대고 주저앉았다. 그리고 지금에 이른 것이다.

"젠장. 젠장!"

유채는 무릎을 세워서 얼굴을 묻었다. 작은 방에서 가장 눈에 띄는 것은 침대였다. 권력자인 듯한 남자, 그가 선택한 포로로 잡힌 여자. 여자는 깨끗하게 씻긴 데다 단장까지 한 후에 갇혔고 그 방에는 침대가 있다. 이다음에 벌어질 일이 뻔했다. 여우를 닮은 두 남자에게 범해질 뻔한 것을 피한 줄 알았는데, 결국은 또 다른 남자의 손에 떨어질 운명이었던 것이다. 유채는 주먹을 말아

쥐고 바닥을 내려쳤다.

'내가 뭘 잘못했길래……'

자신은 그저, 야식을 사러 나갔을 뿐이었다. 그런데 판타지 소설 속에서나 보았던 수인들의 세상에 떨어져서 뺨을 얻어맞고 성폭행까지 당할 뻔했다. 거기다 성노예 비슷한 것까지 되었다. 유채는 자신이 무결하게 착하다고 자신할 수는 없었지만, 그래도 남에게 해는 끼치지 않는 삶을 살아왔다고 자신할 수 있었다. 왜 이런 최악의 상황이 제게 펼쳐진 것인지 이해가 되지 않았다. 유채는 입술을 깨물었다.

호랑이 굴에 떨어져도 정신만 차리면 산다고 하였다. 어쩌면, 어쩌면 루프스란 남자에게서 벗어날 방법이 있을지도 몰랐다. 이렇게 힘없이 주저앉아 있을 수만은 없었다.

유채는 자리에서 일어났다. 이 방 어딘가에 문을 열 수 있을 만한 물건이 있을지 몰랐다. 유채는 얇은 철사 같은 것, 아니면 날카로운 날붙이라도 찾았다. 언제 루프스가 들어올지 몰라서 신경을 곤두세운 채 선반이나 탁자 위에 올라와 있는 물건을 훑었다.

철컥. 그때 걸쇠가 풀리는 소리가 들렸다.

유채는 탁자에 있는 물건 중 아무거나 손에 잡히는 대로 들고 등 뒤로 감추었다. 문이 열리고 은발의 남자가 들어왔다.

"레티티아."

유채는 팔을 벌리고 제게 다가오는 루프스를 피해서 뒷걸음질을 쳤다. 그리고 때를 기다렸다. 조금만 더 가까이. 조금만 더 가까이. 유채는 등 뒤에 숨긴 물건을 꽉 틀어쥐었다. 루프스는 점점 가까워졌고, 유채는 온몸에 힘을 준 채 천천히 뒷걸음질 쳤다. 손에 쥔 물건이 유용했으면 좋겠다는 것 외에는 아무런 생각이 들지 않았다.

뒤꿈치가 벽에 닿자 유채는 땀이 배어 나오는 손을 다시 고쳐 잡았다. 루프스는 손을 들어서 유채의 머리카락을 쓸어내렸다.

"요상한 옷을 벗기고 보니 얼굴이 사네, 레티티아."

루프스는 기대 이상의 외모에 순수하게 감탄했다. 궁녀들이 꾸며놓은 모양새가 자신의 취향이었다. 숱이 많은 속눈썹과 검은 머리카락은 조신하고 신비로워 보였고 그와 대비되게 하얀 피부와 붉은 입술은 퇴폐적이고 색정적인 분위기를 냈다. 거기에 장미 향은 그 매력을 더욱 돋보이게 했다.

루프스는 유채가 등 뒤에 숨기고 있는 손을 보았다. 보나마나 뭔가를 숨기고 있는 것이 분명했다. 누구보다 여성스러운 분위기의 유채는 사나운 맹수의 눈을 하고 있었다.

"아아, 레티티아."

루프스는 유채의 팔목을 움켜쥐고 자신 쪽으로 끌어당겼다.

"악!"

손목을 잡아챈 힘에 유채가 비명을 지름과 동시에 그녀가 들고 있던 물건도 바닥으로 떨어지며 쨍강, 소리를 냈다.

루프스는 레티티아의 손목을 잡은 채로 은촛대를 들어 올렸다.

"네게 어울리는 물건이 아니지. 그렇지 않나? 레티티아."

제 의도를 간파당했다는 것에 입술을 깨물며 유채는 허리를 꼿꼿이 세우고 눈을 치켜떴다.

"난 정당방위예요!"

유채의 목소리가 날카로웠다. 잘못을 한 것이 없으니 변명을 할 필요도 없었다.

"정당방위?"

"난 당신 물건도 아니고 레티티아도 아니에요. 내 이름은 한유채라고요. 지금 당신들이 저지른 범죄가 몇 개나 되는 줄……!"

유채는 목소리가 떨리려는 것을 필사적으로 막았다. 하지만 앞에 있는 남자의 위압감이 너무 컸다. 루프스의 손이 유채의 목을 잡았다. 힘을 준 것도 아니고 그저 매만지는 듯한 부드러운 손길이었으나 유채는 헤르티아에게 목이 졸렸던 기억으로 몸이 굳었다.

루프스가 입꼬리를 올렸다.

"네 목소리는 처음 듣는 것 같은데, 꽤나 곱구나. 종달새 같다고 해야 하나?"

루프스의 말투는 부드러웠으나 그의 손은 그렇지 않았다. 그가 경고조로 목 정중앙을 눌렀다. 유채의 얼굴이 창백해졌다.

"난 마레 위르의 법 따위는 모른다. 여기서는 내가 법이고 법이 곧 나다."

수인들의 왕은 후안무치하고 안하무인이라 해도 그 누구도 무어라 할 수 없었다. 루프스는 그것을 누구보다도 잘 알았고 잘 이용했다.

"그러니, 네가 아무리 네가 알고 있는 법을 들먹여도 내게는 하나도 통하지 않아."

루프스는 목을 감쌌던 손으로 유채의 볼을 쓸었다. 유채는 그 손을 날카롭게 쳐 냈다. 뱀이 기어가는 기분이었다.

"네 이름이 뭐든, 넌 이제 내 것이 되었으니 새로운 이름을 갖는 것이 옳은 일이지, 레티티아. 예전의 삶은 잊어라."

"사람이 어떻게 소유가 될 수 있어요!"

"약하디약한 마레 위르는 못 해도 나는 할 수 있지."

나른하게 말한 루프스는 어깨를 떠는 유채를 응시했다. 두려움으로 몸을 떨면서도 눈만큼은 한없이 당당했다. 마치 여왕 같아 보이는 당당함이었다.

"이제부터 너는 나만을 위해 존재할 것이다, 레티티아."

유채는 청회색의 눈에서 번들거리는 소유욕을 읽었다. 그가 유채의 눈앞에서 은촛대를 흔들었다.

"이번만큼은 너그러이 넘어가지만, 한 번 더 내게 이런 물건을 들이밀었다가는."

루프스는 유채의 심장이 뛰고 있는 곳을 손으로 꾹 눌렀다. 등 뒤의 벽 때문에 유채는 몸을 피할 수가 없었다. 대신에 그녀는 제 가슴에 손을 올려놓은 파렴치한의 뺨을 때리기 위해 자유로운 손을 들었다.

"악!"

목적한 곳에 닿기도 전에 루프스가 유채의 손목을 움켜쥐었다. 손목이 부러질 것처럼 아파왔다.

"그 심장 소리를 마지막으로 듣게 될 거야. 장담하지, 나는 생각보다 약속을 잘 지키는 수컷이거든."

루프스는 유채의 손목을 돌려 그 안쪽, 맥박이 뛰는 혈관을 입술로 훑었다.

"이런 건방진 행동도 오늘까지만 봐주겠다. 펠릭스 다우스가 된 것에 익숙하지 않을 테니 너그럽게 이해하지."

"그래서 이제 뭐 할 건데요!"

유채는 루프스의 힘이 조금 느슨해진 틈을 타서 그의 손을 뿌리쳤다. 손목에 붉은 멍 자국이 생겼다. 남자의 악력은 사람의 수준이 아니었다. 유채는 입술을 지그시 물었다. 그리고 침대에 시선을 던졌다.

"저기서 나를 찍어 누를 건가요?"

"너를 안을 거냐고 묻는 것이냐?"

루프스가 가소롭다는 듯이 웃음을 흘렸다.

"감히 나를 암컷을 찍어 누르기나 하는 수컷들과 비교하다니, 자존심 상하는데."

루프스가 유채의 허리를 팔로 감고 가까이 끌어당겼다. 유채는 손으로 루프스의 어깨를 밀어내었다. 루프스가 어깨의 옷을 들춰내자 유채는 순간 몸을 굳혔다.

루프스는 제 품 안에서 굳어 있는 유채를 가만히 바라보았다. 그녀가 무엇을 두려워하는 것인지 빤히 보였다. 솔직히 말해 루프스는 그녀의 몸에 관심이 없었다. 애초에 그는 암컷의 몸에 크게 관심이 없었다. 현재 그의 가장 큰 관심사는 반항적인 이 마레 위르가 제 발밑에 엎드려서 복종하는 모습을 보는 것이었다. 그녀가 무엇을 무서워하는지 알았으니 협박은 쉬웠다.

루프스는 웃으며 유채를 응시했다.

"레티티아 네가 말한 일은 밖에 있는 궁녀를 데리고 와 네 눈앞에서 보여줄 수도 있지. 보여줄까?"

이 남자는 미쳤어.

유채의 눈이 경악으로 물들었다.

"아무나 붙잡고도 할 수 있는 쉬운 일을 굳이 펠릭스 다우스에게 시키겠나. 그런 일을 해줄 암컷은 네가 아니더라도 내 주위에 많지. 그리고 그렇게 한다고 내게 무어라 할 놈들도 없고 말이야."

그 말이 유채에게는 더 공포가 되었다. 루프스가 유채의 머리카락을 귀 뒤로 넘겨주며 그녀의 귓가에 입술을 대었다. 뜨거운 바람이 귓가에 닿자 유채는 부르르 몸을 떨었다.

"나는 너를 내 명령대로 움직이게 훈련시킬 거야. 내게 철저하게 복종하게 만들 거야, 레티티아."

루프스는 말에 간극을 두었다. 지배자로서의 오만함으로, 루프스는 제가 유채를 지배하고 있다는 것을 과시하며 말을 느리게 하였다. 마치 먹이를 잡아놓고 장난을 치는 맹수와도 같은 말투였다.

"마레 위르들도 강아지를 기르며 훈련시키지 않나? 그것과 같은 거라 보면 되는 거야."

유채는 자신이 강아지와 비교된다는 것에 헛웃음이 나왔다. 펠릭스 다우스란 것이 노예는 아닌 것 같았지만, 최소한 그와 준하는 취급을 받는 것은 분명해 보였다.

"오라면 오고 가라면 가고, 주인을 졸졸 따라다니는 강아지처럼 내 말에 맹목적으로 복종해야 할 거야. 내가 바라는 외관으로 꾸미고 내가 오기만을 이곳에서 얌전히 기다리는 것이지."

루프스의 손이 유채의 허리를 쓸어 올렸다.

"그리고 한 가지 덧붙이자면, 나는 싫다는 암컷을 강제로 안지 않아. 레티티아, 너를 품는다면 네가 내 명령에 충실히 따르는 펠릭스 다우스가 되고 스스로 원할 때쯤이 되겠지. 지금처럼 이렇게 길들여지지 않은 야수 같은 모습이 아니라."

루프스의 팔이 허리에서 떨어지자 유채는 그를 손으로 밀었다. 하지만 루프스는 밀리지 않고 그 자리에 서 있었다. 오히려 밀려난 것은 유채였다.

유채는 벽에 등을 부딪치고 신음을 삼키면서 주저앉았다. 루프스의 몸은 마치 거대한 돌덩이 같았다. 루프스는 유채가 귀엽다는 듯이 웃음을 흘리면서 무릎을 굽히고 그녀와 시선을 맞췄다.

"이렇게 나를 몰라서야."

수인들의 힘은 수인 각 개체마다 달랐지만, 한 가지 확실한 것은 아무리 약한 수인이라도 마레 위르 수컷보다 최소 배는 더 강하다는 것이었다. 그리고 루프스는 그런 수인들의 정점이었다. 루프스의 힘은 감히 마레 위르의 기준에서 생각할 수 있는 종류의 것이 아니었다. 루프스는 자신에 대해 아무것도 모르고 있는 유채의 반항적인 검은 눈을 바라보았다.

"그러니, 배워야겠지. 앞으로 일주일간 나를 기쁘게 할 것들을 가르칠 선생들이 올 거야. 천박한 마레 위르의 교양은 집어치우고 새로운 교양을 배워야지. 네가 저 침대에 관심이 많다면 수컷을 안달 나게 만드는 방중술 선생도 붙여주마."

루프스는 유채의 도톰한 입술을 손가락으로 쓸었다. 유채는 고개를 돌려서 그의 손을 피했다.

"당신의 말이 법이건 아니건 내겐 상관없어요. 난 당신의 레티티아도 아니에요. 난 한유채고 인격을 가진 인간이에요! 누구의 소유도 될 수 없는 인간이라고요! 당신 뜻대로 가지고 놀 인형이 필요하다면 다른 인형 찾아봐!"

신경질적이고 날카로운 목소리였음에도 루프스는 엉뚱하게도 저 목소리가 노래를 부른다면 어떨까 생각했다. 저 입술에서 나오는 노랫소리를 들으면 천상의 노래를 듣는 듯한 기쁨을 느낄 수 있을지도 모르는 일이었다. 루프스는 유채의 말은 무시하고 노래를 가르칠 선생을 붙일 생각을 하였다.

유채는 루프스가 제 말을 듣지 않고 있음을 알아차렸다. 벽에 대고 말하는 것이 이보다 덜 답답할 것 같았다. 상식이 통하지 않는 사람에게 상식을 말해봤자 들리지도 않을 것이다. 그 이전에

이 남자를 인간으로 보아도 되는지부터 의심이 갔다. 외양은 인간과 같아도 아까 보았던 그 여우 주둥이의 남자처럼 언제 동물처럼 변할지 몰랐다.

"아, 내 귀여운 레티티아와 이야기를 나누느라 중요한 일을 잊을 뻔하였군."

루프스는 옷 주머니에서 작은 갈색 병을 하나 꺼내었다. 그리고 그것을 유채의 눈앞에서 흔들었다.

"마셔."

"내가 이걸 뭔지 알고 마시죠? 독일 수도 있는 거잖아요."

"귀한 선물을 그렇게 쉽게 죽일 리는 없지 않나, 레티티아."

"죽음을 쉽게 입에 담길래, 마음에 안 들면 쉽게 죽이려 들 줄 알았죠. 귀한 몸이라고 하니 최소한 죽지는 않겠네요."

유채가 빈정거리자 루프스의 눈이 사나워졌다. 병을 쥔 그의 손에 힘이 들어갔다. 루프스는 이번 한 번만 자비를 베풀기로 결정했다. 보통 때라면 이런 무례를 참고 넘기지 않았을 것이다. 루프스는 굳어가는 입가를 억지로 풀었다.

"이건 레탈리스(Letalis)다. 네가 차고 있는 파렌티아와 짝이 되는 것으로, 파렌티아의 주인이 누구인지를 인식시켜 주는 것이지."

"다시 말해서 내가 저걸 마시면 당신이 채워준 개 목걸이와 짝이 되서 당신의 물건이 된다 이거네요? 그럼 내가 그걸 왜 마셔요."

루프스는 눈을 감았다 떴다. 그는 본디 흥미 없는 일은 귀찮은 일로 취급했으며 귀찮은 것을 싫어했다. 물보다는 불에 가까운 성격이었다. 특유의 오만함이 그 불같은 면모를 조금은 느긋하게 바꾸어서 그렇지, 그는 조금만 수가 틀리면 가차 없는 늑대 수인이었다. 좀 전까지는 새롭게 들어온 멍청한 마레 위르를 귀엽게 생각하여 조금 봐준 것이었다. 그랬더니 겁을 상실한 것인지 이젠 기어오르려고 하는 것이다.

루프스는 저를 귀찮게 만드는 소리를 뱉는 유채의 입술을 보았다. 듣기 싫은 소리를 하여 잡아 뜯고 싶게 만드는 혀와 달리 얇실하지도 않고 두껍지도 않은 적당히 도톰한 붉은 입술이었다. 닿으면 말캉하니 부드러운 촉감과 달큰한 맛이 날 것 같은 입술. 루프스는 손에 든 약병을 힐끔 내려다보았다.

루프스가 병뚜껑을 열자 유채는 입을 다물었다. 그리고 그는 유채의 생각과는 달리 약병을 들어 제 입에 털어 넣었다.

"당신 지금 뭐 하는…… 읍!"

유채가 당황하는 사이, 루프스는 그녀의 입술이 벌어진 틈을 놓치지 않고는 그대로 달려들었다. 루프스의 입술이 유채의 입술을 눌렀다. 루프스는 벌어진 틈으로 들어가 자신의 혀로 그녀의 혀를 누른 채 머금고 있던 레탈리스를 밀어 넣었다.

액을 다 넣어준 후에는 삼키지 않으려는 유채의 목을 뒤로 젖히고 손가락으로 코를 막았다. 숨을 쉴 수 없게 되자 유채는 꺽꺽거리면서 입으로 넘어온 액체를 모두 삼킬 수밖에 없었다. 남은 것 하나 없이 모두 삼킨 것을 확인한 순간, 유채의 몸이 그대로 무너져 내렸다.

정상적인 반응이었다. 루프스는 제 품으로 쓰러진 유채를 안아 올려서 침대에 눕혔다. 루프스는 무방비하게 풀린 유채의 얼굴을 바라보았다. 제가 입술을 비벼서 가뜩이나 붉은 입술이 더 붉어졌다.

"루프스님, 목욕물이 준비되었습니다."

늑대 수인의 궁녀의 목소리가 문밖에서 들리자, 루프스는 혼절한 유채를 내버려 두고 방을 나왔다. 그러자 밖을 지키던 궁녀가 금색의 열쇠를 꺼내어 방문을 잠갔다.

대리석으로 만들어진 욕탕에서 김이 모락모락 올라왔다. 루프스는 가운을 벗어서 전담 궁녀인 헤나에게 건네었다. 헤나는 가운을 건네받고 시선을 내렸다.

완벽하게 나신이 된 루프스의 몸은 자잘한 근육들로 덮여 있었다. 마른 편이라 태가 잘 나지는 않았지만 떡 벌어진 어깨에 지방 없이 단단히 근육이 잡힌 등은 신화 속의 영웅들처럼 매끈하게 뻗어 있었다.

루프스가 욕탕 안으로 들어가 앉자 헤나는 천을 들고 그 옆에서 목욕 시중을 들었다.

"닦겠습니다."

헤나는 천에 물을 묻혀서 루프스의 몸을 닦아 내렸다. 신이 빚어낸 것 같은 단단한 육체는 수많은 상처들로 가득했다. 등과 어깨에는 이빨 자국과 발톱에 할퀸 상처들이 남아 있었다. 모두 수인 내전에서 생긴 상처들이었다. 부모를 잃고 고아가 된 열셋의 소년이 단 삼 년이라는 짧은 기간 동안 늑대 수인 일족을 통합하고 수인 내전을 종식시키고 왕의 자리에 올랐다. 그 과정이 얼마나 험난하고 피로 가득했을지는 머리만 있다면 쉽게 깨달을 수 있는 것이었다. 루프스의 몸에 있는 상처는 모두 그 시절의 고통을 보여주었다.

"헤나."

"하문하십시오."

"레티티아를 가장 가까이서 돌보기로 한 궁녀가 누구냐?"

"아무래도 루프스님을 두려워하고 마레 위르에 대한 적대감이 적은 이가 레티티아님께 크게 해가 되지 않을 것 같아. 토끼 일족의 새로 온 아이에게 맡길 것입니다."

루프스는 고개를 끄덕였다. 그는 수인이 마레 위르에게 갖는 적대감을 잘 알았다. 그의 궁에는 마레 위르에게 부모를 잃고 살길이 막막하여 궁녀가 된 수인들이 꽤 많았다. 그런 수인들에게 유채는 좋은 분풀이 수단이 될 수 있었다.

"선생들은 준비되었는가?"

"예. 말씀하신 대로 레티티아님께 그 어떤 정(情)도 주지 않으며 대화하지 말라 전했습니다."

누구와도 대화할 수 없다는 것은 사람의 정신을 피폐하게 만든다. 마레 위르든 수인이든 사회적 동물에 속했다. 고립되면 정신적으로 괴로워할 것이 당연했다.

루프스는 나른하게 웃었다. 유채도 그럴 것이다. 몸단장에 붙여놓은 노련한 아이들은 저들이 가진 마레 위르에 대한 적개심을 은근하게 표출할 것이다. 정신적으로 궁지에 몰리면 의지할 것을 찾기 마련이다. 그렇게 야수 같은 펠릭스 다우스는 그에게 복종할 것이다. 의지할 것을 잃지 않기 위해서.

"고독은 마레 위르를 나약하게 만들지."

루프스는 궁녀가 건넨 와인을 홀짝였다. 삶이 무료했다. 열셋에 양친과 동생을 잃고 살아남기 위해서 발악했다. 그 후로는 부모와 동생의 복수를 위해서 아득바득 살아왔다. 베니니타스의 목줄을 물어뜯었을 때, 그 쾌감과 허탈함은 이루 말로 할 수 없을 정도였다. 마지막으로 본 베니니타스의 눈은 평온했다. 그 잔잔한 평온함이 저를 미치게 만들었다. 평온함은 제 복수가 복수가 아니게 만들었다. 자신이 한때 존경했던 이였다. 제 스승이었다. 그리고 어머니를 죽이고 아버지를 죽인 원수였다. 그렇게 복수를 했음에도 남은 것은 착잡함과 허탈감뿐이었다. 복수가 끝이 나면 뭔가 달라질 줄 알았는데 그에게 찾아온 것은 끝없는 무저갱의 어둠이었다. 오늘 역시 마찬가지였다. 생일임에도 지루하고 무료했다. 번쩍이는 황금과 보석들도 의미가 없었다. 그때 나타난 것이 유채였다. 길들여지지 않은 짐승. 무채색이던 그의 삶에 활기가 돌아왔다.

"펠릭스 다우스라."

사나운 검은 눈과 도자기 인형과도 같은 얼굴이 떠올랐다. 그는 따뜻한 욕탕에 등을 기대었다. 삶이 갑자기 즐거워질 것 같았다.

❦

"책은 남겨두고 가겠습니다, 레티티아님."

입과 다리와 발이 새의 것처럼 생긴 여자가 유채에게 책을 넘겼다. 그녀가 방을 나가자마자 문이 철컥 소리를 내면서 잠겼다. 유채는 신경질적으로 책을 던졌다. 그리고 목에 걸려 있는 파렌티아를 손가락으로 잡고 흔들었다.

"하. 인형놀이라도 하자는 거야?"

말 그대로 인형놀이였다. 아침이면 궁녀들에게 끌려가 몸을 씻고 루프스란 작자의 취향인 것으로 보이는 드레스를 입었다. 그렇게 장장 두 시간 동안 치장을 하였다. 그러고 나면 선생이라는 자들이 들어왔다. 그들은 가르치는 입장이면서도 제 할 말만 했다.

그 어떤 질문에 대한 답도 하지 않고 저들이 알고 있는 것을 쏟아 내기만 했다.

유채는 아무와도 대화할 수 없었다. 제 말을 들어주는 이가 없다는 것은 꽤 고통스러운 일이었다. 그녀는 작은 일에도 불안해졌고 약해졌다. 그렇다고 몸이라도 편한 것은 아니었다.

유채는 그동안의 일로 마레 위르가 저 같은 일반 사람을 지칭하는 말이라는 것을 알아냈다. 그리고 동물의 모습을 한 수인들과 마레 위르 사이의 감정의 골이 깊다는 것 역시도. 그로 인한 피해는 고스란히 유채가 입고 있었다. 루프스의 명으로 시중을 드는 수인 궁녀들이 그녀를 적대시했고 티가 나지 않는 교묘한 방법으로 괴롭혀 댔기 때문이었다.

몸단장을 할 때 상처가 남지 않을 정도로만 힘을 준다든지, 음식에 일부러 소금을 과하게 넣는다든지, 아주 가끔은 음식에 마치 실수처럼 유리 조각이 섞여 있을 때도 있었다. 유채는 궁녀들의 장난질에 유리 조각을 삼켜 혀와 볼이 찢긴 뒤로는 숟가락으로 꼼꼼히 유리 조각이 있는지를 살폈다.

먹는 것조차 제대로 먹지 못하게 되자 신경이 날카로워졌다. 몸도 마음도 모두 힘들어진 상태에서 마음을 줄 만한 사람이 없었다면 유채는 돌아버렸을 것이었다.

"레티티아님."

철컥 소리와 함께 다시 문이 열렸다. 하얀 토끼 귀가 유채의 눈에 들어왔다. 유채는 얼굴에 미소를 띠웠다. 문이 완전히 닫히고 유채는 입을 열었다.

"블루벨."

블루벨이라 불린 소녀는 토끼 수인 궁녀였다. 부양할 동생들이 너무 많아서 보수가 좋다는 루프스의 궁녀가 되기로 하고, 토스호무스(Thos Humus: 늑대 수인 일족의 땅)로 상경한 아이였다. 어려운 시험을 통과하여 궁녀가 됐다고 자랑했던 아이는 하얀색의 토끼 귀와 앙증맞은 꼬리를 달고 있었다. 그리고 발은 복슬복슬 하얀 털로 뒤덮인 토끼의 발이었다.

블루벨은 들고 온 쟁반을 유채의 앞에 내려놓았다.

"수업은 괜찮으셨어요?"

유채는 고개를 저었다. 그러자 블루벨은 볼을 부풀렸다. 꽤나 귀여운 얼굴이었다.

블루벨은 루프스가 유채의 시중을 들이라 붙여준 궁녀로 올해 열다섯이라고 했다. 루프스의 명으로 한마디 말도 건네지 않던 블루벨을 유채는 먹을 것으로 꾀어냈다. 블루벨은 아주 깊은 시골에서 자라서 못 먹어본 것이 많아 유채가 음식으로 꾀는 것에 그대로 넘어갔다. 그리고 유채에게 가장 좋은 정보통이 되었다.

"난 블루벨의 수업이 더 좋아. 그러니까, 어제 못 한 이야기 계속해 줘."

유채는 블루벨에게 달달한 과자를 건네었다. 블루벨은 앙증맞은 손으로 그것을 잡고 우물거리면서 입을 열었다.

"그러니까, 수인들은요. 이런 위르(vir)형의 모습이 마레 위르와 가까울수록 힘이 세요."

블루벨이 말한 위르형이 지금 같은 인간의 모습을 말하는 거란 것을 알아차린 유채는 '위르'를 '인간'이란 뜻으로 짐작했다. 동물의 흔적이 적은, 인간과 가까운 모습일수록 강한 힘을 지녔다는 뜻이었다. 즉, 유채가 저와 같은 인간이라고 착각했을 정도인 루프스는 정말로 강하다는 얘기였다.

"그래서 루프스님이 태어나셨을 때 모두들 놀랐대요. 아무리 위르형이 마레 위르에 가까워도 귀나 꼬리 둘 중 하나는 갖기 마련이거든요. 그런데 루프스님은 그런 것도 없었대요. 전대 루프스이신 로보님도 귀는 늑대의 것이었거든요. 그분에 필적하던 베니니타스님도 마찬가지고요."

유채는 고개를 끄덕이며 블루벨이 준 정보로 수인들에 관한 것을 하나씩 알아갔다. 수인들은 평소에는 위르형으로 생활하고 전투 시에는 동물의 모습으로 변할 수도 있는데 강자일수록 동물형이 덩치도 크고 강하다고 하였다. 그리고 그만큼 상처 회복력도 빠르다고 하였다. 전대 루프스는 팔이 부러져도 하루 만에 나을 정도였단다.

"그럼, 마법 같은 것도 존재하는 거야?"

"예. 마레 위르들은 에어리얼이라는 걸 사용하는데 저희는 그런 것 없이 종족별로 가진 속성으로 마력을 운용해요."

블루벨은 자신이 알고 있는 모든 것을 알려주었다. 늑대 일족은 전격, 여우 일족은 불, 소 일족은 암석, 개와 말 일족은 바람을 타고난다. 그리고 종족 속성으로 타고나는 것 외에도 스펠이란 것을 이용해서 마법을 쓸 수 있다. 수인들은 스펠을 이용하는 이들을 마법사라고 불렀는데, 마레 위르들 중에는 마법사의 수가 꽤 되나 수인들 사이에는 마법사가 드물어서 그에 관하여는 블루벨도 잘 몰랐다.

"저희가 마레 위르보다 마력 저항력이 강해서 어지간한 마법은 듣지 않는다고 하더라고요."

"그럼 있잖아. 종족이 다른 수인끼리도 결혼할 수 있어?"

"일반적으로 안 해요. 원래 다른 종족끼리는 별로 사이가 안 좋아서 잘 만나지도 않았거든요. 이렇게 섞여 살기 시작한 건 얼마 안 됐어요. 저는 서로 다른 종족이 통혼한 경우는 본 적이 없어요."

유채는 고개를 끄덕였다.

"종간 잡종인가?"

유채는 중얼거렸다. 이과생으로서 과학 수업 중 생물을 공부했던 유채는 짧은 지식을 중얼거렸다. 수인들은 인간과 비슷하니 다른 종끼리도 혼인이 가능한 줄 알았다. 하나, 여기도 종간 잡종이 존재하는 모양이었다.

"그래도 예외는 있어요. 개의 일족하고 늑대 일족은 서로 혼인을 해요. 두 일족은 혈맹 사이일 정도로 사이가 좋거든요. 전대 루프스님의 비(妃)셨던 블랑카님은 늑대개셨어요. 그래도 루프스님은 늑대로 태어나셨죠."

"개와 늑대야, 공통 조상에서 갈라진 지 얼마 안 되었으니까. 뭐, 어차피 개는 회색늑대의 아종이고. 당연히 상관없지."

"예? 그게 무슨 말씀이세요?"

"아니. 몰라도 돼. 이거 먹고 계속 말해봐."

블루벨은 유채가 넘긴 고기 조각을 우물거리면서 다시 입을 열었다.

"강력한 일족들은 각자 자기 땅을 가지고 있어요. 늑대, 여우, 소, 말, 양과 염소, 저희 토끼와 쥐, 개, 고양이, 독수리. 이렇게 아홉 개의 땅으로 나뉘어요."

"응? 일족은 열한 개인데 땅을 아홉 개로 나뉘어?"

"몇몇 부족은 연합해서 땅을 얻었거든요. 예를 들어 저희 토끼랑 쥐 일족, 그리고 양과 염소 일족이 연합해서 땅을 얻었어요.

돼지와 닭, 뱀과 사슴들은 땅을 뺏겼고요. 그래서 네 일족들은 우리처럼 연합해서 땅을 얻은 일족에게 이를 갈아요. 저희 토끼 일족은 사슴 일족과 사이가 안 좋아요."

유채는 이곳을 중앙집권체제라고 생각했지만 그게 아니라 중앙집권제와 연합왕국의 중간 형태를 보이고 있었다. 절대적인 왕에게 복종하되 자치권을 가진 각 일족의 수장이 땅을 관리하고 조세를 거두어 바쳤다. 얼핏 보면 콩가루에 중앙으로 힘이 모일 것 같지 않지만 수인들의 왕인 루프스의 존재가 그것을 가능하게 했다. 강함을 제일로 치는 수인들이 가장 강한 왕에게 복종하는 것은 당연한 일이었다.

유채는 복잡한 생각에 머리를 저었다. 어차피 길게 있을 곳도 아니고 자신은 이과생이라 정치학 같은 걸 배운 적도 없어 더 어렵게 느껴졌다.

"옛날에는 자기 일족의 땅에만 살았지만 요즘은 다른 일족 땅에 들어가 살기도 해요. 그래도 각 일족의 땅에는 그 일족 수인들이 가장 많아요. 땅이 없는 군소 일족들이야 여러 곳에 흩어져 살고요."

유채는 밥을 깨작거리면서 블루벨의 말을 들었다. 유채가 있는 곳은 늑대들의 땅이자 수인들의 지배자가 사는 땅인 토스 호무스라는 곳이었다. 그리고 그녀가 처음으로 발견됐던 곳은 고양이 일족과 여우 일족의 땅의 경계에 있는 고대의 신전이자 수인들에게는 신성한 땅인 에클레시아란 곳이라고 했다.

유채는 입맛이 뚝 떨어져 손을 놓았다. 인정하기 싫지만 여기는 지구가 아니었고, 이곳에는 수인이라는 이상한 종족들이 살았다. 저와 같은 모습의 인간, '마레 위르'도 있는 것 같은데 지금으로선 그들을 보기 힘들 것 같았다. 판타지 소설에서나 나오는 차원이동이란 황당한 일을 겪은 것이었다. 제가 어떻게 여기에 오게 된 건지는 모르지만, 유채는 올 수 있었다면 돌아갈 수도 있을 거라고 믿었다.

'하지만 이대로는 돌아갈 방법을 찾는 데 한계가 있어.'

유채는 벙싯벙싯 웃으면서 쓸 만한 정보를 털어놓는 블루벨을 보았다. 처음에는 친해져서 몰래 열쇠를 빼앗고 이 방에서 나갈 도구로 이용하려 했다. 그런데 누구와도 대화를 할 수 없던 상황에 마음이 약해져 유채는 어느새 블루벨에게 정을 주고 의지하게 되고 말았다.

블루벨을 이용한다면 아무런 힘없는 이 아이가 무슨 일을 당할지 모른다. 제 욕심으로 제게 신경을 써준 아이를 위험에 처하게 할 수는 없었다.

"무슨 걱정 있으세요?"

블루벨이 걱정스런 표정으로 물었다. 유채는 고개를 저었다.

"그런데 너는 루프스의 명을 어기는 것이 무섭지 않아?"

블루벨이 조금 주저했다.

"저희 엄마가요, 예전부터 입버릇처럼 말씀하시던 것이 있어요. 어떤 위협이 있어도 네가 옳다고 생각하는 일을 해라."

블루벨이 곱게 눈을 접었다.

"루프스님이 무섭기는 하지만, 아무 죄도 없는 레티티아님과 이야기하는 일이 옳지 않은 일이라고 생각하지는 않아요. 레티티아님이 외로워하시는 건 보고 싶지 않아요."

블루벨은 말을 하고서도 객쩍은지 뒷머리를 긁적였다. 그리고 예의 그 아무것도 모르는 것 같은 미소를 지어 보였다.

유채는 블루벨을 따라 웃었다. 이래서 블루벨을 좋아할 수밖에 없었다. 블루벨은 짙은 청색의 궁녀복의 치마를 툴툴 털면서 일어났다.

"오래 있으면 오해받아요. 지난번에 궁녀장님이 절 의심하셨거든요."

"아, 미안해. 나는 그것도 모르고……."

"저야 괜찮아요. 오히려 레티티아님이 걱정이지요. 저야 나름 영토도 있는 일족이라 쫓겨나는 것으로 끝날 수 있지만, 레티티아님은 루프스님께 무슨 일을 당하실지 모르니까요."

"나는 상관없는 거 아니야?"

"레티티아님과 대화를 하지 말라고 명하신 건 루프스님이시고, 레티티아님도 관련 있으니까요. 괜히 레티티아님께 불똥이 튈 수 있어요."

"그래."

유채는 말끝을 흐렸다. 블루벨은 도로 쟁반을 들고 방을 나갔다. 유채는 짧은 만남에 대한 아쉬움을 뒤로하고 침대에 앉았다. 그리고 곰곰이 생각에 잠겼다.

'빛기둥.'

에클레시아에서 빛기둥이 생긴 뒤 제가 나타났다고 여우 수인들이 말했었다. 제가 이쪽 세계로 넘어온 것이 누구, 혹은 무언가의 힘과 관여되어 있는 것이라면 그에 대해 알아볼 수 있는 곳은 바로 그 에클레시아란 곳일 터였다.

'일단 에클레시아로 가야 해.'

에클레시아는 고대의 수인들이 이 스티폴로르(Stipulor)에 도착하고 주신인 셀레네를 위해 지은 신전이라고 하였다. 모종의 이유로 파괴되고 폐허가 되었으며, 루프스를 비롯한 다른 수인 일족들의 수장들이 일 년에 한 번씩 제를 올리기 위해서 출입한다고 하였다. 유채가 발견된 곳은 중심부가 아닌 주변부로 중심부만큼 엄격하게 출입이 통제되지는 않지만, 각 일족의 수장의 허락 없이는 그 누구도 주변부에도 들어갈 수 없다고 하였다.

허락 없이 출입을 할 경우, 수장의 즉결 처분으로 죽을 수도 있는 곳이라고 하였다. 블루벨은 유채를 발견한 울페스 헤르티아가 엄청난 자비를 베푼 것이라고 말했다. 예전에 소 수인 일족의 수장인 타우루스 헥터는 어린 수인들이 에클레시아의 주변부에서 놀았다는 이유 하나만으로 그 아이들의 목을 잘랐다고 하였다.

에클레시아뿐만 아니라 마레 위르라고 불리는 이들이 모여 있는 곳도 가봐야 했다. 유채는 제가 겪은 이 이상한 일은 마법이란 것으로밖에는 설명할 수 없을 것 같았다. 마레 위르 중에는 마법사의 수가 꽤 된다고 하였으니 그들의 도움을 받으면 돌아갈 방법을 찾을 수 있을지도 모른다. 하늘이 유채를 버리려는 것은 아닌지, 두 곳은 인접하여 있었다. 하지만 그전에 걱정해야 하는 것이 있었다. 블루벨은 수인들과 마레 위르 사이의 반목이 너무 심해 만약 유채가 루프스의 보호 없이 밖으로 나갔다가는 마레 위르에게 가족을 잃은 수인에게 찢겨 죽을 수도 있다고 말했다.

'위험하더라도 가봐야 해.'

유채는 손목을 들어 이제는 흔적만 남아 있는 멍 자국을 내려다보았다. 은발에 청회색 짐승의 눈을 가진 남자가 움켜쥐었던 흔적이다.

루프스는 유채를 이 방에 둔 채로 찾아오지 않았다. 일주일 넘게 이 방 안에 가둬놓고 방치했다. 유채는 그와 마주치지 않아도 된다는 사실이 좋았지만, 다른 한편으로는 불안했다. 유채는 고개를 저었다. 블루벨의 말이 옳다면 지금이 기회였다. 마침 루프스가 궁을 떠난 상태라고 하였다. 유채는 그가 이곳에 없다는 말을 들었을 때부터 어떻게 나갈 것인가 수없이 고민을 했다.

"돌아오는 날이 내일이라고 했지."

유채는 주변을 돌아보았다. 은촛대로 루프스를 위협하려고 했던 일로 방 안에는 금속제의 물건들이 남아 있지 않았다. 유채는 그날의 실패를 아쉬워하며 대신 꽃병을 손으로 쓸었다. 손이 덜덜 떨렸다. 유채는 한 번도 사람을 해쳐 본 적이 없었다. 당연한 떨림이었다.

유채는 입술을 깨물었다. 점심을 먹고 나면 예법을 가르치는 늑대 수인 궁녀가 들어온다. 그 궁녀가 이 방에 들어오는 수인 중 가장 유채와 몸집이 비슷했다. 옷을 훔쳐 입고 궁녀들이 쓰는 두건으로 머리를 가리면, 어쩌면 안전하게 나갈 수 있을지도 모른다고 생각했다. 그러기 위해서는 그 궁녀가 필요했다.

유채는 크게 심호흡을 하고 꽃병을 들었다. 긴장으로 손에 땀이 차 꽃병이 손에서 미끄러질 것만 같았다. 유채는 머릿속으로 몇 번씩 시뮬레이션을 해보았다. 문 뒤에 숨어 있다가 궁녀가 들어오는 순간 꽃병으로 머리를 세게 내려치면 아무리 몸이 튼튼해도 쓰러질 것이다. 유채가 이 같은 결심을 하게 된 것은 궁녀로 들어오는 수인들은 수인들 중에서도 약한 개체라고 블루벨이 알려주었기 때문이었다.

탁. 탁. 탁.

신발이 바닥에 부딪치는 소리가 났다. 유채는 얼른 문 뒤에 몸을 숨겼다. 유채는 속으로 계속 자기 합리화를 하였다. 어쩔 수 없다. 정당방위다. 유채는 눈을 감은 채 끊임없이 자기 자신에게 최면을 걸었다. 유채는 꽃병을 몸 가까이 끌어안았다.

철컥, 걸쇠가 돌아갔다. 그리고 문이 열렸다. 유채는 눈을 질끈 감고 꽃병을 휘둘렀다. 도저히 얼굴을 보고는 할 수가 없었다. 그리고 유채에게는 그것이 불운으로 작용했다. 쨍그랑, 하는 요란한 소리가 방 안에 울렸다.

"하."

루프스는 어이없는 표정으로 제 어깨를 가격하고 아래로 쏟아지는 도자기의 파편을 보았다. 말 수인 일족과의 일이 생각보다 빨리 끝나 오랜만에 펠릭스 다우스를 보러 온 참이었다. 환영 인사 한번 거창했다. 항아리로 환영 인사를 할 수 있다는 것에 루프스는 속으로 아주 놀라워하고 있었다.

유채는 뭔가 이상하다는 것을 깨닫고 눈을 떴다. 그리고 눈앞에 버티고 선 이가 누군지를 확인하자마자 안색이 파랗게 질렸다. 유채는 다리에 힘이 풀려 그대로 주저앉았다.

루프스는 예의 그 차가운 미소로 유채를 내려다보았다. 화가 난 것인지, 가소로워하는 것인지 구분이 되지 않았다. 유채는 루프스에게서 쏟아지는 위압감에 몸을 떨었다. 바닥을 더듬던 손에 날카로운 도자기 파편이 잡혔다.

유채는 손이 상하는 것은 고려하지 않고 조각을 움켜쥐었다. 화난 남자의 손에 죽나 반항하고 죽나, 어차피 개죽음이었다.

루프스가 몸을 굽혀서 유채와 눈을 마주했다. 유채는 마음을 단단히 먹었다. 운이 좋다면 루프스를 인질로 삼아서 나갈 수 있을지도 모른다. 유채는 그를 위협할 목적으로 조각을 들이밀었다.

"악!"

하지만 루프스가 빨랐다. 루프스는 유채의 손을 낚아채 비틀었다. 유채는 도자기 조각을 놓치지 않으려 하는 것이 고작이었다.

루프스가 유채의 몸을 힘을 주어서 밀었다. 유채의 몸이 깨진 꽃병 조각 위로 넘어갔다. 루프스는 여유롭게 유채의 손목을 움켜잡았다. 그리고 제 아래 깔린 유채를 내려다보았다. 검은 눈동자가 떨렸다. 하나 공포에 질릴지언정 체념은 하지 않았다.

"좀 더 힘을 주지?"

루프스는 바르작대는 유채를 가소롭다는 듯이 웃으며 조롱했다. 루프스는 유채의 손목을 잡은 손에 더 힘을 주었다.

"아악!"

손목이 부러질 것 같아 유채는 결국 쥐고 있던 조각을 놓았다. 날카로운 도자기 조각 위에서 구르느라 등도 아프고 손은 이미 피로 범벅이었다.

루프스는 유채가 손을 움직일 수 없도록 그녀의 머리 위에 손목을 고정시켰다.

"내가 경고하지 않았나? 나는 약속을 잘 지키는 수컷이라고."

루프스의 손이 유채의 볼을 타고 내렸다. 가소롭기 짝이 없는 짓이었다. 궁녀를 기절시킨 뒤 열쇠를 빼앗아 이곳을 벗어날 생각이었겠지. 생각한 것보다는 대담한 행동이었고 생각한 것보다는 단순하고 대책 없는 행동이었다. 그래서 가소로웠다.

"괜찮으십니까?"

케릭스가 달려왔다. 케릭스는 루프스 아래에 깔린 유채를 보았다. 그리고 주변에 널린 도자기 조각과 루프스에 어깨에 박혀 있는 조각을 보았다. 둔하다는 소리를 종종 듣는 케릭스도 이 상황을 곧장 이해했다. 저 건방진 펠릭스 다우스가 루프스를 해하려고 한 것이었다.

"난 괜찮은데. 내 레티티아는 어쩔지 모르겠군, 케릭스."

루프스는 유채의 몸을 일으켜 세웠다. 그리고 그녀의 턱을 잡아서 올렸다. 유채는 자유로운 한 손으로 루프스의 손을 쳐 내었다. 그러자 케릭스의 눈썹이 꿈틀거렸다.

"너를 어떻게 해야 할까? 감히 나를 해하려고 한 펠릭스 다우스를 말이야. 법대로 처분할까? 하지만 법대로 처분하기에는 너무 아깝고 진귀한 펠릭스 다우스인데?"

유채는 새된 소리로 외쳤다.

"죽이든지 말든지!"

짝.

유채의 몸이 붕 날아가 탁자에 부딪치고 바닥으로 곤두박질쳤다. 유채는 잠깐 까무러쳤다가 다시 정신을 차렸다. 볼이 붓다 못해 찢어져서 입안에서 피 맛이 느껴졌다. 도자기 파편 위에서 구르느라 화끈거리는 등을 포함해 온몸이 욱신거렸다. 뺨을 맞았을 뿐인데 입술이 터지고 볼이 부어오르고 코에서는 피가 났다. 눈두덩이도 부어오르는지 시야가 흐릿했다. 유채는 이를 악물고 부들거리는 팔로 몸을 일으켜 세웠다.

"감히 펠릭스 다우스 주제에! 살려달라고 빌어도 모자란 판국에! 감히 루프스님을 해하려 하고 뭐가 그리 당당한가!"

케릭스가 쩌렁쩌렁한 목소리로 외쳤다. 유채를 때린 케릭스의 손은 부들부들 떨리고 있었다. 루프스는 그를 보고 비소를 흘렸다. 자신의 충신은 어지간히 화가 났는지 힘 조절도 제대로 하지 않은 것 같았다. 약하디약한 마레 위르 암컷을 배려할 생각은 없어 보였다.

유채는 눈물이 흘러나올 것 같은 기분을 억눌러 참고 이판사판이다 하고 외쳤다.

"당신이 루프스든 수인의 왕이든 나한테 이렇게 할 권리는 없어! 내가 이곳에 동물처럼 갇혀 있어야 할 이유는 없다고!"

루프스의 한쪽 눈썹이 올라갔다.

"난 당신들 물건도 아니고 레티티아도 아니고 한유채야, 한유채! 나도 돌아가야 할 곳이 있는 사람이라고!"

말하다 보니 설움이 북받쳐 올랐다. 도대체 제가 무엇을 잘못했기에 이런 짓을 당해야 하지? 설사 잘못을 했다 한들 그것이 마치 강아지라도 되는 양 이 작은 방 안에 갇혀 있어야 할 정도로 큰 죄였을까?

유채의 꿈은 소박했다. 가족들과 행복하게 사는 것, 수능이 끝난 뒤 공부에 얽매이지 않고 즐겁게 놀아보는 것, 그게 전부였다. 평범한 일상을 보내던 자신에게 왜 갑자기 이런 시련이 닥친 걸까.

"당신들이 원하는 대로는 절대 안 해! 평생을 해봐, 내가 당신 뜻대로 움직이나! 차라리…… 하악!"

유채의 목에 걸려 있던 파렌티아가 작아졌다. 파렌티아가 유채의 숨통을 쥐었다. 유채는 파렌티아를 목에서 떼어내기 위해서 손톱으로 목 주위를 긁었다. 목에 붉은 선이 그어지고 손톱에 살점이 묻어 나왔다.

"죽여달라고 하면서 죽음은 무서워하는구나. 하긴 암컷 마레 위르 주제에 그냥 해본 소리겠지, 레티티아."

루프스가 파랗게 질린 유채의 턱을 들어 올렸다. 그와 동시에 파렌티아가 원래의 크기로 돌아왔다. 유채는 신선한 공기를 급하게 마셨다. 머리가 핑 돌았다. 눈에서 눈물이 줄줄 흘렀다. 울고 싶지 않았지만, 북받친 설움은 기어코 눈물이 되었다.

루프스는 유채의 우는 얼굴을 보았다. 눈물은 흘리고 있어도 특유의 당당함은 줄어들지 않았다. 잘못했다는 말은 죽어도 안 하겠다는 각오가 눈에 비쳐 보였다.

"내 발밑에 엎드려 목숨을 구걸하기는커녕 바락바락 대들다니. 참 신선한 선택이군, 레티티아."

루프스는 소름 끼치도록 다정한 손길로 유채의 다친 볼을 쓰다듬었다. 케릭스가 정말 무식하게 때려서 볼은 찢어졌고 붉게 멍이 들었다. 루프스는 유채의 입가에 흘러내린 피를 닦아주었다. 뼈가 함몰되지 않은 것이 다행이었다.

"자. 그럼, 제 죄도 모르는 내 귀여운 레티티아에게는 무슨 벌을 줘야 할까? 난 레티티아를 죽이기는 싫은데 말이야."

루프스는 유채의 등에 박힌 도자기 조각을 빼냈다. 조각이 박혔던 자리에서 피가 흘러내렸다. 유채의 옷은 원래의 흰빛을 잃고 붉게 물들었다. 루프스가 유채의 등에 박힌 조각을 뺄 때마다 유채는 흐느낄 뿐 비명은 지르지 않고 몸만 움찔거렸다. 루프스의 눈에 고통을 참기 위해 꽉 쥐고 있는 그녀의 주먹이 보였다.

유채는 저 남자 앞에서 비명은 지르고 싶지 않아 입술을 깨물었다. 주먹을 쥐고 있는 쪽의 손톱이 이미 찢어진 손바닥 살 안으로 파고들었다.

"케릭스, 지난번에 세웠던 말뚝이 그 자리에 그대로 있던가?"

루프스는 예전에 읽었던 동화를 생각해 내었다. 말뚝에 박힌 아기 늑대 이야기. 길들여지지 않은 짐승인 유채에게 자신의 힘을 각인시켜 주기에는 그보다 적합한 벌은 없어 보였다.

"예. 있습니다."

"그럼, 제 잘못을 모르는 레티티아를 거기에 묶어놔. 지금 당장."

루프스가 유채의 턱을 놓고 몸을 일으켜 세웠다. 중심을 잡지 못한 유채의 몸이 바닥으로 형편없이 내동댕이쳐졌다. 곧장 케릭스가 다가와서 유채의 오른팔을 잡고 거칠게 들어 올렸다. 유채는 오른쪽 어깨가 빠질 것 같은 통증을 느끼며 케릭스의 손에 휘둘렸다.

"원래 짐승은 먹이 주는 쪽을 주인으로 알고 복종한다지."

루프스는 유채를 힐끔 바라보았다. 형편없는 꼴로도 눈빛만은 여전히 형형했다. 루프스는 입꼬리를 올리며 말을 이어갔다.

"내게 잘못했다고 빌 때까지 그 말뚝에 묶어놓고 먹을 것을 주지 마라."

루프스가 유채의 번뜩이는 눈을 마주했다.

"죽는 게 소원이라면 굶어 죽으면 그만이고, 살고 싶다면 내게 엎드려 빌면 되겠지. 안 그런가? 레티티아."

루프스가 유채의 볼을 톡톡 건드렸다. 유채는 눈앞의 남자를 증오스럽게 바라보았다.

케릭스의 손에 질질 끌려온 유채는 마치 개처럼 말뚝에 묶였다. 파렌티아에 줄을 달아서 말뚝에 묶이고 등 뒤로 팔을 돌려서 말뚝에 팔을 묶어놓았다. 묶여 있는 자세도 고역이었지만, 루프스는 유채의 상처를 전혀 치료해 주지 않았다. 유채는 이미 만신창이였다.

유채는 이제야 제가 갇혀 있던 곳의 전경을 볼 수 있었다. 거대한 성이었다. 전체적인 외관이나 형태는 서양의 것에 가까우나 군데군데 동양의 것도 보였다.

궁인들이 유채를 힐끔거리며 지나갔다.

"루프스님께 벌 받는 중이라는데?"

저들끼리 수군거리는 소리가 유채의 귀에도 들렸다. 유채는 이를 악물었다. 절대 잘못했다고 하지 않을 것이다. 자신은 잘못한 것이 없다. 죄 없는 사람을 가두는 것은 불법이다.

촤악!

유채의 얼굴로 구정물이 한 바가지 날아왔다. 얼굴과 머리카락을 타고 더러운 물이 뚝뚝 흘러내렸다. 유채는 물이 날아온 방향으로 고개를 돌렸다.

"아, 죄송합니다, 레티티아님. 제가 청소를 하다가 실수를 했습니다."

다람쥐 수인이 웃으면서 유채에게 말했다. 미안하다고 말하지만 미안한 얼굴이 아니었다. 명백한 고의였다. 다람쥐 수인은 고개를 살짝 숙여 보이곤 같은 일족들이 모여 있는 곳으로 갔다. 그들은 유채를 곁눈질하면서 큭큭거리며 웃었다.

"참 창의성 없네."

유채의 어머니는 동양계와 우크라이나계 백인의 혼혈이었다. 그랬기에 유채도 혼혈치고는 동양인에 가까운 외모였다. 그럼에도 불구하고 자세히 보면 분명한 이국(異國)적인 면이 남아 있어 어릴 적 유채의 동급생들은 그녀를 마치 신기한 동물을 보는 것처럼 힐끔거리고 수군거렸었다. 어린아이들에게 다른 것은 곧 틀린 것이었다. 거기다 유채의 어머니가 외국인이고 가난한 나라에서 왔으며 한국어까지 어눌하다는 사실이 알려지면서부터 괴롭힘은 시작되었다. 괴롭힘은 집요했다.

잡종. 거지. 네 나라로 돌아가.

이런 종류의 말이 퍼부어졌다. 화장실에 있다가 양동이 물에 젖는 것은 기본이었다. 지금의 상황도 유채에게는 별다른 일이 아니었다.

"어디 내가 이기나, 네가 이기나 해보자고."

유채는 허리를 꼿꼿이 폈다. 초등학교 육 년 내내 왕따를 당하면서도 유채는 꿋꿋이 버텼다. 이 정도는 별거 아니었다. 유채는 긍정적으로 생각하려 노력하며 마음을 굳게 다잡았다. 절대 저들에게 굽히지 않을 것이다. 그리고 죽지도 않을 것이다. 돌아가야 한다. 분명 가족들이 제 걱정을 하고 있을 것이다. 그러니 돌아가야 한다.

'아, 뭔가가 더 있는데……'

유채는 눈을 찡그리면서 먹물을 뿌려놓은 것같이 군데군데 비어 있는 기억을 헤집었다. 한국에서의 기억을 되짚을 때마다 아무것도 생각나지 않을 때가 있었다. 뭔가 잊고 있는 기분이 들었다. 그것도 아주 중요한 것.

딱.

기억을 되짚고 있는 중에 돌멩이 하나가 날아와 부딪쳤다. 유채의 이마가 깨져서 피가 흘러내렸다.

"어머. 죄송합니다, 레티티아님. 제가 걷다가 실수를 해서."

이번에는 사슴 수인이었다. 아까 전의 다람쥐 수인은 최소한 대놓고 웃지는 않았다. 이마에서 흐른 피가 눈으로 들어왔다. 손을 쓸 수가 없으니 그것을 닦을 수도 없어 유채는 눈도 제대로 뜰 수 없었다.

그 뒤에도 시비조로 몇몇 궁인들이 유채에게 돌을 던진다든지

다 들리도록 험담을 하고 가는 등의 일이 벌어졌다. 세계 어디, 아니, 전 차원을 통틀어 참 이런 일은 창의성도 없었다.

밤이 찾아왔다. 배는 생각보다 고프지 않았으나 목이 말랐다. 유채는 억지로 침을 짜내어서 목구멍으로 넘겼다. 얇은 옷 사이로 늦가을의 찬바람이 불자 몸이 차갑게 식었다.

"벌써부터 물어보는 것은 실례인가? 레티티아."

비웃음을 가득 머금은 목소리로 루프스가 유채를 불렀다. 유채는 고개를 들었다. 루프스는 어깨에 긴 옷을 걸치고 나와 있었다. 사극에서 보던 한량 같아 보였다. 그의 은빛 머리카락이 달빛을 받아서 반짝거렸다. 유채는 몸을 움츠렸다. 루프스가 무릎을 굽혀서 한 손가락으로 유채의 턱을 들었다.

"등. 아프지 않나?"

유채는 고개를 옆으로 돌렸다. 저 남자 앞에서 약한 모습 따위는 보이기 싫었다.

"악!"

루프스는 유채의 등을 지그시 눌렀다. 유채는 고통에 소리를 질렀다. 루프스는 빙글빙글 웃으며 유채의 눈앞에 얼굴을 들이밀었다.

"지금이라도 잘못했다고 빌면, 내가 친히 안고 들어가 치료해주지. 어떠냐?"

"난 잘못한 거 없어!"

루프스의 손가락이 피가 굳은 유채의 깨진 이마를 훑었다. 예상한 일이었다. 마레 위르에게 좋은 감정을 지니고 있지 않은 수인들은 때는 이때다, 하며 유채를 괴롭혔음이 분명했다. 루프스가 유채를 굳이 이렇게 탁 트인 공간에 묶은 이유였다. 그녀에게 비참함을 안겨줄 수 있는 것도 루프스 자신뿐이며 온갖 위험에서 보호해 줄 수 있는 것도 자신이라는 것을 각인시켜 주려고 하였다.

"미련한 것인지, 자존심이 센 것인지. 아니면 믿는 구석이 있는 건지."

루프스는 유채의 헝클어진 검은 머리카락을 쓸어 넘겼다. 꼴이 엉망임에도 본연의 아름다움은 변하지 않았으며 저 당당한 여왕 같은 눈은 조금도 기세를 누그러뜨리지 않았다.

"미련스럽게 굴지 말거라. 그러면 너만 힘들어질 것이다."

루프스는 자리에서 일어났다. 유채는 악에 받친 눈으로 루프스를 노려보았다. 루프스는 그 눈에서 묘한 기시감을 느꼈다. 질척한 감정이 가슴 깊숙한 곳에서 스멀스멀 올라왔다. 순간 저 눈을 파버리고 싶다는 생각이 들었다.

"부디 이번 일을 통해 그 눈을 내리까는 법부터 배우는 것이 좋겠구나, 레티티아."

루프스는 어둑어둑한 감정을 억누르면서 평소처럼 나른하게 말했다. 루프스는 유채를 뒤로하고 걸었다.

❦

말뚝에 묶인 지 사흘이 지나고 유채는 이제 슬슬 한계를 느꼈다. 루프스의 명을 받은 궁녀들이 유채에게 꼬박꼬박 소량이라도 물을 주었기에 목숨에는 지장이 없이 버틸 수 있었지만, 물 외에는 아무것도 먹지 못한 몸에는 힘이 들어가지 않았다. 설상가상으로 어제는 비까지 내려서 몸이 차갑게 얼어버렸다. 유채의 얼굴은 하얗게 질렸고 입술은 파래졌다. 자존심 때문에 유채는 루프스가 찾아오면 아무 말도 하지 않았다. 유채는 가물거리는 정신을 억지로 부여잡고 있었다.

"레티티아님."

밤중에 자신을 몰래 부르는 소리가 들렸다. 유채는 고개를 들 힘도 없었다. 차갑게 얼어붙은 몸에 따뜻한 손이 닿았다.

"괜찮으세요?"

블루벨이 울먹였다. 유채의 모습이 너무나 처참해 눈 뜨고 볼 수 없을 지경이었다. 산발이 된 머리카락, 회를 칠한 것처럼 창백해진 피부와 퍼렇게 변한 입술, 삼 일간 아무것도 먹지 못해서 바싹 마른 몸과 퀭한 눈. 제때 치료받지 못한 몸 여기저기 피가 굳어서 피딱지가 붙어 있었다. 지탱할 힘도 없는 것인지 말뚝에 묶인 채 축 늘어진 몸은 비에 쫄딱 젖고 그대로 말라 더 처참해 보였다.

"블…… 루, 벨?"

유채가 힘겹게 입을 달싹였다. 블루벨은 고개를 끄덕이면서 수건에 물을 적셔서 엉망이 된 그녀의 몸을 닦아주었다. 블루벨은 따뜻하게 데워온 물을 유채의 입에 조금씩 흘려 넣어주었다.

유채는 블루벨이 주는 물을 남김없이 마셨다. 따뜻한 물 한번 마셨다고 살 것 같았다. 얼어붙은 몸도 조금 따뜻해지는 기분이었다.

블루벨은 다시 물에 적신 천으로 유채의 몸을 닦아주었다.

"세상에…… 등…… 괜찮으세요?"

블루벨은 유채의 등을 보고 놀라서 숨을 삼켰다. 등의 상처는 곪지 않은 것이 다행일 정도였다. 유채는 고개를 저었다. 등은 이미 감각이 없어진 지 오래였다. 블루벨은 울먹였다.

"그냥 잘못했다고 하세요. 이러다 돌아가시겠어요."

눈에 초점이 풀린 유채는 딱 쓰러지기 직전으로 보였다.

유채는 이를 악물고 고개를 저었다.

"넌 가봐……. 이러다…… 걸리면……."

유채는 블루벨을 걱정했다. 블루벨은 고개를 저었다. 블루벨은 가져온 묽은 수프를 유채에게 먹였다. 삼 일이나 굶었으니 갑자기 음식물을 섭취하고 탈이 날 것을 걱정한 배려였다.

"드세요. 일단 사셔야죠."

유채는 블루벨이 입에 대어주는 묽은 수프를 먹었다. 삼 일 만에 먹는 음식이었다. 유채는 부어터진 입술을 꽉 깨물었다. 안 그랬다가는 울음이 날 것 같았다. 따뜻한 수프 한 숟가락에 그간의 설움이 터지려고 했다.

바닥을 바라보던 유채의 눈에 익숙한 신발이 보였다.

"에그머니나!"

블루벨이 깜짝 놀라면서 뒤로 엉덩방아를 찧었다. 덕분에 들고 있던 그릇이 바닥에 떨어져 수프가 쏟아졌다.

유채는 뻑뻑한 목을 들었다. 루프스가 아주 흥미롭다는 빛으로 유채와 블루벨을 내려다보았다. 유채는 황급히 블루벨을 돌아보았다. 겁에 질린 아이가 머리를 숙이고 납작 엎드려 있었다.

"루, 루프스님을 뵙습니다."

"레티티아, 네가 토끼와 가까워졌다는 건 몰랐는데."

루프스는 블루벨을 갈기갈기 찢어버리고 싶은 눈으로 바라보았다. 블루벨은 살기를 느끼고 쫑긋 귀를 세웠다. 루프스가 블루벨의 손을 발로 밟았다.

"아악!"

"블루벨!"

"이름까지 알고 있어?"

어쩐지 유채가 심리적으로 크게 불안해하지 않는다고 했다. 진작 의심을 했어야 하는데. 저 암컷 토끼는 건방지게 자신의 명령을 어겼다. 그리고 그것이 유채가 무너지는 것을 막아주었다. 루프스는 이를 갈았다. 이 멍청한 암컷 토끼가 모든 것을 망쳐 놓았다.

"내 명령을 어긴 이는 사형으로 처벌하는데…… 말이야."

"살려주세요! 살려주세요! 제발 자비를 베풀어주세요!"

블루벨은 살려달라고 외쳤다. 이대로는 정말 죽을 수도 있다. 들키면 벌을 받을 거란 생각을 하면서 유채에게 온 것이지만 막상 루프스에게 들키자 무서웠다. 블루벨은 납작 엎드려서 빌었다.

유채는 모든 힘을 짜내어서 외쳤다.

"내가 시켰어! 이 아이는 아무 잘못 없어!"

까칠한 목이 쉴 정도로 쩌렁쩌렁 외쳤다. 어떻게든 막지 않으면 블루벨이 죽을 것 같았다.

루프스는 한쪽 눈썹을 올렸다. 유채의 눈에 절박함이 어려 있었다. 루프스는 얼음이 뚝뚝 떨어질 것 같은 표정으로 블루벨의 손을 밟고 있던 발을 떼었다. 루프스 주위에 있는 궁녀들의 표정이 새파랗게 질려 있었다. 루프스는 타 일족의 수장과 신경전을 벌일 때나 보여주는 살기를 블루벨에게 쏟았다. 루프스는 손을 움켜쥐고 신음을 삼키는 블루벨을 냉정한 눈으로 내려다보았다.

"자, 내 명을 우습게 여긴 암컷 토끼를 어떻게 해야 할까?"

"저는 잘못된 일을 하지 않았어요."

블루벨이 신음을 억누르면서 입을 열었다.

"레티티아님은 착해요. 마레 위르이셔도 착해요."

블루벨은 유채가 보여준 호의를 기억했다. 마레 위르들은 욕심이 많고 수인들을 잡아서 가죽을 벗겨 판다고 했었다. 수인들을 동물 취급한다고 하였다. 하지만 유채는 그러지 않았다. 주위에서 마레 위르에 대해 들어온 것과 달리 항상 자신을 걱정해 주었고 신경 써주었다. 힘이 약한 토끼 일족이라 땅을 가진 다른 일족에게도 무시받는 블루벨을 무시하지 않았다.

낯선 타지에서 블루벨에게 유채는 언니이며 동생이 되었다. 블루벨은 어머니의 말씀을 기억해 내었다. 유채가 받던 취급들을 기억해 내었다. 유채는 정신적으로도 신체적으로도 몰리고 있었다. 이건 아무리 유채가 펠릭스 다우스라도 받아서는 안 되는 대우였다. 유채도 인격을 가진 마레 위르이기 때문이었다.

"레티티아님은 제게 시키지 않으셨어요. 제가 했어요. 레티티아님은 잘못 없으세요. 제가 레티티아님이 가여…… 헉!"

루프스는 가증스런 말을 뱉어내는 블루벨의 목을 움켜쥐고 들어 올렸다. 블루벨의 얼굴이 새하얗게 질렸다. 유채는 블루벨을 죽일 기세로 그녀의 목을 틀어쥔 루프스를 보았다. 그는 기묘하게 뒤틀린 미소를 띠고 있었다.

"블루벨!"

블루벨은 숨을 꺽꺽거리면서 몸을 부들부들 떨었다. 유채는 있는 힘을 짜내어서 외쳤다.

"잘못했어요! 내가…… 내가…… 잘못했어요."

그와 동시에 눈물이 흘러나왔다. 한번 터진 눈물은 수도꼭지가 열린 것처럼 멈추지 않고 새어 나왔다.

"내가 다 잘못했으니까…… 다 내 잘못이니까…… 블루벨은 놔줘요. 블루벨은 아무 잘못 없어요."

유채는 마지막 힘을 짜내서 오열했다. 모든 게 다 원망스러웠다.

루프스는 오열하는 유채를 보면서 블루벨을 손에서 놓았다. 블루벨은 이미 기절한 것인지 눈을 감은 채 마치 끈 떨어진 인형처럼 아래로 떨어졌다. 블루벨의 목에 벌건 손자국이 선명했다.

루프스는 유채를 바라보았다. 그녀는 몸과 정신이 한계에 달한 것인지 무너져 내렸다. 어깨를 바르르 떨며 하염없이 눈물만 흘렸다. 꼴이 처참했다. 망가질 대로 망가진 밀랍인형이 눈물을 흘리는 것만 같았다. 순간적으로 루프스의 손끝이 잠깐 차갑게 굳었다. 유채는 마치 시궁창 속을 구른 구체관절인형보다도 못 볼 꼴이었다. 그도 이렇게까지 되는 것을 의도한 것은 아니었다. 하나 그가 생각한 것보다 유채의 몰골은 처참했고 그의 머리는 마치 찬물을 끼얹은 것처럼 차갑게 식었다.

"블루벨…… 으흑……."

유채는 온몸에 수분이 빠져나갈 것처럼 울었다. 저대로 있다가는 울다가 죽을 것 같았다. 루프스의 손짓에 궁녀들이 유채의 손목을 묶었던 밧줄을 끊었다. 파렌티아에 걸린 줄도 풀어주었다. 몸을 말뚝에 지탱하고 있던 유채는 앞으로 무너져 내렸다. 유채의 몸이 땅에 닿기 전에 루프스가 그녀를 받아 안았다. 그답지 않은 행동이었다.

루프스는 반사적으로 유채를 받아놓고서도 스스로 놀랐다. 유채는 긴장이 풀린 것인지 정신을 놓았다. 루프스의 팔 안에서 유채가 축 늘어졌다. 루프스는 유채의 목이 꺾이지 않도록 고쳐 잡았다.

"레티티아?"

유채의 몸이 지나칠 정도로 차가웠다. 얇은 옷 뒤로 비치는 등의 상태는 예상했던 것보다 심각했다. 루프스는 코에 손가락을 가져다 대었다. 기력이 다한 것인지 유채의 숨이 옅어졌다. 루프스는 쓰러진 유채를 안아 올렸다.

"오르페를 불러라."

"예?"

"귀가 먹었느냐? 아니면 멍청한 거냐? 내가 두 번을 말해야 하나!"

"예…… 예! 알겠습니다. 오르페님을 불러오겠습니다."

궁녀 한 무리가 급하게 움직였다. 루프스의 기세가 사나워서 그들은 당황했다. 벌을 준다고 하여 계속 내버려 둘 줄 알았다. 예전에 펠릭스 다우스로 들인 늑대 한 마리도 벌을 준다고 저런 꼴로 만든 뒤 방치하다가 나중에서야 치료해 주었다. 그 늑대는 당연하게도 그 누구보다 루프스의 명령을 잘 따랐다. 그랬던 루프스이기에 유채가 쓰러졌다고 궁의를 찾는 것은 궁녀들에게 익숙하지 않았던 것이다. 궁녀들은 혹시 모를 화를 피하기 위해 걸음을 보다 빠르게 재촉했다. 다람쥐 일족 궁녀가 덜덜 떨면서 루프스에게 다가왔다.

"저…… 저 아이는 어찌할까요?"

루프스의 싸늘한 시선이 땅에 쓰러져 있는 블루벨에게 향했다. 루프스는 제 계획을 모조리 틀어놓은 블루벨에게 이를 갈면서 궁녀에게 명을 내렸다.

"냉궁에 가둬라. 그중에서도 가장 춥고 어두운 곳에."

"처벌은 어찌할까요?"

"나중에 결정하지."

루프스는 유채를 안고 발걸음을 재촉했다. 품에 안은 유채의 몸은 지나치게 차가웠으며 지나치게 가벼웠다. 루프스는 그답지 않게 뭐 마려운 강아지처럼 불안해했다.

뱀 수인 일족의 궁의인 오르페는 유채의 맥을 짚었다. 가늘고 약했다. 한동안 아무것도 먹지 못한 상태에서 비를 맞은 것이 가장 큰 원인이었다. 오르페는 은테 안경을 추켜올렸다. 그는 원래 마레 위르를 그리 좋아하는 편은 아니지만, 아직 어려 보이는 암컷 마레 위르가 이렇게 처참한 몰골을 하고 누워 있으니 가엽기는 하였다. 오르페는 뱀 일족의 치유 속성으로 일단 기력을 회복할 수 있는 마법부터 걸었다. 그리고 뒤에 선, 무시무시한 기세의 루프스를 힐긋 보고서 다시 고개를 돌렸다, 덜덜 떨리는 손으로 연고를 꺼냈다.

"일단 기력이 쇠해져 마법으로 기력을 보충해 드렸습니다. 그리고 다친 부위에 연고를 발라야 할 것 같습니다."

케릭스에게 맞은 볼은 사흘이 지나면서 붓기는 빠졌지만 상처는 아직도 심각했다. 오르페는 연고를 두툼하게 상처에 발랐다. 그가 궁의 경력을 걸고 만든 특제 연고라 효과는 탁월하였다.

"등. 등에도 상처가 있다."

루프스가 등에 도자기 조각이 박혔었다는 사실을 기억하고 오르페에게 말했다. 오르페는 쩔쩔매면서 루프스에게 말을 올렸다.

"제가 감히 루프스님의 펠릭스 다우스인 레티티아님의 옷에 손을 대어도 되는지요."

"아니."

"그럼 어찌……."

루프스가 유채의 목을 받치고 허리를 끌어 올려 몸을 일으켜 세웠다. 루프스는 익숙하게 드레스의 여밈을 풀어내었다. 하얗고 동그란 맨어깨가 드러나자 오르페는 시선을 어디에 둘지 몰라서 눈만 굴렸다. 유채의 옷이 허리까지 떨어져 내렸다. 루프스는 손을 뻗어 여성용 속옷인 가슴가리개까지 풀었다. 가슴가리개가 바닥에 떨어지고 유채는 맨가슴을 드러낸 반나체가 되었다.

루프스는 저 뱀 수컷에게 유채의 맨가슴을 보여줄 수 없어, 그녀의 몸을 조심스럽게 침대에 뒤집어서 내려놓았다. 유채의 맨가슴이 그의 팔뚝을 스치고 지나갔다. 여인 특유의 말캉한 느낌에 신경 쓸 새도 없이, 루프스는 드러난 레티티아의 등에 시선을 고정했다.

"아이구."

늙은 궁의의 입에서도 안타까운 탄식이 새어 나왔다. 곪지 않은 것이 다행이었다. 피부는 원래의 색이 무언지 알아볼 수 없을 정도로 불그죽죽했다. 오르페는 아마 이 암컷 마레 위르가 제 등에서 감각을 느끼지 못한 지 오래일 거라고 생각했다. 오르페가 깨끗하고 따뜻한 물로 유채의 등을 닦아내자, 검게 굳어 있던 피들이 닦이고 상처들이 보다 명확하게 보였다. 다행히 도자기 조각이 상처에 남은 것은 아닌 것 같았다. 오르페는 연고를 한 움큼 떠서 상처 위에 내려놓았다. 유채가 아픈 것인지 몸을 움찔거렸다.

"계속해라."

오르페는 고개를 끄덕이고 연고를 상처 위에 덕지덕지 발랐다. 그 후에는 붕대를 꺼내었다.

"이걸 두르셔야 합니다. 아무래도 등인지라 연고가 쉽게 벗겨질 것 같습니다."

오르페는 되도록 유채의 몸에 손이 닿지 않게 조심하면서 붕대를 둘렀다. 붕대가 유채의 가슴의 위치까지 올라오자 루프스는 오르페의 손에서 붕대를 빼앗아 상처의 나머지 부분을 꼼꼼히 감아주었다.

"당분간은 상처에 물이 닿지 않도록 주의해야 하며 몸의 기력을 회복하는 것이 우선입니다. 잘못하면 독한 감기에 걸리실 수도 있을 것 같습니다."

"알겠다. 나가봐."

오르페는 고개를 숙이고 방을 나갔다. 루프스는 유채의 등이 침대에 닿지 않도록 눕혀주었다. 흘러내린 옷은 아슬아슬하게 허리에 걸쳐져 있었다. 유채는 미약한 신음 소리를 냈다. 꼴이 아까전 안아 올렸을 때보다는 나았다.

"잘못했어요! 내가…… 내가…… 잘못했어요."

그 암컷 토끼의 목줄을 움켜쥐자마자, 유채는 여태껏 그가 들어본 목소리 중에 가장 연약한 목소리로 말했다. 루프스는 그 모습에서 또다시 기시감을 느꼈다. 그 기시감 때문에 가슴에 돌이 찬 것처럼 무거워졌다. 루프스는 이를 악물었다. 이런 약한 마음 따위는 그때 이후로 가진 적이 없었다. 루프스는 긴 손가락으로 유채의 머리카락을 헤집었다.

"임기응변은 훌륭했다고 하지."

그 암컷 토끼를 살리기 위해서 마음에도 없는 소리를 뱉은 것이 분명했다. 그러니 자존심이 상해서 운 것이고. 참 한결같은 암컷이었다. 꺾일까 싶어도 꺾이지 않았다.

늑대왕, 루프스

"어떻게 해야 네가 자존심을 꺾고 내게 무릎을 꿇을까?"

동물을 길들이는 데에는 채찍과 당근이 필요했다. 그중에서도 채찍의 역할이 가장 컸다. 어떤 채찍을 어떻게 사용하는가, 그것이 동물을 길들이는 데에 가장 큰 영향을 주었다. 채찍의 강도가 약한 것인지, 아니면 적절한 채찍을 사용하지 못한 것인지. 분명한 것은 이번에 루프스가 사용한 채찍은 유채에게 맞지 않았다는 것이다.

루프스는 예전보다 윤기가 없어진 유채의 머리카락을 쓸어내렸다.

"하!"

루프스는 부지불식간에 조금 전에 제게 아주 살짝 스치고 갔던 가슴의 감촉을 떠올렸다. 꼴에 암컷인가 싶었다. 그 역시 이미 죽었지만 암컷 형제가 있었고 골칫덩어리에 좀 가까운 암컷 친척이 있었기에 수컷으로서 시선을 위로 들어서 그 반라의 모습을 보지 않으려 하는 것으로 예의를 지켜주었다. 유채는 그의 펠릭스 다우스이므로 그런 예의를 지킬 필요가 없음에도 그리했다.

그럼에도 스치듯이 보았던 유채의 가슴은 농염한 풍만함을 가진 건 아니었다. 그도 경험 없는 숫총각은 아닌지라 나름 여인의 몸에 대해서는 알고 있었다. 유채의 가슴은 풍만한 것과 거리가 백만 배는 멀었다. 얼굴에 흐르는 묘한 색기와 달리 몸은 그냥 미숙한 아이와 같았다.

'요즘 내가 암컷이 궁했나.'

루프스는 얼굴을 쓸어내렸다. 그리고 침대에 엎드려 있는 유채를 바라보았다. 처음엔 울페스 헤르티아가 가져온 진귀한 암컷쯤으로 생각했다. 평소 보던 마레 위르 암컷과는 다르게 생기고 신이 빚은 것과 같은 아름다움을 가진 암컷. 하필이면 생일 전날 '그 악몽'을 꾸어 불안한 차에 제게 들어온 진상품이었다. 스스로도 약간은 고약한 취미인 것은 알았지만, 맹수를 길들이는 것처럼 마레 위르도 잘 길들여 제 말에 따르게 만드는 것도 나쁘지 않겠다는 생각이 들었다. 그러면 그날 꾸었던 악몽이 한동안은 나타나지 않을 것이라는 생각에 단번에 헤르티아의 진상품을 받았다.

그는 수많은 맹수들을 길들여 왔고 길들일 수 있었다. 맹수보다 약한 마레 위르 암컷쯤은 쉬이 다룰 수 있으리라 여겼다. 가두고 세상과 고립시켜 고독의 공포를 알게 하고 제게 굴복시켜 이 상황에 체념하게 하면 그만이라 생각했다. 한데, 유채는 그가 알고 있는 범위를 벗어났다. 마레 위르를 그리 좋아하지 않는 수인을 제 편으로 만들지 않나, 자신이 어떤 힘을 가지고 있는지 보여주었는데도 바락바락 대들며 그 눈빛을 꺾지 않지 않나, 잘못을 비는 순간에도 형형한 눈빛으로 저를 노려보지 않나.

그리고 그게 자신을 이상하게 만들었다. 평소라면 바닥에 엎어지게 내버려 둘 암컷을 부축하지 않나, 더 심한 상처들을 보았을 때도 놀라지 않던 심장이 겨우 그 등의 상처를 보고 놀라지 않나. 그리고 그중에서도 가장 심각한 것은.

"젠장."

저 암컷의 가슴이 풍만하기라도 했으면 이해했을 것이다. 수컷 중 가슴 큰 암컷을 안 좋아하는 놈들이 있겠나? 암컷의 큰 가슴에 환장하는 것이 수컷이었다. 그런데 얼간이처럼 제대로 보지도 못한, 풍만하지도 않은 가슴이 팔뚝을 스치고 지나간 촉감을 잠시 떠올렸다고 몸이 반응했다. 몸이 달아올랐다.

루프스는 얼굴을 쓸어내렸다. 그리고 그 손이 잠이 든 유채의 목에 닿았다. 그의 손에 힘이 들어갔다. 의식이 없는 중에도 숨이 막히는지 유채는 몸부림을 치면서 시트를 움켜쥐었다.

그래, 이 암컷은 제 손짓 한 번이면 숨이 막혀 죽거나 목이 부러져 죽을 수 있었다. 루프스는 손에 힘을 풀었다. 동시에 몸부림을 치던 유채의 얼굴도 다시 평온해졌다.

모두 이 작은 암컷을 길들이지 못해서 나타난 결과였다. 이제부터는 이 건방진 마레 위르 암컷과 자신과의 자존심 싸움이 될 터였다. 저것이 계속 기어오르니 신경전에서 밀려서 휘둘리는 것이다. 유채보다 우위에 있는 것은 루프스 그 자신이고 유채를 휘두를 수 있는 것도 루프스 자신이어야 했다. 저것이 길들여지지 않으니 제 몸이 이상하게 반응하는 것이다.

루프스는 고개를 숙여서 잠든 레티티아의 귓가에 속삭였다.

"일어나면 기대해도 좋아, 레티티아."

유채가 블루벨을 보는 눈을 보았다. 낯선 세상에서 유일한 버팀목을 보는 듯한 눈이었다.

"내 힘으로 만들 수 있는 지옥을 보여주마. 채찍이 통하지 않았다면 무기를 바꿔야겠지."

⚜

유채는 며칠을 정신도 못 차리고 앓았다. 비를 맞은 여파로 결국 열감기에 걸렸다. 유채가 정신을 온전히 차렸을 때는 등의 상처가 거의 아물어 더 이상 붕대를 갈지 않아도 되었을 때였다. 유채는 무거운 눈꺼풀을 올렸다. 손에 따뜻하고 부드러운 시트가 느껴졌다. 쓰러지기 전 마지막으로 겪었던 일이 떠올랐다. 유채는 몸을 벌떡 일으켰다.

"참 팔자 좋은 펠릭스 다우스군."

그 소름 끼치게 듣기 싫은 목소리에 유채는 고개를 돌렸다. 루프스가 문가에 비스듬히 기대서 있었다. 그가 가까이 다가오자 유채는 몸을 뒤로 빼려고 하다가 주먹을 움켜쥐고 턱을 치켜들었다.

"블루벨은…… 어디 있어요?"

"그 암컷 토끼 일을 내게 말하려면……."

루프스의 손이 유채의 뒷머리를 꾹 눌렀다. 유채의 고개가 앞으로 꺾였다.

"고개부터 숙이고 해야지."

루프스는 유채의 머리가 올라오지 못하도록 꾹 눌렀다. 그리고 그녀의 눈앞에 종이쪽지 하나를 내밀었다.

"받아라."

유채는 처음 보는 이상한 글자를 마치 한글을 보는 것처럼 읽는 자기 자신에 어이없어 하며 글을 읽었다. 그리고 손을 떨었다.

루프스는 유채가 손을 떠는 것을 보고 침대 기둥에 몸을 비스듬히 기대면서 입을 열었다.

"그게 무슨 말인지 모를 너를 위해 내가 친히 설명하자면, 토끼 수인 일족의 수장인 레푸스 트레모르가 일족의 처분권을 나에게 넘긴다는 내용이다."

블루벨이 말했었다. 땅이 있는 일족의 일원이 죄를 지으면 처벌은 그 일족의 수장이 내린다고 하였다. 그러니 자신은 안전하다고 했었다.

"내게 죄를 지은 건방진 암컷 토끼는 내가 처분해야지, 안 그렇나? 레티티아."

"내가, 내가…… 잘못했다고…… 말했잖아요……."

"그건 내 귀여운 레티티아가 내게 저지른 잘못에 대한 용서를 빈 것이지. 그 암컷 토끼와는 관련 없다고 말해줘야겠군."

유채의 몸이 부들부들 떨렸다. 루프스는 그런 그녀를 비웃었다. 제 펠릭스 다우스는 제 앞에서 저렇게 떨어야 하는 존재여야 했다.

유채는 시트를 움켜쥔 손에 힘을 주었다. 루프스가 그녀의 귓가에 속삭였다.

"아직, 그 겁을 상실한 암컷 토끼는 살아 있다."

유채가 고개를 번쩍 들었다. 루프스는 번득이는 눈동자를 바라보면서 손가락을 튕겼다. 루프스의 궁녀들이 들어왔다.

"때를 벗겨내고 곱게 치장시켜라."

그 말과 동시에 궁녀들이 유채를 제압하듯이 팔을 잡았다.

"고분고분 말을 잘 따르면 그 암컷 토끼를 보게 해주지."

유채는 입술을 깨물며 궁녀들을 얌전히 따라갔다.

유채는 막 정신을 차린 지 얼마 되지 않아 힘없는 몸으로 거친 궁녀들의 손길을 견뎠다. 치장을 끝내고 그들의 손에 이끌려 루프스가 있다는 곳으로 걸어갔다. 말뚝에 묶여 있기 전과 똑같은 상태였다. 꽃향기가 나는 따뜻한 물에 씻고, 장미향이 나는 향유를 몸에 발랐다, 동백기름을 발라서 윤기를 낸 머리에 루프스의 취향인 듯한 하얀색의 옷을 입었다. 달라진 점이 있다면 머리에 올린 장신구들이 화려해졌다는 것이다.

유채는 왜 조선시대에 가체에 목이 부러져 죽은 사대부 여자들이 생겼는가에 대한 이유를 분명하게 알 수 있었다. 틀어 올린 머리에 갖가지 장신구들이 꽂히니 목이 뻐근할 정도였다.

도착한 곳은 마치 로마의 콜로세움과 같은 원형의 경기장이었다. 루프스는 평소와 별다를 것 없는 복장으로 유채의 팔을 잡고 끌어당겼다.

"원래는 내가 저기에서 봐야 하는데."

루프스가 유채의 몸을 돌려서 저 위, 넓고 평평한 그늘이 진 공간을 가리켰다. 루프스는 유채의 턱을 손가락으로 잡고 돌렸다.

"마레 위르의 눈이 수인의 눈보다 좋지 않은 것을 고려해서 가까운 자리로 내가 친히 옮겼다."

루프스는 유채를 이끌고 경기장에서 가장 가까운 곳에 앉았다. 주위에는 궁녀들이 시중을 들기 위해서 준비하고 있었다. 유채는 관람석을 가득 메운 수인들을 보며 불안함에 몸을 떨었다. 왠지 싸늘해지는 팔을 감싸며 그에게 물었다.

"이건 뭐죠?"

"보면 알지."

병사들이 한 남자 돼지 수인을 데리고 들어왔다. 그의 얼굴이 파랗게 질려 있었다. 그리고 곧 짐승이 으르렁거리는 소리가 났다. 유채는 언젠가 책에서 읽었던 내용을 떠올렸다. 로마의 콜로세움에서는 검투사와 짐승과의 대결도 왕왕 있었다고 했다. 유채의 몸이 차갑게 굳어갔다.

철창이 열리고 굶주린 늑대 다섯 마리가 튀어나왔다. 보통의 늑대보다 배는 큰 늑대였다. 그 늑대들의 목에는 유채의 목에 걸려 있는 것과 똑같은 은색의 파렌티아가 걸려 있었다.

"내 펠릭스 다우스이지."

루프스가 유채의 허리를 끌어안으면서 낮은 소리로 속삭였다. 굶주린 늑대들은 돼지 수인을 공격했다. 그는 이리저리 도망 다녔다. 수인은 모두 동물로 변할 수 있고 동물로 변하면 수인인 상태보다 최소 두 배의 힘을 낼 수 있다고 하였다. 그런데 저 남자는 위급 상황임에도 동물로 변하지 않았다. 늑대들이 날카로운 이를 드러낸 채 잡아먹을 듯이 달려들었다. 유채는 그 잔인한 광경에 고개를 돌리려고 했다.

"이러면 안 되지, 레티티아."

루프스가 유채의 턱을 잡고 콜로세움이 보이는 쪽으로 고개를 고정시켰다. 루프스가 유채의 귓가에 음산하게 속삭였다.

"너를 위해 마련한 자리인데."

유채는 루프스에게서 벗어나 늑대에게 산 채로 잡아먹히는 잔인한 광경을 보지 않기 위해서 몸부림을 쳤다. 유채의 입에서 뜻 모를 신음이 새어 나왔다.

"아……. 아…… 아……!"

"우리는 범죄자에게 세리아(Seria: 수인의 동물화를 막는 독약)를 먹여서 맹수의 먹이로 던져 주지."

남자는 사지가 뜯겨나갔음에도 살려달라고 외치며 버둥거렸다. 유채는 몸을 떨었다. 눈앞에 펼쳐진 끔찍한 광경에 외마디 비명밖에 지르지 못했다. 몸을 떠는 것 이상의 공포가 머릿속에 자리했다. 고개를 돌리고 싶어도 루프스가 붙잡고 있어 마음대로 할 수도 없었다. 유채는 눈을 감는다는 간단한 행위도 하지 못하고 루프스의 손에 붙잡혀 몸부림을 치면서 남자의 머리가 뜯기고 뇌수가 터지는 모습을 지켜봤다.

"아…… 아아아아아악!"

유채가 루프스의 손에서 벗어나기 위해서 그의 손을 긁었다. 루프스는 그것이 간지러운 듯이 코웃음을 치고 유채의 귓가에 속삭였다.

"잘 봐두는 것이 좋을 거야."

늑대들이 까드득 소리를 내며 뼈를 씹어 먹고 있었다. 늑대들의 주둥이는 수인의 피로 붉게 물들었다. 겁에 질린 유채는 눈물만 뚝뚝 흘렸다. 루프스의 입술이 볼에 닿았다. 그가 입술로 유채의 눈물을 훔쳤다.

"내 말을 듣지 않는다면. 저기에 있는 것은 레티티아, 너일 수도 있다."

루프스는 유채가 옴짝달싹도 못하게 붙들고 손으로 턱을 움직이지 못하게 했다. 유채는 그렇게 다섯 명의 수인이 팔이 뜯겨 나가고 머리가 뽑히고 산 채로 다리가 잘려 나가는 광경을 지켜봐야 했다.

유채는 눈물범벅이 되어 잔혹한 광경을 보지 않기 위해 몸부림을 쳤지만 루프스의 힘이 워낙 억세어 꼼짝없이 그의 품 안에 갇혀 있어야 했다. 루프스가 억세게 잡은 턱이 저릿하게 아파왔다. 루프스는 징그럽게도 제 귓가에 입술을 대고 잘 보라는 말을 계속 속삭였다.

"아, 이번이 절정이지."

루프스가 빈정거리면서 유채의 턱을 움켜잡고 그녀의 볼에 입술을 가볍게 맞췄다.

"잘 봐둬. 오늘 처형의 절정이 될 마지막 범죄자니까."

그 말과 함께, 원형 경기장 안에 마지막 수인이 들어왔다. 그리고 유채는 그제야 아까부터 엄습하던 불안감의 정체를 알 수 있었다. 유채는 넋이 나가서 축 늘어졌다. 루프스는 유채의 반항이 멈추자 그녀를 조용히 내려다보았다. 이내 유채의 몸이 부들부들 떨렸다. 그녀는 살기 어린 눈으로 루프스를 바라보며 온 힘을 다해서 악을 썼다.

"차라리 날 괴롭혀! 날 괴롭히라고!"

원형 경기장으로 들어온 마지막 수인은 블루벨이었다.

유채는 온몸의 피가 차갑게 식는 것을 느꼈다. 여리디여린 블루벨이 다섯 늑대들의 밥이 되기 직전이었다. 움켜쥔 주먹이 파르르 떨렸다. 할 수만 있다면 눈앞의 남자를 목을 졸라서 죽여 버리고 싶었다. 대체 블루벨이 뭘 잘못했는가!

"차라리 나를 죽여! 나를 죽이라고!"

유채는 목이 쉴 정도로 악을 쓰면서 외쳤다. 그러자 루프스가 그녀의 볼을 소름 끼치도록 부드럽게 감쌌다.

"내가 일전에 말을 하지 않았나? 나는 약속을 잘 지키는 수컷이라고. 네가 나에게 용서를 빌었으니, 나는 너의 목숨을 살려주었지. 어떻게 내가 너를 죽일 수 있겠나?"

루프스는 잔인한 미소를 머금고 있었다. 유채는 그의 잔학성에 소름이 돋았다.

"잘 봐둬라. 내 귀여운 레티티아의 친구의 마지막이자, 내 명을 어긴 자의 말로이자, 내 경고이니."

루프스는 넋이 나간 것처럼 눈동자가 텅 비어버린 유채를 바라보았다. 몸이 힘들 때에는 정신적으로도 궁지에 몰리기가 쉬웠다. 딱 봐도 지금 유채는 정신적으로 한계에 몰려 있었다.

늑대들이 움직이기 시작했다. 블루벨은 토끼 수인답게 앞선 수인들보다는 빠른 몸놀림으로 늑대들을 비교적 잘 피했다. 하지만, 늑대들은 너무 컸으며 수가 많았다. 유채는 주먹을 말아 쥐었다. 그리고 제 옆에서 블루벨의 처형 과정을 마치 놀이라도 되는 모양으로 흥미롭게 바라보는 루프스를 증오스럽게 바라보았다. 그는 지금 보기 드물게 저에게 신경을 덜 쓰고 있었다.

유채는 주위를 돌아보았다. 궁녀들도 모두 경기장에 정신이 팔려 있었다. 유채는 눈물을 닦고 조심스럽게 일어나 치맛자락을 걷어 올렸다. 자신이 저기에 뛰어들어 블루벨을 보호하면, 어쩌면 블루벨을 살릴 수 있는 기회가 생길지도 몰랐다. 유채는 치맛자락을 움켜쥐고 뛰었다.

"어! 레티티아님!"

유채를 발견한 궁녀가 외쳤다. 유채는 담을 한 번에 뛰어넘어 경기장 안으로 엎어졌다. 그 바람에 머리에 꽂았던 화려한 장신구들이 바닥에 떨어졌다. 무릎이 깨져서 피가 흘러나왔다. 유채는 긴 머리카락이 바람에 나부끼는 것을 무시하고 블루벨에게 달려가 그녀를 끌어안았다. 그와 동시에 루프스의 늑대가 벌건 아가리를 벌려 유채의 머리를 물어뜯으려고 하였다.

"Resto(멈춰)."

낮고 묵직한 목소리가 경기장 안을 울렸다. 그 말과 동시에 유채에게 달려들던 늑대가 아가리를 다물고 뒤로 슬금슬금 물러났다. 유채는 블루벨을 자신의 뒤로 숨겼다. 루프스가 유채를 내려다보았다. 유채는 그를 똑바로 마주 보았다. 루프스가 픽 하고 웃더니 궁녀들에게 명령을 내렸다.

"가서 마레 위르들이 쓰는 검(劍)을 가져와라."

궁녀가 검을 찾으러 간 동안 다섯 마리의 늑대들은 유채와 블루벨의 앞에 서서 피가 섞인 침을 뚝뚝 흘리고 있었다. 여차하면 유채와 블루벨을 물어뜯을 기색이었다. 유채는 눈을 질끈 감았다 떴다. 몸이 떨렸다. 하지만, 제가 여기서 무너지면 블루벨은 죽을지도 몰랐다.

"레티티아님."

블루벨은 유채가 너무 고마웠다. 블루벨은 두려움과 고마움, 미안함으로 범벅이 되어서 울었다. 유채는 블루벨의 눈물을 닦아주었다.

"내가 미안해, 블루벨…… 내가 미안해……."

"아니에요. 이렇게 위험한 곳에 뛰어드시면 어떡해요, 레티티아님."

유채는 자신을 걱정하는 블루벨에게 한없이 미안해졌다. 유채는 블루벨을 끌어안았다. 무슨 일이 있어도 저 남자로부터 블루벨만큼은 지킬 생각이었다.

관람석의 수인들은 유채와 블루벨을 이상한 눈초리로 바라보거나 경기가 멈춘 것에 관해 짜증을 내었다. 유채는 블루벨을 끌어안고 그 모든 소음을 견뎠다.

바람이 훅 불더니 알싸한 통증과 함께 유채의 볼 옆을 무언가가 스치고 지나갔다. 하얀 볼 위에 붉은 실선이 그어졌다. 유채는 제 옆에 꽂힌 기다란 검에 시선을 주었다. 유채는 루프스 쪽으로 고개를 돌렸다. 루프스는 한쪽 입꼬리를 올리고 입을 열었다.

"변덕이다."

루프스는 검과 자신의 펠릭스 다우스인 늑대들 그리고 유채를 번갈아 바라보았다.

"레티티아, 네가 내 펠릭스 다우스 중 한 마리에라도 저 검으로 상처를 입힌다면 그 암컷 토끼를 살려주마."

유채는 정신이 번쩍 들었다. 유채는 블루벨을 안고 있던 손을 풀었다.

루프스는 자리에 앉아 나른하게 몸을 뒤로 기대었다. 마치 좋은 연극을 관람하겠다는 태도였다.

"말했지 않나? 나는 약속을 잘 지키는 수컷이라고."

루프스가 한쪽 눈썹을 들어 올렸다. 유채는 땅에 박힌 검을 집어 들었다. 날카롭게 벼려진 묵직한 검이 유채의 손안에 들어왔다. 유채는 어릴 때 호신술로 검도 학원에 다닌 적 있었으나, 그건 이미 십 년 전의 일이었다. 유채는 손에 든 검과 앞에 있는 거대한 늑대를 번갈아 바라보았다.

인간과 늑대는 생태학적으로 경쟁 관계에 있었던 동물이었다. 이유는 하나였다. 서식지가 겹친다는 것. 그랬기에 늑대 무리가 중세 유럽의 도시를 공격한 적도 있었다. 인간이 늑대에 맞서 본격적으로 절대적 우위를 차지하게 된 것은 총이라는 무기가 생기면서였다. 이런 냉병기로는 어지간한 사람이 아니고서야 늑대에게 맞서기는 무리였다.

애초에 사람은 비슷한 체급의 동물에 비해 지구력 외에는 나은 것이 없었다. 비슷한 체급과 비교해도 그 정도인데, 몸집이 몇 배나 크고 무게도 훨씬 무거운 늑대, 그것도 한 마리가 아닌 다섯 마리와 대적한다? 제아무리 무기를 쥐어주었다고 해도 죽으라는 소리와 다름없었다. 그럼에도, 해야 했다. 유채는 루프스에게 고개를 돌렸다.

"그 약속 지킬 건가요?"

"레, 레티티아님! 위험해요!"

블루벨이 유채의 팔에 매달렸다. 블루벨은 유채라도 살기를 원했다. 게다가 유채는 약하디약한 마레 위르 암컷이 아닌가? 어떻게 저 거대한 늑대들과 대적할 수 있단 말인가?

루프스는 유채의 여왕 같은 눈을 마주하며 보기 드물게 호탕하게 웃었다. 참 수컷의 정복욕을 돋우는 눈동자였다.

"약속하지. 그럼 하겠다는 건가?"

유채는 두 손으로 검의 손잡이를 말아 쥐는 것으로 대답을 대신했다. 루프스는 팔걸이에 팔을 올리고 턱을 괴었다. 장담하건대 얼마 되지 않아 유채의 입에서는 살려달라는 비명이 나올 것이다. 자신이 키운 늑대들은 피에 굶주린 잔혹한 놈들이었으며 능력이 출중했다. 오늘은 그저 제게 반항하면 어떤 꼴이 나는지를 직접 보여주기 위해 부른 것인데, 유채는 그 이상의 것을 보여주고 싶은 것인지 기대 이상의 짓을 하였다.

루프스는 레티티아와 블루벨이 준비가 된 것을 보고 늑대들에게 명령어를 뱉었다.

"Exagito(물어)."

루프스의 명령과 함께 늑대들이 달려들었다. 마음의 준비는 했다지만 유채는 막상 늑대가 달려들자 다리가 굳었다. 늑대 한 마리가 비교적 만만한 유채를 노리고 들어왔다. 크게 휘두른 앞발의 발톱이 볼을 긁어버리려고 달려오는데 블루벨이 유채를 잡아당겨서 그것을 피했다. 블루벨은 수인답게 강한 팔 힘으로 유채를 데리고 달렸다. 혼자 달릴 때보다는 속도가 떨어지지만 그래도 늑대들보다는 빨랐다.

"블루벨! 위험해! 차라리……."

나를 버리고 혼자 도망가라는 말을 하려는데 블루벨은 유채의 팔을 더욱더 꽉 잡았다.

"죽고 싶으셔서 환장하셨어요? 저 늑대들은 루프스님이 심혈을 들여 기른 살인 늑대들이에요. 물리면 죽어요!"

블루벨은 토끼 일족다운 빠르기로 늑대들을 아슬아슬하지만 요리조리 피했다. 하지만 유채는 피하는 것이 답이 아니라는 것을 간파했다. 루프스가 내건 조건은 늑대 가까이에 있어야만 이룰 수 있었다. 늑대를 찌르지 못해도 저는 살 수 있다. 하지만 블루벨은 아니었다. 블루벨의 목숨이 제게 달려 있었다.

"악!"

늑대의 발톱이 블루벨의 다리를 긁었다. 블루벨은 앞으로 고꾸라지며 그 바람에 유채의 팔을 놓쳐 버렸다. 유채는 땅바닥을 굴렀다. 거친 맨바닥에 팔꿈치가 쓸렸다. 그 순간 늑대 한 마리가 그녀를 노리고 달려들었지만, 유채는 몸을 굴려 가까스로 늑대를 피했다. 수인들의 환호 소리가 들렸다. 유채는 흘러내린 머리를 넘기면서 재빨리 몸을 일으켰다. 세 마리가 블루벨을 쫓고 있었고 한 마리는 제 앞에, 다른 한 마리는 주변을 어슬렁거리고 있었다.

다행인 것은 늑대들이 처음과는 달리 배가 부른 상태라 아까처럼 악착같이 달려들지는 않는다는 것이었다. 늑대는 유채를 마치 고양이가 잡아놓은 쥐를 데리고 놀 듯했다. 그것이 유채에게 기회라면 기회였다. 유채는 검 손잡이를 움켜쥐었다. 오금이 저렸다. 쓰러질 것만 같은 다리를, 도망가고 싶은 마음을 억지로 붙들었다.

조금만, 조금만.

늑대가 달려들었다. 가까이 올 때까지 기다리겠다고 맘을 먹었지만, 막상 달려오는 늑대를 마주하자 또다시 덜컥 무섭증이 일었다. 유채는 몸을 돌려서 늑대를 피했다. 장난삼아 공격한 것인지 깊숙하진 않았지만, 발톱은 세우고 있었다.

"꺄악!"

오른쪽 어깨가 발톱에 길게 찢겼다. 유채는 어깨를 감싸고 신음을 삼켰다. 여기저기서 낄낄거리는 소리가 들렸다. 오른팔에 힘이 들어가지 않아 왼손으로 검을 고쳐 쥐었다. 늑대는 그녀의 오른쪽 어깨만 집요하게 공격했다. 어깨에서 시작된 통증은 이내 유채의 몸을 둔하게 만들었다.

"악!"

"블루벨. 악!"

유채는 블루벨의 비명 소리를 듣고 몸을 돌렸다가 아차 하곤 자신을 공격하는 늑대를 피하기 위해서 몸을 옆으로 굴렸다. 다친 어깨가 바닥에 눌리면서 참을 수 없는 고통이 밀려왔다. 다리에 힘이 풀려 다시 일어나지 못하는 그녀의 주위를 늑대 두 마리가 빙빙 돌았다. 둘은 마치 유채를 놀리듯이 덤빌 듯 말 듯 번갈아가면서 움찔거리고 있었다. 유채는 검 손잡이를 쥐었다. 이제 마지막이다. 피할 길도 없었다.

'살을 내주고 뼈를 지켜야 하나.'

유채는 늑대들을 보았다. 잘 골라야 했다. 누가 먼저 자신을 공격할 것인지……. 유채는 늑대들이 달려들어도 겁을 먹지 않도록 마음을 단단히 먹었다. 아마 이게 마지막 기회가 될 것이었다.

"루프스님, 저러다가는……."

헤나가 늑대 두 마리에게 둘러싸인 유채를 보면서 말끝을 흐렸다. 약한 마레 위르였다. 저런 상황이면 죽을 것이 분명했다. 헤나는 태연한 표정의 루프스를 조심스럽게 살폈다. 그는 지나칠 정도로 태연했다. 아니, 유채를 죽을 위기에 몰아넣고 죽기 직전에 상황에 처하게 했음에도 그의 표정은 지나칠 정도로 차가웠다.

하나 헤나는 루프스의 손가락이 초조하게 난간을 두드리고 있는 것을 보고 입을 다물었다.

"어디 살려달라고 빌 때까지, 지켜보지."

독한 암컷.

루프스는 속으로 중얼거렸다. 독해도 너무 독했다. 제 목숨보다 자존심이 소중한 건가? 그는 팔짱을 끼고 아래를 내려다보았다. 늑대들을 훈련시킬 때, 'Exagito(물어)'는 상대의 목숨을 끊을 때까지 공격하라는 명령으로 가르쳤다. 게다가 저 다섯 늑대는 어지간한 수인들도 동물화하여 죽이기 힘들 정도로 강하고 집요하고 잔혹했다. 제가 제때 내려가서 늑대들을 제압하지 못하면 유채는 정말로 죽을 수 있었다. 초조했다. 그는 초조한 손끝을 감추기 위해 손으로 팔꿈치를 움켜잡았다.

헤나는 팔짱을 끼고 제 팔꿈치를 잡고 있는 루프스의 손을 보았다. 그녀는 경기장 안의 유채에게 고개를 돌렸다.

늑대 두 마리는 시선을 교환하고 누가 먼저 공격할지를 결정한 것 같았다. 유채의 앞에 있던 늑대가 먼저 뛰어들었다.

"아악!"

첫 번째 늑대가 유채의 오른쪽 어깨를 물었다. 유채는 제 어깨를 문 늑대가 또 다른 움직임을 보이기 전에 목덜미에 검을 찔러 넣었다. 늑대의 목덜미에서 피가 튀었다. 목을 공격당한 늑대가 도망치는 대신 유채의 오른쪽 어깨를 문 채로 매달렸다. 유채는 더 이상 버티지 못하고 검을 떨어뜨렸다. 어깨의 통증을 더는 버틸 수가 없었다. 눈앞이 흐려졌다.

"Resto(멈춰)."

익숙한 목소리가 들려왔다. 유채의 어깨를 물었던 늑대가 뒤로 물러났다. 유채는 앞으로 넘어졌다. 머리가 아득해지고 눈앞이 새까맣게 변한 채로 유채는 정신을 잃었다.

"세상에……."

블루벨은 자신을 공격하려다 멈춘 늑대들 사이로 루프스를 보았다.

거대한 은빛의 늑대였다.

관람석 안의 수인들이 모두 자리에 납작 엎드렸다. 루프스의 동물형은 쉽게 볼 수 있는 것이 아니었다. 그는 동물형이 아닌 위르형만으로도 일반 수인의 동물형을 능가할 만큼의 강자였기에 그가 은빛의 거대한 늑대로 변하는 일은 손에 꼽을 만큼 적었다.

거대한 은빛 늑대가 등장하자 그 기에 눌린 펠릭스 다우스인 늑대들이 납작 엎드렸다. 루프스는 어깨가 찢겨져 피투성이가 된 유채의 앞에서 멈추어 섰다.

루프스가 머리를 숙이더니 혀로 유채의 상처를 핥았다. 한 번 핥을 때마다 피가 점점 멎었다. 블루벨은 멍하니 그 신기한 광경을 보았다. 늑대 수인의 침에 지혈 효과가 있다는 소문은 들었지만 그것이 사실일 거라고 생각해 본 적은 없었다.

루프스 덕에 유채의 상처가 완전히 지혈되었다. 피가 닦이고 드러난 상처는 찢어진 헝겊 조각처럼 처참했다.

[궁의를 대기시켜라.]

궁녀들과 궁관들의 머릿속에 루프스의 목소리가 윙 하고 울렸다. 은빛 늑대가 사라지고 그 자리에 루프스가 모습을 드러내었다. 루프스는 고통에 입술을 깨물고 쓰러진 유채의 몸을 안아 올렸다.

독한 것.

설마 제 어깨를 내어주면서까지 늑대를 찌를 줄은 몰랐다. 조금만 늦었으면 늑대에게 어깨를 뜯기거나 과다출혈로 죽을 수도 있었다. 아니, 애초에 정신을 막 차린 몸으로 이만큼 움직인 것이 더 대단한 것이었다. 유채가 몸을 움직인 원인은 자존심이 아니었다. 루프스는 용케 죽지 않고 살아 있는 상처투성이의 블루벨을 바라보았다. 유채가 움직인 이유는 저것 때문이다. 저것을 지키기 위해 움직였다. 루프스는 품 안의 유채를 내려다보았다.

하는 행동거지나 말하는 것 그리고 고결한 정신으로 유추해 볼 때 곱게 자란 아가씨라 보는 것이 옳았다. 하얗고 부드러운 피부는 고생 한번 한 것 같지 않았다. 한없이 약해 쉽게 꺾일 것 같았던 유채는 쉽게 꺾이지 않았다. 보통 마레 위르면 벌써 미쳤을 일들을 겪고도 꿋꿋했다. 그게 저를 자극했고 정복욕인지 소유욕인지 아니면 아집인지 정체를 알 수 없는 감정을 불러왔다. 루프스는 유채의 머리가 축 늘어지지 않도록 자세를 고쳐 안았다. 곱게 치장시켜 놨건만 다시 꼴이 엉망이 되어버렸다.

"헤나."

"예, 루프스님."

헤나는 어느새 루프스의 뒤에 와 서 있었다. 루프스는 싸늘한 시선으로 늑대들의 발톱에 긁혀 엉망이 된 블루벨을 내려다보았다.

"저 암컷 토끼를 케릭스에게 보내서 알아서 적당한 감옥에 두라고 해라."

"알겠습니다."

헤나의 눈짓에 병사들이 블루벨의 양팔을 붙잡았다.

"저! 루프스님!"

블루벨은 불경스럽더라도 루프스를 불렀다. 루프스가 걸음을 멈추었다.

"레티티아님은 아무런 잘못이 없어요. 모두 제가······."

블루벨은 자신의 목을 조르는 것 같은 살기에 입을 다물었다. 숨을 쉬기도 힘들 정도로 날카로운 살기였다.

"그러니 건방진 너에게는 아주 적합한 벌을 내려주마. 기대하거라. 지옥이 무엇이지 내 친히 보여주마."

블루벨은 다리의 힘이 풀려 축 늘어졌다.

오르페는 속으로 이제는 마레 위르 전문 의사라는 타이틀을 붙여도 되는 것인가 하는 고민을 진지하게 하면서 루프스 앞에 섰다. 등의 상처가 나은 지 얼마나 됐다고 어깨가 으스러져서 돌아왔다. 오르페는 루소리움에서 일어나는 처형을 별로 좋아하지 않아 피하는 편에 속했다. 그런데 이번에 듣자 하니, 저 마레 위르 암컷이 정말 제대로 일을 쳤다고 했다. 오르페는 유채를 치료하며 혀를 찼다. 그냥 굽히면 될 것을, 그 조금 굽히는 것이 싫어 매번 엉망이 되어 돌아오는 유채가 천하에 다시없을 얼간이로 보였다.

"어깨는 상처를 봉합해 두었습니다. 상태가 조금 심각하여 마법을 이용하여 봉합을 했으나, 충격이 가해지면 상처가 다시 터질 것입니다."

"수고했다. 가봐라."

오르페는 고개를 숙이고 루프스의 방을 나갔다. 루프스는 이불을 걷어 유채의 옆에 누워 한쪽 팔로 상체를 지탱했다. 당연히 살려달라고 제게 빌 줄 알았다. 아무리 아끼는 수인이라고 하더라도 제 목숨이 가장 소중한 법이었다. 제 목숨이 경각에 달하면 살려달라고 외칠 줄 알았다.

"너는 참 신기해, 레티시아."

루프스는 유채의 얼굴을 손가락으로 훑었다. 생긴 것은 한없이 연약하게 생긴 주제에 고집은 소처럼 강했다. 끝까지 그 건방진 여왕 같은 눈을 죽이지 않았다. 루프스는 유채의 하얀 피부와 대조되는 붉은 입술을 보았다. 저 입술에서 제 이름을 부르고 살려달라고 애원하는, 그 고고한 자존심을 꺾는 말을 기대했다.

"너는 내게 지금 꺾이지는 않았지만 말이다. 내가 너를 꺾을 방법을 찾아냈지."

루프스의 손가락이 유채의 도톰한 입술을 쓸었다. 저 고고한 입에서 굴복의 말이 나올 것이다. 이번에 그가 쥔 채찍은 그녀의 약점이었다. 루프스는 정신을 잃고 누워 있는 유채의 얼굴을 가만히 바라보았다.

"난 크면 오빠와 결혼할래!"

부지불식간에 루프스의 머릿속에 고통스러운 기억이 떠올랐다. 루프스는 자리에서 벌떡 일어나서 얼굴을 쓸어내렸다. 에리카의 얼굴이 떠올랐다. 그리고 그 아이의 마지막도. 저 암컷과 에리카는 전혀 다르게 생겼다. 에리카는 어머니의 하얀 머리카락에 아버지의 회색 눈을 가졌었다.

"살려줘…… 오빠!"

열셋의 마지막 겨울, 그는 비겁했고 겁쟁이였다.

루프스는 머리를 흔들었다. 그리고 고개를 돌려서 유채를 내려다보았다. 이게 다 저 암컷이 제게 복종하지 않아서다. 그래서 그 때의 비참했던 기억이 다시 떠오르는 것이다.

루프스가 그 시절에서 벗어날 수 있었던 것은 그가 모든 수인의 위에 군림했기 때문이었다. 모든 수인이 그에게 복종했기 때문이었다. 그러니 펠릭스 다우스인 유채도 복종해야 했다. 저 건방진 암컷이 제게 반항하니 그 질척하고 어두운 과거가 다시 생각나는 것이다.

"레티티아."

그가 유채의 잠든 귀에 속삭였다. 그녀는 그 음산한 목소리를 의식이 없는 와중에도 들은 것인지 몸을 들썩거렸다. 루프스는 유채를 진정시키려는 것인지 쉿 하며 그녀의 왼쪽 어깨를 토닥였다.

"일어나게 되면 말이다."

어깨를 토닥이던 손이 유채의 심장이 뛰고 있는 부근을 지그시 눌렀다. 손에 심장박동이 느껴졌다. 마레 위르 특유의 느긋하고 규칙적인 심장박동이었다. 루프스는 그것을 느낀 순간 할 말을 잊었다. 루프스는 조용히 유채의 심장박동을 느꼈다.

유채의 잠든 얼굴이 보였다. 처음 보았을 때보다 마르고 날카로워졌다. 하지만 그 신비로운 분위기는 여전했다. 루프스는 스스로가 암컷이라고 특별히 관대함을 베푸는 편은 아니라고 생각했다. 평소라면 죽이고도 남았을 짓을 한 펠릭스 다우스임에도 유채를 계속 데리고 있는 데는 딱히 이유는 없었다. 그는 유채의 볼을 만졌다. 그리고 그녀의 붉은 입술을 손으로 쓸었다.

그는 인정할 건 인정하기로 했다. 이 암컷은 확실히 제 취향으로 생기기는 하였다.

"레티티아, 네가 지금 잠든 것만큼 얌전히만 군다면 나는 네게 최상의 것을 제공할 용의가 있어."

이 말은 사실이었다. 그는 고분고분한 펠릭스 다우스에게는 자애로웠다. 루프스는 유채가 깨어나기를 기대하며 그녀의 옆얼굴을 바라보았다.

그리고 이것이 유채의 어깨 상처가 터지기 전까지의 이야기였다.

✤

루프스는 유채가 악을 쓰는 소리를 들으면서 방을 나왔다. 마레 위르의 속담 중 이런 것이 있다고 하였다. 장수를 쏠 수 없으면 말을 쏘아라. 지금의 상황이 딱 그 꼴이었다. 유채는 제 몸보다 자신이 돌봐야 한다고 생각하는 것을 더 챙겨주는 이였다. 그것이 루프스가 유채에게 체벌을 가하는 것이 소용이 없었던 이유였다. 유채의 목줄을 휘어잡는 법은 예상보다 간단했다. 유채가 아끼는 이들을 인질로 내세우면 된다.

"그 토끼 암컷은 어떻게 했나?"

"일단 타박상만 치료해서 다시 지하 감옥의 냉궁에 집어넣었습니다."

케릭스가 의자에 앉은 루프스에게 대답했다. 케릭스는 루프스의 차가운 청회색 눈동자를 바라보았다. 그 눈에서는 묘한 광기가 돌고 있었다. 그리고 케릭스는 그런 광기를 본 적이 있었다. 루프스가 열넷에서 열다섯으로 넘어가던 때에도 저런 눈을 했었다.

베니니타스의 죽음으로 나른하게 가라앉았던 광기가 유채를 만나고 다시 생긴 것이다.

"죽지만 않게 해. 레티티아의 목줄이거든."

빌어먹을. 암컷 마레 위르.

솔직히 말해 케릭스는 그녀가 죽기를 바랐다. 루프스의 눈에 저런 생기에 가까운 광기가 돌기 시작한 것은 그녀가 나타나면서였다.

케릭스는 루프스를 아주 어릴 적부터 보았다. 그의 나이 일곱에 전대 루프스의 아들인 현 루프스 라이칸을 만났다. 로보의 신하였던 아버지가 케릭스를 라이칸과 동갑이라는 이유로 놀이친구로 들여보낸 것이다. 그리고 그 시절의 루프스는 절대 지금과 같은 성격이 아니었다. 그는 늑대 수인치고는 꽤나 다정다감했었다. 물론 그 나이대의 남자 아이들답게 불같은 면도 있었지만 그만큼 금방 가라앉았으며 그 또래의 천진난만함도 있었다.

그리고 그 일이 벌어진 후, 실종되었던 그를 다시 만난 것은 열네 살의 여름이었다. 케릭스는 똑똑히 기억했다. 위르형만으로 동물로 변한 수인들을 도륙하던 루프스를. 공포 그 자체였다. 루프스의 입가에는 피가 흥건히 묻어 있었다. 무표정한 얼굴에 광기 어린 미소가 물들었다.

"오랜만이야, 케릭스."

열셋의 다정다감했던 소년은 사라졌다. 피에 미친 광기를 보이는 절대적인 군주만이 있었다. 그 강함으로 흩어져 있던 늑대 수인을 통일하는 것은 그리 오래 걸리지 않았다.

"에리카님은······."

"죽었어."

그는 잘 따르던 스승, 베니니타스의 목숨을 끊기 위해서만 움직였다. 그 광기 어린 눈빛을 케릭스는 아직도 잊지 못했다. 결국 루프스는 베니니타스의 목숨 줄을 끊었다. 청회색의 눈에 돌던 광기는 가라앉았고 그 자리를 무료함이 메웠다.

그 후, 그는 펠릭스 다우스로 삼은 짐승들을 혹독하게 훈련시켜 제 말을 따르는 식인 동물로 만드는 일에만 관심을 보였다. 그리고 이 토스 호무스는 십 년간 평화로웠다.

"재미있어. 간만에 재미있었어."

루프스의 입꼬리가 올라갔다. 케릭스는 그 모습을 불안하게 쳐다보았다. 그 요망한 암컷 마레 위르를 만난 후 루프스의 행동이 미묘하게 변했다. 조금 다르게 생겼다고 하나 결국은 마레 위르였다. 정 마레 위르를 펠릭스 다우스로 삼고 싶다면 미노르 호무스(Minor Humus: 소 수인 일족의 땅)와 울피누스 호무스(Vulpinus Humus: 여우 수인 일족의 땅) 사이의 해안을 무단 점거하고 있는 건방진 마레 위르들 틈에서 어린아이를 하나 빼오면 되었다. 동물들도 어린 나이에 훈련을 받아야 주인 말을 잘 듣듯이, 마레 위르 역시 마찬가지임에 틀림없었다.

원래 루프스는 제 말을 듣지 않는 펠릭스 다우스는 가차 없이 체벌하여 죽여 버렸다. 그것이 얼마나 귀중하고 제가 그것에 얼마나 많은 시간을 쏟아부었든 상관없었다. 제게 복종하지 않는 것은 용서하지 않았다. 하지만, 지금 그는 그녀에게 지나칠 정도로 관대했다.

"케릭스, 오늘 처형된 시신들 모아왔나?"

"예. 명령하신 대로 모아왔습니다."

"그럼 그걸 붉은 방에 넣어놔. 썩지 않게 보존 마법을 걸어서."

루프스는 팔에 턱을 괴었다. 운이 좋았다. 그는 유채가 싫어하고 두려워하는 것을 또 하나 알아냈다. 그녀는 수인들의 몸이 늑대에 의해 찢겨질 때마다 몸부림을 치면서 괴로워했다. 공포에 질렸었다.

"그건 왜……?"

"체벌실이라고 할까나."

루프스가 탁자에 놓인 술잔의 윗부분을 손가락으로 쓸었다. 케릭스는 머리가 아파왔다.

집착인가 흥미인가.

막 진상된 마레 위르를 보았을 때만 해도 그는 예전과 같았었다. 마레 위르를 대면한 후로부터 미묘하게 행동이 달라졌다. 이걸 펠릭스 다우스에 대한 집착으로 봐야 할지, 아니면 좀 독특한 것에 대한 흥미로 봐야 할지 케릭스는 감을 잡을 수가 없었다. 한 가지 확실한 것은 저 이상한 마레 위르가 루프스를 망치는 독이 될 수도 있다는 것이었다. 케릭스는 주먹을 쥐었다.

죽여야 한다.

때를 봐서 그녀를 죽이기로 결심했다. 그것이 검은 뱀이 되어 루프스를 감싸기 전에.

Chapter 2
바다 밖 인간, 마레 위르 [Mare Vir]

짝.

유채의 몸이 옆으로 날아갔다. 귀가 울렸다. 팔로 땅을 짚고 몸을 일으키던 그녀의 눈에 손바닥 쪽으로 돌아간 보석이 보였다. 일부러 그런 것이었다. 유채는 반지의 보석에 살갗이 찢겨서 피가 흘러내리는 볼을 손으로 감싸 쥐었다. 갈색 머리카락의, 늑대의 귀와 꼬리를 가진 늑대 수인 여자가 무어라고 소리쳤다. 정말, 클리셰란 클리셰는 다 보는구나. 주인공 여자에게 황제가 관심을 보이면 악녀 역할의 높은 신분의 여자가 주인공의 뺨을 치면서 욕하는 장면이 한 번씩은 로맨스 소설에 등장했다. 지금이 딱 그 짝이었다. 유채는 맞은 여파로 귀가 잘 들리지 않는 것이 다행이라고 생각했다. 그렇지 않으면 별 욕을 다 들었을 것 같았다.

"감히 그 천한 몸으로."

블루벨이 예전에 말해준 적 있는 여자였다. 여자 늑대 수인 중

네 번째인가 다섯 번째로 강자이며 권력욕이 엄청 강하다고. 이름이 젤다였던가? 참 이름답게 행동하는 여자였다.

유채는 제게 손가락질하는 여자를 눈을 치켜뜨고 보았다. 여자의 손이 한 번 더 저를 내려치려고 하는데 옆에 있는 궁녀는 도울 생각이 전혀 없는 것 같았다. 유채는 헛웃음을 지었다.

군소 일족인 다람쥐 일족인 궁녀 아엘은 유채의 꼴을 보며 속으로 쌤통이라고 비웃었다. 솔직히 말해 아엘은 저 펠릭스 다우스를 꼬박꼬박 '님' 자를 붙여서 부르며 모시는 것이 꽤나 자존심이 상했다. 마레 위르들이 약한 자신들의 일족에게 무슨 일을 저질렀는지를 떠올릴 때마다 몸이 떨렸다. 그래서 틈만 날 때마다 레티티아를 거칠게 다뤘다. 약하디약한 마레 위르 암컷답게 조금만 힘을 줘도 아프다고 눈을 찌푸렸다. 꼴에 자존심은 있는지 끝까지 신음은 안 흘리는 것이 더 꼴 보기 싫어 강도를 높여가는 중이었다.

아엘은 저 거만한 암컷 늑대도 만만치 않게 싫었지만 그래도 마레 위르를 싫어하는 마음이 더 커, 마음속으로 젤다를 응원하며 건방진 암컷 마레 위르의 콧대를 꺾어놓기를 바랐다. 겨우 펠릭스 다우스 주제에 루프스의 침실에 들어앉아 있으니 제가 여왕이라도 되는 줄 아는지 눈빛이 당당한 것이 정말 짜증났다. 루프스가 무슨 생각으로 저 암컷을 침실에 들인 것인지 이해가 안 간다 싶다가도 그녀의 얼굴을 보면 의문이 사라졌다.

저 늑대도 잘 아니까 더 이 지랄을 떠는 것이었다. 이 펠릭스 다우스는 암컷도 반할 정도로 예쁘게 생겼다. 화려한 장미보다는 우아하고 고전적인 작약이나 목련이 어울리는 미인이었다. 아엘은 젤다가 마치 남편의 정부에게나 할 법한 말을 쏟아내는 것을 들었다.

유채는 여자의 손이 다시 한 번 날아오기 전에 입을 열었다.

"그래서. 어쩌라고."

저 여자의 말이 사실이었다면 차라리 맞아도 덜 억울할 것 같았다. 물론 그런 일을 겪고 싶지 않은 것은 별개로 하더라도. 유채는 입술을 깨물었다. 결코 저 여자 앞에서 눈물 한 방울 흘리지 않을 것이다.

젤다가 유채의 말에 놀란 것인지 휘두르려던 손을 멈칫거렸다.

"루프스는 내 허리 놀림을 굉장히 좋아해, 미친년아. 그래서 오늘 루프스한테 한번 속삭여 보려고."

물론 거짓말이었다. 유채는 그의 방에 있을지언정 그의 침대에는 절대로 올라가지 않았다. 루프스와 살이 닿는다는 사실이 역겨웠다. 유채는 밤마다 침대 기둥에 몸을 기대고 잠들었다. 그렇지 않으면 방바닥에 누워서 잤다. 루프스는 유채가 어디서 자든 크게 상관하지 않았고 억지로 안으려 하지도 않았다. 그저 유채의 자존심을 비웃으며 얼어 죽지는 말라며 빈정거리면서 담요를 던져 주는 것이 고작이었다.

유채가 불편하게 잘 동안 루프스는 넓은 침대에 누워서 잠에 들었다. 그도 악몽을 꾸긴 하는 것인지 이따금 땀을 뻘뻘 흘리며 일어나곤 했지만 유채보다는 편하게 잤다. 유채는 자세가 불편하니 잠도 제대로 잘 수 없어서 항상 피곤했지만 루프스는 언제나 생생했다. 유채가 아침마다 피곤해하는 기색을 보이면 루프스는 그녀의 자존심을 비웃고 제 일을 하러 나갔다.

"천상의 쾌락을 선사해 드릴 테니 거슬리는 암컷 하나 갈기갈기 찢어달라고. 루프스는 내 허리 놀림을 마음에 들어 하니 내 부탁을 들어줄지도 몰라."

유채는 겨우 자리에서 일어나 젤다를 똑바로 보았다. 그녀가 하얗게 질린 얼굴로 말문이 막힌 것인지 유채에게 삿대질을 하며 '너, 너'만 계속 반복하였다.

"그러니까, 살고 싶으면 내 앞에 무릎 꿇고 빌어. 잘못했다고."

유채가 이런 종류의 괴롭힘을 당하고 산 기간이 무려 육 년이었다. 유채는 허리를 꼿꼿이 세웠다. 잠시 구부러질 수는 있다. 하지만 영원히 굽히고 있지는 않는다. 그것이 유채의 신조였다.

동서고금을 비롯하여 온실은 돈지랄의 결정체 중 하나였다. 유채는 늦가을에도 푸른빛을 띠는 풀들을 바라보며 생각했다. 온실 안은 딱 봄이었다. 다람쥐 수인 궁녀가 유채의 양팔을 놓았다. 그리고 허리를 숙이더니 뒤로 종종걸음으로 물러났다. 아까 한 말의 여파가 이렇게 클 줄은 몰랐다. 평소라면 인사는커녕 팔을 더 세게 잡아 상처를 늘렸을 궁녀들이었다.

유채는 욱신거리는 오른손으로 길게 그어진 붉은 실금에서 흘러나온 피를 닦았다. 어깨를 다친 지도 한 달이 지났고 블루벨이 돌아오지 않은 지도 한 달이 지났다. 유채는 체념이라기보다는 현실에 타협했다. 일단은 루프스의 기분을 맞춰주기로 했다. 블루벨의 목숨이 걸려 있을뿐더러, 그 편이 나중에 틈을 만들기 쉬울 것 같았다.

더군다나, 지금 유채는 루프스의 침실에서 생활 중이었다. 탈출하기에는 최악인 상황이었다. 일단 그와 떨어져야 탈출을 생각할 수 있기 때문에 유채는 그의 비위를 맞출 생각이었다.

온실 안에는 유채도 알고 있는 여러 식물들이 자라고 있었다.

이곳은 생각했던 것보다 지구와 환경이 비슷했다. 하긴 물이 있고 산소가 있는데, 비슷하게 진화가 못 일어날 이유도 없었다.

"왔나?"

루프스는 평소와 같았다. 웃옷을 열어젖히고 바지도 느슨하게 입은 채였다. 공식적인 일을 하면 그도 옷을 챙겨 입는 편이었으나 그렇지 않는 경우에는 모두 저렇게 입고 다녔다. 유채는 무감정하게 그를 바라보았다.

"안 오고 뭐 하나? 오랜만의 외출일 텐데."

유채에게 외출이 허락되는 경우는 딱 두 가지였다. 한 번은 이렇게 루프스가 불러낼 때, 다른 한 번은 루프스가 기분이 좋을 때마다 불규칙적으로 주는 자유 시간. 유채는 가끔 한 번씩 있는 자유 시간을 이용해서 이 궁에 관한 정보를 모으고 있었다.

"갈게요."

유채는 붉은색 치맛자락을 걷어 올리고 루프스에게 갔다. 제때에 오지 않으면 오지 않았다고 별별 트집을 잡아서 화를 낼 것이다. 유채가 가까이 다가오자 루프스는 자신의 무릎을 가볍게 두드렸다. 앉으라는 소리 같았다. 유채는 눈을 딱 감고 그 무릎에 비스듬히 앉았다. 루프스의 팔이 유채의 허리를 감고 등을 감쌌다. 마치 갓 태어난 강아지를 돌보는 듯한 모양새였다. 루프스는 유채를 귀여운 강아지 그 이상 그 이하로도 보지 않으니 맞는 표현일 것이다.

"오늘 바른 향유는 백합인가 보군."

루프스가 유채의 목덜미에 코를 묻으며 물었다.

궁녀들은 유채의 의견은 조금도 들으려 하지 않고 그저 눈앞의 남자의 취향을 고려하여 그녀를 꾸몄다. 어느 날은 목이 부러질 정도로 화려한 장신구를 사용하여 머리를 틀어 올려 고정시키기도 하였고 어느 날은 풀어 내리고 그 위에 포인트만 되는 장식을 해주기도 하였다. 바르는 향유도 그때그때 달라졌다. 하지만 옷만큼은 소나무였다. 지나치게 화려하지 않으면서 절제된 우아함을 가진 소녀풍의 드레스. 딱 유채의 취향과는 정반대였다. 유채는 인형이 되어서 루프스의 취향대로 꾸미고 그의 앞에 서야 했다.

"백합 향도 좋긴 하지만 레티티아 너하고는 어울리지 않아. 궁녀들에게 향을 바꾸라고 해야겠어."

유채는 자신의 몸을 감고 있는 루프스의 팔이 마치 길고 차가운 뱀처럼 느껴졌다. 소름이 끼쳐 떼어버리고 싶어도 그가 또 무슨 짓을 할지 몰라 옷자락을 잡고 버텼다. 루프스의 손이 유채의 검은 머리카락을 넘겼다. 긴 머리카락을 좋아하는 것인지, 유채는 상한 머리카락을 자르고 싶어도 그의 취향 때문에 자를 수가 없었다. 그가 머리카락에 코를 묻었다.

"요즘 굉장히 얌전하구나."

루프스는 예전과는 다르게 얌전한 유채에게 말했다. 그녀는 처음 만났던 그때보다는 고분고분했다. 더 이상 자신에게 대들지 않았고, 시키는 일도 군소리 없이 했다. 하지만 루프스는 그녀의 변화를 있는 그대로 믿지 않았다. 아직도 유채의 눈빛은 맹수의 그것과 같았다. 여전히 건방질 정도로 당당한 눈빛이었다.

"그런 상황을 겪었는데도 얌전해지지 않는 사람이 있을까요? 나도 이성이 있는 사람이거든요."

"아직도 그 혀는 매섭군."

루프스는 유채의 볼을 쓰다듬었다. 볼에 생채기가 나 있었다. 루프스는 혀로 상처를 쓸었다. 유채는 그 소름 끼치는 느낌에 몸을 떨었다. 몸을 뒤로 빼지 않기 위해서 유채는 주먹을 쥐었다. 루프스는 떨리는 그녀의 몸을 끌어안으며 볼에 입을 맞추었다.

"나는 너를 맹수로 생각하지 않아, 레티티아."

루프스의 눈에 작은 유채의 몸은 마치 강아지 같았다. 작고 하얀 강아지. 루프스는 흉터가 남은 그녀의 어깨를 쓸었다. 유채는 눈을 찌푸렸다.

"너는 뭐랄까. 작은 강아지에 가까운 느낌이지."

루프스의 손이 어깨에서 떨어졌다.

"그러니 네가 바락바락 대들지만 않았다면 이런 상처가 생길 리가 없었겠지."

"참 자비로우시네요."

유채는 모든 일의 근원은 당신이라는 말을 하고 싶었지만, 그 말은 목구멍 깊숙이 숨겼다. 이 말을 했다가 그가 무슨 짓을 벌일지 모르는 일이었다. 유채 자신에게든 블루벨에게든.

유채는 루프스의 손길 아래서 얌전히 앉아 있었다. 루프스는 그녀의 고운 살결을 손으로 쓸어내렸다.

"원래 맹수와 귀엽고 연약한 강아지를 다루는 방법은 다른 법이지."

루프스의 손이 유채의 턱 아래를 강아지 다루듯이 쓰다듬었다. 그의 손가락이 유채의 턱선을 섬세하게 더듬다가 볼로 올라갔다. 실금이 그어진 상처를 손가락으로 쓸었다. 유채는 올 것이 왔다 싶어 눈을 감았다.

"내 레티티아에게 이런 상처를 낸 건 누구지."

"넘어졌어요."

"칠칠맞지 못하다고 말해주고 싶지만,"

루프스의 청회색 눈동자가 유채를 가만히 훑어보았다. 뭔가를 감추고 있는 표정이었다. 루프스는 이런 말도 안 되는 거짓말을 믿어줄 만큼 눈썰미가 없는 수인은 아니었다. 루프스는 유채를 끌어당겼다. 그리고 귓가에 조용히 속삭였다.

"같잖은 거짓말은 집어치우고 사실을 말하는 것이 좋을 것 같은데."

"거짓말 아니에요. 내가 왜 이런 걸로 거짓말을 하죠?"

유채의 허리를 감싸고 있던 손이 더 강하게 조여들어 왔다. 유채의 몸이 루프스에게 딱 붙었다. 루프스는 그녀의 귓가에 입술을 대고 낮은 목소리로 속삭였다.

"나는 거짓말하는 걸 제일 싫어하거든."

루프스는 자신의 앞에서는 진실만을 말하라고 낮게 속삭였다.

"붉은 방에 다시 들어가고 싶은 것은 아니지?"

유채의 몸이 보기 안쓰러울 정도로 굳었다. 유채는 그 두려운 붉은 방에서의 기억을 떠올렸다.

"난 정말 아무 짓도 안 했어요! 그냥 열쇠를 가지려고 했을⋯⋯ 꺄악!"

루프스는 유채를 벽 쪽으로 내던졌다. 벽에 부딪친 유채는 다리에 힘이 풀려 바닥에 주저앉았다. 유채의 머리는 산발이었다. 루프스의 억센 손에 붙잡힌 유채의 손목은 붉게 멍이 들어 있었다. 종아리는 바닥에 쓸려서 벌건 살을 드러냈다. 유채의 검은 눈이 물기에 젖었다.

"그 입 다물어라!"

루프스가 노성을 질렀다. 유채는 몸을 움츠렸다. 루프스가 한 쪽 무릎을 꿇어서 유채와 눈을 맞추고 그녀의 턱을 움켜잡았다. 유채는 신음을 흘렸다.

"귀엽다고 봐주는 것도 한계가 있어! 감히 나를 죽이려고 해?"

"아니에요! 난 정말 아무 짓도 안 했어요! 그냥, 나는 방을 나가고 싶어서…… 열쇠를 찾으려고 했어요. 하늘에 맹세코 당신을 노리지 않았어요!"

유채는 울먹였다. 루프스가 싫었지만, 그를 죽이려고 한 적은 한 번도 없었다. 그냥 나가고 싶어서 열쇠를 찾았던 행동이 어떻게 하면 저렇게 해석될 수 있는지 유채는 궁금했다.

오늘은 여느 때와 그리 다르지 않았다. 유채는 불편하게 잠을 청했고 루프스는 침대 위에서 단잠을 청했다. 침대 기둥에 기대 선잠을 자던 유채의 눈에 뭔가 반짝이는 것이 보였다. 유채는 눈을 번쩍 떴다. 이 방을 나갈 수 있는 열쇠 같았다. 유채는 발소리를 죽이고 조용히 침대 위로 올라갔다. 그 반짝이는 것을 찾기 위해 루프스의 몸을 더듬던 손이 그의 목 근처를 더듬었다. 그때였다. 루프스가 벌떡 일어나 유채를 제압했다. 유채는 정말로 죽는 줄 알았다. 루프스는 분노한 눈으로 저를 시해하려 했다고 고래고래 소리를 질렀다. 유채는 얼른 아니라고 항변했지만, 소용없었다. 분노한 루프스는 유채를 질질 끌고 이곳까지 왔다. 유채는 끌려오는 내내 사정을 설명했지만 루프스는 듣지 않았다.

"그래? 오해다?"

유채는 미친 듯이 고개를 끄덕였다. 왕을 시해하려고 한 죄로 죽고 싶지 않다. 루프스는 헛웃음을 흘렸다. 루프스가 소름 끼치는 손길로 유채의 볼을 쓰다듬었다.

"그거 아나? 펠릭스 다우스는 원래 내 노예를 뜻하는 말이다."

루프스는 유채의 겁에 질린 검은 눈동자를 보며 싸늘하게 웃었다. 아마 머리가 나쁘지 않다면 무슨 말인지 알아들었을 것이다.

"이번 한 번만 네 같잖은 변명에 속아주지."

"아니에요! 난 정말로 당신을 죽이려 한 적이 없어요!"

루프스는 유채의 등 너머에 있는 방문을 열었다. 유채가 비릿한 피 냄새에 뒷걸음질 치자 루프스는 유채를 방 안으로 우악스럽게 밀어 넣었다.

"살고 싶으면 들어가라. 벌이야."

"예?"

"이미 토스 호무스에 소문이 퍼졌을 거야. 네가 내 목숨을 노렸다고. 분노한 대신들이 네 목을 치라고 하겠지."

유채는 그제야 루프스의 뒤에 있는 형형한 기운의 병사들이 눈에 들어왔다. 궁에 있는 모두가 이 일을 들었을 것이다. 유채의 목에 소름이 돋았다. 죽고 싶지 않았다.

"네 변명도 모두 퍼졌을 것이고. 네 변명을 인정해 네가 탈출을 시도했다고 하면, 너는 우리의 법에 따라 얇은 쇠로 된 채찍으로 삼 일에 오십 대씩을 밥도 먹지 못하고 맞아야 하지. 우리는 탈주를 시도한 노예들을 그렇게 처벌해 왔다."

유채의 얼굴이 하얗게 질렸다. 몸이 덜덜 떨렸다.

"하나 네 몸은 그 처벌을 견딜 수 없겠지."

루프스는 유채의 몸을 조금씩 방 안으로 밀어 넣었다. 유채는 간절한 눈으로 루프스의 팔을 움켜잡았다. 루프스가 고개를 숙여서 유채의 귓가에 속삭였다.

"지금 이게 내가 최대한 자비를 베푸는 방법이다. 너를 죽이지도 않고 너를 아프게 하지도 않는. 그러니, 내 자비를 감사하게 여겨."

분명히 대신들이 길길이 날뛸 것이다. 극악무도한 펠릭스 다우스의 목을 쳐야 한다 할 것이다. 설령 유채의 말을 믿어준다고 하더라도 그들은 유채를 묶어놓고 삼 일간 굶기며 채찍으로 내리쳐야 한다고 주장할 것이다. 제아무리 그라도 법과 수인들의 반(反)마레 위르 감정은 무시하기 힘들었다. 이 사실을 알게 되면 루프스에게 반감이 있는 몇몇 수인들이 더 심하게 날뛸 것이다. 특히 헤르티아 같은 이들이. 그러니, 제가 유채에게 내리는 처벌은 엄청난 자비에 가까웠다. 루프스는 유채에게 잔인한 미소를 지어 보였다.

유채는 방 안에 있는 것이 무엇인지 보았다. 유채는 루프스의 팔을 움켜잡고 미친 듯이 고개를 저었다. 저런 끔찍한 시체들과는 한 방에 있을 수 없었다.

"잘못했어요. 잘못했어요. 한 번만…… 한 번만……."

유채는 두 손을 모으고 싹싹 빌었다. 자존심까지 다 버리고 빌었다. 제가 도대체 뭘 잘못했을까? 탈출하려 한 것이 이렇게 큰 죄일까?

"진심에서 우러나와야지. 건방지게 아직도 네가 탈출하려 한 것이 죄라 생각하지도 않지."

루프스는 유채의 손을 떼어내었다. 유채가 겁에 질린 얼굴로 다시 루프스의 팔을 애타게 잡으며 고개를 흔들었다.

"잘 반성해. 그리 어려운 일도 아니잖아?"

루프스는 유채의 이마에 입술을 맞추고 방 안에 내던지듯이 밀어 넣었다. 중심을 잃은 유채의 몸이 앞으로 엎어졌다.

"내가 허락할 때까지 이 방문을 열지 마라."

루프스의 마지막 명과 함께 방문이 잠겼다.

"밖에 아무도 없어요!"

유채는 정신없이 방문을 두드렸다. 차마 뒤를 돌아볼 엄두도
내지 못한 채 유채는 방문에만 매달렸다. 방에는 피비린내가 가
득했다. 질척이는 피가 유채의 발목을 휘감았다.

안전한 곳을 찾기 위해서 두리번거렸지만 어디에도 도망갈 곳
도, 숨을 곳도 없었다. 희미한 불빛만이 비치는 이 작은 방 안에
는 끔찍한 시체뿐이었다. 유채는 눈을 감았다. 눈물이 절로 흘러
나왔다. 피 웅덩이에서 구르고 굴러서 옷은 피로 범벅이 되었다.
유채는 가늘게 몸을 떨었다. 굳은 몸을 억지로 움직여서 피 웅덩
이를 건너갔다.

"열어주세요! 제발…… 열어주세요! 흐흑…… 제발……."

유채는 문이 부서져라 두드렸다. 저 시체들이 소름 끼쳤다. 좀
비처럼 살아나서 저를 덮칠 것만 같았다. 유채는 올라오는 역한
기운을 억누르고 정신없이 문을 두드렸다. 하지만 아무런 반응이
없었다.

유채가 울먹였다. 이 괴기스러운 방에서 나가고 싶었다. 유채는
몸을 벌벌 떨면서 제 어깨를 감싸 안았다.

"지금 이게 내가 최대한의 자비를 베푸는 방법이다. 너를 죽이
지도 않고 너를 아프게 하지도 않는. 그러니, 내 자비를 감사하
게 여겨."

유채는 루프스의 말을 떠올리곤 헛웃음을 지었다. 자비? 미친 소리였다. 열쇠를 찾으려고 했을 뿐이었다. 열쇠를 찾아서 이 지긋지긋한 방에서 나가 집으로 돌아갈 방법을 찾고 싶었다. 그게 잘못된 일이란다.

"잘못했어요……. 잘못했어요……."

유채는 방문에 얼굴을 대고 속삭였다. 미칠 것 같았다. 도대체 제가 무슨 잘못을 해서 이런 벌을 받아야 할까? 저를 펠릭스 다우스로 삼은 루프스가 먼저 잘못을 했는데, 왜 저만 이렇게 고통스러워해야 할까?

손은 이미 피투성이였다. 유채는 이제 감각도 없어진 손으로 문을 두드렸다. 목이 쉬어서 더 이상 목소리가 나오지 않았다.

"열어…… 주세요……."

탈진해서 바닥에 엎어진 유채는 숨만 몰아쉬며 눈물만 흘렸다. 유채는 몸을 웅크렸다. 집에 가고 싶었다.

"으흐흑. 집에 가고 싶어……."

유채의 눈에서 눈물이 후드득 떨어졌다.

유채는 비 맞은 새처럼 떨었다. 루프스는 아기를 달래듯이 그녀의 몸을 쓸었다. 유채는 그런 루프스가 가증스러웠다. 그는 손가락으로 유채의 볼에 난 상처를 쓸면서 속삭였다.

"가여운 레티티아. 난 그렇게 잔학한 수컷은 아니다. 사실만 말해준다면 오늘의 거짓말은 넘어가 주지. 왜 다쳤지?"

솔직히 말해 유채도 그 계집애를 감싸주고 싶은 마음은 추호도 없었다. 하지만 그 계집의 이름을 말했다가 펼쳐질 잔혹한 상황이 더 보기 싫었다. 루프스가 벌일 일이 그 계집애보다 더 싫었다. 그리고 그 무엇보다 붉은 방에 끌려 들어가는 것이 더 싫었다.

"말, 말할게요."

말이 덜덜 떨려 나왔다. 학습된 공포인 것인지 팔에 소름이 돋았다. 유채의 몸이 잘게 떨리는 것에 루프스가 유채의 관자놀이에 입을 맞추었다.

"붉은 방은 그냥 한 소리였으니 떨지 않아도 된단다, 레티티아."

유채는 주먹을 다시 움켜쥐었다. 처음 그 방에 이 남자의 손에 질질 끌려가 갇혀 있을 때의 기억은 그만큼 끔찍했다. 유채는 어떻게 해야 저 빌어먹을 남자가 되도록 화내지 않도록 이 뺨의 상처를 설명할 수 있을까를 심각하게 고민했다.

루프스는 눈을 아래로 깔며, 대답을 고르는 유채를 귀엽다는 듯이 보았다. 솔직히 말해 대강의 상황은 예상이 갔다. 그런데 제 예상보다 상처가 적은 것이 의아해 묻는 것이었다. 젤다가 제 성질을 스스로 죽였을 리는 없을 것이고…….

"협박을 하는 것이 아니다. 그저 이야기를 나누자고 한 것인데 분위기가 너무 무겁군, 레티티아."

루프스는 탁자에 놓여 있던 설탕에 절인 딸기를 바라보았다.

"먹으면서 이야기할까? 다람쥐 일족이 이런 면에는 일가견이 있지."

땅을 얻지 못한 수인 일족에게는 두 가지 길만이 있었다. 일족의 미래를 의논할 수 있도록 일족이 모일 수 있는 작은 거점 마을 하나를 구성한 뒤 이곳저곳에 퍼져 살거나. 아니면 다른 일족에

복속되는 것이다. 전자를 택한 것은 치유라는 독특한 능력을 지닌 뱀들이었고, 후자를 택한 것은 너무 약해서 결국 늑대의 보호를 받기로 한 다람쥐였다. 작물을 경작하는 데 특출한 다람쥐 일족은 늑대들의 보호를 받는 대신 그들의 능력을 루프스를 위해 썼다. 이 온실과 늦가을의 딸기 모두 다람쥐 일족의 작품이었다.

유채는 설탕에 절인 딸기를 보며 제 일에 관심조차 두지 않던 다람쥐 수인 궁녀가 생각나 쓴웃음을 지었다. 미국 남북 전쟁 때 노예를 둘 형편조차 되지 않아 노예제를 폐지해도 아무런 피해를 입지 않을 빈민층들이 노예제 폐지를 반대한 이유는 자신보다 낮은 이들이 있다는 것에 만족을 얻었기 때문이었다. 그 궁녀들이 저를 괴롭히는 것도 똑같은 의미일 것이다.

유채가 상념에 빠져 있는 사이 루프스의 입술이 그녀의 볼에 닿았다. 유채는 소름 끼치는 감각에 정신을 차렸다. 눈앞에 설탕에 절여진 딸기 하나가 보였다.

"입 안 벌리고 뭐 하나?"

직접 먹여주려는 것 같았다.

"내가 직접 먹을 수 있는데요."

"그 짧은 팔로는 멀어서 닿지 않을 것이다. 그러니 입 벌려."

강압적이었다. 유채는 입술을 깨물었다. 명령조까지 나왔다는 것은 이 이상 싫다 해봤자 제게 득 될 게 하나도 없단 뜻이었다. 유채는 작게 입을 벌리고 루프스가 건넨 딸기를 물었다. 설탕에 절인 딸기에서 끈적한 즙이 흘러나왔다. 루프스는 손가락으로 그것을 닦아주었다.

"칠칠맞지 못하긴."

유채는 그 후로도 루프스가 건네는 딸기를 아기 새처럼 받아먹었다. 여타 로맨스 소설에서는 이런 행동이 닭살 커플의 염장질로 포장되었지만 유채에게는 바퀴벌레가 살갗을 기어 다니는 것보다 더 끔찍한 기분이었다. 무엇보다 싫은 건 즙이 입가에 묻을 때마다 그것을 손가락이나 혀로 핥는 루프스였다. 유채가 그가 건네주는 것을 입에 넣을 때마다 흘러내리는 즙을 그는 항상 그런 식으로 닦았다.

개와 늑대는 거의 같은 종으로 봐도 상관없으니 늑대가 개와 비슷한 행동을 한다 해도 이상할 것은 없었다. 그래도 강아지가 그러면 차라리 기분이라도 좋을 것을 저 남자가 저를 끌어안고 이렇게 하고 있다는 것 자체가 유채에게는 끔찍한 악몽 같았다. 유채는 루프스의 손에서 벗어날 수만 있다면 악마에게 영혼이라도 팔고 싶은 심정이었다.

다행히 유채가 악마에게 영혼을 팔기 전에 케릭스가 들어왔다.

"루프스님."

케릭스는 한쪽 무릎을 꿇고 고개를 숙였다. 케릭스는 루프스가 유채에게 뭔가를 먹여주고 있는 기묘한 광경을 보며 눈살을 찌푸렸다. 루프스는 유채를 귀여운 강아지를 다루듯 했다. 그러나 케릭스의 눈에는 검은 뱀이 그의 몸을 휘감고 있는 것 같아 보였다.

루프스가 유채를 품에서 떼어내고 이유를 물었다. 케릭스는 잠시 말을 고르더니 입을 열었다.

"마레 위르 무리가 토스 호무스에 들어왔습니다."

"미쳤군. 어떤 경로로?"

루프스의 기세가 사나워졌다. 유채는 가장 가까이서 그의 사나운 기운을 마주할 수밖에 없었다. 유채는 사시나무 떨듯이 몸을 떨었다.

"배를 타고 해안을 돌아서 온 것으로 추정됩니다."

스티폴로르는 섬이었다. 유채가 추측하기에 크기는 그린란드와 비슷한 정도로 섬치고는 큰 곳이었다. 마레 위르들이 모여 사는 곳인 포트리스는 스티폴로르의 동쪽 끝에 있었고 토스 호무스는 스티폴로르의 서쪽 끝에 있었다. 적진을 향해 섬을 횡단해서 오는 어려움을 무릅쓸 수는 없었을 것이었다. 그러니 해로를 이용한 것이다.

유채는 마레 위르란 말에 가슴이 뛰었다. 저와 같은 사람들, 마법에 능통한 사람들을 만나게 될 수 있을지도 모른다!

루프스는 방금 전까지 죽상이던 유채의 표정에 생기가 도는 것에 속이 조금 뒤틀렸다. 그는 유채의 허리를 감고 있는 팔에 힘을 주었다. 유채의 몸이 그에게 끌려갔다.

"오늘 외출은 여기서 끝이야, 레티티아."

유채는 그 말에 반사적으로 고개를 들었다. 루프스는 그녀의 이마에 입술을 맞추었다. 유채는 이마를 손으로 문지르고 싶었지만 지금 그랬다간 저 남자의 심기를 건드릴 수 있어 일단은 참기로 하였다.

루프스는 유채의 표정을 보고서 그 속마음을 눈치챘다. 속 깊숙이 무언가가 뒤틀리는 기분이었다.

"돌아가서 얌전히 기다리고 있어."

루프스의 부름에 온실 밖에서 대기하고 있던 궁녀들이 들어왔다. 궁녀들은 딸기 즙이 묻은 루프스의 손을 닦았다. 그리고 궁녀들은 유채를 데리고 온실을 빠져나갔다.

유채가 나가자 루프스가 입을 열었다.

"독수리 일족에 무슨 문제가 있나? 마레 위르의 배 하나 못 잡아내고 말이야."

"왜 내보내시는 겁니까?"

케릭스의 동문서답에 루프스의 한쪽 눈썹이 올라갔다.

"레티티아 말입니다."

"아!"

루프스는 짧은 감탄사를 뱉고 말을 이었다.

"기껏 다정하게 굴어줬는데 죽을상을 하더니 동족 이야기를 듣고 표정이 밝아지는 것이 기분 나빠서."

솔직한 대답이 돌아왔다.

"공들여 키운 강아지가 나보다 같이 온 손님한테 꼬리 흔드는 걸 보는 기분이랄까?"

"요즘 레티티아를 특별 대우하는 것 같아 보입니다. 원래 펠릭스 다우스를 그렇게 다루지 않으시잖습니까?"

"맹수와 귀여운 강아지는 다르게 다루어야 하는 법이지. 레티티아는 귀여운 강아지야. 그리고 강아지가 주인 손을 물려고 하기에 주인이 얼마나 매서운지를 보여준 것뿐이고."

루프스는 머리 뒤로 깍지를 끼면서 의자에 등을 기댔다.

"해서 이런 잡담이나 떨자고 온 건 아닐 것이고. 마레 위르가 죽을 걸 알고서도 이곳에 왔으면 뭔가 패가 괜찮은 건데…… 렉스 뭐어라도 왔나?"

루프스는 렉스의 이름을 한 자, 한 자 꾹꾹 눌러 발음했다. 베니니타스의 부인인 라일라는 마레 위르였고 그녀의 오빠가 렉스였다. 루프스가 수인들 중 최강의 존재라면 렉스는 포트리스의 마레 위르 중 최강이었다.

"이름이 알려진 인물로는 붉은 머리 알렉스와 마법사 프레드릭 형제가 왔습니다."

"프레드릭이라면 그 화합인지 뭐인지 이상한 소리 지껄이는 놈이고, 붉은 머리 알렉스라면 렉스 놈의 제자가 아닌가?"

렉스의 이름을 언급할 때마다 루프스는 오른쪽 다리가 쑤시는 느낌이었다. 그의 오른쪽 다리에는 아주 큰 검상이 남아 있었다. 상처를 치료했던 오르페는 조금만 깊었으면 다리가 잘렸을지도 모른다고 했었다. 사소한 실수에서 비롯된 일이었다. 그놈이 아버지인 로보를 언급하지만 않았다면, 이런 검상을 입을 이유도 없었다.

"알아서 죽여 버리고 처치하면 될 것이지 왜 나한테까지 이런 보고가 올라오는 거지?"

"그들이 해안 경비를 맡은 독수리 일족을 인질로 삼았습니다."

"하?"

루프스가 짜증난다는 듯이 실소를 뱉으며 등받이에 기대었던 상체를 일으켜 세웠다. 독수리 일족들이 이 정도로 맛이 갔을 줄은 몰랐다. 독수리 일족의 수장이 아무리 평화주의라고 한들 그도 수인이었다. 아무리 명망이 높아도 수인들의 최고 가치는 강함인데 전성기 지난 늙은이의 발끝에라도 미치는 놈이 한 명도 나오지 않는다는 말에서 짐작은 했다만 이 정도일 줄은 몰랐다.

"저희가 독수리 일족과 계약을 맺은 사실을 아는 것인지 무사히 인질을 돌려받고 싶다면 루프스와 대화를 나눌 기회를 달라고 했습니다."

"하, 빌어먹을 것들. 아주 건방짐이 하늘을 찌르는군."

루프스는 탁자를 손으로 내리쳤다. 독수리 일족의 수장인 울투르(Vultur) 올리에는 수인치고 성품이 자상하여 루프스의 기준에서 약한 제 일족 하나하나를 포용하는 수인이었다. 독수리 일족 자체가 중립을 표방하여 어느 수인 일족과도 크게 척을 진 적이 없었기에 해안과 인접한 땅을 가진 일족은 독수리 일족의 좋은 시력과 비행 능력을 고려하여 해안 경비를 맡기곤 하였다. 이때 울투르 올리에는 자신의 일족이 인질로 잡혔을 때 안전하게 구해달라는 계약 조항을 넣었다. 그 빌어먹을 조항이 이제 효력을 발휘할 참이었다.

"빌어먹을 노친네."

루프스가 울투르 올리에보다 강하긴 하였으나 멋대로 조항을 어길 수는 없었다. 울투르 올리에의 명망도 높았고 독수리 일족을 적으로 돌려봤자 좋을 게 하나 없기 때문이었다. 지난번 블루벨 건처럼 토끼 일족의 수장을 압박하는 것이 먹히지 않을 터였다. 연합을 해서야 간신히 땅을 얻어낸 토끼 일족과는 달리 이쪽은 오랜 강자였다. 독수리 일족이 땅을 차지하고 있던 기간은 늑대 일족만큼 길었다. 자존심이 상하더라도 마레 위르를 한 번 만나는 것이 독수리 일족을 밀어붙이는 것보다 잃는 것이 적었다.

그리고 이것이 그 마레 위르 놈들이 원한 상황일 것이다.

"그 건방진 놈들이 감히 날 움직이려 들어!"

루프스는 연신 탁자를 내려쳤다. 튼튼하게 만들어진 탁자는 분노한 루프스의 손에 부서지고 말았다. 와지끈, 하며 무너지는 탁자를 본 케릭스의 몸이 움찔거렸다.

"루프스님."

케릭스가 진정하라는 듯 그를 불렀다. 감히 마레 위르의 말에 움직여야 한다는 것에 분노한 루프스는 이를 갈았다.

"그래. 어디 한번 만나주지."

하나 제가 그들에게 자비를 베풀 것인지 죽음을 선사할 것인지는 온전히 그들의 몫이었다.

❧

"알렉스, 무슨 생각해?"

프레드릭이 배의 난간에 기대어 골똘히 생각에 잠겨 있는 동생의 어깨를 감싸 안았다. 알렉스는 프레드릭의 손 위에 제 손을 얹으면서 웃었다. 알렉스의 하나로 묶은 긴 머리카락이 바람에 흩날렸다. 큰 키에 다부진 몸을 가진 알렉스는 조각 같다는 말보다는 투박하게 생겼다는 말이 어울렸지만, 나름대로 호감형의 괜찮은 외모였다. 구릿빛 피부는 허리춤에 비스듬히 맨 검과 더불어 그가 천생 검사(劍士)라는 것을 보여주었다.

"스승님 생각."

"렉스 뭐어 경?"

"그럼 내게 렉스 스승님 말고 또 다른 스승이 있어?"

알렉스는 프레드릭의 말에 불퉁스럽게 대답했다. 프레드릭은 동생과 달리 짧게 자른 붉은 머리카락을 가졌고 동생과 비슷하지만 섬세하게 생긴 얼굴을 가진 사내였다. 동생보다 하얀 피부와 콧잔등에 남아 있는 안경 자국, 닳아 있는 소맷자락에 튄 잉크 자국, 오른손 중지에 박인 굳은살이 그가 학자이며 마법사라는 것을 드러내 주었다.

프레드릭은 등을 난간에 기대었다. 알렉스는 수심에 잠긴 형의 옆얼굴을 보았다. 프레드릭은 목에 건 로켓을 만지작거렸다. 형이 무슨 걱정을 하는지 아는 알렉스가 조심스럽게 입을 열었다.

"레이라는 괜찮아?"

"얼굴만 보고 왔어. 그 이상을 했다간 나도 못 떠날 것 같아서."

"나 혼자 간다니까. 임신한 부인 곁을 떠나 굳이 따라오는 무심한 남편이 어디 있어, 형."

알렉스는 프레드릭에게 불만을 표시했다. 형은 제 행복보다 포트리스(Fortress: 인간들이 사는 요새의 이름)의 사람들을 더 생각했다. 물론 그 사람들 가운데 레이라가 있어서였다. 포트리스 사냥꾼 중 한 사람인 레이라는 쾌활하고 털털한 사람이었다. 조용조용하고 사려 깊은 프레드릭과는 정반대의 성격이었지만, 프레드릭은 레이라에게 한눈에 반해 버렸고, 길고 긴 이 년간의 구애 끝에 두 사람은 혼인을 했다. 그것이 일 년 전이고 프레드릭은 임신한 레이라를 남겨두고 이 토스 호무스의 해안에 도착했다.

"네가 내 도움 없었으면, 저들을 다 상처 없이 잡을 수 있었겠어?"

프레드릭은 눈짓으로 배 안에 묶여 있는 독수리 수인들을 바라보았다. 독수리 수인들은 그들 형제를 보고 경악을 금치 못했다. 타 일족의 땅에서 용병 일을 하는 독수리 일족의 정예병들만큼은 아니지만 그들 역시 나름 강한 편에 속했다. 하나 저 둘의 강함은 상상을 초월했다. 특히 동생, 붉은 머리 알렉스는 수인들 사이에서도 괴물이라고 불리는 렉스의 제자라더니 렉스의 전성기보다 더한 실력을 보여주었다. 경험이 조금 모자란 것이 흠이지만, 지금 포트리스의 최강은 저 알렉스란 자라고 해도 무방할 만큼 강했다.

"무시하지 마. 나 혼자도 가능했어."

물론 아무도 다친 곳 없이 잡을 수는 없었을 테지만 알렉스는 뒷말을 삼켰다.

"형, 잘될까?"

"글쎄. 해봐야 알지. 포트리스에 남겨진 사람들을 위해 우리는 최선을 다해야 해."

프레드릭이 나지막하게 말했다. 알렉스도 고개를 끄덕였다. 매서운 바닷바람이 볼을 스쳤다.

"너는 그게 가능할 거라고 생각하느냐!"

알렉스는 스승인 렉스 뮈어와 마지막으로 나눈 대화를 되짚었다.

✤

바닷바람이 매서웠다.

"알렉스."

짐승의 발톱에 길게 긁혀서 왼쪽이 흉측하게 망가진 얼굴을 한 남자가 알렉스에게 다가왔다. 그의 허리에는 검이 하나 걸쳐져 있었다. 알렉스는 자신의 스승이자 이곳 포트리스의 영웅인 렉스 뮈어를 바라보았다. 베니니타스의 부인이었던 라일라의 오빠이자, 수인 내전에서 날뛰는 수인들로부터 인간들을 지켜낸 포트리스의 영웅이었다. 그의 얼굴에 난 상처는 열여섯의 루프스를 단신으로 막아내며 생긴 것이었다. 그 덕에 포트리스는 땅을 지킬 수 있었고, 렉스는 루프스의 오른쪽 다리에 깊은 검상을 남기는 대신에 제 왼쪽 얼굴을 바쳤다.

"스승님."

"아직도 그 생각에는 변함이 없는 거냐? 네 형이 하는 그 얼빠진 소리를 믿는 게냐!"

검 손잡이를 움켜쥔 렉스의 팔 근육이 나이에 맞지 않게 아직도 우람했다. 수인과 인간의 공존이라는 말도 되지 않는 소리에 렉스는 분노했다. 그 잔학하고 무식한 것들과 인간은 공존할 수 없었다. 그것들은 없어져야 했다. 특히 늑대 놈들은 한 놈도 빠짐없이 죽어야 했다. 렉스의 눈에는 복수심이라는 감정이 질척하게 묻어 있었다.

"복수는 복수를 불러올 뿐입니다."

"아이린의 원통함은 생각하지 않느냐?"

"스승님!"

렉스 뮈어는 알렉스의 역린을 건드렸다. 렉스는 알렉스가 아직도 아이린이 선물로 준 낡은 손수건을 쓰고 있다는 것을 알고 있었다.

"프레드릭은 몰라도 너는 내 마음을 알 것이라고 생각했다."

렉스는 미간을 주물렀다. 그는 아직도 그때의 꿈을 꾸었다. 늑대들에게 물려 처참하게 죽은 라일라, 불에 탄 시신으로 남은 조카, 벤자민과 프리드, 절규하는 베니니타스. 아직도 비명을 지르며 땀으로 범벅이 된 채 일어나게 만드는 악몽이었다. 로보가 죽고 없어도 그날의 악몽은 머릿속을 떠나지 않았다.

"그 잔혹한 수인들로 인해 나는 내 동생을 잃었고 조카를 잃었고 그리고 연인을 잃었다."

렉스의 약혼녀인 아리스는 수인 내전에 휘말려 사망했다. 내전에 끼어들기 전, 렉스는 아리스를 가장 안전한 곳에 데려다 놓았었다. 그런데 불행히도 그곳을 개 수인들이 침략한 것이다. 아리스는 개 수인들에게 붙잡혀 범해지고 말았고 종국에는 정신을 놓아버렸다. 렉스가 간신히 아리스를 찾았을 때, 그녀는 절벽 끝에 아슬아슬하게 서 있었다. 정신을 놓아버린 아리스는 콧노래를 흥얼거리면서 절벽 끝에 서 있다 렉스와 눈이 마주쳤다. 렉스는 아리스를 잡기 위해서 손을 뻗었다.

미안해.

그것이 아리스의 마지막 말이었다. 아리스의 몸은 절벽 아래로 떨어졌다. 잡을 시간조차 없었다. 렉스는 그 자리에 주저앉아서 오열했다. 빌어먹을 수인들이 그의 가족들을 모두 빼앗아갔다. 목이 쉴 정도로 렉스는 오열했다.

"나도 처음에는 믿었다. 라일라가 말했지, 다른 건 틀린 것이 아니라고. 하지만 그들은 틀렸어. 그런데 화합?"

렉스는 그 말을 비웃었다. 알렉스는 복수라는 이름을 불을 붙이고 스스로의 몸을 태우는 스승을 바라보았다.

"너는 그게 가능할 거라고 생각하느냐!"

"모르겠습니다. 하지만 노력해 봐야 하는 거 아닙니까. 그리고 스승님이 수인들에 의해 가족을 잃었듯이 수인들도 인간들에 의해 가족을 잃었습니다. 아시지 않습니까? 사실 이 악연의 시작은 모두 우리 인간들이었습니다."

스티폴로르에 인간들이 발을 들여놓기 시작한 것은 대륙을 지배하고 있던 거대 제국 코르페네즈가 무너지면서였다. 부패한 거대 제국에서는 약탈과 살인이 성행했고 곧 영주들 간에 전쟁이 시작되었다. 그야말로 전란의 시대였다. 대륙의 전란을 견딜 수 없던 사람들이 배를 타고 옛 문헌 속에 존재하는 섬을 찾으러 바다를 항해했다. 위험한 소용돌이가 대륙과 섬을 가로막고 있었으나, 대륙에서 죽음을 맞이하나 바다에서 죽음을 맞이하나 매한가지였다. 그들은 결국 목숨을 걸고 바다를 건너 마침내 스티폴로르에 도달했다.

스티폴로르에는 이미 주인이 있었다. 수인들. 인간이되 동물의 모습이 섞인 사람들, 수인들은 자신들의 옛 문헌 속에 등장하는 인간들을 환대했다. 하지만 인간들은 그들을 배신했다. 인간들은 수인들을 잡아서 동물형으로 만들어 그 가죽을 팔아먹었다. 수인들의 동물형은 일반 동물보다 거대했으며 가죽의 품질이 좋아 고가에 거래되었다.

수인들은 강력했지만 너무 순진하게 인간을 믿었다. 그러던 와중 늑대 일족의 루프스가 인간들을 몰아내기 위해 수인들을 결집시켰다. 늑대 일족을 중심으로 살아남은 수인들은 그들의 강력함을 이용해서 인간들을 몰아냈다. 결국 인간들은 폐허가 된 유적 터에 남아 있는 요새까지 밀려나고 말았다. 분노한 수인들은 그들을 죽이려고 하였으나 다행히 포트리스의 성벽이 그들을 막아주었다.

그렇게 수인과 인간 사이에 깊은 갈등의 골이 시작되었다. 복수는 복수를 낳고 또 그 복수는 또 다른 복수를 낳아 끊어지지 않는 사슬을 만들었다. 누군가는 그 사슬을 끊어내고 화합을 해야 했다. 포트리스에 남은 사람들은 이제 대륙으로 돌아갈 수 없었다. 그러니 수인과의 화합이 필요했다.

"그런 말은 직접 겪어보지 못한 샌님들이나 지껄이는 거지, 아이린을 수인들에게 잃은 주제에 지나치게 이성적이구나. 죽은 아이린이 가엾다."

"아무리 스승님이라고 하셔도, 한 번만 더 아이린의 이름을 들 먹이신다면 저는 그날부터 스승님과 인연을 끊겠습니다."

참다못한 알렉스가 폭발했다. 아이린은 수인의 손에 죽은 알 렉스의 첫사랑이었다. 이것이 알렉스의 한계라는 것을 아는 렉스 는 입을 다물었다.

"그리고 이번 일은 스승님께서 끔찍이 싫어하는 화합을 위한 일이 아니라 이곳 포트리스 사람들을 위한 일입니다. 아시지 않습 니까? 그 약초는 토스 호무스에서만 납니다. 우리는 루프스의 도 움이 필요합니다."

포트리스에 전염병이 돌았다. 원인을 알 수 없는 병으로 수많 은 사람들이 시름시름 앓았다. 특히 아이들이 그 병에 더 취약해 심하게 앓았고 목숨까지도 잃었다. 해답이 보이지 않는 답답한 상 황이었다. 포트리스는 바닷가에 위치하여 약초를 구할 땅도 적어 약을 만들 수 없었다. 그러던 중 셀레네님이 포트리스의 사람들 을 버리지는 않은 모양인지 어둠 속에서 한 줄기 빛이 내려왔다. 뱃사람인 헤임달이 우연히 가져온 약초가 그 병에 효과가 있다는 사실이 알려진 것이다. 포트리스 전역이 뒤집어졌다. 그 약초는 레프스란 들꽃으로 토스 호무스에만 자라는 것이었다.

"스승님은 수인들을 쓸어버리고 약초를 얻자고 하실 것이지만 그러기엔 아이들에게 시간이 없습니다. 아시지 않습니까? 이게 최선입니다."

알렉스는 눈을 감았다. 약초의 효능을 알고 포트리스의 장로 들이 모여서 회의를 하였다. 누구도 솔선수범해서 그것을 얻어오 겠다고 말하는 이가 없었다. 그 자리에서 유일하게 나선 것이 알렉스의 형인 프레드릭이었다. 그는 포트리스의 중요한 전력이었고 임신한 아내까지 있는 상황에서 죽을지도 모르는 땅으로 가겠다고 하였다. 알렉스는 한숨을 쉬면서 형의 집이 있는 방향을 돌아보았다. 형은 레이라와 마지막 인사를 나누는 중일 것이다.

"애가 꼬물꼬물 움직이는 것 같아."

레이라가 억지로 미소를 지으면서 쾌활하게 말했다. 프레드릭은 고개를 끄덕이면서 애틋한 손길로 아내의 볼을 쓸었다. 레이라는 프레드릭의 손을 감싸 쥐었다. 샌님 주제에 수없는 거절에도 포기하지 않고 자신에게 사랑을 속삭인 남자였다. 심지어 위험한 사냥 길에까지 따라와서 사랑한다며 꽃을 주고 가던 남자였다. 싫다고 떨쳐 내도 집까지 쫓아와 꽃이라든지 작은 책이라든지 옷 같은 선물을 주었다. 가랑비에 옷이 젖듯이 레이라의 일상에 프레드릭은 스며들었고 레이라는 결국 프레드릭의 사랑을 받아들였다. 그리고 그들의 사랑의 결실이 그녀의 배 속에 있었다.

"걱정하지 마. 나 잘 지낼게."

"……그래."

프레드릭은 목이 멘 것인지 평소보다 굵직한 목소리로 답했다. 프레드릭은 아내의 모습을 눈에 새길 기세로 바라보았다. 장밋빛 뺨, 어깨까지 내려오는 구불거리는 금색 머리카락, 금빛 속눈썹 사이에 자리 잡은 고운 청색 눈동자, 그리고 선홍빛 입술.

"……꼭 돌아와야 해."

울지 않고 걱정되지 않게 잘 보내주겠다고 결심했는데, 임신한 뒤로 풍부해진 감수성은 레이라의 의지를 배반했다. 결국 그녀의 눈에서 눈물이 흘러내리자 그는 죄를 지은 기분이었다. 프레드릭은 그녀의 이마와 고운 두 눈에 입술을 맞추었다. 짭짤한 눈물 맛이 났다. 그는 레이라를 품에 끌어안았다. 조금 부풀어 나온 배가 불편할 정도로 꼭 끌어안자 레이라가 프레드릭의 목을 팔로 감았다.

"돌아올게. 꼭 우리 아이 태어나기 전에 돌아올게. 살아서 건강하게 돌아올게."

레이라는 고개를 끄덕였다. 프레드릭은 레이라의 뒷머리를 잡고 정수리에 입을 맞췄다. 임신한 아내의 곁을 떠나고 싶지 않았다. 혼자서 무거운 몸을 돌볼 그녀가 걱정되었다. 하지만, 누군가는 해야 했다. 프레드릭은 그 누군가가 해야 할 일에 지원할 수밖에 없었다. 레이라도 그걸 알았다. 레이라가 사랑한 프레드릭은 책임감 깊은 남자였다.

"형."

알렉스가 두 연인이 있는 방으로 들어왔다. 애틋한 이별의 현장이었다. 이래서 알렉스는 프레드릭이 그 일에 지원했다는 이야기를 들었을 때 자신이 형을 대신해서 가겠다고 말했지만 그는 고집을 꺾지 않았다.

"레이라, 헤임달이 배가 준비되었대요."

프레드릭과 레이라가 떨어졌다. 레이라는 눈물을 닦으며 평소처럼 알렉스에게 장난스럽게 말을 건넸다.

"이 사람, 잘 부탁해. 되게 꼼꼼한 것 같아도 칠칠맞지 못하고 허당이니까."

"알아요, 레이라. 형이랑 내가 같이 산 세월이 얼마인데. 포트리스 사람들은 형이 완전무결한 줄 알지만 그거 순전히 다 뻥이에요."

"알렉스!"

"난 나가 있을 테니까, 마저 인사 나눠요."

알렉스는 문을 닫았다. 프레드릭이 레이라의 이마와 볼에 입술을 맞췄다. 그리고 입술에도 닿으려던 차에 그는 잠시 망설였다. 여기서 레이라의 입술을 탐하면 도저히 떠날 수 없을 것 같았다. 프레드릭은 레이라를 끌어안고 귓가에 속삭였다.

"이다음은 돌아와서 할게."

레이라는 다시 눈물이 터졌다. 반드시 돌아오겠다는 그만의 약속이었다. 프레드릭은 레이라의 눈물을 닦아주었다. 그리고 물기가 어린 레이라의 청안을 머릿속에 새길 듯이 바라보며 마지막 인사를 건넸다.

"다녀올게."

프레드릭은 뒤도 돌아보지 않고 방을 나갔다. 알렉스는 저를 지나쳐 가는 프레드릭의 굳은 뒷모습을 보았다. 알렉스는 프레드릭을 따라가기 전 레이라가 있는 방으로 들어갔다.

"레이라."

"알렉스?"

"내가 형은 무슨 수를 써서든 레이라 곁으로 돌려보내 줄게요."

알렉스는 허리에 맨 검을 만지작거렸다. 그는 결심한 듯이 검 손잡이를 움켜쥐었다.

"그러니까. 걱정하지 말고 기다려요. 내 실력 알잖아요. 무슨 일이 있어도 형만큼은 내가 레이라에게 돌려보낼게요."

그 말에 레이라는 다시 눈물을 흘렸다.

⚜

"계속 여기서 기다리실 겁니까?"

헤임달이 불안한 눈초리로 말했다. 헤임달은 포트리스에서 가장 뛰어난 뱃사람이며 동시에 정보통이었다. 배를 타고 스티폴로르 이곳저곳을 돌아다니며 이야기를 잘 수집해 왔다. 이곳 토스호무스까지 독수리 일족 용병의 방해 없이 올 수 있었던 것은 헤임달의 공이 컸다.

"어쩔 수 없을 것 같습니다. 아무래도 저 해안을 밟는 것은 우리 측에 불리해서 말입니다."

알렉스가 혹시 모를 상황을 대비해 검을 매만지면서 대답했다. 헤임달은 이래서 내 머리카락이 점점 하얘지고 그마저도 남아나지 않는다고 중얼거리면서 다시 배를 관리하기 위해서 움직였다. 지금쯤이면 루프스에게서 대답이 올 차례였다. 제아무리 루프스라도 독수리 일족은 무시하기 힘들 것이다.

초조하게 기다리고 있던 중 해변에 늑대 수인이 나타났다.

"지금부터 전하는 것은 루프스님의 전언이다."

늑대 수인이 쩌렁쩌렁한 목소리로 외쳤다. 프레드릭과 알렉스는 반색을 하면서 늑대 수인과 가까운 쪽으로 몸을 옮겼다.

"극악무도하고 오만방자한 마레 위르, 너희들의 조건을 수락하겠다."

"다행이군."

프레드릭이 중얼거렸다. 늑대 수인이 마저 말을 덧붙였다.

"하나 각오는 단단히 하는 것이 좋을 것이다."

늑대 수인은 숨이 찬 것인지 숨을 골랐다.

"들어올 때는 마음대로 들어와도 나갈 때는 아닐 것이다. 너희가 온전한 몸으로 포트리스로 돌아갈 수 있을지는 나도 장담하지 못하겠군."

알렉스가 이를 갈았다. 현 루프스는 성질이 포악하다고 하였다. 렉스가 직접 겪고 말해준 것이었다.

"어디 그 오만한 낯짝 한번 보자꾸나."

⚜

루프스는 침실로 들어왔다. 다른 늑대 수인들과 오늘 그 빌어먹을 마레 위르에 관한 이야기를 나누고 온 참이었다. 독수리 일족에게는, 계약 조항이 있으니 인질이 된 이들은 구하겠지만 그에 따른 피해는 그쪽에서 보상하라는 말을 보냈다. 빌어먹을 올리에. 루프스는 이번 일을 트집 잡아 계약 내용을 바꾸거나 안 된다면 다른 일족에게 대신 일을 맡길 생각을 했다. 루프스는 복잡한 생각은 지워 버리고 귀염성 없는 유채의 목소리가 들릴 것을 기대했지만 안에서는 아무런 목소리도 들리지 않았다.

유채는 침대에 앉은 채로 옆으로 쓰러져 누워 잠이 들어 있었다. 루프스는 침대에 가까이 다가가서 한쪽 무릎을 꿇고 유채를 들여다보았다.

루프스는 잠든 유채의 옆에 앉았다. 누워 있는 자세가 꽤나 불편해 보여 그는 유채의 다리를 침대에 올려놓고 머리는 제 무릎 위에 올려두었다.

"관대하십니다."

루프스는 유채의 숱 많은 속눈썹을 만지며 케릭스가 했던 말을 되짚었다. 관대하다라, 자신과 어울리는 말은 아니었다. 하지만 제가 생각해도 유채의 앞에서 제가 관대해지는 것은 사실이었다. 평소에는 암컷에게 이렇게 세심하게 신경 쓰지 않았다. 유채에게서 고른 숨소리가 흘러 나왔다. 루프스는 잠든 유채의 이마와 머리카락을 쓸었다.

나이가 몇인지는 모르겠고 알 필요도 없었지만, 곤히 잠든 모습을 보니 하는 행동과는 별개로 어려 보였다. 루프스는 유채의 머리카락을 헤집었다. 항상 분노라든지 짜증으로 들끓던 루프스의 마음이 이 순간만큼은 고요했다.

"매번 만날 때마다 드는 생각이지만 너 지금 정말로 미친놈 같아 보이는 거 알아?"

어머니의 외가 쪽 친척인 카니스(Canis: 개 수인 일족의 수장) 바실리사의 말이 떠올랐다. 맞는 말이었다. 자신은 미쳤다. 열셋의 그날 이후 하루가 멀다 하고 혼자 있으면 귓가에 에리카의 원망에 찬 비명 소리가 들려왔다. 그 비명 소리가 들리지 않게 된 것은 그가 수인들의 왕의 자리에 올랐을 때였다. 비명 소리 대신 끝없는 불안감을 얻은 것도 그때였다. 그리고 그 불안감을 펠릭스다우스를 다루며 없앴다. 그 방법 외에는 몰랐다. 사나운 맹수들이 제 앞에서 꼬리를 흔들 때 비로소 제가 땅에 붙어 있는 것 같았다.

그랬기에 유채도 똑같을 것이라 생각했다. 건방진 마레 위르, 힘도 없으면서 날뛰는 마레 위르. 눈에 어린 그 고결함도 공포 앞에서 사라지는 건 똑같을 거라 생각했다.

"잘못했어요."

말뚝에 묶여 눈물 흘리던 유채의 모습이 스쳐 지나갔다. 당당한 눈을 하고서 연약한 말을 했을 때, 지금 와서 생각해 보니 제가 죄를 지은 기분이었다. 루프스는 자신이 자비를 베풀었다고 생각했다. 감히 왕의 몸에 상처를 내려 한 유채를 수인의 법으로 사형에 처해야 함이 옳지만 그녀를 살려줬다. 그럼에도 펑펑 우는 모습에 죄를 지은 것 같은 기분을 느낀 것은 자신이었다.

루프스는 제 발목을 옥죈 불안감이 예전의 그것과 다름을 알았다. 누군가 제게 복종하는 것으로 사라질 종류의 불안감이 아니었다. 루프스는 그것을 유채를 붉은 방에 가두었을 때 확실하게 깨달았다.

유채는 손이 깨질 정도로 문을 두드렸다. 열어달라고 외치며 열심히 문을 두드렸다. 레티티아는 그 방 안에서 공포에 떨었다.

하지만 정작 그녀보다 더 불안해한 것은 자신이었다. 루프스는 유채를 가둬둔 내내 계속 붉은 방 앞을 서성거렸다. 방문을 두드리는 소리가, 유채가 울부짖는 소리가 마치 제 머리를 두들기는 것 같았다. 그리고 시간이 지나니 문을 두드리는 소리가 멈췄다.

그때부터 더 불안해졌다. 유채가 잘못된 것이 아닌가 하는 생각에 아무 일도 손에 잡히지 않았다. 쓸데없이 계속 복도만 거닐었다. 설마 레티티아에게 문제가 생긴 것이 아닌가 하는 생각이 들었다. 제가 왜 이런 생각을 하는지 이해할 수 없었다. 솔직히 말해 그는 유채에게 엄청난 자비를 베푼 것이었다.

루프스는 어릴 때 이후로 씹지 않던 손톱을 남몰래 씹었다. 저까짓 것이 뭐라고 제가 불안한 것인지 알 수가 없었다. 루프스를 이상하게 여기는 궁인들은 아랑곳하지 않고 계속 그 복도 근처를 일이 있는 것처럼 서성거렸다. 복도를 서성거리다 심장의 울렁거림을 도저히 참을 수 없어서 붉은 방의 문을 열었다. 그놈의 따박따박 대드는 대신들 한 번 더 상대하면 그만이었다. 제가 제왕인데 뭐가 문제겠는가. 빛을 발견한 유채의 몸이 파르르 떨렸다. 눈물이 얼굴을 적시고 옷을 적셨다.

루프스는 그대로 굳은 듯 멈춰 섰다. 시간이 갑자기 멈춘 것 같았다. 유채는 소리도 없이 하염없이 눈물만 흘렸다. 피 웅덩이에 젖어 붉은색을 띠는 옷과 살갗이 벗겨져 붉은 살을 드러내고 있는 다리가 보였다.

루프스는 그대로 유채를 안아 올렸다. 평소라면 반항했을 유채는 그저 몸을 떨며 훌쩍이기만 했다. 궁녀에게 음식을 가져오라고 명하고 오르페를 불렀다. 유채를 방에 데리고 들어가 오르페의 진료를 받게 하고 상다리가 휘어질 것 같은 진수성찬을 주었다. 유채는 루프스 때문인지 밥을 제대로 넘기지 못했다. 루프스는 유채에게 다 먹지 못하면 요리사를 벌주겠다는 협박을 했다. 그리고는 궁녀를 불러 유채를 지켜보라 하고 알현실로 돌아와 하릴없이 펜대만 굴렸다.

한참을 고민하던 그는 케릭스를 불러서 붉은 방을 치우라 명령 내렸다. 이유는 스스로도 몰랐다. 그냥, 유채의 눈물 젖은 얼굴이 떠오르며 가슴이 선득해졌다. 루프스는 적당한 시간이 지나자 다시 방으로 돌아왔다. 유채는 침대 기둥에 기대어 잠이 들어 있었다. 루프스는 무릎을 굽혀서 유채의 눈가에 남은 눈물 자국을 손으로 닦아주었다. 자존심만 강했다. 조금만 자존심을 굽히면, 아마 유채는 더 많은 것을 얻었을 것이다. 그럼에도 요령 없이 저렇게 뻣뻣했다. 솔직히 아직도 이런 펠릭스 다우스를 버리지 못하고 데리고 있는 자신이 이상한 것이지만. 루프스는 고개를 흔들고 상념에서 벗어났다.

루프스는 유채의 잠든 얼굴을 보았다. 옛 동화 속에 나오는 영원한 잠에 빠진 아름다운 공주와 같아 보였다. 루프스는 선잠을 청하기 위해 유채의 머리를 무릎에 놓은 채로 몸을 뒤로 젖혀 누웠다. 내전이 그에게 남긴 흔적이었다. 루프스는 잠을 깊고 편하게 자본 적이 손에 꼽았다. 야습에 대비해 뜬눈으로 밤을 지새우거나 선잠을 자는 경우가 많았다.

편히 잠들지 못하는 밤, 루프스는 유채가 불편하게 잠을 청하는 모습을 몰래 지켜보았다. 그때마다 뱃속이 뒤틀렸다. 이유는 알 수 없었다. 고집을 꺾지 않는 그녀를 어디 한번 계속 고생해보라는 식으로 내버려 두었지만, 그때마다 뒤틀리는 것은 그의 속이었다. 루프스는 몸을 다시 일으켜 세워 유채를 내려다보았다. 간만에 숙면을 취하는 것인지 표정과 숨소리 모두 안정적이었다.

루프스는 유채를 침대 위에 그냥 두고 잠을 청하기로 하였다. 잠이 올지, 안 올지는 그도 모른다. 그리고 평소보다 좀 더 일찍 일어나서 유채를 원래 자던 곳에 돌려두기로 했다. 그럼 오늘만큼은 바닥에서 웅크리고 잠을 자는 모습을 보면서 울렁이는 속을 견디지 않아도 될 터였다. 침대 기둥에 기대어 자는 유채에게 빈정대고 자존심을 밟는 말을 지껄이는 것은 알 수 없는 이유로 울렁이는 제 속을 진정시키기 위함이었다.

붉은 방 사건 뒤로 유채는 얌전해졌다. 루프스는 제 기분 내키는 대로 유채를 불렀다. 유채는 항상 별 반항 없이 그의 부름에 순순히 응했다. 언젠가 말했던 것처럼 오라면 오고 가라면 가는 강아지처럼 행동했다. 유채는 따박따박 말대답은 해도 그에게 이 전처럼 불손한 언행을 하지는 않았다.

루프스는 주인으로서 펠릭스 다우스를 손에 쥐고 흔들었지만, 마음은 그게 아니었다. 그는 저도 모르는 새에 유채의 기분을 살폈다.

발목을 감싼 검은 감정이 짙어졌다. 그는 그것이 그의 평생을 지배한 불안감이 아님을 알았다. 뭔가 다른 것이었다.

그 때문일까? 유채의 건방진 말을 용납했다. 얌전하고 고분고분하게 굴지만 여전히 그에게 굴복하지는 않는 유채를 용납했다.

한편, 유채는 잠에서 깨 눈을 떴다. 눈을 뜨자마자 본 것은 루프스의 얼굴이었다. 청회색의 눈동자가 그녀를 응시하고 있었다. 유채는 지금 제가 루프스의 다리를 베고 누워 있음을 깨달았다.

"예쁘구나."

루프스의 첫말이었다. 그의 순수한 진심이었다. 유채는 예뻤다.

유채는 예쁘다는 말에 눈썹 사이를 좁혔다. 유채는 스스로의 외모가 어느 정도 수준인지 잘 알고 있었다. 보통 미인은 인생을 편하게 산다는데 유채에게 예쁜 외모는 인생을 피곤하게 만드는 요인일 뿐이었다.

"감사합니다."

유채는 저를 내려다보는 끔찍한 남자의 얼굴을 보며 인정하기로 했다. 잘생기긴 잘생겼다. 그리고 친구들과 우스갯소리로 했던 말도 인정했다. 잘생긴 남자는 두 부류로 나뉜다. 뭔가 문제가 있거나 임자가 있거나. 루프스의 경우는 미친놈이었다.

"나와 붙어 있기 싫어 곧바로 일어날 줄 알았는데. 내 무릎베개가 마음에 드는가?"

"루프스님의 얼굴과 부딪칠 것 같아 일어나지 못하는 것뿐입니다. 아시면 비켜주시길 바랍니다."

"내 귀여운 레티티아는 지나치게 솔직하군. 편해서 그런다고 하면 상을 줄지도 모르는데, 레티티아."

거짓말하지 말라고 한 남자의 입에서 나오는 어처구니없는 소리였다.

"하나 묻지. 동족을 만나고 싶나?"

"당연한 것 아닌가요?"

루프스의 말에 유채는 반색했다. 그들을 만나면 돌아갈 수 있는 실마리를 잡을 수 있을 것 같았다.

"네가 내 말을 잘 듣는다면, 너를 함께 데려가고 블루…… 벨? 인가 하는 암컷 토끼도 풀어주지."

그 말이 떨어지기 무섭게 유채는 일어나 앉아 기대와 걱정이 뒤섞인 눈으로 루프스를 보았다. 루프스는 저 생기를 띠는 검은 눈이 못내 불편했다. 끝까지 제 펠릭스 다우스로서 복종하지 않고 하나의 주체로 있겠다는 저 눈이 싫었다.

그럼에도 붉은 방에서의 그 눈보다는 지금이 훨씬 더 나아, 그는 유채를 용납했다.

⚜

궁의 지하 감옥에서 가장 최악의 곳을 고르자면 바로 냉궁이었다. 냉궁은 말 그대로 엄청나게 추운 곳이라 제아무리 수인이라 하더라도 오래 버티지 못하는 곳이었다. 그러나 냉궁을 잠시도 버티지 못하는 수인이 있는 반면, 오히려 그곳의 추운 환경에도 아무렇지 않아 하는 수인도 있었다.

케릭스는 두터운 외투를 껴입고 냉궁으로 들어갔다. 그는 거대한 북극 토끼가 갇힌 감옥 앞에 멈춰 섰다. 이 정도 추위는 별거 아닌지 북극 토끼는 팔자 좋게 꾸벅꾸벅 졸고 있었다. 마침 토끼가 코를 쿵쿵대면서 잠에서 깨었다.

"케릭스님!"

순식간에 북극 토끼가 사라지고 작고 귀여운 토끼 수인 소녀가 나타났다. 그녀는 하얀 귀를 쫑긋 세운 채 철창 앞으로 달려왔다. 케릭스는 폴짝폴짝 뛰는 블루벨을 보며 귀엽다는 말이 무슨 뜻인지 확실하게 알게 되었다.

케릭스는 무릎을 굽혀 키가 작은 블루벨과 시선을 마주했다.

"내가 온 건 어떻게 알았느냐?"

"음식 냄새로요! 케릭스님은 항상 음식을 들고 오시잖아요!"

블루벨이 손으로 케릭스가 들고 온 것을 가리켰다. 케릭스는 잔뜩 기대 중인 블루벨이 귀여워 얼른 가져온 음식을 그 앞에 내어 보였다. 블루벨은 박수를 치면서 폴짝폴짝 뛰었다. 치마 아래로 보이는 하얗고 복슬복슬한 발이 앙증맞았다.

"연어! 이 귀한 걸 제게 주시는 거예요?"

"나는 많이 먹어서 괜찮다. 어서 먹거라."

블루벨은 철창 밖으로 손을 내밀어 도시락에 들어 있는 훈제 연어를 집었다. 얼른 입에 넣자 붉은 살이 사르르 녹았다. 블루벨은 행복한 듯이 양 볼을 감쌌다.

시골 마을에서 태어나고 자라 경험하지 못한 것이 많은 블루벨은 이렇게 맛있는 음식을 좋아했다. 유채가 주는 먹을 것에 홀린 것도 당연한 일이었다. 산골에서 자라 순진한 면이 있는 블루벨은 제게 음식을 주는 수인은 모두 좋은 수인으로 여겼다. 블루벨은 사랑스러운 미소를 지으며 또 철창 밖으로 손을 내밀었다.

"맛있어요! 감사합니다, 케릭스님."

블루벨의 환한 웃음은 마치 밝은 불빛 같아 주변을 환하게 비추는 듯했다. 케릭스는 그녀를 귀엽게 보다가 폭신해 보이는 길쭉한 귀를 만졌다.

"히익!"

블루벨은 괴상한 소리를 내면서 귀를 배배 꼬았다. 꽈배기처럼 꼬인 귀를 한 블루벨은 당황한 것인지 머리를 감싸 쥐었다. 케릭스는 제가 뭔가를 잘못한 것 같아 안절부절못했다.

"괜찮으냐? 내가 뭘 잘못했니?"

"히잉. 토끼는 귀가 예민해요. 건드리면 기분이 이상해요."

블루벨이 토끼 귀를 잡아 내리면서 끼잉 소리를 냈다. 도저히 품에 안지 않고는 견딜 수 없는 귀여움이었다. 무뚝뚝한 케릭스의 입가에 미소가 어렸다. 귀가 예민한 것과 먹는 건 별개인지 블루벨은 키잉거리는 소리를 내면서도 연어를 먹는 손은 계속 열심히 움직였다.

케릭스는 다시 쫑긋 올라온 하얀 귀를 만지작거렸다.

"히익!"

"흐엥."

"흐히익!"

블루벨은 괴상한 소리를 내다가 더 이상 참을 수 없었는지 빨개진 얼굴로 눈물을 글썽거렸다. 그러고는 케릭스가 만지작거리는 귀를 손으로 잡아서 볼까지 끌어 내렸다.

"엄마가 토끼 귀는 성감대라고 함부로 건들게 하지 말라고 그랬어요!"

"응?"

이번엔 케릭스의 얼굴이 붉어졌다. 그저 요상한 소리를 내면서도 연어를 오물오물 먹는 것이 귀여워 손을 댄 것인데 성감대일 줄이야.

"근데요, 케릭스님."

블루벨의 다음 말은 케릭스의 얼굴이 더욱 붉어지게 만들었다.

"성감대가 뭐예요? 엄마가 그건 안 알려주셨어요."

케릭스는 열다섯 소녀에게 죄를 지은 기분이었다.

유채는 거대한 회색 늑대로 변한 케릭스의 위에 앉아 있었다. 제 뺨을 때린 수인이라 꼴도 보기 싫었지만, 마레 위르와의 회담에 가기 위해서는 그의 등에 타야 했다. 케릭스도 유채를 태우는 것이 별로 기분이 좋지는 않은지 불만스런 표정을 하고 있었다.

[저…… 레티티아?]

케릭스가 어렵게 입을 열었다. 케릭스는 어제 블루벨이 한 말을 다시 생각했다.

"있잖아요, 케릭스님. 제 귀 만진 걸 미안하게 생각하시면 레티티아님을 잘 좀 부탁드릴게요. 케릭스님은 착하시니까 레티티아님과 잘 어울리실 거예요. 그러니까 레티티아님 잘 부탁드려요."

케릭스는 과연 제가 이 암컷과 블루벨의 기대만큼 잘 지낼 수 있을 것인지 의문이었다. 그래도 블루벨의 부탁이기에 들어줄 생각이었다. 그것은 그가 유채를 안 좋게 생각하는 것과 별개의 문제였다.

[블루벨이 안부 전해 달라 했습니다. 자긴 잘 지낸다고.]

"블루벨을 알아요?"

유채는 머릿속으로 들리는 것 같은 케릭스의 말에 눈을 동그랗게 떴다. 케릭스가 고개를 크게 끄덕였다.

[조금은 압니다.]

케릭스가 블루벨을 처음 본 것은 냉궁으로 그녀를 데려갈 때였다. 케릭스는 우락부락하게 생긴 것과 달리 작고 귀여운 것을 좋아했고, 블루벨은 딱 그의 취향이었다. 작고 귀여운 데다 토끼 귀는 굉장히 앙증맞아 보였다. 케릭스는 이 어린아이가 괜히 유채의 일에 휘말려 이런 험한 일을 겪는 것 같아서 안타까운 마음이었다. 그래서 따뜻한 음식을 챙겨 상태를 살피러 냉궁에 내려갔었다. 거기서 그가 목격한 것은 추위에도 아랑곳 않고 쌩쌩하게 돌아다니는 블루벨이었다.

이중생활을 들킨 블루벨은 기겁하여 제 비밀을 털어놓았는데, 자신은 토끼 중에서도 극지방에 사는 토끼라 추위에 견디는 것이 능해서 오히려 냉궁이 체질에 맞다는 것이었다. 우물쭈물하는 그 표정이 꽤나 귀여워 케릭스는 그냥 눈감아주기로 하였다. 그리고 그 후로 종종 음식을 가져다주면서 케릭스와 블루벨은 인연을 이어갔다.

"블루벨은 잘 지내요?"

[북극 토끼라 냉궁 체질이라 했습니다. 자신은 걱정 말고 레티티아님 몸부터 챙겼으면 좋겠다고 전해 달라 하였습니다.]

"본인 걱정이나 하지."

유채가 조용히 중얼거렸다. 케릭스는 그 말에 동조하듯이 고개를 흔들었다.

"갑자기 내게 이런 이야기는 왜 전해주는 거예요? 당신 나 싫어하지 않아요?"

[블루벨의 부탁이기 때문입니다. 지난번 일은 제가 사과드립니다. 레티티아님께서 루프스님께 먼저 죄를 범하기는 하였지만, 제가 지나치게 반응했습니다.]

사실 케릭스는 이게 사과할 일인가 하는 생각이 들었지만, 유채와의 관계 개선을 위해 입으로라도 사과하기로 결정했다. 사실 블루벨의 부탁이 아니었다면 이런 말도 되지 않는 사과 따위는 하지 않았을 것이다.

"참 간단하게 사과하시네요."

[그럼 어떻게 사과드려야 합니까?]

"그걸 사과받는 사람에게 물어보면 안 되는 거죠."

케릭스의 사과에 유채는 조금 놀랐다. 수인들은 저를 마음에 안 들어 해서 이런 일상적인 대화를 나눌 수 있을 거란 생각도 하지 못했다. 사과를 받아들일 것인지 말 것인지를 결정하기 전에 일단 사과를 해주었다는 것에 유채는 마음이 조금 누그러졌다.

"아무튼 고마워요. 그리고 블루벨에게 잘 대해줘서 고마워요."

[블루벨에 대한 건, 레티티아님을 위해서 한 건 아닙니다.]

"나도 그 정도 눈치는 있어요. 생각보다 루프스의 말을 무조건 따르자는 주의는 아닌가 봐요?"

[때에 따라서는. 저도 아주 융통성이 없는 건 아닙니다. 하지만 루프스님의 명을 거스르는 짓은 하지 않습니다.]

루프스는 블루벨을 냉궁에 데려다 놓으라고 명령했다. 그 뒤에 어떻게 하라는 말을 하지는 않았던 것이다. 그러니 케릭스는 루프스의 명을 어긴 적이 없었다. 고지식한 케릭스에게도 의외의 융통성은 있었다.

[저 같은 수컷도 융통성이라는 것이 있습니다. 레티티아님도 그것을 갖추어보는 것은 어떠십니까?]

"미안하지만, 당신이 나에게 요구하는 융통성은 내가 결코 굽히고 싶지 않은 것을 굽히라는 말과 같아요."

사람마다 하나씩은 결코 잃거나 굽히지 않고 싶은 것이 있다. 그건 유채도 마찬가지였다.

"그리고 난 돌아가야 해요. 그러니, 잠깐은 숙여도 결코 계속 숙이고 있지는 않을 거예요."

[방금 그 말은 못 들은 것으로 해드리겠습니다.]

케릭스가 나지막하게 뱉었다. 저 말이 루프스의 귀에 들어가는 날 유채는 그리 좋은 꼴은 못 보게 될 것이었다.

바다 내음이 났다. 케릭스는 고개를 들었다. 토스 호무스의 해안에 있는 루프스의 별장이 눈앞에 보였다. 마레 위르를 만나는 데에 저런 별장을 쓰는 루프스의 의도가 궁금했다. 케릭스는 그것이 거만함에서 비롯된 허영심이라 치부했다.

유채는 케릭스가 속도를 늦추자 그제야 그의 목을 껴안고 있는 손의 힘을 풀고 상체를 세워 앞을 보았다.

"바다에 있는 노이반슈타인 성 같네."

유채가 나지막하게 중얼거렸다. 백설공주 성의 모티브가 되었다던 독일에 있는 성과 비슷하게 생겼다. 하얀 외관과 고아한 분위기가 닮아 있었다.

케릭스는 별장 안으로 들어가 유채가 등에서 내리기 쉽게 몸을 숙여주었다. 유채는 케릭스의 배려로 수월하게 내렸다. 유채가 내리자마자 케릭스는 건장한 체구의 위르형으로 돌아왔다.

"레티티아."

먼저 도착해 있던 루프스가 유채의 팔을 잡아서 끌어당겼다. 유채는 반항 없이 루프스에 팔에 끌려갔다. 루프스가 이곳에 자신과 함께 동행하는 것으로 요구한 조건은 두 가지였다.

첫 번째, 자신의 말을 고분고분하게 잘 따를 것.

두 번째, 마레 위르와는 이야기하지 말 것.

첫 번째야 그렇다 치는데 유채는 두 번째 조건은 이상하고 마음에 안 들었다. 유채는 마레 위르라 불리는 이들을 통해서 수인에게서는 얻을 수 없는 정보를 찾고 싶었고, 그들이 마법사라면 제 상황을 설명하고 도움을 받고 싶었다. 하지만 빌어먹을 루프스가 그 모든 계획을 막았다. 그래도 일단 마레 위르를 만나는 것이 우선이라 생각했기에 유채는 그의 조건을 수락했다. 말만 안 하면 되니 필담은 가능하지 않을까 하는 꼼수도 있었다.

"요즘 고분고분하게 구는 것이 마음에 들어서 주는 상이다."

루프스는 유채의 허리를 끌어당겨 어깨를 감싸 안고 관자놀이에 입을 맞추었다. 유채는 루프스에게 끌려 건물 안으로 들어가 이곳저곳을 구경했다. 루프스는 별장 서쪽에 위치한, 덤불로 감싸여 마치 유배지와 같은 작은 별채에 유채를 데려갔다.

"여기가 네가 지낼 곳이지."

"그쪽도 여기예요?"

"아니. 나는 저쪽의 본채지."

유채는 가슴을 쓸어내렸다. 간만에 침대에 등을 붙이고 편하게 잘 수 있을 것 같았다. 유채가 안도하는 모습이 마음에 들지는 않았지만 루프스는 배배 꼬인 심사를 굳이 풀어내지 않고 입을 열었다.

"다른 마레 위르들도 본채에서 지낸다. 지금쯤 도착했겠군."

루프스가 유채와 함께 지나온 곳을 돌아보았다. 유채도 그가 돌아보는 쪽을 보았다. 그리고 유채의 눈이 커다래졌다.

이곳에 온 후 처음으로 보는 저와 똑같은 외양의 사람이었다. 중년 남자 한 명과 나이 지긋한 노인 둘, 그리고 키가 큰 젊은 남자 둘이었다. 젊은 남자 중 한 명은 기사라도 되는 모양인지 케릭스만큼 건장한 체격에 검을 허리춤에 비스듬히 매고 있었다. 허리춤에 검을 맨 남자가 유채가 있는 별채 쪽을 돌아보았다.

"그만. 여기를 봐야지, 레티티아."

원래부터 유채는 루프스를 제대로 쳐다보지 않았으며 항상 비껴 보는 편이었다. 루프스는 그게 내심 거슬렸지만 그냥 넘겼다. 하지만 마레 위르 무리를 저리도 아련하게 바라보는 것은 두고 보아 넘길 수 없었다. 루프스가 유채의 고개를 잡아서 돌렸다. 저를 바라보는 눈은 항상 약간의 독기가 어려 있는 눈이었다. 발목을 검은 감정이 휘감는 것 같았다. 루프스는 애써 그 이상한 감정을 누르고 유채의 볼을 쓸었다. 유채의 눈앞에 루프스의 청회색 눈이 보였다.

"내가 부르기 전까지는 이 별채를 떠나지 말 것, 밤에는 커튼을 함부로 건들지 말 것. 그것만 지킨다면 별채는 마음대로 돌아다녀도 좋아. 단, 정원은 별채의 뒤편에 있는 곳만 돌아다녀."

"알겠어요."

유채가 답을 했다. 루프스는 유채의 허리를 끌어안고 볼에 입을 맞추었다. 그는 괜히 파렌티아를 건드려 그녀에게 펠릭스 다우스라는 처지를 다시금 일깨워 주었다. 루프스가 유채의 귓가에 속삭였다.

"얌전히 기다리고 있으면 상을 주지."

루프스는 유채의 머리를 쓰다듬고 다시 한 번 더 볼에 입을 맞춘 뒤에 별채의 입구에서 기다리고 있던 궁인들과 같이 나섰다. 유채는 루프스가 시야에서 보이지 않자 손을 들어서 그의 입술이 붙었던 곳을 벅벅 문질렀다.

"프레드릭…… 우리 정말 괜찮겠지?"

포트리스의 장로 중 하나인 마틴이 흉흉한 기세의 수인들을 돌아보면서 프레드릭에게 물었다. 나이도 어린 프레드릭이 자원을 했기에 눈치가 보여서 울며 겨자 먹기로 따라온 마틴이었다. 배에 있을 때도 프레드릭과 알렉스가 독수리 수인을 잡는 동안 마틴은 다른 장로 둘과 선실에 숨어서 살 궁리를 도모하고 있었다. 그리고 그들의 계획대로 루프스를 만나기 직전까지 온 상태에서도 걱정을 내려놓지 못했다. 그건 다른 장로들 역시 마찬가지였다.

"알렉스가 있습니다."

프레드릭은 자신의 동생에 대한 자신감을 내비쳤다. 마틴은 고개를 끄덕였다. 프레드릭은 사절들을 이끄는 수장이었고 알렉스는 그의 호위 역으로 따라왔다. 듬직한 알렉스는 무인답게 주위를 경계하며 검에 손을 올리고 있었다. 마틴은 속으로 중얼거렸다. 그래, 알렉스라면 능히 우리들을 데리고 나갈 수 있을 것이다. 단⋯⋯.

"건방지게 내 얼굴을 보자 한 놈들을 드디어 만나는군."

은발의 키가 큰 남자가 걸어왔다. 언뜻 보면 인간처럼 생겼으나 늑대의 것과 같은 눈과 날카로운 송곳니는 그가 온전한 인간이 아닌 늑대 수인이라는 것을 말해주었다. 인간의 모습에 가까울수록 강하다는 말처럼 가만히 서 있기만 하는데도 루프스의 위압감은 상당했다. 마틴은 속으로 중얼거렸다. 그래, 알렉스는 듬직했다. 저 괴물 같은 놈만 없다면.

마틴은 포트리스의 최후의 날이 될 뻔한 그날을 기억했다. 거대한 은색의 늑대. 추풍낙엽처럼 죽어가는 사람들. 수인들의 마법 저항력은 유명했으나 루프스는 정도가 더했다. 그에게는 어지간해서는 마법이 전혀 통하지 않았다. 은빛 주둥이의 거대한 송곳니에서 뚝뚝 떨어지던 피가 아직도 눈앞에 선명했다.

프레드릭도 속으로 적잖이 놀랐다. 강하다, 강하다 이야기는 들었지만, 직접 대면한 남자의 강함은 상상했던 것 이상이었다. 프레드릭은 알렉스를 힐끔 돌아보았다. 그는 생각보다 태연한 표정이었다. 프레드릭은 루프스에게 손을 내밀어 악수를 청했다.

"반갑습니다. 프레드릭 하워드입니다."

"잘 알고 있지. 내게 가끔 편지를 보내던 자가 아닌가? 화합이란 것을 주장했지?"

"기억해 주셔서 영광입니다."

"세상 물정 모르는 샌님의 허무맹랑한 소설이라 재미있게 읽고 있지."

알렉스는 루프스의 무례한 언사에 한쪽 눈썹을 올렸다.

루프스는 한쪽에 서 있는 긴 붉은 머리의 수컷이 거슬렸다. 다른 세 명의 마레 위르는 제 살기에 얼굴이 하얗게 질렸는데, 저 수컷만이 팔짱을 끼고 뻐딱하게 서서 태연한 표정이었다. 루프스는 벌벌 떠는 세 장로와 악수를 한 다음 건방진 수컷의 앞으로 갔다.

"알렉스 하워드입니다. 스승님께 이야기 많이 들었습니다."

"아, 네놈이 렉스의 제자군."

루프스는 알렉스의 손을 잡았다. 굳은살이 잔뜩 박인 전형적인 무인의 손이었다. 저보다는 키가 조금 작았지만 다부진 몸이 한눈에 보아도 단련한 무인임을 알게 했다.

알렉스도 루프스의 손을 잡아보고서 그가 어쩌면 렉스가 말한 것 이상일 수도 있다는 생각이 들었다. 그가 렉스와 싸웠던 나이가 열여섯이고 지금은 스물여섯이었다. 경험과 연륜이 그를 더 단단하게 만들었을 것임은 의심할 나위 없을 것이다.

"부디 좋게 끝났으면 합니다."

주어가 없는 의미가 불분명한 말이었으나 어떤 의미에서는 경고에 가까운 말이었다. 루프스는 늑대 아가리에 머리를 집어넣고도 당당한 태도가 우습게 느껴져 픽 비웃음을 흘렸다.

"글쎄. 그건 그대들이 내 기분을 어떻게 만드는가에 달렸지."

루프스의 묘한 미소에 알렉스는 최악의 상황을 대비해야 할지도 모르겠다는 생각을 했다. 레이라와 약속했다. 형을 무사히 돌려보내 주겠다고. 그 약속은 지켜야 했다. 그리고 그 약속 이전에 프레드릭은 포트리스의 새로운 지도자로 떠오르는 사람이었다. 레이라 개인을 위해서 그리고 포트리스의 사람을 위해 프레드릭은 돌아가야만 했다. 만약을 대비해서 나쁠 것은 없었다.

"자, 그럼 난 내 용병들을 돌려받고 싶은데."

루프스가 그들의 뒤를 바라보았다.

"이야기가 끝나면 돌려 드리겠습니다."

프레드릭이 답했다.

"뭐?"

루프스가 한쪽 눈썹을 신경질적으로 들어 올렸다. 프레드릭은 착하고 좋은 사람이었지만 순진하지는 않았다. 프레드릭은 배의 선실에 독수리 수인들을 가둬두었고 헤임달에게 토스 호무스 연안을 돌아달라고 부탁하였다. 적의 아가리 안에 깊숙이 들어오면서 그 정도 대비도 하지 않을 수는 없었다.

루프스는 예상했던 일이지만, 마레 위르에게 휘둘리는 상황이 진절머리가 날 정도로 짜증이 났다.

"예상하지 못한 일은 아니시겠죠."

알렉스가 묘한 어투로 대구하였다. 프레드릭이 놀라서 알렉스를 돌아보았다. 알렉스는 어깨만 으쓱였다.

"그것 하나 예상하지 못하면 내가 이 자리에 있을 이유가 없지."

루프스는 알렉스의 빈정거림에 똑같은 어투로 대답했다.

다른 세 장로는 알렉스와 루프스의 신경전에 피가 다 마르는 것 같았다. 원래 무인이라는 족속들은 서로의 강함을 자랑하고 싶어서 안달이 난 놈들이었다. 그리고 그런 무인들 사이에서 죽어나는 것은 자신들과 같은 평범한 인간들이었다. 장로들은 제발 알렉스가 몸을 좀 사리거나, 아니면 루프스가 자비를 베풀기를 원했다.

"렉스 놈에게 내 이야기를 들었다면 말이야."

루프스가 알렉스를 향해 위협적으로 고개를 숙였다. 그가 날카로운 송곳니를 알렉스의 목 옆에 들이밀었다. 인간들 모두 숨을 죽였다. 팽팽한 긴장감이 감돌았다.

알렉스는 잔뜩 긴장한 채로 만약의 상황을 대비하려는 것인지 여차하면 검을 뽑을 생각으로 검 손잡이에 손을 올렸다.

"그놈의 이야기는 처참하게 깨지고 부서져서 간신히 자존심만 끌어안은 미친 노인의 자위에 지나지 않을 거야."

루프스는 알렉스의 어깨를 툭툭 쳤다. 알렉스는 싸늘한 시선으로 루프스의 어깨 너머를 보았다.

"스승님은, 당신이 그 오만함 때문에 죽을 팔자라고 하더군요."

마틴은 땀이 흥건한 손바닥을 바지에 닦았다. 저 미친놈들이 여기서 싸움질이라도 할 모양이었다. 마틴은 심호흡을 크게 한 번 하고 한 걸음 앞으로 나갔다.

"죄송합니다만, 루프스님."

아, 심장에 좋지 않아. 마틴은 그렇게 중얼거리며 살벌한 루프스와 알렉스 사이에 끼어들었다. 뒷목에서 식은땀이 흘러내렸다.

"저희가 오랜 기간을 항해하느라 많이 피곤한데, 이만 방에서 쉬어도 될까요?"

"아, 내가 주제 파악 못 하는 수컷 때문에 무례를 범할 뻔했군."

루프스는 알렉스의 싸늘한 자주색 눈동자를 똑바로 응시하며 몸을 일으켜 세웠다. 건방진 마레 위르 수컷은 한 번도 눈을 피하거나 내리깔지 않고 그를 똑바로 바라보았다. 루프스는 마레 위르를 좋아하지 않지만, 이렇게 보자마자 싫은 수컷은 처음이었다. 루프스는 손짓으로 궁녀를 불렀다. 다람쥐 수인 셋과 사슴 수인 두 명이 나왔다.

"이 아이들을 따라가면 방으로 안내해 줄 거다. 부디 길을 잃지 않고 잘 따라가기를 바라네. 알다시피 이곳은 포트리스보다

넓은 곳이라 손님들이 길을 잃을까 걱정이 되는군."

루프스는 궁녀들에게 그들의 안내를 맡기고 자리를 떴다. 알렉스는 루프스의 뒷모습을 뚫어져라 쳐다보았다. 그의 무례한 언사에 기분이 좋지 않았다. 알렉스는 허리에 맨 검을 만지작거렸다. 프레드릭이 그의 손을 잡았다.

"신중하게 행동해. 기분에 따라 행동하지 말고."

"형, 내가 애인 줄 알아?"

"어. 그러니까 아까 그렇게 빈정거렸겠지."

프레드릭은 드물게 동생에게 화를 내었다. 프레드릭의 눈이 일렁였다. 레이라와의 약속 때문인 것 같았다. 그제야 알렉스는 자신이 너무 감정에 휩쓸렸다는 것을 깨달았다. 알렉스는 멋쩍은 듯 정수리를 긁적였다. 그는 미안한 얼굴로 입술에 침을 축였다. 프레드릭을 꼭 무사히 돌려보낼 거라고 방금 전까지도 생각하고 있었으면서 무인의 피가 끓어올라 그만 함부로 행동했다. 루프스의 살기에 반응한 것이 한심스러웠다. 도발에 함부로 넘어가면 안된다고 누누이 가르쳤던 스승의 당부가 소용이 없었다.

"미안. 내 생각이 짧았어."

"아니야. 괜찮아. 루프스에게 우리에게도 너라는 전력이 있다 알려주는 것이 나쁘지는 않을 것 같아."

"정도를 넘어가지 않는 선에서 까불도록 노력할게."

"넌 말을 해도."

프레드릭이 한숨을 내쉬었다. 알렉스는 자신과는 다르게 호전적이고 장난기 많은 성격이라 걱정이 많았다. 프레드릭은 미간을 찡그렸다. 이제부터가 본게임이었다.

"난 장로들하고 이야기를 할 생각이야. 넌 무엇을 할 건데?"

"나 같은 천생 무인은 혹시 모를 일에 대비해 보려고."

프레드릭은 탐탁지 않은 표정을 한 채 알렉스의 어깨를 두드리면서 몸조심하라는 말을 건넸다.

유채는 별채의 작은 서재에서 책을 몇 권 들고 침실에 올라왔다. 침대에 비스듬히 기대 앉아 책을 읽다가 머리를 식히기 위해 베개에 머리를 대고 누웠다. 고3 생활을 끝내면 더 이상 공부할 일이 없을 줄 알았는데 다시 공부였다. 거기다 모르는 말이 너무 많아 한 페이지를 넘기는 것도 힘들었다. 모르는 글이 한글처럼 읽힌다고 해도 내용까지 이해가 되는 것은 아니었다. 유채는 지끈거리는 관자놀이를 누르면서 다시 몸을 일으켜 세웠다.

'며칠이나 지난 걸까?'

유채는 손을 꼽아서 날을 세어보았다. 한 달 하고 일주일이 조금 넘은 것 같았다. 그러다 유채는 멈칫하고는 주먹을 꾹 쥐었다.

"오늘 내 생일이네."

이곳과 그곳의 시간이 같은 속도로 흐르는지는 모르겠지만, 만일 같은 속도라면 오늘은 제 생일이었다. 유채는 무릎을 끌어안았다. 갑자기 서러워지는 기분이었다. 이번 생일은 축하해 주는 사람도 없고 알아주는 사람도 없었다. 유채는 생일을 몰라준다고 풀이 죽는 사람을 보았을 때 이해가 되지 않았었지만 이제는 그들을 이해할 수 있을 것 같았다. 유채는 무릎에 얼굴을 묻었다.

"걱정…… 많이 할까? 거기도…… 내 생일일까……."

당연히 걱정을 많이 하실 것이다. 눈물 많은 엄마는 울고 있을 거고 언니는 자기 때문이라고 자책하고 있을 거고 아빠는 자신을 찾느라 바쁠 것이다. 유채는 세 사람을 생각하면서 무릎을 더 가까이 끌어당겼다. 만일 이곳에 오지 않았다면 아마 오늘 케이크도 잘라 나눠 먹고 선물도 받으며 즐거운 한때를 보냈을 것이다.

갑자기 침대에 널브러져 있는 책들이 흉물스러워 보였다. 여기 와서 겪은 일들은 다 끔찍한 것뿐이었다.

'내가 뭘 잘못한 걸까. 뭐가 잘못된 걸까?'

혹시라도 힌트가 될 만한 것이 있을까 봐 열심히 기억을 되짚어보았지만 여전히 기억나는 것은 전혀 없었다. 치킨을 사 병원으로 돌아가던 길이 기억의 끝이었다. 휴대폰이라도 있으면 그걸 살펴보면서 기억을 되짚어볼 수도 있겠지만 가지고 있던 모든 물건은 루프스에게 뺏긴 상태였다. 돌려달라고도 해봤지만 루프스는 쉽게 들어줄 생각이 없어 보였다.

"말 잘 들으면 돌려주지."

유채는 침대 시트를 움켜쥐었다.

"아, 생일인데 우울하고 정말 최악이야."

유채는 고개를 들었다. 두꺼운 커튼 틈 사이로 이곳이 다른 차원의 세상이라는 것을 분명하게 알려주는 푸른색의 달이 보였다. 유채는 침대에서 내려와 바닥을 밟았다. 기분이 심란해서 산책이라도 할 생각이었다. 모처럼 마음대로 움직일 수 있는 기회였다. 유채는 가운을 걸치고 계단을 타고 내려가 별채의 뒤편에 있는 정원으로 갔다.

덤불에 둘러싸인 별채는 그 누구의 출입도 불허할 것처럼 폐쇄적인 분위기였지만 그와 다르게 정원은 꽤나 아기자기하게 꾸며져 있었다. 유채는 가운을 여미면서 정원으로 나갔다. 그리고 가능한 별채에서 가장 멀리 떨어진 곳까지 걸어갔다.

작은 관목들이 주위를 감싸고 가을꽃과 낙엽들이 쌓여 있는 아늑한 곳이었다. 유채는 다리가 풀린 듯이 그 자리에 주저앉았다. 유채는 고개를 들어서 푸른색의 달을 바라보았다. 눈물이 흘러내렸다. 유채는 얼른 손으로 눈물을 닦았다.

"뭐야."

막힌 둑이 터진 듯이 눈물은 멈추지 않았다. 그리고 그제야 유채는 눈물을 닦는 것을 멈췄다. 그래, 그저 울고 싶었던 것이다. 자신은 고작 열아홉 살이었다. 아직은 어리다고 말해도 되는 나이였다.

유채는 그저 속을 게워내듯이 울고 싶었다. 모든 게 다 서러웠다. 오늘이 생일인 것도, 이 개 목걸이 같은 것을 차고 새장 속에 갇힌 것처럼 사는 것도, 자신이 겪은 모든 일들도, 그냥 다 서러웠다.

유채는 몸을 웅크리고 소리 내어 울었다.

바스락.

한참을 울고 있는데 마른 낙엽이 부스러지는 소리가 났다. 유채는 누군가 온 건가 싶어서 고개를 돌렸다. 시선 끝에 붉은 머리의 남자가 서 있었다. 엉거주춤하게 서 있던 남자는 급하게 제 바지 주머니를 뒤지더니 낡은 손수건 하나를 유채에게 건네었다.

"이거."

유채는 바보처럼 그것을 바라보기만 했다. 붉은 머리 남자, 알렉스는 머리를 헝클어뜨렸다.

"눈물 닦아요. 아가씨가 왜 우는지는 모르겠지만."

알렉스는 무릎을 굽혀서 유채의 손을 잡고 그 손에 손수건을 놓아주었다.

"이게 필요할 것 같습니다."

바람이 유채의 머리카락을 흩날렸다. 칠흑같이 검은 머리카락이 밤하늘에 스며들어서 사라질 것만 같았다.

알렉스는 수인들의 시선을 피하기 위해서 창문으로 빠져나왔다. 수인들이 그들의 행동을 제한하거나 한 것은 아니었으나, 알렉스는 혹시 모르니 수인들의 눈에 띄지 않는 선에서 탈출 경로를 알아보고자 했다.

"거참, 더럽게 넓네."

알렉스는 루프스의 말을 인정할 수밖에 없었다. 넓긴 넓었다. 건물이 크고 넓어서 이점이라면 숨었을 때 찾기 힘들 거란 것이고 단점이라면 나갈 구멍을 찾는 데 오래 걸릴 거란 것이었다.

알렉스는 기척을 죽이고 수인들을 피해 걸었다. 일찌감치 늑대 일족의 아래로 들어간 것이 다람쥐 수인인 것처럼 궁인들은 대부분 다람쥐 수인이었다. 그다음으로는 토끼 수인과 쥐 수인, 다람쥐 수인들만큼 늑대 수인과 좋은 관계를 맺고 있다는 사슴 수인이 그다음이었다.

알렉스는 건물 외관을 돌아보며 대강의 도주 루트를 파악했다. 그리고 고개를 돌려서 서쪽에 외따로 있는 건물을 보았다.

"서쪽 별채에는 출입하지 마시라는 루프스님의 명입니다."

방으로 안내해 주었던 다람쥐 수인이 그렇게 말했다. 장로 셋은 몸을 사리면서 별채 쪽은 쳐다보지도 않겠다고 했고 프레드릭도 괜히 루프스의 심기를 거스르는 것은 피할 생각인지 그에 대해 따로 묻지 않았다.

알렉스는 뒷머리를 긁적이면서 별채를 보았다. 두꺼운 커튼을 쳐 놓아서 안이 잘 보이지는 않았지만, 커튼 사이로 어슴푸레한 빛이 보였다.

누군가 있나?

알렉스는 눈을 가늘게 떴다. 알렉스는 보통 사람들에 비해 눈이 좋은 편이었기에 조금만 집중하면 뭔가가 보일 것 같았다.

"아닌가?"

어슴푸레한 불빛이 사그라졌다. 누군가 있는 것인지 아닌지 긴가민가했다. 알렉스는 그 자리에 서서 고민했다. 뭔가 있는 것 같으니 확인해 두는 것이 나쁠 것 같지는 않았지만, 프레드릭 말대로 괜히 루프스의 심기를 거스를 것이 걱정되었다. 알렉스는 눈썹을 긁적였다.

"모르는 것보다는 낫겠지."

그리하여 알렉스는 별채 쪽으로 향했다. 루프스가 왜 저곳에 접근하지도 말라고 했는지 솔직히 궁금했다. 어릴 때부터 하지 말라는 건 꼭 해보곤 했던 알렉스에게 루프스의 말은 참으로 유혹적이었다. 프레드릭에게 둘러댈 핑곗거리도 생겼겠다, 알렉스는 별채로 향하는 걸음을 재촉했다.

누구를 가두려고 만든 곳인지 별채의 주위에 덤불이 쳐 있었다. 함부로 들어가기 힘든 곳이었다. 당연히 입구로 당당히 들어갈 수는 없어 알렉스는 고민을 했다. 결국 그는 나무를 타고 덤불을 넘어갈 계획을 세웠다. 알렉스는 그나마 큰 나무를 찾아 그 위로 올라갔다. 소리 나지 않게 덤불을 넘어가느라 꽤 고생했지만 알렉스는 무사히 별채 안에 떨어졌다. 착지할 때 무게중심이 흐트러졌는지 발이 저릿저릿했다. 알렉스는 신음을 삼키면서 몸을 일으켰다. 잘 정리되어 있다는 것 외에 별건 없어 보였다.

"으허허헝. 으으흑."

바람에 실려 울음소리가 들려왔다. 알렉스는 몸을 굳혔다. 설마 별채에 들어가지 말라 한 것이 유령 때문이었나 싶었다. 하나 바로 고개를 저었다. 설마. 유령이 있다면 반드시 들어가 보라고 추천할 위인이었다. 분명 뭔가 다른 게 있다. 혹여 그 이상한 취향으로 마물(魔物: 마력을 다룰 줄 아는 동물들을 총칭하는 말. 마력을 사용할 줄 안다는 것 외에는 알려진 것이 거의 없는 생명체) 같은 것을 여기다 가두어두었을지도 모르는 일이었다.

알렉스는 발소리를 죽이고 조용히 소리가 나는 곳으로 걸어갔다. 가까이 갈수록 여인의 울음소리와 비슷한 것이 들려왔다. 알렉스는 주위의 관목에 몸을 숨기고 고개를 살짝 내밀었다. 등을 반쯤 덮는 긴 검은 머리의 여자가 몸을 웅크리고 울고 있었다. 어찌나 서럽게 우는지 불쌍해 보일 정도였다.

당황한 탓인지 그답지 않은 실수를 해버렸다. 낙엽을 밟아 소리가 나자 울고 있던 여자가 알렉스가 있는 곳을 돌아보았다.

검은 눈에 검은 머리카락, 이제 갓 성인이 된 것 같은 아가씨였다. 물기 어린 눈은 하도 많이 울어서 벌겋게 부어올랐고 코끝도 빨갰다. 목에는 금빛의 고리가 걸려 있었고 그 중앙에는 알이 큰 보석이 박혀 있었다. 확실한 것은 수인이 아닌 인간이라는 것이었다.

알렉스는 엉거주춤하게 서 있다 여자의 턱에서 눈물방울이 떨어지는 것을 보았다. 왜인지는 모르겠지만, 아이린이 떠올랐다.

아이린도 저렇게 운 적이 있었다. 그는 급하게 바지 주머니를 뒤졌다. 아이린이 준 낡은 손수건이 있었다. 알렉스는 다급하게 손수건을 여자에게 내밀었다.

"이거."

여자는 멍하니 손수건만 바라보았다. 알렉스는 머리를 헝클어뜨렸다.

"눈물 닦아요. 아가씨가 왜 우는지는 모르겠지만."

알렉스는 여자의 손을 잡았다. 뼈가 만져질 정도로 마른 손이었다. 알렉스는 여자의 손에 손수건을 쥐여주었다. 눈물범벅이된 얼굴에서 눈물이 툭 떨어졌다.

"이게 필요할 것 같습니다."

유채는 알렉스가 쥐여 준 손수건을 빤히 보았다. 그리고 고개를 들어 알렉스의 얼굴을 보았다. 아까 보았던 마레 위르 무리에속해 있는 사람이었다. 유채는 손수건을 움켜쥐었다.

알렉스는 머리를 긁적이며 유채의 눈가를 닦아주었다.

"내가 시커먼 사내놈들 하고만 자라서 이런 건 못해요."

거친 손길로 알렉스는 눈물을 대강 닦아주었다. 아까 전에는 갑작스럽게 우는 아가씨를 만나 안절부절못하느라 생각을 못 했지만 정신을 차리고 보니 뭔가 이상했다. 이곳은 토스 호무스였다. 그런데 이곳에 왜 인간이 있는 것일까? 이 아가씨가 이 별채에 갇혀 있는 것인 게 분명했다.

"아가씨, 이름이 뭐예요?"

유채는 이름을 말하려다가 입을 다물었다. 말을 하지 말 것. 그것이 조건이었다. 여기에 루프스는 없으니 말해도 되지 않을까? 유채의 혀끝에서 자신의 이름이 맴돌았다. 하지만 궁녀들이 혹시나 이 모습을 보고 제가 남자와 이야기를 했다고 루프스에게 말할까 봐 걱정되었다.

"후. 내 이름은 알렉스 하워드예요. 포트리스에서 왔어요."

알렉스는 아가씨가 겁을 먹어서 말을 못 하는 것 같아 분위기를 풀기 위해서 먼저 자신을 소개했다.

"겁먹지 말고. 난 아가씨를 해치려는 게 아니에요."

알렉스는 되도록 부드럽게 말을 하였다. 유채는 입술만 잘근잘근 씹다가 손가락으로 목을 가리킨 뒤, 엑스자를 만들어 보였다. 알렉스는 저 몸짓의 의미가 무엇인지 잠깐 고민하다가 물었다.

"말을 못 해요?"

유채는 고개를 끄덕였다. 흙바닥이 아니어서 글을 쓸 수가 없고 종이도 없으니 손짓으로 표현하는 것이 나을 것 같았다. 알렉스는 골치 아픈 듯이 머리를 긁적였다. 머리 좋은 제 형이라면 당황하지 않고 정보를 얻어낼 질문들을 던졌을 것이지만 알렉스는 단순하고 무식한 편이었다. 그는 말 못 하는 아가씨에게 무슨 말을 해야 할지 알 수가 없었다.

"혹시, 혀라도 잘린 거예요?"

아, 젠장. 내가 무슨 소리를 한 거지.

알렉스는 말해놓고 스스로 당황했다. 해도 꼭 저런 소리를……. 유채는 고개를 저었다.

"다행이네요."

뭐가 다행이란 건지.

알렉스는 제 입을 꿰매 버리고 싶었다. 알렉스는 치열하게 고민을 했다. 아가씨는 누구이며, 이곳에는 어떻게 온 것인지 알아낼 수 있는 질문들이 필요했다. 알렉스는 그냥 단순 무식하게 묻기로 결정했다.

"아가씨는 여기 어쩌다 오게 된 거예요?"

유채는 씁쓸한 표정으로 목에 걸려 있는 파렌티아를 손가락으로 걸어서 올렸다. 알렉스는 고개를 갸웃거렸다. 저 금색 고리가 의미하는 바를 알 수 없었다. 알렉스는 목걸이를 바라보다가 유채의 옷이 살짝 흘러내려 그녀의 가슴골이 보이는 것을 보고 시선을 살짝 올렸다.

"알, 알겠어요."

알렉스는 당황하여 아무렇게나 대답했다.

유채는 저 남자가 제 말을 알아들은 것인지 알 수가 없었지만 별다르게 설명할 방법이 없었다.

"아가씨, 혹시 아르젠에서 왔어요? 아니지, 아르젠인이 여길 왜 와. 혹시 부모 중에 아르젠계가 계셔요?"

대륙이 전란에 휩싸인 것이 몇 백 년이지만, 딱 한 나라만큼은 전란에 휩싸이지 않았다. 그것이 바로 고대부터 내려오는 유서 깊은 국가인 아르젠이었다. 아르젠은 아주 오래전 셀레네님의 명을 받고 세계를 구한, 검은 머리 이국(異國)의 여인이 세운 나라로, 신의 축복인지 그 나라 사람들은 대륙 그 어떤 나라의 사람들과도 다르게 생겼다. 그리고 대륙의 다른 나라들이 발전과 쇠퇴를 반복할 때에도 아르젠만큼은 그대로 있었다. 그런 아르젠의 사람이 안전한 곳을 버리고 이곳으로 올 리는 없었다. 하나 눈앞의 여자의 외모는 아르젠인들과 흡사하게 생겼다.

아르젠?

유채는 생소한 단어에 고개를 갸웃거렸다. 처음 듣는 나라의 이름에 유채는 고개를 저었다.

"이거 참, 곤란한데. 여기 오래 있을 수도 없고."

알렉스는 시선을 맞추느라 웅크렸던 몸을 곧게 펴고는 중얼거렸다. 이 별채에 너무 오래 있다가 무슨 봉변을 당할지 몰랐다. 그렇다고 여자를 내버려 두고 갈 수도 없는 노릇이었다. 알렉스는 다시 한 번 더 무릎을 굽히고 유채의 검은 눈을 마주 보았다.

"여기 있어야만 하나요?"

유채는 고개를 끄덕였다.

"하. 지금은 일단 난 가볼게요. 나 혼자라면 아가씨를 데리고 가는 걸 고려해 보겠는데 일행이 있어서 그건 곤란할 것 같아요. 미안해요."

유채는 미안해하지 않아도 된다는 의미로 고개를 저었다. 어차피 같이 가자는 고마운 제안을 해도 못 따라 갈 것이다. 유채는 그저 그렇게 말해준 것만으로도 고마웠다. 유채는 손수건을 도로 그에게 내밀었다.

"괜찮아요. 내일 내가 받으러 올게요."

알렉스는 손을 저었다. 그는 머리를 긁적이면서 나갈 길을 생각했다.

"이만 가볼게요. 아가씨. 부디 몸조심해요."

유채는 고개를 숙여서 인사를 했다. 알렉스는 아까 왔던 길을 되짚어서 덤불을 넘어갔다. 유채는 손수건을 내려다보았다. 낡은 손수건에는 붉은색 실로 자수가 놓여 있었다.

−아이린이 알렉스에게

연인의 손수건을 빼앗은 것 같아서 유채는 마음이 썩 좋지는 않았다. 유채는 눈가에 맺혀 있다가 흘러내리는 눈물을 손수건으로 닦으며 몸을 일으켜 세웠다. 그때였다.

"레티티아."

익숙한 목소리와 함께 단단한 팔이 유채의 허리를 뒤에서 끌어안았다. 그리고 입술이 목에 닿았다. 피가 흐르는 혈관 위로 입술을 세게 눌렀다.

"방금 그 수컷은 누구지?"

유채의 몸이 굳었다. 루프스의 낮은 목소리에 유채는 몸을 떨었다.

"나 말 안 했어요."

유채는 얼른 입을 열었다. 루프스가 유채의 허리를 감고 있던 팔을 푸르고 그녀를 자신의 쪽으로 돌렸다. 루프스의 차가운 청회색 눈동자가 유채를 향했다. 유채가 움츠러들자 루프스는 손으로 그녀의 눈가에 눈물 맺힌 흔적을 훔쳤다.

"왜 운 것이지?"

루프스의 입술이 유채의 눈가에 닿았다. 유채는 소름이 돋는 것을 꾹 참아야만 했다.

"정말 짜증 나는 놈이군."

루프스는 관자놀이를 누르면서 별채 쪽으로 걸어갔다. 웃는 낯의 마레 위르에게 침을 뱉기란 어려운 일이었다. 프레드릭이란 놈은 아무리 빈정거려도 내내 웃는 낯으로 루프스를 대했다. 루프스는 잘 기억나지도 않는 쓸데없는 잡담에 지끈거리는 머리를 누르면서 별채로 들어갔다. 별채에 붙여놓은 궁녀들이 그의 방문에 모두 모였다.

"레티티아는?"

"레티티아님은 정원으로 나가셨습니다."

별채에 붙여놓은 궁녀 중 가장 높은 지위의 궁녀가 답을 하였다. 루프스는 고개를 끄덕이고는 유채를 찾아 그쪽으로 걸었다.

"으흐흑. 으흑."

울음소리가 들렸다. 루프스는 조금은 조급하게 발걸음을 옮겼다. 별채 정원의 깊숙한 곳에서 유채가 주저앉아 울고 있었다. 그것을 본 순간 루프스는 걸음을 멈추었다. 그답지 않은 행동이었지만, 왠지 다가가면 안 될 것 같은 생각이 들었다. 루프스는 숨어서 그녀를 지켜보았다. 그러면서도 저답지 않은 행동에 스스로 한심해하고 있었다.

그가 아는 유채는 결코 아무 이유 없이 우는 암컷이 아니었다. 어지간한 일로는 울려고 하지도 않았다. 항상 그 당당한 눈으로 그를 응시했다. 저렇게 무너진 모습은 처음 보는 것이었다. 웅크린 등이 안쓰러워 보였다. 루프스는 제 머리카락을 신경질적으로 헤집었다. 또다시 발목을 검은 감정이 휘감았다.

움직여야 하는가? 이 자리에 그대로 있어야 하는가?

쓸모없는 고민만 하다가 그가 자신의 말도 안 되는 행동을 비웃으면서 덤불 밖으로 나가려 할 때였다.

"눈물 닦아요. 아가씨가 왜 우는지는 모르겠지만."

아까 본 건방진 마레 위르가 별채에 들어와 있었다. 유채는 눈을 들어서 알렉스를 바라보았다. 그는 무릎을 꿇더니 유채의 손을 잡고 손수건을 들려주었다.

"이게 필요할 것 같습니다."

루프스는 싸구려 연극 같은 상황에 헛웃음이 새어 나왔다. 수인의 귀는 마레 위르보다 훨씬 더 예민하여서 그들이 나누는 말소리가 다 들렸다. 정확히는 마레 위르 수컷의 말소리만 들렸다. 유채는 약속한 대로 말을 하지 않았고 고개만 끄덕이거나 손짓으로 제 의사를 표현할 뿐이었다.

검은 감정이 발목을 넘어서 타고 올라왔다.

말을 하지 말라고 시킨 것은 자신이면서도 유채가 말을 하지 않은 상황이 못마땅하였다. 제가 시킨 대로 하고 있는데도 루프스는 그게 마음에 들지 않았다. 그렇다고 하여 저 수컷과 대화를 하기를 바라는 것도 아니었다. 말을 하는 것도 싫고 그렇다고 말을 안 하는 것도 싫은 모순에 루프스는 고뇌했다. 그리고 그 이전에 유채가 한 번도 보인 적 없는 눈빛이 마음에 걸렸다.

루프스는 문득 유채가 말을 하지 않는 이유가 궁금해졌다.

자신이 두려워서는 아닐 것이다. 유채는 그렇게 당했으면서도 저를 두려워하지 않았다. 고작 그런 이유로 제가 마레 위르와 말을 하지 말라고 했다고 고분고분 들을 암컷이 아니란 말이었다. 그럼 왜일까?

유채는 생각보다 맘이 여렸다. 죽어도 굽히기 싫은 자존심을 굽힌 것도 블루벨이라는 암컷 토끼를 지키기 위해서였고 요새 자신의 말을 잘 듣는 것도 같은 이유에서였다. 이번 일도 다르지 않을 것이다. 루프스는 유채의 생각을 알 것 같았다. 그녀는 제 말을 어겼다가 누군가 다칠까 봐 걱정을 하는 것이 분명했다.

그게 누구일까? 저 건방진 마레 위르 수컷?

검은 감정이 스멀스멀 다리를 타고 올라왔다. 가슴 깊숙한 곳에서 뭔가가 끓어올랐다. 그는 옆에 있는 나뭇가지를 힘주어 잡으면서 스스로를 진정시켰다. 그의 힘에 못 이긴 나뭇가지가 부서졌다. 루프스는 자신이 왜 이러는지 이해가 되지 않았다. 아무리 유채라고 하더라도 처음 본 수컷의 걱정을 할 만큼 오지랖이 넓지는 않을 것이다.

그럼 그 블루벨이라는 암컷 토끼?

마레 위르 수컷보다는 나았지만 속이 배배 꼬이는 것은 마찬가지였다. 암컷이든 수컷이든 유채의 행동을 제한하는 대상이 된다는 것에 속이 뒤틀렸다. 이유는 없었다. 그냥 그랬다. 저는 한없이 그리도 차갑고 냉정한 눈으로 바라보면서 왜 약하디약한 이들에게는 다정해지는 것일까.

루프스는 한 손으로 제 얼굴을 쓸어내렸다. 지금 제가 뭘 하는 건지 알 수 없었다. 왜 덤불 뒤에 숨어서 도둑처럼 저들을 지켜보는 것일까? 왜 저는 유채가 우는 모습을 보고 몸을 숨겼는가?

그 웅크린 등을 보자마자, 그리고 그 울음소리를 듣자마자 말뚝에 묶여서 눈물범벅으로 쓰러졌던 그때와 붉은 방에 갇혀 덜덜 떨던 모습이 떠올랐다. 명치를 얻어맞은 것처럼 아팠다. 다리를 타고 올라온 검은 감정이 어느새 제 목을 틀어쥐었다. 루프스는 이를 갈면서 제 목을 뜯어내듯이 움켜쥐었다. 어울리지 않는 꼴사나운 짓이었다. 빌어먹을. 이게 다 유채가 제 속을 꼬이게 해서 생긴 일이다.

루프스는 덤불에서 벗어났다. 그 건방진 마레 위르 수컷은 떠난 것인지 유채는 손수건을 쥔 채로 몸을 일으키고 있었다. 그는 그녀가 들고 있는 손수건을 찢어버리고 싶었다. 루프스는 뒤에서 유채의 얇은 허리를 감싸 안았다. 부드럽고 따뜻한 작은 몸이 품에 안겨왔다.

루프스는 유채의 목덜미에 코를 묻었다. 히아신스 향이 훅 났다. 그 사이로 우유처럼 고소한 특유의 체향이 묻어났다. 그 향과 온기가 좋아 그녀를 강하게 끌어안았다. 유채의 몸이 안쓰러울 정도로 굳어지자 마음 한구석이 콕콕 찔려왔다.

"레티티아, 방금 그 수컷은 누구지?"

"나 말 안 했어요."

그 수컷을 걱정하는 속내를 감춘 말에 속이 배배 꼬였다. 루프스는 팔을 풀고 유채의 몸을 돌려 그녀와 얼굴을 마주했다. 얼굴에 눈물 자국이 가득하였다. 루프스는 눈가에 맺힌 눈물을 훔쳐 냈다. 정확히는 그 수컷의 손이 닿았던 흔적을 지워내고 싶었다.

"왜 운 것이지?"

대답을 기대하지 않았다. 루프스는 유채의 허리를 끌어안으면서 고개를 숙여 입술로 눈물을 훔쳤다. 불쾌한 수컷의 흔적을 지워냈다. 움찔거리는 유채의 목에서 파렌티아가 짤랑거렸다.

그래, 유채는 제 것이다.

루프스는 유채의 목덜미에 가볍게 입을 맞췄다. 얇은 살갗 너머로 맥이 뛰는 소리가 들렸다.

아름다운 유채는 자신에게 속한, 자신만이 만질 수 있는 제 것이었다. 건방진 마레 위르 수컷이 건드릴 수 있는 것이 아니다.

유채는 몸을 굳히고 루프스의 입술을 견뎠다. 지금 그의 기분이 좋은 것인지 나쁜 것인지 명확하게 알 수가 없었다. 혹시나 기분이 나빠져 알렉스란 남자에게 화가 미칠까 봐 걱정이 되었다. 루프스의 입술이 나비처럼 가볍게 떨어졌다.

"난 그 남자랑 이야기하지 않았어요."

루프스는 유채의 말에 얼굴을 찌푸렸다. 유채는 등에서 식은땀이 흘러내리는 것 같았다.

"그 남자는 길을 잃어서 들어온 거라고…… 그러니까……."

유채는 눈을 굴리면서 상황을 타개할 방법을 찾았다. 루프스는 마레 위르 수컷을 변호하는 듯한 유채가 마음에 들지 않았다. 그가 손을 들자 유채는 긴장하고 목을 움츠렸다. 유채의 걱정과 달리 루프스는 그녀의 흘러내린 옆머리를 어깨 뒤로 넘겨줄 뿐이었다. 유채는 그 부드러운 손길이 의아했다.

"그 수컷은 제쳐 두고 묻지. 왜 울었나?"

"예?"

유채는 바보처럼 되물었다. 루프스는 벌겋게 부어오른 유채의 눈가를 탐탁지 않게 바라보며 귀찮음을 억누르고 다시 물었다.

"너는 이유 없이 울지 않으니."

"나도 그냥 이유 없이 울 수도 있어요."

유채는 솔직하게 말했다가 되돌아올 보복이 두려웠다. 다시 붉은 방에 가두겠다고 협박을 한다든가, 블루벨을 꺼내주지 않겠다든가 할까 걱정되었다. 그러니 제가 처한 상황이 비참해서 울었다는 말은 절대로 할 수 없었다. 유채는 입을 다물었다.

"말하기 싫나 보군."

"이유가 없다니까요."

유채는 신경질적으로 반응했다. 무엇보다 제 허리에 감겨 있는 그의 손이 제일 싫었다.

"약속은 지켰네. 얌전히 기다리고 있으라고 하니, 얌전히 있고 말이야."

"……말했지 않나요? 그런 일을 겪고도 계속 반항적으로 굴지는 않아요."

루프스는 아까 전에 그렇게 애처롭게 울던 암컷과 제 팔에 안겨 있는 인물이 동일 인물인가 의심이 되었다. 아니면 제 앞에서만 이런 것인지 도통 알 수가 없었다.

"선물은 기대했나?"

"선물이요?"

"왜, 내가 상을 주겠다고 하지 않았나?"

유채는 기억을 더듬었다. 루프스는 가볍게 웃더니 유채에게 물었다.

"무엇일 것 같나?"

"글쎄요."

유채는 심드렁하게 대답했다. 기대도 하지 않은 일이니 기대치가 낮아 어떤 것도 떠오르지 않았다. 루프스는 귀찮아 하는 듯한 유채가 마음에 들지는 않았지만 그녀의 허리에 감은 팔을 풀어주었다. 유채는 당장 한 걸음 뒤로 물러났다.

"갈 곳이 있으니 따라와."

루프스는 유채의 손을 잡고 걸었다. 어차피 힘으로 그를 이길 수도 없고, 그를 거슬렀다가 또 무슨 일이 생길지 몰라 유채는 반항 없이 그를 따라갔다. 루프스는 그대로 별장을 나섰다.

"호위 없이 떠나도 되는 거예요?"

유채는 조금 뜨악한 표정으로 물었다. 그래도 나름 왕이라 불리는 이가 아닌가? 호위도 없이 움직여도 되나 싶은데 루프스가 오만한 웃음을 흘렸다.

"미치지 않고서야 내게 덤벼들 정도로 겁을 상실한 수인은 없다. 그리고 여기가 모두 나의 땅인데."

유채는 어이가 없다는 표정으로 그를 바라보았다. 예전부터 느끼는 것이었지만 정말 오만한 남자였다. 루프스는 유채의 손을 놓았다.

"갈 곳이 머니, 특별히 너에게 최고의 영광을 주지."

의미 모를 말에 유채가 고개를 갸웃거리는 사이, 루프스는 은빛의 늑대로 변했다. 유채는 깜짝 놀라서 뒷걸음질을 치다가 엉덩방아를 찧었다. 정말 거대한 늑대였다. 달빛을 받은 은색의 털은 정말 은으로 만든 것처럼 반짝였다. 늑대가 유채에게 주둥이를 들이밀었다. 유채는 기겁해서 바닥을 손으로 짚고 엉덩이를 뒤로 움직였다.

[놀랐나?]

거대한 늑대의 머리가 유채의 목덜미를 파고들었다. 유채는 어떻게 반응해야 할지 몰라서 몸을 굳혔다. 유채는 늑대의 머리를 밀어내기 위해서 손을 들었지만, 손에 닿는 털이 부드러웠다.

[타라.]

루프스가 유채의 목덜미에서 고개를 들고 몸을 낮게 굽혀주었다. 유채는 케릭스보다도 더 큰 루프스의 등 위에 올라탔다. 루프스가 몸을 일으켜 세우자 유채는 얼른 그의 목덜미를 팔로 끌어안고 중심을 잡아야 했다. 루프스는 유채가 제 등 뒤에 몸을 딱붙인 것을 느낀 후에야 안전하다 판단한 것인지 빠른 속도로 달리기 시작했다.

유채는 눈을 뜰 수 없을 정도로 거센 바람에 고개를 숙이고 눈을 감았다. 온몸으로 바람을 맞는 것도 잠시였다. 루프스가 서서히 속도를 늦추었다. 유채는 고개를 들었다.

"우와!"

순수한 감탄사가 터져 나왔다. 새하얀 모래사장과 짙은 남색으로 물든 바다가 보였다. 수평선 위로 수많은 별들이 마치 다이아

몬드처럼 반짝이고 있었다. 유채는 고개를 들었다. 머리 바로 위에도 별이 반짝이고 있었다. 이렇게 많은 별을 보는 것은 처음이었다. 검은 도화지에 반짝거리는 가루를 뿌려놓은 것과 같은 아름다운 밤하늘에 유채는 넋을 잃었다.

루프스가 멈춰 서서 몸을 낮추자 유채는 그의 등에서 내렸다. 루프스는 다시 원래의 위르형으로 돌아왔다.

유채는 밤하늘을 올려다보느라 온 정신을 쏟고 있었다. 이곳에서 유일하게 이 밤하늘만큼은 좋은 기억으로 남길 수 있을 것 같았다. 유채가 아빠의 취미인 별 보기를 따라다니면서 보았던 별들보다 더 많은 별들이 머리 위에 펼쳐져 있었다. 유채는 밤하늘에서 시선을 떼고 파도가 넘실거리는 초겨울 바다와 수평선의 경계에 떠 있는 별들을 보았다.

루프스는 제 평생 동안 수없이 보았던 밤하늘을 신기한 듯이 바라보는 유채를 이상하게 생각하며 그녀의 시선을 좇았다. 제 눈에는 별다를 것 없는 밤하늘이었다. 루프스는 심드렁하게 하늘을 올려다보다가 다시 유채의 옆얼굴을 바라보았다.

아.

입에서 짧은 감탄사가 맴돌았다. 저런 표정도 지을 줄 아는 암컷인가 싶었다.

그녀는 순수하게 즐거워하며 기뻐하는 표정이었다.

겁에 질리지도 않았고 증오를 감추려 하지도 않았고 체념한 채 고분고분 굴지도 않았다. 그리고 눈물도 보이지 않았다.

루프스가 아는 한 유채는 항상 그런 표정이었다. 하지만 지금의 그녀는 입가에 은은한 미소를 품고 반짝이는 검은 눈을 곱게 휘고 밤하늘을 올려다보고 있었다.

아름답다.

처참하게 망가진 때에도 아름다워 보였던 암컷이었다. 그러나 루프스는 그녀의 진정한 아름다움은 바로 지금이라고 생각했다. 화려한 드레스도 입지 않았고 머리에는 아무런 장신구도 없었다. 하얀 잠옷과 연보라색의 가운만 입은 채 불어오는 바닷바람에 머리카락을 내맡긴 유채는 그야말로 한 폭의 그림 같은 풍경이었다.

하지만 그보다 아름다운 것은 그가 한 번도 보지 못한 표정을 한 유채였다. 옅게 휘어진 붉은 입술, 장밋빛으로 물든 뺨, 그리고 고결한 정신이 담겨 있음을 보여주는 검은 눈동자. 어떤 화가도 저 아름다움을 고스란히 담아낼 수 없을 것 같았다.

루프스는 유채를 잡으려다가 괜히 주먹을 한 번 쥐었다 폈다. 그리고 손을 거두었다. 지금 제가 그녀를 잡게 된다면 저 그림 같은 광경이 유리처럼 와장창 깨어질 것을 알았다. 루프스는 반걸음 정도 뒤에서 유채를 보았다.

유채는 긴 머리카락이 불편한지 귀 뒤로 머리카락을 넘겼지만 다시 바람은 그녀의 머리카락을 헝클어뜨렸다. 그 광경이 너무 투명하여 유채가 바람처럼 사라질 것 같았다. 루프스는 다급하게 손을 뻗어서 그녀의 팔목을 잡았다.

좀 전의 표정은 금세 사라지고 원래의 무표정으로 돌아온 유채가 그를 보았다. 루프스는 어금니를 세게 물었다. 루프스는 유채의 뒷머리를 감싸 그녀의 고개를 들어 올렸다.

"아까 전 그 표정 좋았는데. 계속 짓고 있지?"

"미안하지만, 내가 표정 관리가 안 되는 편이어서요."

유채는 이제는 그의 취향대로 표정까지 지어야 하나 싶어 질릴 대로 질렸다. 다시 우울해졌다. 이상한 세상에 떨어져 생일에 아무도 축하해 주는 이 없이 제 마음대로는 아무것도 할 수 없는 처지가 정말 거지 같았다. 루프스가 너무나 싫었지만 제가 무얼 하든 저 남자에겐 씨알도 먹히지 않았으며, 제가 하는 행동들로 고통받는 것은 저와 죄 없는 다른 사람들이었다.

"표정은 감정의 창이고 감정이란 게 마음대로 되는 건 아니지."

유채는 의외의 말에 오히려 더 불안해졌다. 또 기분이 나빠졌다며 애먼 사람을 괴롭히려는 게 아닌가 두려웠다.

"방금 전의 표정이 더 예뻐 보여 하는 말이다. 주인으로서 펠릭스 다우스에게 요구할 수 있는 문제인데?"

좀 전에 보았던 그 표정을 더 보고 싶다는 말은 목구멍으로 삼켰다. 루프스는 저가 이 정도로 소심한 수컷이었나 스스로를 비웃었다. 어차피 제 펠릭스 다우스다. 윽박지르고 몇 번 경고하면 알아서 표정을 바꿀 것이다. 하지만 그가 보고 싶은 것은 억지로 만든 표정이 아니라 그녀 스스로 짓는 자연스럽고 아름다운 얼굴이었다.

마음대로 다루지도 못하는 펠릭스 다우스를 왜 데리고 있는 것인지.

루프스는 스스로를 이해하지 못했다. 왜 좀 더 강하게 윽박질러 제 뜻대로 하게 만들지 못하는지도 알 수 없었다. 아무것도 가진 것 없으면서 힘도 약한 주제에 마치 세계의 여왕이 자신인 양 저를 당당히 바라보는 눈동자를 왜 용납하는 것인지.

유채는 알 수 없는 표정으로 자신을 바라보는 루프스에게서 벗어나고 싶었다. 하지만 제 볼을 쓰다듬고 있는 루프스의 손을 뿌리칠 수 없었다. 이내 그는 유채의 허리를 감아 품에 끌어안았다. 유채는 닿는 것도 끔찍한 남자의 품을 버티기 위해서 주먹을 움켜쥐었다.

루프스는 역시나 제 품에서 굳어버린 유채를 보았다. 저와 닿는 것을 참고 있다는 것이 역력한 그 모습이 마음에 들지 않으면서 그것에 대해서 언급하는 순간 함정을 밟고 밑으로 떨어질 것 같은 기분을 느꼈다. 루프스는 다른 말을 그녀의 귓가에 속삭였다.

"요즘처럼 이렇게 고분고분하게만 굴어준다면, 나는 너에게 최상의 것을 제공해 줄 용의가 있다. 그러니 이렇게만 해."

원인 모를 검은 감정이 더 올라오는 것도 싫었고 유채의 그 텅 빈 듯한 표정을 보기도 싫었다. 유채가 제게 고분고분 굴고 이따금 아까 전의 그런 표정을 볼 수 있는, 이 정도의 거리를 유지하는 것이 좋았다.

"노력해 보죠."

유채는 빈정거리는 어투로 대답했다. 루프스는 그녀의 볼에 입을 맞추곤 품에서 놓아주었다. 그제야 유채는 몸에 긴장을 풀었다.

"그러고 보니 선물은 기대 안 되나?"

"이게 선물 아닌가요?"

유채는 손가락으로 밤하늘을 가리켜 보였다.

"참 소박한 것을 선물이라고 하네. 내가 그렇게 속 좁은 수컷으로 보이나?"

"갇혀 살다 보니 이렇게 나와 있는 것만으로도 선물이 되네요."

유채가 다시 빈정거렸다. 루프스는 그녀의 빈정거림을 무시하고 무릎을 굽혔다. 유채가 놀라서 뒤로 물러나려 했으나 루프스는 손을 뻗어서 그녀의 발목을 붙잡았다.

"지금 이게."

유채는 여우 수인들과의 첫 만남이 생각나서 하얗게 질린 채 발을 뒤로 빼려고 하였다. 그러나 그의 단단한 손은 그녀의 발목을 놓아주지 않았다. 유채는 부들부들 떨리는 손을 맞잡고 눈을 질끈 감았다.

루프스는 품에서 백금의 몸체에 월장석과 다이아몬드로 장식을 한 발찌를 꺼냈다. 그것을 유채의 가는 발목에 채워주니, 발찌가 발목에서 짤랑거리는 소리를 내었다. 제 발목에 걸린 것을 확인한 유채는 그것이 마치 고양이 목에 걸어두는 방울 같아서 마음에 들지 않았다.

"잘 어울리네. 예쁘구나."

루프스는 일어나서 손에 묻은 모래를 털었다. 채찍을 썼으니 이제는 당근을 줄 때였다. 그동안 고분고분하게 군 것에 대한 상이 있어야 계속 고분고분하게 굴 것이다. 그리고 그 의도와는 상관없이 가는 발목에 걸린 장신구는 꽤나 잘 어울렸다. 흔들릴 때마다 짤랑거리는 소리를 내는 것이 그녀의 분위기와 어울려서 마음에 들었다.

"좀 걷지. 풍광이 좋은 곳이니 오랜만에 바깥 구경을 하는 너를 위해서 내가 특별히 같이 걸어주지."

풍광 좋은 이곳에 제발 저 남자만 없었으면 싶었지만 유채는 꾹 참았다. 이제 들어가면 언제 또 나올 수 있을지 모르니 그가 기분이 좋아 보일 때 비위를 맞추어주는 것이 좋을 것 같았다. 누가 알겠는가. 이번에 기분을 맞춰주면 저를 감시하는 기세가 누그러져서 탈출할 수 있을 틈이 생길지도 몰랐다.

유채가 걸을 때마다 발목에서 짤랑거리는 소리가 났다. 루프스는 가느다란 발목에 걸린 발찌를 만족스럽게 내려다보았다. 신비로운 외모의 유채와 정말 잘 어울렸다. 하얗고 가느다란 발목마저 우아해 보였다. 그러나 유채는 그것이 족쇄 같아 당장에라도 벗어버리고 싶었다. 심란한 기분을 뒤로하고 유채는 주위를 돌아보았다. 그의 말대로 풍광 하나는 정말 멋있었다.

"그러고 보니, 네 생일은 언제인가?"

"예?"

유채는 예상 못 한 질문에 걸음을 멈췄다. 루프스가 그녀를 돌아보았다.

"그동안 내가 기른 펠릭스 다우스는 내 펠릭스 다우스가 된 날을 생일로 삼아 챙겨주었다. 너는 진짜 생일이 있지 않나? 그러니 묻는 거다. 언제냐?"

"12월 19일."

유채는 조금 음울하게 대답했다. 기분이 바닥까지 처박히는 느낌이었다.

"오늘이군. 왜 말을 안 했나?"

"당신은 내게 날짜 같은 걸 한 번도 알려준 적이 없었고, 내가 당신에게 생일을 말해야 할 의무는 없잖아요?"

유채는 신경질적으로 대꾸했다. 그리고 저 남자에게 생일 같은 걸 챙겨 받고 싶지 않았다.

루프스는 유채가 짜증을 내는 것에 화라도 낼까 하였으나 좀 전에 보았던 그 표정을 떠올리고 참았다. 그는 제 참을성이 정말 많아졌다는 것에 스스로 감탄했다.

"그럼 선물로 뭘 갖고 싶나?"

"발찌로 끝난 것 아닌가요?"

"나는 그렇게 속 좁은 수컷이 아니다. 그건 요즘 말을 잘 들은 것에 대한 상이고 네 생일에 대한 선물은 따로 주어야지. 말해봐라, 레티티아."

유채는 막 던지자는 기분으로 목에 걸린 파렌티아를 가리키면서 입을 열었다.

"이거 풀어줘요."

"안 돼, 다음."

"그럼 당신의 방 말고 다른 곳에서 지내게 해줘요."

"안 돼, 다음."

요청에 대한 대답은 일말의 고민도 없이 나왔다. 그럴 줄 알았다는 듯 유채는 바람 빠지는 소리를 내었다.

루프스는 유채가 바라는 것들 모두가 마음에 들지 않았다. 그의 발목을 휘감고 있던 검은 감정이 유채가 입을 열 때마다 위로 올라와 목을 움켜쥐었다. 영원히 제게 속할 유채가 제게서 벗어나는 것은 허락할 수 없었다.

"그럼 내 물건 중 빨간 가죽에 싸인 게 있을 거예요. 그걸 돌려줘요."

휴대폰이라고 말하면 못 알아먹을 것 같아서 유채는 휴대폰의 외양을 설명했다. 그것만이라도 손에 넣는다면 돌아갈 방법을 찾을 수 있을 것 같았다. 하지만 이번에도 그는 거절했다.

"싫어."

별것 아니었지만 유채가 콕 찍어서 원하는 물건이라 루프스는 그것을 내어줄 수 없었다. 속이 배배 뒤틀렸다. 유채는 짜증이 가득한 어조로 입을 열었다.

"그럼 하루에 한 시간만 그 방을 마음대로 벗어나게 해줘요. 이것도 안 된다면 난 선물 필요 없으니까 당신 마음대로 해요."

"알겠다. 한 시간 정도 돌아다니게 해주지."

루프스는 이미 세 번이나 거절한 것도 있고 이번 소원은 달리 생각할 필요가 없는 부분이라 흔쾌히 허락했다. 불퉁하던 유채의 표정이 조금 부드럽게 풀어졌다.

저 입술이 조금만 늘어지면 괜찮을 텐데.

루프스는 속으로 중얼거렸지만, 유채의 입술은 여전히 고집스럽게 다물려 있었다. 루프스는 어린애도 아니고 고작 펠릭스 다우스의 표정 하나에 일일이 반응하는 자신이 한심했다. 그러다 문득 유채가 손에 쥐고 있는 건방진 마레 위르 수컷의 낡은 손수건이 보였다.

"알렉스랬던가?"

유채는 몸을 움찔했다. 유채는 그의 시선이 제 손으로 향하는 것을 보고 손을 뒤로 감추면서 급하게 입을 열었다.

"그분의 연인이 준 손수건이에요. 내, 내일 가져가기로 했어요. 그리고 그 남자분은 그저 길을 잃은 거예요."

유채는 제 몸 하나 건사하기도 버거우면서 항상 남을 먼저 챙겼다. 그 모습을 볼 때마다 루프스는 제 심장이 수십 개의 바늘에 찔린 것처럼 아픈 기분이었다.

"그러니까."

"그 건방진 마레 위르 수컷은 안 건들지."

유채가 다급하게 고개를 들었다. 얼굴 가득 안도의 빛을 띠는 것이 루프스는 정말 마음에 들지 않았다. 그는 유채의 볼을 감싸 쥐면서 음산하게 속삭였다. 연인이 있건 없건 제 것에 손을 댄 건방진 마레 위르를 용서할 생각은 없었다.

"단, 내일 회담에 나와라."

바람에 휘날리는 길고 고운 머리카락, 여왕처럼 당당한 검은 눈, 작지만 오똑한 코, 붉은 입술, 가는 몸. 유채의 모든 것은 모두 루프스, 자신에게 속한 것이었다.

"달리 할 건 없다. 그냥 꽃처럼 앉아 있어."

루프스 그만이 볼 수 있고 만질 수 있는 꽃이었다.

⚜

유채는 아침부터 궁녀들의 손에 이끌려서 곱게 치장을 해야 했다. 매일 겪는 일과 다를 바 없었지만 평소보다 훨씬 더 화려하게 꾸미느라 시간이 배로 걸렸다. 옷도 그냥 드레스가 아니라 넓게 펴지는 치마 위에 겹겹이 옷을 걸쳐 무슨 행사에서나 입을 법한 예복 수준이었다. 그나마 코르셋을 입지 않는 것을 다행으로 여겨야 할 지경이었다. 서양과 동양이 오묘하게 섞인 이 세계에 다행히 코르셋은 없는 모양이었다.

간신히 옷을 다 입었다 싶었더니 이제는 화장이었다. 유채는 그 나이대 소녀치고 꾸미는 것에는 별로 관심이 없었다. 머리카락도 매번 짧게 자르고 다니다가 언니가 백혈병이 걸린 후에야 겨우 기르기 시작했다. 오직 언니에게 가발을 만들어주기 위해서였다.

유채는 수인 궁녀들의 우악스런 손길에서 벗어나고 싶었다. 가면이라도 쓴 것같이 두꺼운 화장이 얼굴에 얹어지고 난 후 궁녀들은 저희들끼리 무어라 쑥덕거리더니 이번엔 머리카락을 붙잡았다. 절반을 틀어 올려 은으로 세공한 비녀로 고정시키고 그 위에 다른 장신구들을 찔러 넣었다. 마지막으로 꽃까지 꽂아 장식을 마쳤다.

"이걸 신으시면 됩니다."

쥐 수인 궁녀가 무릎을 꿇고 유채에게 굽이 높은 신발을 내밀었다. 유채는 신발을 신었다. 온갖 장식을 꽂은 머리는 무겁고, 풍성한 치맛자락과 높은 신발 때문에 움직이는 것도 힘들었다. 궁녀들은 유채를 부축한다는 명목으로 그녀의 양팔을 움켜쥐었다.

유채는 궁녀들의 손길에 이끌려서 별채를 나섰다. 그리고 익숙하지 않은 옷과 신발 때문에 몇 번이나 옷자락을 밟고 넘어질 뻔하였다. 그때마다 양팔을 잡고 있는 수인들 덕분에 볼썽사납게 넘어지는 것만은 피할 수 있었다.

본채에 들어가자 루프스가 기다리고 있었다.

"레티티아."

항상 옷을 풀어 헤치고 있던 것과 달리 오늘 그는 정장과 비슷한 검은색 예복을 입고 있었다. 은발과 검은색은 꽤나 잘 어울렸다. 궁녀가 유채의 팔을 놓았다. 루프스가 유채의 허리에 팔을 두르고 가까이 끌어당겼다. 그는 그녀의 관자놀이에 코를 묻었다. 유채는 움찔거리면서도 몸을 뒤로 빼려 하지는 않았다.

"예쁘네."

유채가 입은 옷은 루프스의 비(妃)가 될 이가 입는 복식에서 간소화된 버전이었다. 정식 비가 아닌 유채에게 그 옷을 입힐 수 없기에 택한 차선이었다. 루프스는 반쯤 충동적으로 입히라고 한 옷임에도 잘 어울리는 그녀를 보니 기분이 좋아졌다.

"루프스님, 이제 가보셔야 합니다."

헤나가 고개를 숙이면서 말을 하였다. 루프스는 유채의 허리에서 손을 풀었다. 유채는 그 틈에 한 걸음 뒤로 물러섰다.

"그래서 나는 뭘 하면 돼요?"

"아무 말 하지 않고 앉아 있으면 돼."

루프스가 유채의 어깨를 끌어안았다. 헤나가 말을 덧붙였다.

"잡일을 도우셔도 됩니다."

싱긋싱긋 웃으면서 비위나 맞추라는 건가? 유채는 이 세계의 여성 취급에 헛웃음이 나올 정도였다. 인권도 제대로 갖춰지지 않은 곳에서 과한 것을 바랄 수는 없는 것이었다.

"그럼 가지."

루프스가 유채를 에스코트하듯이 이끌었다.

"정말 거만하기 짝이 없는 놈이야."

장로 필립이 언짢은 듯이 중얼거렸다. 그는 수인들에게서 예의 라고는 눈곱만큼도 찾아볼 수 없다며 구시렁거렸다. 그의 불평불 만에 성격 좋은 프레드릭마저도 눈살을 찌푸렸다. 그의 뒤에 서 있던 알렉스는 속으로 필립을 욕했다. 이런 협상에서 필립은 쓸 모 있는 존재이기는 했지만 꼬장꼬장한 늙은이라 여러 사람들을 불쾌하게 만드는 위인이기도 했다.

"거, 필립 장로님. 조용히 하시죠?"

알렉스는 참다못해 외쳤다. 당연히 필립은 반발했다.

"어디서 어른에게 조용히 하라고 하나! 이래서 부모 없이 자란 놈들은……. 쯧쯧."

"저희가 부모 없이 자랐어도 주위 사람을 불쾌하게 만들 정도 로 중얼거리는 것은 예의에 맞지 않는다고 배웠습니다."

"저 고얀 놈. 부모 없이 자란 것들은 위아래가 없어 문제라니 까."

"필립 장로님께서 저희가 부모 없이 자란 것에 보태준 것이 없으시면 그런 말 그만둬 주시죠?"

프레드릭은 머리를 쥐어뜯고 싶었다. 알렉스는 가만히 있으면 될 것을 괜한 벌집을 들쑤셨다. 필립은 알렉스의 말에 더 자극을 받은 것인지 아까 전보다 험한 말을 중얼거리기 시작했다.

마틴은 필립과 알렉스 사이에 끼어서 좌불안석이었다. 빨리 포트리스로 돌아가고 싶었다. 기왕이면 목이 멀쩡히 붙어 있는 상태로.

"늦어서 미안하군."

이런 난장 속에 루프스가 거만한 말투와 함께 들어왔다. 필립도 루프스가 등장하니 구시렁거림을 멈추었다. 마틴은 상대하기 싫은 루프스에게 예의를 갖추기 위해 자리에서 일어나다가 그의 뒤로 들어오는 여자를 보고 저도 모르게 입을 떡 벌렸다. 포트리스에도 미인은 많았지만 저런 미희는 처음 보았다. 아르젠인보다도 더 이국적으로 생겨 신비로운 분위기가 물씬 풍겼다. 늘씬한 몸맵시와 뚜렷하고 우아한 이목구비에 검은 눈과 머리카락이 고아한 분위기를 풍기는 미인이었다. 화려한 복장이 오히려 미모에 묻힐 정도였다.

마틴은 주위를 둘러보았다. 그 꼬장꼬장한 필립도 할 말을 잃은 것인지 미희를 한참이나 바라보았다. 얼굴에 미소 한 점 없는 미희였기에 웃으면 얼마나 예쁠까 하는 생각이 들었다.

"……파렌티아?"

프레드릭이 눈을 찌푸리며 중얼거렸다. 여자의 목에 걸려 있는, 푸른 보석이 박힌 금색의 고리는 분명 파렌티아였다. 마틴이 프레드릭의 중얼거림을 듣고 그녀의 목을 살폈다. 마틴도 눈살을 찌푸렸다. 그러니까 저 미희가 펠릭스 다우스란 말이었다. 그리고 그제야 그는 그녀가 수인이 아닌 인간이라는 것을 깨달았다.

"어?"

알렉스는 크게 놀랐다. 어제 본 그 아가씨였다. 어젯밤보다 화려하게 꾸며놓았어도 확실히 그 아가씨였다. 놀람이 가시기도 전에 프레드릭의 노성이 들렸다.

"설마 저 아가씨를 펠릭스 다우스로 삼았습니까!"

알렉스의 손끝이 차갑게 식었다. 알렉스는 좋지 않은 머리를 열심히 굴려서 형이 말한 펠릭스 다우스와 파렌티아가 무엇인지 생각해 냈다. 곧 그는 머리가 열로 끓어오르는 것 같았다. 펠릭스 다우스는 즉 루프스의 애완동물이었다. 사람을 펠릭스 다우스로 삼으면 노예와 다를 바가 무엇이 있단 말인가?

"지금 주제넘게 내 펠릭스 다우스에 대해 떠들려는 건가?"

루프스는 굽 높은 신발을 신어서 비틀거리는 유채를 부축하며 자리에 앉는 것을 도와주었다.

"이는 그대가 우리를 어떻게 보고 있는가에 대한 문제이니 주제넘다고는 할 수 없지요, 늑대왕."

이제껏 과묵하게 앉아 있던 장로 페드로가 입을 열었다. 그는 수인 내전에서 아들 내외를 모두 잃고 손녀 하나만 살아남았음에도 프레드릭의 화합론을 옹호하는 장로였다.

"그대는 수인을 펠릭스 다우스로 삼은 적이 없지 않소? 그런데 인간을 펠릭스 다우스로 삼는다는 것은 우리를 그대들과 동등한 인격체로 보지 않는다는 의미이지 않소?"

페드로의 말이 방 안에 울렸다. 그의 눈이 유채를 향했다.

"그렇지 않소? 아가씨."

유채는 입술만 잘근잘근 깨물었다. 사람 자존심을 이렇게 처박는 방법도 있구나 하면서 순수하게 감탄마저 나왔다. 입만 꾹 다물고 있자니 종잇장처럼 구겨진 자존심이 불쌍할 지경이었다. 유채는 예쁘게 꾸며 도그쇼에 나온 개와 같은 제 처지에 헛웃음도 나오지 않았다. 모르는 사람들이 저에 대해 무어라 떠드는 것이 듣기 좋을 리도 없고, 루프스는 저를 딱 전리품 취급하고 있었다.

유채는 참담한 기분에 입술을 꽉 깨물고 눈물을 참는 것이 전부였다. 차라리 그때 화를 내지, 왜 여기까지 끌고 와서 이렇게 바닥에 처박히는 기분을 느끼게 하는 것인지 그가 더 원망스러웠다.

"거, 중요한 이야기하러 와서 하찮은 계집에게 왜 신경 쓰나?"

필립이 신랄한 어조로 말했다. 필립은 속으로 혀를 찼다. 고지식한 프레드릭과 페드로는 눈치 못 챈 모양이지만 한눈에 보기에도 저 늑대가 입을 여는 것을 금지시켜 놓은 것이 분명했다. 사람들은 필립을 꼬장 부리는 불쾌한 늙은이로 여기지만 그가 장로의 자리에까지 오를 수 있었던 이유는 눈치가 빠르다는 것이었다.

필립은 루프스와 펠릭스 다우스라는 여자 사이의 미묘한 분위기를 읽었다. 루프스가 저 여자애를 데려온 것은 자신들의 기를 죽이려는 것이 분명했다. 그리고 또 다른 이유는……. 필립은 알렉스를 힐끔 보았다. 원래대로라면 제 형보다 먼저 분노할 놈이 당황한 기색이 역력한 얼굴로 서 있었다. 그리고 늑대 놈의 시선이 알렉스를 향해 있었다. 간밤에 저 여자애와 알렉스 사이에 일이 있었던 모양이다. 그게 저 늑대 놈의 심기를 건든 것이고.

"루프스께 묻지. 저 계집애가 칙칙한 사내놈들 분위기 밝혀주는 것 외에 다른 할 일이 있나? 말도 못 하는 계집이라 애교도 못 부리지 않나? 화병 속 꽃 역할도 못 할 것 같은데?"

"필립!"

"필립 장로님!"

페드로와 프레드릭이 외쳤다. 필립은 심드렁한 표정으로 루프스의 청회안을 보았다. 저건 분명히 사내가 제 계집에 대한 소유를 주장하는 눈이었다. 사랑과는 다른 질척한 감정을 눈치챈 필립은 기분이 별로 좋지 않았지만 어쨌든 대강의 관계는 파악할 수 있었다. 하긴 저런 미희라면 보쌈해 집에 가둬둘 만한 가치가 있어 보였다.

쯧, 가엽구나.

필립은 속으로 중얼거렸다. 저 아가씨는 머리도 좋고 자존심도 강했다. 그래서 여기 끌려 나온 이유도 안 것 같았고 그 높은 자존심에 상처도 입은 것 같았다. 수인들은 어차피 다른 존재구나 생각하면 마음이 좀 편해지지만 같은 인간이라면 그런 핑계도 댈 수 없을 터였다.

사람이라는 게 꽤나 영악하여 자신보다 다르거나 위에 있다고 판단되는 사람 앞에서의 굴욕은 온갖 핑계를 대어 자기를 보호할 구실을 마련하지만 동등한 위치에 있는 사람 앞에서의 굴욕에는 더 심하게 타격을 입곤 하였다. 필립에게도 그녀 또래의 손녀가 하나 있었기에 눈앞의 아가씨가 가여워 보였다.

하나, 저런 눈빛을 한 사내의 손에서 벗어나게 해줄 수 있는 것도 아니었다. 필립은 현실적인 사람이었다. 이 상황을 타개시킬 근본적인 해결책은 저 아이가 펠릭스 다우스에서 풀려나는 것이었지만 그것은 불가능한 일이니 일단 더 자존심 상하는 일 없게 이 자리에서 뜨게 해주자 한 것이다.

"기껏해야 화병의 꽃 노릇을 할 아가씨가 여기서 뭘 하겠다고. 쯧, 천박하게. 불편하니 내보내는 게 어떻겠소, 늑대왕."

유채는 거슬리는 말만 하는 노인이 정말 싫었지만 그래도 이 방을 나갈 기회를 주는 그가 고마웠다. 유채는 더 이상 참을 수 없어서 될 대로 되라는 심경으로 입을 열었다.

"제가 여기 있어봤자 분란밖에 되지 않을 것 같습니다."

유채의 말에 방 안에 있던 모든 이들이 그녀를 보았다. 유채는 눈물을 흘리지 않기 위해 최선을 다해 감정을 억눌렀다.

"제가 있을 자리가 아닌 것 같습니다. 죄송합니다. 먼저 나가겠습니다."

자리에서 일어난 유채가 높은 신발 때문에 비틀거리자 루프스가 잡아주기 위해서 손을 뻗었다. 유채는 그 손을 쌀쌀맞게 쳐내고는 책상을 붙잡고 중심을 잡았다.

"그리고 이거 감사했습니다."

유채는 알렉스 방향으로 손수건을 밀었다. 알렉스는 여전히 당황했는지, 아니면 화가 났는지 아무 말도 하지 않았다.

"부디 좋은 결과 있기를 바랍니다."

유채는 누군가 자신을 불러 세우기 전에 빠른 걸음으로 방을 빠져나왔다. 유채는 복도로 나와서도 걸음을 멈추지 않았다.

"악!"

결국 발목이 꺾인 유채는 그 자리에 주저앉았다. 옷이 구겨지는 것도 아랑곳 않고 그 자세 그대로 신발을 벗어버린 유채는 발을 살폈다. 잠깐 사이에 발가락이 짓무르고 뒤꿈치는 살갗이 벗겨져서 피가 나고 있었다.

유채는 엉망이 된 발이 마치 제 처지 같아 서러웠다.

뚝. 뚝.

굵은 눈물방울이 떨어졌다. 유채는 다리를 모아서 끌어안았다.

여러 사람 앞에서 루프스의 정부 취급을 당한 것이나 마찬가지였다.

"또 울고 있네요, 아가씨."

유채는 고개를 들었다. 눈앞에 알렉스와 그가 내밀고 있는 손수건이 보였다.

"눈물 안 닦고 뭐 해요? 나 지금 오줌보 터지기 직전이라고 둘러대고 나온 참이니까, 빨리 잡아요. 그 늑대 기세가 심상치 않아서 오래 못 있어요."

"감사합니다."

"목소리도 얼굴만큼 예쁘네요."

유채는 알렉스의 말에 고개만 끄덕였다. 알렉스가 몸을 굽히더니 유채와 눈을 맞추었다. 자주색 눈동자가 그녀를 똑바로 쳐다보았다.

"어제 눈치 없이 군 건 미안해요, 아가씨. 근데 하나만 다시 묻죠. 이름이 뭐예요?"

"한유채요. 이름이 유채, 성이 한이에요."

"얼굴만큼 예쁜 이름이네요."

알렉스는 손을 뻗더니 유채의 입가를 잡아 위로 올려주었다.

"웃어요. 울면 계속 슬퍼지기밖에 안 해요. 힘든 일이 있어서 웃는 것도 힘든 건 알지만, 그래도 웃어요. 그래야 이런 거지 같은 상황도 이겨낼 방법을 찾죠."

알렉스는 뒷머리를 긁적였다.

"형 말에 따르면 난 근육 바보라 이렇게밖에 위로를 못 하겠네요. 미안해요. 그리고 이런 상황에 처하게 한 것도."

"아니에요. 미안해하실 필요 없으세요. 손수건 감사했습니다."

유채는 눈물을 닦고 알렉스에게 손수건을 건넸다. 알렉스는 고개를 저으면서 그것을 받지 않았다. 유채는 영문을 알 수 없는 행동에 고개를 갸웃거렸다.

"난 눈물 날 일 별로 없는 남자이지만, 유채 양은 눈물 흘릴 날이 나보다 많을 것 같아요."

알렉스는 조심스럽게 유채의 눈물을 닦아주었다. 유채는 가만히 그 손길을 받았다.

"그러니까, 유채 양이 가지고 있어요."

알렉스는 조금 어눌한 발음으로 유채의 이름을 말했다. 유채는 오랜만에 타인에게 듣는 자신의 이름이 이렇게 반가울 수가 없었다.

"이거…… 연인분께 받은 거 아닌가요?"

"괜찮아요. 아이린도 이해할 거예요."

알렉스가 씁쓸한 표정을 지었다. 그는 몸을 일으켜 섰다. 투박한 외모와는 다르게 알렉스는 정이 많은 성격이었다. 울 것 같은 얼굴을 하고서 방을 나가는 유채를 두고 볼 수가 없어 쫓아 나온 것이었다.

"다음에 다시 만나는 날 돌려줘요. 그때는 내가 포트리스를 구경시켜 주고 적당한 데 집도 마련해 줄게요."

"감, 감사합니다."

유채는 그 말에 다시 눈물이 비집고 나왔다. 오랜만에 듣는 다정한 말이라 유채는 그가 너무 고마웠다.

"미안해요. 내가 아무것도 해줄 수 없어서……. 하지만 하나 약속할게요, 유채 양. 내가 꼭 도와줄 테니까 힘내요. 너무 우울해하면 정신이 피폐해져요. 힘든 것 알지만 그래도 조금만 더 힘내

봐요. 이런 말밖에 할 수 없어서 미안해요."

유채는 고개를 끄덕였다. 아무 의미 없고 무책임한 위로라 해도 유채는 이 낯선 곳에서 처음 듣는 그 말이 너무 고마웠다.

알렉스는 말주변이 없어 더 할 말을 찾지 못한 자신을 한심하게 여기면서 루프스의 의심을 사기 전에 들어가 봐야 한다고 미안하다는 말을 남기고 유채를 뒤로했다. 마음이 무거웠다.

"레티티아."

루프스의 손이 유채의 고개를 들어 올렸다. 유채는 무릎을 껴안고 한참을 벽에 등을 기대고 앉아 있다가 갑자기 목이 들리자 인상을 찌푸렸다. 청회색 눈동자가 보였다. 유채는 될 대로 되라는 심경으로 입을 열었다.

"약속 어겼어요. 그래서 이번에 무슨 벌을 내릴 건가요?"

루프스가 으르렁거리면서 유채를 보았다. 그녀의 행동 전부가 마음에 들지 않았다. 고분고분하다가도 이렇게 가시를 드러내고, 한 손으로 쥐기만 해도 부서져 버릴 것처럼 연약하면서 다른 이들을 걱정한다. 그리고 무엇보다 이렇게 우는 것이 가장 마음에 들지 않았다.

그저 그 건방진 수컷에게 유채의 주인이 누구인지 보여주려고 한 것뿐이었다. 그런데 상황이 정말 거지같이 흘러갔다. 루프스는 유채의 눈을 바라보았다. 그리고 그녀의 손에 쥐어진 손수건을 보았다. 그는 이를 갈면서 손수건을 빼앗았다. 유채는 손수건을 빼앗기지 않기 위해서 온 힘을 다했지만 루프스의 힘을 이길 수는 없었다.

"이건 필요 없는 것 아닌가?"

"필요해요!"

"네가 울 일이 무엇이 있다고? 요즘처럼만 굴면 나는 네게 최상의 것을 줄 수 있어. 장담하는데, 저 포트리스에서 온 마레 위르들보다 더 화려한 생활을 누릴 수 있지. 아니, 넌 이미 저놈들보다 호화로운 생활을 하고 있지. 내가 너를 이곳의 여왕이 된 것처럼 만들어줄 수 있어."

루프스가 유혹하듯이 말을 하였다. 그의 손가락이 유채의 눈가에 맺혀 있는 눈물을 닦았다.

"그쪽의 장식장 속 인형으로 있는 건 거절할게요. 난 레티티아가 아니라 한유채예요. 당신의 애완동물이 아니라고요."

한유채, 한유채. 하도 들어서 이제는 그 이상한 발음의 이름을 외울 지경이었다. 그렇게 불리기 원한다면 한 번쯤을 불러줄 수 있는 이름이었다. 그러나 막상 말을 하려고 하면 입이 떨어지지 않았다. 표면적인 이유는 유채를 길들이기 위해서였다. 레티티아란 이름을 통해서 제 처지를 알려주기를 위함이었다. 하지만 이것은 스스로에게 둘러대는 변명이고 진짜 이유는 따로 있었다. 유채란 이름을 부르는 순간부터 그의 레티티아는 사라질 것 같았다. 그것을 생각하니 루프스는 뱃속에 나비가 백 마리쯤 퍼덕이는 것 같은 이상한 기분이 들었다. 발치에서 머물던 검은 감정이 짙어져서 그를 끌어당겼다. 그래서 부르지 않았다. 부르기 싫었다. 유채는 그냥 그의 레티티아로 존재하면 되었다.

"……이 파렌티아를 벗는 날이 온다면 그 이상한 이름으로 불러주지. 그때까진 너는 내 것이고, 나의 레티티아야."

루프스가 유채의 볼을 쓸었다. 유채는 그 손이 정말 소름 끼쳤다.

"자, 그럼 내 약속을 어긴 건 어떻게 할까? 블루벨을 계속 그곳에 넣어둘까?"

"차라리 내가 냉궁에 들어갈 테니 블루벨은 이제 그만 돌려줘요."

"레티티아, 자발적으로 받겠다고 하는 건 벌이 아니야."

루프스는 유채의 얼굴을 유심히 바라보았다. 미인이라는 것은 알고 있었지만 제대로 꾸며놓으니 어지간한 미인들은 상대도 되지 않을 정도였다. 그럼에도 루프스는 어젯밤에 본, 은은하게 웃던 그녀가 더 예뻐 보였다. 환히 웃는 얼굴을 보고 싶었다.

"웃어."

"예?"

"웃어보라고. 그러면 이번 일은 넘어가 주지."

"웃어요. 울면 계속 슬퍼지기밖에 안 해요."

유채는 자연스럽게 알렉스의 말을 떠올렸다. 웃으라는 말이 아까는 위로가 되었었는데 지금은 협박으로밖에 들리지 않았다. 웃을 기분도 아니었고 협박에 기분을 바꾸고 싶지도 않았다. 그리고 말도 안 되는 명령을 들을 바에야 몸이 힘든 쪽이 나았다.

"지금 발이 아파서 못 웃겠어요."

유채는 핑계를 둘러댔다.

루프스는 유채의 거절에 실망했다. 쓴 약을 한 움큼 털어 넣은 것처럼 입안이 썼다. 그는 혀를 차면서 유채의 치마를 들추었다. 유채는 놀라서 엉덩이를 뒤로 뺐다.

"궁녀들을 벌해야겠군."

루프스가 짓무른 발을 살피느라 상처를 건드리자 유채는 신음을 흘렸다. 루프스는 레티티아의 무릎 아래에 손을 넣고 등을 받쳐 안아 올렸다.

"나 혼자 걸을 수 있으니까 내려놔요!"

루프스는 유채의 몸부림을 가볍게 무시하고 걸음을 옮겼다.

"헤나, 궁의를 불러와."

"내려놓으라고! 혼자 걸을 수 있어!"

헤나는 루프스를 따라 별장에 온 오르페를 찾아 뒤로 돌았다.

헤나가 블랑카님과의 인연으로 전투 일선에서 물러나 루프스의 전담 궁녀로 산 지가 팔 년이었다. 요즘 그는 참 이상한 행동을 많이 했다. 그리고 그 이상한 행동은 모두 저 암컷 마레 위르와 관련되어 있었다. 미색이 같은 암컷도 홀릴 수도 있을 정도로 빼어나다는 것을 제외하면 별다를 것 없는 마레 위르였다.

그럼에도 루프스는 저 마레 위르에게 참으로 관대했다. 다칠 때마다 꼬박꼬박 궁의를 붙여서 치료해 주는 것은 물론이거니와 자신을 죽이려고 한 것도 용서하고 살려주었다. 평소라면 혀를 자르라고 명할 건방지고 무례한 언사도 용납했다.

게다가 오늘은 루프스의 비(妃)나 입을 수 있는 옷까지 입히려고 들었다. 제가 목숨을 걸고 말리지 않았다면 오늘의 일로 크게 난리가 났을지도 모를 일이었다. 이쯤 되니 헤나는 이제 걱정이 앞섰다. 헤나는 마레 위르를 증오하지는 않았다. 마레 위르가 그녀의 부모를 죽였으나 그녀를 살려준 것 역시 마레 위르였기 때문이다. 그래서 처음에는 저 작은 소녀를 불쌍하게 여겼다. 그런데 이제는 그 소녀가 두려웠다.

수컷 늑대는 평생 한 암컷만 보고 산다. 루프스가 지금 평생의 암컷으로 저 마레 위르를 택한 것이라면. 헤나는 몸을 떨었다. 큰 폭풍이 불 것 같은 예감이 들었다.

"형! 미쳤어?"

알렉스는 검을 침대에 내던졌다. 그렇지 않으면 당장에 프레드릭의 턱에 주먹이 날아갈 것 같았다.

"안 미쳤고, 귀도 잘 들리니까 조용히 말해."

"차라리 내가 남을게. 왜 형이 이곳에 남아! 레이라는 어쩌고!"

알렉스는 머리카락을 거칠게 뒤로 쓸어 넘겼다. 유채의 일로 잠깐 회담장을 나가 있는 사이 프레드릭이 사고를 친 것이다. 포트리스에 필요한 약초를 얻는 대신에 볼모로 토스 호무스에 남겠단다.

"네가 남는 것보다 내가 남는 것이 레이라에게는 더 이로워. 네가 있어야 포트리스가 안전……."

"안전 그딴 거 집어치워! 형 부인이 애를 낳는다고! 형이 아버지가 된다고! 레이라가 걱정 안 돼? 태어날 애는?"

"알렉스, 이성적으로 생각해."

"지금 이성이 중요해?! 생각해 봐, 응? 여기 혼자 남는다는 건 늑대 아가리에 목을 들이미는 행위나 마찬가지야. 그리고 수인들의 동물화? 그걸 형이 해결할 수 있을 것 같아?"

알렉스는 프레드릭이 가져온 어처구니없는 회담의 결과에 분노했다.

⚜

"난 말이 짧은 것을 좋아하지. 간단히 말해서 지금 토스 호무스에서 자라는 레프스가 필요하다는 것 아닌가?"

"예, 그렇습니다."

프레드릭이 대답했다. 루프스가 의자에 등을 기대었다. 레프스는 토스 호무스에서 나는, 토끼를 닮은 하얀 들꽃의 이름이었다. 레프스는 약초로 사용기도 했는데 병의 진행을 늦추는 효능을 가지고 있었다. 급성으로 병이 발전했을 때 속도를 늦추어 치료할 시간을 버는 목적으로 사용되는 것이라 솔직히 말해 병 자체의 치료에 효과 있는 약초는 아니었다. 게다가 지속적으로 복용하면 부작용이 있어 정말 급박한 환자가 아니면 잘 사용하지 않는 약초였다.

"레프스는 포트리스에서 나지 않으니 나를 찾아온 건가?"

"그렇소, 늑대의 왕."

페드로가 대답했다. 이어 마틴이 입을 열었다.

"그러니 이렇게 부탁드리는 것입니다."

"포트리스에 전염병이라도 도는가 보지?"

마틴이 몸을 움찔거렸다. 루프스는 넌지시 던진 말에 겁 많은 수컷 마레 위르가 반응하는 것을 살폈다. 그리고 그의 표정이 루프스에게 확신을 주었다.

"맞나 보군. 이거 어쩌나. 좁디좁은 곳에서 전염병이라니."

"어차피 들통 난 김에 단도직입적으로 말하지. 맞소. 포트리스에 전염병이 돌고 있고. 그래서 그 약초가 필요하오."

"그래서, 독수리 일족과 약초를 교환하자?"

"그런 셈이지. 머리가 달렸다면 그걸 굳이 다시 말해서 확인을 받을 필요가 있나?"

"필립!"

페드로가 빈정대는 필립에게 경고를 주었다. 필립은 어깨를 으쓱였다. 어차피 전염병에 대한 것이 들통 난 이상 회담의 향방은 루프스의 마음에 달렸다. 그럴 바에는 상관없다는 식으로 배짱을 부릴 필요가 있었다. 본디 협상이라는 것은 가진 것이 많은 자가 이기는 것이 아닌 조급하지 않은 자가 이기는 법이었다.

"머리를 숙여도 모자랄 판에 그리 건방지게 굴어도 되는가, 늙은이?"

"빌어도 주지 않을 거 아니오?"

"요즘 나를 너무 잔학하게 생각하는 것들이 많아진 것 같아."

루프스가 여유롭게 웃었다. 어차피 그냥 내어주어도 상관없는 풀이다. 보나마나 이들은 레프스로 인해 병의 진행이 멈춘 것을 치료에 차도가 있다고 여긴 것이 분명했다. 좀 더 오래 지켜보면 그것이 그리 효과가 없음을 알았을 텐데, 상황이 급박하니 오래 두고 볼 여유가 없었을 것이다. 되먹지도 않은 협박을 하면서, 불판 위에서 이리저리 뛰는 생쥐를 보는 것 같아 나름 즐거웠다.

"그럼 주시겠습니까?"

"그런데 그냥 주기에는 내가 손해를 너무 많이 보는 것 같아."

마틴은 한숨을 쉬었다. 저들 입장에서는 손도 안 대고 코를 풀수 있는 기회였다. 그런데 순순히 약초를 내어줄 리가.

"내가 레프스를 주지 않으면 포트리스는 전염병으로 큰 피해를 입을 것이고 그러면 손쉽게 너희를 몰아낼 수 있을 텐데? 겨우 독수리 수인 때문에 그 기회를 포기할 것 같은가?"

"올리에와의 관계는 생각하지 않으십니까?"

프레드릭이 물었다.

"올리에도 머리가 있는 영감이라면 대의에 따른 희생 정도는 이해하겠지. 안 그런가? 그 영감이 유한 편이기는 하나 그 영감도 제 딸을 마레 위르 때문에 잃었어. 그것도 렉스 뮈어의 손에."

"그래서 주지 않으실 겁니까?"

"그대들의 노력이 가상하니 기회를 하나 더 주지. 다른 조건을 제시해 봐라. 레프스를 내어주면 내게 뭘 줄 것인가?"

루프스는 한쪽 팔로 턱을 괴면서 물었다. 프레드릭이 대답했다.

"요즘 수인들의 동물화가 일어나는 정도가 빈번해졌다고 들었습니다."

루프스의 눈썹이 꿈틀거렸다. 얼마 전 다녀왔던 말의 일족 일도 그와 관련된 것이었다. 루프스는 조금 언짢은 기분으로 프레드릭의 말을 들었다. 포트리스의 인간들 사이에 전염병이 돌기 시작했다면, 수인들의 땅에서는 원인 모를 병으로 수인들의 동물화가 일어나고 있었다. 멀쩡한 수인들이 이지를 잃고 동물로 변해갔다. 원인도 모르고 전조 증상도 없었다. 수인들에게는 불치병이었고 최근 들어 발병률이 높아진 상태였다. 이미 고양이 수인은 그 병으로 멸족된 것이나 마찬가지이고 펠레스 호무스(Feles Humus: 고양이 일족의 땅)는 저주받은 땅이 되었다.

"아직은 우리 포트리스보다 상황이 낫다고 하지만 언젠가는 그 문제가 심각해질 겁니다."

"그래서, 그걸로 날 협박이라도 하려고?"

"도와드리겠습니다."

프레드릭의 말에 오히려 필립과 마틴은 놀란 표정을 지었다. 페드로가 프레드릭을 도와 설명했다.

"우리 인간들이 스티폴로르를 찾을 수 있었던 것은 모두 아르젠의 서적에서 나온, 빛을 짊어진 수호자에 관한 이야기에서였지."

페드로는 스티폴로르를 처음으로 찾은 인간의 자손이었다. 그들은 전쟁을 피해 대륙을 떠돌아다니며 운 좋게 아르젠의 고서를 얻었다. 그중에는 아르젠의 초대 여제였던 은가연의 친서도 섞여 있었다. 약속의 땅(스티폴로르)에서 수인을 이끄는 수장과의 대화였다. 완벽하게 해석되지는 않았지만, 친서의 내용은 수인의 동물화에 관련된 것이었다. 페드로는 재킷의 안쪽 주머니에서 낡은 종이를 꺼내어 보여주었다.

"이거면 믿겠는가?"

페드로는 종이를 펼쳐서 초대 여제의 인장과 수인들의 수장이었던 자의 인장이 찍혀 있음을 보여주었다. 루프스는 놀랐지만 표정으로는 드러내지 않은 채 턱을 쓸었다. 이니투스의 인장이었다. 이니투스는 수인들의 영원한 지도자이자 영웅으로, 대륙에서 스티폴로르로 일족을 이끌고 온 루프스의 조상이었다. 또한 전설 속에 등장하는 수인들의 영원한 친구로 일컬어지는 아르젠 여제의 인장 역시 진짜였다.

"이 인장들은 흉내 낼 수 없는 것들이지."

편지를 확인한 루프스는 생각에 잠겼다. 어쩌면 생각했던 것보다 더 많은 것을 얻게 될지도 모르겠다.

"그래서 이걸로 뭘 하겠다는 건가?"

"배에 아르젠의 고서가 있습니다. 그 고서는 모두 빛을 짊어진 수호자, 세계를 구했다 전해지는 아르젠의 초대 여제인 은가연의 친우였던 당신들의 위대한 영웅, 이니투스와 관련된 책들입니다."

프레드릭이 차근차근 설명했다. 대륙에서도 구하기 어려운 고서들이었다. 고대 마법에 대한 정보가 남아 있는 몇 안 되는 자료들이었다.

"그걸 나에게 넘기겠다?"

"예."

"그래서 그게 근본적인 해결책이 되는가? 물론 수인의 고어라면 우리가 너희보다 빨리 해석하겠지만. 너희가 이걸 가져온 것을 보면 결국 이것이 고대의 마법적 전승과 관련된 일이라고 추측했을 텐데?"

수인들은 마력 저항력이 강했다. 어지간한 고위 마법이 아닌 이상 효과가 없었지만 동시에 그들도 마법을 사용할 때 제한이 걸린다는 단점이 있었다. 예를 들어 인간은 10의 마력을 사용해서 8의 마법을 만들 수 있다면 수인은 100의 마력을 사용해야 8의 마법을 만들 수 있는 식이었다. 물론 종족 개인이 가진 속성에 따른 마법은 예외였으나 그것은 궁극적으로 마법이라 부를 수 있는 종류의 것이 아니었다. 선천적으로 많은 마력을 타고난 소수의 이들만 마법을 배울 수 있다 보니 자연스럽게 수인들 사이에는 마법이 발달하지 못했다. 즉, 수인의 동물화가 마법과 관련된 일이라면 수인 측에서는 쉽게 해결할 수 있는 문제가 아니었다.

"결론적으로 그대들은 전염병을 치료하고 우리는 언제 터질지 모르는 폭탄을 해결할 수는 있으나 언제 열 수 있을지 모르는 선물 상자를 얻는 꼴이 아닌가?"

"배에 있는 것들은 필사본입니다. 수인의 동물화 문제를 해결할 수 있게 저희 포트리스 측도 도울 겁니다."

프레드릭은 표면적으로는 레프스를 얻으러 온 것이었으나 그 이면에는 수인들과의 사이를 더 좋게 만들어보려는 의도도 있었다. 서로 도울 수 있다는 것을 보여준다면 그들 사이의 앙금도 풀

수 있을 것이라고 생각했다. 수인이 인간의 전염병을 치료할 수 있는 약초를 제공하고, 인간은 수인의 동물화에 대한 해결책의 실마리를 제공한다면 장벽이 허물어질 수도 있었다.

"그대들이 성실하게 돕는다는 보장이 없지 않은가? 우리야 혹시 모르는 일 때문에 최선을 다하겠지만, 그대들은? 과연 그럴 수 있나?"

루프스의 삐딱한 대꾸에 마틴은 초조해져서 신경질적으로 손톱으로 탁자를 두들겼다.

"이건 어떤가? 토스 호무스에 마레 위르를 하나 보내라. 인질로서 말이지."

루프스는 턱을 쓸었다. 그의 입꼬리가 올라갔다.

"렉스 뮈어는 어떤가?"

"지금 뭔 소리를 지껄이는 거요!"

필립이 노성을 질렀다. 렉스 뮈어는 포트리스의 구심점과 같은 존재였다. 렉스 뮈어를 토스 호무스에 보낸다는 것은 포트리스의 사기를 꺾고 그들의 전력을 줄이겠다는 말이었다. 필립의 손이 부들부들 떨렸다.

"렉스 뮈어 정도는 되어야 그대들이 성실하게 일하겠지. 난 마레 위르들의 알량한 약속은 못 믿어."

페드로는 관자놀이를 꾹 눌렀다. 렉스 뮈어를 루프스의 손에 넘긴다는 것은 곧 그의 죽음을 의미했다. 렉스는 제 여동생인 라일라의 죽음에 분노하여 블랑카 살해에 동참하였으며, 로보와 베니니타스의 결전에서 로보의 패배에 결정적인 원인을 제공한 자였다. 게다가 루프스 개인과도 악연이었다. 그의 다리를 잘라 먹을 뻔하지 않았는가. 루프스가 렉스 뮈어를 가만 두지는 않을 것이다. 말이 인질이지 죽는 것이 나을 정도로 심한 꼴이 날 것이 뻔했다.

"……제가 남겠습니다."

프레드릭이 입을 열었다.

"전 포트리스의 대학자이자 마법사였던 키르케의 제자입니다. 키르케 스승님은 루프스도 아실 거라 생각하십니다."

"그 기분 나쁜 마법사라면 나도 알지. 죽었다고 들었는데."

"전 그분의 유일한 제자이며, 방금 드린 고서의 해석에도 참여했습니다. 제가 이곳에 남아 수인들과 동물화에 대한 연구를 진행하겠습니다."

"자네!"

페드로가 프레드릭의 팔을 잡았다. 페드로는 프레드릭을 높게 평가했다. 똑똑하고 인망이 두터운 그는 아직 젊은 나이임에도 불구하고 포트리스의 장로의 자리에 추대될 정도였다. 이런 인재를 위험한 곳에 몰아넣을 수는 없었다.

"오호. 천애 고아라고 들었는데. 그대가 과연 포트리스의 인질이 될 수 있는가?"

"형, 지금 그게 무슨 소리야?"

잠깐 화장실을 가겠다면서 나갔다가 이제 들어온 알렉스가 인질이라는 말을 듣고 얼굴을 굳혔다. 루프스는 알렉스를 보고 피식 웃었다. 정보 수집으로 유명한 토끼 일족을 통해 알렉스란 수컷에 대해서 알아보았다. 렉스 뮈어의 제자로 차후 포트리스의 국방을 책임질 인재로서 곧 포트리스의 군권을 쥐게 될지도 모르는 자라고 하였다. 그리고 고아이기에 형과의 우애가 돈독하다고 하였다. 사방이 적으로 포위된 상황에서 군권만큼 강력한 권한도 없었다. 저 어수룩해 보이는 건방진 마레 위르가 군권을 틀어쥘 놈이라면 그의 형인 프레드릭을 데리고 있는 것도 나쁜 선택이 아니었다.

"프레드릭 하워드라고 했나?"

루프스가 드물게 마레 위르를 풀네임으로 불렀다. 알렉스와 프레드릭 모두 루프스를 돌아보았다.

"네가 토스 호무스에 인질로 남아서 동물화에 관한 연구를 해주겠다면 나는 너희에게 레프스를 원하는 만큼 내어주지. 원한다면 종자까지도 주겠다."

"약속하십니까?"

"물론. 그대가 그리하겠다 결정을 내리면 당장 그대들이 돌아갈 배에 실어주겠다. 나는 약속을 잘 지키는 편이거든."

"형!"

알렉스가 큰 소리를 외쳤다. 루프스는 자리에서 일어났다.

"내일까지 결정해서 알려주길 바란다."

프레드릭은 고개를 숙였다.

아. 아. 레이라. 레이라.

"형. 지금 이게 무슨 소리야!"

알렉스의 외침과 페드로 그리고 필립, 마틴의 소리가 귓가에 웅웅거렸다.

✤

"그럼 이것 외에 약초를 얻을 방법이 있어?"

프레드릭이 노성을 질렀다. 프레드릭은 부글부글 끓는 속을 진정시키며 회담에서의 일을 회상했다. 빌어먹을 루프스는 생각 없이 사는 것 같아도 머리가 좋았고 영악했다. 그는 왜 그가 그 자리에 있을 수밖에 없는지를 증명해 냈다. 그의 오만과 허세는 스스로의 실력과 능력을 믿기에 나온 것이었다. 렉스 뮈어의 말이 사실이었다. 포트리스를 위기에 빠뜨린 것은 루프스 개인의 지략이었다는 그 말을 증명하듯이 루프스는 능구렁이처럼 자신들에게 유리하게 회담을 이끌었다.

"젠장. 젠장."

프레드릭은 신경질적으로 외치면서 발을 굴렀다. 루프스는 무시할 만한 사내가 아니었다. 진실로.

"아가씨, 인생 편하게 살고 싶으면 그냥 굽혀."

오르페가 유채의 발에 붕대를 감아주면서 충고했다. 유채는 오르페의 뱀 같은 서늘한 체온에 발을 움찔거렸지만 저를 몇 번이나 고쳐 주었다는 수인이기에 무례가 될까 봐 그러지 않으려고 몸에 잔뜩 힘을 준 채 긴장하고 있었다. 매번 정신을 잃고 있을 때 그의 치료를 받았기에 유채는 이번에 그를 처음으로 보았다. 그래서 오르페가 방에 들어왔을 때 그의 외양에 놀라 뒤로 넘어갈 뻔했다.

그래도 인간처럼 보이기라도 하는 다른 수인들과는 다르게 뱀수인은 딱히 뭐라 형용할 수 없을 정도로 정말 뱀처럼 생겼다. 목에 선명한 뱀 비늘이며 파충류 특유의 세로로 동공이 긴 눈동자, 그리고 끝이 갈라진 긴 혀에서는 쉬잇거리는 소리가 났다.

유채는 언젠가 포유류는 유전자에 각인된 수준으로 뱀을 무서워한다는 말을 떠올렸다. 처음 그를 보았을 때 저도 모르게 비명을 지른 건 절대 고의가 아니었다.

유채는 그의 치료를 믿을 수 있을지 반신반의하면서 파충류같이 서늘한 손을 견뎠다. 그래도 제 등을 치료해 준 수인이라고 하였으니 믿어도 될 것 같았다.

오르페는 붕대를 감으면서도 고작 이런 상처에 붕대까지 쓸 필요가 있나 싶었지만 괜찮다고 넘어갔다가는 루프스가 제대로 치료하지 않았다고 화를 낼 것 같아 할 수 있는 건 다 하기로 했다.

"아가씨, 내가 아가씨를 치료한 것이 이번으로 네 번째야."

오르페는 유채를 바라보았다. 솔직히 그는 마레 위르를 좋아하지 않았다. 하지만 이 마레 위르 아가씨는 볼 때마다 불쌍하고 안쓰럽기 그지없었다.

"나는 아가씨 때문에 마레 위르 전문의라는 이름을 얻고 싶은 생각이 없어."

오르페는 분위기를 부드럽게 만들기 위해 가벼운 농담을 던졌다.

"아가씨가 자존심이 강하다는 건 여태까지의 일을 봐서 알겠어. 하지만 이러다 망가지는 것은 아가씨 몸이야."

유채는 오르페의 말을 얌전히 들었다.

"솔직히 말해서 지금 아가씨가 루프스님께 받는 대우는 포트리스에 살고 있는 마레 위르들과는 비교도 안 될 거야. 그리고 웬만한 수인들보다도 호화롭고 편하게 살고 있지. 조금만 굽히면 더 편하게 살 수 있을 텐데 대체 왜 그러는 건가."

"하나만 물어봐도 돼요?"

"뭔가?"

"수인들도 새장 속에 갇혀 있는 새가 행복하다고 생각해요? 먹을 거 제때 먹고 위험하지 않다는 이유로 자유를 잃고 새장에 갇힌 새가 행복하다고 생각해요?"

"흠…… 그건."

"사람마다 굽히지 못하는 것이 있어요. 저도 마찬가지고요. 저도 가족이 있고 사랑하는 사람이 있는 평범한 사람이에요. 그런데 제가 왜 지금에 만족해야 해요? 돌아갈 곳이 있는데 돌아가지 못하고 단지 호화롭게 살 수 있다는 이유 하나로……."

오르페는 유채의 눈을 보았다. 항상 정신을 잃은 모습만 보아서 볼 수 없었던 유채의 검은 눈을 오르페는 똑바로 마주 보았다. 여왕 같다는 표현이 어울리는 눈이었다. 같잖은 자존심이라 폄하할 수 있는 게 아니었다.

오르페는 크게 한숨을 쉬었다. 저런 이가 꺾이는 것을 보는 것은 그리 좋은 일은 아니었다. 오르페는 붕대를 다 감고 마무리를 한 후 주변을 정리했다.

"어디 아픈 데가 있으면 내게 오게."

오르페는 몸을 일으키며 뻐근한 허리를 툭툭 두드렸다.

"레티티아 말고 진짜 이름은 뭔가?"

"유채요, 한유채."

오르페는 요상한 발음의 이름을 입안에서 몇 번 중얼거렸다. 그러고는 입에 어느 정도 붙은 것인지, 작게 발음해 보았다.

"그럼 몸조심하게, 유채 양."

오르페는 방을 나갔다. 그가 나가자마자 루프스가 들어왔다. 유채가 치료받는 동안 옷을 갈아입은 것인지 평소 같은 차림새였다. 루프스는 유채의 발에 감긴 붕대에 시선을 던졌다.

"발은 괜찮나?"

루프스는 유채의 얼굴에서 화장이 번진 부분을 손으로 닦아주
었다. 유채는 고개를 살짝 돌려서 그 손을 치워내었다.

"의사 부를 정도로 유난 떨 상처는 아니에요."

"아파서 웃지도 못한다는 것은 핑계였나 보군."

유채는 굳이 대답하지 않았다. 루프스는 고집스러워 보이는 그
녀의 표정을 살폈다. 유채는 치마를 내려서 발을 감추려고 하였
다. 그러나 루프스는 그녀의 발목을 잡고 자신 쪽으로 끌어당겼
다. 루프스는 유채의 가는 발목에 걸려 있는 발찌를 가볍게 건드
렸다. 맑은 소리가 났다.

"그래서 웃지 않을 건가?"

"다른 걸로 할게요. 내가 블루벨 대신 그 감옥에 들어가 있을
테니까."

"쉿. 말하지 않았나. 스스로 받기를 청하는 건 벌이 될 수 없
다. 그리고 왜 항상 너는 남 걱정을 우선으로 하는 거냐?"

루프스가 발목을 놓아주자 유채는 얼른 다리를 당겨 발을 치
마 속에 숨겼다. 루프스는 유채의 옆에 앉았다.

"장담하는데, 그 암컷 토끼는 그곳에서 너보다는 오래 버틸 거
다. 나이가 어려도 너보다 모든 신체 능력이 우월하지. 그리고 그
깟 암컷 토끼가 뭐라고 그렇게까지 너를 희생하려 드는 거냐? 그
냥 무시해 버리면 편할 텐데."

"블루벨은 제가 책임져야 하는 아이니까요."

유하는 몸이 약하고 마음이 여렸고 유채의 어머니는 이방인이
었다. 아버지는 약국 일로 바빴다. 그런 상황 속에서 유채는 애교
많은 막내딸이 아니라 엄마와 언니를 도울 수 있는 애어른이 되
어야 했다. 스스로의 일은 혼자 해결했고, 자신이 도울 수 있는

범위, 아니, 설령 도울 수 없는 범위의 일일지라도 유채는 엄마와 언니를 위해서 언제나 노력했다. 그게 유채가 살아온 방식이었다. 자신의 사람들만큼은 최선을 다해서 지키는 것. 그 범위에 블루벨이 들어왔으니, 유채는 블루벨도 지켜야 했다.

"나 때문에 그렇게 된 아이를 무시할 수 없으니까요. 나 하나 편하자고 그 아이를 버릴 수는 없어요. 내가 지켜야 하는 거예요."

"오빠! 살려줘!"

루프스는 에리카의 환영을 보았다. 심장 한구석이 바늘에 찔린 듯이 아파왔다. 루프스는 어금니를 깨물었다.

"그러다가 망가질 거다."

"상관없어요. 내가 사랑하는 사람들이 행복할 수만 있다면, 난 상관없어요."

꺾으려고 해도 꺾을 수 없는 그녀는 태산과 같았다. 유채는 지나칠 정도로 고고했다. 루프스는 그 점을 마주할 때마다 마음이 불편했지만 그녀를 놓아주기는 싫었다.

루프스는 유채의 오른쪽 볼을 손으로 감쌌다. 언제나 유채를 만날 때면 제게 복종하지 않는 자에 대한 불안감이 있었다. 그녀가 제 말에 얌전히 복종하게 되면 괜찮아질까 생각하다가도 또 그것이 제가 원하는 모습이 아닐지도 모른다는 생각이 문득 들었다.

이렇게 불편한 암컷이라면 차라리 죽여 버리라고 머릿속에서 누군가 떠들었다. 그러나 이렇게 얼굴을 마주하면 제 품에 끌어안고 영원히 제 것이라고 속삭여 주고 싶은 기분이 들었다. 단순히 아름다운 암컷이기 때문은 아니었다. 미모 때문에 제가 휘둘릴 리는 없었다.

유채는 계속 제 볼을 감싸고 빤히 쳐다보기만 하는 루프스의 시선이 불편했다. 유채는 그의 시선에서 벗어나고 싶어서 눈을 아래로 내리깔았다. 그러자 루프스가 볼을 잡았던 손으로 턱을 들어 올렸다.

"나도 요즘 많이 관대해졌어. 애교도 없는 펠릭스 다우스를 이렇게 예쁘게 봐주다니 말이야."

"관대요?"

유채는 그와 정말 어울리지 않는 말이라고 생각하며 헛웃음을 흘렸다.

"당연한 말이 아닌가? 웃으라고 했는데도 웃지 않고 뻗대는 펠릭스 다우스를 봐주고 있는데, 관대하다는 말로도 부족하지."

"하."

"좋아. 벌을 바꾸지. 분명히 말하는데, 이번이 마지막이다. 만일 이것도 거부하면 블루벨을 볼 생각은 꿈도 꾸지 마라."

"뭔데요?"

유채는 불안해하면서 입을 열었다.

"나와 닿는 것을 끔찍하게 싫어하는 나의 레티티아에게 꼭 맞는 벌이지."

루프스는 한 손으로 유채의 허리를 끌어당겼다. 그리고 그녀의 턱을 잡았다. 유채의 입술에 루프스의 입술이 내려앉았다. 유채의 눈이 커졌다. 루프스는 그녀의 입술을 굳이 벌리려고 하지는 않았다. 루프스의 입술은 그저 유채의 입술에 닿아 있을 뿐이었다. 유채의 입술에서 달큰한 향이 났다. 유채는 입을 꾹 다문 채 눈만 굴렸다. 루프스의 혀가 가볍게 입술을 쓸었다.

루프스는 입술을 떼어내고 유채의 가는 등을 한 손으로 끌어 안았다. 유채는 반사적으로 루프스에게서 멀어지기 위해서 그의 어깨를 밀어내었다.

"반항하면, 블루벨이 냉궁에 있는 시간을 늘리겠다."

유채는 그를 밀어내는 것을 멈췄다. 루프스는 유채의 허리를 당겨 더 세게 안았다. 제 가슴팍에 얼굴을 묻게 된 유채의 뒷머리를 쓰다듬었다. 그의 손이 뒷머리에서 등으로 내려갔다.

"이렇게 말랑하게 굴어. 내가 안아줄 때 뻣뻣하게 굴지 않고 이렇게 얌전히 있으면 블루벨을 꺼내주지."

오늘의 향유는 히아신스였나 보다. 루프스는 그 향을 깊게 들이마셨다. 유채가 제게 이상한 감정을 불러오든 말든, 제가 유채 때문에 이상하게 행동하든 말든 신경 쓸 필요가 있나 싶었다. 어차피 유채는 제 것이고, 저만이 만질 수 있었다. 부드럽고 폭신한 몸은 제 품에만 안길 수 있었다. 그 건방진 마레 위르 수컷은 함부로 만질 수도 없는 제 것이다. 루프스는 유채의 관자놀이에 입을 맞춘 뒤 귓가에 속삭였다.

"토스 호무스에 너의 동족이 머물게 될 거야."

"예?"

유채의 몸이 움찔거렸다. 유채를 안고 있는 루프스의 팔에 힘이 들어갔다.

"아마 프레드릭이란 녀석이 올 건데, 그 수컷과 가까이 지내지 마. 이건 경고다."

루프스는 유채의 몸을 놓아주었다. 유채는 팔이 풀리자마자 얼른 몸을 뒤로 뺐다. 루프스는 유채에게 아까 뺏었던 알렉스의 손수건을 내밀었다.

"돌려줄 테니, 내 앞에선 그 손수건 쓸 생각하지 마. 그러니 생글생글 웃어."

저 손수건이 젖게 되면 루프스는 울 일이 많을 것이라는 이유로 손수건을 준 건방진 수컷에게 지는 듯한 기분이 들 것 같았다. 돌려받은 손수건을 애틋하게 만지는 유채의 모습이 보기 싫었다.

⚜

"레티티아님!"

블루벨이 돌아온 것은 유채가 루프스의 별장에서 돌아온 지 약 이 주 만의 일이었다. 토스 호무스에 첫눈이 내리던 날, 블루벨이 깡총깡총 뛰는 모양새로 유채의 품에 달려들었다. 유채는 블루벨을 꼭 껴안았다. 하얗고 몽실몽실한 블루벨의 귀가 재회의 기쁨에 여느 때보다 쫑긋 세워져 있었다.

"몸은 어디 아픈 데 없어?"

"괜찮아요! 추위는 익숙한걸요!"

블루벨은 루프스가 제게 관심이 없어 냉궁에 갇히는 벌을 받은 게 오히려 다행이었다고 하였다. 유채는 그 말에 잘됐다며 웃어야 하는지 아니면 미안하다고 울상을 지어야 하는지 고심해야 했다.

"레티티아님."

블루벨은 작은 손으로 유채의 얼굴을 만졌다.

"전 괜찮아요. 레티티아님이 죽을 뻔한 저를 살려주시고 이렇게 냉궁에서도 꺼내주셨잖아요. 그러니까 그런 표정 안 지으셔도 돼요.

"미안해, 블루벨……."

"괜찮아요."

블루벨은 헤실헤실 웃어 보였다. 그러면서 감옥에서 겪었던 일들을 털어놓았다. 간수들의 눈을 속여 비실비실한 척하여 수프를 더 얻어먹은 일이라든지 케릭스가 이따금 찾아와서 비싸고 귀한 음식을 주고 갔다든지, 조잘조잘 떠들었다.

"블루벨, 근데 네 동물형은 어떻게 생겼어? 난 토끼가 싸운다는 게 상상이 잘 안 가."

토끼라고 하면 귀엽고 작은 동물이라는 것밖에 떠오르지 않았기에 유채는 힘이 최우선인 수인들의 세상에서 토끼가 땅을 차지했다는 것이 잘 납득이 가지 않았다. 블루벨은 눈을 가늘게 뜨더니 불퉁스러운 표정으로 입을 열었다.

"설마…… 지금 저희 일족이 그저 귀엽게만 생겨서 약할 것 같다고 생각하시는 거예요?"

"아니야. 난 블루벨 말 믿어."

"에이, 아니시잖아요. 저는 눈을 보면 알아요."

블루벨은 귀를 추욱 늘어뜨렸다.

"저희 일족이 보기에는 귀여워 보여도 되게, 되게 강하거든요! 그래서 땅도 얻어낸 거라고요! 무, 물론 수가 많은 것도 있기는 한데……."

그게 토끼 일족과 쥐 일족이 연합한 이유였다. 두 일족은 수로만 따지면 당해낼 일족이 없었다. 육체적 약함을 두 일족이 연합해 수로 보완하여 얻어낸 것이 바로 그들의 땅이었다.

"흐잉. 늑대들도 우릴 무시하는데 레티아님까지 그러시면 저 섭섭해요."

블루벨이 토끼 귀를 끌어당겨 눈물을 닦듯이 눈을 가렸다. 유채는 허둥지둥 블루벨을 위로해 주었다.

"아니야, 아니야. 난 블루벨 믿을게, 블루벨은 강해."

"힝. 안 믿으시면서."

블루벨은 잡았던 귀를 놓았다. 토끼 귀가 아까 전만큼 높게 솟지는 않았지만 어느 정도 솟아올랐다.

"레티티아님, 산책 언제 나가세요? 그때 제가 보여 드릴게요! 만날 도서관만 가지 마시고요. 정원도 걷고 그러세요."

"내가 도서관에 간다는 것은 어떻게 알았어?"

"헤나님이 알려주셨어요. 레티티아님을 잘 모시라고 요즘 뭐 하시는지 알려주셨어요."

유채는 루프스의 전담 궁녀인 헤나를 떠올렸다. 그녀가 궁녀들 중 가장 지위가 높다고 했다. 들리는 말로는 늑대 수인 여자들 중에도 강한 축에 속해 어지간한 수인들은 헤나에게 꼼짝도 못한다고 하였다. 그리고 헤나는 유채를 탐탁지 않게 생각했지만, 루프스의 신경을 거스르지 않는 선에서 그녀의 편의를 봐주는 편에 속했다. 유채도 딱히 헤나에 대해 나쁜 감정을 품지는 않았다.

"그래? 근데 나 도서관에만 있는 건 아닌데?"

"그래도 도서관에서 보내는 시간이 가장 많다고 들었어요. 그리고 헤나님이 두 시에서 세 시 사이에 산책을 하신다고 잘 따라다니라고 하셨어요. 곧 가실 거죠?"

유채는 고개를 끄덕였다. 그 시간이 되면 헤나가 와 방문을 열어주었다. 유채는 그제야 방에서 나갈 수 있었다. 매번 겪을 때마다 욕이 나오는 상황이었다.

유채는 루프스가 준 시간을 최대로 이용해서 이곳에 관한 정보도 찾고 빠져나갈 길도 궁리해 보고 원래 집으로 돌아갈 방법도 찾아보았다. 도서관에서 생전 처음 보는 단어들을 이해하느라 머리가 깨질 것 같았지만 소득은 있었다. 자신처럼 다른 세계에서 온 사람이 있다는 것이었다.

수인들의 영웅이라는 이니투스의 친구라는, 검은 머리 이국의 여인이라 불리는 은가연이라는 여자였다. 그녀가 밝히기를, 자신은 다른 세계의 사람이며 신의 대리자로서 이곳으로 넘어왔으며 그 일을 수행하기 위해서 신과 계약을 맺었다고 했다. 그리고 어째서인지 돌아가지 않았다는 내용이었다. 이건 달리 말하면 돌아가는 길이 있다는 뜻. 여기서 한 가지 또 중요한 것은 그녀가 신과 계약을 맺어 차원을 넘었다는 것이다. 즉, 제가 이곳에 온 것도 신이 개입했을 확률이 컸다.

유채는 기억을 열심히 되짚어보았지만 신 비슷한 것을 만난 적은 없었다. 여전히 떠오르는 것은 아무것도 없고, 게다가 뭔가 생각날 듯하면 머리가 지끈지끈 아팠다. 유채는 떠오르지도 않는 기억들은 제쳐 두고 신과 직접적으로 관련된 은가연이란 여자와 이곳 스티폴로르의 성역들에 대한 정보를 찾았다. 다행히 이곳에는 고대의 기록들이 많이 남아 있었다.

블루벨과 이야기를 하는 사이, 예정된 시각이 되니 문이 열렸다. 유채는 블루벨의 손을 잡고 방을 나왔다. 밖에 서 있던 헤나가 고개를 숙여 인사하고는 입을 열었다.

"루프스님께서는 카날리스 호무스(Canalis Humus: 개 수인 일족의 땅)에서 오신 카니스 바실리사님을 만나고 계십니다. 레티티아님을 그분과의 저녁 식사에 초대하셨습니다. 다섯 시까지 데리러 갈 테니 그동안 산책을 하시라 하셨습니다."

"알겠어요."

유채는 떨떠름한 표정으로 대답했다. 또다시 그 남자의 허영심으로 인한 보여주기 시간이 될 모양이었다. 신기한 동물을 철창 안에 가두고 돈을 받고 구경을 시키는 서커스단처럼, 그도 유채를 그렇게 이용했다. 그래도 방 안에 갇혀 있는 것보다 이렇게 밖에 나오는 것이 좋았기에 유채는 기꺼이 그 굴욕을 감내했다.

블루벨은 유채의 맘을 아는지 모르는지 그녀의 손을 흔들면서 환하게 웃었다.

"와! 레티티아님, 오늘은 오래 밖에 계실 수 있으시겠어요."

"파물라(Famula: 궁녀 중 가장 말단) 블루벨, 레티티아님께 그 무슨 무례한 행동인가."

"아, 괜찮아요. 헤나 씨, 제가 허락했어요."

유채는 헤나의 일침에 찔끔하여 떠는 블루벨의 어깨를 팔로 끌어안았다. 헤나는 블루벨을 탐탁지 않은 표정으로 바라보고는 좋은 시간 보내라는 말을 남기고 유채의 곁을 떠났다. 블루벨은 가슴을 쓸어내렸다.

"헤나님은 화나시면 꽤 무서우셔서. 저 죽는 줄 알았어요."

"블루벨, 파물라가 뭐야?"

유채는 처음 듣는 단어를 궁금해했다. 블루벨은 고개를 기울이더니 기고만장한 표정으로 귀를 쫑긋 세우며 입을 열었다.

"궁녀의 계급이에요. 가장 말단이 파물라, 헤나님 같이 상위의 궁녀를 페디세콰(Pedisequa)라고 해요. 저 같은 파물라는 이렇게 한 분, 한 분 옆에 붙어서 뒤치다꺼리를 하거나 잡일을 하고 페디세콰님들은 루프스님의 시중을 들고 저희 같은 말단 궁녀를 지휘, 감독하세요. 헤나님은 페디세콰님들 중에서도 가장 높으신

분이라 루프스님을 가장 가까이서 보좌하고 페디세콰님들을 지휘하시는 분이고요."

"아무튼 블루벨은 말단이라는 거네?"

"잉. 사실이라도 그런 말 들으면 기분 상해요."

블루벨의 귀가 다시 축 늘어졌다. 블루벨의 토끼 귀는 그녀의 기분에 따라 축 늘어지거나 쫑긋 솟거나 했다. 그 모습이 옛날에 본 애니메이션 속 토끼 캐릭터와 닮아 있어 너무 귀여웠다. 유채는 블루벨의 말랑말랑한 볼을 쭉 늘였다. 찹쌀떡 같은 볼이 쭉 늘어났다.

"아이구. 귀여워라."

"아으파아으요."

유채는 블루벨의 볼을 놓아주고 그녀의 손을 잡았다.

"일단 도서관부터 가자."

블루벨이 곁으로 돌아왔을 뿐인데 유채는 기분이 훨씬 나아졌다. 블루벨은 발개진 볼을 문지르면서 유채를 따라왔다.

"레티티아님은 공부 좋아하세요?"

블루벨이 유채가 건네는 책을 받으면서 물었다.

"아니. 취미는 아니야. 그래도 필요하면 꼭 해."

솔직히 말해서 대학 안 가고 성공하는 방법이나 약대에 가지 않고도 약사가 되는 방법이 있었다면 유채는 고3 시절을 그렇게 치열하게 보내지는 않았을 것이었다. 유하처럼 공부에 취미가 있는 것도 아니었고 그냥 다른 아이들처럼 소설 읽는 것과 노는 것을 좋아하는 평범한 여고생이었다.

"그래도 대단하세요. 전 인디키움(Indicium: 토끼 일족의 정보부)

떨어지고 공부 놨거든요."

유채는 블루벨에게 마지막 책을 건네면서 되물었다.

"인디키움?"

"토끼 수인 일족의 출셋길이에요."

"뭐 하는 덴데?"

블루벨은 자신의 쫑긋 솟은 귀를 가리켰다.

"정보부예요. 저희 토끼들은 귀가 크잖아요."

토끼 수인 일족은 상대적 약함을 많은 수와 정보력으로 극복했다. 정보력으로 줄을 잘 타고, 치고 빠지는 유격 작전을 성공적으로 수행하여 땅을 얻을 수 있었다. 그리고 그 정보력을 체계적으로 관리하기 위해서 인디키움을 설립, 빠르고 정확하게 정보를 수집하여 늑대, 여우, 소 같은 강한 일족에게 제공하여 그들의 힘을 등에 업고 본인들의 땅을 지킬 수 있었다. 물론 쥐 일족과 연합을 통해서 부족한 전력을 메울 수 있었던 것도 컸다. 그것이 능히 토끼 일족을 쓸어버릴 힘을 가졌지만 그러지 못한 사슴 일족이 여태껏 토끼 일족에게 이를 갈 수밖에 없는 이유였다. 인디키움은 토끼 일족의 권력의 중심을 장악했고 인디키움의 수장이 곧 레푸스(Lepus: 토끼 수인 일족의 수장)가 되었다.

"인디키움에 들어가면 출셋길도 보장되고 돈도 많이 버니까 저도 지원했었어요. 사실 저희 엄마도 인디키움 출신이시거든요. 아버지 돌아가시고 저희를 돌보기 위해서 인디키움을 나오시고 농사일에 매진하고 계시지만요."

"블루벨은 왜 인디키움에서 떨어졌어?"

"너무 순진해서 안 된대요. 엄마가 결격사유 듣고 분기탱천해서 밥충이는 당장 나가라고 소리치셔서 그 길로 짐 싸서 토스 호무스로 와서 궁녀 시험 쳤어요. 합격하고 첫 월급 보내 드리니까 자랑스러운 우리 딸이라고 편지 보내주셨어요."

"……뭔가 비범하신 분이네, 블루벨의 어머니는."

"예. 마을 사람들도 저희 엄마만 한 여장부가 없대요. 듣기로는 예전에 까마귀 일족 도적패들을 부엌칼 하나 들고 쓸어버리는 데 굉장히 큰 공헌을 하셨대요."

유채는 블루벨의 어머니가 상상이 되지 않았다. 한 손으로 식칼을 붕붕 휘두르는, 여장부? 블루벨과 전혀 매치가 되지 않았다.

"근데, 다 이니투스님에 대한 책이네요?"

"어, 그게 필요해서. 블루벨도 이니투스에 대해 알아?"

"당연히 알죠. 저희 수인들의 영웅인 분이신데요. 근데 이니투스님에 대해 알고 싶으시면 루프스님께 묻는 것이 가장 정확하고 많은 정보를 얻을 수 있으실 텐데요?"

유채가 고개를 갸웃거렸다. 블루벨은 뜻밖의 말을 했다.

"루프스님은 이니투스님의 직계 자손이시거든요. 다른 일족들은 한 가문이 수장 자리를 독점하지 못했지만, 늑대 수인 일족은 이니투스님의 혈통이라서 그런지 이제껏 한 가문이 수장 자리를 독점했어요. 그래서 이 궁 안 루프스님만 갈 수 있는 서고에 이니투스님에 대한 정보가 많이 있다고 했어요."

이니투스가 늑대 수인인 것은 알았지만, 이니투스의 자손이 루프스인 것은 몰랐다. 유채는 의외의 정보에 적잖이 놀랐다.

"이건 저도 뜬소문처럼 들은 건데요. 어릴 적 루프스님은 굉장히 다정하고 따뜻하신 분이셨대요. 그리고 책 읽는 것을 좋아하셔서 공부도 정말 잘하셨대요. 로보님, 블랑카님, 에리카님의 죽음 이후로 저렇게 되셨지만, 정말 똑똑하셨대요."

"그건 나도 어느 정도 짐작은 했어, 블루벨."

생각 없이 사는 것 같아도 의외로 꽉 짜인 계획대로 움직이는 남자였다. 그리고 그 계획을 세우는 것은 루프스 자신이고 말이다. 가끔씩 루프스가 방에 일거리를 가지고 와서 처리를 하는 것을 보면서 느낀 것이었다. 각 일족 세력의 균형을 미묘하게 조절해서 타 일족들이 연합하여서 늑대 일족을 노릴 수 없게 하는 것도, 자신의 일족 내에서도 세력 균형을 조절해서 자신에게 권력이 집중되게 만드는 것에도 능한 남자였다. 비유하자면 태종 이방원의 폭군 버전이랄까?

"그러니까 한번 여쭤보시는 건 어떠세요?"

"아니. 그건 싫어."

제가 부탁을 하면 루프스는 그것을 대가로 분명히 뭔가를 요구할 것이다. 블루벨을 풀어준 것도 유채가 그의 목을 끌어안고 그의 품에 안기는 것을 자연스럽게 할 수 있게 된 후였다. 유채는 대가를 치러야 한다는 게 끔찍하게 싫었다. 차라리 스스로 알아내고 말지, 그의 장단에 놀아나기는 싫었다.

"궁녀들이 루프스님이 레티티아님의 말이라면 껌뻑 죽는다고 저보고 부럽다고 하던데요. 레티티아님의 허리 놀림이……."

"블루벨! 그 말 누구한테 들었어!"

유채가 얼굴이 새빨갛게 변해서 소리를 빽 질렀다. 어차피 궁의 도서관에는 사서 한 명과 유채, 블루벨이 전부였기 때문에 크게 문제 될 일이 없었다. 그래도 유채는 제가 한 거짓말을 블루벨이 알게 되었을 거라고는 꿈에도 생각하지 못했기 때문에 정말로 당황했다.

"예? 그냥 뜬소문이에요. 저도 허리 놀림이라는 게 뭔지 몰라서 케릭스님께 여쭤봤는데, 케릭스님이 얼굴이 시뻘게지셔서는 더 크고 오면 알려주시겠다고 했어요. 그리고 뜬소문이니 믿지 말라고 하셨는걸요. 그런데 다른 궁녀들이 열심히 떠들더라고요. 이제 레티티아님이 루프스님의 총애를 받아서 궁의 실세가 될지도 모른다고."

유채는 이마를 부여잡았다. 왜 블루벨이 인디키움에서 떨어졌는지 알 수 있었다. 유채는 새빨개진 볼을 찬 손으로 식히면서 가까스로 입을 열었다.

"그거 거짓말이니까 무시해도 돼. 그냥 내가 상황을 모면하기 위해서 지어낸 말이야."

유채는 전과 달리 요즘 궁녀들의 손길이 묘하게 부드러운 것이 그 이유 때문이란 것을 그제야 알았다. 겨우 젤다 하나 무릎 꿇렸다고 이렇게 대우가 달라졌나 했는데, 그게 아닌 모양이었다.

"알겠어요. 레티티아님이 그러시니까 믿을게요."

블루벨이 환하게 웃었다.

"그 대신에 이 책은 방에 두시고 저랑 정원에 산책 가요! 제가 제 동물형을 보여 드릴게요."

"그래."

정원에는 눈이 쌓여 있었다. 쌀쌀한 날씨에 유채는 외투를 단단히 여몄다. 북극 토끼라는 말은 사실인지 블루벨은 유채보다 가벼운 복장으로도 아무렇지 않아 했다. 유채는 폴짝폴짝 잘도 뛰는 블루벨의 뒤를 쫓아갔다. 블루벨은 적당한 곳을 발견한 것인지 멈춰 섰다.

"히힛. 제가 이제부터 보여 드릴 테니까, 놀라지 마세요!"

블루벨이 씩 웃으면서 돌아보자 유채가 고개를 끄덕였다. 블루벨이 서 있던 자리에는 유채의 키를 훌쩍 뛰어넘는 하얀 토끼가 모습을 드러내었다.

"헉."

유채는 숨을 들이마셨다. 거대한 토끼의 머리가 유채의 얼굴 앞으로 내려왔다.

[강하게 생겼죠?]

유채는 고개를 끄덕였지만, 사실 강하다기보다는 토끼 인형이 크기만 커진 것 같아 보였다. 굳이 전투력을 매기자면 심장을 폭행하는 듯한 귀여움이랄까. 블루벨이 의기양양하게 말했다.

[저희 초식 동물 계열은 동물형하고 위르형 외에 하나 더 형태가 있어요. 이게 무지무지하게 강해 보여요.]

블루벨은 몸집을 유채보다 작게 줄였다.

"아, 크기도 줄일 수 있어?"

[다른 수인들도 다 할 수 있는 거예요. 귀찮아서 줄이지 않는 것뿐이거든요. 저희는 다른 형태를 취하기 위해서는 크기를 줄여야 해요.]

몸집이 줄어드니 더 귀여웠다. 유채는 나중에 블루벨에게 집토끼만큼 줄어들어 보라고 시킬 생각이었다. 정말 귀여울 것 같았다. 블루벨이 몸집을 줄이더니 앞발을 들기 위해서 낑낑댔다. 그 모습이 정말 귀여워서 유채는 블루벨의 콧잔등을 쓰다듬고 싶은 충동을 간신히 억눌렀다. 블루벨이 앞발을 간신히 들어 올린 순간 갑자기 누군가 나타났다.

"으억!"

"프레드릭 씨!"

블루벨의 앞발이 프레드릭을 덮쳤다. 프레드릭의 몸이 뒤로 넘어갔다. 블루벨도 놀라서 얼른 위르형으로 돌아왔다. 유채가 프레드릭을 부축했다.

"괜찮으세요?"

"아. 괜찮습니다, 유채 양."

프레드릭은 몸을 일으켜 세웠다. 그런 그의 손에는 로켓이 들려 있었다. 유채는 프레드릭이 또 레이라를 생각하러 나왔다는 것을 알았다.

회담 결과, 프레드릭은 알렉스의 말을 무시하고 토스 호무스에 남기로 결정했다. 그게 최선이었다. 알렉스를 여기에 남겨둬 포트리스의 전력을 약화시켜 포트리스의 사람들을, 궁극적으로는 레이라를 위험에 처하게 할 수 없었다. 그리고 프레드릭은 곧 태어날 자신의 아이에게 넓은 세상을 보여주고 싶었다. 포트리스의 높은 성벽 너머를 보여주고 싶었다. 그렇게 하기 위해서는 수인과의 화합이 먼저였다. 아내의 출산을 지키지 못하는 못된 남편이 되더라도, 프레드릭은 태어날 아이에게 자신이 겪은 세상보다 더 안전하고 좋은 세상을 보여주고 싶었다. 그래서 남기로 했다. 이건 희생이 아니었다. 자신의 가족을 위한 이기심이었다.

루프스는 그를 손님 자격으로 궁에 머무르게 하였고 프레드릭은 도서관을 왔다 갔다 하며 연구를 하고 있었다. 루프스는 생각보다 그를 신사적으로 대해 그의 행동반경에는 제약이 없었다. 그리고 때마침 유채도 도서관에 자주 들락날락거렸기 때문에 자연스럽게 프레드릭과 만날 수 있었다. 프레드릭은 펠릭스 다우스가 된 유채의 처지를 동정하였고 그녀에게 도움을 주고 싶어 했다.

사람을 대하는 것에 소심한 면이 있는 프레드릭은 일주일 전에서야 용기를 내서 유채와 직접 이야기를 했다. 유채는 알렉스의 형이라는 프레드릭의 소개를 듣고 그에게 묘한 든든함을 느꼈다. 프레드릭은 도서관에서 유채가 읽는 책을 이해할 수 있게 도와주었다. 블루벨도 아직 없는 상태에서 이야기할 사람이 마땅치 않았던 유채는 그렇게 프레드릭과 가까워졌다. 프레드릭은 좋은 사람이었다.

"오늘 내 수업을 안 듣겠다고 한 이유가 이 귀여운 토끼 아가씨 때문인가요, 유채 양?"

프레드릭이 안경을 고쳐 쓰면서 물었다. 프레드릭은 유채에게 마법을 가르쳐 주겠다는 제안을 했고 유채는 그 제안을 기쁘게 받아들였다. 전혀 접해본 적이 없는 것이기에 전문가의 도움이 절실했기 때문이었다.

"레이라 씨가 많이 걱정되시나 봐요."

"예. 레이라는 눈을 정말 좋아했는데, 포트리스에도 눈이 올까요? 거긴 따뜻해서 쉽게 눈을 볼 수 없는데……."

프레드릭의 눈에 아련함이 어렸다. 유채는 프레드릭의 저런 눈을 볼 때마다 말로만 들은 레이라가 부러웠다. 유채의 이상형은 다정하고 따뜻한 남자였다. 역시 옛말은 틀린 게 없었다. 좋은 남자는 늘 임자가 있다고, 유채는 로켓 안의 초상화로 본 쾌활한 미녀인 레이라가 너무 부러웠다.

"레티티아님."

블루벨이 음울하게 중얼거렸다. 유채는 블루벨을 향해서 고개를 돌렸다. 블루벨은 귀를 축 늘어뜨린 채로 우울함과 배신감이 섞인 표정으로 유채를 바라보았다.

"유채가 뭐예요?"

"내 이름. 이름이 유채고 성이 한이야."

"왜…… 저한테는 안 알려주셨어요?"

"응?"

블루벨은 유채가 갑자기 미워졌다. 유채의 가장 가까운 수인은 자신이라고 자부심을 가지고 있었건만. 제게 이름도 알려주지 않은 것이었다. 블루벨은 배신당한 느낌이었다. 귀를 추욱 늘어뜨린 블루벨은 손으로 귀를 끌어당겨서 제 눈을 가렸다.

"레티티아님, 미워요! 저는 레티티아님이 가장 친한 분이고 아끼는 분인데. 저한테만 그런 거 안 알려주시고……. 정말 미워요!"

프레드릭과 유채는 동시에 품 하고 웃었다. 장난감을 뺏긴 어린 아이의 투정 같은 블루벨의 칭얼거림이 귀여웠기 때문이었다.

"왜 웃으세요! 저 진짜 화났어요."

"어유, 우리 블루벨 삐졌어?"

유채는 입가에 웃음을 머금고 블루벨의 말캉한 볼을 늘렸다. 블루벨이 너무 귀여웠다. 열다섯이라면서 하는 행동은 딱 초등학생 같았다. 인디키움이 블루벨을 뽑지 않은 것은 손해였다. 이런 귀여운 정보원이라면 제가 알고 있는 정보를 모두 털어놓을 수 있을 것 같았다.

"알았어, 블루벨. 그럼 내가 그 누구도 모르는 내 비밀을 블루벨에게만……."

유채는 말을 끝맺지 못했다. 누군가 유채의 몸을 뒤로 끌어당겼다. 그와 동시에 손으로 유채의 눈을 가렸다. 탄탄한 가슴이 등에 닿고 단단한 팔이 허리를 끌어안았다. 뜨거운 입술이 유채의 귓가에 닿았다.

"그 비밀이 뭔지, 나도 알고 싶은데."

유채의 몸이 굳었다. 그는 그녀를 끌어안은 팔에 힘을 주었다.

"레티티아."

루프스였다. 유채는 온몸에 소름이 돋는 것 같았다.

루프스는 제 품에 갇힌 유채가 몸을 잘게 떨고 있는 것을 느꼈다. 비 맞은 새처럼 몸을 떠는 것이 안쓰러워 보였지만, 그녀의 행동이 괘씸하여 불쌍하게 생각하지는 않았다. 눈을 가렸더니 유채는 공포를 느꼈는지 몸의 떨림이 예사롭지 않았다. 루프스는 유채의 목덜미를 입술로 꾹 눌렀다. 얇은 살갗에서 불안감에 뛰는 심장박동이 고스란히 느껴졌다.

"레티티아, 비밀이 뭐지?"

루프스는 얇은 살갗을 이로 물었다. 그나마 송곳니가 닿지 않게 하는 것이 배려였다. 루프스는 제가 목덜미를 물어뜯을 수 있다는 경고를 하고는 입술을 유채의 목덜미에 붙였다.

유채는 그 야릇한 감각에 주먹을 쥐었다. 차라리 맞는 게 이보다 더 나을 것 같았다. 목덜미에 닿은 입술이 벌레가 기어 다니는 것만 같았다. 유채는 입술을 깨물었다. 눈이 가려진 처음에는 무섭기도 했고 다른 감각이 예민해지는 것 같아 싫었지만, 이제는 차라리 눈이 가려진 것이 다행이라는 생각마저 들었다. 프레드릭과 블루벨 앞에서 이런 꼴을 당하는 것 자체가 치욕스러운데 그들의 표정까지 보았다면 더 비참했을 것이다.

목에 붙어 있던 루프스의 입술이 떨어졌다. 작은 접촉에도 쉽게 붉어지는 유채의 피부는 그새 붉은빛을 띠었다. 목덜미에 입술이 다시 붙었다 떨어지고 귓가에 뜨거운 숨이 닿았다.

"질문을 바꿔야겠군."

낮은 목소리에 유채는 바르르 떨었다. 루프스는 유채를 더욱

세게 끌어안았다.

"내가 누굴 죽이기라도 했나. 왜 이리 몸을 떠는 것이지, 레티티아?"

유채는 당장에 욕지거리를 내뱉고 싶은 혀를 억지로 억눌렀다.

루프스는 바로 앞에 뜨악한 표정을 짓고 있는 프레드릭과 블루벨을 싸늘한 눈으로 보았다. 어린 암컷 토끼는 정말로 놀란 것인지 벌어진 입을 다물지 못하고 있었다.

시선을 조금 옆으로 던지자 바실리사가 어벙한 표정으로 자신을 바라보고 있었다. 개인적으로 루프스는 오늘만큼 귀찮은 바실리사에게 고마워하기로 했다. 바실리사가 아니었다면 이런 어이없는 광경을 보지 못할 수도 있었다.

"질문을 다시 바꿀까?"

검은 감정이 스물스물 올라와서 머리를 점령한 것 같았다. 루프스는 얼음물을 뒤집어쓰기라도 한 것처럼 차분해진 스스로에게 놀랐다.

"어찌해서 내 펠릭스 다우스가 내가 아닌 타인들에게 이렇게 생글생글 웃으며 애교를 떨고 있는 것이지?"

루프스는 가장 화가 나는 점을 물었다. 유채의 말캉하고 따뜻한 몸이 어린 짐승처럼 떨었지만 그는 개의치 않았다.

바실리사는 루프스에게 붙잡혀 떨고 있는 유채를 보면서 제가 큰 실수를 한 것 같아서 마음이 무거웠다. 단지 루프스가 들렀다는 마레 위르를 만나고 싶다고 한 것뿐인데 저렇게 가여운 꼴을 보게 될 줄은 몰랐다.

바실리사는 관자놀이를 짚었다. 지금 루프스는 눈이 약간 돌아간 상태였다. 제가 해결할 수 있는 정도가 아니었다. 바실리사는 무엇부터 잘못된 것인지 되짚어보았다.

"너나 나나. 간단한 거 좋아하니까 단도직입적으로 말할게."

루프스는 카니스 바실리사를 심드렁한 표정으로 바라보았다. 바실리사는 어머니인 블랑카의 사촌의 딸로 루프스에게 유일하게 남은 혈육 비스무리한 것이었다. 외동딸인 블랑카와 가까웠던 바실리사의 어머니가 바실리사를 데리고 토스 호무스에 자주 들락날락거린 탓에 어릴 적부터 자주 만난 사이였다. 그만큼 친했고 격식 없는 사이라 주변에 다른 수인이 없으면 바실리사는 루프스에게 종종 말을 놓았다.

"당장 카날리스 호무스에서 벨라토르(Bellator)들 치워."

"싫어."

루프스의 즉답에 바실리사는 인상을 찌푸렸다. 벨라토르는 루프스가 즉위하고 나서 새로 만든 집단으로 다른 일족의 땅에 파견되는 토스 호무스 소속의 군인 늑대들이었다. 그들은 치안 유지의 임무를 맡아 다른 일족의 땅을 돌았다. 물론 이건 표면적인 것이었고 실질적으로는 베니니타스와 같은 반란을 막기 위해서 루프스가 보낸 감시 역들이었다. 내전 종료 후 루프스의 기세가 매서웠고 내전 기간 동안 수인들의 땅에 숨어든 마레 위르 잔당이 남아 있었기에 명분도 있어서 다른 수인들은 루프스의 말을 꼼짝없이 따라야 했다.

"솔직히 말해서, 우리 개 일족은 너희의 따까리라고 불릴 정도로 충성을 다하고 있는데, 굳이 감시가 필요해?"

"예외가 생기면 모두가 반발하겠지. 안 그래, 바실리사?"

루프스는 차를 홀짝였다.

"어차피 개 일족의 장로들의 등쌀에 밀려서 왔으면 이쯤하지. 내 친족이라 해도 이 이상 떠들면 나도 봐줄 생각이 없어."

"뭐, 나도 그럴 생각이었어."

바실리사는 입을 삐죽거리면서 다리를 꼬았다.

"어지간히 인정도 못 받는군. 한심하게."

"솔직히 말해서 나도 그 장로들 한 번에 쓸어버릴 수 있거든?"

카니스의 지위에 오른 만큼 바실리사도 충분히 강했다. 영토를 가지거나 가지지 않은 현존하는 수장들 중 강함의 순서를 매기면 바실리사는 다섯 번째로 꼽혔다. 루프스와 동갑의 나이라는 것을 감안했을 때, 그만하면 충분한 무력이었다. 그럼에도 카니스 바실리사는 장로들에게 인정을 받지 못했다. 오직 개 수인 일족 안에 바실리사 이상의 강자가 있기 때문이었다.

"그래봤자 개 수인들 중 이인자지."

"빅터님이 카니스 자리를 때려치우셨어. 내가 이 귀찮은 자리에 오르고 싶어서 오른 줄 알아?"

루프스의 아버지인 로보와 동세대이자 로보의 친우였던 빅터가 개 수인 일족의 일인자였다. 수인 내전이라는 혼란 속에서 개 수인 일족이 늑대 수인 일족에 무너졌음에도 자신들의 세력을 지킬 수 있었던 것은 그 당시 루프스였던 로보, 베니니타스 다음으로 강했던 빅터의 영향이 컸다. 현 루프스에 의해 수인 내전이 끝나고 당시 카니스였던 빅터는 카니스의 자리를 내려놓았다. 그리고 빅터 다음의 강자였던 바실리사가 카니스의 자리에 올랐다.

개 수인 일족은 일족의 영웅인 빅터를 존경했기에 빅터의 양보로 카니스의 자리에 오르게 된 바실리사를 탐탁지 않게 여겼다. 바실리사가 얼마나 강한지와 상관없는 이야기였다.

빅터는 루프스와 단독으로 붙어서 그나마 대등하게 싸울 수 있을 것이라 평가받는 강자였다. 루프스에게 도전장이라도 내밀 수 있는 것이 빅터였다.

"그럼 그 건방진 것들에게 본때를 보여주든가. 말을 따르지 않는 놈들에게는 피만이 답이지."

"그랬다가는 나 빅터님께 혼날 거야."

"그러니까 네가 호구 취급받는 거야."

루프스는 바실리사가 한심하다는 투로 말했다.

바실리사는 열셋에 로보의 죽음으로 헤어졌다가 열다섯이 될 때쯤 다시 만난 루프스의 모습을 회상했다. 어릴 적의 그 순한 아이라고는 생각할 수 없을 정도로 그는 잔혹하게 변해 있었다. 바실리사는 다시 만난 루프스를 보고 경악을 금치 못했었다. 저도 알아보지 못하고 죽이려 드는 모습에 바실리사는 아연실색했다. 당시 카니스였던 빅터님이 아니었다면 바실리사는 루프스의 이빨에 목줄이 뜯겼을 수도 있었다.

"그런 놈들은 두 번 다시 항명할 생각을 할 수 없을 정도로 밟아줘야 해. 아예 뿌리 끝까지 밟아야 건방진 짓을 못 하지."

"그래? 그런 것치고는 소문에 네가 그 마레 위르 암컷에게 굉장히 자비롭다는데? 어지간히 네 침대를 따뜻하게 덥혀주나 봐."

"아! 그거?"

루프스는 실소를 흘렸다. 젤다와 레티티아 사이에 있던 일을 듣고 얼마나 어이가 없었는지, 사실 조금만 파헤쳐 보면 거짓이라는 게 드러날 일들이 아직까지도 사실인 것처럼 떠돌아다니는 이유는 루프스의 전담 궁녀들이 철저하게 그의 사생활에 대해서는 입을 다물고 있기 때문이었다. 거기에 유채가 내내 루프스의 침실에 머무르고 있으니 소문은 점점 더 사실이 되어가는 중이었다.

루프스도 딱히 그에 관해 언급하지 않았다. 소문을 부정했다가는 유채를 향한 괴롭힘이 보다 심해질 것이기 때문이었다. 유채가 울어서 그 마레 위르 수컷이 준 손수건을 쓰는 모습을 보고 싶지 않았기에 루프스는 터무니없는 소문에 침묵했다.

"성향이 바뀐 거야? 원래 억지로 암컷을 안지는 않잖아? 아니면 그 마레 위르 암컷이 먼저 달려든 거야?"

"그 입 다물어. 난 레티티아와 잔 적 없다. 그리고 그 소문에 대해서는 입 다물어."

"역시 그 대단하신 레티티아가 젤다에게 기죽지 않기 위해서 한 헛소리구나. 대단하네, 그 젤다를 무릎 꿇리다니."

젤다는 늑대 수인 암컷들 중에 강한 축에 속했고, 그녀의 아버지인 토모스는 늑대 수인 중 세 번째의 강자였다. 젤다는 그런 환경에서 자라 거만하고 허영심이 많았다. 카니스인 제 앞에서도 얼마나 허영을 떨어대는지 바실리사는 그 암컷의 뺨을 갈기고 싶을 때가 한두 번이 아니었다.

"이러니까 더 궁금하네. 레티티아라는 암컷, 떠도는 소문으로 엄청난 미인이라던데?"

"내 생일날 오지 그랬나?"

"나도 나름 바쁜 수인이라. 그 이야기 듣고 정말 아쉬워했다니까."

바실리사는 머리카락을 뒤로 넘기고 손에 턱을 괴면서 눈을 게슴츠레 뜨고 물었다.

"얼마나 예뻐? 설마 나보다 더 예쁜 건 아니지?"

"하!"

"퓹!"

루프스와 바실리사의 보좌 겸 호위인 에릭이 동시에 헛웃음과 비웃음을 뱉었다. 바실리사는 주먹으로 에릭의 배를 쳤다. 에릭이 복부의 충격에 허리를 꺾었다.

"카니스님! 제가 뭘 잘못했습니까?"

"네 존재 자체가 잘못이야. 이럴 때는 아부 좀 떨어봐. 그래야 예쁨 받는 신하라도 되지."

"입이 찢어져도 카니스 바실리사님이 예쁘다는 거짓말을 할 수가 없어서요."

"너는 저 건방진 보좌를 왜 달고 다니는 거냐?"

루프스가 능글맞은 표정을 하고 바실리사의 말 한 마디 한 마디에 정성스럽게 말대답하는 에릭을 가리키며 물었다. 보좌라면 케릭스처럼 과묵하고 우직한 것들이 좋았다. 저렇게 말 많고 능글맞은 것들은 달고 다니기 불편했다. 바실리사는 어깨를 으쓱였다.

"갈구는 재미가 있어서."

"누구를 때리는 것에 희열을 느끼시는 성격이셨습니까, 바실리사님?"

"너. 좀 전까지는 라이(루프스의 아명, 라이칸의 애칭)가 무섭다고 내내 입 다물고 있다가 왜 지금에서야 입이 터졌냐?"

"그야 루프스님의 훌륭하신 안목에 감탄을 해서 입이 터졌습니다. 제가 그 마레 위르를 보았는데 그런 미인은 정말 찾기 힘들죠. 제가 카니스님 대리로 오지 않았습니까? 그때 봤는데, 정말 눈이 부실 정도로 아름답더군요."

"그래서 내가 예뻐, 그 암컷이 예뻐?"

"당연히 레티티아님이죠."

바실리사는 발로 에릭의 정강이를 걷어찼다. 바실리사는 꽤나 예쁨 받으며 자란 공주님이었다. 루프스의 비인 블랑카의 사촌의 딸인 것과 더불어 당시 바실리사의 아버지가 개 수인 일족의 이인 자였고 카니스 빅터의 조카였기 때문에 제가 최고인 줄 알고 자란 것이다.

"아, 저녁까지 못 기다리겠어. 도대체 어떻게 생긴 암컷이기에 다들 그렇게 천상에서 내려온 것처럼 생겼다고 말하는지 나도 알아야겠어."

"어차피 베노르 콩레수스(Venor Congressus) 때까지는 있을 것 아닌가?"

바실리사는 장로들의 닦달을 피해서 베노르 콩레수스 때까지는 토스 호무스에 있을 계획이었다. 1월의 마지막 날에 열리는 베노르 콩레수스가 얼마 남지도 않은 마당에 귀찮게 두 번 움직이기 싫었다.

"그래도 빨리 보고 싶은데? 어차피 우리 둘 다 이상 할 이야기도 없잖아. 우리 둘이 열다섯 이후로 이렇게 나란히 앉아서 잡담을 나누던 게 몇 번이나 된다고? 어디 그 예쁜 암컷이나 소개시켜 줘."

실랑이 끝에 결국 바실리사의 떼에 질린 루프스가 먼저 항복했다. 유채는 정원에 있다고 하였다.

정원은 눈이 쌓여서 꽤나 볼만하였다. 바실리사는 정원의 풍경보다 유채를 만나고 싶어 안달이 났다. 도대체 얼마나 예쁘면 수컷들이 그리도 유난을 떠는 것인지 궁금했다. 에릭이 토스 호무스에서 돌아와 마레 위르의 미모를 한참 찬양해 댔었다. 역시 루프스쯤 되는 수컷이어야 그런 암컷을 취할 수 있는 현실에 좌절

했다고 중얼거리는 것이 꼴 보기 싫었었다.

"퓹."

바람 빠지는 웃음소리가 들렸다. 바실리사는 고개를 돌렸다. 그곳에는 검은 머리의 피부가 하얀 암컷이 서 있었다.

젠장.

바실리사는 인정할 수밖에 없었다. 더럽게 예뻤다. 풍만하지는 않지만 우아한 몸맵시, 흑단 같은 고운 머리카락, 마치 신이 제 능력을 모두 쏟아부어서 조각한 듯한 얼굴, 청초한 분위기와는 다르게 붉어서 색정적으로 보이는 적당한 두께의 입술. 미인도 저런 미인이 없었다. 곱게 휘어진 눈과 입매가 꽤나 아름다웠다.

같은 암컷임에도 유채를 본 바실리사가 감탄하고 있을 때, 에릭이 그녀의 옆구리를 찔렀다. 바실리사는 에릭을 잠깐 돌아보고는 그의 눈짓에 그제야 루프스의 기세가 심상치 않다는 것을 깨달았다. 그의 뒷모습이 뭔가에 화가 난 듯 딱딱하게 굳어 있었다.

"라이."

바실리사가 루프스를 잡기 전 루프스가 마레 위르 암컷을 뒤에서 껴안았다. 그리고 바실리사는 루프스가 진득한 소유욕을 드러내는 모습을 지켜봐야 했다. 바실리사는 지끈거리는 머리를 부여잡았다.

루프스는 아무 말 하지 않고 떨기만 하는 레티티아에게 화가 났다. 제게는 웃어 보이지도 않고 이름을 기억할 가치도 없는 암컷 토끼 궁녀와 마레 위르 수컷 따위에게는 환하게 웃어 보이는 모습에 속이 뒤틀렸다.

제가 얼마나 극진하게 대해주었는가? 지금 입고 있는 옷은 어지간한 수인들은 평생 벌어봐야 입을 수도 없는 고급 옷감으로 만든 것이고, 몸에 걸치고 있는 장신구들은 엄선한 장인들이 만든 정말로 귀한 것들이었다. 그리고 이 궁에서 궁녀들의 극진한 보살핌을 받고 궁의인 오르페의 치료까지 받고 있었다. 제가 저를 위해서 해준 것이 얼마인데, 제가 아닌 다른 암컷과 수컷에게 꼬리를 흔드는 꼴이 정말 보기 싫었다.

루프스는 유채의 몸을 돌려 안았다. 그녀의 감정 없는 검은 눈이 보였다.

"네가 나에게 이렇게 굴면 안 되지. 네 주인이 누군지를 잊으면 안 되지."

루프스는 유채의 볼을 쓰다듬었다.

"그래서 제 주인이 누구인지 망각하고 다른 놈들에게 꼬리를 흔든 내 레티티아에게는 무슨 벌을 줘야 할까?"

대답을 기대한 것은 아니었는지 유채의 볼을 쓰다듬던 루프스는 그녀의 턱을 잡고 들어 올렸다.

"입 벌려."

유채는 반대로 입을 꽉 다물었다. 루프스의 입술이 유채의 입술에 내려앉았다. 루프스가 짜증 난다는 듯이 혀를 차면서 유채의 아랫입술을 깨물었다.

"앗."

아픔에 저도 모르게 벌어진 입술 틈으로 루프스의 혀가 들어왔다. 그는 한 손으로는 유채의 허리를 끌어안고 턱을 잡았던 손으로 그녀의 뒷머리를 눌렀다. 그의 혀가 유채의 입안이 마치 제 집인 양 헤집었다.

유채는 루프스를 밀어내기 위해서 주먹을 쥐고 그의 어깨를 쳤지만 돌덩어리를 때린 듯 제 손만 아플 뿐이었다.

루프스는 고개를 틀어서 유채의 입안을 깊숙이 탐했다. 유채를 배려할 생각은 없었다. 그는 자꾸 입을 다물려는 유채의 입술을 날카로운 송곳니로 찢었다. 유채는 신음을 흘렸다. 넘나드는 타액에 유채의 피가 섞였다.

루프스는 유채가 숨이 막혀 할 때만 잠깐 쉬게 해주었을 뿐 키스를 멈추지는 않았다. 유채의 치열을 훑고 입천장을 쓸기도 하면서 그녀의 사정은 고려하지 않고 입안을 탐했다.

유채는 공개된 장소에서 이런 치욕스런 짓을 당하고 있다는 것에 눈을 질끈 감았다. 더 비참한 것은 이 강압적인 키스가 유채에게는 첫 키스라는 것이었다.

유채는 다리에 힘이 풀려 더는 버티지 못할 것 같았다. 사실상 유채는 제 허리를 감고 있는 루프스의 팔 힘에 지탱해서 서 있는 것이나 마찬가지였다. 반항하던 손도 이제 지쳐서 축 늘어졌다. 루프스는 반항이 멈춘 유채의 늘어진 몸을 가까이 끌어당기고 짙은 입맞춤을 이었다.

루프스만 제외하고 모두가 당황스러운 이 상황에서 가장 먼저 정신을 차린 것은 프레드릭이었다.

"루프스님!"

루프스의 청회안이 프레드릭을 싸늘하게 노려보았다.

"지금 유채 양이 무슨 잘못을 했다고……."

"입 다물어라, 마레 위르 수킷."

루프스는 그제야 유채에게서 입술을 떼어내었다. 유채의 입술은 찢어지고 쓸려서 부어올랐고 더욱더 붉은빛을 띠었다. 루프스는 유채의 찢어진 입술을 혀로 쓸고 그녀의 뒷머리를 눌러 제 가슴팍에 얼굴을 숨기게 하였다.

"레티티아는 내 펠릭스 다우스고 어떻게 다룰지는 내 권한이지. 건방지게. 주제를 알아라."

"하…… 하지만 루, 루프스님……."

블루벨이 축 늘어진 유채의 손을 보고 애써 용기를 내었다. 오늘이 여태껏 본 중 유채가 가장 밝았는데, 그것을 루프스가 다 망쳐 버렸다. 블루벨은 유채가 너무 가여웠다.

"유…… 아니, 레티티아님이 힘들어……."

"너도 입 다물어라."

루프스는 으르렁거리면서 블루벨의 말을 끊었다. 블루벨이 루프스의 서슬 퍼런 기세에 놀라서 귀를 추욱 늘어뜨렸다.

"아양 한 번 떠는 데 비싸게 구는 레티티아가 널 냉궁에서 꺼내기 위해 한 걸 생각해서라도, 다시 감옥에 가고 싶지 않다면 입 다물어야 할 것이다."

"예?"

블루벨은 유채가 루프스와 살이 닿는 것조차 싫어한다는 것을 알고 있었다. 그녀가 무엇을 했는지는 모르지만 블루벨 자신을 위해서 희생했다는 것은 분명했다. 블루벨은 눈물이 핑 돌았다.

루프스는 유채의 귓가에 속삭였다.

"네 귀여운 친구를 위한다면 지금부터 가만히 있어."

유채가 주먹을 말아 쥐는 것과 동시에 루프스는 그녀의 무릎 아래에 손을 넣어서 안아 올렸다. 그리고 어안이 벙벙해서 말도 못 하고 서 있는 바실리사를 불렀다.

"가자. 소개시켜 달라고 하지 않았나."

"아, 으응."

바실리사는 떨떠름한 표정으로 루프스를 따라갔다.

"뭘 그렇게 생각하세요?"

자신의 처소로 돌아온 바실리사는 자리에 앉아서 깊은 생각을 하고 있었다. 에릭이 바실리사의 건너편에 앉으면서 물었다.

"올페스 헤르티아가 저 암컷한테 무슨 마법이라도 걸어놓지 않았나 생각하고 있어."

마법에 능한 수인인 올페스 헤르티아는 마녀로 불렸다. 바실리사는 좀 전까지 자신의 무릎에 마레 위르 암컷을 앉혀놓고 소유욕을 보이던 루프스를 떠올렸다. 루프스는 마레 위르 암컷을 쓰다듬고 관자놀이나 볼에 장난스럽게 입을 맞췄다. 하지만 그 암컷은 그게 공포인지 몸을 달달 떨기만 했다. 제삼자가 봐도 그녀가 정말 불쌍할 정도였다.

바실리사 자신도 수인 내전에서 양친과 형제를 모두 잃었지만, 그래도 바실리사는 카니스 빅터의 보호 아래에 있어서 험한 꼴을 당하지는 않았다. 하지만 루프스는, 그러니까 라이칸은 아니었다. 양친을 잃고 동생인 에리카만 챙겨서 도망간 루프스가 어떤 생활을 했을지는 안 봐도 뻔했다. 보호자가 없는 어린 수인, 그것도 로보의 아들을 곱게 대우할 수인은 없었을 것이다. 그의 몸에 남은 수많은 상처들이 그 시절에 대한 증거였다. 어린 시절의 다정한 아이는 찾아볼 수도 없을 정도로 변해 버린 그 성격이 그 험난한 시절의 또 다른 증거였다.

"너도 라이의 어린 시절 이야기 알지?"

"알다마다요. 카니스님이 얘기해 주지 않으셨습니까. 상대를 죽이기 싫어서 제 몸에 상처를 내가면서 제압하고, 대련 중 때리기 싫어서 공격을 다 맞아줬다는. 그 타우루스(Taurus: 소 수인의 수장)님이 고자가 됐다는 소리보다 황당무계한 말을 어떻게 잊겠습니까?"

"그거 정말이거든? 나랑 대련할 때, 나 때리기 싫다고 항상 다 맞아줬어. 헤실헤실 웃으면서……."

"에이. 그런 분이 어떻게 수인 내전에서 그렇게 잔혹한 짓을 했겠습니까. 유명하지 않습니까? 수컷 수인 몇이 살아 있을 때 생식기를 발로 밟아서 터뜨리고 배를 갈라서 내장을 씹어 드셨다는 이야기. 후자야 그렇다 치더라도 같은 수컷이시면서 수인이 살아 있을 때, 생식기를 밟아서 터뜨린다는 그 잔혹한 짓을 한 분이 어릴 적엔 다정했다고요? 그 말을 믿겠습니까?"

"아냐. 진짜야, 어렸을 때는 되게 순진했어."

제 여동생인 에리카를 얼마나 끔찍하게 아끼는 오빠였는지 모른다. 에리카의 말이면 끔뻑 죽는 동생 바보였다. 다시 만났을 때 에리카는 죽고 없었고, 루프스는 에리카에 대한 일을 물으면 화를 내면서 제 목을 조르려 했기에 그녀의 일은 더 이상 물을 수 없었다.

루프스는 암컷에게도 일정 수준 이상의 관심을 표한 적도 없었다. 주변에서 남색이네 고자네 하는 소문이 돌자, 남색도 아니고 사내구실을 할 수 있는 수컷이라는 것을 보여주기 위해 가끔 암컷을 침실로 들인다는 것을 바실리사는 알고 있었다.

그는 암컷을 억지로 취한 적은 한 번도 없었고, 희망하여 침실에 들어온 궁녀나 고급 접대부가 갑자기 마음을 바꾸고 못 하겠다고 해도 별말 없이 그대로 돌려보냈다. 잔혹하기는 해도 암컷과 문제를 일으킨 적은 한 번도 없었기 때문에 바실리사의 눈에는 지금 루프스가 비정상적으로 마레 위르 암컷에게 집착하는 것으로밖에 보이지 않았다. 싫다는데도 듣지 않고 제 마음대로 하려는 게 평소와 명백하게 다른 점이었다.

또한 루프스는 떠돌아다니던 삼 년간의 일이 뇌리에 박혔는지, 누군가 제 말을 듣지 않는 꼴을 조금도 못 견뎌 했다. 그것이 제게 힘이 없고 지배자가 아니었기 때문에 겪은 일이라고 생각하는지, 제게 복종하지 않는 수인들은 모두 잔혹하게 찢어 죽였다. 펠릭스 다우스를 거느리는 것도 그런 이유에서였다. 루프스는 펠릭스 다우스가 제 말에 복종하기를 원했다. 몇 달을 가르쳐도 반항을 하면 죽여 버렸다. 하지만 지금은……?

"나…… 여기 좀 예정보다 오래 머물러야 할 것 같아."

"왜요? 왜 서슬 퍼런 여기에 계속 있으시려는 거예요!"

에릭이 절규했지만 바실리사는 저 마레 위르 암컷으로 인해 루프스가 잘못되면 수인들에게 피바람이 불 것만 같다는 기분이 들어 불안했다.

헤임달은 미노르 호무스(Minor Humus: 소 수인 일족의 땅)의 타우루스(Taurus: 소 수인의 수장)의 궁에서 그를 기다리고 있었다. 애써 타우루스를 꾀어내어 레프스를 얻어내었건만 하워드 형제를 모두 제거하려던 계획은 반쪽의 성공으로 끝났다. 그나마 멍청한 알렉스보다 똑똑한 프레드릭이 토스 호무스에 남아 있다는 것이 다행이었다.

"왔는가, 헤임달."

타우루스 헥터가 벌거벗은 여인을 허리에 끼고 바지를 간신히 추켜 입은 듯한 꼴로 헤임달 앞에 나타났다. 헤임달이 헥터를 꾀어내기로 결정한 이유는 간단했다. 그는 멍청했고 무엇보다 색욕이 상당했다. 무려 여자 세 명을 끼고 잘 정도로 하렘을 만들고 거기서 여자들에게 제 욕구를 푸는 것을 즐기는 놈이었다. 영악한 헤르티아보다 헥터를 꾀어내는 것이 쉬웠다.

헤임달은 대륙이 전란에 휩싸여 배를 타고 스티폴로르에 오는 대륙민들의 난파선에서 얼굴이 반반한 여자를 건져 내어서 타우루스에게 주었다. 소용돌이를 안전하게 통과하는 배보다 그렇지 않은 배들이 많았기에 언제나 여자들을 충분히 구할 수 있었다.

헥터는 헤임달이 바친 여자들을 과거, 노예가 합법화되어 있던 시절의 대륙의 노예처럼 대우했다. 헥터는 그 여자들을 하렘에 넣고 욕정을 풀었다. 다른 군소 일족의 수인을 잡아와서 하렘에 집어넣는 것보다 헤임달이 바치는 여자들이 효율성도 좋고 다른 수인 일족과의 관계에도 이로웠기에 그는 헤임달을 기쁘게 반겼다. 그렇게 쌓인 신뢰 관계로 헤임달은 포트리스 몰래 헥터와 거래를 텄다.

"예. 지난번에 레프스를 구해다 주신 것은 감사했습니다."

"뭘, 언제나 이렇게 좋은 것들을 구해주는데, 간단한 요청을 못 들어줄 이유가 있나."

헥터는 허리에 끼고 온, 눈이 흐리멍덩한 여자의 가슴을 움켜쥐었다. 여자의 허리가 꺾였다. 헥터가 손가락을 튕기자 궁녀가 헤임달 앞에 마력 억제석으로 유명한 프레눔(Frenum)을 가져왔다. 헤임달은 헥터에게 받은 프레눔을 대륙에 가서 팔고, 일부는 베르나도테 공작에게 진상했다. 전란의 시대에 마법을 무효화시키고 마법사들의 구속구로 사용될 수 있는 프레눔은 값비싸게 팔 수 있었다. 멍청한 수인들은 저것의 가치를 몰라서 취할 수 있는 이득이었다.

"왜 이런 쓸모없는 금속을 좋아하는지는 모르겠지만, 항상 고마워. 지난번에 준 암컷이 정말 좋아. 아주 예술이야."

헥터가 옆에 끼고 온 여자에 대한 음탕한 평가를 내렸다. 헤임달은 저속한 말을 들으면서 그에게 아편을 내밀었다. 여자를 제공하는 것 이외에 헤임달은 헥터를 아편에 중독시키고 있었다. 변덕스러운 욕정보다는 마약 중독이 더 확실하기 때문이었다. 헥터는 아편에 중독되었고 헤임달은 그로 인해 보다 안정적으로 그와 거래를 할 수 있었다.

아편은 다른 수인과의 거래도 쉽게 만들어주었다. 마약이란 것이 얼마나 독한 것인지 수인들은 몰랐기에 가능한 일이었다. 헤임달은 수인들에게 아편을 무상으로 제공해 그들을 중독시켰다. 그리고 아편에 중독된 이들이 아편을 요구하면 그것을 제공하는 대신 그들에게서 고급 정보를 얻어내었다. 그 정보들로 헤임달은 포트리스의 장로들에게 유능한 정보통이 되어 신뢰를 얻어내었다. 물론 헤임달은 포트리스의 안전보다는 제 욕심이 먼저였기에 포트리스에 공개하는 정보는 극히 일부에 속했다. 여하튼 아편에 중독된 헥터는 헤임달이 내민 아편을 기쁘게 받았다.

"역시 헤임달이야. 내가 이걸 얼마나 좋아하는지 알고!"

헥터는 담뱃대에 아편을 넣어서 태우고 흡입했다. 흐리멍덩한 눈의 벌거벗은 여자도 벌써 아편에 중독된 것인지 아편의 냄새를 좇았다. 타우루스가 한참 아편을 태우며 헤임달에게 입을 열었다.

"미안하지만, 헤임달. 검은 머리에 이국적으로 생긴 마레 위르 암컷을 구해줄 수 없나?"

"예?"

"루프스가 헤르티아에게서 마레 위르 암컷을 선물을 받았는데, 그 미색이 상당해. 루프스의 아래에만 깔려 있기에는 너무 아깝게 생겼어. 나한테 왔으면 실컷 예뻐해 줄 텐데 말이야."

검은 머리의 이국적인 외모? 아르젠인인가?

헤임달은 고개를 갸웃거렸다. 그것보다 루프스가 여자를 들였다니 요즘 듣던 소리 중에 정말 신선한 말이었다. 이국적인 인간 여자를 선물로 받아서 그 여자에게 잠자리 시중을 받는다는 말이었다. 헤임달이 알기로 루프스는 여자에게 오래 시중 받는 것을 즐기는 수인이 아니었다. 애초에 침실에 여자를 들이는 것이 손에 꼽을 정도로 적었다. 그런데, 이번엔 아니라고? 헤임달은 턱을 쓸었다. 필립이나 페드로는 너무 다루기 까다로우니 마틴을 불러서 그 여자에 대해 알아볼 필요가 있었다.

헥터는 그 펠릭스 다우스의 얼굴을 떠올렸다. 제 밑에 깔려서 달뜬 신음을 내뱉으면서 허리를 비트는 것을 보고 싶었다. 고아하게 생긴 얼굴이 요부처럼 변해서 저를 원하는 모습을 보고 싶었다. 정말, 머리에 피도 안 마른 루프스만 차지하기에는 아까운 암컷이었다.

"이번 베노르 콩레수스가 너무 기대돼."

헥터가 몽롱한 눈을 하고서 하는 말에 헤임달의 눈이 번뜩였다.

블루벨

"피터 아저씨!"

블루벨은 궁 밖에서 손을 흔들었다. 하늘 위에서 커다란 가방을 둘러멘 까마귀가 내려왔다. 까마귀는 내려오자마자 새의 눈과 다리를 가진 검은 머리의 남자로 변했다. 눈이 퀭한 것이 한눈에 봐도 피곤해 보였다.

"오랜만이에요."

"그래. 오랜만이다, 블루벨."

피터는 땀을 닦으면서 키가 작은 블루벨과 눈높이를 맞추어주었다. 블루벨은 옷소매에서 편지를 꺼내서 건넸다. 피터 역시 메고 있는 가방에서 편지를 꺼냈다. 블루벨은 생글생글 웃는 얼굴로 토끼 귀를 옆으로 흔들면서 편지를 받았다.

"엄마는 잘 지내세요?"

"그걸 말이라고 하니? 당연히 누님은 굉장히 잘 지내시지. 열심히 곡괭이 휘두르며 우리들의 등을 위협하시면서 말이야."

피터는 몸을 떨었다. 블루벨의 어머니인 카넬리안은 정말 지독한 여자였다. 왕년에 인디키움에서도 미친년으로 유명했던 여자였다. 그런 여자가 뭔 바람이 불어서인지 순박한 산골 농부와 결혼하고는 남편이 죽은 뒤, 애들을 돌봐야 한다고 만류하는 인디키움의 동료들에게 삼박하게 손가락 욕을 날려주고 유니티오 호무스(Unitio Humus: 토끼 일족과 쥐 일족의 땅)의 산골 마을로 떠났는지 아직도 알 수가 없었다. 그 산골 마을에 카넬리안이 있다는 것을 알았다면, 피터가 속했던 화적패는 결코 그곳을 공격하지 않았을 것이다. 식칼 하나를 쥐고서 저들을 끝까지 몰던 카넬리안을 떠올리면 아직도 등에 소름이 돋았다.

"그러니까, 블루벨 네가 누님께 잘 말해봐. 나 허리 부러져 죽을 것 같아."

카넬리안은 까마귀 화적패를 종으로 부렸다. 농사일을 시키거나, 애를 돌보게 하거나, 집안일을 시키거나, 지금처럼 돈을 받고 멀리로 편지 배달을 시켰다. 당연히 가장 먼저 와야 하는 곳은 카넬리안의 딸이 있는 토스 호무스의 궁이었다.

"왜요?"

피터는 '그야 너희 어머니가 날 부려먹어서지'라고 말하고 싶은 것을 억지로 참았다. 블루벨은 카넬리안 팔남매 중 가장 나이 많은 딸이면서 순진하기는 엄청 순진했다. 분명 이 말을 하면 다음 편지에 피터 아저씨가 이렇게 말했으니까 아저씨 좀 봐주세요, 라고 쓸 계집애였다.

"아니, 됐어."

"블루벨."

두껍고 단단한 팔이 블루벨의 어깨를 감싸 안았다.

"히익!"

피터가 반사적으로 제 몸을 보호하기 위해서 가방을 들어 앞을 막았다. 늑대 수인 특유의 얼음 같은 푸른 눈동자가 피터를 노려보았다.

"케릭스님!"

"웬 놈이냐?"

늑대 특유의 그르렁거리는 소리가 울렸다. 블루벨은 케릭스의 팔에서 빠져나오기 위해서 버둥거렸다.

"피터 아저씨예요. 저희 집에서 일하시는 분이세요. 까마귀 수인이시고요."

"응?"

블루벨이 케릭스의 팔을 벌리고 빠져나와 피터의 앞을 막아섰다. 이때만큼 이 맹랑한 꼬마가 고마운 적이 없었다. 피터는 뒷덜미에 오소소 솟아오른 소름을 느끼며 겨우 입을 열었다.

"예. 저는 블루벨의 집에서 반강제 노동을 하고 있는 피터라고 합니다."

피터는 블루벨의 어깨 너머로 손을 내밀었다. 케릭스는 떨떠름한 표정으로 그 손을 잡았다.

피터는 굉장히 놀랐다. 케릭스가 어떤 수인인가? 늑대 수인 중 이인자이자 로보의 최측근이었던 플로서스의 장남이었다. 플로서스가 카니스 빅터와 마찬가지로 수인 내전의 결과에 회의를 느끼고 기대와 다른 현 루프스에 크게 상심하여 칩거 중이라고 해도 그의 위명은 유명했다. 그가 없었으면 늑대 수인은 여우 수인에게 모조리 전멸당했을 것이었다. 그리고 그 아들인 케릭스 역시 루프

스의 명에 절대복종하는 전사로 유명했다. 게다가 늑대 수인을
통틀어 여섯 번째의 실력자였다.

"케릭스다."

냉기가 뚝뚝 떨어지는 말이었다. 블루벨은 소개를 했으니 다 됐
다고 생각한 것인지 피터의 팔에 매달렸다. 블루벨의 키가 작다 보
니 매미가 나무에 붙어 있는 것처럼 대롱대롱 매달린 모양새였다.

"피터 아저씨 되게 착해요. 먹을 것도 주고, 저한테 매일 편지
도 전해주시거든요."

블루벨에게 착한 수인과 나쁜 수인의 기준은 단순했다. 먹을
것 주는 수인과 뺏어가는 수인. 오죽했으면 카넬리안이 뇌가 표백
된 듯한 사고방식에 자신이 뭘 잘못 가르쳤을까를 심각하게 고민
한 적도 있었다.

"먹을 걸 주는 게 좋은 거야? 아니면 내가 좋은 거야?"

"먹을 거요!"

블루벨이 헤실헤실 웃었다. 귀염성이라고는 찾아볼 수 없는 카
넬리안과 정말 다른 딸이었다. 카넬리안이 블루벨에게 먹을 것을
쫓아가지 말라고 신신당부를 했지만 피터가 보기엔 별 소용이 없
는 것 같았다. 저 늑대의 손에 달달한 간식거리로 추정되는 것이
들려 있는 것과 저를 저렇게 날카롭게 노려보는 것을 보면 말이다.

"결국 내가 먹을 걸 줘서 좋다는 거구나."

"아니에요. 저 피터 아저씨 좋아하는데……."

"여하튼, 거기 피터인가? 블루벨과 더 할 이야기 있나?"

"어휴, 아닙니다. 전 저 편지만 전해주러 왔습니다."

"그럼, 당장 돌아가라. 더 오래 머문다면 내가 친히 루프스께
이상한 자가 궁 주변을 맴돌고 있다고 보고를 올리지."

"……당장 가겠습니다."

피터는 다시 까마귀로 변했다. 피터는 블루벨과 케릭스를 번갈아 보았다. 블루벨이 또 한 명의 가련한 수컷을 홀린 것 같았다. 블루벨은 지나치게 순진했고 순수했다. 그리고 착했다. 그래서 제 태도가 수컷에게는 어떻게 느껴지는 것인지 몰랐다. 카넬리안이 있는 마을에도 여태껏 블루벨이 자기를 좋아하고 있다고 착각해, 돈 벌어서 청혼하겠다고 벼르고 있는 수컷 토끼가 한둘이 아니었다. 눈치 없음도 죄라고 하면 블루벨은 이미 범죄자였다. 피터는 한숨을 쉬고 멀리 날아올랐다. 블루벨은 축 늘어진 귀를 하고 손을 흔들었다.

"많이 슬픈 거니?"

케릭스가 블루벨이 우울해하는 것 같아서 안절부절못하며 물었다. 너무 매정하게 쫓았나 싶었다.

"아니요. 그냥 오랜만에 본 아저씨랑 헤어지려니까 섭섭해서요."

블루벨이 귀를 손으로 잡아서 눈을 가렸다. 케릭스는 수많은 경험으로 이것이 블루벨이 우울함을 표현하는 방법이라는 것을 알았다. 케릭스는 블루벨의 등을 두드려 주려다가 그녀의 등이 너무 작아 제가 두드렸다가는 부서질 것 같아서 손만 멈칫거리고 있었다. 블루벨은 귀를 손에서 놓고 금세 다른 것에 관심을 보였다.

"근데, 케릭스님 그거 뭐예요?"

블루벨이 케릭스가 들고 있는 것을 가리켰다.

"쿠키인데. 먹을 거냐?"

"예!"

블루벨이 신난 듯이 대답했다. 언제 우울했냐는 듯이 귀가 쫑긋 솟아올랐다. 케릭스는 블루벨이 너무 귀여워 정수리를 쓰다듬어 주었다. 블루벨이 헤헤 웃었다.

블루벨이 케릭스의 손을 잡자 그는 순간 몸을 굳혔다.

"어디서 주실 거예요?"

"궁 안의 정원에서 먹자꾸나."

"예! 좋아요!"

블루벨은 쿠키를 먹을 생각에 들떠 케릭스의 손을 잡고 궁 안으로 그를 이끌었다. 케릭스는 앉을 만한 적당한 돌을 찾아 손수건을 꺼내서 블루벨이 앉을 자리를 마련하려고 하였다.

"아니요! 괜찮아요. 저, 케릭스님 무릎에 앉아도 돼요? 저 안 무거운데……."

"응?"

케릭스는 엉겁결에 고개를 끄덕였다. 블루벨은 낑낑대더니 케릭스의 무릎 위에 앉았다. 그리고 쿠키 상자를 제 무릎 위에 놓았다.

케릭스는 제 무릎에 블루벨이 앉아 있다는 것에 몸이 굳어서 부자연스럽게 행동하였다. 그런 케릭스를 아는지 모르는지 블루벨은 콧노래까지 불러가면서 상자를 열었다. 상자 안에는 예쁜 모양의 쿠키가 가득 들어 있었다. 블루벨은 쿠키 하나를 꺼내 케릭스를 향해 내밀었다.

"케릭스님. 아, 하세요."

"응?"

"사오신 분이 먼저 드셔야지요!"

블루벨이 케릭스의 입가에 쿠키를 들이밀었다. 케릭스는 입을 벌렸다. 블루벨은 그에게 쿠키 하나를 먹여준 후엔 본격적으로 작은 입을 오물거리면서 쿠키를 먹었다.

케릭스는 작은 손과 입을 움직이는 블루벨이 너무 귀여웠다. 당장 꽉 껴안고 얼굴을 비비고 싶을 정도였다. 케릭스는 문득 블루벨의 머리 모양이 바뀌었다는 것을 알았다. 블루벨은 주로 머리카락을 하나로 땋아서 틀어 올리고 다녔는데 그것이 궁녀들의 기본 스타일이었다. 오늘은 머리를 양 갈래로 땋아 내렸는데 그게 블루벨의 외모와 더욱더 잘 어울렸다.

"머리 모양이."

"아, 유채님이 땋아주셨어요."

"유채?"

"레티티아님이요. 원래 이름이 유채인데 꽃 이름에서 따온 거래요. 노란색의 앙증맞은 꽃이라는데, 왠지 유채님을 닮아서 예쁠 것 같아요."

"그래?"

"근데 요즘 유채님이 너무 우울해하셔서 정말 슬퍼요."

블루벨의 토끼 귀가 양옆으로 축 늘어졌다. 유채는 최근 심하게 우울해하였다. 전에 정원에서 루프스가 억지로 끌어안고 입을 맞춘 그날 이후부터였다. 블루벨이 유채를 시중들기 위해서 방에 들어갈 때마다 유채를 마치 예쁜 인형처럼 쓰다듬고 볼에 입을 맞추는 루프스를 보았다. 그는 이따금 유채를 품에 안고 먹을 것을 먹기도 했다. 유채의 표정은 점차 빛을 잃어갔다. 원래부터 그렇게 살집이 있는 편은 아니었지만 더 말라가고 있었다. 팔목을 만지면 뼈가 만져질 정도라 블루벨은 볼 때마다 안타까웠다.

"그래서 요즘 제가 목욕 시중 들 때마다 작은 토끼로 변해서 즐겁게 해드려요. 유채님도 귀엽다고 좋아하세요."

"그래……."

"케릭스님이 루프스님께 말 좀 해주시면 안 돼요? 유채님 힘들어 보이신다고."

"……그래. 한번 말은 해보마."

케릭스는 일단 그렇게 대답했지만 제가 뭐라 한들 루프스가 들어먹을 리 없었다. 루프스는 원래부터 제멋대로였지만 유채에 관한 일이라면 더 막무가내였다. 오죽하면 케릭스도 이제는 그녀가 불쌍해 보일 지경이었다. 루프스가 유채에게 보이는 태도는 관심이 아니라 집착에 가까웠다. 케릭스는 루프스에 대한 걱정과 유채에 대한 동정으로 몇 번 말을 해보기도 했지만, 그는 귀를 막기라도 한 것인지 듣지를 않았다. 케릭스가 할 수 있는 최선은 최대한 유채와 루프스가 마주칠 시간을 줄여주는 것이었다.

객관적으로 생각해서 어떤 암컷이 저를 노예 같은 것으로 삼고 길들인다는 명목으로 굶기고 묶어놓고, 가두어 정신적으로 피폐하게 만드는 수컷에 유하게 굴 수 있겠는가? 미치지 않고서야 힘들 일이었다.

"그래도 요즘 카니스 바실리사님이랑 에릭님 덕분에 많이 웃으세요."

바실리사는 유채를 제 처소로 자주 불렀는데 다행히 카니스란 직책의 힘인 것인지 루프스도 딱히 막지는 않았다. 바실리사는 유채에게 마레 위르 이야기를 들려달라고 부탁했다. 유채는 바실리사와 만나는 것이 그렇게 나쁘지는 않은지 재미있는 이야기를 여럿 들려주었다.

"유채님이 있던 곳은 서로 멀리 떨어져 있어도 대화할 수 있고, 새 수인 일족이 아니더라도 하늘을 날 수 있대요. 유채님도 오랜만에 이야기하는 것이 좋으신지 그때만큼은 많이 웃으세요. 바실리사님이랑 에릭님이 하시는 이야기도 재미있고요."

"카니스 바실리사님과 에릭은 꽤 유쾌한 조합이지."

개와 고양이라 불러도 될 정도의 앙숙이며 친구인지 주종 관계인지 구분이 안 가는 두 수인이 이야기하는 걸 옆에서 듣고 있으면 꽤나 유쾌할 정도였다. 물론 항상 마지막은 에릭이 바실리사에게 응징당하는 것으로 끝맺었지만 말이다.

"전 바실리사님이 가끔은 귀찮아요."

블루벨은 저만 쿠키를 먹은 것이 미안했는지, 다시 고개를 돌려서 케릭스에게 쿠키를 주었다. 케릭스가 입을 벌려서 쿠키를 받아먹으면 블루벨은 씩 웃으면서 좋아했다.

"바실리사님이 귀엽다고 막 저 끌어안고 볼을 비비시는데, 높은 분이라 말도 못 하겠어요. 제 귀도 막 조물딱거리시고요. 비명안 지르려고 정말 필사적으로 노력해요."

"싫다고 하면 되지 않느냐?"

블루벨은 다시 케릭스에게 먹여주었다. 그러면서 고개를 저었다.

"그랬다가는 저 궁에서 잘려요. 그럼 유채님도 못 보고 케릭스님도 못 보잖아요. 그건 너무 슬퍼요. 제가 없어지면 유채님이 슬퍼하세요."

다시 블루벨의 귀가 늘어졌다. 케릭스는 블루벨의 고려 범위 안에 제가 들어갔다는 것에 놀라서 넌지시 물었다.

"너는 내가 좋으냐?"

"예! 케릭스님은 착하고 잘생기셨어요."

블루벨의 말에 케릭스의 얼굴이 붉게 물들었다. 케릭스도 제 외모에 대해 알고 있었다. 사실 케릭스는 같은 수컷이라도 반할 것 같은 잘생긴 얼굴의 루프스와 함께 지내다 보니 외모에 대한 자신감이 많이 떨어진 상태였다. 케릭스는 평범함 그 자체로, 한 번도 빈말로라도 잘생겼단 말을 들어본 적이 없었다. 케릭스는 손수건을 꺼내서 블루벨의 입가에 묻은 과자 부스러기를 털어주었다. 생김새답게 피부도 마치 아기의 피부처럼 말캉하니 부드러웠다.

"이런 말을 하려면 입에 침은 바르고 해라."

"아닌데? 진짜 케릭스님 잘생기셨어요."

블루벨이 몸을 완전히 틀면서 크고 붉은 눈을 동그랗게 떴다. 정말이었다. 블루벨의 눈에 케릭스는 충분히 잘생긴 얼굴이었다. 케릭스는 가볍게 웃고 블루벨의 이마를 콩 하고 쳤다. 블루벨은 아픈 듯이 이마를 움켜쥐었다.

"그런 아부 떨지 않아도 맛있는 게 생기면 네게 꼭 갖다 주마."

"힝. 아니거든요. 저 먹을 것보다 케릭스님이 더 좋아요!"

블루벨의 귀가 쫑긋 솟아올랐다.

"케릭스님은 제 말도 안 믿으시고, 미워요!"

블루벨이 속이 상했는지 토끼 귀를 잡아당겨서 눈을 가리고 우는 듯한 표정으로 고개를 푹 숙였다. 케릭스는 안절부절못하며 블루벨의 어깨를 끌어안았다. 작고 따뜻한 몸이 케릭스의 팔에 감겨왔다.

"아니, 난 그런 게…… 아니라……."

케릭스가 어찌할 바를 모르고 달래려고 하자 블루벨이 잡았던 귀를 놓았다. 귀가 다시 원래 위치로 돌아가면서 케릭스의 볼과 코를 때렸다. 케릭스는 별로 아프지는 않았지만 놀라서 몸을 뒤로 약간 뺐었다.

"히힛! 놀라셨죠!"

블루벨이 양 볼에 손을 붙이면서 씩 웃었다. 블루벨 나름의 장난이었다. 케릭스가 허탈해져서 작게 웃었다. 블루벨이 케릭스의 볼에 손을 올리고 쭉 잡아 늘렸다. 얼굴에도 근육이 많은 것인지 그의 볼은 블루벨의 것만큼 늘어나지 않았다.

"케릭스님도 웃으세요. 웃으시면 정말 잘생기셨어요."

블루벨이 케릭스의 볼을 잡았던 손을 놓았다. 그리고 하늘을 한번 올려다보더니 당황한 얼굴로 입을 열었다. 어느새 하늘이 깜깜해져 있었다.

"저 이제 들어가 봐야 할 것 같아요. 이제 숙소 통금 시간이에요."

"그래, 그럼 얼른 들어가라."

블루벨은 케릭스의 무릎 위에서 뛰어 내리려고 하다가 몸을 다시 돌렸다. 케릭스가 의아한 얼굴로 바라보자 블루벨이 그와 눈높이를 맞추었다. 케릭스의 차가운 푸른 눈과 블루벨의 루비와 같이 붉은 눈이 서로를 응시했다. 블루벨의 눈이 곱게 휘어졌다.

"안녕히 주무세요."

쪽.

케릭스의 볼에 블루벨의 작은 입술이 붙었다 떨어졌다. 그 순간 케릭스의 얼굴을 비롯해서 귀, 목까지 붉게 물들었다. 블루벨은 제가 그에게 폭탄을 던졌음을 깨닫지도 못하고 케릭스의 무릎에서 뛰어내렸다. 케릭스는 블루벨의 입술이 닿았던 볼을 움켜쥐고 바보처럼 말을 더듬었다

"너, 너…… 이거."

"동생들에게 그렇게 잘 자라고 인사해요! 케릭스님도 안녕히 주무시라고 그렇게 인사한 건데요? 유채님도 인사 받으시면 좋아

하셔서요."

블루벨은 헤실헤실 웃으면서 다시 한 번 더 안녕히 주무시라는 말을 남기고 깡충깡충 뛰어갔다. 케릭스는 블루벨이 멀어지는 모습을 망연히 바라보다가 잔뜩 붉어진 얼굴을 무릎에 묻었다. 정말 블루벨만큼 요망하다는 말이 어울리는 수인도 없었다. 도대체 뭘 먹으면 저렇게 귀여워질 수 있는지 의문이었다. 그렇게 한동안 케릭스는 움직일 생각도 못 하고 벌게진 얼굴을 무릎에만 묻고 있었다.

Chapter 3
사냥, 베노르 콩레수스 [Venor Congressus]

"으아아아아아악!"

젤다는 비명을 질렀다. 젤다의 시중을 들던 다람쥐 수인이 흠 칫 놀라면서 몸을 사렸다. 저 성질 고약한 늑대 수인이 화를 낼 때는 되도록 멀리 있는 것이 좋았다. 운이 좋지 않으면 손찌검을 당하거나 머리털이 뽑힐 수 있었다.

젤다는 정말로 속이 터지는 중이었다. 솔직히 인정해서 그 건 방진 마레 위르의 외모는 정말 반반했다. 그래서 할 줄 아는 거라 곤 다리 벌리는 일밖에 없는 천한 암컷이 루프스의 옆자리를 차 지하게 될 것 같아서 끔찍했다. 젤다는 쿠션을 찢을 기세로 움켜 쥐었다. 그 천한 암컷이 결국 저를 온 토스 호무스의 비웃음거리 로 만들었다.

루프스의 비(妃)로 적당한 수인은 젤다 자신밖에 없었다. 아버 지의 권력도 그렇고, 적당한 나이대의 암컷 중 자신만 한 인물이 없었다. 서른이 가까워지는 루프스가 아직도 결혼을 하지 않았다는 것은 꽤나 심각한 문제였다. 젤다는 진심으로 루프스를 사랑했다. 남들은 오만이라고 주장해도 그 마음은 진심이었다. 처음 만났던 그 순간부터 사랑했다. 늑대 수인 수컷의 순정만 강조되서 그렇지, 암컷의 순정도 상당하였다. 그 예로 루크레치아님이 계시지 않은가? 루크레치아님도 부군의 사랑을 얻기 위해서 그분에게 간절한 구애를 하였다. 루크레치아님은 그분께 절절하게 제 마음을 고백하거나 환심을 사기 위해 이것저것 여러 선물들을 건네셨다. 결국 두 분은 이어지셨다. 그랬기에 젤다도 자신이 루크레치아처럼 사랑을 쟁취할 수 있을 줄 알았다. 다른 일족들과는 달리 늑대 수인 수컷은 그렇게 결혼을 해도 제 부인에게 충실한 편이었기에 젤다는 루프스가 계속 결혼을 미루다 보면, 결국 늘 옆에 있던 자신이 그의 비가 될 줄 알았다. 그런데, 그 암컷 마레 위르가 제 자리를 빼앗으려 하고 있었다.

원래대로라면 마레 위르가 수장의 비가 된다는 것을 생각하는 것부터가 말이 안 되는 거였겠지만 이미 선례가 있었다. 다른 군소 일족이면 모르지만 여우 일족의 전대 울페스 베니니타스의 부인인 라일라가 바로 마레 위르였다. 명분도 있겠다, 루프스가 밀어붙이면 정말로 못 할 것도 없었다. 젤다는 탁자를 내려쳤다.

"아아아악!"

머리를 가득 메우는 질투심에 도저히 분해서 참을 수가 없었다.

"베노르 콩레수스, 거기서 보자고."

젤다는 이를 갈았다.

✤

"유채 양, 다시 한 번 설명하지만, 이곳에서의 마법은 자신의 마력으로 자연에 존재하는 마력을 지배, 가공하여 부리는 술법을 의미합니다. 그래서 마력을 지배하는 방법에 따라서 마법을 다루는 방식은 크게 에어리얼과 스펠로 나뉘죠. 마법사의 정의는 고유 스펠을 가지고 있거나 혹은 에어리얼을 쓸 줄 아는 자입니다."

프레드릭은 지끈거리는 두통을 무시하고 차분히 설명을 시작했다. 벌써 몇 번째 수업이지만, 유채는 마법에 재능이 없었다. 몇 번이나 마법을 부려보라고 시켜보았지만, 유채는 번번이 실패했다. 프레드릭은 혹시 이론을 이해 못 한 탓인가 싶어서 다시 처음부터 설명을 시작했다. 유채는 머리가 나쁘지 않았다. 하지만 마법이라는 것은 재능에 많이 좌우되는 학문이기에 학문적 머리보다 재능이 없으면 아무 소용없는 것이었다. 재능과 노력이 더해져도 마법의 모든 분야(고어의 이해, 마력 컨트롤, 고유 스펠 습득 등)를 능숙하게 익히려면 아무리 천재라도 적어도 칠 년이 넘는 시간이 필요했다.

"에어리얼은 특정 속성의 마력을 무한대로 공급해 주는 공간을 의미합니다. 즉 에어리얼을 열 수 있고 그 공간을 유지시킬 마력만 있다면 에어리얼의 속성에 따른 마력을 마음대로 다룰 수 있죠. 이해가 힘드시다면, 특정 속성의 마력을 공급받는 주머니 정도로 충분합니다. 마법사들은 에어리얼에서 해당 속성의 마력을 공급받음으로써 고질적인 마력 부족에서 벗어날 수 있었습니다."

프레드릭은 자신의 능력인 에어리얼 화염을 열어 손가락 끝에 불이 맺히게 하였다.

"모든 사람은 각각 에어리얼을 한 개씩은 가지고 있습니다. 때로는 두 개에서 세 개를 가진 이들도 존재하죠. 에어리얼을 이용할 줄 아는 마법사는 자신의 에어리얼을 열어서 그 속성의 마력을 공급받아서 마법을 구현합니다. 에어리얼을 통한 마법의 구현은 상상력과 창의력, 응용력에 의존함으로 개인의 숙련도나 마력 컨트롤에 따라 효과가 천차만별이에요. 사실 에어리얼 그 자체의 능력보다 에어리얼의 속성을 잘 이해하고 그것을 어떻게 응용하느냐가 마법사의 강함을 결정합니다."

유채는 이해했다는 뜻으로 고개를 끄덕였다. 프레드릭은 계속 말을 이어갔다.

"에어리얼을 사용하면서 마법을 쓰는 것의 가장 큰 이점은 마력의 절약입니다. 스펠이 100의 효과를 내기 위해서 자신의 마력 100을 이용한다면, 에어리얼은 에어리얼을 여는 데 필요한 마력이 시간당 10이라면, 같은 시간 동안 에어리얼을 통해서 100의 효과를 내는 마법을 부리든 40의 효과를 내는 마법을 부리든 소비되는 마력의 양은 10으로 동일합니다."

"그럼, 효과가 큰 마법을 사용하는 게 무조건 이점 아닌가요?"

"이건 극단적인 비유입니다. 실전에서 사용해 보면 알겠지만, 일반적으로 100의 마력을 이용하는 마법은 40의 마력을 이용하는 마법보다 완성되는 시간도 한참 걸리고 마력 컨트롤도 섬세하게 해야 해서 실패 확률이 높아요. 자신의 능력치에 알맞은 마법을 사용하는 것이 가장 좋습니다."

유채는 고개를 끄덕였다. 프레드릭이 말했던 대로 에어리얼을 다루는 데에 가장 필요한 것은 결국 본인의 숙련도였다.

"에어리얼의 또 다른 이점은 해당 속성 내에서의 마법의 다양성입니다. 에어리얼 안에서라면 본인의 상상력으로 마법이 구현되기에 일일이 주문을 만들어야 하는 스펠과 다르게 빠르고 즉흥적이죠. 그렇기 때문에 에어리얼을 열어놓은 상태에서 그 속성을 얼마나 창의적으로 이용하여 효율성을 극대화할 것인지가 마법사에게는 가장 중요한 부분입니다."

프레드릭은 예시를 보여주려는 것 같았다.

"제 에어리얼은 화염계의 불입니다. 가장 흔한 에어리얼 중 하나죠."

에어리얼은 크게 일곱 가지 계(界)로 구분하였다. 화염(火焰)계, 수(水)계, 암(巖)계, 풍(風)계, 전격(電激)계, 정신(精神)계, 특수(特殊)계. 이따금 전격계는 풍계와 동일 취급되기도 하였다.

"화염 계열은 파괴력이 있어 공격 마법으로 최상의 에어리얼이나 그렇다 하여 화염 계열 에어리얼이 무조건 마법 대련에서 우위를 차지하지는 않습니다. 중요한 것은 숙련도이지요."

"알아요. 전에 예를 말해주었잖아요. 베아트리체 여제인가?"

역대 가장 강한 마법사이자 전사로 평가되는 것은 혼자서 대륙을 통일했다고 하는 고대 헤르미네아의 여제 베아트리체였다. 그녀의 에어리얼은 가장 흔하고 에어리얼 중 활용도 최악이라고 불리는 강화였다. 여제는 그 강화를 극한으로 끌어 올려 자신의 몸을 반불사로 만들어 단신으로 군대를 격파했다. 이처럼 에어리얼의 종류보다는 숙련도가 강함을 결정했다.

"그럼에도 숙련도가 엇비슷하다면, 결론적으로 상황의 특수성과 에어리얼 자체 속성의 우열 관계나 그 자체의 강함으로 결판이 납니다."

유채가 고개를 끄덕였다.

"그리고 수많은 에어리얼 중에서도 최강이라고 여겨지는 다섯

가지가 있지요.”

“하늘, 바다, 대지, 부패, 네이밍.”

유채의 대답에 프레드릭이 만족스러운 표정으로 고개를 끄덕였다.

“풍계의 하늘, 수계의 바다, 암계의 대지, 특수계의 부패와 네이밍은 세계의 법칙을 침범할 수 있는 능력이 있기 때문에 강력합니다. 특히 하늘, 바다, 대지는 각각의 특수 속성을 가지고 있지요.”

“하늘은 공간, 바다는 시간, 대지는 생명이라고 했지요?”

“맞습니다. 그중에서 하늘은 범용성 최강의 에어리얼이라고 불리고, 대지는 하늘에 버금가는 범용성과 생명을 다룰 수 있다는 특수 속성으로 인한 살상 에어리얼로 유명하죠. 바다는 범용성은 떨어져도 다른 두 에어리얼에 비하여 특수 속성의 사용이 쉽다는 점이 있습니다.”

유채는 고개를 끄덕였다.

“일반적으로 에어리얼의 이름은 에어리얼이 공급해 주는 마력의 속성을 의미합니다. 공급해 주는 마력 속성에 따라서 다룰 수 있는 마법이 달라지고요. 그러니, 해당 속성의 마력을 어떻게 창의적으로 이용하는지가 중요하지요. 공급받는 마력 속성에 대한 응용법은 하늘을 통해서 다시 설명해 드리지요.”

하늘은 기후와 연관되어 있으니 하늘 에어리얼은 기후를 다룰 수 있고 당연히 그에 따라 물, 전격 관련 마법까지도 다룰 수 있다. 하늘에는 산소가 있음으로 연소 반응을 통해서 화염계 마법 역시 사용할 수 있다. 과학과 연관 지어 생각하면 하늘이 다룰 수 있는 마법은 무궁무진했다. 공기와 물에 의한 일그러짐인 신기루를 만들 수 있으므로 정신계인 에어리얼인 환영의 마법 역시 흉내 낼 수 있다. 암계 관련 마법과 특수계와 정신계의 마법의 일부를 제외하고는 모두 흉내 낼 수 있는 범용성 최강의 에어리얼이었다.

"그리고 에어리얼은 말장난도 가능합니다. 솔직히 말해 어떻게 상상력을 이용해서 끼워 맞추느냐죠."

프레드릭은 종이에 손을 베여 피가 난 유채의 손가락에 제 손에 피운 불이 옮겨 붙게 하였다. 유채는 화들짝 놀라서 손을 거두었다. 불은 금세 화르륵 소리를 내면서 사라졌고 손의 상처는 사라졌다. 프레드릭이 웃는 얼굴로 다시 입을 열었다.

"불은 치유 마법에 이용될 만한 특징이 없습니다. 치유 마법을 쓸 수 있는 에어리얼은 생명을 표방하는 대지가 속해 있는 암계 속성이나 물, 그리고 특수계의 치유나 정신계의 환영인데, 저는 이렇게 생각했습니다. 상처를 태워서 낫게 하면 되지 않을까? 그렇게 저는 에어리얼 불로 치유 마법을 사용할 수 있습니다."

"들을 때마다 창의력이 정말 중요한 분야라고 생각되네요."

"일반적으로 그렇습니다. 사실 에어리얼은 열기만 하면 무궁무진하게 마법을 쓸 수 있습니다만 그 한 번 여는 것이 힘듭니다. 여는 조건도 알려져 있지 않아서 거의 복불복이죠. 마력이 차고 넘치도록 많아도 못 여는 사람이 있고, 마력이 간신히 에어리얼을 수 분간 유지할 정도라고 해도 에어리얼을 열 수 있는 사람이 있습니다. 일반적으로 본인의 의지와 절박함, 생존 욕구와 같은 강렬한 감정이 영향을 미친다고는 하나 그 정도가 명확하지가 않습니다. 여하튼 여는 사람도 드물다 보니, 연구된 것도 적어서 에어리얼에 관한 학문은 체계적이지 않죠. 오히려 그런 점에서는 스펠 쪽이 학문적으로는 더 발달해 있습니다."

에어리얼이 공간을 이용하는 것이라면 스펠은 말로써 자연의 마력에 명령을 내리는 것이었다. 에어리얼을 다룰 수 없는 자들이 차선으로 만든 것이 바로 스펠이었다. 스펠도 두 분야로 나뉘었다. 고유 스펠과 빌려 쓰는 스펠. 고유 스펠은 말 그대로 사람마다 가진 특수한 시동어를 의미했다. 특수 시동어와 고어의 조합으로 스스로 주문을 만들어낸 것을 고유 스펠이라고 하였고, 다른 사람의 고유 스펠을 계약을 통해서 빌려와 쓰는 것이 빌려 쓰는 스펠이었다. 빌려 쓰는 스펠은 고유 스펠 다음에 계약의 언(言)인 레쿠로[Recurro]를 붙였다.

고유 스펠을 얻는 것도 운이 필요한 일이었다. 리카르타라는 원형의 진 안에서 수련을 통해서 무의식적으로 발음하는 단어가 바로 고유 스펠이 되었다. 에어리얼은 마력의 절약이라는 이점이 있었으나, 에어리얼이 제공하는 마력에 따라 마법사가 쓸 수 있는 마법의 종류에 한계가 생겼다. 예를 들어 에어리얼 불은 죽었다 깨어나도 물 마법이나 흙 마법 등을 쓸 수가 없었다. 프레드릭처럼 창의력으로 극복할 수 있었지만, 창의력으로 극복할 수 없는 한계가 분명이 존재했다. 반면에 스펠은 마력의 소모가 심하다는 단점이 있었으나, 에어리얼과 달리 다룰 수 있는 마법 종류의 한계가 없었다. 에어리얼을 이용할 수 있는 마법사더라도 자신의 에어리얼이 구현하지 못하는 마법을 사용하기 위해서 스펠을 익혀두곤 했다.

고유 스펠은 쉽게 운용할 수 있기에 에어리얼을 쓰는 마법사보다 스펠을 다루는 마법사들이 더 많았다. 하지만 쉬운 운용과는 별개로 에어리얼에 비해서 마력 소모가 심하다는 단점과 고어(古語)를 배워야 한다는 장벽이 존재했다. 물론 능숙해지면 무영창이라는 방식으로 영창 없이 생각만으로 스펠을 운용할 수 있지만, 그렇게 되기 위해서는 고유 스펠을 다루는 것에 능숙해진 이후에 오랜 시간을 더 수련해야 했다.

프레드릭은 고유 스펠을 얻기까지는 시간이 걸리고 리카르타를 그릴 만한 공간도 없는 상황이기에 유채와 계약을 맺어서 자신의 스펠을 빌려 쓰게 만들어주었다. 빌려 쓰는 스펠은 고유 스펠의 절반도 되지 않는 효과였지만 오랜 수련을 거치면 고유 스펠을 쓰는 마법사나 에어리얼을 쓰는 마법사도 능히 상대할 수 있게 되었다. 그리고 그 정도 수준에 이르러서야 그들도 마법사로 인정을 받았다.

"다시 한 번 해보시겠습니까?"

유채는 프레드릭이 알려준 대로 스펠을 읊었다. 바람을 불게 하는 마법이었다. 프레드릭의 고유 스펠은 고어로 보라색 꽃을 의미하는 얀티스[Ianthis]였다.

"Zephyrus Flo, Ianthis. Recurro."

스펠을 읊었는데도 아무 일도 일어나지 않았다. 프레드릭은 마법사이자 학자로서 유채를 연구하고 싶었다. 일반적으로 아무리 재능 없는 인간이라도 빌려 쓰는 스펠은 모두 사용 가능했다. 그런데 유채는 전혀 마법을 부리지 못했다. 만일 유채의 에어리얼이 아무런 조건 없이 소유하고 있는 것만으로 열릴 수 있는 에어리얼인 강화와 무효화 중, 마법을 무효화시키는 무효화라면 이해해볼 여지가 있었다. 그러나 치유 마법이라든지 여타 다른 마법이 멀쩡하게 영향을 미치는 것을 보면 그것도 아닌 것 같았다.

유채는 프레드릭이 머리를 쥐어뜯는 것을 보면서 미안해했지만 어쩔 수 없는 일이었다. 다른 판타지 소설에서는 차원을 이동하는 주인공들이 마력을 마음대로 다룰 수 있었지만, 유채의 경우는 아닌 것 같았다.

"유채 양, 혹시 무의식중에 마력을 쓰는 경우가 있습니까?"

"예?"

"일반적으로 사람의 몸은 마력을 담는 그릇입니다. 사람들은 본인의 마력을 피부에 있는 마력 필터를 통해 자연 마력을 걸러서 만들어내죠. 사람마다 본인의 마력을 담을 수 있는 크기가 다릅니다. 마법을 쓰면 마력은 자연으로 돌아가고, 그럼 그 빈 공간을 다시 마력 필터를 통해 자연 마력을 걸러서 본인의 마력으로 변환시켜 채웁니다. 그러니 마법을 사용하지 않고 휴식을 취하면 다시 마력이 차오르지요. 일반적으로 마력이 차오르는 데에 시간이 오래 걸립니다. 그러니 만일 자신이 모르는 사이에 마력을 쓴다거나, 마력이 자연방출 되는 양이 많은 체질이라면, 마력 부족으로 마법을 못 쓰는 경우가 간혹 있습니다. 혹시 유채 양, 무의식중에 마력을 쓰는 곳이 있습니까? 아니면 체질적으로라도?"

프레드릭이 답답한지 물었다. 유채는 딱히 해줄 말이 없어 겸연쩍게 웃었다.

"제가 재능이 없나 보지요."

유채는 머리를 긁적였다. 슬슬 루프스가 정해준 한 시간이 다 되어가기에 유채는 주섬주섬 방에 돌아가 읽을 책을 챙겼다. 프레드릭도 유채가 책을 챙기는 것을 도와주었다.

"이니투스에 이어 이번에는 에클레시아에 대한 것입니까?"

"아무래도 이제는 다른 쪽을 알아봐야 할 것 같아서요."

유채는 프레드릭에게 제 이야기를 털어놓았다. 완전히는 아니지만 저는 아르젠인도 아니고 대륙에서 오지도 않았으며, 완전히 다른 곳에서 왔다는 정도 만이었다. 프레드릭은 미심쩍어 하는 눈치였지만, 유채가 진지하게 말하자 그녀를 믿는 것인지 제 연구로 바쁜 와중에도 도와주겠다고 하였다. 유채는 프레드릭의 조언에 따라서 책을 고르곤 했다.

"아무래도 은가연의 자료는 아르젠이 아닌 이상 구하기 힘드니 에클레시아라도 살펴보는 것이 옳겠군요."

프레드릭도 유채의 말에 긍정적인 반응을 보였다. 유채는 프레드릭에게 시간을 내어주어서 고맙다는 인사를 건네고 도서관을 나왔다.

걸을 때마다 발목에서 발찌가 짤랑거리는 소리를 냈다. 유채는 그것이 제 발목에 채워진 족쇄라고 생각했다. 얼른 이곳을 떠나고 싶었다. 돌아가면 블루벨이 많이 그리울 것 같았지만 그래도 유채는 집으로 돌아가고 싶었다. 그 생각만으로 이곳을 견디고 있었다. 하지만, 유채는 이제 점점 한계에 가까워지는 것 같았다. 불편하게 쪽잠을 자는 것도, 루프스의 귀찮을 정도의 스킨십도 모두가 저를 지치고 메마르게 했다. 차라리 이젠 누군가가 저를 죽여주었으면 좋겠다는 생각을 할 정도였다.

"이히힉!"

블루벨의 이상한 비명 소리가 들렸다. 상념에 빠져 있던 유채는 요상한 소리에 고개를 들었다. 카니스 바실리사가 블루벨의 작은 몸을 들어 올려서 또 괴롭히고 있었다.

"아, 블루벨. 너 너무 귀여운 것 같아! 우리 카날리스 호무스로 올래? 그럼 내가 맛있는 것도 주고 월급도 많이 줄게. 응? 내 말 동무만 되어주면 돼."

"싫어요!"

블루벨이 버둥거리면서 바실리사의 품에서 뛰어내렸다. 블루벨은 유채에게 쪼르르 뛰어오더니 그녀의 뒤로 몸을 숨겼다.

"전 유채님이 좋으니까, 유채님하고 있을 거예요!"

"바실리사님은 한 번도 유채 양한테 못 이기시네요."

에릭이 키득거리자 바실리사가 고개를 돌려서 그를 쏘아보았다.

"뭐? 내가 뭐가 매일 져?"

"외모도 안 되시고, 몸매도 안 되시고, 블루벨도……"

바실리사의 다리가 에릭의 옆구리를 강타했다. 유채는 에릭은 사서 매를 버는 타입이라고 생각했다. 그렇지 않고서야 저렇게 매번 빼질거리는 말을 뱉을 수는 없을 것이다.

"그래도 널 때릴 권력은 있어, 짜샤!"

에릭을 응징하고 나자 기분이 풀린 것인지 바실리사는 얼굴에 미소를 띠면서 엉덩이에 달린 꼬리를 살랑살랑 흔들면서 유채에게 왔다. 여자임에도 180㎝에 달하는 거구인지라 유채는 그녀의 앞에 설 때면 항상 위축되었다. 바실리사는 상냥한 얼굴을 하고서 유채의 손을 잡으면서 물었다.

"있잖아, 유채. 블루벨을 설득해서 내게 보낼 의향이 없어? 난 저렇게 귀여운 생물체는 처음 봤어!"

"유채님……"

블루벨이 비 맞은 강아지처럼 끼이잉 소리를 내면서 유채의 허리에 매달렸다. 눈물이 글썽글썽한 눈을 하고 올려다보는 모습에 유채는 바실리사에게서 손을 빼내 블루벨의 하얀 머리카락을 쓰다듬으면서 대답했다.

"블루벨이 원하면 보내 드리겠습니다만, 블루벨이 아직은 원하지 않는 것 같습니다."

"쩝. 할 수 없지."

바실리사가 안타까운 듯이 입맛을 다셨다. 블루벨은 기쁜 것인지 유채의 등에 제 얼굴을 비볐다.

바실리사는 엄마 미소와 함께 두 암컷을 바라보았다. 이 주간 유채를 가까이에서 보면서 내린 결론은 하나였다. 좋은 마레 위르. 말을 해보니 교양 있고 사교성 있으며 남에 대한 배려심도 있었다. 자존심이 조금 강한 것이 흠 아닌 흠이었지만, 그래도 같이 지내면 유쾌한 마레 위르였다.

바실리사는 마레 위르에게 호의적인 수인이었다. 그런 것을 감안해도 바실리사는 유채를 라일라만큼 좋아할 수 있을 것 같았다. 그리고 만나는 동안 헤르티아가 걸어놓은 마법도 없다는 것을 확인했다. 그러나 루프스도 저와 비슷한 이유로 호감을 가진 것이라고 치부하기에는 둘 사이에 이렇다고 할 만한 것이 없었다.

"그나저나 유채 양은 정말 보면 볼수록 예뻐지네요. 옷걸이가 괜찮으니 옷이 화려해도 미모가 더 살아나는 것 같고."

에릭이 유채에게 넌지시 칭찬의 말을 건넸다. 바실리사도 물끄러미 유채를 보았다. 예쁘긴 예뻤다. 그래서 라이가 아끼는 것인가 싶다가도 유채보다 나은 미인이 아예 없었던 것도 아니라 이내 아닐 거라 고개를 저었다. 더 나은 미인들도 있는데 굳이 과거의 기억을 떠올리게 하는 유채에게 집착할 이유는 없었다.

"에릭, 네가 그러니까 그 나이 먹을 때까지 암컷이 없는 거야. 예쁜 암컷만 보면 사족을 못 쓰니."

"예전에 말씀드렸습니다. 좋아하는 암컷은 있다고요. 그런데 그 암컷이 더럽게 눈치가 없어서 티를 내도 모르기에 이제는 방법을 바꿔보려고요. 그리고 바실리사님도 제게 그런 말 할 처지가 아니지 않으십니까?"

"나는 결혼 따위 안 해. 야들야들한 미남들로 정원을 만들어서 평생을 호강하는 군주나 될 거야."

바실리사가 에릭의 말에 맞받아쳤다. 볼 때마다 유쾌한 시트콤을 보는 것 같아 유채는 킥킥 소리를 내면서 웃었다. 유채가 버틸 수 있는 것은 귀여운 블루벨과 이따금 찾아와 즐겁게 해주는 바실리사와 에릭이 있기 때문이었다. 한참을 실랑이를 하던 그들의 만담은 역시나 바실리사의 주먹으로 끝을 맺었다. 목을 얻어맞은 에릭이 컥컥거리는 걸 깔끔하게 무시하고서 바실리사가 유채를 돌아보았다.

"이제 나랑 이야기 좀 하자. 어제 들려줬던 이야기 끝이……."

바실리사의 어깨에 묵직한 손이 내려앉았다. 유채의 얼굴에 매달렸던 미소가 흔적도 없이 사라졌다. 바실리사는 고개를 돌렸다.

"미안하지만 바실리사, 그건 안 되겠군."

루프스가 웃는 얼굴로 곧장 바실리사를 지나쳐서 유채의 어깨를 감쌌다. 유채의 표정이 점점 굳어갔다. 루프스의 손가락이 유채의 목선을 더듬다가 파렌티아를 손가락으로 감아 올렸다.

"내 펠릭스 다우스인 레티티아와 내가 지금 할 이야기가 있어서 말이야."

유채는 작게 이를 갈았다. 루프스는 간혹 파렌티아를 이렇게 제 손가락에 걸어서 들어 올리곤 했는데, 그것이 저에 대한 소유를 강조하는 행위임을 알게 되는 데에는 그렇게 오래 걸리지 않았다. 그는 유채가 제 소유물이라는 것을 일깨워 주기라도 하려는 모양인지 때때로 이렇게 파렌티아를 들어 올렸다.

"……그럼 어쩔 수 없지."

바실리사가 루프스에게 건방진 언사를 쓰더라도 용납 받는 것은 그녀가 유일한 그의 가까운 혈육이라는 것도 있었지만, 눈치가 빠르기 때문이었다. 바실리사는 루프스가 허용하는 범위가 어디까지인지를 정확히 알았다. 지금은 물러날 때였다.

"저는…… 무엇을 하나요?"

유채가 걱정되는 블루벨은 그녀의 곁에 남아 있기 위해서 허드렛일이라도 얻으려고 루프스에게 물었다. 그의 싸늘한 청회안이 블루벨에게 내리 꽂혔다.

"없다. 그러니 돌아가라."

유채의 어깨가 힘없이 늘어졌다. 블루벨은 유채가 너무 불쌍하고 안타까웠다. 하나 블루벨에게는 이 상황을 타개할 힘도 능력도 없었다. 블루벨은 어쩔 수 없이 고개를 숙이고 물러났다.

루프스는 유채의 어깨를 감싸 안고 방으로 그녀를 데려갔다. 방 안에 들어서자마자 묵직한 걸쇠가 걸리는 소리가 났다. 루프스는 유채가 들고 있는 책을 빼앗아 제목을 쭉 훑어보고 그것을 탁자 위에 올려놓았다.

"지난번엔 이니투스더니 이번에는 에클레시아군."

그는 중얼거리면서 의자에 앉았다. 그리고 턱짓으로 맞은편에 있는 의자를 가리켰다.

"앉아."

유채는 의자에 앉았다. 대면하기도 싫은 인간을 마주하고 있는 것은 꽤나 고역이었다. 루프스는 나른하게 웃으면서 몸을 비스듬히 의자에 기댔다.

"아까 그 표정 좋았는데, 다시 한 번 해보지."

"오늘은 힘들어서 안 될 것 같네요."

"내가 이니투스와 에클레시아에 대한 양질의 가르침을 준다면 할 생각이 있나?"

"내가 스스로 알아가는 것을 더 좋아해서 말이죠."

유채가 빈정대자 루프스는 코웃음을 치더니, 허리를 곧게 세워서 유채의 가까이로 몸을 붙였다. 그의 손가락이 부자연스럽게 올라와 있는 유채의 옷깃을 손가락으로 젖혔다. 옷깃에 가려져 있던 목덜미에는 루프스가 새겨놓은 울긋불긋한 자국이 하나 있었다.

유채는 신경질적으로 그의 손을 쳐 내고 다시 옷깃을 세워서 자국을 가렸다. 아침마다 저 증오스런 남자가 억지로 목덜미를 붙잡고 손가락으로 긁어서 남긴 자국이었다. 유채는 피부가 약해서 붉은 자국이 쉽게 나는 편이었다. 이런 게 있으니 궁녀들은 정말로 유채가 루프스의 총애를 받는 줄 알고 고분고분해졌다. 실상은 여전히 루프스를 피해 쪽잠을 자느라 그와는 손끝 하나 닿지 않는데 말이다.

"그래도 이게 있어서 요즘 궁녀들이 네게 고분고분할 텐데. 그래서 내가 너를 위해 번잡스럽지만 이렇게까지 해주는 게 아니냐. 나도 참 억울해. 실제로 레티티아 네가 그런 요부도 아니고 이렇게 뻣뻣한 암컷인 것을 뭐가 예쁘다고 이렇게 극진하게 대접해 주는 것인지."

"극진한 대접 따위는 필요 없어요. 그냥…… 여기서 나가게만 해줘요."

"싫어."

루프스가 마치 심통 난 아이처럼 대답했다. 때마침 문을 두드리는 소리가 났다. 루프스가 들어오라고 하자 궁녀가 온갖 음식을 들고 나타났다. 궁녀들이 가지고 온 음식으로 탁자가 가득 찼다. 유채는 영문도 모르고 그것들을 어리둥절하게 바라보았다. 일을 마친 궁녀들이 물러가고, 루프스가 입을 열었다.

"먹어."

"내가 왜 지금……."

유채의 대답이 끝나기 전에 루프스가 그녀의 팔목을 잡고 들어올렸다. 소매가 흘러내리면서 가는 팔이 드러났다. 처음 보았을 때도 살집 있는 몸매는 아니었지만 이 정도로 가늘지는 않았었다. 루프스는 이 이상 세게 잡았다가는 유채의 팔목이 부러질 것 같다고 생각했다.

"이런 몰골을 하고 있으면 나한테 시위하는 꼴밖에 되지 않지."

유채는 루프스의 손을 쳐 내려고 하였으나 그의 힘을 이길 수는 없었다.

"토스 호무스의 음식이 입에 맞지 않는 것처럼 보인다는 말을 듣고 마레 위르 음식을 잘 아는 여우 수인을 수소문해서 만든 음식이다. 그러니 먹어. 괜히 말라서 베노르 콩레수스 때 마레 위르에게 호의적인 늙은이들이 날 공격할 구실을 만들게 하지 말고."

사실 루프스는 그런 늙은이들의 말들은 별로 신경 쓰지도 않았다. 그저 유채의 마른 팔이 불쌍해 뭐라도 먹이고 싶을 뿐이었다. 그렇다고 솔직하게 이유를 대기에는 제게 아양을 떨지도 않고 비싸게 구는 유채에게 제가 매달리는 꼴사나운 모습이 될 것 같아 적당한 핑계를 대는 것이다.

"그러니 먹어. 안 그러면 이 음식을 만든 여우 수인은 아무런 대가도 받지 못하고 쫓겨날 거야."

혹시 몰라서 협박성 말도 덧붙였다. 정말 보기 싫은 꼴이지만 정의로운 면이 있는 유채는 자신으로 인해 피해자가 생기는 것을 견디지 못했다. 협박이 먹힌 것인지 루프스가 손을 놓아주자 유채는 숟가락을 들어 김이 나는 고기 스튜를 떴다. 루프스는 팔에 턱을 괴고 그 모습을 보았다.

유채는 뚫어져라 바라보는 남자 덕에 음식을 먹어도 체할 것 같았지만 저로 인해서 고생만 하고 대가도 못 받을 수인을 걱정해서 억지로 밥을 먹었다. 사실 제가 밥을 잘 먹지 못한 것은 루프스가 말한 것처럼 이곳의 음식이 입에 맞지 않아서이기도 했다. 수인의 음식은 과하다고 느껴질 정도로 향신료가 많이 들어갔다. 본래 향이 강한 음식을 못 먹는 유채에게 수인의 음식은 꽤나 고역이었다. 그래도 이곳의 인간들은 수인들에 비하면 향신료를 적게 쓰는지 먹기에 힘들지 않았다.

"잠깐."

유채가 고개를 들자 루프스는 손을 뻗어 그녀의 턱을 감싸 쥐고 엄지손가락으로 입가를 쓸었다. 유채의 입가에 소스가 묻어 있었다.

"내가 아양 한 번 떠는 것도 비싸게 구는 네게 왜 이렇게 정성을 쏟는지 알다가도 모르겠어."

그의 손가락이 세심하게 유채의 입가를 쓸었다.

"다시 한 번 말하지만 내게 웃어 보이고, 상냥하게 군다면 나는 네게 언제든지 최상의 것을 제공할 용의가 있어."

루프스는 다시 턱을 비스듬히 손에 기댔다.

"그러니, 아까처럼 웃어봐."

"배부르고 졸려서 안 되겠어요."

유채는 또 다른 핑계를 댔다. 새장 속의 새가 될 생각은 전혀 없었다. 마지막 자존심으로 그가 바라는 대로 복종하지는 않을 것이다. 루프스는 코웃음을 쳤다.

"지금 웃어 보였다면 네가 그 어떤 책에서도 볼 수 없는 이니투스의 정보를 알려줬을 텐데. 기회를 발로 찼군."

"그게……."

"내기를 하나 할까?"

유채가 무슨 얘기냐는 듯 바라보자 루프스는 마저 말을 이었다.

"곧 베노르 콩레수스가 있어."

블루벨과 바실리사에게 들은 적이 있는 내용이었다. 4월의 마지막 날에 치르는 제사인 오페라티오를 주관할 수인 일족의 수장을 뽑기 위해서 행해지는 사냥 대회였다. 정해진 시간 동안 정해진 공간 안에서 가장 큰 사냥감을 생포해 오는 자가 우승하는 것으로 수장들의 강함을 볼 수 있는 대회라 많은 이들이 주목하는 것이었다. 에클레시아의 중앙 재단에서 제를 올린다는 것은 큰 영광이라 많은 일족의 수장들이 승리를 원했다. 루프스만 제외하고.

"내가 그곳에서 우승한다면 말이야. 네가 내 소원 하나를 들어주고 내가 우승하지 못한다면 내가 네 소원을 하나 들어주지."

바실리사가 루프스는 딱 한 번을 제외하고는 우승을 한 적이 없다고 말했다. 제를 올리는 것을 귀찮게 생각해서 적극적으로 임하지 않는 것이 첫 번째 이유였고, 그의 성품상 적당한 사냥감을 진득하게 추격하는 것이 서투르기 때문이라고 했다.

유채는 루프스의 의도를 짐작할 수 없었다. 바실리사의 말에 따르면 루프스는 그저 귀찮고 흥미가 없어 사냥에 적극적이지 않을 뿐이지 작정하고 참여하면 능히 우승할 만하다고 했다. 전적으로 제게 불리한 내용이었다.

"당신이 가장 강하다면서요? 나한테 불리한 거 아니에요?"

"내 소원을 먼저 말하지. 오페라티오에서 제를 올리는 수인은 옆에 짝이 되는 암컷을 세운다. 그 제를 올릴 때, 네가 내 옆에 서라. 생글생글 웃는 얼굴을 하고서."

유채는 에클레시아란 말에 멈칫했다. 제가 이기면 그에게 소원을 빌 수 있고, 져도 어쨌든 에클레시아에 갈 수 있는 기회를 갖게 되는 것이다. 이기면 더 좋을 거라 생각하며 유채는 턱을 들고 물었다.

"어떤 소원이든 들어주나요?"

"내가 할 수 있는 범위에서."

루프스의 긍정적인 답에 유채는 간만에 기분이 좋아져 저도 모르게 입꼬리가 늘어졌다.

"좋아요. 할게요."

루프스는 유채의 웃는 얼굴에 심장이 덜컥 내려앉는 기분이었다. 유채는 정말로 표정 관리를 못하는 마레 위르였다. 기쁘면 기쁜 대로, 슬프면 슬픈 대로 표정에 다 드러났다. 이렇게 가까운 데서 그녀가 웃는 것을 보는 것은 처음이었다. 그리고 그렇게 웃는 모습이 꼭 아름다운 신기루같이 보여서 금방이라도 흩어져 사라질 것 같았다. 루프스는 그녀를 향해 손을 뻗으려다가 주먹을 움켜쥐었다.

루프스가 그런 내기를 제안한 것은 레티티아에게 비(妃)의 옷을 입힐 만한 명분을 마련하기 위해서였다. 오페라티오에서 제를 올리는 암수 간의 관계는 보통 부부이고 미혼의 수장의 경우는 연인이나 친척이 그 역할을 대신해 주었다. 고로 그때 입는 복장은 수장 부부의 정식 예복이었다. 루프스는 어머니인 블랑카가 제를 위해 예복을 입은 것을 본 적 있었다. 어머니와 같은 옷을 유채가 입고 있는 모습을 보고 싶은 것이다. 베니니타스와 라일라의 전례가 있어서 마레 위르라 안 된다는 반발은 없을 것이다.

베노르 콩레수스에 귀찮음을 무릅쓰고 참여해 가며 왜 유채가 예복을 입은 모습을 보고 싶으냐고 누군가 묻는다면 딱히 할 대답은 없었다. 그냥 그 옷이 그녀와 잘 어울릴 것 같다. 그뿐이었다. 유채에게 가장 잘 어울리는 옷을 입혀보고 싶었다. 생글생글 웃는 얼굴로 붉은 예복을 입은 모습을 보고 싶다.

단지 그뿐이었다.

"역시 헤임달의 요리는 최고라니까."

마틴이 실없이 웃으면서 헤임달이 건넨 술을 받았다. 헤임달은 음식을 더 권하면서 마틴의 기분을 맞추어주었다.

"나야 먹는 사람이 기분 좋게 먹어주면 좋지. 세라, 얼른 가서 음식을 좀 더 가져오렴."

"알겠어요, 아저씨."

세라라고 불린 근육질 몸매의 아가씨가 앞치마를 툭툭 털면서 일어났다. 마틴은 술을 홀짝이면서 세라를 보았다.

"자넨 정말 대단해. 어떻게 제 자식 아닌 놈들을 세 명이나 거둘 생각을 해?"

헤임달은 세라를 제외하고 두 명의 아이를 거두었다. 한 명은 리차드로 렉스가 직접 지휘하는 부대에 속해 있었고, 다른 한 명은 알리사로 다른 아이들과 달리 헤임달이 무슨 일을 하는지 모르는 아이였다. 알리사는 일찍 결혼해서 벌써 두 아이의 엄마였다.

"그야 대륙에서 죽은 아이들이 생각나서. 아직도 그 아이들 생각하면 눈물만 나. 좋은 옷 한 벌 못 입혀줬는데……."

"에휴! 헤임달 형님, 너무 우울해하지 마시고 이거 드세요."

헤임달과 같이 사는 알폰소가 그를 위로하면서 맥주를 건넸다. 헤임달은 알폰소가 건넨 맥주를 홀짝였다.

"오빠, 죽은 사람은 죽은 사람이고 산 사람은 살아야지. 안 그래? 새언니도 이제 잊고 새로 결혼해."

헤임달의 동생인 헬라가 그의 어깨를 끌어안으며 위로했다. 헤임달은 동생의 품에 얼굴을 묻으며 억눌린 울음소리를 냈다. 마틴은 갑작스럽게 저 때문에 분위기가 이렇게 된 것 같아서 무안했다. 때마침 세라가 음식을 가져왔다. 분위기를 바꿀 좋은 기회라 생각한 마틴은 크게 헛기침을 했다.

"그러고 보니 세라도 어느새 어른이 됐구나. 예뻐졌어."

"감사해요, 마틴 아저씨."

세라가 눈을 빛내면서 마틴의 앞에 앉았다. 헤임달이 세라에게 신호를 주었다. 세라는 고개를 살짝 끄덕이고 빙글 웃으면서 마틴에게 물었다.

"예쁘다는 소리 들으니까 말인데요. 토스 호무스에 엄청 예쁜 아르젠계 여자애가 있다는 소리가 있더라고요. 그거 진짜예요?"

"응, 사실이고말고."

알렉스, 마틴, 페드로, 필립은 유채에 관한 이야기를 꺼내지 않기로 암묵적으로 약속한 상태였다. 혹여나 루프스가 인간을 펠릭스 다우스로 삼았다는 사실에 포트리스 사람들의 수인에 대한 감정이 악화될 것을 우려했기 때문도 있지만, 언젠가 포트리스로 올지도 모르는 유채를 위한 배려였다. 아무리 피해자라 할지라도 유채가 펠릭스 다우스였다는 소문이 돌면 그리 좋은 시선을 받지 못할 것이 당연했다. 하지만 마틴은 술에 취해서 사고가 무뎌진 상태였고 거기다 헤임달이 우울해 보여 분위기를 띄우기 위해 유채의 이야기를 입 밖으로 내밀었다.

"이건 진짜 비밀인 거다. 절대 말하면 안 된다."

"당연하지, 마틴 형님. 우리 입 무거운 거 몰러? 전에 형님 실수한 것도 아무 말도 안 했잖아. 말 좀 해봐. 얼마나 예뻐?"

"세상에 둘도 없을 정도의 미인이었지. 어지간한 미인들은 이름도 못 내밀 정도의 미모야."

세라는 마틴이 이야기하느라 정신이 팔린 틈을 타서 그의 뒷머리에 손을 가져다 대었다. 세라의 에어리얼은 특수계 투영이었다. 세라는 마법을 통해서 마틴이 떠올리고 있는 여자애의 이미지를 종이에 투영시켰다. 뿌옇게 물에 번진 것 같은 그림이 점차적으로 선명해졌다. 마틴의 기억이 완전히 투영되자 세라는 그것을 얼른 소매에 감추었다. 그동안 헤임달과 헬라, 알폰소가 효과적으로 시선을 돌렸다. 목적을 달성한 그들은 편히 먹고 마시며 떠들다가 적당한 시간이 돼서야 마틴을 보내주었다.

"세라, 투영은 잘 되었냐?"

알폰소가 세라의 머리를 건드렸다. 세라는 귀찮은 듯이 알폰소의 손을 쳐 내면서 투영된 종이를 건넸다.

"잘됐어요. 진짜 더럽게 예쁘게 생긴 년이네요."

세라가 질투가 섞인 표정으로 종이를 내밀었다. 알폰소와 헤임달, 헬라는 그림을 보고 숨을 들이마셨다. 마틴이 술에 취해 과장해서 설명하는 것인 줄 알았건만 정말 그의 말대로 끝내주는 미인이었다. 헬라도 입을 떡 벌리고 세상에, 라고 중얼거렸다.

"내가 장담하건대, 바다에서 이런 여잘 주웠다면 난 타우루스에게 안 가져다주고 내 방에 뒀을 거야, 형님."

알폰소의 눈이 번들거렸다. 헬라도 고개를 끄덕였다.

"딱, 사내 잡아먹게 생겼네. 사내들이 환장을 하고 못 배기겠어. 오빠는 뭘 그리 보우?"

헬라가 그림을 찬찬히 뜯어보고 있는 헤임달을 팔로 쿡쿡 찔렀다. 자못 심각한 표정이던 헤임달은 손가락으로 그림 속 여자가 입은 옷을 가리켰다.

"이거 블랑카가 입은 적 있는 비(妃)의 예복이랑 비슷해."

"그게 뭔 소리야?"

"원래 늑대 놈들이 짐승치고는 예법을 굉장히 중요하게 여겨. 특히 복식은 서열과 관련된 것이라 더 난리법석을 떨지. 근데 펠릭스 다우스 따위에게 여성 예복 중 가장 위의 것을 입힌다고?"

알폰소도 뭔가 깨달은 것이 있는지 박수를 쳤다.

"설마 늑대 놈이 그 계집애를 좋아하는 것 아닐까? 형님, 그러면 우리 한 번 더 기회가 생길지 몰라."

"오빠, 우리가 원래 노리려고 했던 것도 블랑카 아니었소. 블랑카가 워낙 강해가지고 차선으로 라일라를 노린 것이지. 다행히 베니니타스가 부인의 죽음에 이성이 날아가서 한 치의 의심도 없이 로보를 의심한 덕분에 일이 잘 풀렸지만."

헤임달은 이마를 손가락으로 두드렸다. 심증은 있지만 아직 확실한 증거가 없다. 확실하게 루프스가 저 계집을 사랑한다는 증거가 필요했다. 만일 그들의 예상이 맞다면 제 여자에게는 완전히 눈이 돌아가서 맹목적으로 사랑을 퍼붓는 늑대의 특성상 로보의 때보다 훨씬 더 좋은 기회가 될지도 몰랐다.

이 스티폴로르는 마력 억제석인 프레눔의 최대 매장지였다. 대
륙에서는 구하기 드문 프레눔이 이곳에는 좀 과장해 말해 발에
치일 정도였다. 프레눔 광산을 독차지하기 위해서는 수인이 없어
야 했다. 십삼 년 전 그들은 프레눔 광산이라는 목적을 이루기 위
해 수인들을 들쑤셔 내전을 일으켰다. 하지만 헤임달의 계획은
현 루프스의 성장으로 박살이 났다. 반대로 말해, 루프스가 십삼
년 전 베니니타스나 로보의 역할을 해준다면 헤임달의 작전은 이
번에야말로 성공할 수 있단 얘기였다. 헤임달은 턱을 쓸었다.

"형님, 공작에게 지원 요청할까?"

"아니. 확실해질 때까지 기다리자."

이런 계획은 신중해야 했다. 헤임달이 위험천만한 십삼 년 전
과 같은 계획을 세우고 실천에 옮기고도 살아남은 것은 계획을
철저히 세우고 그 자신은 뒤에 숨었기 때문이었다. 확실해지기 전
까지는 움직이지 말아야 했다.

"헬라, 그 미약 성분이 섞인 카를리티오(Catulitio: 수인들의 성욕
이 가장 왕성해지는 시기)를 앞당기는 약초 있어?"

"그 쓸모없는 건 왜? 향도 진해서 티도 많이 나는 약초인데?"

"아편에 섞으면 모르겠지. 타우루스를 만나러 갈 준비나 하자."

헤임달은 머릿속으로 새 판을 짰다. 그는 종이 속에 투영된 여
자아이에게 정말 무한한 고마움을 느꼈다.

✤

베노르 콩레수스를 맞아 거의 모든 수인 일족들은 사절단을 이
끌고 토스 호무스에 모습을 드러내었다. 아직 일주일도 더 남았는

데 궁은 온통 축제 분위기였다. 축제가 벌어지거나 말거나 유채는 프레드릭과의 수업을 위해서 도서관에 앉아 있었다.

여전히 실전은 영 진전이 없어 프레드릭도 이론으로 수업 내용을 바꿔 유채에게 여러 속성의 마법의 원리를 설명해 주고 마법을 이해할 때 필요한 고어들을 가르쳐 주었다. 유채는 그가 알려주는 고어를 모두 처음 보는 것임에도 해석할 수 있었다. 해석할 수 있는 것과 그것을 사용하는 것은 별개의 문제였지만 말이다.

"아쉽네요. 고양이 수인 일족은 거의 멸족해서 오지 않는다니."

고양이를 좋아하는 유채는 안타까운 듯 중얼거렸다. 프레드릭도 아쉬운 모양이었다.

"저도 마찬가지입니다. 저와 알렉스를 키워주신 분도 고양이 수인 노파셨는데."

"예? 포트리스에서 나고 자라신 게 아니세요?"

"아니요. 저희는 고아입니다. 수인 내전에 휘말려서 열 살 때 양친을 잃고 기억도 잃고 떠돌던 것을 한 고양이 수인 노파가 거두어주셨죠. 그리고 그분이 목숨을 바쳐 가며 저희를 포트리스로 데려다주셨습니다. 너무 고마우신 분이죠."

프레드릭의 표정이 아련해졌다. 유채는 왜 프레드릭이 수인과 인간의 화합을 주장하는지 알 수 있었다. 둘은 생김새만 다를 뿐이지, 똑같이 감정이 있고 생각을 하는 지성체였다. 그러니 반목보다는 화해가 옳은 것이라고 생각하는 것일지도 몰랐다.

"고양이 일족의 고유 능력은 예지여서 그분께 꽤 재미있는 이야기를 여럿 들은 적이 있습니다. 하지만 함축된 표현이 많아서 이해는 힘들더군요. 벌써 십 년도 넘은 일이라 이젠 기억도 가물가물합니다."

"예지요?"

"고양이 수인 일족은 예로부터 신과 가장 가까운 일족이라고 합니다. 그래서 신에게 계시가 내려오면 고양이 일족의 수장이 가장 먼저 전해 들었다고 합니다. 이니투스가 은가연을 도울 수 있게 한 것 역시 그 당시 고양이 일족의 수장의 힘이 컸다고 합니다. 그리고 에클레시아에 가장 가까운 곳에 그들의 땅이 있고요."

"그래요?"

유채는 턱을 쓸었다. 고양이 수인 일족에 대한 내용을 파보는 것도 나쁘지 않을 것이라는 생각이 들었다.

"그런데, 프레드릭 씨는 베노르 콩레수스 때 뭐 하세요?"

"저야 연구나 해야겠지요. 나름 진척이 있기는 하지만 아직 멀었습니다. 루프스가 베노르 콩레수스 당일 날은 와서 구경해도 된다고 자비를 보이더군요."

프레드릭의 표정이 묘하게 구겨지는 것을 보고 유채는 루프스가 또 어떻게 사람 신경을 긁었을지가 짐작되었다.

"솔직히 요즘은 연구보다 레이라에 대한 걱정뿐입니다."

레이라는 몇 달만 지나면 이제 산달이라고 하였다. 유채는 프레드릭에게 심심한 위로를 건넸다. 프레드릭은 유채의 위로에 애써 표정을 폈다.

유채는 프레드릭이 포트리스에서 가져온 고서의 필사본과 그가 도움이 될 것이라 추천해 준 책을 챙겨서 도서관을 나왔다. 바깥은 각 일족들을 모시기 위해 평소보다 배는 더 많아진 궁녀들이 바쁘게 돌아다니고 있었다.

유채는 되도록 다른 수인들의 눈에 띄지 않기를 바라며 내궁으로 향했다. 이곳의 궁은 외궁과 내궁으로 구분되었는데, 외궁은 말 그대로 공적인 일이나 외부 손님들의 거처로 쓰이는 곳이며, 내궁은 루프스의 개인 공간이었다. 유채가 프레드릭을 만나는 도서관은 외궁에 있기에 조금만 길을 잘못 들면 수많은 수인들을 만날 수 있었다. 다행히 루프스와 블루벨이 외궁에서 내궁으로 넘어오는 샛길을 알려주었기 때문에 유채는 발소리를 죽이고 정원의 틈새 길을 이용하려고 하였다.

"너구나."

들어본 적 있는 여자의 목소리와 함께 목소리의 주인이 유채의 팔을 잡고 돌려세웠다.

"헤르티아님!"

유채는 어떤 궁녀가 외치는 이름을 듣자마자 그녀를 알아보았다. 저를 루프스에게 팔아먹은 여우 수인들의 수장이었다. 유채는 그녀를 보자마자 이를 갈았다. 저 여자 때문에 제가 무슨 꼴을 당했는지 생각하면 자다가도 분통이 터졌다.

헤르티아는 유채의 불타는 눈동자를 보면서 웃었다.

"소문의 레티티아로군. 오만방자한 행동에 비해서 꽤나 극진한 대접을 받고 있다던데."

헤르티아는 유채의 행색을 살폈다. 루프스가 정말로 아끼는 것인지 고위 수인들도 쉽사리 입을 수 없는 옷을 입고 장신구들을 걸치고 있었다. 헤르티아는 유채의 턱을 잡고 얼굴을 이리저리 돌렸다. 확실히 반반한 외모였다. 이게 루프스의 취향일 줄은 짐작하지 못했지만 말이다.

유채는 헤르티아의 손에 잡힌 턱이 아파 인상을 찌푸렸다. 밀어내고 싶었지만 수인의 힘을 제가 이길 수 있을 리 만무하니 괜한 힘을 쓰지 않기 위해 꾹 참는 것이었다.

헤르티아는 유채가 옷깃을 올려서 숨겨놓은 불긋한 자국을 보았다. 그녀는 가볍게 헛웃음을 지었다.

"내 생각보다 더 예쁨을 받는가 보구나. 소문에 루프스가 네 밤 기술에 푹 빠져 있다던데?"

"닥쳐요!"

유채는 더 참지 못하고 헤르티아의 손을 쳐 내고 옷깃을 다시 올렸다. 블루벨이 헛소문을 듣고 입에 올렸을 때와는 다르게 기분이 더러워졌다. 그때는 당혹스러웠던 것이지만 지금은 치욕스러웠다. 헤르티아는 팔짱을 끼고 유채를 내려다보았다.

"당신이 나를 이곳으로 데려오지 않았다면……."

"그랬다면, 넌 내 수행원들에게 험한 일을 당했겠지. 안 그러냐? 내가 그때 너를 구해준 것 같은데."

"당신이 그들을 그곳에 보내지만 않았어도 내가 여기서……."

"그건 네 생각이고. 나는 여우 일족의 수장으로서 마땅히 해야 할 일을 했으며, 너그럽게 네 목숨을 살려주었다. 그리고 솔직히 말해서 힘없는 암컷의 몸으로 네가 이곳에서 뭘 할 수 있지? 살아남는 것조차 힘들었을 테지. 루프스 아래 있는 덕에 지금처럼 호화로운 생활을 할 수 있는 거면서 뭐가 잘났다고 네가 감히 날 비난하지?"

유채는 어이가 없어서 말이 나오지 않았다. 저렇게 뻔뻔한 여자가 있나 싶었다. 유채는 더 말을 해봤자 통하지 않을 여자 앞에서 화를 낼 재주는 없었다. 그때, 누군가 유채의 몸을 돌려 안았다.

"오랜만이군, 울페스 헤르티아."

루프스였다. 그는 유채의 뒷머리를 꾹 눌러서 얼굴을 돌리지 못하게 하였다. 유채는 그의 품에서 벗어나기 위해서 버둥거렸다.

"루프스시여, 다시 한 번 인사 올립니다. 잠시 산책을 하러 나왔는데 이렇게 여기서 루프스님을 뵐 줄은 몰랐습니다."

헤르티아는 버둥거리는 유채와 그녀를 안은 채로 저를 향한 경계의 빛을 보이는 루프스를 살폈다. 예전에 로보도 제 부인인 블랑카를 누구에게도 보여주기 싫어하여 저렇게 안고 있던 적이 많았다. 혼례를 올리기 전에 조급하게 굴던 모습이 딱 지금의 루프스 같았다. 헤르티아는 흥미로운 일이 벌어질 것 같자 입꼬리를 슬쩍 올려 웃었다.

"그럼 조용히 산책이나 할 것이지, 내 레티티아에게는 무슨 볼 일이지?"

"그저 연이 있으니 대화를 해보려고 한 것입니다. 제 오라비의 부인도 마레 위르였으니까요. 그때 기억이 조금 나서 말입니다."

"마레 위르를 내게 바친 수인이 할 이야기는 아니라고 생각하는데?"

"그것을 그대로 받아 펠릭스 다우스로 삼으신 루프스께서도 제게 그렇게 말할 처지는 아닐 것이라 생각합니다."

유채는 여전히 루프스에게서 벗어나려 바르작거렸고 루프스는 그녀가 고개를 돌리지 못하도록 더욱더 강하게 끌어안았다. 헤르티아는 흥미로운 눈으로 그들을 보았다. 애정이 한쪽으로 향해 있는 꼴이었다. 수컷은 열심히 구애하는데 암컷은 필사적으로 거부한다.

"제가 무례를 범했다 느끼셨다면 사과드립니다."

"됐다. 그만 가지."

루프스는 유채의 어깨를 감싸 쥐고 허리를 숙인 헤르티아를 스쳐 지나갔다. 헤르티아는 루프스가 지나가자마자 허리를 폈다. 헤르티아는 손에 낀 반지를 돌리며 머리를 굴렸다. 수컷 늑대 놈들은 제 암컷에 대한 맹목적인 사랑과 집착을 보였다. 언제나 루프스의 최대 약점은 그들의 비(妃)라는 말이 있었다. 십삼 년 전 로보도 블랑카의 죽음으로 이성이 나가 최악의 선택을 하여 베니니타스에 의해 죽음을 맞이한 것이었다.

헤르티아는 저를 경계하던 루프스의 싸늘한 청회안과 유채를 내궁, 그것도 제 방에 가둬두고 하루에 한 시간만 외출을 허락한다는 소문을 조합해 보았다. 아직 확실한 것은 아니지만, 만일 루프스가 저 암컷을 마음에 품은 거라면 그녀는 더할 나위 없이 좋은 약점이 될 터였다. 약해 빠졌고, 루프스에게서 벗어나고 싶어 안달 난 암컷. 루프스의 목줄을 틀어잡을 수 있게 될지 모른다.

"레아."

헤르티아는 제 최측근을 불러내었다. 황금색의 머리카락과 쫑긋 솟은 귀를 가진 귀여운 인상의 여자가 꼬리를 흔들며 헤르티아의 가까이에 섰다.

"적당한 이를 매수해서, 저 암컷과 루프스 사이를 알아와."

"……쉽지는 않겠지만, 해보겠습니다."

확실하지 않은 정보를 가지고 심증만으로 날을 세울 수는 없었다. 그랬다가 저뿐만 아니라 저희 일족까지 화를 입을 것이다. 그러니 확실한 정보가 필요했다. 헤르티아는 제가 예상한 것이 진실이라면 어쩌면 루프스에게 복수 이상의 것을 선사할 기회라고 생각했다.

"헤르티아와는 이야기도 하지 마라."

유채는 루프스의 손에 이끌려 방에 들어오자마자 저 이야기를 들었다. 유채는 어이가 없어서 헛웃음을 흘리며 물었다.

"왜요? 나를 팔아먹은 수인이랑 이야기하는 건⋯⋯."

"하지 말라고 하면 하지 마. 왜 그렇게 말에 토를 달아!"

유채는 성마르게 화를 내는 루프스의 말에 어깨를 움츠렸다.

루프스는 궁녀들이 고생을 해서 정리해 놓은 고운 은빛 머리카락을 뒤로 쓸어 넘겼다. 그는 머리카락을 헝클어뜨리고 작은 소리로 험한 말을 쏟아냈다. 그리고 유채의 어깨를 아플 정도로 움켜쥐었다. 유채가 인상을 찌푸리며 신음을 흘리자 루프스는 그제야 제가 너무 힘을 준 것을 알고 손의 힘을 조금 풀었다.

"울페스 헤르티아, 타우루스 헥터, 발란테스(Balantes: 양 일족의 수장) 카르멘과는 입도 뻥긋하지 말고 피해라. 특히 타우루스 헥터와는 대면하지도 마라."

루프스에게는 적이 많았고 그중에서 그를 위협할 정도로 세력이 있으며 적개심을 가지고 있는 인물은 울페스와 발란테스 정도였다. 타우루스 헥터야 생각 없이 사는 수컷이나, 그는 변태적인 성욕으로 유명했다. 할 수만 있다면 그를 없애 버리고 싶었지만 소 수인 일족 중 그보다 강한 이가 없다는 것이 불행이었다. 그가 없으면 호전적인 성향의 소 수인 일족으로 인해 또 다른 수인 내전이 발발할 수도 있었다. 루프스는 필요악으로 헥터를 눈감아주고 있었다.

"왜요? 위험해서? 그런 걸로 치자면 당신이 내겐 더 위험하지 않나요? 늑대 밥으로 던져 주고 나를 굶겨 죽일 뻔한 남자인데."

"난 암컷을 강제로 안는 취미는 없다만 타우루스 헥터는 다르지. 그놈은 변태다. 암컷들을 모아놓고 겁간하는 것을 즐기는 놈이지. 그가 그런다고 무어라 할 수인도 없다. 내 말 무슨 뜻인지 알겠나?"

유채의 등에 소름이 쫙 돋아 덜컥 움직임을 멈췄다. 루프스는 그녀의 몸을 끌어안고 등을 쓸어주었다.

"타우루스 헥터는 워낙 미친놈이라 루프스인 나도 신경 안 쓰는 놈이다. 그러니까 내가 신경 써주지 못할 때, 네 몸을 지키기 위해서라도 내가 말한 대로 그 세 수인과는 눈도 마주치지 마라."

루프스가 유채의 등 뒤로 둘렀던 팔을 풀었다. 헤르티아가 유채와 있는 모습을 보고 얼마나 놀랐는지 모른다. 순간 베니니타스에게 당해 처참한 시체로 변했던 어머니의 모습이 불현듯 떠올랐다.

헤르티아가 저에게 발톱을 세우고 싶어서 안달 나 있다는 건 루프스가 누구보다 잘 알았다. 하지만 헤르티아마저 죽였다간 베니니타스에게 충성하던 여우들이 끝까지 저항할 것이 귀찮아서 현실 판단이 빠른 그녀를 살려둔 것이었다. 최소한 헤르티아는 때를 보느라 제게 쉽게 대들지는 못할 것이고 그렇게 벌어놓은 시간 동안 그 암컷을 처리하면 된다. 하지만 그녀가 유채를 건드리는 것은 다른 문제였다.

"네가 뭐가 귀엽다고 내가 이렇게 구는 건지."

루프스는 유채의 귀에 들리지 않게 낮게 중얼거렸다.

"그 수인이 나한테 관심 보일 만한 이유가 있을까요? 그리고 내가 당신이 그 정도로 신경 쓸 가치가 있나 봐요? 늑대 밥으로 던져줄 수 있는 내가 그 정도 가치인 줄은 몰랐네요."

유채는 루프스의 말과 행동이 도무지 이해되지 않았다. 병 주고 약주는 것도 아니고.

"아름다우니까."

그가 유채의 턱을 가볍게 잡아 들어 올렸다. 암컷에 미모에 환장하여 날뛰는 부류는 아니었으나, 그도 외모의 아름다움 정도는 판단할 수 있었다. 이렇게 심통 난 표정만 하고 있지 않아도 더 아름다운 모습으로 제게 얻어갈 것이 많을 텐데, 고집스러운 유채는 항상 이런 표정이었다.

"수컷은 암컷의 아름다움에 끌리는 족속이거든. 그러니 당분간 나다니지 말고 내가 부를 때 말곤 여기서 얌전히 기다려. 필요한 게 있으면 헤나를 시키든지, 아니면 그 토끼 꼬마를 시키든지."

"나까지 연회에 참석해야 하나요?"

유채는 베노르 콩레수스 전야에 수장들만 모인다는 그 연회에 나가야 한다는 말을 전에 들은 적 있었다. 그런 자리에는 죽어도 가기 싫었다. 지난번 별장에서 있었던 일과 다를 바 없는 것이었다. 또 제 자존심을 짓이기려는 거라고 생각했다.

루프스는 유채의 생각을 알 것 같아 가소롭다는 웃음을 흘렸다. 유채가 불쾌해하자, 그는 유채의 턱을 놓고 그녀의 볼을 감쌌다. 그리고 상체를 수그렸다. 유채는 수차례 경험으로 그의 입술이 볼에 닿기 전 고개를 돌렸다.

"내가 요즘 느슨하게 대해줬다고 꽤나 대담해졌네, 레티티아."

유채는 그의 시선을 피했다. 루프스는 그게 마음에 들지 않는 건지, 그녀의 턱을 도로 잡고 자신과 시선을 맞추게 만들었다.

"장담하건대, 이번 일은 네게 이득밖에 없을 거야. 네가 내 총애를 받고 있다는 걸 공개적으로 알리는 것이거든."

"애완동물이 사랑받아 봤자……."

"그 애완동물이 이지가 있고 말도 할 줄 아는 마레 위르라면 얘기가 다르지. 연회에 참석하면, 너는 앞으로 어지간한 수인들이 너에게 먼저 허리를 숙이는 걸 볼 수 있을 거다."

루프스는 유채의 손을 잡고 그녀의 손등에 입을 가져다 대었다.

"이렇게까지 너를 생각해 주니까 비싸게 좀 굴지 마라. 웃어도 보이고 애교도 보이고, 좀 귀엽게 굴어봐."

유채는 당신이라면 당신을 죽이려고 들고 가둬두고 애교나 부리라고 강요하는 남자가 조금 상냥해졌다고, 아니, 조금 덜 폭력적으로 변했다고 헤실헤실 웃으면서 꼬리를 흔들 수 있냐고 묻고 싶은 것을 억지로 억눌렀다. 루프스의 입술이 유채의 손등을 꾹 눌렀다.

"얌전히 기다리고 있어. 괜히 돌아다녀서 남들 눈에 띄지 말고."

루프스는 유채의 손을 놓고 빌어먹을 일이 많아서 가봐야겠다는 말을 남기고 방을 나갔다. 유채는 루프스의 입술이 닿았던 손등을 손으로 벅벅 문질렀다. 벌레가 문 것처럼 기분이 나빴다.

⚜

"유채님, 정말 아름다우세요!"

블루벨이 두 손으로 양 볼을 감싸고 머리를 흔들었다. 유채는 거울에 비친 제 모습을 보았다. 한국에 있을 때도 잘 하지 않는 색조 화장을 벌써 몇 번째 하는 것인지 모르겠다. 연보라색의 옷도 별장에서 입었던 것보다 배로 화려하고, 화려한 만큼 풍성한 옷자락이 거추장스러울 정도였다.

"고마워, 블루벨."

연회 기간에는 궁녀들의 복장도 화려해지는 것인지 블루벨의 옷도 짙은 청색에서 밝은 쪽빛에 은실로 수놓은 것으로 바뀌었다. 블루벨의 하얀 머리카락과 잘 어울렸다.

"블루벨도 예뻐. 머리카락이랑 옷이 잘 어울린다."

"유채님한테 그런 칭찬 들으면 부끄러워요."

블루벨이 몸을 배배 꼬면서 유채의 칭찬에 반응했다. 유채는 블루벨의 도움을 받아서 자리에서 일어났다. 별장에서의 일로 신발은 굽이 낮았지만 옷 때문에 혼자 움직이기 힘들 정도였기 때문이었다. 블루벨은 작은 손으로 야무지게 유채를 잡아주었다.

"블루벨, 네가 내 옆에 있는 거야?"

"예! 헤나님이 저보고 도와드리래요."

"그럼 내가 연회 음식을 가져올 필요가 없겠네."

"어! 음식 가져오려고 하셨어요?"

블루벨의 귀가 쫑긋 솟아올랐다. 유채는 고개를 끄덕였다. 블루벨은 볼을 발그레 붉혔다.

"정말 감동이에요! 진짜 제게는 유채님밖에 없어요."

블루벨의 신나 하는 얼굴이 너무 귀여웠다. 유채는 블루벨을 꼭 안아주었다. 이 아이가 없었다면 정말로 이곳에서 버티기 힘들었을 것이다. 유채는 블루벨이 너무 고마웠다. 돌아가게 된다면 블루벨이 가장 그리울 것 같았다.

블루벨이 헤실헤실 웃으면서 유채의 목에 매달렸다. 헤헤 웃던 블루벨이 갑자기 표정을 굳히고 얼른 유채에게서 떨어졌다. 유채는 영문을 몰라서 어리둥절했다. 블루벨이 눈짓으로 뒤를 가리켰다. 유채는 뒤를 돌아보았다.

"좋은 시간 방해해서 미안하군."

루프스가 유채에게 손을 내밀었다. 유채가 멀뚱히 바라보기만 하자 그가 귀찮다는 듯이 그녀의 손을 찾아서 잡았다.

"수인을 무안하게 만드는 재주가 있군."

루프스는 유채의 손을 잡아끌었다. 블루벨이 그 사이에 눈치껏 유채의 옷자락을 정리했다.

"역시 기대를 저버리지 않는군."

한껏 꾸민 유채는 역시나 아름다웠다. 유채는 그 말을 듣자마자 루프스의 손을 쳐 냈다. 인형 취급당하는 것에 자존심이 상했다.

"당신 체면 생각해서 가만히 앉아 있을 거니까, 걱정은 말아요."

"그렇게 말하니 그 이상을 보고 싶은데?"

루프스는 손짓으로 헤나를 불렀다. 헤나는 루프스에게 베일을 하나 가져다주었다. 루프스는 그것을 유채의 머리 위에 씌워주었다. 베일이 얼굴을 완전히 덮었다.

"지금처럼 그렇게 불만스런 표정을 하고 있으면 내가 뭐가 되겠나. 그러니까 그걸로 가리고 있어."

베일은 밖에서는 안이 잘 보이지 않지만 쓰고 있는 사람은 바깥을 보는 데 무리가 없는 재질이었다. 유채는 베일을 손으로 들추면서 의아한 듯이 물었다.

"이걸 씌워놓으면 수인들이 나를 알아봐요?"

"마레 위르들과는 다르게 시각이 뛰어난 수인들은 윤곽만으로도 대강은 알아볼 거다. 그리고 파렌티아가 있는데, 네가 누구인지 모른다면 말이 안 되지. 내가 내 펠릭스 다우스를 아낀다는 것을 보여주기 위한 것이니 베일 정도는 쓰고 있어도 좋아. 그리고 내가 적이 좀 많아서, 네 얼굴이 팔리면 네 목숨만 위험할 거다."

루프스가 베일의 주름을 정리해 주었다. 유채는 차라리 이게 나을 것 같다는 생각이 들었다. 보이지 않으면 신경을 덜 쓸 수 있을 것이다. 루프스는 유채의 손을 잡았다.

"가지."

블루벨이 조금 긴장한 기색으로 유채의 옆을 따랐다.

연회장에는 이미 모든 수인 일족들의 수장들이 자리를 잡고 앉아 있었다. 땅을 가진 일족들이 가장 상석에 앉았고 땅을 가지지 못한 일족들이 그다음이었다. 연회장 중앙에서는 무희들이 춤을 추면서 흥을 돋우었다.

루프스가 들어서자 앉아 있던 수인들이 모두 자리에서 일어났다. 그들과 인사를 나눈 루프스가 자리에 앉자 모두 자리에 앉았다.

유채는 블루벨의 도움을 받아서 루프스의 아래쪽에 앉았다. 유채는 곁눈질로 루프스를 보았다. 특유의 오만함은 어디 가지 않는 것인지, 그는 건방져 보일 정도로 나른한 태도로 자리에 앉아 있었다. 스스로 적이 많다고 말한 주제에 사서 반감을 사는 성격인가 싶었다. 유채는 제가 알 게 뭔가 싶어서 나와 있는 음식들이나 보았다. 유채를 배려한 모양인지, 향신료를 최대한 적게 사용한 음식이었다.

"베노르 콩레수스를 위해서 먼 곳에서 오느라 수고했다."

유채는 제 앞에 놓인 음식들이나 살폈다. 뭐라도 먹어볼까 하다가 그만두었다. 제가 움직이면 연회장에서 유일한 인간이라 안 그래도 집중된 관심이 더 많아질까 부담스러웠다.

"먼 길 오느라 배가 고플 것이니, 먼저 식사부터 들지."

유채는 눈치를 보다가 모두가 음식에 손을 대자 그제야 움직이기 시작했다. 그러다 역시나 예상대로 제게 쏠리는 시선에 동물원의 동물이 된 기분이 들었다.

"유채님, 저분이 양 수인 일족의 수장이신 발란테스 카르멘님이세요."

블루벨은 유채에게 수인들의 수장을 소개해 주었다. 힘으로 결정된다는 말처럼 수장들의 대부분이 귀라든지 뿔이라든지 아니면 꼬리 정도를 제외하면 인간에 가까웠다. 새삼스레 꼬리도 귀도 없는 루프스가 이질적으로 보였다.

유채는 그곳에서 수인들의 세력을 파악할 수 있었다. 다람쥐 일족은 늑대 일족에게 눈살이 찌푸려질 정도로 아부를 떨어댔고, 뱀 일족은 독수리 일족과 친한 것인지 뱀 일족의 수장은 독수리 일족의 수장과 이야기를 길게 주고받았다. 늑대 다음으로 강하다는 여우 일족의 수장인 헤르티아와 소 일족의 타우루스 헥터는 다른 수인들과 비교도 되지 않을 정도로 거만해 보였다. 헤르티아와 비슷한 수준의 강함을 가지고 있을 것으로 추정되는 에쿠우스(Equus: 말 수인 일족의 수장) 단테는 굉장히 점잖은 성격인지 누구와도 말을 섞지 않고 선비 같은 자세로 앉아 있었다. 카니스 바실리사는 연회와 아무런 상관도 없는 양, 보좌로 따라온 에릭과 농담 따 먹기나 하고 있었다.

식사가 끝나갈 무렵 궁녀들이 술을 나르기 시작했다. 유채는 술을 보자 한숨을 푹 내쉬었다. 저 술만 아니었으면 제가 여기 올 일도 없었을 것이다. 유채의 눈에는 술이 악마의 음료로 보였다. 유채가 궁녀들이 나르는 술을 보면서 속으로 한탄을 하고 있을 무렵 루프스가 그녀의 눈앞에 술잔을 들이밀었다. 유채는 반사적으로 고개를 들었다. 루프스가 몸을 기울여 그보다 아래에 앉아 있는 그녀를 향해 손을 내밀고 있었다.

"마실 생각 있느냐?"

"아니요."

언니 앞에서 술을 마실 생각을 했던 것은 실수를 해도 상관없다고 생각했기 때문이었다. 하지만 루프스 앞에서 술을 마시는 것은 실수를 해도 도와줄 사람이 없다는 것을 의미했다. 괜한 문제가 생기는 것을 바라지 않았다. 유채는 고개를 흔들었다.

"왜? 술을 좋아하지 않나? 나도 쓴 술은 별로 좋아하지 않아서 단맛이 나는 과실주를 마신다. 그러니까, 이 술은 마시기 수월할 것이다."

"나이가 안 돼서 못 마셔요."

타우루스 헥터가 독주를 마시다가 베일을 쓰고 있는 마레 위르 암컷에게 술을 권하는 루프스를 보았다. 그 예쁘장한 얼굴을 보나 싶었는데, 저 빌어먹을 늑대 놈이 베일을 씌워놓아 기분을 잡치게 만들었다. 타우루스 헥터가 술잔을 내려놓고 큰 소리로 외쳤다.

"루프스님, 스티폴로르 전역에 재미있는 소문이 돌고 있는데 알고 계십니까?"

루프스는 신경질적으로 고개를 돌렸다. 우락부락해서는 군주라기보다는 산적이라 하는 게 더 잘 어울리는 외모를 가진 수컷은 하나였다. 루프스는 타우루스 헥터의 말을 받았다.

"내가 알아야 할 정도로 중요한 것인가?"

"아닙니다. 그저 수컷으로서의 흥밋거리지요. 옆에 있는 펠릭스 다우스에 대한 소문입니다."

헤르티아는 저놈이 또 시작했구나, 하고 중얼거렸다. 장담컨대, 헥터의 머릿속에 든 것은 여자와 밥 말고 없을 것이다. 타 일족의 수인을 건드려도 저를 가만두는 이유를 제가 강하기 때문이라고 생각하는 얼간이였다. 루프스를 비롯한 다른 수인들이 이를 갈지언정 그를 내버려 두는 것은 간신히 내전을 끝내고 이룩한 평화가 깨지는 것을 원치 않기 때문이었다.

호전적이고 실력이 고만고만한 자들이 많은 소 일족이 지도자를 잃고 혼란에 빠지면 포트리스의 마레 위르들이 혼란스러운 미노르 호무스를 통해 세를 불릴 가능성이 있었다. 제가 강해서가 아니라 상황이 그래서 날뛰는 것을 내버려 두는 것임에도 헥터는 멍청해서 그것을 몰랐다.

그래도 옛날에는 최소한 군소 일족만 건드리면서 제 성욕을 채우던 것이 몇 년 전부터는 정말 미쳤는지 땅이 있는 수인들까지 건드리고 있었다. 성격 좋기로 유명한 올리에도 이제 못 참겠는지 계기 하나만 생기면 헥터 놈을 건드릴 생각을 하고 있었다.

"루프스님이 옆에 둔 꽃이 이 스티폴로르 제일이라는 말이 돌더라 이 말입니다."

유채는 옆으로 처진 소의 귀에 뿔을 가진 남자를 바라보았다. 듣기 지저분한 소리를 내뱉는 것에 인상을 찌푸리는데 옆에서 블루벨이 중얼거렸다.

"타우루스 헥터님이세요."

유채는 전에 루프스가 경고했던 그 수인임을 알아채고 그가 왜 그런 말을 했었는지 절실히 깨달았다.

루프스가 심기 불편한 얼굴을 하고서 물었다.

"그래서. 어쩌라는 건가?"

"연회 분위기도 좋은데, 그 얼굴 한번 보이는 것 어떻겠습니까? 지난번 생일 연회에 불참한 일족들의 수장도 있는데 말입니다. 듣자 하니 그쪽 방면으로 죽여준다는데 얼굴이라도 보고 싶군요."

유채는 저를 바라보는 헥터의 끈적한 눈빛에 소름이 돋았다. 루프스가 베일을 쓰라 한 것이 고마웠다.

평소 헥터를 싫어하는 바실리사가 잔뜩 인상을 찌푸린 채 입을 열었다.

"댁의 궁에 가면 미인이란 미인은 다 모여 있다는데, 그 미희들이나 볼 것이지 왜 여기까지 와서 찾습니까? 머릿속에 그것밖에 들지 않으셨습니까?"

"미안하네, 바실리사. 연회에 자네 같은 암컷들만 보니 눈이 피로해서 말이야."

"자네, 말이 심하군."

올리에가 이때다 싶어서 입을 열었다. 미노르 호무스에 용병으로 보낸 제 일족의 암컷이나 수컷이 이따금 죽어서 돌아오곤 했는데 그들에겐 겁간의 흔적이 남아 있었다. 여러 번 따져도 줄곧 모르쇠로 일관하던 헥터를 벼르고 있던 참이라 그의 어조가 매우 사나웠다.

"그대의 강함이 언제까지 갈 것 같나? 그리 오만방자한 행동은 이제 나이도 있으니 자제할 때가 되지 않았나?"

"노친네는 이제 수장의 자리에서 내려올 때가 되지 않았습니까? 오늘내일하시는 분이 그 자리에 있는 게 보기 좋지 않습니다. 흉합니다, 흉해."

"자네! 지금 어르신께 무슨 망발인가!"

뱀 수인 일족의 수장인 콜루베르(Coluber) 올리비에가 크게 외쳤다. 타우루스는 올리비에의 말을 무시하고 다시 루프스를 향해서 물었다.

"어디 한번, 그 암컷의 베일을 벗겨보심이 어떻습니까?"

"지금 내게 명을 내리는 건가? 언제부터 그대가 나에게 명을 내리게 됐는가?"

기회만 있고 상황만 좋았으면 진작 없애 버렸을 놈이었다. 같잖은 실력으로 스스로가 강한 줄 알고 날뛰는 미친놈은, 제가 눈감아주는 것을 저를 무서워한다고 알고 있었다. 똥이 무서워서 피하는 것이 아니라 더러워서 피하는 것이다.

루프스는 팔걸이를 움켜쥐었다. 당장에라도 저 목을 따고 싶었지만 애써 화를 억눌렀다. 괜한 분란은 귀찮은 일만 불러왔다.

"마레 위르가 꽃은 아니지 않나? 이지를 가진 마레 위르를 그리 취급해서야 되겠나. 지금 이 자리에 있는 것만으로도 부담스러울 텐데 말이야."

듣고만 있던 헤르티아의 눈썹이 올라갔다. 그가 정말 저 암컷을 아껴서 하는 말인가 싶었다. 양 수인의 일족의 수장인 발란테스 카르멘이 싸늘하게 웃으면서 입을 열었다.

"적인 마레 위르는 끔찍이 아끼시면서 수인들의 목숨은 벌레 목숨으로 보시나 봅니다. 제 아들은 기분이 나쁘다는 이유로 산 채로 생식기를 밟고 머리를 으깨서 죽여 버리지 않으셨습니까?"

카르멘은 한 번도 아들의 죽음을 잊은 적이 없었다. 가랑이 사이에서 피가 쏟아지고 형체도 알 수 없을 정도로 머리가 짓뭉개졌던 아들의 모습을 보자마자 그녀는 비명을 질렀었다. 제 아들이 뭘 잘못했냐고 물었더니 돌아오는 대답이란 게 제 기분을 언짢게 했다는 거였다. 카르멘은 어처구니가 없었다. 루프스는 위로의 의미로 엄청난 보상금을 주었지만 그게 그녀의 마음을 달래주지는 못했다. 제 아들은 파리 목숨보다도 하찮게 여겼으면서 마레 위르를 총애해? 카르멘은 이가 갈렸다.

"이러다가 그 징글징글한 마레 위르들이 루프스의 자비를 구걸하며 토스 호무스로 오겠습니다."

"발란테스 카르멘, 지나친 말은 그만하시지요. 그대 아들의 죽음에 대해서는 더 논하지 않기로 한 것을 잊지 마십시오. 이미 그대의 일족에게 보상이 충분히 가지 않았습니까?"

에쿠우스 단테가 끼어들었다. 카르멘이 단테를 노려보았다.

"거 에쿠우스는 그리도 이성적이어서 좋겠소? 그대도 동생을 내 아들과 비슷한 방식으로 잃은 것으로 아는데? 그깟 보상으로 마음이 풀어지더이까?"

단테는 뭐라 더 말을 하려다가 입술을 깨물었다. 제가 무덤까지 가지고 가기로 한 비밀을 여기에서 말할 수는 없었다.

루프스는 흥미로운 눈으로 그들을 내려다보다. 이런 연회가 있으면 일부러 약간의 분란을 일으켜 그들의 반응을 살피곤 했는데 오늘은 타우루스 헥터가 먼저 입을 놀려주어 그가 나서지 않아도 되었다. 하지만 그가 유채를 입에 담은 것은 용서할 생각이 없는 루프스는 그것을 마음에 담아두었다. 그리고 수장들 간 세력이 어떻게 형성되어 있는지를 유심히 살폈다.

단테는 힐끔 헤르티아를 바라보았다. 헤르티아를 위해서 이 정도 선에서 끝을 내어야 했다. 루프스가 가장 적대하는 것은 헤르티아였다. 헤르티아가 저를 치려고 하려는 것을 짐작하는 그는 항상 헤르티아에게 유리하다고 생각되어지면 언제나 다른 수인들을 움직여 판을 뒤집었다. 그나마 헤르티아에게 가담한 세력이 들통나지 않아 상황이 나빠지지는 않았다. 여기서 더 감정싸움이 나면 헤르티아의 세력이 드러날 위험이 있었다. 단테는 카르멘에게 고개를 숙였다.

"죄송합니다. 제가 천륜을 생각지 못했습니다."

"카르멘, 그만하게. 좋은 날에 너무 날이 서 있으면 주름에 안 좋아."

히르쿠스(Hircus: 염소 일족의 수장) 라피엘이 카르멘을 진정시켰다. 책을 좋아하고 지식을 쌓는 것을 좋아하는 일족이라 조용한 것을 좋아하는 그는 저 빌어먹을 헥터 놈 때문에 소란스러워진 것이 마음에 들지 않았다.

자존심이 상한 바실리사가 헥터와 설전을 벌였고 헥터를 따르는 군소 일족은 그의 행동을 두둔하고 루프스에게 잘 보이려는 일족들은 그들을 물어뜯었다. 개판이 따로 없었다. 히르쿠스 라피엘이 힐끔 루프스를 바라보았다. 그는 이 소란과는 관계없는 수인인 양 혼자서 태평했다.

"들어가라."

루프스가 유채에게 속삭였다.

"이 소란 통에요?"

"어차피 네가 내 총애를 받는다는 것은 이 소란의 원인이 된 베일을 계속 쓰고 있는 것만으로 증명됐거든. 그러니 들어가도 좋아."

유채는 잘됐다 싶어 얼른 자리에서 일어났다. 블루벨도 이 소란에 귀가 아픈지 귀를 붙잡아 소리를 막고 있었다. 블루벨은 얼른 유채의 시중을 들기 위해서 그녀의 옆에 붙었다.

"거기! 잠깐."

헥터가 급작스럽게 고개를 들고 삿대질을 했다. 모두의 시선이 유채를 향했다.

"이 소란의 주인공이 자리를 뜨면 쓰나. 이렇게 된 거 그 비싼 얼굴이나 보여주고 가지?"

유채는 본능적으로 저 남자에게 얼굴을 보여주면 안 된다는 생각이 들었다. 루프스도 이제 헥터를 더 이상 참아주기 힘들어 입을 열려 할 때 유채가 먼저 나섰다.

"죄송합니다만, 저는 루프스님의 명만을 따릅니다."

빌어먹을 사실이지만, 지금 이 상황을 모면하기 위해서는 스스로 그걸 인정하는 짓을 해야 했다. 유채는 제게 힘이 있다면 이런 말을 하게 만든 헥터란 자의 턱을 날려주고 싶었다.

"타우루스님은 루프스님이 아니시니, 전 그 명에 따를 필요가 없습니다."

유채의 대꾸에 가만히 있던 헤르티아가 박장대소를 했다.

"타우루스 헥터, 그대가 루프스인 줄 아는가? 소가 늑대인 줄 알다니 이거 정말 걸작이군."

"분란을 일으킨 점 사과드립니다. 이만 물러가겠습니다."

유채는 뒤도 안 돌아보고 연회장을 빠져나갔다. 비웃음거리가 된 헥터는 손에 쥐고 있던 술잔을 박살 냈다. 마레 위르 암컷 주제에 제게 저리 굴어? 그러나 한편으로 저런 유채의 모습이 헥터의 정복욕을 부추겼다. 헥터는 아랫배가 묵직해지는 것을 느끼며 혀로 입술을 쓸었다.

유채는 침대 기둥 옆에 기대어 앉았다. 연회장에 있었던 건 잠깐이었는데도 그새 진이 빠졌다. 마치 씨름 선수처럼 생긴 불쾌한 인상의 타우루스 헥터는 두 번 다시 만나고 싶지 않았다.

한참을 그러고 앉아 있는데 궁녀들이 루프스를 부축하고 나타났다. 헤나가 부르자 유채는 엉겁결에 일어나 루프스의 몸을 받았다. 술 냄새가 나고 흐느적거리는 몸짓이 술에 거하게 취한 모양이었다.

유채는 루프스가 쓰러지지 않게 받쳤다. 아무리 마른 편이라고는 하지만 키도 크고 온몸이 근육질이라 상당히 무거웠다. 유채는 헤나를 도와서 루프스를 침대에 눕혔다.

"술에 조금 취하셨습니다."

"이건 조금이 아닌데요?"

"……제가 다시 돌아오겠으니 그때까지만 잠시 루프스님을 부탁드립니다."

헤나는 그 말만 남기고 유채가 잡을 틈도 없이 바람같이 사라졌다. 함께 들어왔던 궁녀들은 어느새 사라진 지 오래였다. 말술인 아빠 덕에 유채는 술 취한 사람을 다루는 것에 능했으나, 루프스를 아빠를 대하던 것처럼 하고 싶지는 않았다. 유채는 루프스에게서 멀리 떨어져서 앉았다. 그는 답답한지 단추를 뜯어가면서 옷을 풀었다. 그의 탄탄한 가슴이 드러나자 유채는 고개를 돌렸다.

"으악!"

유채는 이상한 비명을 질렀다. 루프스가 유채의 허리를 감아서 끌어당긴 것이다. 눈을 감고 있지만 묘한 미소를 지은 루프스는 유채의 무릎을 베고 그녀의 배에 얼굴을 묻었다.

"아까 그 말은 참 듣기 좋더군."

술에 취한 것치고는 발음이 정확했다. 유채는 뭐라고 반박하려다가 술 취한 사람에게는 무슨 말을 해도 통하지 않는다는 진리를 깨닫고 입을 다물었다. 유채는 귀찮은 얼굴로 제 배에 얼굴을 묻은 루프스를 떼어내려고 하였다.

"어차피 그 상황을 모면하기 위해서 둘러댄 말이었을 거지만, 내가 상이나 줄까?"

루프스가 유채의 배에서 얼굴을 떼어내더니, 손끝으로 그녀의 턱선을 쓸었다.

"아무도 모르는 내 비밀을 말해주지. 더할 나위 없는 영광이 될 거야."

영광은 무슨 영광?

유채는 빨리 이 남자가 곯아떨어지기를 바랐다. 술주정뱅이는 잠들었을 때가 처리하기 제일 편했다.

"나는 말이야. 이 나는, 그러니까 나 라이칸은 거기 모인 모든 수장이 무서워."

유채는 의외의 말에 멈칫했다. 모두가 입을 모아서 최강이라 말하고, 항상 오만할 정도로 자신감에 차 있는 것처럼 보이는 사내의 입에서 나올 만한 말이 아니었다.

"내 목숨을 노리는 헤르티아도 무섭고, 그녀를 돕는 단테도 무섭고, 헥터도 무섭고."

"뭐가 무서워요? 당신이 최강 아닌가?"

유채가 빈정거렸다.

"난 내 아버지의 목이 떨어지는 것도 봤고 베니니타스 스승님의 목이 떨어지는 것도 봤어. 강함이라는 것이 얼마나 큰 허상인지 알아. 그래서 나는 내게 발톱을 세우려는 모든 것들이 무서워."

루프스는 유채의 볼을 쓸었다.

"그래서 나는 펠릭스 다우스를 들였어. 말 못 하는 약한 동물들은 밥 주는 자에게 복종하거든. 그놈들이 있으면 나는 두려움을 억누를 수 있어."

유채는 루프스의 가슴을 덮은 상처들을 보았다. 블루벨이 말하기를 그는 열셋에 양친을 모두 잃었다고 했다. 한국이었다면 고작 초등학교 6학년이었다. 부모의 보호 없이 이 험한 세상에서 어떻게 버렸을지 유채는 상상하는 것조차 힘들었다.

"그래서 좀 신기한 너를 들였을 때도 그걸 바랐어. 네가 내게 복종하길 바랐어. 검은 뱀이 항상 내 발목을 휘감고 있어. 내 두려움이 커지면 그 뱀 같은 것이 내 목을 움켜쥐려고 해."

깜깜한 무저갱에 갇혀 있는 기분이었다. 그게 무서워서 필사적으로 저에게 복종하는 자들만 보기를 원했다.

"내게 복종하지 않는 것들을 보면 난 다시 열셋의 그 얼간이가 된 것 같아. 난 그때로 돌아가고 싶은 마음이 없어. 동생을 버리고 도망이나 가는 얼간이가 되기 싫어."

한 번도 에리카의 마지막 얼굴을 잊은 적이 없었다.

"근데 너는 그때의 나보다 약한 주제에 바락바락 대들고, 영원히 꺾일 것 같지도 않아. 그 고고한 눈동자로 너보다 강한 자들로부터 모두를 지키려 들어. 그게 정말 거슬려. 난 하지 못했던 걸 하려는 네가 정말 거슬려."

유채를 볼 때마다 그때의 자신을 책망하는 것처럼 느껴졌다. 그럴 때마다 자괴감이 들었다. 그래서 더 보기 싫었다.

"그래서 죽여 버릴까 싶더라도 그건 또 싫단 말이야."

루프스의 목소리가 점차 잦아들었다.

"넌 정말 이상해."

생긴 것도, 말하는 것도, 사고하는 것도, 제게 이런 복잡한 생각을 하게 하는 것까지도. 겁도 없이 대드는 것이 눈에 거슬리는 것만큼 눈에 밟히기도 했다. 암컷이 우는 건 원래 별로 좋아하지 않지만 특히 레티티아가 우는 건 보고 싶지 않았다.

"그러니까 조금만 부드럽게 굴어 봐. 웃어도 보고."

그 말을 끝으로 루프스의 눈이 감겼다. 유채는 지난번에 헤르티아가 정원에서 제게 지껄였던 말을 생각해 내고 입을 열었다.

"난 당신이 끔찍하게 싫어."

상냥하게 굴라고? 당신은 그럼 그 헤르티아와 헥터에게 상냥하게 굴어? 당신이 무섭다고 말한 수인들에게? 유채는 남들이 편하게 지내니 그럼 된 거 아니냐고 말할 때마다 그 입을 쳐 버리고 싶었다. 편하다고? 한시도 편한 적 없었다. 저 종잡을 수 없는 남자가 언제 돌변해서 저를 다시 붉은 방에 집어넣을지, 늑대 밥으로 던져 줄 건지 몰라서 두려웠다.

고분고분하게 굴라고? 유채는 혹시라도 제가 스톡홀름 증후군이라도 걸려서 이곳에 안주할까 봐 두려웠다. 유채라는 이름도 잊어버리고 레티티아라는 이름으로 사는 것을 인정하게 될까 봐 두려웠다.

돌아가고 싶었다. 엄마, 아빠, 언니가 있는 집으로 돌아가고 싶었다. 그래서 더 대들었다. 나는 한유채임을 스스로에게 각인시키고 있었다. 불의의 사고로 이 세계에 떨어져 재수 없게 이 꼴이 되었지만, 자상한 아버지와 여린 어머니, 소중한 언니가 있는 한유채라는 것을 끊임없이 저 자신에게 되새기고 있었다.

"루프스 아래 있는 덕에 지금처럼 호화로운 생활을 할 수 있는 거면서 뭐가 잘났다고 네가 감히 날 비난하지?"

유채는 헤르티아가 했던 말을 떠올렸다.

길 잃은 사람을 발견하면 길을 찾는 것을 도와주는 것이 바른 것이다. 길을 잃었으니 주운 사람이 임자라고 하며 좋은 옷을 입혀주고 먹을 것을 준다고 갇혀서 애완동물 취급을 받는 상황에 처했는데 좋다고 할 사람은 그 누구도 없을 것이다. 유채는 두 손에 얼굴을 묻었다.

"집에 가고 싶어……."

⚜

루프스는 숙취로 더부룩한 속에 그리 좋지 않은 표정을 지었다. 베노르 콩레수스라는 행사를 위해서 여러 수인들이 바쁘게 움직였다. 루프스는 그 준비 과정을 지켜보았다. 유채는 어제 썼던 베일을 쓰고 프레드릭과 함께 눈에 띄지 않는 구석진 자리에 앉아 있었다. 어제 술에 거나하게 취해서 유채에게 뭐라 중얼거린 것 같은데, 도무지 기억이 나지 않았다. 어젯밤 기억하는 것은 헤나가 저를 깨웠을 때, 제가 유채의 무릎을 베고 자고 있었다는 것과 눈물 자국이 남은 얼굴로 침대 기둥에 기대어 자고 있는 유채였다.

뭐가 그리도 서러운 것인지 잘 대해줘도 울었다. 그 눈물 때문이었는지 루프스는 유채를 침대에 편하게 눕혀주었다.

"루프스님, 베노르 콩레수스에 참여하는 수인 명단입니다."

늑대 수인이 그에게 두루마리를 건넸다. 베노르 콩레수스는 수장들을 위한 대회이나, 빠른 진행과 효율성을 위해서 사냥감을 몰 수인들도 참여했다. 루프스도 케릭스를 포함해 다섯을 골라냈다.

"젤다? 난 이 암컷을 넣은 기억이 없는데? 아리아는 어디 가고 젤다의 이름이 여기에 있지?"

"아리아님이 몸이 좋지 않아 그다음으로 강한 암컷 수인인 젤다님이 대신하기로 하셨습니다."

"껄끄러운 것이 들어오네."

눈치는 있어 적당하게 들러붙는 암컷이었지만, 그렇다고 거슬리지 않는 건 아니었다. 그러나 아리아가 참여하지 못한다면 젤다를 제외하곤 대체할 마땅한 인물이 없었다. 루프스는 두루마리를 넘기고 블루벨과 프레드릭 사이에 앉아 정답게 이야기를 나누고 있는 유채에게 다가갔다.

유채는 발자국 소리를 듣자마자 입을 다물고 부자연스러운 몸짓으로 몸을 돌렸다. 루프스가 유채가 쓰고 있는 베일을 걷었다.

"내기 기억하지?"

"기억해요."

"내 펠릭스 다우스라면 내 승리를 응원해 주는 게 어때? 나도 이번에는 나름 최선을 다할 생각이라 지면 꽤나 망신이거든."

"내 소원을 위해서 중립을 지킬 생각이에요. 이 정도면 적당한 타협점 아닌가요?"

"뭐, 너그러이 인정해 주지."

루프스는 다시 꼼꼼히 베일을 씌워 얼굴이 드러나지 않도록 정리해 주었다.

"혹여 걱정할까 봐 말을 해주자면, 난 전에 걸었던 소원을 그대로 요구할 것이니 걱정 마라."

"알았어요."

유채는 건성으로 대답했다. 어차피 뭐라 한들 내기에 영향이 가는 건 아니었다. 유채는 루프스가 아무 말 없이 가만히 서 있자 그를 이상하게 바라보았다. 할 말이 있는 것 같은데, 말을 안 하는 것이 이상했다. 유채는 조금 퉁명스럽게 물었다.

"뭐, 더 할 말 있어요?"

"아니다."

루프스는 싱겁게 대답했다. 어제 무슨 일이 있었느냐고 묻고 싶었지만 차마 입이 떨어지지 않았다. 뭔가 중대한 실수를 한 기분이었다. 루프스는 찝찝한 기분을 뒤로하고 다른 수장들이 모여 있는 장소로 갔다.

베노르 콩레수스는 토스 호무스에 있는 레판테 숲에서 벌어졌다. 레판테 숲은 야생 짐승도 많고 커다란 마물도 많았기에 베노르 콩레수스에 적당한 곳이었다.

베노르 콩레수스의 룰은 간단했다. 주어진 세 시간 안에 사냥감을 생포해 오면 끝이다. 그중 가장 큰 사냥감을 잡아온 이가 승자가 된다.

유채는 멀리 서 있는 수인들을 보았다.

"수장들만 참여하는 줄 알았는데."

"아니요. 잡는 건 수장님들만 할 수 있고 나머지 분들은 몰이꾼이에요. 사냥감을 산 채로 잡아와야 하기 때문에 몰이꾼들이 필요하거든요."

블루벨이 케릭스가 주고 간 간식을 오물거리면서 대답했다. 유채는 블루벨이 귀여워 말캉한 볼을 쭉 늘였다. 블루벨은 눈을 찡긋거리면서도 그 손길을 거부하지는 않았다.

"늑대 수인들은 암컷들이 훨씬 빨라서 몰이꾼으로 암컷을 더 우대한대요. 뭐, 저희 토끼들은 수컷이나 암컷이나 비슷해서 인디키움에서 가장 민첩한 분이 나오셨다고 들었어요."

블루벨이 귀여운 건 프레드릭도 마찬가지인지 그가 머리를 쓰다듬었지만 블루벨은 그의 손은 귀찮아 했다. 블루벨은 프레드릭이 헤집어놓은 머리를 작은 손을 바쁘게 움직여서 다시 원래대로 돌려놓았다.

"요번에 케릭스님이랑 아리아님이랑 헤나님이랑 가신다고 하더라고요. 다른 두 분 이름은 저도 가물가물해서 모르겠어요. 아리아님은 워낙 유능한 분이시라 잘하실 거예요."

유채는 전에 바실리사에게서 아리아란 이름을 들은 적이 있었다. 루프스는 제도 귀찮아 하고 사냥에도 관심이 없어서 아리아라는 수인을 바실리사에게 빌려주어 그녀를 우승시키고 대회를 빨리 끝내려 한다는 것이었다.

빵!

"우왓!"

폭죽이 터짐과 동시에 블루벨은 비명을 지르며 얼른 귀를 잡았다. 수인들이 일제히 동물형으로 변해서 달려 나갔다.

"우앙. 이거 내가 제일 아끼는 건데."

블루벨이 울상을 지었다. 유채는 수인들이 달려가는 모습을 보다가 블루벨이 울먹이는 소리에 고개를 돌렸다. 폭죽 소리에 놀란 블루벨이 움찔하느라 간식을 떨어뜨려 옷이며 바닥이며 온통 엉망이었다. 낙심한 블루벨의 귀가 양옆으로 축 내려왔다.

"블루벨, 상자 안에 하나 더 들었을지도 모르잖아."

"아니에요. 상자에 이것밖에 없었어요, 유채님."

블루벨은 정말 속상한 것인지 귀를 끌어당겨서 눈을 가렸다. 프레드릭도 당황했는지 안절부절못하자 유채가 블루벨의 옆구리를 살짝 간지럼 태웠다. 블루벨이 흐갸걍 소리를 내면서 볼을 부풀렸다.

"유채님! 저 속상해요."

"알아."

유채가 말캉한 블루벨의 볼을 늘였다. 블루벨이 심통 난 얼굴을 하자 유채는 웃으면서 말했다.

"어쩔 수 없잖아. 나중에 케릭스에게 하나 더 사달라고 해. 이거 하나에 너무 우울해하지 말고. 정 그러면 내가 사줄까?"

"안 그래도 케릭스님께 만날 얻어먹기만 하는 것 같아서 손수건 드리려고 만드는 중인데…… 다시 사달라는 건 너무 염치없을 것 같아요."

"그래? 아무튼 얼른 가서 손 씻고 와. 손 더러워졌다."

블루벨은 자신의 옷과 손을 번갈아 바라보더니 고개를 끄덕이고 깡충깡충 뛰어갔다. 프레드릭이 유채에게 나지막하게 물었다.

"저 토끼 아가씨를 좋아하나 봅니다."

"예. 블루벨이 없었으면 전 진작 미쳐 버렸을지도 몰라요."

유채가 중얼거렸다. 프레드릭도 고개를 끄덕였다. 저 밝고 생동감 넘치는 소녀는 주위를 밝게 만드는 재주가 있었다. 블루벨은 프레드릭을 자신의 경쟁자로 여기는 것인지 약간 경계하는 눈초리를 종종 보내기도 했지만 본성은 순수한지라 먹을 것을 몇 번 쥐어주니 금세 호의적으로 바뀌었다. 블루벨은 프레드릭의 일을 도와 수인들의 고어를 해석하는 일을 해주기도 했다.

"일은 잘 돼가세요?"

"진척은 있습니다. 과거의 기록을 보니 마법적인 것에 영향을 받은 것이 분명하더군요. 원인에 대해서도 적혀 있기는 한데…… 이게 정확한 것이라고 볼 수가 없는지라 조금 더 조사를 하고 있습니다."

"뭔데요?"

"대륙에 구전되는 이야기가 하나 있습니다. 신의 선택을 받은 검은 머리의 소녀가 얼어붙은 세상에 나비를 불러온다는 내용인데, 그 이야기의 주인공이 바로 아르젠의 초대 여제인 은가연으로 추측됩니다."

유채는 처음 듣는 이야기에 제가 책에서 읽었나 싶어 기억을 되짚었다. 그러다 문득 프레드릭의 복장을 보고 마음을 바꾸었다. 이곳은 지구의 중세 초반기와 가까웠다. 지구에서 구전을 기록한 시기는 나름 그런 것에 대해 관심을 가진 근대나 되어서였다.

"그 이야기에서 하얀 신전에 대한 부분이 있는데, 그 하얀 신전에 신의 축복이자 저주라고 표현되는, 소망의 구라 불리는 리와인더라는 것이 있다고 합니다."

"리와인더요?"

"라테스페리온, 페르타, 아페텐티아 등의 이름으로 불린다고도 하지요. 소망을 들어주는 구슬인데, 그 구슬이 순수하지 못한 소원과 만나게 되어서 세상이 얼어붙게 되었고 검은 머리의 여인이 더러워진 붉은 구슬을 파괴하였다고 했습니다. 그리고 그 조각난 힘의 조각들을 봉인했다고 합니다."

"잠시만요, 그거 이니투스의 루비 조각 이야기……."

"예, 맞습니다. 이니투스가 에클레시아에 두었다고 전해지는, 은가연에게 선물받아 가지고 왔다는 붉은 루비 조각과 연관성이 보입니다. 그들이 주고받은 편지에도 그런 이야기가 오갔고요."

유채는 초조하게 손톱을 깨물었다. 만약 그 파편에 신의 힘이 깃들어 있고 구전처럼 소원을 들어주는 기능이 정말로 있다면, 그 파편을 이용하면 돌아갈 수 있지 않을까? 은가연이 차원에 간섭하는 것은 신의 권한이라고 하였다. 결국 신의 힘을 이용해야만 제가 돌아갈 수 있다는 말이었다.

"그 파편에 남아 있는 악기(惡器)가 수인의 동물화에 영향을 미쳤고 그것을 해결했다고 하는데, 문제는 지금 그 조각이 남아 있지 않다는 것입니다."

"예?"

유채가 의아한 표정으로 프레드릭을 돌아보았다.

"유채 양은 하나에 집착해서 다른 걸 놓치는 것 같습니다. 고서 말고 역사서를 읽어보았으면 알겠지만, 이니투스 사후 약 이백 년에서 삼백 년 사이에 수인들은 각각의 일족으로 분열했습니다. 그때, 붉은 루비 조각이 사라지면서 에클레시아가 무너졌죠. 그 뒤로 그 조각은 나타난 적이 없다고 합니다."

"아, 그렇군요."

유채는 우울하게 대답했다. 겨우 희망이 생겼다 싶었는데 그것이 사라진 것 같았다.

"개인적인 생각이지만, 악기(惡器) 때문에 수인들의 동물화가 이루어지고 있다면 어쩌면 전설 속의 붉은 루비 조각이 어딘가에 있는 거라 추정하고 있습니다. 저도 확실해지면 루프스에게 알릴 생각이었습니다."

"그래요?"

"어쩌면 유채 양에게도 도움이 될 것 같습니다. 정말로 신의 힘이 있다면 유채 양도 집으로 돌아갈 수 있지 않을까요?"

프레드릭은 베일 너머로 언뜻언뜻 보이는 유채의 음울한 얼굴을 보았다. 열아홉이라고 했다. 이제 해가 바뀌었으니 스물일 것이다. 아직 어리다고 말해도 되는 나이였다.

"돌아가고 싶습니까?"

"있잖아요, 프레드릭 씨. 전 매일 아침마다 이런 생각을 해요."

유채는 나지막하게 읊조렸다.

"눈을 뜨면 내 방의 밋밋한 파스텔 톤 분홍색 벽지가 보이고, 방문을 열면 약국에 나갈 준비를 하고 있는 아빠가 아침을 만드는 모습이 있기를 항상 바라요."

어머니는 유하의 간병으로 병원에 있었기에, 유채의 아침을 챙겨주는 것은 아버지였다.

"그럼 아빠의 허리를 껴안고 펑펑 울면서 악몽을 꿨다고 말하고 아빠의 맛없는 된장국을 먹으면서 약국 알바비 가지고 실랑이 할 수 있기를 바라요."

수능이 끝나면 아빠의 약국에서 일을 할 테니 용돈을 달라고 졸랐던 유채였다. 유채는 그런 평범한 일상을 보냈었다. 지루하던 그 일상이 이만큼 그리워질지 몰랐다.

"그런데 눈을 뜨면 나는 여전히 이곳에 있다는 걸 깨닫고 내가 열 수 없는 묵직한 걸쇠가 걸린 방문이 보여요. 그리고 내 목에는 내가 저 끔찍한 인간의 소유물이란 증거인 파렌티아가 걸려 있죠."

"……"

"돌아가고 싶어요. 내 영혼을 악마에게 주어도 좋으니까, 집에 돌아가고 싶어요."

바스락.

유채와 프레드릭이 동시에 뒤를 돌아보았다. 블루벨이 눈물이 그렁그렁한 눈을 하고 서 있었다. 유채는 블루벨이 자신의 말에 속이 상했을까 걱정이 되어서 자리에서 일어났다.

"블루벨, 그러니까."

"전요, 유채님."

축 처진 귀를 한 블루벨이 입을 열었다.

"유채님이 너무 좋아요. 착하시고 재미있고, 그래서 전 유채님이 펠릭스 다우스에서 벗어나면 스티폴로르의 예쁜 곳을 보여 드리고 싶었어요."

블루벨이 마실 거리를 담은 쟁반을 옆에 내려놓았다. 블루벨의 작은 손이 유채의 베일 아래로 들어와서 볼을 쓸었다. 어린아이의 부드러운 손이 유채의 볼에 닿았다.

"근데, 전 유채님이 행복하기를 더 바라요. 유채님이 편하게 웃으시고 주무셨으면 좋겠어요."

블루벨의 순수한 진심이었다. 유채가 제가 만날 수 없는 곳으로 사라진다면 섭섭할 테지만 유채도 저처럼 가족이 있었고 그 가족과 행복할 수 있는 권리가 있었다. 블루벨은 유채가 좋은 마레 위르이기 때문에 그녀가 행복하기를 진심으로 바랐다. 유채는 블루벨에게 처음으로 생긴 마레 위르 친구였다.

"그러니까 미안해하지 않으셔도 돼요. 그저 떠나실 때, 인사만 해주세요. 그리고 그곳에서 저를 가끔씩 생각해 주시면 돼요. 전 그거면 돼요."

유채의 눈에서 눈물이 떨어졌다. 유채는 이 세상에서 자기를 저렇게 생각해 주는 이가 있다는 것이 너무 고마웠고 미안했다. 블루벨의 작은 손이 유채의 눈물을 닦아주었다. 블루벨의 처진 귀가 다시 쫑긋 올라갔다.

"유채님은 정말 은근 눈물이 많으세요. 히힛. 저보다도 더 울보이신 것 같아요."

블루벨은 유채와 프레드릭에게 색이 고운 음료를 건네었다. 유채의 것에서는 체리 향이 났다.

"전 단것 먹으면 기분이 좋아져요. 그러니까 유채님도 단것 드시고 기분이 좋아지셨으면 좋겠어요. 저기에 단 과자랑 사탕이 많거든요. 제가 가져올게요. 그동안 그거 드시면서 우울한 것 풀어내세요."

블루벨은 다시 깡충깡충 뛰어갔다. 유채는 블루벨이 준 음료를 홀짝였다. 혀끝에 체리의 단맛이 났다.

"마냥 어리게만 봤는데 의외로 꽤나 어른스럽네요."

"그러게요. 저보다 더 어른스러운 것 같아요. 동생들이 많아서 그런가?"

유채는 블루벨의 가슴 따뜻한 위로에 슬프면서 기뻤다.

"혹시 기억을 읽는 마법도 있나요?"

"정신계 마법은 후유증이 상당합니다. 특히 기억을 읽는 종류의 마법은 피시전자의 정신이 망가질 수도 있습니다."

마법사들마다 자신 없는 마법의 분야가 있었는데, 프레드릭의 경우는 정신계 마법이었다. 열 번을 하면 한 번을 성공할 정도로 재주가 없었다.

"그래요? 그럼 안 되겠네요."

"기억을 읽고 싶은 사람이 있습니까?"

"제 기억이요. 계속 되짚어보는데, 기억이 너무 많이 비어 있어요. 이곳에 오기 전의 기억은 둘째 치고 제일 친했던 친구, 좋아했던 학교 선생님, 첫사랑 이런 것들은 전혀 기억나지 않아요. 검은 구멍이 뚫린 것처럼 까맣기만 해요. 그래서 혹시 이 기억들이 제가 여기 온 계기와 관련 있을까 싶어서요."

"기억을 읽는 것 힘들지만, 비슷한 것은 할 수 있습니다."

프레드릭이 머뭇거리면서 입을 열었다. 스승님이 어지간해서는 밝히지 말라고 신신당부했던 것이었다.

"에어리얼을 두 개 이상 가지고 태어나는 사람이 있다고 한 것 기억하시죠? 제가 그런 사람입니다."

"예? 그걸 왜 말 안 했어요?"

"알려봤자 좋은 건 아닙니다. 혹시 그곳에서 입던 옷이나 물건이 있습니까? 제가 그것들의 시간을 읽을 수 있으면 혹시 유채양이 잃어버린……."

으르릉. 짐승의 소리에 프레드릭과 유채가 고개를 돌렸다. 갈색의 늑대가 유채와 프레드릭의 앞으로 걸어왔다. 당연하게 프레드릭은 유채를 보호하기 위해서 그녀를 자신의 뒤로 감추었다.

[레티티아님.]

유채의 머릿속에 목소리가 울렸다. 동물형으로 변한 수인이었다. 수인들이 동물형으로 변한 뒤에는 이런 식으로 의사소통을 하는데 유채가 느끼기에는 마치 텔레파시와 같았다. 귀로 들리는 것이 아니라 머릿속에 울리는 것이기 때문이었다. 하지만 멀리 떨어져 있으면 소용없었고 귓속말을 하듯이 특정인에게만 자신의 말이 들리게도 할 수도 있다고 했다.

"프레드릭 씨, 수인이에요."

"예?"

프레드릭은 늑대를 자세히 보았다. 수인과 동물은 털의 형태가 약간 달랐다. 앞에 있는 늑대는 동물 늑대와 털의 형태가 분명하게 달랐다. 수인이 맞았다. 그는 긴장을 풀었다. 갈색 늑대는 유채에게만 말을 전해야 하는 것인지 그녀에게만 말을 걸었다.

[루프스님이 레티티아님을 부르십니다.]

"나를 왜?"

[저도 모셔 오라는 명만 받았습니다.]

유채는 머릿속에 들리는 목소리가 묘하게 익숙한 것 같아 고개를 갸웃했다. 그러나 누군지 알 수 없었다. 아마 아리아란 여자인 듯싶었다.

"사냥하느라 바쁘지 않나?"

[사냥은 끝내셨습니다. 그러니 저를 이곳에 보내셨겠지요.]

유채는 또 루프스가 제 앞에서 거만을 떨 작정으로 자신을 부르려는 거라고 생각했다. 하긴 그 인간은 언제나 제 승리를 당당하게 자랑하고 싶어서 안달 나 있는 인간이었다. 유채는 어차피 져 버린 내기니 그 남자의 거만을 들어줄 생각이 없었다. 거절하려고 입을 달싹이는데 늑대는 유채가 가지 않겠다고 말할 것을 예상한 것인지 애원하는 투로 말했다.

[가지 않으시면 제가 루프스님께 어떤 꼴을 당할지 모릅니다. 제발 같이 가주시면 안 될까요?]

눈을 아래로 내리깐 늑대의 표정이 애처로워 보였다. 루프스는 아랫사람을 내키는 대로 갈구는 타입이었다. 제가 가지 않으면 저 늑대가 어떤 대우를 받게 될지 뻔했다. 결국 유채는 자리에서 일어섰다. 프레드릭이 유채의 손목을 잡았다.

"어디 갑니까, 유채 양?"

"루프스가 절 부른대요. 안 가면 안 될 것 같아요."

"저 숲은 꽤 위험합니다. 안 가면 안 됩니까?"

[걱정 마십시오. 안전한 길로만 갈 것입니다.]

프레드릭은 머릿속에 갑자기 소리가 울리자 깜짝 놀랐다.

"잠깐만 다녀올게요. 블루벨에게 말을 전해줘요."

유채는 갈색 늑대의 위에 올라타며 프레드릭에게 말했다.

갈색 늑대는 유채를 한적한 숲 속의 빈 공간에 데려다 놓았다.

생각보다 깊숙이 들어왔다.

[여기서 잠시만 기다리세요. 금방 모시고 오겠습니다.]

유채는 멀어지는 늑대를 바라보면서 주위를 돌아보았다. 아름다운 숲이지만 마물과 무서운 동물들이 많아서 위험한 곳이라고 했다.

'도망칠까?'

감시하는 수인도 없고, 루프스도 근처에 없다. 충분히 가능할 것 같았다. 먹을 것도, 지도도 없었지만, 이때가 아니면 또 언제 기회가 생길지 몰랐다. 하지만 지금 도망쳐 봤자 다시 루프스에게 걸릴 것이고 그러면 지금처럼 잠깐씩 밖으로 나오는 것도 하지 못한 채 꼼짝없이 갇히게 될 터였다. 지금은 좋은 때가 아니다.

바스락. 마른 낙엽이 밟히는 소리가 났다. 유채가 고개를 돌리는 것과 동시에 머리에 쓰고 있던 베일이 뜯겨나갔다. 그리고 두툼한 손이 유채의 턱을 잡아챘다.

"예전에 봤을 때보다 더 예뻐졌는데."

타우루스 헥터였다.

헥터가 유채의 허리를 쓸어내렸다. 유채는 그 손에 소름이 돋았다. 그의 손을 떼어내려고 했으나 헥터가 유채의 팔을 움켜잡았다.

"아악!"

유채는 팔목이 부러질 것 같은 통증에 소리를 질렀다. 소 수인은 모든 수인을 통틀어 힘이 가장 강했다.

"암컷은 수컷의 길들임을 받으면 예뻐지지. 루프스가 밤마다 잘해줬나 봐? 아니, 네가 잘해줬나? 허리 놀림이 예술이라던데. 온 스티폴로르에 소문이 다 퍼졌어. 루프스가 밤 기술 좋은 요물을 하나 침실에 들였다고."

헥터가 낄낄거렸다.

"당신 뭐야? 당신······."

"루프스가 올 걸 걱정하는 거라면 그런 걱정은 필요 없을 거야. 매번 농땡이나 부리던 놈이 간만에 열을 내면서 사냥에 열중하고 있거든. 그리고 놈이 있는 곳은 이곳에서 아주 멀리 떨어져 있지."

유채는 머리털이 쭈뼛 서는 느낌이었다.

"순진하긴. 누굴 믿고 여기까지 왔을까? 얼굴에는 이렇게 색기가 줄줄 흐르는데."

헥터의 두툼한 혀가 유채의 얼굴을 핥았다. 머리에 열이 오른 헥터는 정신을 차리지 못했다. 가까이에서 보니 향긋한 냄새에, 얄실한 몸맵시까지 정말 환상적이었다. 사내를 잡아먹으려고 태어난 게 틀림없었다.

당황해서 몸이 굳어 있던 유채가 정신을 차리고 그에게서 벗어나기 위해 몸부림을 쳤다.

"이거 놔요! 아악!"

유채가 버둥거리면서 반항하자 헥터가 유채의 팔을 잡아당겼다. 뚝 하는 소리와 함께 왼쪽 어깨가 탈골되었다. 유채는 상상도 못 해본 고통에 비명을 질렀다. 헥터는 숨을 헐떡이는 유채의 턱을 우악스럽게 잡아 올렸다.

"난 병신은 안기 싫거든? 그러니 고분고분하게 굴어? 응? 내가 곧 천상을 경험하게 해줄게. 그 계집애같이 생긴 놈이 너를 얼마나 만족시켰겠어? 응?"

"놔! 놓으라고! 이 개자식아······ 읍!"

유채가 멀쩡한 팔로 밀어내려고 하는데도 헥터는 두툼한 입술로 유채의 입술을 덮쳤다. 두꺼운 혀가 유채의 입안을 헤집었다.

헥터가 유채의 허리를 안아 제 몸과 딱 붙였다. 유채의 허리와 그의 하복부가 닿았다. 유채는 제 허리에 닿은 단단한 것이 무엇인지 분명하게 인지했다. 유채의 눈에서 불길이 일었다. 여기서 못 벗어나면 정말로 큰일이 벌어질 터였다.

"아악!"

헥터가 비명을 지르며 유채에게서 떨어져 제 입을 움켜잡았다. 유채는 비릿한 피를 뱉었다. 헥터의 혀를 깨문 것이다. 헥터가 고통스러워하는 사이에 유채는 얼른 도망치려고 하였다. 근처에 다른 수인들이 있을지도 모른다. 헥터와 사이가 좋지 않은 수인이라면 도움을 청할 수 있을지도 몰랐다.

하지만 유채는 얼마 가지 못해 다시 붙잡혀 뺨을 맞고 그대로 뒤로 밀려났다. 나무에 등을 부딪치고 쓰러진 유채는 신음 소리를 냈다. 전에 케릭스에게 맞았던 것보다 훨씬 더 아팠다. 볼은 불이 난 것처럼 뜨겁고, 머리가 어지럽고 등이 욱신거렸다. 귀도 윙윙 울리는 것이 고막을 다친 것 같았다.

헥터가 씩씩거리면서 유채의 멱살을 잡아 올렸다.

"루프스에게 몸이나 파는 계집이 뭘 그리 가려?"

유채는 간신히 정신줄을 붙잡았다. 등이 욱신거리고 팔 한쪽이 빠졌어도 다리는 멀쩡했다. 유채는 잘 들리지도 않는 말은 무시하고 다리로 남자의 급소를 걷어찼다. 역시 제아무리 수인이라도 급소는 급소인지 헥터는 제 낭심을 움켜쥐었다. 덕분에 바닥에 내동댕이쳐진 유채는 아픔을 느낄 새도 없이 멀쩡한 오른쪽 팔로 몸을 일으키고 빠르게 달렸다.

"꺄악!"

우악스런 손이 유채의 머리채를 잡고 질질 끌었다. 유채는 끌려

가지 않으려 발버둥 쳤지만 남자의 힘을 이길 수 없었다. 헥터는 유채의 머리채를 잡고 질질 끌다가 그녀를 집어 던졌다. 유채는 끈이 떨어진 인형처럼 바닥을 뒹굴었다. 하필이면 다친 어깨 쪽으로 떨어져서 그 고통에 움직일 수도 없을 정도였다.

유채가 아찔한 고통에 신음하고 있을 때, 헥터가 유채의 목을 한 손으로 움켜쥐고 그대로 들어 올렸다.

"동물도 패야 말을 잘 듣지. 루프스도 네년의 허리 봉사를 받기 위해서 그 난리를 피웠는데, 내가 그걸 깜빡했네."

숨이 막혀 캑캑거리는 유채의 얼굴에 다시 헥터의 두툼한 손이 날아들었다. 유채는 또다시 얻어맞고 뒤로 날아갔다. 유채가 정신을 차리기도 전에 헥터가 멱살을 잡고 이번엔 반대쪽 뺨을 내려쳤다. 입안은 이미 터져서 피로 가득했다. 헥터의 손찌검이 반복될수록 유채의 몸은 바람에 흩날리는 종이처럼 내동댕이쳐졌다.

유채의 얼굴은 이제 너무 많이 맞아서 알아보기가 힘들 정도로 부풀어 올랐다. 헥터는 그제야 분이 풀렸는지 흙투성이에 엉망이 된 꼴로 거친 숨만 겨우 몰아쉬고 있는 유채의 멱살을 잡고 일으켰다. 예쁜 얼굴이 엉망이 된 건 안타까웠지만 본인이 자초한 것이었다. 헥터는 유채의 가슴을 움켜쥐었다. 손안에 들어오는 적당한 크기였다.

"뭐야? 루프스랑 침대에서 뒹군 적이 없나? 설마 처녀냐?"

그가 잠자리를 가진 암컷의 수만 해도 엄청 났다. 헥터는 암컷의 몸을 만지는 것만으로도 처녀인지 아닌지를 감별해 낼 수 있었다. 지금 제가 안으려는 이 암컷은 한 번도 사내와 몸을 섞은 적이 없는 숫처녀였다.

"이거 걸작이군. 루프스는 고자인가? 침실에 이런 미색의 암컷을 들여놓고 한 번도 안은 적이 없어?"

헥터는 루프스를 비웃었다. 유채는 너무 맞아서 정신이 혼미한 와중에도 헥터에게서 벗어나기 위해서 최선을 다해서 몸부림을 쳤다. 헥터는 유채의 저항을 비웃으며 그녀의 뺨을 툭툭 쳤다. 유채는 제정신이 아닌 상태에서도 눈을 번뜩이면서 헥터를 노려봤다. 헥터는 유채의 형형한 눈빛에 그녀의 턱을 움켜쥐었다.

"현명하게 행동해. 죽고 싶어?"

유채는 헥터의 손이 제게서 떨어지는 틈을 놓치지 않았다. 유채는 이로 헥터의 손가락을 물었다.

"악!"

유채는 마치 도사견처럼 헥터의 손가락을 물고 놓지 않았다. 제가 여기서 좋지 않은 일을 당하더라도 이 인간의 손가락은 끊어놓아야지 직성이 풀릴 것 같았다. 헥터가 유채를 떼어내기 위해서 그녀의 머리카락을 잡아당겼다. 유채는 머리카락이 뜯기는 아픔을 견디며 그럴수록 젖 먹던 힘까지 짜내어 헥터의 손가락을 물었다. 유채의 노력이 빛을 발한 것인지 드디어 헥터의 손가락에서 피가 흘러나왔다.

"아악!"

유채는 비명을 질렀다. 헥터가 발로 유채의 발목을 으스러뜨린 것이다. 유채가 그대로 쓰러졌는데도 헥터는 분이 풀리지 않아 유채의 오른쪽 손목까지 발로 밟았다. 손목뼈가 으득 소리를 내면서 부러졌다. 헥터는 유채의 부러진 손목 위에서 발을 비틀었다. 유채는 이제는 비명도 지르지 못했다.

헥터는 그래도 분이 안 풀린 것인지 유채의 배를 세게 걷어찼다. 유채는 피가 섞인 붉은 침을 바닥에 줄줄 흘렸다. 헥터는 피가 묻은 신발을 유채의 옷자락에 대강 닦았다.

"예쁜 얼굴이 가는 것을 보고 싶었는데 이렇게 돼서 어쩌나."

헥터가 짐짓 아쉬운 듯이 말했다.

"그 예쁜 얼굴이 가는 건 나중에 보고 오늘은 네년의 몸을 열어볼까?"

헥터는 유채의 다리를 잡고 질질 끌었다. 그리고 유채의 몸을 뒤집었다. 망가진 암컷의 얼굴을 보고 싶지 않으면 뒤에서 안으면 그만이었다. 헥터가 뒤에서 껴안은 채로 유채의 허리를 들어 올렸다. 한손으로 옷을 찢자 하얀 등이 드러났다. 헥터의 두툼한 입술이 날갯죽지에 닿았다. 헥터의 손이 유채의 몸 이곳저곳을 매만졌다.

유채는 무거운 체중으로 저를 덮친 헥터를 떨쳐 내고 싶었지만, 몸이 성한 데가 없었다. 사지는 다리 하나를 제외하고 움직일 수가 없었다. 유채는 눈물만 흘렸다.

도대체 내가 뭘 잘못했다고! 내가 뭘 잘못했는데!

유채는 세상이 원망스러웠다. 도대체 제가 무슨 잘못을 저질렀다고 이런 꼴까지 당해야 하는 것일까? 혹여 전생에 나라라도 팔아먹었나 싶었다. 진짜 전생의 잘못 때문이라면, 기억하지도 못하는 전생의 일로 이런 꼴을 당해야 하는 것이 억울했다. 유채는 알고 있는 모든 신에게 빌었다.

제발. 제발. 살려주세요. 한 번만 살려주세요. 잘못했어요. 다 제 잘못이에요.

헥터의 손에 치마까지 찢겨져 나갔다. 유채는 비참함에 눈을 감았다. 유채는 이제 자포자기했다. 헥터의 손이 속옷에 걸렸을 때였다.

[유채님!]

'블, 루벨······?'

블루벨의 목소리였다. 블루벨의 목소리가 머릿속에 울리자마자 유채를 내리누르던 힘이 사라졌다.

쾅!

굉음과 함께 나무가 밑동을 드러내면서 쓰러졌다. 토끼의 모습에서 다시 위르형으로 돌아온 블루벨이 얼른 유채에게 달려갔다. 블루벨은 처참한 유채의 모습을 보자마자 눈물을 터뜨렸다. 늘어진 왼쪽 팔, 기괴하게 뒤틀린 오른쪽 손목과 왼쪽 발목, 원래의 생김새를 알아보기 힘들 정도로 부풀고 터진 얼굴. 블루벨은 망가진 구체관절인형 같은 유채의 꼴에 눈물을 흘렸다. 블루벨은 유채의 상체를 되도록 아프지 않게 부축해서 일으켜 세웠다.

"죄송해요. 제가 그때 자리를 뜨면 안 됐는데······."

"루프스, 이 개자식아!"

블루벨의 울먹거리는 말은 헥터의 분노에 찬 외침에 묻혔다. 헥터는 나무에 부딪쳐 깨진 머리에서 흘러내리는 피를 손으로 거칠게 닦았다. 유채의 가물가물한 시야로 전에 본 적 있는 은빛이 들어왔다.

[내가 경고했던 것으로 아는데?]

으르렁거리는 낮은 목소리가 머릿속으로 들려왔다.

[내 것을 건드리는 놈은 가만두지 않는다고.]

유채의 앞에 거대한 은빛 털을 가진 늑대가 서 있었다.

블루벨은 축 늘어진 유채를 보듬어 안았다. 눈앞에는 살벌한 기세의 루프스와 타우루스 헥터가 있었다. 유채는 가쁜 숨을 몰아쉬면서 신음 소리를 냈다. 고통을 견디는 것만으로도 힘든데 루프스와 헥터의 살기까지 느껴져 몸을 잘게 떨었다.

블루벨은 유채가 떨지 않도록 그 몸을 소중하게 보듬어 안으면서 제 어리석음을 탓했다. 그때, 먹을 것을 가지러 떠나는 것이 아니었다.

⚜

"어, 프레드릭님. 유채님 어디 가셨어요?"

유채가 좋아하는 초콜릿으로 만든 간식을 한아름 들고 온 블루벨이 자리에 없는 유채에 대해 물었다. 불안한 기색을 숨기지 못하던 프레드릭이 얼른 대답했다.

"갈색 늑대가 루프스가 부른다고 데려갔습니다."

"루프스님이요? 네? 잠깐만요! 갈색 늑대요?"

블루벨이 눈을 동그랗게 뜨고 되물었다. 프레드릭이 고개를 끄덕였다.

"여자 늑대 수인이었는데 무슨 문제라도 있나요, 블루벨 양?"

"저, 루프스님은 개인적인 명은 헤나님을 통해서 내려요. 그런데 갈색 늑대라고요?"

"헤나? 그 하얀 머리의 중년의 여자를 말하는 겁니까?"

수인들의 머리색은 동물형의 털색과 같았다. 블루벨은 흰 머리카락이라 하얀 토끼이고, 회색 머리카락을 가진 케릭스는 회색 늑대이다. 루프스가 은발에 은빛 늑대인 것처럼. 즉, 헤나가 루프스의 심부름을 온 것이라면 당연히 하얀 늑대여야 했다.

"맞아요. 헤나님은 하얀 늑대세요."

"루프스가 다른 늑대에게 시킨 것일지도 모르지 않습니까? 그,

아리아라고 했던가요."

"아리아님은 회색 늑대세요. 갈색이 아니라고요!"

프레드릭은 그제야 덜컥 놀랐다. 그럼 아까 전의 갈색 늑대는 뭐란 말인가? 어쩐지 기분이 이상하더라니 그녀를 더 말리지 못한 자신을 자책했다. 아니면 동행하겠다고 했어야 했다. 프레드릭은 머리카락을 쥐어뜯고 블루벨은 발을 동동 굴렀다.

"혹시 어디 잘못되신 건 아니겠죠? 마레 위르에게 앙심을 품은 늑대가 보복하려고 유채님을 데려간 걸까요. 아니면 발란테스 카르멘님이 연회 때 일로……."

블루벨은 발을 동동 구르면서 베노르 콩레수스가 시작된 곳을 돌아보았다. 사냥이 끝날 때까지 이제 한 시간도 채 남지 않았기에 벌써부터 도착해 있는 수장들이 보였다. 레푸스 트레모르, 에쿠우스 단테, 발란테스 카르멘, 히르쿠스 라피엘, 포르쿠스(Porcus: 돼지 일족의 수장) 발렌틴, 콜루베르 올리비에를 비롯해 몇몇의 군소 일족의 수인들이 보였다.

"루프스님, 카니스님, 타우루스님, 울페스님이 아직 도착하지 않으셨어요."

"남아 있는 늑대들은 수는 이전하고 같아 보입니까?"

프레드릭은 다급하게 물었다. 블루벨이 열심히 수를 세어보았다. 하지만 너무 수가 많아서 정확히 파악하는 것은 무리였다.

"비슷한 것 같아요. 어떡하죠?"

"블루벨 양, 나는 수인이 아니라 수인들의 상황을 몰라요. 혹시 지금 저 숲에 남아 있는 일족 중에 유채 양에게 위험한 일족이 있다면 어느 쪽일 것 같습니까?"

"울페스님이랑, 타우루스님이요. 근데 두 분 다 강하기로는 손에 꼽히시는 분들이라……. 어떡하죠?"

"다른 늑대에게 도움을 청해보는 건 어떨까요?"

"안 될 거예요. 전 늑대들이 얕보는 토끼 일족이라 늑대들 누구도 저를 도와주지 않을 거예요. 그리고 저는 지난번 일로 미운털이 박혀서 더더욱 그럴 거고요. 타 일족 수장님들도 선뜻 나서주실 분이 없으실 텐데."

프레드릭은 냉정하게 제 실력을 가늠해 보았다. 에어리얼 화염은 공격에 꽤나 유용한 편이었으나, 프레드릭은 방어 마법 쪽에 재능이 있어서 그쪽으로 능력을 길렀다. 인간에게 악감정을 품은 늑대 수인 일부가 벌인 일이라면 방어 마법으로도 유채를 구할 수 있을 테지만 이 일의 배후에 타우루스 헥터나 울페스 헤르티아가 있다면 절대 불가능한 일이었다. 도망갈 시간을 벌 수나 있을까 의문이었다.

"프레드릭님, 제가 가서 루프스님이나, 바실리사님을 찾아볼게요. 그분들이어야 유채님을 도와주실 수 있어요."

"하지만 저 숲에 혼자 들어가는 건 위험합니다. 블루벨 양, 차라리 내가……."

"프레드릭님은 유채님이 계실 만한 곳을 찾아주세요. 제가 루프스님하고 바실리사님을 찾아볼게요. 전 토끼 일족이고 인디키움의 체력 시험도 합격했어요. 저는 빠르기만 하고 약하니까, 얼른 달려서 그분들을 데려올게요. 그동안 프레드릭님이 유채님을 찾아주세요. 그리고 찾으시면 아주 잠시만 보호해 주세요. 제가 얼른 두 분 중 한 분이라도 모시고 올게요."

"블루벨 양, 그럼 블루벨 양이 위험해요. 블루벨 양은 두 분을 찾기 위해서 숲을 헤집어야 할 것이고 그러면 마물들이 공격할 위험도 높아지고, 혹여 그 갈색 늑대 수인이 블루벨 양을 노리면 어떡합니까?"

"이게 최선이에요, 프레드릭님. 저는 괜찮아요."

프레드릭이 말리는데도 블루벨은 작은 토끼로 변했다. 혹여 이곳에 숨어서 상황을 지켜보고 있을지도 모르는 자들의 시선을 피하기 위한 선택이었다. 블루벨이 프레드릭의 어깨로 뛰어올라서 그의 목덜미의 냄새를 맡았다.

[냄새 알았어요. 이 냄새로 찾아갈 테니까, 어서 유채님을 찾으러 가주세요. 저도 빨리 움직여서 루프스님이나 바실리사님을 찾을게요.]

블루벨은 얼른 숲으로 뛰어 들어갔다. 인디키움의 체력 시험에 합격했다는 말처럼 정말 빠른 속도였다. 프레드릭은 이를 악물었다. 고심 끝에 악수를 둔다고 하였다. 블루벨의 말처럼 지금은 이 방법밖에 없었다. 프레드릭과 알렉스는 수인이 아니냐는 소리를 들을 정도로 육체적 능력이 좋았다. 일단 몸을 움직이는 것이 우선이었다. 프레드릭은 유채가 사라진 방향으로 뛰었다.

⚜

[젤다, 어디 갔다 온 거야!]

하얀 털의 헤나가 신경질적으로 외쳤다. 갈색 털의 젤다는 애써 성질을 억누르면서 대강 둘러대었다. 헤나는 젊을 적 전성기 때에는 굉장한 수인이었다. 젤다는 스승이기도 한 헤나에게 억지로 고약한 성질머리를 죽여가면서 예의를 지켰다.

[젤다, 여긴 너희 아버지도 없고, 너도 이제 어른이야. 좀 어른

스럽게 굴어. 책임감도 갖고.]

헤나는 수많은 수인들을 가르쳐 보았지만, 젤다만큼 질릴 정도로 싫은 아이도 처음이었다. 토모스가 늘그막에 얻은 고명딸이기도 하고, 아내가 젤다를 낳고 얼마 지나지 않아 시름시름 앓다 죽기도 했으며, 젤다가 제 아내를 쏙 빼닮았기 때문에 워낙 오냐오냐하며 기른 탓에 어찌할 수 없을 정도로 안하무인이었다. 젤다의 오빠들도 제 아비와 다를 바가 없어서 어린 동생을 떠받들었기 때문에 젤다는 오만하고 저만 잘난 줄 알았다. 세상에서 제가제일 잘났고, 당연히 암컷들 중 가장 높은 자리에 올라야 한다는 생각에 사고를 치기도 했다. 헤나는 그 성격을 고쳐 보려고 노력하다가 질려서 포기했다. 베노르 콩레수스에서까지 농땡이나 부리는 젤다에게 헤나는 이를 갈면서 일을 시키고 다른 쪽으로 뛰어갔다.

[다 늙은 암컷이 나한테 왜 명령이야. 짜증나게.]

멍청한 년.

젤다는 헤나에게 좋지 않은 소리를 들어도 기분이 좋았다. 감히 제 무릎을 꿇렸던 암컷이 눈앞에서 사라지게 될 텐데 기분이좋지 않을 리가 없었다.

타우루스 헥터가 제 소문을 들었는지, 제게 그 암컷을 넘기는 일에 협력해 줄 생각이 있냐고 물었다. 당연히 젤다는 그 제안을 수락했다. 타우루스 헥터가 어떤 쓰레기인가? 그의 침실에 들어간 암컷 중에서 제정신으로 나온 암컷들이 손에 꼽을 정도였다. 그 건방진 마레 위르가 타우루스 헥터의 손에 넘어간다면 암컷으로서 더할 나위 없이 비참해질 것이었다.

젤다는 귓가에 유채의 처절한 비명 소리가 들리는 것 같아서 기분이 들떴다. 마레 위르 창부는 창부답게 그에 걸맞은 상대가 필요했다. 타우루스 헥터야말로 제격이었다. 원래는 베노르 콩레수스가 끝난 뒤에 일을 벌일 생각이었지만, 헥터가 전야제 동안 몸이 잔뜩 달아오른 것인지 베노르 콩레수스에서 데려가겠다고 막무가내로 굴었다.

운이 좋게도 아리아가 몸이 아파서 못 온다는 말이 나왔고 젤다는 아버지인 토모스의 권력을 이용해서 아리아의 자리를 꿰찼다. 그리고 때를 기다렸다. 마레 위르들은 동물형으로 변한 수인이 누구인지 구분하지 못했다. 그 암컷 토끼만 아니면 제가 누군지 쉽게 찾아낼 수 없을 것이었다. 젤다는 토끼가 사라지자 멍청한 마레 위르를 꾀어내어 타우루스 헥터와 약속된 곳으로 데려다 놓았다. 나머지는 헥터의 일이었다.

젤다는 알리바이를 위해서 다시 루프스가 사냥을 위해서 몰이를 명한 곳으로 돌아왔다. 그 건방진 암컷을 버려두고 온 곳은 숲에서도 꽤나 깊숙한 곳이었고 루프스와도 거리가 가장 멀었다. 아무리 도와달라고 소리쳐 봤자 소용없을 장소였다. 건방진 암컷이 두툼한 뱃살 아래 깔려서 비명만 지를 것을 상상하니, 십 년 묵은 체증이 내려가는 통쾌함이 밀려왔다.

바스락.

그때 아주 집중하지 않으면 들리지 않을 정도로 작은 소리가 들렸다. 젤다가 몸을 굳혔다. 저 멀리 덤불 속에서 하얀색 토끼 귀가 솟아올랐다. 토끼는 소리를 들으려는 것인지 귀를 쫑긋 세웠다. 젤다는 숨을 쉬는 것을 멈췄다. 토끼가 코를 땅에 박고 킁킁대었다. 젤다는 덤불 밖으로 드러난 토끼의 얼굴을 보았다.

블루벨이었다.

마레 위르 암컷 옆에 딱 달라붙어 있는 토끼 꼬마 년이었다. 젤다는 몸을 굳혔다. 저 토끼가 여기 나타났다는 것은 제가 한 짓이 발각되었다는 것을 의미했다. 젤다는 등을 타고 소름이 돋는 것을 느꼈다. 지금 루프스가 개입해서는 안 된다. 만일 그 암컷이 헥터의 손아귀에서 돌아온다면 저는 어떤 꼴을 당할지 장담할 수 없었다. 젤다는 몸을 수그렸다. 저 토끼를 없애야 했다. 젤다는 때를 기다렸다.

블루벨은 땅에 남아 있는 냄새를 맡았다. 늑대 특유의 체취가 났다. 근처에 늑대 일족들이 사냥을 하고 있다는 뜻이었다. 블루벨의 심장이 두근거렸다.

예민한 귀에 뭔가 움직이는 소리가 들렸다. 블루벨은 눈을 굴렸다. 나무 뒤에 갈색 늑대 한 마리가 저를 노리고 있는 것이 보였다. 거리가 너무 멀어서 누군지 정확히는 알 수가 없었지만, 저를 노리는 행동으로 볼 때 유채를 데려갔다는 갈색 늑대 같았다.

블루벨은 애써 못 본 척 태연하게 행동했다. 늑대는 한눈에 보기에도 강했다. 블루벨은 뒷다리에 힘을 주었다. 심장이 터지는 한이 있더라도 필사적으로 뛰어야 했다. 블루벨은 조심스럽게 움직였다.

지금이다.

블루벨은 줄였던 몸집을 원래 크기로 되돌리고 앞으로 튀어 나갔다.

젤다는 블루벨이 알아차린 것을 깨닫고 얼른 뛰쳐나갔다.

블루벨은 전속력으로 달렸다. 아무리 늑대가 빠르다고 해도 토끼의 주력을 따라잡을 수는 없었다. 토끼와 말은 빠르기로는 둘째가라면 서러워할 일족이었다. 블루벨은 다리에 모든 신경을 집중해서 뛰었다. 블루벨은 선회력이 좋지 않은 늑대 일족의 특성을 이용해서 좌우를 왔다갔다 하며 뛰었다.

뒤에서 블루벨을 쫓는 젤다는 그 뛰는 방식에 이를 갈았다. 어느새 거리가 제법 벌어졌다. 젤다는 이렇게 가다가는 일이 잘못될 수도 있다는 생각이 들었다. 젤다는 뒷다리에 힘을 주었다. 토끼놈들만 점프에서 비거리가 좋은 것이 아니었다. 젤다는 적당한 디딤돌을 이용해서 크게 도약했다.

[윽!]

블루벨의 등에 젤다의 발톱이 박혔다. 등이 찢기는 고통에도 블루벨은 이를 악물었다. 늑대의 이빨에 물리지만 않으면 살 수 있다. 등의 상처야 어떻게 버틸 수 있다. 블루벨은 온 힘을 다해서 뒤에 매달린 젤다를 걷어찼다. 젤다가 켕, 소리와 함께 멀리 날아갔다. 블루벨은 피가 뚝뚝 떨어지는 상처의 고통도 아랑곳 않고 뒤도 돌아보지 않고 뛰었다. 멀리 익숙한 형체가 보였다.

[루프스님!]

은빛 늑대는 익숙한 목소리에 뒤를 돌았다. 하얀 토끼 한 마리가 피를 흘리며 뛰어오고 있었다. 헤나가 토끼를 보고 나지막하게 중얼거렸다.

[블루벨?]

블루벨은 루프스 앞에 도착하자마자 위르형으로 돌아와 엎드렸다. 블루벨의 작은 등이 온통 피투성이였다. 헤나가 놀래서 블루벨에게 다가갔다.

[너, 등이!]

"괜찮아요. 제 등을 노린 갈색 늑대는 뒷발로 갈겨줬어요. 저보다 유채님, 아니, 레티티아님이 위험해요! 살려주세요, 루프스님!"

[그게 무슨 소리냐?]

블루벨은 여기까지 제가 오게 된 경위를 숨도 쉬지 않고 빠르게 설명했다. 일분일초가 급한 일이었다. 설명이 길어질수록 루프스의 살기가 짙어졌다.

헤나가 루프스에게 물었다.

[어떻게 하실 겁니까?]

루프스는 이런 대범한 짓을 벌일 만한 미친놈을 추려보았다. 바실리사가 아무리 장난기가 많은 성격이라고 해도 이 정도로 머리가 돌진 않았다. 단테는 애초에 소심한 놈이라 이런 짓은 벌이지 못한다. 헤르티아? 이걸로 무슨 이익을 얻는다고, 헤르티아는 철저하게 제 이익에 따라서 움직였다. 그럼 하나 남았다.

정말 미친놈 한 명.

[헤나, 케릭스를 만나서 나머지 놈들을 챙겨서 돌아가라. 이런 장난 같은 사냥은 끝났다.]

진짜 사냥의 시작이었다.

헥터는 여기서 가장 먼 곳에 있을 확률이 높았다. 제가 어디로 향하는지 봤거나 아니면 여기 데려온 일행 중에 배신자가 하나 있거나.

블루벨은 루프스의 형형한 청회색의 눈동자를 보며 침을 삼켰다.

"제가 루프스님을 등에 태우고 모실게요. 위르형으로 돌아와 주세요. 전 인디키움의 체력 시험도 통과한 토끼예요. 인디키움의 시험을 통과한 토끼는 그 어떤 늑대보다 빨라요. 그러니까 제가 모실게요. 제 등에 타세요."

블루벨이 다시 커다란 토끼로 변했다. 루프스의 눈에 잔뜩 헤집어진 블루벨의 등이 보였다.

[몸을 굽혀라.]

[예?]

[네 녀석은 토끼면서 귀가 정말 안 좋구나. 두 번 말하지 않는다.]

블루벨은 루프스의 싸늘한 말에 엉거주춤하게 몸을 굽혔다. 커다란 늑대의 혀가 블루벨의 상처에 닿았다.

[흐갸걁!]

블루벨이 요상한 비명을 뱉었다. 그리고 이내 루프스의 의도를 짐작하고 가만히 있었다. 늑대의 침에는 지혈 성분이 있어 이내 상처에서 피가 멎었다. 루프스는 이제 되었다고 생각한 것인지 위르형으로 돌아와서 블루벨의 등에 올라탔다.

"빨리 뛰어라. 네가 주인을 제대로 모시지 못한 죄로 죽고 싶지 않으면."

굳이 목숨을 위협하지 않아도 블루벨은 전속력으로 뛸 생각이었다. 블루벨은 말 그대로 바람처럼 뛰었다. 그리고 다행히 유채가 최악의 상황에 놓이기 전 그녀를 구해내었다.

⚜

헥터는 어디서부터 일이 꼬였는지를 생각했다. 저 건방진 암컷이 너무 오래 반항했기 때문에 시간이 지체된 탓이었다. 헥터는 머리에서 흘러내리는 피를 대강 닦았다. 루프스의 눈이 형형했다. 내뿜는 살기가 장난이 아니었다. 이렇게 된 거, 이판사판이었다. 어차피 머리에 피도 안 마른 놈이다. 저와 실력이 차이가 나봤자 얼마나 날 것인가?

"유채 양!"

블루벨의 뒤에서 프레드릭이 소리를 치며 나타났다. 프레드릭도 한참을 달렸는지 단정했던 머리가 산발이 되어 있었다. 프레드릭은 처참한 꼴의 유채를 보고 할 말을 잃었다. 축 늘어진 몸에선 성한 곳을 찾기가 힘들었다. 그중에서도 발목의 상태가 가장 좋지 않았다.

루프스는 셋에게 시선을 던졌다. 헥터 놈의 기운을 보자 하니 저와 한판 벌일 생각인 모양이었다.

[레티티아를 데리고 멀리 피해라.]

"예. 알겠어요."

블루벨은 유채의 몸을 프레드릭에게 대신 부축해 달라 부탁하였다. 하지만 유채는 성치 않은 몸으로 몸부림을 치면서 블루벨의 품으로 파고들었다. 프레드릭은 유채의 이상 행동의 원인을 파악했다. 블루벨은 믿을 수 있고 여자이니까 두렵지 않지만, 프레드릭은 남자였다. 헥터에게 무슨 짓을 당했는지 정확히는 모르지만 그 기억이 끔찍해 그와 같은 남자인 프레드릭을 거부하는 것이었다. 유채가 몸을 보기 흉할 정도로 떨면서 블루벨에게 기대었다.

"블, 블루벨…… 나…… 나……."

"유채님, 빨리 여길 벗어나야 해요. 조금만 참아주세요. 제가 얼른 다시 안아드릴게요. 지금은 프레드릭님이 유채님을 부축해야 해요. 프레드릭님이에요."

유채는 블루벨의 말에도 불안한 눈으로 고개만 세차게 저었다. 프레드릭은 낮은 신음을 뱉었다. 혹시 몰라서 본격적으로 유채를 찾기 전에 레판테 숲 어귀에 워프 마커를 새겨두었다. 워프 마커를 사용하면 공간이동 마법 시전 속도가 월등하게 빨라지기 때문이었다. 하지만, 지금 이 상황에는 사용하기 적절하지 않았다. 워프 마커를 이용하기 위해서는 마법진이 필요했다. 지금은 마법진을 그릴 시간이 없었다.

"고막이 터져서 소리가 잘 안 들리는 것 같습니다."

프레드릭은 유채의 반항을 무시하고 일단 그녀를 안아 올렸다. 위험천만한 이곳을 벗어나는 것이 우선이었다. 유채는 비명을 지르며 울었다. 유채는 프레드릭에게서 벗어나기 위해서 성치 않은 몸으로 반항했다. 유채가 버둥거릴 때마다 부러진 손목과 발목이 심하게 뒤틀렸다. 프레드릭은 얼른 유채를 블루벨의 등 위에 내려놓았다. 그제야 유채의 떨림이 멎어갔다. 유채는 몸을 벌벌 떨면서 블루벨의 목덜미로 파고들었다.

[유채님 몸이 흔들리지 않게 잡아주세요.]

쾅!

프레드릭은 뒤를 돌아보았다. 루프스와 헥터의 싸움이 시작되었다. 거대한 흑우로 변한 헥터가 루프스를 뿔로 들이밀었다. 루프스는 피할 수 있었음에도 셋의 안전을 위해서 헥터의 공격을 받아내었다. 힘이 장사인 헥터라 루프스도 뒤로 밀려갔다. 루프스는 앞발을 들었다.

[얼른 안 가고 뭐 하나!]

[예!]

블루벨은 뒤도 안 돌아보고 달렸다. 다시 굉음이 들렸다. 이번에는 헥터의 몸이 나뒹굴었다. 블루벨은 뒤의 소란은 필사적으로 무시하고 유채를 위해서 빠르게 달렸다.

"이번 베노르 콩레수스는 제가 우승인 거죠?"

바실리사가 턱을 거만하게 치켜세우고 제가 잡아온 거대한 마물을 보여주었다. 나머지 수장도 떨떠름한 얼굴로 바실리사가 잡은 사냥감의 크기를 인정했다.

"에이, 바실리사님. 루프스님이…… 우억!"

바실리사가 에릭의 뒤통수를 후려갈겼다.

"너는 왜 내가 자랑 좀 해보겠다는데 꼭 초를 치냐? 응? 눈치는 뒀다가 뭐에 쓰게?"

"국에 넣고 끓여 먹게요."

"너, 내가 돌아가면 친히 바늘을 잡고 너의 입술을 아주 단단하게 꿰매줄게. 기대해라. 한 번만 더 입을 벌려봐라!"

"저…… 바실리사님……."

에릭이 하얗게 질린 얼굴로 바실리사의 뒤편을 가리켰다. 바실리사는 에릭이 또 장난을 치는 거라 생각하고 화를 낼 작정으로 입을 벌렸다.

"너! 내가 봐주니까!"

콰쾅쾅!

땅이 갈라졌다. 여기저기서 비명 소리가 울렸다. 바실리사는 뒤를 돌아보았다. 블루벨이 한눈에 봐도 정상이 아닌 유채를 등에 태우고 달려왔다. 그리고 블루벨의 등 뒤에서 숲의 나무들이 차례대로 쓰러지고 있었다. 바실리사의 눈이 커졌다. 다른 수인들도 놀란 것인지 만일의 상태를 대비해서 몸을 긴장시켰다.

[바실리사님! 오르페님 어디 계세요!]

"블루벨? 유채는 왜 그러고? 이건 무슨 일이야?"

[지금은 자세히는 설명을 못 드리고요. 오르페님은요?]

"저기 하얀색 막사에. 근데 이게 뭔 난리……."

바실리사는 경악했다. 숲에서 이 난리의 근원인 은빛 늑대와 검은 소가 나타난 것이다. 늑대의 주둥이와 발톱에 피가 덕지덕지 묻어 있었다. 늑대는 뭔가를 질겅질겅 씹는 것 같더니 뼈를 뱉어냈다. 검은 소는 배의 살점이 한 뭉텅이가 뜯겨서 벌건 속을 드러내고 있었다. 상처가 깊어 뼈까지 희미하게 드러난 모습에 비위 약한 수인들은 구역질을 억지로 참았다. 소 일족의 가장 큰 무기인 뿔은 바닥을 굴렀다.

"라이?"

바실리사는 입을 떡 벌렸다. 루프스와 헥터였다. 바실리사는 아까 본 유채의 처참한 상태와 지금의 광경을 종합해서 무슨 일이 일어난 건지를 파악했다. 바실리사는 이를 갈았다. 씹어 먹어도 시원치 않을 헥터가 일을 친 것이다.

바실리사는 루프스에게 일방적으로 당하고 있는 헥터를 보면서 통쾌해했다. 헥터는 한 번도 루프스가 싸우는 모습을 본 적이 없었다. 그러니 간이 배 밖으로 나온 짓을 해서 스스로 무덤을 팠을 테고 말이다.

헥터는 루프스의 상대가 되지 못했다. 멀쩡한 루프스에 비해 헥터는 피투성이가 된 것이 그 증거였다. 분노한 헥터의 울음소리가 숲을 가득 메웠다.

"하! 저것들이 미쳤나? 둘이 싸우면 여기는 어떤 꼴이 되라고!"

올페스 헤르티아가 어처구니가 없다는 듯이 빈정댔다. 옆에 선 단테가 헤르티아에게 물었다.

"말릴 거야, 헤르티아?"

"지금 말려봤자 들어먹지도 않아. 좀 이따 루프스가 헥터를 죽이는 것만 막으면 돼. 지금은 저 싸움의 여파가 크지 않게 만드는 것이 먼저야."

그 말과 동시에 소 일족의 고유 마력 속성인 암석에 의한 돌덩어리들이 날아들었다. 헥터가 날린 돌들이 루프스를 덮쳤다. 루프스는 빠른 몸놀림으로 돌들을 피했다. 그러나 미처 돌을 피하지 못한 수인들의 비명 소리가 여기저기서 들렸다. 헤르티아가 손을 뻗었다. 거대한 불기둥들이 그물처럼 엮이면서 돌을 막아내었다. 헤르티아가 자아낸 불에 돌들이 녹았다. 루프스가 그사이 흐트러진 자세를 정비했다. 다시 돌들을 조종해서 루프스를 공격하려 했던 헥터의 표정이 험악해졌다. 헤르티아가 짧은 비웃음을 흘리자 헥터가 발을 굴렀다.

"마녀 헤르티아."

누군가 나지막하게 중얼거렸다. 헤르티아는 오빠의 부인인 라일라에게 마법을 배웠었다. 그녀는 수인들에게 흔하지 않은 마법사이면서 최고 수준에 도달해 있었다. 헤르티아가 돌조각을 막는 사이 루프스와 헥터가 충돌했다. 헥터의 표정이 찌푸려졌다. 루프스의 털에 도는 전기 때문에 헥터의 근육이 부들부들 떨렸다.

헤르티아는 헥터를 비웃었다. 루프스는 제 오빠인 베니니타스의 제자인 동시에 전대 루프스 로보의 아들이다. 루프스는 베니니타스의 마법을 이용하여 효율성을 극대화하는 전투 방식과 제 아버지의 민첩함과 날카로운 발톱, 이빨을 이용하는 전투 방식을 결합시켜 활용했다. 장점만 결합하여 만든 루프스 특유의 전투 실력은 아무리 헤르티아라 하더라도 감탄할 정도로 대단했다.

루프스는 전투 중에는 늑대 수인의 고유 속성인 전격을 몸에 둘렀다. 루프스의 몸에 도는 전격은 수인을 기절시킬 만큼 강하지는 않았지만, 강력한 통증을 주었다. 그 전격이 루프스의 상대적으로 떨어지는 완력을 보완해 주었다. 루프스의 몸에 돌고 있는 전기로 인해서 힘으로 그를 몰아붙이는 종류의 공격이 어느 정도 무력화되었다. 그렇게 수인들이 오래 버티지 못하고 나가떨어지면 루프스는 로보의 전투 방식으로 그 기회를 놓치지 않고 치명상을 입혔다. 지금도 마찬가지였다. 헥터가 더 이상 루프스의 전격을 견디지 못하고 몸을 떨어뜨리자 루프스의 발톱이 헥터의 왼쪽 옆구리로 파고들었다. 두툼한 살점이 땅에 떨어졌다. 헥터의 옆구리가 뼈가 보이지 않는 것이 이상할 정도로 깊게 파여서 붉은 속을 드러냈다. 피가 폭포처럼 쏟아졌다.

[이 개자식아!]

[말밖에 못 하는 시시한 놈인가?]

헥터가 크게 발을 구르자 땅이 갈라졌다. 루프스는 갈라지는 땅을 피했다.

[젠장.]

하지만 그사이 헥터가 부린 다른 수작에 걸렸다. 갈라진 땅 틈으로 돌덩이가 올라와서 루프스의 발을 감아서 움직이지 못하게 만들었다. 헥터는 온 힘을 다해서 루프스를 뿔로 받아버릴 생각이었다. 상대적으로 완력이 떨어지는 루프스도 버틸 수 없을 것이다.

헥터의 노림수를 알아챈 루프스는 그가 돌진하기를 기다렸다. 어차피 수인 내전 동안 소 일족의 이런 공격은 수없이 당해봤다. 돌진은 강력했지만, 그만큼 빈틈이 많았다. 루프스는 때를 기다렸다. 헥터는 발을 구르고 루프스에게 돌진했다. 루프스는 제 발을 감싸고 있는 암석들에 전기를 내리쳤다. 암석들이 쩌적 소리를 내면서 깨졌다. 루프스는 앞뒤 재지 않고 달려드는 헥터의 공격을 흘렸다.

투두둑.

[끄아아아악!]

헥터가 앞으로 고꾸라졌다. 루프스의 주둥이에는 소의 다리가 물려 있었다. 루프스는 헥터의 다리를 씹었다. 뼈가 부서지는 소리가 소름 끼치게 울려 퍼졌다. 루프스의 주둥이에서 피가 뚝뚝 뚝 떨어졌다. 루프스는 헥터의 오른쪽 앞다리를 씹어 뱉었다. 루프스의 주둥이와 헥터의 주위에는 피가 흥건했다.

[개인적으로 말이야.]

루프스가 어슬렁거리면서 헥터에게 다가갔다. 헥터는 남은 세 개의 다리로 앞으로 고꾸라지기만 하는 몸을 어떻게든 일으켜 세웠다.

[난 소의 앞다리가 맛이 없더라고. 남들은 다 맛있다고 하는데.]

그때, 단테는 헤르티아의 기운이 변하는 것을 눈치챘다. 루프스는 헥터의 앞에 서서 계속 말을 이었다.

[남들이 뭐라 하든 난 그 부위가 맛이 없다고 생각해. 나는 사실 소의 머리 고기를 가장 좋아하거든.]

루프스는 붉은 아가리를 벌리고 헥터에게 달려들었다. 헥터는 덜덜 떨면서 눈을 감았다.

쾅.

[헤르티아!]

헥터가 눈을 떴다. 헥터의 눈앞에는 붉은 털의 여우가 우아한 자태를 드러내고 서 있었다.

[네가 열여섯 꼬맹이면 헥터를 죽이는 것을 말리지 않겠지만

말이야.]

루프스가 날카로운 이를 드러내고 으르렁거렸다.

[수인들의 수장인 루프스라면 이야기가 다르지? 저 녀석을 제거해서 폭탄을 터뜨릴 작정이야? 미안하지만 난 미노르 호무스와 가까운 나의 땅에서 소들이 날뛰는 꼴을 볼 생각은 없는데?]

[비켜라, 헤르티아.]

[싫은데? 잘 결정해. 네가 천둥벌거숭이처럼 날뛰는 열여섯의 꼬맹이가 아니라면 말이야. 지금 헥터를 죽인다면 넌 확실하게 나와 단테를 적으로 돌리게 될 거야. 다시 한 번 더 내전을 발발시키고 싶다면 나도 말리지 않지.]

[예의라고는 어디 팔아먹었나?]

[싸움터에 예의가 어디 있나? 그리고 나보다 한참 어린 꼬맹이가 반말 찍찍 해대는 거 나도 듣기 싫어.]

루프스가 으르렁거렸다. 헤르티아가 동물형을 취했다는 것은 싸움을 불사하겠다는 의지였다. 헤르티아와 헥터를 이 좁은 공간에서 동시에 상대했다가는 피해가 너무 커질 거였다. 그리고 이 작은 싸움이 더 큰 싸움으로 번질 수 있었다. 루프스는 위르형으로 돌아왔다. 그는 오른팔을 들어 올려, 입가에 덕지덕지 묻은 피를 닦아냈다.

"이번 베노르 콩레수스는 내가 이긴 것 같군. 내가 잡은 저 타우루스 헥터보다 더 큰 사냥감이 있나?"

루프스는 일어나지도 못하는 헥터를 향해 싸늘한 비웃음을 흘리면서 오르페의 막사 쪽으로 걸음을 옮겼다. 헤르티아는 몸을 돌려서 헥터의 잘린 다리의 절단면을 발로 꾹 눌렀다. 헥터의 처절한 비명이 들렸다.

[야, 이 병신아. 이제 현실 좀 직시해. 내가 널 가만히 둔 건 네가 무서워서가 아니라 네가 없어지면 뛸 똥물이 싫어서야.]

헤르티아는 더 강하게 헥터의 잘린 다리의 절단면을 압박했다. 헥터가 숨을 헐떡거렸다.

[이제부터 널 아랫것들이 노릴 거야. 네가 차지하고 있는 자리가 꽤나 탐나거든? 근데 난 그놈들의 실력이 고만고만해서 내게 똥물이 뛸까 끔찍해. 내 앞에 무릎 꿇고 '전능하신 올페스 헤르티아님이시여, 이 미천한 소를 도와주십시오'라고 말하면 내가 도와줄 건데? 할 거야?]

헤르티아는 헥터의 상처를 밟으면서 그의 속을 뒤집었다. 헥터는 모멸감에 몸을 떨었다.

오르페는 프레드릭의 도움으로 유채의 끔찍하게 뒤틀린 발목을 제외한 모든 부위를 처치를 끝낸 상태였다. 그러나 마법으로 뼈를 붙이기 전에 수행되어야 하는 발목뼈를 바로 잡는 작업이 쉽지가 않았다. 발목의 통증이 심해 유채가 몸부림을 쳤기 때문이었다. 억지로 유채의 몸을 고정한 상태에서 발목뼈를 맞출 수도 있었지만, 유채가 그때마다 발작처럼 몸을 떨며 울었다. 우는 유채가 가엽기도 했지만, 유채의 몸부림이 심해서 잘못했다가는 상처가 덧날 수 있었다. 오르페와 프레드릭은 진퇴양난의 상황에 처해 이러지도 저러지도 못하고 있었다.

"어떤가?"

루프스가 막사로 돌아왔다. 아까보다 유채의 모습은 한결 나아져 있었다. 처음 봤을 때는 눈앞이 시뻘겋게 물드는 느낌이었다. 그 빌어먹을 소의 지위를 망각하고 죽여 버리고 싶을 정도로 머리가 열로 차올랐다.

오르페는 루프스에게 자초지종을 설명했다. 루프스는 난생처음 오르페의 무능함에 화가 머리끝까지 차올랐다.

"당장 안 하고 뭐하는 건가!"

"유채 양의 몸부림이 심합니다. 블루벨 양이 치료를 받고 돌아오는 것을 기다리는 것이 좋을 것 같습니다. 지금 저와 오르페님의 손이 닿기만 하면 발작처럼 몸을 떱니다. 블루벨이 와야……."

"됐다. 내가 잡을 테니 얼른 발목뼈나 맞춰라."

루프스가 유채의 위로 올라와서 그녀의 몸 양옆에 무릎을 두고 손으로 유채의 팔목을 눌렀다. 유채는 루프스의 손이 닿자 당장 몸부림을 쳤다. 루프스는 유채가 더 이상 움직이지 못하도록 손과 다리로 몸을 고정했다. 유채는 흐느끼면서 몸을 부들부들 떨었다.

"아악! 제발…… 제발……."

유채는 오열했다. 오르페는 유채의 모습이 안타까웠지만 일단 치료가 먼저였다. 오르페가 유채의 발목을 잡았다.

"아악!"

유채의 상체가 튀어 올랐다. 고통에 입술을 깨무느라 유채의 입술은 이미 피로 범벅이 되어 있었다. 루프스는 한 손으로 유채의 턱을 눌러 벌린 다음 그녀의 입안에 제 팔목을 들이밀었다. 유채의 이가 살점을 뜯어 먹을 기세로 루프스의 팔목을 파고들었다. 루프스의 팔에서 피가 배어 나왔다.

그사이 오르페는 발목을 옳게 맞추었고 프레드릭은 마력을 쏟아부어 발목을 붙여놓았다. 마법에 의한 치료는 완벽한 것이 아니기에 오르페는 유채의 발목에 부목을 감아서 고정시켰다. 유채는 힘이 다 풀렸는지 루프스의 팔목을 놓았다. 루프스는 움찔거리기만 하는 유채의 몸 위에서 얼른 내려왔다.

"루프스님, 젤다를 잡아왔습니다."

어린 늑대 수인이 막사 앞에서 외쳤다.

"레티티아는 걸을 수 있나?"

"아직은 무리일 것 같습니다."

오르페가 답했다. 루프스는 자신의 옷을 벗어 유채의 몸을 감싸주었다. 한 팔로 유채의 엉덩이를 받쳐서 들어 올렸다. 유채의 상체는 자연스럽게 루프스의 어깨에 기대게 되었다.

이제야 정신이 든 유채는 몸에 닿는 남자의 감촉에 소름이 돋고 공포가 치밀어 올라왔다. 당장에라도 떨어지고 싶었지만 힘이 없어서 몸만 덜덜 떨었다.

막사 밖에는 엉망인 꼴로 잡혀온 젤다와 펠릭스 다우스인 식인 늑대 다섯 마리가 이를 드러내고 있었다. 젤다의 입가는 세리아(수인의 동물화를 막는 독약)로 범벅이 되어 있었다.

"루프스님! 저는 억울합니다!"

젤다가 눈물이 범벅된 얼굴로 외쳤다. 루프스는 나지막하게 유채에게 물었다.

"이 목소리냐? 너를 데려갔던 게?"

유채는 겨우 고개만 끄덕였다. 젤다는 발악하며 외쳤다.

"루프스님! 저는 토모스의 딸입니다. 제 아버지와 척을 지실 생각이십니까?"

"네 아비가 무서워하는 것이 나다. 내가 왜 네 아비를 무서워해야 하지?"

젤다는 말문이 막혔다. 저를 둘러싸고 있는 늑대들의 기세에 절로 몸이 떨렸다.

"왜! 저 천한 암컷에게 이리 대하십니까? 저 암컷은 마레 위르고 저는 루프스님과 같은 일족이며 루프스님의 백성입니다. 어찌 저렇게 천한 마레 위르의 목숨이 제 목숨보다 귀합니까!"

"젤다."

루프스가 화를 꾹꾹 억눌러 참는 목소리로 젤다를 불렀다. 젤다는 희망으로 눈을 반짝이면서 루프스를 올려다보았다.

"내 땅에는 내 명령을 따르지 않는 늑대는 필요 없다. 네가 나의 백성이라면, 왜 헥터의 명을 들었지? 너는 소 수인인가?"

젤다의 얼굴이 파랗게 질렸다. 젤다는 납작하게 엎드려서 두 손을 모으고 빌었다.

"죄송합니다. 살려주세요! 저는 헥터님의 협박에……. 제발, 제발 목숨만 살려주세요."

젤다는 비참하게 빌었다. 그러나 그런 젤다를 바라보는 루프스의 눈은 싸늘하기 그지없었다. 루프스는 떨고 있는 유채의 몸을 제 품에 안고 그녀의 뒷머리를 지그시 눌러 얼굴을 제 가슴팍에 묻게 하였다. 더할 나위 없이 부드럽고 다정한 손길이었다.

"Exagito(물어)."

그 말과 동시에 루프스는 유채의 귀를 막았다. 유채가 보지 못하고 듣지 못하는 사이에 젤다는 다섯 마리 늑대에게 산 채로 잡아먹혔다. 유채는 몸을 부들부들 떨었다. 젤다의 숨통이 끊어지고 머리뼈가 부서져 뇌수가 튈 무렵 유채는 간신히 쥐고 있던 의식을 놓았다. 유채의 몸이 축 늘어졌다.

"저거 치워."

루프스는 젤다의 처참한 시신에 제대로 눈길 한 번 주지 않고 실신한 유채의 몸을 부드럽게 안아 막사로 돌아갔다.

"블루벨, 들어간다."

케릭스는 숨을 헐떡였다. 갑작스럽게 폭풍처럼 너무 많은 일이 몰아쳤다. 루프스와 헥터의 싸움에 기겁하고 그 충격에서 벗어날 틈도 없이 젤다를 잡아와 그녀의 신병을 인도한 뒤에 소 수인 일족에 가서 이쪽의 입장을 전해주고 왔더니만, 젤다의 처참한 시체를 발견하고 혈압이 올라서 뒤로 넘어가기 직전이었다. 아무리 루프스가 강하다 할지라도 제 일족의 강자 한 명을 적으로 돌리는 것은 정치적으로 결코 좋은 선택이 아니었다.

칩거하고 있는 제 아버지인 플로서스보다 영향력이 강한 것이 토모스이고 그가 가장 아끼는 자식이 젤다였다. 토모스가 어떻게 나올지는 분명했다. 케릭스는 그 문제를 해결할 생각을 하니 머리가 다 지끈거렸다. 그리고 지끈거리는 머리를 달랠 사이도 없이 헤나에게 블루벨이 젤다에 의해서 크게 다쳤다는 이야기를 들었다. 루프스의 배려로 블루벨이 궁의에게 치료를 받고 있다는 이야기를 듣고 케릭스는 혼비백산해서 뛰었다. 궁의에게 진료받을 만큼 상처가 심각한 것인가 싶어서 걱정이 앞섰다.

"예! 케릭스님? 잠, 잠시만!"

케릭스는 천막의 천을 올렸다가 바로 내렸다. 블루벨은 막 상처를 치료받은 것인지 반라의 상태였다. 케릭스는 얼굴이 새빨개져서는 어색하게 손으로 얼굴만 쓸어내렸다.

"들, 들어오셔도 돼요."

블루벨이 기어들어 가는 목소리로 대답했다. 케릭스는 크게 헛기침을 하고서 안으로 들어갔다. 블루벨도 심하게 당황했는지 빨개진 얼굴로 하얀 귀를 축 늘여서 자신의 눈을 가리고 있었다. 블루벨은 모포를 끌어안고 있었다.

"궁의님이 등에 발라놓은 약 지워질 수 있으니까, 옷 입고 있지 말라고 해서요……."

블루벨이 부끄러운 것인지 케릭스와 얼굴도 마주치지 못하고 중얼거렸다.

"나, 아무것도 못 봤다."

거짓말에 어색한 케릭스이지만 최선을 다해서 거짓말을 해보았다. 블루벨은 순진하기로는 둘째가라면 서러운지라 그 말을 철석같이 믿고 눈을 가리고 있던 귀를 슬며시 치웠다.

"정말요?"

"그래. 하나도 못 봤어."

케릭스는 언제나 정직하라고 가르치셨던 아버지의 가르침을 처음으로 어겼다. 블루벨이 히힛 웃으면서 귀를 쫑긋 세웠다.

"다행이다. 저 무지 걱정했어요. 엄마가 이유 없이 수컷한테 맨몸을 보이면 그 수컷한테 시집가야 한다고 해서……. 설마 케릭스 님한테 시집가야 하나 했어요."

케릭스는 얼굴이 붉어졌다. 헛기침을 한 케릭스는 말을 돌렸다.

"그래서 등은 괜찮은 거냐?"

블루벨은 고개를 끄덕였다. 오르페는 루프스의 전속 궁의라 다른 여성 궁의가 상처를 봐주었는데 생각보다 상처가 깊지 않다고 했다. 당분간은 물에 닿지 않도록 조심하라고만 했다. 약을 바른 상처가 계속 화끈거리고 아팠지만 참을 만하였다.

"저 예전에 나무에서 떨어져도 멀쩡했어……."

블루벨은 말을 끝마치지 못했다. 케릭스의 손이 블루벨의 등에 닿았다. 순간 블루벨은 사고가 완벽하게 정지했다.

케릭스는 블루벨의 작은 등에 남은 상처를 보았다. 젤다 그것이 어지간히 꽉 움켜잡은 것인지 꽤나 깊게 파인 곳이 있었다. 뼈가 드러나지 않은 것이 천만다행이었다.

케릭스가 이를 갈았다. 늑대의 먹잇감으로 던져 주는 것으로 끝내는 처형은 젤다에게 어울리지 않았다. 끝까지 괴로워하다가 죽었어야 했는데. 케릭스는 좀 전까지 루프스가 젤다를 죽여서 일이 꼬였다고 욕을 했던 것도 잊은 채 루프스의 관대한 처형 방식에 관해서 한탄했다.

"네 몸이나 챙길 것이지 뭐 하러 나서서……."

"유채님이 저 구해주셨잖아요, 지난번에."

블루벨이 고개를 돌려서 케릭스를 바라보았다. 케릭스의 시선이 제 등에 닿는 것이 못내 부담스러웠지만, 그래도 그가 자신을 걱정해 주는 것 같아서 기분은 좋았다. 가슴이 쿵쿵 뛰었다.

"그러니까 이번에는 제가 구해 드려야지요. 토끼도 은혜는 갚을 줄 알아요."

"그래도 몸은 조심하거라. 운이 좋아서 산 것이지, 잘못했으면 네 목숨이 위험했다."

케릭스는 블루벨의 하얀 머리카락을 헤집었다. 블루벨은 머리카락을 상처를 치료하기 편할 정도로만 틀어 올리고 있었다. 블루벨이 볼을 부풀렸다.

"저도 나름 강하거든요! 유채님이랑 케릭스님은 저를 너무 어리게만 보시는 것 같아요."

케릭스가 말캉한 블루벨의 볼을 잡아 늘렸다. 블루벨은 케릭스가 저를 마냥 어리게 생각해서 이러는 것이라 여긴 것인지 붉은 눈동자로 그를 흘겨보았다. 케릭스는 보기 드물게 웃는 얼굴을 하고 블루벨의 볼을 쓰다듬었다.

"내가 여태껏 보아왔던 암컷 중에 너만큼 귀여운 암컷은 없어서 그런다."

블루벨의 얼굴이 화악 달아올랐다. 블루벨은 앞을 가리고 있는 모포를 조금 들어서 얼굴을 가렸다.

"부끄러워요, 케릭스님."

"머리 묶어줄까? 좀 더 있으면 그대로 흘러내릴 것 같구나."

"제, 제가 할게요."

"괜찮다. 여동생이 하나 있어서 많이 묶어봤다. 끈은 이거 쓰면 되나?"

케릭스는 블루벨의 머리를 묶고 있던 끈을 풀었다. 두꺼운 손가락이 머리카락을 한 움큼 움켜쥐고 세 갈래로 나눠서 땋았다. 블루벨은 어색한 듯 어깨를 움츠렸다.

케릭스는 생긴 것과 다르게 꽤나 섬세한 편이었다. 오히려 조각같이 생긴 루프스가 케릭스보다 섬세하지 못했다. 블루벨은 케릭스가 생각보다 잘하는 것에 놀라면서 한편으로는 이 어색한 분위기를 어떻게 해야 할지 고심했다. 언제나 밝고 쾌활한 블루벨에게 이런 어색함은 오랜만이었다. 블루벨은 어색함을 풀기 위해서 입을 열었다.

"저, 동생이 있다는 말은 처음 들었어요."

"동생은 몸이 약하다. 집안의 수치라고 아버지가 한 번도 알린 적이 없지. 대외적으로는 어릴 적에 크게 앓아서 죽은 것으로 되어 있다."

케릭스의 아버지인 플로서스는 냉혹한 수인이었다. 하나뿐인

아내를 마레 위르의 손에 잃고 마레 위르라면 치를 떨면서 복수만을 생각하며 살아온 시간이 그를 그렇게 바꾸었다. 하나 있는 아들에게 냉혹하고 엄격했으며 몸이 약한 딸은 집안의 수치로 여겨 별채에 가두어놓았다. 케릭스는 아버지의 강함은 존경했지만 인격은 존경하지 못하였다. 수인 내전이 끝나자마자 저택에 칩거해서는 나오지 않는 아버지를 케릭스는 이상하게 생각하면서 동시에 한심해했다.

"아, 몰랐어요. 괜히 여쭈어봐서 죄송해요."

"괜찮다. 그것에 상처받을 정도로 내가 여린 수인도 아니고."

케릭스가 블루벨의 머리를 다 땋고 궁녀들의 예법에 맞게 빙 돌려서 틀어 올려주었다. 블루벨은 케릭스가 제 머리카락을 묶어주는 것에 묘한 기시감을 느꼈다. 그러고 보니 유채도 블루벨의 머리카락을 이렇게 묶어준 적이 있었다.

"아악!"

머릿속에 부끄러운 기억이 스쳐 지나가자 블루벨은 손에 쥐고 있던 모포를 놓고 얼굴을 가렸다.

"블루벨!"

다행히 케릭스는 블루벨의 뒤쪽에 있었기 때문에 앞의 상황은 보지 못했다. 그가 놀라서 외치는 소리에 블루벨은 얼굴을 푹 숙이고는 모포를 다시 가슴으로 끌어안았다.

유채가 양 갈래로 머리를 묶어주었을 때 블루벨은 그녀에게 성감대의 의미를 물어보았었다. 그리고 제가 케릭스의 앞에서 무슨 민망한 소리를 지껄인 것인지를 그날 분명하게 알았다. 블루벨의 얼굴이 불타는 고구마처럼 새빨갛게 달아올랐다.

"내게 시집오고 싶나?"

케릭스가 장난처럼 말했다. 블루벨이 기겁을 하고 고개를 저었다.

"그럼 왜 모포는 떨어뜨리고?"

"말 못 해요. 저 케릭스님께 엄청, 엄청 부끄러운 일을 저질렀거든요."

케릭스는 블루벨이 성감대의 의미를 알았다는 것을 본능적으로 깨달았다. 고개를 푹 숙인 채 민망해하는 블루벨은 정말로 귀여웠다. 케릭스는 블루벨을 품에 꼭 껴안고 싶은 충동을 필사적으로 억눌렀다.

블루벨은 내내 민망한 것인지 고개만 숙이고 있었다. 케릭스는 블루벨 앞으로 다가가서 몸을 굽혔다. 케릭스와 블루벨의 시선이 얽혔다.

"오늘 잘했다."

블루벨이 빨간 눈동자가 시선을 둘 곳을 찾지 못해 정처 없이 흔들렸다.

"너무 너를 혼만 낸 것 같아서 말이다. 오늘 잘했다. 네가 아니었으면 오히려 더 큰일이 났을지도 모른다."

케릭스는 루프스가 유채에게 보이는 집착을 알았다. 그녀가 죽거나 좋지 않은 일을 당했다면 오늘 당장 수인 내전이 다시 발발했을지도 모른다.

케릭스는 블루벨의 앞머리를 넘겨서 동그란 이마에 입술을 맞추었다. 블루벨의 눈이 커지면서 안 그래도 빨갛던 얼굴이 그 이상 빨개질 수 있을까 싶을 정도로 붉어졌다. 블루벨이 말을 더듬었다.

"이…… 이, 이거."

"나도 내 동생과 이렇게 인사한다."

케릭스가 눈을 곱게 접었다. 블루벨의 심장이 크게 뛰었다. 블루벨은 이 심장 소리가 케릭스에게 들릴까 봐 불안했다. 케릭스가 블루벨의 앞머리를 정리해 주고 몸을 일으켜 세웠다.

"쉬고 있어라. 먹을 것 좀 가져오마."

"예……."

블루벨은 뒤돌아서 나가는 케릭스의 단단히 근육 잡힌 등을 바라보았다. 심장이 쿵쾅거리면서 터질 것처럼 뛰었다. 블루벨은 손을 심장이 뛰고 있는 왼쪽 가슴 위에 가져가 가볍게 눌렀다.

쿵쾅쿵쾅.

열여섯 소녀의 마음에 봄바람이 불어왔다.

루프스는 실신해서 축 늘어진 유채를 다시 간이침대에 눕혔다. 모르는 새에 젤다의 피가 묻은 것인지 검붉은 피가 그녀의 머리카락에 묻어 굳어 있었다. 루프스는 손가락으로 굳은 피를 긁어 내었다. 유채는 지금도 괜찮다고 말하기는 힘든 모습이었지만 아까보다는 나은 수준이었다.

루프스는 무릎을 굽혀서 피딱지가 굳어 있는 유채의 입술을 쓸었다. 아프면 비명을 지를 것이지 미련스럽게 왜 입술을 이렇게 만들었나 모르겠다.

"으흑."

유채가 몸을 뒤척이면서 옅은 신음 소리를 뱉었다. 마법은 외상만 치료할 뿐 고통은 어찌해 주지 못한다. 유채는 온몸에서 밀려오는 고통에 끙끙 앓았다. 루프스는 유채의 몸이 편안할 수 있도록 다시 바르게 눕혀주었다. 그때 치마가 올라가면서 유채의 멀

쩡한 발목에 걸려 있는 발찌가 보였다. 발찌가 짤랑거리는 소리를
내었다.

저게 아니었으면 더 늦었을지도 몰랐다. 유채를 찾아 엉뚱한
방향으로 갈 뻔한 그때, 발찌가 짤랑이는 소리가 들렸고, 그 소리
덕분에 제대로 방향을 잡아 유채를 구해낼 수 있었던 것이다. 그
때 그 소리를 듣지 못했다면 유채는 그 미친놈의 아래에 깔렸을
지도 모르는 일이었다.

루프스는 얼굴을 쓸어내렸다. 밀랍처럼 굳어 있는 유채의 얼굴
을 보며 그래도 이만하면 다행인가 싶다가도 다친 모습을 보면 갑
자기 가슴이 바닥으로 철렁 내려앉았다. 그는 눈물 자국이 남은
유채의 눈가를 훑었다. 그때, 구하지 못한 에리카와는 다르게 이
번에는 구해냈다.

"라이, 나 들어간다."

바실리사가 에릭과 뱀 수인과 마레 위르의 혼혈인 제 주치의,
마리나를 데리고 들어왔다. 루프스가 유채의 일로 바쁜 와중에
바실리사와 헤르티아, 단테가 베노르 콩레수스를 정리했다. 초유
의 상황이 벌어졌지만, 일단 이 일은 크게 만들지 않기로 수장들
은 합의했다. 상황을 정리한 후 궁으로 돌아가서 원래대로 일주일
간의 성대한 연회를 보낸 뒤, 각자의 땅으로 돌아가는 것으로 계
획을 세웠다. 바실리사는 일의 경과도 알려주고 유채의 치료도
도울 겸 마리나를 데리고 온 것이다.

"여기, 옷이 마땅한 게 없어서 우리 일족의 궁녀들이 입는 옷이
라도 들고 왔어. 그 찢어진 옷 계속 입고 있을 수도 없잖아?"

"고맙군."

루프스는 옷을 받았다.

"설마 네가 직접 갈아입혀 줄 거야? 아무리 의식 없는 애라도 이건 좀 심하지 않나? 마리나가 상처 봐주면서 갈아입혀 줄 테니까 잠깐 막사에서 나가 있어."

바실리사가 고갯짓으로 밖을 가리켰다.

"됐다. 오르페가 있어."

"오르페는 수컷이잖아. 그리고 오르페의 말을 들어보니까, 지금 수컷이 만지면 거의 발작 수준으로 몸을 떤다고 하던데. 그래서 큰 상처밖에 치료 못 했다며. 오르페보다는 마리나가 나아. 얘도 실력 괜찮아. 마레 위르와 혼혈이라 오히려 마법에 훨씬 유능해."

루프스는 두 손을 모으고 공손히 서 있는 마리나를 보았다. 녹색의 비늘이 목에 남아 있다는 것 외에는 마레 위르와 똑같았다. 동물형을 취할 수 있는 수인과 마레 위르 사이의 혼혈은 수인에 좀 더 가깝게 태어나거나 마레 위르에 더 가깝게 태어나는 편으로 나뉘는데, 마리나는 전자였다. 루프스가 고개를 끄덕이곤 자리에서 일어나자 바실리사와 에릭은 그를 따라 막사 밖으로 나갔다.

"이제 어떻게 할 거야? 그 호전적인 소들이 이때가 기회다 하고 날뛸 텐데."

"벨라토르를 확대 배치할 거야. 명분은 충분해. 내게 앙심을 품은 놈이라 반란의 위험이 있으니 그러겠다면 그쪽도 막을 명분이 없어. 또한 치안 유지도 충분한 명분이 되고. 벨라토르를 확대 배치해서 마음에 안 들지만, 헥터 놈이 수장 자리 유지하는 것을 도와야지. 허수아비로 적격인 놈은 아니지만."

"헥터는 그렇다 치고, 토모스는? 젤다의 죽음에 가장 크게 분노할 텐데."

"그놈이 무서워하는 게 나아. 감히 내게 딸의 죽음에 관해서 하극상을 저지른다고? 제 분수를 알아야지."

루프스가 싸늘하게 말했다. 젤다는 씹어 먹어도 시원치 않았다. 펠릭스 다우스를 시키느니 사실은 제가 직접 씹어서 먹어버리고 싶었다. 정말 이성적으로 생각해서 시체도 남지 않는 비참한 죽음은 면하게 해준 것이다. 루프스는 주먹을 움켜쥐었다.

"야, 라이, 잠깐만."

바실리사가 루프스의 옷자락을 들췄다. 어깨에 멍이 크게 들어 있었다. 루프스는 귀찮은 듯이 바실리사의 손을 치워냈다. 좀 전의 싸움에서 유채의 안전을 위해서 헥터의 공격을 그대로 받아내어 생긴 멍이었다. 큰 상처도 아니어서 무시하고 있던 것이다.

"별거 아니야."

"별거 아니긴, 멍이 큰데 오르페한테 안 가고 뭐 해?"

바실리사가 떠드는 것을 무시하고 루프스는 막사의 천을 올렸다. 치료와 옷 갈아입히기가 끝났는지 마리나가 유채의 옷매무새를 정리하고 있었다. 루프스가 들어가자 마리나는 고개를 숙였다.

"어떤가?"

"온몸에 멍과 타박상이 심해 일단 치료하였습니다."

마리나는 좀 더 설명할까 하다가 입을 다물었다. 등에는 헥터가 살을 깨문 흔적들이 남아 있었고 가슴에는 손자국 모양의 시퍼런 멍과 손톱으로 인한 깊은 상처가 있었다. 가슴의 멍은 꽤 심각해 당분간은 멍 때문에 목욕도 하기 힘들 가능성이 높았다.

"그리고 혹시나 말씀을 드리자면, 보통 이런 일을 겪은 암컷들은 큰 후유증을 앓습니다. 불안해하고 우울해하는 모습을 보이고, 간혹 수컷들의 접촉에 발작을 일으킬 정도로 예민해집니다. 심할 경우는 정신이 망가지는 경우도 있습니다. 레티티아님도 후

유증이 상당하실 것으로 예상합니다."

죽기 직전까지 얻어맞고 강간 미수까지 당했는데 당연하다면 당연한 일이었다. 마리나는 몸의 회복을 돕는 약을 꺼내놓았다.

"당분간은 푹 쉬는 것이 중요합니다. 치유 마법은 물이 쏟아지는 포대를 천으로 대강 기워놓은 것에 지나지 않습니다. 회복이 중요하니 당분간은 몸을 움직이지 않으셔야 하고 푹 주무시는 것이 좋습니다."

마리나와 오르페가 처방한 약에는 수면제가 섞여 있었다. 그러니 잠에는 문제가 없을 것이었다.

"마리나, 미안하지만 여기 환자가 한 명 더 있어. 상처 좀 봐줘."

막사 안으로 들어온 바실리사가 루프스의 어깨를 건드렸다. 그녀의 성격상 오르페를 부르든 마리나에게 시키든 치료받을 때까지 매달릴 것이 분명하기 때문에 루프스는 얌전히 상의를 벗었다. 자잘한 흉터가 가득한 탄탄한 상체가 드러났다. 조각 같은 근육질 상체에 붉은 피멍이 들어 있었다.

마리나는 손에 마력을 모아서 루프스의 몸에 쏟아부었다. 루프스는 마력 저항력이 강했기 때문에 마리나의 이마에 땀이 송글송글 맺혔다. 운용 가능한 마력의 절반 이상을 쏟아부은 후에야 피멍이 사라졌다. 마리나는 이마에 맺힌 땀을 닦았다. 루프스는 다시 상의를 챙겨 입었다.

"루프스님, 돌아갈 준비가 끝났습니다."

케릭스가 막사 앞에서 보고했다.

"알겠다."

루프스는 유채의 몸을 안아 올렸다. 되도록 발목이나 손목의 무리가 가지 않게 안았는데도 유채가 약한 신음을 흘렸다. 루프

스는 그녀를 달래듯이 이마에 입술을 맞추었다. 루프스는 유채의
몸이 흔들리지 않게 단단하게 안고 평소보다 부드럽게 움직였다.

막사 밖으로 나오자마자 루프스는 케릭스에게 명을 내렸다.

"가서. 레티티아가 원래 쓰던 방을 다시 준비해 놔."

"……알겠습니다."

루프스는 여태껏 보았던 유채의 모습 중 가장 연약하고 여린
모습을 애잔하게 내려다보았다.

⚜

"꺄아아아아악!"

유채는 비명을 지르면서 일어났다. 몸을 버둥거린 탓인지 부러
진 손목과 발목에서 아릿한 아픔이 몰려왔다. 유채는 숨을 헐떡
거리면서 무릎을 감싸 안고 손톱을 물어뜯으면서 몸을 떨었다.
꿈에 헥터가 나왔다. 헥터는 제 사지를 묶어놓고 혀로 몸을 핥아
내렸다. 그 남자의 손 아래서 아무것도 할 수 없었다. 유채는 손
톱을 세워서 팔을 긁었다. 그 남자의 손이 닿은 곳이 모두 더럽게
느껴졌다.

문이 벌컥 열리고 루프스가 들어왔다. 루프스는 유채의 팔목
을 잡아챘다.

"아아악!"

유채는 루프스의 손이 닿자마자 몸부림을 쳤다. 유채는 그의
손을 안간힘을 다해서 떨쳐 내었다. 루프스는 유채의 반응에 당
황하여 팔목을 놓았다. 유채는 몸을 덜덜 떨면서 루프스와 멀어
지기 위해 애를 썼다.

"레티티아, 지금……."

루프스가 진정시키기 위해 다가갈 때마다 유채는 아픈 것도 아랑곳 않고 몸을 계속 뒤로 뺐다. 그러면서도 보기 불쌍할 정도로 몸을 떨어댔다.

기어코 유채는 침대에서 떨어졌다. 루프스는 심하게 당황해서 얼른 그녀에게 다가갔다.

"오지 마!"

유채는 제 몸을 끌어안으면서 악을 썼다. 유채의 팔을 잡으려던 루프스는 그 자리에 굳은 듯 섰다.

"오지, 오지 마요. 제, 제발."

유채는 울면서 흐느꼈다. 옅은 흐느낌은 어느새 우는 소리로 바뀌었다. 유채는 몸의 아픔과 제 처지의 서러움에 엉엉 울었다.

루프스는 어찌할 바를 모르고 그녀를 바라볼 수밖에 없었다. 지금 제가 억지로 손을 대버리면 유채는 약한 도자기 인형처럼 부서져 버릴 것 같았다. 루프스는 명치 부근이 욱신거리는 것 같았다.

"미안하다."

루프스가 입을 열었다. 루프스는 유채의 눈물을 닦아주기 위해서 손을 뻗었다. 하지만 유채는 그것도 참을 수가 없어 고개를 뒤로 뺐다. 유채의 울음소리가 더 커졌다. 온몸의 수분이 빠져나갈 것처럼 울었다.

"내가 늦어서 미안하다. 그러니."

그만 울라는 말이 입안에서 맴돌았지만 차마 뱉을 수가 없었다. 제 감정을 모두 토해내고 있는 마레 위르에게 그만 게워내라는 말은 할 수가 없었다. 무너진 둑을 다시 세우라고 강요할 수는 없는 노릇이었다.

루프스는 한쪽 무릎을 꿇고 유채가 우는 모습을 지켜볼 수밖에 없었다. 달래주려고만 하면 몸을 떨었다. 루프스는 유채의 부러진 발목과 손목이 덧날 수 있다는 생각에 그저 지켜보는 수밖에 없었다.

유채는 허리를 굽히고 오열했다. 공포, 비참함, 자괴감, 온갖 어두운 감정들이 밀려 나왔다. 더 이상 참을 수가 없었다. 간신히 붙잡고 있던 정신줄이 툭 끊겨 버렸다. 그 남자에게 뺨을 맞을 때가 생각났다. 아무것도 할 수 없어 계속 맞기만 했다. 그 남자가 뒤에서 끌어안고 온몸을 그 더러운 손으로 더듬었다. 지금도 그 손이 제 몸을 더듬고 있는 것만 같았다. 유채는 다리를 끌어안고 웅크려서 통곡하였다.

"내가 미안하다."

루프스는 늦어서 미안하다는 말만 반복했다. 할 수 있는 일이 이것밖에 없었다. 유채는 이제 지쳐서 나올 눈물도 없는 것인지 꺽꺽대면서 숨을 헐떡였다. 울다가 지친 몸이 옆으로 쓰러졌다. 루프스는 얼른 손을 뻗어서 바닥에 닿기 전에 유채의 몸을 받았다. 유채는 탈진한 것인지 눈을 깜빡이더니 그대로 감았다. 실신한 것 같았다.

루프스는 축 늘어진 유채의 몸을 다시 침대로 옮겨주었다. 지나치게 가벼운 몸이 안쓰러웠다. 루프스는 유채가 흘린 눈물을 닦아주었다. 그리고 이마에 입을 맞췄다. 이마에서 열기가 느껴졌다. 기력이 떨어지니 감기 기운이 생긴 것이었다.

루프스는 유채의 턱선과 볼을 쓸었다. 그렇게 당당했던 유채가 이렇게 한없이 약해진 모습에 루프스는 굉장히 충격을 받았다.

"루프스님, 저 오르페입니다."

눈치 빠른 궁녀 하나가 시키기도 전에 오르페를 불러왔다. 자던 중에 끌려온 것인지 오르페는 우스꽝스러운 분홍색 잠옷 위에 분홍색 가운을 걸치고 벌겋게 충혈된 눈을 하고 다급하게 들어왔다. 오르페는 실신한 유채의 맥을 짚었다. 맥이 옅고 불안정했다. 확실히 기력이 쇠해 있었다. 몸부림을 친 것인지 기껏 감아놓은 부목이 비뚤어져 있어 그것을 바르게 대어주고 체력을 회복하는 마법을 불어넣었다. 혹시 몰라 수면 유도 마법까지 걸었다. 지금은 깊은 잠이 답인 상태였다.

"내 방으로 와라."

루프스는 치료가 끝난 오르페를 제 방으로 불렀다. 오르페는 루프스를 따라서 그의 방으로 들어갔다. 루프스는 침대 근처에 있는 의자에 앉았다.

"루프스님, 볼이……."

루프스는 볼을 쓸었다. 피가 묻어 나왔다. 유채가 팔을 휘두를 때, 그녀의 손톱에 찢긴 상처였다. 루프스는 피곤한 얼굴로 이마를 짚었다.

"별거 아니다. 그래서 지금 레티티아의 상태는 어떤 건가?"

"일단 보이는 외상은 다 치료했습니다. 하지만 내상까지 다 치료하고 외상도 완벽하게 치료하기 위해서는 푹 주무시고 쉬시는 것이 가장 좋습니다."

"발작은?"

"그것이……."

오르페가 머뭇거렸다.

"지금 워낙 충격이 깊은 상태라 발작이 어느 상태에서 일어나는 것인지 정확하게 알 수가 없습니다. 확실한 것은 수컷의 접촉에 대한 극도의 공포감으로 인한 거란 겁니다."

오르페는 루프스의 표정을 살폈다. 약간 지쳐 보이는 표정이 무슨 생각을 하는지 짐작할 수 없게 만들었다. 오르페는 유채를 동정했다. 혹여 루프스가 유채의 정신력을 운운하면서 정신력이 강하면 이겨낼 수 있는 거라고 말하며, 예전처럼 함부로 대할 것이 걱정되었다. 그렇게 된다면 유채는 정말 무너질 것이었다. 오르페는 크게 각오를 하고 입을 열었다.

"루프스님, 지금 레티티아님이 겪고 있는 것은 정신력과 상관이 없는 것입니다. 건장한 수컷도 그렇게 얻어맞으면……."

"안다. 알고 있어. 그런 건 정신력과 상관없지."

루프스가 피곤한 듯이 얼굴을 쓸어내렸다. 오르페는 루프스의 의외의 말에 크게 놀랐다.

"치료 방법은 있나?"

"없습니다. 그저 증상을 완화하는 것 외에는."

"알겠다. 늦은 밤에 수고했다. 돌아가라."

오르페는 고개를 숙이고 물러났다. 루프스는 의자에서 일어나 넓은 침대에 누웠다. 그리고 좀 전에 본, 겁을 잔뜩 집어먹은 유채의 얼굴을 떠올렸다. 왼쪽 가슴이 묵직하게 아파왔다. 펠릭스 다우스가 제게 복종하기 전에 짓는 표정이 딱 그런 것이었다. 공포, 비참함이 섞여 체념하기 직전의 바로 그 표정.

루프스가 유채에게 처음에 보고자 한 것도 그런 종류의 것이었다. 한데, 원하는 표정을 보았는데 마음이 편하지 않았다. 저에게 대들지 않고 무서워하면서 우는 유채를 보면서 루프스는 뭔가가 잘못됐다는 것을 느꼈다.

그리고 그는 깨달았다. 그가 보고 싶었던 것은 그런 게 아니었다. 제게 복종하지 않고 바락바락 대들어도 좋고 빈정대어도 좋다. 지금처럼 죽은 눈을 하고 벌벌 떠는 유채가 아니라 생기 있는, 살아 있는 유채를 원했다.

울어도 좋고 화를 내도 좋고 짜증을 부려도 좋고 심지어 지난번처럼 제가 아닌 다른 수컷이나 암컷에게 웃고 있어도 좋다. 특히 그 바닷가에서의 옅은 웃음도 좋았다. 지금 같은 죽은 눈만 아니면 된다. 그는 묵직하게 아릿한 왼쪽 가슴, 심장이 있는 부근을 꾹 눌렀다.

알 수 없는 감정이었다. 처음 겪는 감정이었다.

그럼에도 하나는 분명이 알았다.

레티티아의, 아니, 유채의 생기 있는 모습을 보고 싶었다.

알 수 없는 감정에 아릿한 가슴의 통증 사이로 그것 하나만은 분명하였다.

Chapter 4
카를리티오 [Catulitio]

"루프스님, 이 처우는 억울합니다."

토모스는 통통했던 얼굴이 반쪽이 된 채로 루프스 앞에 고개를 숙였다. 보통 베노르 콩레수스에서 루프스가 자리를 비우면 플로서스가 하루 동안 일을 위임받아야 하나, 플로서스가 집에 칩거하고 있는 덕택에 토모스가 플로서스의 대리로 궁에서 그의 일을 처리하고 있었다. 베노르 콩레수스에서 루프스의 몰이꾼에 합류하는 것은 큰 영광이라 제 어린 딸이 아리아 대신 가고 싶다고 졸라 무리하게 힘을 써서 몰이꾼에 넣어주었다. 젤다가 돌아오면 주기 위해서 예쁜 머리 장식도 하나 사놓고 집에서 기다리고 있었건만 돌아온 것은 처참한 시신이었다.

예쁘고 고운 얼굴은 날카로운 늑대의 이빨에 반이나 찢겨 나갔고 머리는 터져서 뇌수가 줄줄 흘렀다. 팔이나 다리 어디 하나 성한 곳이 없었다. 심지어 내장까지 배에서 쭉 흘러나와 있었다. 아비 된 입장에서야 이것이 딸임을 알아본 것이지, 만일 다른 이였다면 그저 고깃덩어리로만 볼 것이었다. 토모스는 젤다의 시신을 끌어안고 통곡했다. 그리고 자존심 다 버리고 케릭스의 다리를 부여잡고 물었다. 도대체 젤다가 왜 이리 되었냐고. 돌아오는 대답은 하나였다.

"레티티아를 건드린 죄입니다."

어처구니가 없어서 힘이 탁 풀렸다. 루프스의 침실에 상주한다는 천박한 암컷 마레 위르였다. 청순하고 순진하게 생긴 외모와는 달리 밤 기술이 좋아서 루프스의 총애를 받는다는 펠릭스 다우스였다. 제 딸이 그 다리나 벌리는 천박한 년 때문에 죽었다고? 토모스는 황당해서 헛웃음밖에 안 나왔다.

제가 누구인가? 로보 사후, 끝까지 그에 대한 충정으로 지금의 루프스의 신변을 보호하기 위해서 그를 찾았다. 플로서스가 늑대 일족의 보존에 집중했던 것과는 다르게 저는 루프스만 찾았다. 그런 자신을 이렇게 배신하는 것인가? 토모스는 머리끝까지 화가 치밀어 올랐다.

토모스는 제 딸이 왜 죽었고 어떻게 죽었는지를 딸아이에게 딸려 보냈던 수행원에게 자세히 들은 후 꾹꾹 눌러놓았던 화가 폭발했다. 루프스는 제 딸의 시신을 치워 버리라고 말했다! 태워 버릴 뻔했던 시신을 케릭스가 간신히 말려서 그나마 수습해서 가져온 거라고 했다.

토모스는 그 순간부터 눈이 벌겋게 물들었다. 젤다의 장례 준비를 하니 어느덧 삼 일이 흘렀다. 토모스는 제 딸의 발인 전에

이 한을 풀어주고자 붉게 충혈된 눈으로 밤을 샜다. 그리고 날이 밝자마자 알현을 청했다. 아직 베노르 콩레수스로 인한 뒤풀이 연회 겸 일족 간의 화합의 장이 마련되고 있는 중이기에 루프스는 예정된 시간보다 약간 늦게 도착했다.

"제 딸은 루프스님의 백성이며, 저희 늑대 일족의 소중한 일원입니다. 그런데 어떻게 천하디천한 마레 위르의 목숨보다 못한 취급을 받는다는 말입니까? 제 딸이 무엇을 그리 잘못했습니까?"

"내 하나 묻지."

루프스가 의자에 비스듬하게 앉아 냉랭하게 입을 열었다. 그는 지금 굉장히 피곤한 상태였다. 말도 안 되는 헛소리는 들어주고 싶은 생각도 없었다.

"그대의 왕은 누구이며, 그대가 따라야 하는 자는 누군가?"

"……루프스님이십니다."

"그대의 딸은 누구의 말을 들었나?"

"상대는 타우루스 헥터입니다. 제 딸이 타우루스 헥터의 협박을 어찌 무시할 수가 있었겠습니까?"

"그대는 나보다 타우루스 헥터가 더 두려운 것인가?"

"예?"

루프스가 의자에서 일어났다. 그리고 묵직한 걸음으로 계단을 내려가서 토모스가 바닥에 엎드려 있는 쪽으로 걸어갔다. 토모스는 루프스의 기에 눌려서 입을 열지 못했다. 루프스의 손이 토모스의 어깨에 내려앉았다. 젊을 적 여우 일족과의 전투에서 얻은 커다란 상처가 남아 있는 그 오른쪽 어깨였다.

"나는 두 번 말하는 게 정말 귀찮아. 그런데 말이야, 요즘 나를 두 번이나 말하게 만드는 수인들이 많아."

루프스의 낮은 목소리가 귓가에 울렸다.

"딸을 잃은 아비의 마음을 헤아려 특별히 다시 한 번 묻지. 나보다 헥터가 더 무서운가?"

"아, 아닙니다."

토모스가 굳은 입을 억지로 움직였다. 루프스는 토모스의 어깨를 누른 손에 힘을 주었다. 예전의 전투로 약해진 토모스의 어깨는 작은 충격에도 금방 욱신거렸다. 그의 얼굴이 찌푸려졌다.

"그럼 젤다는 왜 헥터의 말을 들었지? 내가 내 일족의 목숨을 헥터에게서 보호하지 못할 것이라고 생각하는 것인가?"

토모스가 이번에는 신음을 삼켰다. 어깨를 누르는 손아귀의 힘이 상당했다.

"그대의 딸은 타우루스의 꼬임에 넘어가 감히 내 것에 손을 대었고 레티티아는 그 덕에 죽기 직전까지 폭행을 당했다."

"그깟 마레 위르의 목숨이 제 딸보다 중합니까! 전 로보님께 제 충정을 바쳤습니다. 모두가 찾지 않았던 루프스님을 마지막까지 찾았던 것은 바로 저 토모스입니다. 제 충정은 무엇입니까? 제 충정이 그깟 천박하게 다리 벌리는 것밖에 하지 못하는…… 흐억!"

루프스가 토모스의 목을 움켜쥐고 들어 올렸다. 토모스의 발이 허공에서 덜렁거렸다.

"충정? 내가 알기론 베니니타스가 오자마자 도망간 것이 바로 네놈일 텐데?"

루프스는 분명히 기억했다. 아버지와 베니니타스의 싸움이 시작되고, 싸움의 패색이 짙어지자 가장 먼저 자리를 뜬 것이 바로 토모스였다. 저를 먼저 찾았다고? 루프스는 비웃었다.

"네가 나를 찾은 것은 내가 살아서 난동을 피우고 있다는 소식을 들어서겠지. 네놈의 권력을 위해. 충정? 웃기는 소리."

토모스가 저를 찾은 이유는 하나였다. 늑대 일족이 타 일족과 다른 점은, 이니투스를 숭상하여 그의 자손만을 수장으로 생각한다는 것이었다. 일종의 상징성이었다. 물론 이니투스의 자손들은 항상 가장 강했기에 이 전통은 이어질 수 있었다. 바로 그 늑대 수인들의 불만을 잠재우고 제 영향력을 넓히기 위해, 토모스는 저를 찾은 것이었다. 근래에 들어본 말 중 제 아버지를 향한 충정으로 저를 찾았다는 말만큼 웃긴 것도 없었다.

"미안하지만, 난 네놈의 손아귀에서 놀아줄 생각 없다."

루프스가 손을 놓았다. 토모스의 몸이 바닥으로 떨어졌다. 토모스는 컥컥거리면서 얼른 신선한 공기를 들이마셨다. 루프스는 그의 어깨를 밟았다.

"그리고 내가 예전에 경고했던 것으로 기억하는데? 내 것을 건드리는 놈은……."

토모스는 숨을 헉헉 몰아쉬었다.

"죽음으로 보답해 주겠다고. 내가 틀렸나?"

루프스는 토모스의 어깨를 밟은 발에 힘을 주어서 눌렀다. 토모스가 고통을 이기지 못하고 비명을 질렀다. 뚝, 하는 끔찍한 소리와 함께 토모스는 어깨를 감싸 쥐고 바닥을 굴렀다. 루프스는 마치 그를 벌레 보듯이 쳐다보았다.

"나는 그대의 딸에게 적합한 벌을 내렸다."

루프스가 무릎을 굽혀서 붉게 충혈된 눈으로 자신을 노려보는 토모스를 향해 곱게 눈을 접어 보였다.

"그것이 뭐가 잘못됐나."

루프스는 토모스의 어깨를 가볍게 두드려 주었다.

"딸을 잃은 그대의 마음에 심심치 않은 위로를 표하네."

루프스는 조롱인 것인지 정말 조의를 표하는 것인지 알 수 없는 말을 건넸다. 토모스는 이를 갈았다. 제 딸을 죽인 이의 입에서 나와서는 안 되는 말이었다.

루프스는 자리에서 일어났다.

"그리고 나는 오늘 또 한 가지를 알았어. 이렇게 쓸모없이 시간을 보내는 방법이 있다는 것을 말이야. 정말 고마워."

루프스는 알현실에 토모스를 남겨두고 그곳을 빠져나갔다. 토모스는 분한 듯이 멀쩡한 팔로 바닥을 내려쳤다. 쿵쿵거리는 소리가 알현실을 채웠다.

⚜

딸각.

헤나가 열쇠를 돌려서 문을 열었다.

블루벨이 침대 옆에 무릎을 꿇고 앉아서 유채의 땀에 젖은 앞머리를 넘겨주고 있었다. 블루벨은 문이 열리는 소리를 듣자마자 자리에서 일어났다. 들어온 인물이 루프스인 것을 확인하자마자 고개를 숙였다.

"어떤가?"

"점심 식사 하시고 약 드셨어요. 금방 잠에 드셨고요."

블루벨이 유채가 무엇을 했는지 설명했다. 심하게 지친 유채는 말 그대로 움직이지 않고 쉬는 것이 답이었다. 오르페는 유채를 위해서 수면제를 처방했는데, 문제는 그것이 수인들의 기준으로 만들어졌단 것이었다.

유채는 매번 약을 먹자마자 기절한 것처럼 잠에 들었다.

블루벨은 신음을 흘리며 땀을 흘리는 유채를 안쓰럽게 내려다보았다. 수면제의 부작용이었다. 유채가 말하기를, 잠들고 나면 악몽을 꿀 때가 있는데 수면제가 너무 독해서 일어날 수가 없는 것이 공포라고 했다. 유채가 신음을 흘리고 땀을 흘리는 것을 보아 지금도 악몽을 꾸고 있는 것 같았다.

루프스가 다가오자 블루벨은 옆으로 살짝 물러섰다. 루프스는 조금 불편하게 꺾인 유채의 목을 베개에 바로 눕혀주었다.

"땀은 왜 이렇게 많이 흘리나?"

루프스는 유채의 땀에 젖은 머리카락을 넘겨주었다.

"악몽을 꾸시는 것 같아요. 삼 일간 종종 그러셨어요."

"일어나면, 목욕을 시켜라."

"그건 유채, 아니 레티티아님이 좋아하시지 않으실 것 같아요."

블루벨은 크게 각오를 하고 입을 열었다. 유채는 지금 온몸에 입은 상처로 목욕하는 것을 괴로워했다. 비누 묻힌 천으로 몸을 문지르는 정도만으로도 몸을 움찔거리면서 욕조의 가장자리를 손마디가 하얗게 변할 정도로 움켜쥐곤 했다. 가장 통증이 심한 곳은 발길질을 당한 배와 무자비하고 거칠게 다뤄진 가슴이었다. 가슴의 멍이 크고 심해서 유채 본인도 손을 대지 못할 정도였다. 지금 유채에겐 목욕 자체가 괴로운 일이었다. 오죽하면 땀에 범벅이 되었는데도 목욕을 거부하곤 했다.

"오르페님이 되도록 물에 닿지 말라고 하셨어요. 그냥 내일 아침에 하시는 것이 좋을 것 같아요."

"그렇게 해라."

루프스는 선뜻 블루벨의 제안을 받아들였다. 블루벨은 가슴을 쓸어내렸다. 최근 루프스는 유채의 일을 모두 블루벨에게 맡겼다. 또한 블루벨의 공적을 높게 사서 추가적인 보수도 지급했는데, 그녀는 제 일 년치 봉급에 해당하는 액수에 입을 떡 벌렸다.

"수고했다. 나가서 쉬어라."

루프스의 말에 헤나는 눈짓으로 블루벨을 방 밖으로 불러냈다. 블루벨은 약간 불안한 눈초리로 고개를 숙이고 방을 빠져나갔다.

루프스는 의자를 당겨서 침대 가까이에 두고 앉았다. 블루벨이 유채의 땀을 닦기 위해 가져다 놓은 대야가 보였다. 수건이 찬물에 반쯤 담겨 있었다. 그리고 그 세숫대야 옆에 궁녀들이 그가 내린 명령대로 새로운 화병을 찾아 숙면을 도와준다는 라벤더 꽃을 꽂아놓았다. 루프스는 직접 찬물에 적신 수건으로 유채의 이마를 닦았다.

"보기 괴로울 정도로 말랐군."

루프스는 유채의 목도 닦았다. 원래도 얇고 연약한 목이였지만, 삼 일 사이에 말라비틀어진 나뭇가지에 비유해도 좋을 정도가 되었다. 충격이 심한지 식사도 잘 하지 않는다고 하였다. 루프스가 유채의 손을 말끔하게 닦아주었다. 루프스는 조금 전보다 고른 숨을 내뱉는 그녀를 보면서 세숫대야에 수건을 대강 던져놓았다.

유채의 하얀 피부는 더 하얗게 질렸고 손가락은 뼈밖에 남지 않았다. 숨을 쉬지 않았다면 송장이라고 해도 믿었을 것이다. 루프스는 조금만 힘을 주면 부서질 것 같은 유채의 손가락에 입을 맞추었다. 분명히 말하지만 그녀가 이렇게 되기를 단 한 번도 바란 적 없었다. 이렇게 처참하게 무너지는 것을 원하지는 않았다.

"레티티아님은 헥터님과 비슷한 수컷 수인에 대한 공포감이 큰 것 같습니다. 그래서 그런 수인과 닿으면 그때의 기억이 떠올라 발작을 일으키는 것 같습니다."

유채는 처음에는 수컷이라면 모조리 몸을 떨면서 손을 떨쳐 내었지만 시간이 조금 지나니 프레드릭을 받아들였고 이내 오르페도 괜찮아졌다. 그러나 루프스는 아니었다. 루프스는 유채의 손을 부드럽게 쥐었다.

"너 때문에 나도 이상한 것 같다."

소 수인 일족의 일과 다른 수인 일족 수장과의 일로 바쁜데도 그의 모든 신경은 유채에게 쏠려 있었다. 직접 마주하고 이야기하고자 하였으나 유채는 그가 가까이 다가가기만 해도 소리를 질렀으며 손이라도 닿으면 울음부터 터뜨렸다. 그리고 그럴 때마다 그는 가슴 한편이 욱신거렸다. 그만하라고 윽박지르고 몰아붙이고 싶다가도 눈물이 범벅이 돼서 숨을 헐떡이는 유채를 보면 그만 맥이 풀렸다.

어제도 유채의 비명 소리에 잠이 깨 달려왔다. 유채는 얼굴을 손에 묻고 울음을 토해내었다. 루프스는 그녀의 눈물을 닦아줄 수도 없었고 가까이 앞으로 다가갈 수도 없었으며, 그렇다고 유채가 외롭지 않게 지켜봐 줄 수도 없었다. 그가 할 수 있는 그녀를 내버려 두는 것뿐이었다.

그렇게 방으로 돌아와 누워 있는데 가슴이 답답하고 속이 홧홧했다. 아무리 두드려 보아도 풀리지 않는 응어리가 맺혀 있는 것처럼 가슴이 답답했다. 그는 요즘 가슴이 답답하여 잠을 제대로 자지 못해 매우 피곤했다.

가만히 누워 있는 유채를 보면 답답한 느낌도 조금 사라지는 것 같았다. 루프스는 손에 들어온 유채의 여린 손에 안심했다. 그는 유채의 앞머리를 넘겨서 이마에 입술을 맞추었다. 루프스의 입술이 코를 타고 내려와 코끝에 잠시 머무르더니 살짝 떨어졌다. 그리고 유채의 입술에 가까이 다가갔다.

"아무리 그래도 이건 아니겠지……."

루프스는 유채의 입술 가까이 다가갔다가 그대로 떨어졌다. 대신 그녀의 입술을 손가락으로 쓸었다. 입술 틈으로 옅게 나오는 숨이 그녀가 살아 있음을 증명해 주었다. 힘든 일을 겪어서 입술은 거칠어져 있었다. 그럼에도 달큰한 향은 여전했다. 몸에 열이 오른 루프스의 고개가 다시 조금씩 기울어졌다.

"흑."

여린 신음 소리가 들리자 루프스는 당장 고개를 들었다. 겨우 제정신이 돌아왔다. 지금의 행동은 해서는 안 되는 것이었다. 그는 거칠게 마른세수를 했다.

루프스는 유채의 반대편 손, 붕대에 둘둘 감긴 손을 보았다. 그는 눈을 감고 크게 심호흡을 하였다. 이성적으로 생각해야 했다. 카를리티오가 아직 이 주나 남았는데 이런 반응은 이상했다. 루프스는 유채의 이마에 다시 입술을 맞추고 서둘러 방을 빠져나왔다.

"라이, 팔에 감은 붕대는 뭐냐?"

루프스는 바실리사와 실없는 수다라도 떨면 나아질까 싶어서 그녀를 찾았다. 바실리사는 한참 에릭을 붙잡아 그 입술을 꿰매기 위해서 포효하고 있는 중이었다. 바실리사는 루프스의 옷소매 안으로 보이는 붕대에 관심을 보였다. 루프스는 별것 아니라는 얼굴로 팔을 들어 올렸다.

"오르페의 유난."

"아. 그나저나 나하고 단순히 수다나 떨자고 온 건 아닐 테고. 뭔 일이야?"

"베노르 콩레수스가 끝나도 좀 오래 머물러 줬으면 하는데."

"유채 때문에?"

바실리사는 차를 홀짝이면서 루프스의 표정을 살폈다. 그는 제 말에 긍정도 부정도 하지 않았다. 하지만 그것이 바로 강력한 긍정이었다. 바실리사는 입술을 옆으로 틀었다. 아무래도 그가 유채에게 마음이 있는 것 같았다. 헥터를 반죽음으로 만들어놓고, 토모스와 척을 질 텐데도 망설임 없이 젤다를 죽였으며 지금은 유채를 위해서 최상의 약재들만 들여오고 있었다. 그럼에도 아직도 유채를 펠릭스 다우스로 두는 것으로 보아 그녀를 정말 암컷으로 아끼는 것인지 그냥 총애하는 펠릭스 다우스로 보는 것인지가 헷갈렸다.

진짜 마음에 담은 암컷이라면 당장 파렌티아를 회수하고 제 옆에 앉히기 위해서 난동을 부렸어야 했다. 바실리사는 루프스의 마음이 아직 그 정도는 아닌가 싶었다.

"그 팔 왜 다쳤는지 알려주면 남아 있을게. 뭔 일로 다쳤냐?"

"도자기 조각에 찔렸다."

"응?"

바실리사는 예상하지 못한 이유에 눈을 동그랗게 떴다. 루프스는 미간을 문지르고 오늘 새벽에 있었던 일을 떠올렸다.

✤

"꺄아아아악!"

루프스는 유채의 비명 소리에 잠에서 깼다. 이제는 놀랍지도 않았다. 유채는 항상 악몽 때문에 새벽에 잠에서 깨어나서 비명을 질렀다. 처음에는 가서 달래려고 했었지만 이젠 방에서 꼼짝도 하지 않고 그 소리가 잦아들기만 기다렸다. 제가 가면 유채는 더 심하게 오열을 하고 탈진하여 쓰러질 것이 분명했다.

오르페가 당부한 사항이었다. 당분간은 유채가 비명을 질러도 그녀를 찾지 말라는 것이었다. 유채는 정신이 불안정한 상태고 지금 그녀에게 루프스는 공포 그 자체일 뿐이었다. 유채의 심신의 안정을 위해서 얼굴을 보이지 말아달라는 것이었다. 오르페의 말도 있고 해서 루프스는 방에서 꾹 참고 기다렸다. 하지만 더 이상은 참을 수 없었다. 루프스는 당장 침대에서 일어났다.

손이 너무 다급해서 여러 번에 헛손질 끝에 열쇠 구멍에 열쇠를 넣고 돌려 문을 열었다. 문을 열자마자 보인 것은 침대에서 떨어져 내려서 아픈 발목을 감싸 쥐고 몸을 벌벌 떠는 유채였다. 유채의 초점이 흐릿한 눈이 루프스를 발견하자마자 몸을 일으켜 세우기 위해서 버둥거렸다. 루프스는 레티시아의 발목이 잘못될 것 같아서 다급하게 외쳤다.

"가만히 있어!"

"오지, 오지 마요! 오지 마!"

유채가 비명처럼 외쳤다. 유채는 루프스가 다가가자 또다시 비명을 지르면서 몸을 버둥거렸다. 그러다가 그 몸부림에 침대 옆에 있던 탁자가 쓰러졌다. 탁자가 쓰러지면서 꽃병이 떨어져서 산산조각이 났다. 도자기 파편이 유채의 볼에 긴 실금을 만들었다. 루프스는 유채가 도자기 파편에 다칠까 봐 걱정되서 빠른 걸음으로 다가가 그녀의 손목을 붙잡았다.

푹.

"윽."

루프스는 팔에 통증을 느끼곤 신음을 삼켰다. 유채가 어느새 도자기 조각을 움켜쥐고 그를 향해 휘두른 것이었다. 날카로운 파편 탓에 그것을 쥔 유채의 손에서도 피가 흘러 바닥에 뚝뚝 떨어졌다. 루프스는 제 상처보다 유채의 손바닥이 더 걱정이 되었다.

"놔요."

유채가 너무나도 연약한 얼굴을 하고 작은 목소리로 말했다.

"제발. 제발. 놔줘요……. 제발. 놔줘요……."

유채의 목소리는 울음이 섞여서 흐느낌으로 번져 갔다. 루프스의 팔에서 흘러내린 피가 그의 하얀 가운을 붉게 적셨다. 루프스는 여전히 도자기 조각을 구원줄이라도 되는 것처럼 움켜쥐고 있는 유채가 걱정되었다. 그녀의 손이 피로 범벅이 되었다.

"네가 도자기 조각을 놓으면 놔주겠다."

그 말이 끝나자마자 유채는 벌벌 떨면서 손에서 힘을 뺐다. 바닥으로 떨어진 도자기 조각을 루프스는 발로 차서 멀리 밀어냈다. 그리고 약속대로 유채의 손목을 놓아주었다.

유채는 양손을 가슴 앞에 모아 쥐고 벌벌 떨었다. 그녀의 큰 눈에서 눈물이 흘러내렸다. 눈물을 닦아주기 위해서 루프스는 손을 뻗었다가 멈칫하여 그대로 거두었다. 유채가 그의 손을 거부하며 몸을 살짝 뒤로 뺐기 때문이었다. 이내 작은 방이 유채의 울음소리로 가득 찼다. 다시 루프스의 가슴 한편이 묵직하게 아파왔다.

"미안하다."

루프스가 할 수 있는 말은 그것밖에 없었다. 우는 유채를 바라보며 미안하다는 말밖에 하지 못했다. 유채는 계속 오열했다.

새벽부터 온 체력을 다 쏟아부은 후에 탈진한 유채는 힘없이 중얼거렸다.

"……집에 가고 싶어."

유채는 가슴에 진득하게 묵혀놓은 소원을 입 밖으로 내뱉었다. 그 말을 끝으로 의식을 놓고 쓰러지는 유채의 몸을 루프스가 끌어당겨서 안았다. 가는 어깨를 안자 축 늘어진 그녀의 얼굴이 루프스의 목덜미에 놓였다. 루프스는 너무나도 말라서 가여운 몸을 놓지 않겠다는 의지로 끌어안았다.

"미안하다."

루프스는 낮은 목소리로 중얼거렸다. 무엇이 미안하다는 것인지 그 자신도 알 수 없었다. 하지만, 분명한 것은 유채에게 계속 사과를 해야 한다는 것이었다.

루프스는 유채를 안아 조심스럽게 침대에 내려놓았다. 그리고 팔에 흐르는 피를 대강 닦은 뒤에 갑작스러운 소동에 잠이 깨서 달려온 궁녀를 잡아 오르페를 불러오라고 일렀다. 오르페는 늙어서 한 번 깨면 잠도 쉽게 안 온다는 말을 중얼거리면서 허둥지둥 달려왔다.

"일단 손부터 봐라."

오르페는 유채의 찢어진 손바닥을 살폈다. 매번 생각하는 것이지만, 참 제 몸을 힘들게 만드는 암컷이었다. 오르페는 그것이 애잔하여 혀를 차면서 유채의 손바닥에 마력을 불어넣었다. 상처는 금방 아물었다. 궁녀가 받아온 물을 천에 적셔서 남은 피를 닦고 붕대를 감아주었다.

"발목은 혹여 덧나지 않았나?"

"한번 봐야 알겠습니다."

오르페는 유채의 치맛자락을 걷어 올리고 발목을 손으로 만져 살폈다. 실신한 상태로도 고통이 느껴지지 유채가 움찔거렸다.

"다행히 어디 이상이 생긴 것은 아닌 것 같습니다. 하지만 오래 걷는 것과 같은 발목에 무리가 가는 것은 피해야 합니다. 마법이 란 것은 말 그대로 임시방편인지라 완전히 뼈가 붙을 때까지는 되도록 움직이지 않는 것이 좋습니다. 잘못했다가는 뼈가 뒤틀려 붙을 수 있습니다."

오르페는 유채의 치맛자락을 다시 내려주고 이불을 목까지 덮 어주었다. 얼마나 울었는지 눈이 퉁퉁 부어 있었다. 오르페는 유 채가 가여워서 부어 있는 눈에도 마력을 쏟았다. 급한 처치를 끝 내고 돌아서는 오르페의 눈에 피를 흘리고 있는 루프스의 팔이 보였다.

"루프스님, 팔이……."

"아, 이거?"

루프스가 별것 아니라는 표정으로 팔을 들어 올렸다. 오르페의 조금 당황한 얼굴에 루프스는 팔을 돌려서 상처 부위를 살폈다. 그가 보기엔 그렇게 심각한 상처는 아니었다. 예전 전쟁터를 홀로 떠돌아다닐 때는 이보다 더 심한 상처도 입은 적이 많았다. 이 정 도는 가만히 둬도 나을 상처인 것이다.

소 수인이 수인들 중 가장 힘이 강하다면 늑대 수인들은 빠른 회복력을 자랑했다. 루프스는 블랑카의 혈통 때문인지 다른 늑대 들보다는 못했지만 그래도 다른 수인들에 비해서는 월등하게 회 복력이 빨랐다. 루프스는 제 치유력 때문에 이 정도의 상처는 대

수롭지 않게 여기는 편이었다.

"혹시 도자기 조각이 박혀 있을지도 모릅니다. 상처를 보여주시지요."

오르페가 유난을 떨었다. 루프스는 괜찮다고 말했지만, 오르페는 고집을 부렸다. 루프스는 결국 귀찮다는 얼굴로 팔을 내밀었다. 오르페는 불을 밝히고 상처를 찬찬히 살폈다.

"도자기에 묻은 유약이 독이 될 수 있으니 조심해야 합니다."

오르페는 루프스의 상처를 붕대로 감아주면서 경고했다. 마력 저항력이 심각하게 강한 루프스에게는 마법도 통하지 않아 약을 통한 치료 외에는 할 수 있는 게 없었다. 루프스는 오르페의 유난을 떨떠름한 표정으로 보았다.

"당분간은 레티티아님을 만나지 않는 게 좋겠습니다."

팔의 치료를 끝낸 오르페는 벌을 받을 것을 각오하고 루프스에게 말했다.

"지금 레티티아님은 수컷의 접촉에 극도의 공포심을 느끼고 있습니다."

"너와 에릭 놈은 괜찮던데?"

"정확히는 제게 해를 끼칠 가능성이 높아 보이는 수인 수컷에 대한 공포입니다. 헥터님과 비슷한 건장한 체격의 수인 수컷들을 헥터님과 같게 보는 것이죠."

오르페는 유채의 증상을 일부러 두루뭉술하게 말했다. 사실 유채는 수인의 수컷에게 공포감을 느끼기는 하였지만, 참을 만한 수준으로 천천히 회복되는 중이었다. 하지만 그것도 자신에게 위협이 되지 않을 것이라는 확신이 생겨야 괜찮아지는 수준이라 무의식적으로 몸을 떠는 것까지는 어찌하지 못했다.

가장 큰 문제는 과거 어떤 방식으로든지 제게 해를 입힌 수컷에 한해서는 거의 까무러칠 수준의 공포를 느낀다는 것이었다. 그것이 루프스의 손이 닿기만 하면, 아니, 그를 보기만 해도 비명을 지르고 탈진할 때까지 우는 이유였다. 루프스가 과거에 한 짓이 유채에게는 그가 언제 헥터처럼 돌변할지 모른다는 공포심을 건드리게 하는 스위치가 된 것이었다.

"악몽을 꾸는 것은 해결 가능한가?"

"무의식의 영역은 제가 할 수 있는 방법이 없습니다. 아예 꿈을 꾸지 않게 하려면 독한 수면제가 필요한데 잠깐은 모르겠지만 오래 복용하면 결국 몸에는 좋지 않습니다."

"다른 방법은?"

"한 번 상처를 입으면 몸보다 회복하기 힘든 것이 마음이고 정신입니다. 정신도 회복할 수는 있지만 시간이 지나면 자연히 몸이 낫는 것과는 달리 언제 어떻게 회복될지 모릅니다. 신이 아닌 이상 아무도 모르는 일이지요. 지금은 되도록 안정된 상태에서 몸부터 회복하는 것이 먼저입니다. 그 뒤에 정서적인 면도 다스린다면 유채 양도 다시 원래대로 회복될 수 있을 겁니다."

"그래서 당분간 나는 레티티아의 눈에 띄지 말라는 건가? 주인보고 오라 가라 하는 건방진 펠릭스 다우스는 처음이네."

말의 내용은 거칠기 짝이 없었으나, 막상 루프스의 말투나 얼굴 표정에는 동정의 기색이 섞여 있었다. 오르페는 하품을 늘어지게 하고 왕진 가방을 챙겼다. 그러고는 엉거주춤하게 서서 그가 일어나기를 기다리고 있었다. 그렇게 알아듣게 설명을 했는데도 움직이려는 기색이 보이지 않았다.

"저, 루프스님?"

"먼저 나가봐라."

루프스가 눈짓으로 문을 가리켰다. 오르페가 걱정과 당혹이 섞인 표정으로 바라보자 그는 냉소를 흘렸다.

"이상한 짓은 하지 않을 테니 나가봐. 내가 설마 레티티아를 덮칠 거라고 생각하는 것은 아니겠지? 내가 아무리 개망나니 같아도 최소한의 선은 있다."

"아, 아닙니다. 나가보겠습니다."

오르페는 허리를 숙이고 종종 걸음으로 빠져나갔다. 루프스는 착잡함이 섞인 싱숭생숭한 기분으로 얌전히 누워 있는 유채를 보았다. 오르페가 숙면에 좋은 수면제를 먹여 그녀는 마치 죽은 마레 위르처럼 미동도 없이 잠이 들어 있었다.

"레티티아님 때문에 제대로 주무시지 못하는 것은 알지만, 부디 아주 조금만 참아주시기를 간청드립니다. 상황이 상황인지라, 지금 제일 괴로우신 분은 레티티아님입니다."

헤나가 옷시중을 들면서 그렇게 말했었다. 솔직히 말해서 수면을 방해받은 것은 맞는 말이었지만, 그렇다고 해서 유채에게 억박지를 생각은 없었다. 그가 좋은 수인이고 인정 많은 수인이어서 그녀를 배려하는 것이 아니라 그저 다 놓아버린 것과 같은 얼굴을 보기 싫었기 때문이었다. 아무것도 담지 않은 공허한 눈동자를 보고 싶지 않았다. 유채의 그런 눈을 볼 때마다 죄스러웠고 가슴이 철렁 내려앉았다.

"싫어…… 싫어……."

잠꼬대인지 작은 목소리가 새어 나왔다. 루프스는 자리에서 일어났다. 유채가 입술을 깨물고 고개를 흔들었다. 침대 시트를 주름이 질 정도로 꽉 움켜쥐고 몸을 떨었다.

루프스는 유채의 턱을 살짝 눌러서 그녀가 입술을 깨무는 것을 막았다. 악몽 따위는 꾸지 말고 잠들라는 오르페의 배려가 아무런 소용도 없었는지 유채는 겁에 질린 채 고개만 저었다.

"레티티아, 괜찮다."

들릴지는 모르겠지만, 진정시켜야 한다는 생각에 루프스는 유채의 고개를 잡았다. 유채는 뭐가 무서운 것인지 몸부림을 치며 쉬이 진정하질 못했다. 루프스는 오르페를 다시 불러와야 하는 것이 아닌가 하는 고민을 하였다. 고민 끝에 루프스는 이불을 들추고 유채의 옆에 비스듬히 누워 그녀를 끌어안았다.

"지금 여기에 너에게 해를 입힐 자들은 없다. 그러니 괜찮아."

루프스는 유채의 귓가에 속삭였다. 어릴 적 악몽을 꿀 때마다 블랑카가 해주던 것처럼 유채의 등을 부드럽게 쓸어주었다.

유채는 루프스의 팔을 꽉 움켜잡았다. 손마디가 하얗게 질려 있었다. 손톱이 그의 살갗을 파고들었다. 유채의 몸부림이 서서히 잦아들면서 루프스는 손으로 그녀의 뒷머리를 쓸어내렸다. 귓가에 괜찮다고 계속 속삭여 주고 관자놀이에 입을 맞췄다. 유채는 그의 품을 안전하다고 판단한 것인지 이내 진정되었다.

"흑."

유채는 잠을 자면서도 눈물을 흘렸다. 루프스의 잠옷이 유채의 눈물에 젖었다. 루프스는 흐느끼는 유채의 허리를 당겨 안아서 괜찮다는 말을 계속 속삭였다.

"엄마."

유채의 입에서 여린 목소리가 새어 나왔다. 루프스는 그녀의 목소리에 온 신경을 집중했다.

"……보고 싶어. 돌아가고 싶어."

유채는 계속 돌아가고 싶다는 말만 중얼거렸다. 루프스는 차갑게 굳은 표정으로 유채를 내려다보았다. 그녀의 목에 걸린 파렌티아가 보였다. 유채는 영원히 그의 것이며 그녀의 주인은 자신이라는 것을 증명해 주는 물건이었다.

한참 후에야 유채는 숨을 쉬는지 의심될 정도로의 옅은 숨을 뱉으며 잠이 들었다. 루프스의 손가락이 파렌티아의 걸쇠 부분으로 향했다. 이것을 풀 수 있는 것은 자신밖에 없었다. 이것을 풀어주면 유채는 더 이상 그의 펠릭스 다우스가 아니었다.

루프스는 제 품에 얼굴을 묻고 있는 유채를 보았다. 이렇게 괴로워하는 모습을 계속 보느니 차라리 이것을 풀어주고 집에 돌아갈 수 있게 도와줄까 하는 생각이 들었다. 근래에 유채는 밥도 먹지 못했다. 그러다 보니 살아 있는 마레 위르인지 유령인지 구분이 가지 않을 정도였다. 그런 유채를 볼 때마다 왼쪽 가슴이 욱신거렸다.

차라리 눈에 보이지 않으면 이런 이상한 감정과 싸울 필요도 없을 것 같았고 가슴의 통증도 없어질 것 같았다. 모든 혼란은 이 건방진 펠릭스 다우스에게서 비롯된 것이었다. 그러니 그녀가 없어지면 모두 원래대로 돌아올 것 같았다. 그의 손끝이 파렌티아의 가장자리를 쓸었다.

"집에 가고 싶어."

유채가 정신을 잃기 전에 중얼거린 말이 귓가에 울렸다. 그는 파렌티아에서 손을 뗐다. 유채의 집은 이곳이고 그녀가 머무를 곳도 이곳이었다. 제가 왜 유채를 펠릭스 다우스에서 풀어주어야 한단 말인가?

자신은 오히려 큰일을 당할 뻔한 유채를 여럿과 척을 지면서까지 구해주었고 지금도 그녀의 회복을 위해서 최상의 것들을 제공해 주고 있었다. 귀엽지도 않고 고분고분하지도 않은, 그저 예쁘기만 한 펠릭스 다우스를 위해서 제가 어떻게 하고 있는데, 왜 제게 온 선물을 놔줘야 한단 말인가.

유채는 영원히 제 옆에 머물러야 하는 제 것이었다. 루프스는 유채의 따뜻하고 작은 몸을 끌어안았다. 가슴에 옅은 숨이 닿자, 심장이 뛰었다. 루프스는 유채의 이마에 입술을 맞췄다. 그리고 그녀를 바르게 눕혀주고 속눈썹에 맺혀 있는 눈물방울을 손으로 훔쳤다.

유채의 잠을 방해하지 않은 채로 침대에서 빠져나왔다. 유채는 이제야 깊은 잠에 든 것인지 미동도 없었다. 루프스는 그녀의 볼을 손등으로 쓸었다.

놓아준다? 개소리였다. 유채는 제 것이다. 울페스 헤르티아가 제게 바친 선물이었다.

루프스는 유채의 목에 걸린 파렌티아의 매끄러운 표면을 쓸었다.

❧

"유채가 휘두른 도자기 조각에 다쳤다고? 근데 그냥 두었어?"
"그래."

루프스는 고개를 끄덕였다.

"너치고 자비로운 결정이네? 안 그래?"

"자비는 무슨. 아픈 암컷을 몰아붙일 정도로 쓰레기는 아니다."

"그럼, 그런 너그러운 마음으로 젤다도 감옥에 투옥하는 정도로 처리해 주지 그랬어. 같잖은 자존심에 상처 입고 생각 없이 저지른 짓인데 한 번 정도는 봐줄 수 있는 거 아니야? 감옥에 한 오 년 투옥하는 것으로 끝내지 그랬냐? 누구를 죽인 것도 아니고, 괜히 토모스와 척을 질 필요도 없고."

"나는 경고했다. 내게 속한 것을 건드리면 죽음으로 보답해 주겠다고."

"젤다도 어떻게 보면 네게 속한 것이지, 네 일족이잖아. 넌 그 일족의 수장이고. 둘 다 똑같이 네 것 아닌가?"

"젤다를 레티티아와 어떻게 동일 선상에 놓을 수 있나?"

루프스가 당연하다는 듯 말했다. 어떻게 젤다와 유채를 같은 선상에 놓을 수 있을까? 유채가 더 중요한 것이 당연하다.

바실리사는 더 이상 말이 안 통할 것을 알고는 머리카락을 헤집었다.

"그렇게 유채를 아끼면 집으로 돌려보내 주지? 그렇게 고생하는 것 보면 불쌍해 죽겠어. 곱게 자란 아가씨가 지금 얼마나 힘들겠어. 그렇게 아끼면……."

쾅.

바실리사는 갑작스런 큰 소리에 놀라 움찔거렸다. 내내 조용히 있던 에릭도 반사적으로 튀어나와서 바실리사를 보호하려고까지 했다.

찻잔이 탁자에서 떨어져서 산산조각 났다.

"한 번만 더 그 이야길 입 밖에 내면 친히 네 혀를 잘라주지."

바실리사는 얼음처럼 차가운 청회색의 눈동자에 제가 단단히 잘못 말했다는 것을 깨달았다. 바실리사는 저를 보호하려고 제 앞에 서서 팔을 벌리고 있는 에릭을 가볍게 밀어내었다. 에릭이 돌아보자 그녀는 괜찮다는 뜻으로 고개를 끄덕였다.

"레티티아의 집은 여기야. 토스 호무스의 궁. 전쟁 중인 대륙? 포트리스? 레티티아에게 이곳만큼의 안전한 곳이 있나? 제 몸을 생각해서라도 레티티아는 여기에 머무르는 것이 가장 현명한 선택이지."

"유채는 대륙에서 온 마레 위르가 아니야. 너도 귀가 있으니까 들은 것이 있으면 알 거 아니야."

"그게 뭐? 실없는 소리나 지껄일 거라면 대답만 듣고 갈 것을 그랬군."

루프스는 자리에서 일어났다. 바실리사는 다급하게 루프스의 팔을 잡았다. 번들거리는 청회색의 눈동자가 바실리사를 노려보았다.

"하나만 묻자. 넌 유채를 펠릭스 다우스로서 총애하는 거야, 아니면 암컷으로 보는 거야?"

"……내가 그딴 어리석은 질문에 답을 해야 하는 의무는 없는 것 같은데?"

루프스는 바실리사의 팔을 차갑게 떼어내었다. 그리고 이곳에 남아 있으라고 한 뒤 떠났다.

에릭이 걱정스런 표정으로 바실리사에게 다가왔다. 바실리사는 고민할 것이 있는지 손목을 빙 돌렸다. 에릭이 농담조로 물었다.

"설마, 루프스님이 유채 양을 마음에 품으셨으려고요. 수많은 미희에게도 눈길 한 번 주신 적 없는 분이?"

"나랑 네 입을 꿰매는 것 걸고 내기할래? 난 라이가 유채에게 눈이 돌았다는 것에 걸게."

"예?"

루프스는 유채에게 마음이 있었다. 본인은 모르는 것 같지만 분명했다. 이건 유채에게 재앙이면서 축복이었다. 수컷 늑대들은 제가 사랑하는 암컷에 한해서는 열정적인 사랑으로 유명했다. 아마 루프스는 유채가 가지고 싶은 것이 생기면 그것을 유채의 발치에 바칠 것이었다. 누가 싫다 하면 다음 날 유채의 앞에 그자의 목을 내놓을 것이다. 그만큼 수컷 늑대의 사랑은 맹목적이었다. 상대의 마음이 어떻든 제 마음을 모두 그 상대에게 바쳤다.

그리고 그만큼 위험했다. 그 마음이 조금만 어긋나면 세상에 둘도 없을 것 같은 순애가 집착으로 바뀌는 것은 순식간이었다. 수인들 사이에 유명한 비극은 대개 늑대 수인의 어긋난 사랑에서 비롯되어 쓰인 것이 많았다. 한 늑대 수컷은 사랑하는 암컷을 붙잡기 위해서 그녀의 눈을 멀게 만들었다. 눈이 보이지 않으면 저를 선택할 것이라는 그릇된 사랑에서 비롯된 결과였다. 루프스가 제 마음을 깨닫게 되면 유채를 향한 사랑도 그런 방향으로 나아갈 가능성이 컸다.

유채가 차라리 젤다처럼 허영심 많은 암컷이라면 좋았을 것이다. 하지만 허영심은커녕 바라는 건 오직 집으로 돌아가는 것, 그 하나뿐인 유채는 루프스의 사랑을 끔찍해할 것이 분명했다. 바실리사가 추측하기에 유채의 집은 루프스가 절대 갈 수 없는 곳이었다. 은가연이란 전설 속 마레 위르처럼 유채도 다른 차원에서 온 마레 위르 같았다.

그것을 알게 되면 루프스가 취할 반응은 정해져 있었다. 유채를 잃지 않기 위해서 그녀의 자유를 빼앗고 가두어놓을 것이다. 아직 마음을 깨닫지 못한 지금도 이러는데 제 마음을 깨닫고 나면 그땐 정말로 돌이킬 수 없는 길을 가게 될 것이고, 유채는 루프스의 집착에 말라 죽을 것이다.

늑대의 사랑은 숭고하지만, 괴로운 집착이 될 수도 있었다.

"차라리, 죽을 때까지 제 마음을 자각하지 못하는 게 유채에게는 더 나은 선택지야."

바실리사가 조용히 중얼거렸다.

"루프스! 이 썩을 자식!"

타우루스 헥터는 상처 가득한 몸으로 노성을 질렀다. 팔 하나를 잃어 불구가 된 헥터를 만만하게 여겨 타우루스의 자리를 노리는 자들이 늘어난 것은 당연한 일이었다. 썩어도 준치라는 말처럼 헥터는 오른쪽 팔 하나를 잃었어도 강했다. 그는 하극상을 저지른 일족들을 모두 죽이고 그 자리를 지켰다. 하지만 땅에 처박힌 자존심은 회복되지 않았다.

헤임달은 헥터 앞에 납작하게 엎드려서 자신에게 찾아온 더할 나위 없이 좋은 기회에 속으로 웃었다. 그는 헥터가 피우는 아편에 카를리티오를 당기는 약초를 넣었다. 안 그래도 변태인 놈의 카를리티오 기간을 앞당겼으니 몸이 달아오를 대로 달아올라 무모한 일을 벌일 것이라는 추측이 너무나도 잘 맞아떨어진 것이다. 헥터 놈이 레티티아를 겁탈하려고 시도했다가 미수로 그치고 루프스에게 처참하게 당했으며, 루프스는 헥터를 도운 토모스의 딸 젤다도 죽였다고 했다.

헤임달은 그제야 확신했다. 루프스가 그 검은 머리의 미인을 마음에 품은 것이다. 레티티아를 건드리는 순간 루프스는 눈이 뒤집혀 날뛸 것이다. 난공불락일 것 같은 놈에게 약점이 생긴 것이다. 헤임달은 이제 새로운 판을 짤 준비를 마쳤다.

헤임달은 새로 가져온 약과 아편을 헥터에게 건네었다.

"타우루스님, 제게 좋은 생각이 있습니다."

헤임달에게서 아편과 진통제를 건네받은 헥터가 화를 누그러뜨리고 고개를 기울였다.

"좋은 생각?"

"예. 루프스에게 보복할 수 있는 방법이 있습니다."

"뭐?"

"수인의 수장 자리에 무자비한 루프스는 어울리지 않습니다. 그 자리에 어울리시는 분은 바로 타우루스님이시지요. 타우루스님이 그 자리에 오르고 그 여자도 차지하셔야 합니다."

헤임달은 헥터 앞에서 아부를 떨었다. 헥터는 헤임달의 사탕발림이 나쁘지 않은지 한결 누그러진 태도로 헤임달을 바라보았다.

"그래서, 그 머리에 피도 안 마른 새파란 것을 끌어내릴 방법이 있나?"

"제게 토모스를 만날 기회만 주시면, 타우루스님이 그 자리를 차지하실 수 있는 길과 방법을 만들어 드릴 수 있습니다. 루프스의 펠릭스 다우스인 계집애를 이용해서 말이지요."

헤임달은 헥터가 루프스를 이길 수 있을 것이란 기대는 하지 않았다. 헥터가 루프스를 이겨 강력한 지도자가 다시 사라져 수인들이 혼란에 빠져 자멸하면 좋겠지만, 그의 실력은 절대 베니니타스에 비할 수 없었다. 그러니 그런 기대는 하지 않았다. 그저 헥터가 잔잔한 호숫가에 파문을 일으켜 주는 돌멩이가 되어주기를 원했다.

✤

유채는 블루벨의 시중을 받아서 예복을 갖추어 입었다. 베노르 콩레수스가 완전히 끝났다. 유채의 몸도 어느 정도 회복이 되었다. 정신도 어떻게든 간신히 수습했다. 아직도 악몽을 꾸지만, 그래도 남자의 손이 닿았다고 그 손을 사납게 떨쳐 낼 정도로 예민하게 굴지는 않게 되었다. 블루벨이 화장을 하기 위해 손을 들어 올리자 유채는 반사적으로 얼굴을 옆으로 뺐다.

"유채님."

블루벨이 애잔한 얼굴로 유채의 손을 잡았다.

"여긴 안전해요. 누구도 유채님을 때리지 않아요."

유채는 다른 수인의 손이 얼굴 가까이 다가오면 불쌍할 정도로 긴장을 하였다. 헥터에게 얻어맞은 공포가 남아 있어서였다. 유채는 겨우 고개를 끄덕였다. 블루벨이 분칠을 해준 후 유채는 은실로 수놓은 화려한 옷을 입었다. 유채의 치장이 끝난 뒤에 블루벨은 그녀의 얼굴을 가릴 베일을 씌워주었다.

"루프스님이 데리러 오실 거예요. 잠시만 기다리시면 돼요."

"블루벨."

유채가 다급하게 블루벨의 손목을 잡았다. 그녀의 손이 부들부들 떨렸다.

"같이 있어주면 안 돼? 나, 나 너무……."

블루벨이 유채의 손을 양손으로 감싸 쥐었다.

"괜찮아요, 유채님. 루프스님이 얼마나 유채님을 아끼시는지 모두가 알게 되어서 그 누구도 유채님을 해칠 수 없어요. 유채님을 건드린다는 자체가 이제 죽음을 의미하는 것이에요. 유채님은 이제 안전해요. 그러니까, 너무 무서워하지 마세요."

블루벨은 유채를 안심시키기 위해 노력했다. 유채는 블루벨의 손길 아래서 서서히 안정을 찾았다. 블루벨이 없었다면 유채는 지금까지도 침대 위에서 벗어나지 못하고 벌벌 떨었을 것이다. 그만큼 유채에게 블루벨은 커다란 버팀목이 되었다.

오르페도 유채가 나을 수 있게 최선을 다했다. 바실리사와 에릭은 문병을 와서 위로해 주고 그녀가 잠깐이라도 웃게 해주었다.

"저는 일이 있어서 가봐야 해요. 죄송해요. 루프스님이 오실 거예요."

유채는 블루벨을 위해서라도 애써 괜찮은 얼굴로 고개를 끄덕였다. 블루벨이 나가자마자 유채는 손을 들어서 얼굴을 묻었다.

루프스가 자신을 구했다고 했다. 루프스가 헥터의 팔과 뿔을 잘랐고 자신을 그에게 데려갔던 젤다를 죽였다. 정말 싫은 남자였지만, 그것만은 고마웠다. 그리고 그만큼 그가 싫고 원망스러웠다. 그가 아니었으면 제가 그 변태의 눈에 띌 일도 없었을 것이고 그런 험한 꼴을 당할 일도 없었을 것이다. 유채는 스스로도 그것이 억지라는 것은 깨닫고 있었지만, 그것도 하지 않으면 정말 무너질 것 같았다. 원망할 대상을 만들어 속을 푸는 것 외에 유채는 제 정신을 추스를 방법을 몰랐다.

"레티티아."

유채가 그러고 있는 동안 루프스가 들어왔다.

루프스는 유채의 얼굴을 가리고 있는 베일을 벗겼다. 잠을 자거나 울고 있는 모습만 보다가 이렇게 멀쩡한 얼굴은 오랜만이라 왠지 가슴이 설렜다. 고생으로 얼굴이 약간 상했지만, 이렇게 꾸며놓으니 처연한 분위기 때문인지 더 아름다워 보였다. 길게 드리운 속눈썹의 그림자가 우수에 찬 분위기를 만들었다.

루프스는 저를 바라보지 않는 유채가 불만스러웠다. 그녀의 시선이 제게 닿게 하기 위해서 루프스는 유채의 볼에 손을 대었다. 유채는 반사적으로 그 손을 피해 움직이다가 의자에서 떨어졌다. 유채는 겁에 질린 채로 루프를 올려다보았다.

루프스는 유채의 눈에 어린 공포를 알아보았다.

"레티티아, 걱정할 필요 없어. 너는 그 누구보다 안전하다."

루프스가 유채에게 무릎걸음으로 다가갔다. 유채는 그가 다가온 만큼 뒤로 물러났다.

"너는 내가 지킬 것이니 안전해. 그러니 겁먹을 필요 없다."

유채는 입술을 잘근잘근 씹었다. 그래서 유채는 루프스가 더 두려웠다. 헥터를 상대하면서도 상처를 입지 않았다는 루프스의 실력은 엄청날 것이다. 그의 말대로 루프스가 자신을 지킨다고 하면 그 누구도 자신을 건드리지는 못할 것이다.

하지만 루프스로부터 안전은?

루프스를 힘으로 막을 수 있는 이는 없었다. 만약 루프스가 헥터처럼 저를 바닥에 찍어 누르고 옷을 갈기갈기 찢고 탐하려고 한다면 그땐 누가 구해줄 수 있을까? 누구에게도 도움을 청할 수 없다. 그래서 유채는 그가 무서웠다.

유채의 강했던 정신은 헥터의 폭력 앞에서 한없이 연약해졌다.

깨져 버린 유리그릇은 조각을 이어 붙이면 예전과는 달라도 다시 유리그릇이 될 수 있다. 시간이 충분하다면 유채도 이전처럼 살 수 있을 것이지만 지금 유채의 정신은 너무나도 연약해져 있었다.

유채는 루프스를 향해 말했다.

"집에 가고 싶어요."

루프스는 자신도 의식하지 못한 사이에 유채의 부러졌던 오른쪽 손목을 강하게 움켜잡았다.

"그게 무슨 말이지?"

루프스는 되도록 유채가 겁을 집어먹지 않도록 최대한 자신의 짙고 어두운 감정을 억누르면서 물었다. 유채가 신음을 흘리자 루프스는 손에 힘을 풀었다. 그리고 다시 물었다.

"집에 가고 싶다니, 그게 무슨 말이지? 네 집은 여기인데, 어디 다른 곳에 집이라도 있나?"

"내 부모님이 계시고 내 언니가 있는 그곳에 가고 싶어요."

자존심 때문이라도 저 남자에게 연약한 모습을 보이고 싶지 않았지만, 이젠 자존심은 아무런 상관없었다. 유채의 눈에서 굵은 눈물방울이 뚝뚝 떨어졌다. 그 눈물이 루프스의 손등에 닿았다.

"여기 있는 게 너무 괴로워요. 미쳐 버릴 것 같아요."

유채는 요 일주일간 정말로 죽어버리고 싶을 정도로 괴롭고 힘들었다. 유채는 간절하게 루프스를 바라보았다. 도대체 무슨 감정을 품고 있는 것인지 알 수 없는 루프스의 청회색 눈동자가 유채를 응시했다.

"나, 이 정도면 그쪽 위해서 할 수 있는 거 다 했어요. 그쪽 말대로 얌전히 굴었고 그쪽이 나를 데리고 뭘 하든 내 자존심 다 굽히고 따랐어요. 그러니까…… 제발……."

유채는 루프스에게 손목이 잡힌 채로 무릎을 꿇었다. 허리를 숙인 유채의 눈물이 바닥에 뚝뚝 떨어졌다.

"제발 보내줘요. 나 정말 힘들어요. 제발, 보내줘요. 제발……."

루프스는 유채의 손목을 움켜잡았다. 유채는 그의 기분을 상하게 만들면 제 애원이 통하지 않을까 봐 손을 떨쳐 내고 싶은 것을 억지로 억눌렀다.

루프스가 유채의 어깨를 잡고 상체를 일으켜 세웠다. 유채는 잠깐 사이에 화장이 다 지워질 정도로 눈물을 주룩주룩 흘렸다.

"네 집은 이제 이곳이다. 그러니 그곳은 잊어."

"당신은!"

유채는 제 눈물을 닦는 루프스의 손을 쳐 내고 악에 받쳐서 외쳤다. 벽에 대고 이야기해도 이것보다는 나을 것 같았다.

"끔찍한 기억밖에 없는 곳을 집이라고 여길 수 있어요? 가족 하나 없는 이곳을 집이라고 여길 수 있냐고!"

유채의 몸이 벌벌 떨렸다.

"난 안 된다고! 여기는 집이 아니라 감옥에 불과해요! 창살만 없지 감옥이라고!"

루프스는 유채의 양 손목을 잡았다. 유채가 눈물이 그렁그렁한 얼굴로 다시 애원했다.

"제발. 나 좀 놔주면 안 돼요? 제발."

유채는 제 몸을 억지로 끌어안으려고 하는 루프스를 밀어내기 위해서 열심히 손을 움직였다. 하지만 이제야 겨우 체력을 회복한 몸으로 그에게서 벗어나는 것은 무리였다. 루프스는 몸부림치는 유채를 끌어안았다. 유채는 비명을 지르면서 그의 어깨를 주먹으로 쳤다. 돌덩이를 치는 것 같았지만 그에게서 떨어지기 위해서 최선을 다했다. 하지만 그럴수록 유채를 안은 루프스의 팔에 힘만 더 들어갈 뿐이었다.

"네가 생각을 바꾸고 행동한다면 이곳은 네게 최상의 공간이 될 것이다."

유채에게 루프스의 말은 공포였다.

"과거가 어쨌든 잊어. 이곳이 네 집이야. 내 펠릭스 다우스가 된 이상 이곳이 네 집이야."

우는 유채가 한없이 가여웠지만, 루프스는 그녀를 집에 보내줄 생각이 없었다. 그녀 때문에 제가 이상해지고, 그녀 때문에 이번처럼 손해를 보는 일이 생기기도 했지만 그는 유채를 놓아주고 싶지 않았다. 유채가 울거나 괴로워하는 기색이 보이면 가슴이 묵직하게 내려앉는 것이 불쾌해서 그녀를 멀리 치워 버리면 괜찮을까 싶다가도 어두운 감정이 제 목을 졸랐다. 그것은 안 된다고 그 검은 뱀이 제게 속삭였다.

반항하던 유채는 이제 거의 기절 직전의 상태까지 도달했다. 힘 빠진 유채가 할 수 있는 일은 그저 기절하지 않게 제 마지막 정신줄을 붙잡고 있는 일이었다.

"하지만, 너를 집으로 돌려보내는 일을 고려해 줄 수는 있다."

루프스가 유채의 귓가에 속삭였다. 유채는 눈을 번쩍 떴다.

루프스는 마음에도 없는 말을 뱉었다. 희망은 마레 위르를 미치게 만들지만 마음을 진정시키기도 했다. 루프스는 유채에게 거짓된 희망을 주기로 결정했다. 그 희망이 있는 동안 그녀는 제 말에 얌전히 따를 것이기 때문이었다.

"내일부터 네가 집에 돌아가는 데 필요한 정보들을 내 서고에서 찾아주겠다. 은가연에 대한 정보가 필요하지 않나?"

루프스는 유채가 생각하는 것보다 머리가 좋았고 그만큼 교활했다. 도서관의 사서를 맡고 있는 염소 수인을 이용해서 프레드릭과 유채가 무슨 대화를 나누었는지, 유채가 무슨 책을 읽었는지도 파악하고 있었다. 바실리사를 추궁해서 유채가 그녀에게 털어놓았던 세계의 관한 정보를 알았다. 루프스는 그의 선조인 이니투스의 친우인 은가연처럼 유채가 이곳의 마레 위르가 아니라는 것을 어렵지 않게 유추했다.

이니투스의 수기에는 이렇게 적혀 있었다.

「가연이 말했다. 셀레네 여신님이 말하시기를 여러 개의 차원이 있고 그 차원에는 같지만 다른 위르들이 살아간다고. 나는 가연의 말을 믿지 않았다. 하지만, 가연이 보여주는 놀라운 능력들로 나는 그녀의 말을 믿게 되었다. 가연이 여신님과 계약을 맺어 얻은 신의 권능을 보였을 때, 나는 자신이 다른 차원의 위르라는 가연의 말을 믿었다. 그러니, 나는 내 후손들에게 말한다. ······(하략)······」

"내일부터 잘 먹고 잘 웃고 잘 잔다면, 네게 나만이 읽을 수 있는 서적들을 보여주마."

이니투스는 말했다. 신의 힘이 없다면 차원을 넘을 수 없다고. 루프스는 신실한 신자도 아니었으며, 옛 신화시대와는 달리 이곳에는 신의 힘이란 것을 담은 신물 따위는 남아 있지 않았다. 찾아봤자 나오는 것은 없을 것이다. 어차피 유채는 곧 포기하고 그의 곁에 머물 것이었다.

"네가 네 집으로 돌아가는 방법을 정확하게 말해준다면 너를 돌려보내는 것을 고려해 줄 수 있다."

고려해 주겠다는 것이지 돌려보내 주겠다는 것이 아니었다.

공포에 질린 상태에서도 유채는 루프스의 말만큼은 똑바로 들었다. 루프스는 새하얗게 질린 유채를 놓아주었다. 유채는 온몸에 힘이 풀려 몸을 제대로 가누지 못했다. 루프스는 유채의 얼굴을 가리는 베일을 다시 내려주었다.

유채는 얇은 베일 너머로 루프스의 청회색 눈동자를 응시했다. 도무지 저 남자가 무슨 생각을 하는지 알 수가 없었다. 그리고 루프스의 생각을 알고 싶은 것 이전에 그가 정말 두려웠다.

"예전에도 말했지만, 난 약속을 잘 지키는 편이지."

루프스가 유채의 몸을 부축해서 일으켜 세웠다. 유채는 제 발로 서자마자 그를 밀어내었다.

"혼자 설 수 있어요."

"그런 꼴을 하고?"

"할 수 있다고! 그러니까 내 몸에 손대지 마요."

유채는 양손으로 자신의 팔을 감싸 안았다. 루프스는 고개를 끄덕였다. 유채는 크게 심호흡을 했다. 베노르 콩레수스에 참여했던 수장들을 배웅하는 곳에 모습을 드러내면 제가 할 일은 끝이었다. 유채는 그 말을 전해주러 온 헤나를 붙잡고 빌었다. 제발 안 가면 안 되겠냐고, 도저히 나갈 수 없으니 당신이 루프스에게 부탁해 주면 안 되겠냐고 빌었다. 그러나 결국 이렇게 되었다.

유채는 입술을 씹으면서 루프스의 뒤를 따라 걸었다. 마법이란 것이 참 신기한 게, 한국에서라면 몇 주간은 깁스를 해야 했을 골절도 한 번에 뼈가 붙었다. 그러나 통증은 해결할 수 없는지, 한 걸음 내디딜 때마다 말로 표현할 수 없는 통증이 밀려왔다. 유채는 아픈 발목에 무리가 가지 않게 하기 위해서 천천히 걸으면서 몸무게의 대부분을 오른쪽에 실었다. 그러다 보니 자연스럽게 절룩일 수밖에 없었다. 유채는 잠시 걸음을 멈추고 숨을 몰아쉬었다. 루프스가 일부러 천천히 걸어주었음에도 유채는 그를 따라가기가 벅찼다. 유채는 벽에 손을 짚었다.

"아직도 많이 안 좋은가?"

루프스가 유채의 치맛자락이 들어 올렸다. 유채는 겁을 집어먹고 한 걸음 물러나 그의 손길을 피하려 했지만 루프스의 손이 더 빨랐다. 그의 손을 떨쳐 내기 위해 유채는 발목을 흔들었다.

"오르페가 슬슬 걷는 것이 회복에 좋을 것이라고 말했는데. 아직도 많이 아픈가?"

"멀쩡하니까. 놔요. 그냥 오래 걸으니까…… 아악!"

유채는 루프스가 발목을 잠깐 지그시 누른 것에 비명을 지르면서 주저앉았다. 루프스는 유채의 발목을 놓았다. 손에 거의 힘을 주지 않았다. 그럼에도 레티티아는 아파했다. 루프스는 베일 너머로 보이는 유채의 고통을 삼키는 얼굴을 보면서 물었다.

"정 힘들면 내가 안아서 데려가 줄 수 있다."

"혼자 갈 수 있어요."

유채는 벽을 짚고 일어나 다시 느릿하게 걸음을 옮겼다. 루프스는 그녀의 옆에 섰다. 안아서 데려가면 그녀도 편하고 저도 편할 텐데 그렇게 할 수가 없었다. 그의 손에는 유채의 발목을 잡았을 때의 미묘한 떨림이 남아 있었다. 그 떨림에 유채가 벌벌 떨면서 울었던 밤이 떠올랐다.

루프스는 기껏 궁녀들이 열심히 정리해 준 머리카락을 엉망으로 헤집었다. 대관절 제 심장이 어떻게 된 것인지, 그때의 생각만 하면 심장이 바닥으로 떨어지는 것 같았다. 루프스는 귀찮은 것도 싫고 느릿한 것도 싫지만, 유채의 그 창백한 표정이 그것보다 더 싫었다.

루프스는 유채의 옆에서 그녀가 넘어질 것 같으면 부축해 주는 것밖에 해주지 못했다. 그마저도 금세 유채가 내치는지라 걷는 속도는 한없이 느려질 수밖에 없었다.

목적지에 겨우 도착한 유채는 숨을 몰아쉬면서 자리에 앉았다.

유채는 루프스의 옆에 가만히 앉아만 있었고 이야기를 하는 사람들은 루프스와 다른 일족의 수장들뿐이었다. 그곳에 모인 수인들은 전처럼 유채에게 관심을 보이지 않았다. 대신 노골적으로 그녀를 불쾌해하는 기색을 숨기지 않았다.

베노르 콩레수스 역사상 희대의 사건이었다. 한 일족의 수장이 다른 일족의 수장을 잡아서 우승했다고 선언했다. 그 사건의 근원이 바로 마레 위르였다. 루프스는 압도적인 실력 차로 헥터를 이겨 버림으로써 제 강함을 보였고 그에 아무 말도 하지 못한 수장들은 대신에 유채에게 곱지 않은 눈초리를 보냈다.

저 마레 위르 때문에 여태껏 지켜왔던 미묘한 평화의 균형이 깨어졌기 때문이었다. 유채는 오로지 피해자였지만 차마 루프스를 험담할 수 없는 수인들의 입장에서는 만만한 것이 유채였다. 그들은 유채를 험담함으로써 루프스에 대한 불만을 풀어냈다.

"그러니까, 저게 지난번 내 자존심을 꺾게 만든 그 마레 위르란 말이지?"

레푸스(토끼 일족의 수장) 트레모르가 옆에 앉은 인디키움의 부수장, 벤야민에게 물었다. 벤야민이 고개를 끄덕였다.

"예. 결론적으로 그런 셈입니다."

트레모르가 손으로 턱을 쓸며 유채를 살폈다. 입고 있는 옷이 여간 화려한 것이 아니었다. 짙은 남색에 은실로 수놓은 옷은 루프스의 직계 가족이나 입을 수 있는 것이었다. 농업이 주가 되는 유니티오 호무스(Unitio Humus: 토끼 일족과 쥐 일족의 땅)를 다스리는 그는 고품질의 농작물이나 약재들이 어디로 들어가는지 쉽게 파악할 수 있었는데, 최근 토스 호무스에서 엄청난 양의 약재들을 소비했다. 뻔했다. 저기 앉은 암컷의 몸을 회복시켜 주기 위해 루프스가 지시한 일일 것이다.

"잠자리 시중드는 정부도 아니고, 한 번도 안은 적도 없으면서 저렇게 끼고 산다고?"

트레모르가 중얼거렸다. 유채가 한 번도 루프스에게 안긴 적이 없다는 정보를 얻는 것은 그에게 어려운 일이 아니었다. 늑대들은 본디 일부일처의 결혼 생활을 하지만 결혼하거나 연인이 생기기 이전에는 다른 수인들과 같았다. 저 암컷을 총애하는 것이 밤 기술의 문제라면 차라리 이해할 만했다. 하지만 그것도 아니면서 타우루스 헥터와 토모스를 적으로 돌려가면서까지 아낀다는 것은 꽤나 이상했다.

트레모르가 인디키움의 말단에서 수장의 자리에까지 오를 수 있던 데에는 파트너 복이 컸다. 하지만 그것만으로 그가 인디키움의 수장이 되었다고 할 수는 없었다. 파트너 복 만큼이나 트레모르에겐 통찰력이 있었던 것이다. 그래서 그는 상황을 조금 다르게 보았다.

수인들은 모일 때마다 루프스가 자신들의 자존심을 누르기 위해서 마레 위르를 이용한다고 분통을 터뜨렸지만 트레모르는 그들과 다르게 생각했다. 루프스는 오만하기는 했지만 수인들 전체의 자존심을 누르는 것을 즐길 정도는 아니었다. 그는 세력의 균형을 맞추기 위해서 뒤에서 일족 간의 감정을 건드리기는 했지만 힘으로 수인들을 찍어 누르지는 않았다. 그리고 이번 일은 그 성격이 달랐다.

"벤야민, 저 암컷에 대해서 알아봐."

트레모르는 유채를 가리켰다. 루프스는 말을 하는 와중에도 그녀를 몇 번이나 돌아보더니 결국은 궁녀를 불러 함께 나가게 했다. 그를 본 수장들이 이를 갈았다. 그들에게 루프스의 행동은 마치 그들이 저 마레 위르보다 못하다고 말하는 것으로 느껴졌다. 당연히 그들은 분노했고 모멸감을 느꼈다.

트레모르는 생각이 달랐다. 그가 저 암컷을 데리고 다니는 것은 그녀의 안전을 확보하기 위해서였다. 뒤에 제가 있으니 한 번만 더 건드리면 헥터 꼴이 날 것이라는 간접적인 경고인 셈이었다.

"어디 출신이고 어디서 발견되었는지, 그리고 루프스와의 관계도. 아주 중요한 정보가 될 거야. 이게 있으면 헤르티아와 루프스 사이에서 이득을 얻을 수 있거든."

"카넬리안이나 돼야 루프스의 사생활을 캘 수 있을 겁니다. 솔직히 그 녀석만큼 배짱 두둑하고 능력 좋은 수인도 없지 않습니까?"

"빌어먹을 미친년. 카넬리안."

카넬리안이 제 눈앞에서 손가락 욕을 내밀고 인디키움을 나가지 않았다면 지금 레푸스는 카넬리안일 것이었다. 그만큼 카넬리안은 인디키움 역사상 손에 꼽을 정도로 유능한 암컷이었다. 그리고 그녀가 바로 트레모르의 인디키움 파트너였다. 트레모르가 인디키움의 수장이 될 수 있었던 공적의 절반은 모두 카넬리안이 쌓아준 것이었다. 카넬리안은 정말 별난 년이라 공적을 쌓는 것에는 별 관심이 없었다. 그녀는 남편의 사후, 당시 레푸스의 면전에 사표를 집어 던지고 자취를 감추어 버렸다.

트레모르는 레푸스의 자리에 오른 뒤에 카넬리안을 찾아봤지만 그녀의 행방은 어디에서도 발견할 수 없었다. 카넬리안이 있다면 이런 건 문제가 될 일이 아니었다.

"무리를 해서라도 알아와. 루프스가 저 암컷을 마음에 품었다면, 장담하는데 우리는 엄청난 무기를 손에 쥐는 거야."

트레모르는 정보 장사를 하는 수인이었다. 정보야말로 상대적으로 약한 토끼 일족을 보호해 준 엄청난 무기였다. 그리고 이번에 쥐게 될 무기는 무려 여우 일족과 늑대 일족을 휘두를 수 있게 해줄 것이다.

✤

"누님! 저 돌아왔어요."

카넬리안의 명대로 블루벨에게 편지도 전해주고 그녀가 부탁했던 임무도 끝마친 피터가 돌아왔다. 겨울이라 당분간은 농사지을 일이 없어 한가한 카넬리안의 눈썹이 꿈틀거렸다.

"왜 이리 늦어. 새대가리라서 길도 잊어먹었냐?"

"아닙니다. 왜 이리 날카롭게 구세요. 저 블루벨의 편지도 받아왔어요."

피터는 덩치에 맞지 않는 애교를 부리면서 카넬리안에게 블루벨의 편지를 건넸다. 카넬리안은 곰방대에 담뱃잎을 집어넣으면서 블루벨의 편지를 읽었다. 과연 제 배에서 태어난 아이가 맞는 것인지 의심될 정도로 순수함이 가득한 편지였다.

"내 딸이지만 뇌가 표백된 것 같아."

"그럼 뇌가 오염될 것들을 알려주지 그러셨어요."

"내가 죄짓는 기분이 들어서 그런다. 근데 이게 또 가련한 늑대 수인 하날 낚은 모양이네. 그것도 거물을 낚았어."

"불안하세요, 누님?"

피터는 카넬리안의 비위를 맞추기 위해 그녀의 어깨를 안마했다. 카넬리안은 고개를 저었다.

"아니, 대견해서. 이런 곳에는 뒷배가 필요한 법이야. 이럴 땐 내 딸 같다니까."

카넬리안이 담배 연기를 피우면서 물었다.

"그래서 내가 부탁한 건? 알아왔어?"

"예. 예상하신 대로 벨라토르로 지원했던 늑대 놈들이 같은 곳으로 다시 지원을 나가는 정황이 파악되었습니다."

"모두 미노르 호무스와 울피누스 호무스 같은, 포트리스에 비교적 가까운 곳이고?"

"예. 어떻게 아셨습니까?"

카넬리안은 탁자에 펼쳐 놓은 지도를 보았다. 지도에는 붉은색의 잉크로 추정 경로와 같은 것들이 그어져 있었다. 피터가 지도를 보면서 침을 삼키곤 물었다.

"정말 누님은 라일라를 죽인 것이 로보가 아니라고 확신하는 것입니까?"

"어, 그래. 내가 그때 베니니타스의 의뢰를 받아서 그 사건을 조사했으니까."

세간에 알려진 것과 달리 베니니타스는 아내의 시신에서 늑대의 흔적을 보고 바로 눈이 뒤집히지는 않았다. 울페스 베니니타스, 그 당시 루프스였던 로보, 카니스 빅터는 수인들 사이에서는 드물게 일족이 다른 친구들이었다. 베니니타스는 감정적으로 행동하기 전에 머리를 썼다. 그는 사건을 감추고 인디키움에 조사를 의뢰했고 그 조사를 한 것이 카넬리안이었다.

지금 와서 생각해 보면 베니니타스는 친구를 믿고 있었기에 간신히 이성을 유지한 것 같았다. 하지만 당시 카넬리안은 남편의 일로 조금 바빴던 터라 조사에 신경을 쓰지 못했다. 하여 대충 보이는 증거만으로 늑대가 그런 것 같다는 결론을 냈다. 그리고 베니니타스는 분노했다.

"근데 어떻게 로보의 짓이 아니라는 것을 확신하십니까?"

"영 찝찝해서 나중에 다시 조사하니까 블랑카 옆에 있던 불에 탄 시신이 베니니타스의 아들들이 아니란 걸 알았거든. 그 아이들의 시신은 발견되지 않았어. 그들의 마지막 흔적은 절벽이었는데 아마 거기에서 몸을 던진 것 같아."

죽이는 것이 목적이었다면 다른 시신을 구해오는 수고를 할 필요가 없었다. 흔적만으로도 죽였다는 것을 보여줄 수 있을 테니까. 그리고 그때 깨달았다. 로보는 생각보다 섬세한 자였다. 정말로 그가 라일라와 아이들을 죽였다면 대놓고 자신이 한 것을 광고할 이유가 없었다. 오히려 치밀하게 흔적을 지웠을 놈이었다. 그러니, 이건 다른 누군가가 로보의 짓으로 꾸며 만든 것이 분명했다.

카넬리안은 이 사실을 알자마자 진실을 바로잡기 위해서 레푸스에게 보고를 올렸지만, 진실이 알려진 뒤에 책임질 일이 두려웠던 레푸스는 그것을 감췄다. 카넬리안도 수인 내전이란 어마어마한 일이 일어나자 제 가족에게 닥칠 일이 두려워 입을 다물었다.

"난, 그때 진실을 감춰서는 안 됐어."

카넬리안은 레푸스의 지시를 무시하고 독자적으로 이 사건을 조사했다. 그러자 당시 레푸스는 당연히 카넬리안의 행적을 두려워했고 그녀를 제거하거나 그녀의 가족에게 해를 입히려고 하였다. 그 결과 카넬리안의 남편이 죽었다. 카넬리안은 그날로 레푸스의 면전에 사표를 던지고 아이들을 데리고 자취를 감췄다. 그리고 홀로 조사를 계속했다. 십삼 년 전 일을 캐내는 것은 여간 어려운 일이 아니었다.

"그런데 왜 포트리스에 주목하십니까? 그곳에 감히 울피누스 호무스에 침입할 만한 인물이 있다고 여기시는 것입니까?"

"십삼 년 전에는 수인들 중 가장 강했던 세 명의 수장이 서로 친했기 때문에 서로 화합하고 옛 이니투스의 시절로 돌아갈 수도 있다는 말이 돌았어. 그리고 라일라가 수인들과 마레 위르의 사이를 조율하고 있었기 때문에 수인과 마레 위르의 사이도 좋았고. 오죽했으면 마레 위르가 수인 일족으로 포함될지도 모른다는 소리가 돌았겠어. 다시 말하면 마레 위르와 내통한 수인이 있을 가능성이 크다는 거야."

"그래서 포트리스를 주목하시는 것입니까?"

"수인 내전으로 이익을 얻은 일족은 없어. 전쟁은 어차피 얻는 것보다 잃는 것이 많아. 그런데 전쟁을 일으켰다? 분명 이득을 얻는 놈이 있었다는 거야. 수인 중에 없다면 포트리스에 있겠지. 우리는 포트리스를 모르니까 그곳에서 이득을 얻은 놈이 있더라도 파악할 수 없는 것이고."

카넬리안은 탁자를 두드렸다. 토스 호무스만큼 풍요로운 땅도 없었다. 그래서 늑대 일족은 어지간해서는 토스 호무스를 떠나는 것을 꺼려했다. 그런데 몇 번이나 벨라토르로 자원하여 나가는 늑대들이 있다는 건, 그곳에서 얼을 것이 있다는 얘기였다. 그리고 그놈들이 향하는 곳이 포트리스에 가깝다는 것은 우연이 아니었다. 분명 포트리스에 수인 내전의 원인을 만들고 숨어서 상황을 지켜보는 놈이 있었다.

"그나저나 곧 카를리티오지? 늑대 놈들의 카를리티오는 말들처럼 난잡하지 않아서 괜찮은데."

"설마 문제가 생길까요?"

"네가 늑대 놈들을 몰라서 그래. 그놈들은 제 암컷이라면 눈이 돌아."

카넬리안이 걱정 어린 얼굴로 중얼거렸다. 경고를 해놨으니까 블루벨도 나름대로 대처할 것이다. 개가 좀 순진하기는 해도 멍청한 건 아니니까 분명 괜찮을 것이다. 카넬리안은 스스로를 안심시키면서 담배를 피웠다.

⚜

루프스는 열이 올라서 지끈거리는 머리를 얼음으로 식히고 있었다. 카를리티오 기간이었다. 이제 삼 일째인가? 사춘기가 지나고는 항상 일 년에 한 번 일정한 주기로 찾아온 기간이지만 이번처럼 극심한 경우는 처음이었다. 개체마다 차이가 있기는 했지만 루프스가 겪는 카를리티오의 강도는 딱 평균보다 아래였다. 카를리티오마다 휴가를 쓰고 제 집에 스스로 갇히는 케릭스에 비하면 거의 없는 일처럼 지나간다고 해도 무방할 정도였다.

수인들은 동물이 아닌지라 카를리티오에 사고를 치면 엄중하게 책임을 물었다. 오히려 카를리티오라서 그랬다는 핑계를 대면 꽤

씸죄로 처벌의 강도가 더 강해졌다. 그러니 카를리티오에는 본인이 알아서 잘 처신해야 했다. 일족마다 카를리티오에 취하는 행동 강령이 정해져 있는데 루프스도 어릴 적 배운 대로 행동했다.

루프스의 카를리티오는 매번 참을 만한 수준이었다. 하지만 이번은 환장할 정도로 심했다. 이대로 가만히 있다가는 정말 큰 사고를 칠 것 같아 나름대로 해결해 보려고 고급 접대부를 들이기도 했지만 몸이 동하지 않아서 그냥 돌려보냈다.

"끄응."

카를리티오의 증상은 간단했다. 평소보다 왕성해진 성욕으로 인해 몸에 열이 올랐다. 성욕을 참으면 바늘로 찌르는 것 같은 통증이 밀려오는 것이다. 접대부마저 돌려보낸 루프스는 이마에 얼음을 올려놓고 어떻게든 뜨거워진 몸을 식히려고 하였다.

"루프스님, 서고에서 말씀하신 책을 가져왔습니다."

헤나가 문을 두드렸다. 루프스는 얼음을 이마에서 치워내고 들어오라고 하였다. 유채가 달라고 한 책이었다. 그녀는 도서관에 없는 역사서를 요구했다. 에클레시아의 붕괴 직전과 그 이후의 것이었다. 루프스는 의아했지만 약속한 것이니 그 요구를 들어주기로 했다.

유채는 그 뒤로도 몇 번이나 그에게 돌아가고 싶다고 빌었다. 뭐든 할 테니 제발 보내달라고 빌었다. 그는 유채가 그런 말을 할 때마다 가슴이 쿡쿡 찔리는 듯한 느낌과 함께 열이 끓어올랐다. 왜 제게서 도망치려 하는지 이해가 되지 않았다. 그녀에게는 항상 토스 호무스에서도 최고의 것만 주었다. 그럼에도 뭐가 아쉽다고 도망치려는 것인지.

유채가 그런 말을 할 때마다 침대 기둥에 그녀를 사슬로 묶어버릴까 하는 생각도 했다. 하지만 유채의 눈물이 그렁그렁한 눈에 간신히 그런 충동을 억눌렀다. 대신에 약속된 산책 시간을 없애 버리고 블루벨의 출입을 제한하여 경고를 주었다. 유채는 루프스의 경고를 알아들은 것인지 요즘은 그런 말을 뱉지 않고 얌전했다.

루프스는 유채가 얌전해졌다는 것에 안심했다. 그녀는 제게서 떨어질 수 없다. 영원히 그의 곁에서 그를 기다려야 하는 펠릭스 다우스였다. 유채에 대한 생각을 하자 심장박동 수가 흥분한 것처럼 빨라졌다.

"레티티아는?"

"외출을 나가셨다가 방금 방에 돌아오셨습니다."

루프스는 책을 손에 들고 유채의 방으로 향했다. 떠올린 김에 그 고운 얼굴을 보고 싶었다. 어차피 유채의 방은 그의 방과 멀지 않았다. 유채는 이제 어느 정도 몸을 회복해서 평소처럼 잘 먹었고, 그전보다는 잠도 편안하게 잤다.

하지만 아직 악몽에서 완전히 벗어난 것은 아니었다. 그녀가 악몽을 꾸느라 비명을 지르면 매번 달래주러 가는데도 유채는 기겁을 하면서 저를 피했다. 루프스는 그게 불만이었다. 그는 유채가 우는 것도 싫고 저를 피하는 것도 싫었다.

헤나가 열쇠를 돌려서 유채의 방문을 열었다. 유채는 혼자 침대에 앉아서 가벼운 복장으로 책을 읽고 있었다. 루프스의 심장이 빠르게 뛰었다.

"뭐예요?"

카를리티오가 시작된 이후 유채를 볼 때마다 몸이 달아올랐다. 절대 풍만하지 않은 몸의 굴곡이 유별나게 유혹적으로 보였고 붉은 입술이 시선을 잡아끌었다. 왠지 그녀에게서 복숭아의 달큰한 향도 나는 것 같았다. 옷이 갑갑해 보인다는 생각에 그 옷을 벗겨 버릴 생각을 한 것이 한두 번이 아니었다. 이런 상태가 삼 일이나 지속되니 정말 환장할 지경이었다.

"……전해줄 책이 있어 왔다."

유채는 루프스를 경계했다. 다친 사람을 배려하는 예의는 있는지 예전보다는 부드러워졌지만 그럼에도 유채는 루프스가 언제 변할지 몰라서 두려웠다. 유채는 루프스가 건넨 책을 받았다. 집에 보내달라고 빌어봤자 자유만 빼앗기고 블루벨도 만나지 못하게 된다는 걸 깨닫고 유채는 나약한 소리는 입 밖에 내지 않기로 하였다. 그럴 때마다 루프스가 난폭해지는 것도 싫었고, 일단 유채는 별다른 조건 없이 귀한 자료를 얻게 된 것에 만족하기로 했다.

루프스의 손이 갑작스럽게 눈앞으로 다가오자 유채는 몸을 움츠렸다. 저도 모르게 벌벌 떨렸다. 아무리 마음을 다잡아도 이건 세포 수준으로 공포가 각인된 것인지 얼굴 가까이로 오는 손만 보면 머리가 얼어붙었다.

"몸이 찬 것 같다."

카를리티오로 열이 오를 대로 오른 자신과 달리 유채의 몸은 멀리서도 느껴질 정도로 서늘했다. 루프스는 저 몸을 꼭 끌어안고 싶었다. 찬 것과 뜨거운 것이 닿으면 미적지근한 온도가 되니 좋을 것 같았다. 루프스는 유채의 옆에 앉았다. 그러자 유채는 몸을 옆으로 뺐다.

"……거기 가만히 있으면 안 되나요?"

유채의 말은 루프스의 귀에 제대로 닿지 않았다. 루프스의 손이 유채의 볼을 감쌌다. 유채는 공포에 몸을 떨었다. 동시에 그의 손이 지나칠 정도로 뜨거운 것을 깨달았다.

"아픈 이가 몸이 차면 쓰나."

루프스는 제 머리가 어떻게 됐음을 분명하게 알아버렸다. 유채를 끌어안고 싶었다. 몸속을 들끓는 열기가 그녀를 원했다. 유채를 침대에 눕혀서 그녀의 몸을 갑갑하게 감싸고 있는 옷을 끌어내리고 싶었다. 그의 눈에 비친 유채는 그 어떤 요부보다 유혹적이었다.

루프스의 티끌 정도로 남아 있는 이성이 그를 채찍질했다. 그도 최소한의 도리는 알았다. 유채의 몸이 차가우니 안아주고 싶다는 건 제 행동을 정당화하기 위한 터무니없는 변명이었다. 겁간당할 위기에 처했던 암컷을 상대로 그런 생각조차 해서는 안 되는 것이다. 그럼에도 이성을 배반한 손은 공포에 몸을 잘게 떠는 유채의 볼을 쓸었다.

유채는 평소보다 배는 이상한 것 같은 루프스에게서 도망가기 위해서 손으로 뒤를 짚었다. 루프스의 손이 유채의 손을 덮었다. 서늘한 체온이 마음에 든 루프스는 다른 손으로 유채의 허리를 감고 몸을 끌어안았다.

유채는 비명을 질렀다.

"잠깐만요! 제발!"

유채는 몸부림을 치면서 흐느꼈다. 머릿속에는 헥터가 저에게 했던 일들이 방금 일어난 일처럼 재생되었다. 유채는 겁에 질려서 울면서 빌었다. 제발 떨어져 달라고 빌었다. 그러나 이미 눈에 초점조차 사라진 루프스의 귀에는 그녀의 말이 들리지 않았다.

루프스는 마치 어린아이가 엄마의 품을 찾듯이 유채를 끌어안았다. 서늘하고 폭신한 몸이 제 뜨겁고 단단한 몸과 꼭 어울리는 짝 같았다. 어제 불러들인 요염한 암컷의 몸에도 동하지 않던 마음이 유채의 빈약한 몸에 동했다. 루프스는 반항하는 유채의 손을 잡아 고정시켰다. 유채의 눈이 공포로 물들었지만 루프스의 욕망으로 번들거리는 눈에는 그녀의 입술만이 보였다. 붉고 두툼한 것이 너무나도 유혹적이었다. 그는 고개를 기울였다.

유채는 루프스에게서 벗어나기 위해 몸부림쳤다. 머릿속에는 최악의 상황이 펼쳐졌다.

"제발. 제발. 나, 나, 무서…… 읍!"

루프스의 지나칠 정도로 뜨거운 입술이 유채의 서늘한 입술을 집어삼켰다.

유채는 입술이 불에 타는 것 같은 뜨거움을 느꼈다. 그리고 그 뜨거움만큼이나 공포에 휩싸였다. 헥터가 제게 억지로 키스하던 게 생생하게 떠올랐다.

이게 정상 체온일까 의심될 정도의 뜨거운 몸으로 루프스는 유채의 몸을 위에서 누르고 그녀의 가는 손가락에 제 손가락을 얽어 깍지를 꼈다. 벌어진 입술 사이로 그의 혀가 유채의 입안을 헤집었다. 유채는 예전에 그랬던 것처럼 그의 혀를 깨물려고 하였으나 루프스의 손에 턱을 단단히 잡혀 그럴 수가 없었다. 루프스의 육중한 체중이 유채를 압박했다. 무자비한 입맞춤을 받으며 유채는 눈물만 펑펑 쏟았다. 어떻게든 저항하고자 했지만 위에서 누르는 루프스의 힘에는 어찌할 도리가 없었다.

루프스는 유채의 서늘한 체온을 느끼면서 그녀의 입술을 파고들었다. 유채가 울면서 떠는 것도 모자라 어떻게든 저를 밀어내기 위해서 몸부림을 치는 것을 알면서도, 이미 이성이 끊긴 그는 아무 생각도 하지 않았다. 루프스는 유채의 입술을 열심히 탐했다. 그의 유일한 배려는 유채가 숨을 쉴 수 있도록 약간의 틈을 주는 것뿐이었다. 지친 것인지 유채가 이제 반항 없이 몸만 떨자 루프스는 유채의 손을 놓고 두 손으로 그녀의 얼굴을 붙잡았다.

유채는 자유로워진 팔로 주변을 더듬었다. 그러는 중에 루프스의 손이 유채의 뒷머리를 감싸 안았다.

루프스는 유채의 입술을 다시 탐했다. 유채가 제 어깨를 때리는 것도 무시했다. 얼간이라도 된 것 같았다. 그의 목에서 거친 신음이 끓어올랐다. 루프스는 뒷머리를 감싼 나머지 손으로 유채의 허리를 끌어안았다. 마른 몸이 한 팔에 감겨왔다.

"흑."

울음소리가 들렸다. 루프스는 그제야 정신이 번쩍 들었다. 빌어먹을 카를리티오에 제 자신을 제어하지 못했다. 짐승도 아니고 이게 뭐하는 짓인가. 루프스는 정신을 차리고 얼른 입술을 떼었다.

쨍그랑.

루프스는 꽃병에 얻어맞는 충격과 함께 차가운 물을 뒤집어썼다.

"흑."

유채의 손에서 깨진 꽃병의 나머지가 떨어졌다. 급한 나머지 손에 잡히는 것으로 루프스의 머리를 내려쳤는데 그것이 꽃병이었다. 웬만한 사람은 기절하고도 남았을 충격에도 그는 멍하니 바라보고만 있었다. 유채는 루프스에게 벗어나기 위해서 다급하게 움직였다.

"잠깐."

루프스는 얼른 침대 아래로 떨어질 것 같은 유채를 붙잡았다. 침대 아래에 떨어진 날카로운 도자기 파편을 밟을까 걱정이 되었던 것이다. 유채가 손톱으로 루프스의 팔을 긁었다.

"놔! 놓으라고, 개자식아!"

루프스는 유채의 몸을 억지로 잡아서 침대에 눕혔다. 유채는 발버둥을 치면서 고래고래 소리를 질렀다.

"놓으라고! 개자식아! 이 쓰레기 자식아!"

"내가 잘못했으니, 잠깐만 기다려라."

루프스는 꺽꺽 울기 시작한 유채를 두고 침대 위에 흩뿌려진 도자기 조각과 꽃을 치웠다. 충격과 공포에 휩싸인 유채는 가슴 앞에 팔을 모으고 그를 경계하면서 표독스럽게 바라보았다.

"미안하다. 그러니까……."

루프스는 머리를 헝클어뜨리면서 변명하기 위해서 입을 열었다. 유채는 미친 여자처럼 고개를 흔들면서 소리 질렀다.

"나가! 나가라고!"

유채는 두 손에 얼굴을 묻고 펑펑 울었다. 분하고 억울해서 몸이 부들부들 떨렸다. 서러웠다. 지난번에는 그 개새끼에게 정신없이 얻어맞고 강간 직전까지 갔더니, 이번에는 저 남자였다. 자칫 잘못했다가는 입맞춤 이상까지 갈 수도 있었다. 유채는 헥터 때의 기억과 지금의 일로 덜덜 떨었다. 루프스의 키스는 애써 잊으려고 노력했던 그때의 기억을 다시 떠올리게 만들었다.

유채는 무릎을 세워서 몸 가까이 끌어당겼다. 깨진 꽃병과 물에 젖어서 엉망이 된 이부자리가 제 처지인 것 같아서 보기가 싫었다. 유채는 무릎에 얼굴을 묻고 엉엉 울었다.

"내가 미안하다."

루프스는 서럽게 우는 유채를 끌어안으려고 하였다.

"듣기 싫으니까 나가! 나가라고!"

유채는 루프스가 차라리 더 이상 저를 참아주지 말고 죽여주기를 원했다. 이제 돌아가는 것을 생각하는 것도 지쳤다.

루프스는 유채를 향해 뻗었던 손을 거두었다. 그는 비에 젖은 아기 새처럼 떠는 유채를 알 수 없는 감정을 품고 바라보았다. 카를리티오로 달아올랐던 몸은 어느 정도 가라앉았지만, 우는 유채를 보니 다시 달아오를 것 같았다. 정말로 미친 것 같았다. 지금 저렇게 무섭다고 떨고 있는 유채를 보고서 몸이 동하는 제가 미친놈이고 한심한 놈이었다.

루프스는 크게 심호흡을 하고 자리에서 일어났다. 침대 아래로 떨어진 화병 조각들과 꽃들이 보였다.

"미안하다. 입이 열 개라도 할 말이 없다. 정말 미안하다. 그러니, 쉬어라."

루프스는 유채의 방에서 나갔다. 유채는 한 번도 그를 돌아보지 않았다. 루프스는 궁녀를 불러서 유채의 방을 치우라고 명을 내렸다.

작정하고 안으려고 불러온 암컷은 거들떠보지도 않았는데 상해서 볼품없어진 유채의 몸에 이렇게 된다는 게 믿을 수가 없었다. 그는 한 번도 이렇게 이성까지 끊겨서 암컷을 안으려고 한 적이 없었다. 아니 애초에 그는 암컷에 집착해 본 적이 없었다. 루프스는 그 자리에 우두커니 섰다.

"하. 내가 정말 미쳤나."

입안에 아직도 그녀의 향이 남아 있는 것 같았다. 팔에 감겼던 부드러운 살의 감촉도 그대로였다. 유채의 검은 눈이 습윤해지고 제 목에 그 가는 팔을 감는 것을 상상했다. 그 망상 중에 좀 전에 보았던 유채의 얼굴이 스쳐 지나갔다.

"젠장."

물기 어린 눈동자, 거친 키스에 부풀어 오른 입술, 가늘게 떨리던 몸, 슬픔과 공포가 뒤섞인 얼굴.

유채에게 미안해졌다. 떨리는 몸을 달래주면서 미안하다고 말해야 할 것 같은 그런 얼굴이었다. 대관절 그녀가 무어라고 저를 이렇게 얼간이처럼 만드는 것일까?

그럼, 그냥 죽여. 죽여 버리면 고민할 필요도 없잖아.

머릿속에서 어떤 목소리가 그에게 속삭였다.

"라이! 뭐 하냐?"

바실리사가 루프스의 앞에서 손을 흔들었다. 루프스는 눈을 가리고 있던 손을 치웠다.

"바실리사."

"왜? 헤나 말을 들어보니 네 카를리티오가 꽤나 심하다던데? 그렇게 심하면 얼음주머니나 머리에 올리고 처박혀 있든가. 왜 지나가는 궁녀들 겁먹게 그러고 서 있냐?"

"궁녀들이 보이면 예를 좀 갖추지."

루프스가 으르렁거렸다.

"시간 남아돌면 레티티아에게 가봐. 나보다는 네년이 더 좋을 것 같으니."

루프스는 바실리사에게 이 말만 남기고 걸음을 옮겼다. 에릭이 바실리사에게 속삭였다.

"설마 유채 양 때문에 이번 카를리티오가 심하신 것일까요?"

"아마. 늑대 놈들은 원래 사랑하는 암컷이 생기면 카를리티오가 비정상적으로 심해지거든."

"설마 유채 양에게 뭔 일이 생긴 건 아니겠지요?"

"설마가 수인을 잡지."

바실리사는 얼른 유채의 방으로 갔다. 궁녀들이 깨진 화병을 치우고 있었고 유채는 침대 위에 앉아 무릎을 끌어안고 고개를 푹 숙이고 있었다. 마치 그녀의 시간만 그대로 멈춘 것 같아 보였다. 바실리사가 유채를 불렀다.

"유채야!"

유채는 바실리사의 목소리에 고개를 들었다. 그녀는 눈물이 범벅이 된 얼굴로 바실리사를 보았다. 부푼 입술과 여기저기 구겨진 옷을 본 바실리사는 혀를 찼다. 정말 설마가 수인을 잡았다.

그나마 옷을 보니 억지로 입을 맞춘 선에서 정신을 차리고 물러난 것 같았다. 바실리사는 유채에게 다가가 그녀를 꼭 끌어안았다. 유채는 바실리사의 배에 얼굴을 묻었다.

"눈물만 훌쩍이면 속이 풀리나. 소리 내서 크게 울어. 소심하게 울지 말고."

그 말이 스위치가 되어 유채는 소리를 크게 내면서 엉엉 울었다. 유채는 바실리사의 허리를 끌어안고 제 감정을 토해내었다. 바실리사는 유채의 등을 토닥여 주었다.

바실리사는 속으로 한숨을 푹 내쉬었다. 카를리티오로 성욕이 왕성해지는 것은 생리적인 반응임을 알기에 루프스가 스스로 어찌할 수 없었을 거라고 그의 행동을 이해하면서도 이건 좀 심하다 싶었다. 헥터에게 당할 뻔했던 아이에게 이성을 잃고 덤벼든 것은 분명히 잘못된 행동이었다. 조금만 더 참을 것이지 그 조금을 못 참아서 이 사달을 만들었는지. 제 마음을 자각한 것도 아니라 더 앞뒤 못 가리고 행동하는 것 같았다.

유채의 울음소리가 잦아들자 바실리사는 그녀의 몸을 일으켜 세웠다. 그리고 그녀의 눈가에 남은 눈물을 닦아주었다.

"루프스가 카를리티오라고 일을 냈구나."

"카를리티오?"

"뭐, 마레 위르 말로 바꾸자면 발정기 정도? 암수를 가리지는 않지만, 늑대나 개, 말과 소는 수컷들이 카를리티오를 심하게 겪어. 양이나 염소, 고양이들은 암컷들이 심하게 겪고, 독수리나 쥐는 암수 모두 비슷해. 아무튼 수인들 사이에서 이따금 문제가 발생하는 기간이지. 물론 카를리티오 기간이라고 누군가를 겁탈한다면 당연히 벌을 받아. 우리는 동물이 아니라 수인이니까. 카를리티오라는 것이 핑계가 될 수 없거든. 그리고 늑대 수컷들은 보통 이때 성욕이 왕성해지는 편이야."

물론 연인 한정이지만. 바실리사는 그 말은 삼켰다. 알아봤자 유채만 괴로워질 일이었다. 루프스가 저를 좋아한다는 것을 알아봤자 유채에게 좋을 것이 없었다. 바실리사는 제가 짐작한 사실을 감추기로 결정한 지 오래였다.

늑대 수인들은 다른 수인들에 비해서 카를리티오가 심하지 않아 말이나 소 수인들에 비하면 범죄는 거의 일어나지 않았다. 그러나 사랑하는 암컷이 있는 수컷이라면 상황은 달라졌다. 카를리티오의 강도가 말이나 소 수인의 수준으로 올라가고 몸은 또 제가 사랑하는 연인에게만 달아올랐다.

"그러니까, 너무 무서워하지 마. 정 불안하면 내가 지켜줄게."

"언…… 언제 끝나는데요…….'"

"라이의 경우는 이번 주 마지막 날? 보통 카를리티오는 일주일 정도 지속이 되거든."

"그러니까 내가 지금 재수가 없었다는 것이네요."

유채는 말을 씹어뱉듯 입을 열었다. 이제는 헛웃음만 나왔다.

헥터의 일도 제가 재수가 없어서, 루프스의 일도 제가 재수가 없어서란다.

"그건 아니지. 이건 라이가 잘못한 거니까 넌 재수가 없었던 게 아니야. 넌 아무 잘못 없어."

바실리사는 유채가 무슨 생각을 하는지 알아채고는 그녀를 달랬다. 바실리사는 큰 손으로 유채의 결이 고운 검은 머리카락을 쓰다듬었다.

"우리 수인들이 짐승도 아니고, 보통 카를리티오가 심해도 그걸 참는 수인들이 훨씬 많아. 태반은 알아서 잘 조절해. 그런데 참지 못한 루프스가 잘못한 것이지, 넌 잘못한 거 없어. 네가 재수 없다고 이런 일을 운으로 돌리는 것은 부당하지. 너는 아무 잘못 없어. 잘못한 건 라이야. 안 그래?"

"맞습니다. 저도 얼마나 잘 참는데요. 우리 개 일족은 늑대 일족과 비교도 안 될 정도로 강도가 셉니다. 그러니까, 루프스님이 잘못하신 것이 맞습니다."

에릭이 맞장구를 치자 바실리사가 그를 돌아보았다.

"너도 카를리티오를 느끼기는 하냐? 카를리티오 기간에도 별 변화가 없기에 난 너 고자인 줄 알았는데."

"왜 그러세요, 바실리사님. 저 신체 건강한 수컷입니다. 지금 당장이라도 가운데 다리가 달려 있다는 것을 보여 드릴 수 있습니다."

에릭이 바지를 풀어 내릴 자세를 취했다. 바실리사가 에릭의 구레나룻을 잡아당겼다. 그는 악 하고 비명을 질렀다.

"됐어. 나는 네 그 흉물스러운 것 보기 싫어."

"흉물스럽다니요. 어찌 그런 가슴 아픈 말을 하십니까? 그러니까 바실리사님이 아직 혼인을 못 하시는 것입니다."

"닥쳐. 내가 결혼을 못 하는 건 모두 내가 너무 예뻐서 말을 못 거는 겁 많은 수컷들 때문이거든. 너나 걱정해. 좋아하는 암컷 있다며. 카를리티오 기간에 찾아가서 열 오르는 마음을 담아서 고백이라도 하든지."

"제가 연모하는 분을 카를리티오 기간에 찾아갔다가는 전 그날로 이 세상 수인이 아닐 겁니다. 전 바실리사님처럼 추접한 육체적인 사랑을 원하는 것이 아닌 정신적이고 숭고하며 순결한 사랑을…… 악."

"그래, 너 잘났다! 나는 추접하게 수컷들 몸이나 훑고 다니고 넌 암컷들 마음이나 원하니. 그래, 너 잘났다."

바실리사가 베개를 움켜쥐고 에릭을 향해 연타했다.

"하하하!"

유채는 간만에 크게 소리 내서 웃었다. 그동안 참 웃을 일이 없었는데 바실리사와 에릭의 모습에 웃음이 터져 나왔다. 제가 보기엔 분명히 에릭이 바실리사를 좋아하는 것인데, 바실리사는 그의 마음을 몰라주는 게 안타까웠다.

한참 에릭을 구타하던 바실리사는 유채가 웃는 소리에 고개를 돌렸다가 멍하니 그녀를 보았다.

"확실히 웃으면 누구도 못 이길 정도로 예쁘네요."

에릭이 중얼거렸다. 바실리사는 루프스가 왜 유채에게 웃으라고 강요를 하는지 이제야 알 것 같았다. 그리고 왜 유채를 데리고 나갈 일이 생기면 얼굴에 베일부터 씌우는지도. 늑대 특유의 집착이 벌써부터 시작되고 있는 것이었다.

"하. 정말 이거."

바실리사는 유채가 가여웠다. 그동안의 일로 유채의 마음이 루프스에게 향할 리는 없었다. 솔직히 유채에게 루프스는 최악의 수컷일 것이었다. 루프스는 이미 집착의 전조증세를 보일 정도로 유채에게 빠진 상태고, 늑대 수인의 사랑이 어긋나면 그 사랑의 끝은 파국일 뿐이었다. 루프스는 유채를 놓지 않을 것이고 유채는 도망가려 할 것이다. 놓아주는 것이 최선의 선택임을 알아도 루프스는 죽어도 그것만큼은 하지 못할 것이다. 그리고 피해를 입는 것은 유채일 것이다.

신은 왜 이리 잔인한 운명을 주신 것인지.

바실리사는 한숨을 뱉었다.

⚜

블루벨은 우울해서 귀를 축 늘어뜨렸다. 케릭스에게 주려 한 손수건이 완성되었지만 정작 그가 없었다. 요즘 케릭스는 블루벨 앞에 잘 나타나지도 않았다. 블루벨은 그것이 너무 슬펐다. 블루벨은 요즘 너무 우울해서 귀만 축 늘어뜨리고 다녔다.

"블루벨."

블루벨은 익숙한 목소리에 귀를 쫑긋 세우고 고개를 돌렸다. 방금 전까지 머릿속을 꽉 채우고 있던 그, 케릭스가 뒤에 서 있었다. 블루벨은 환하게 웃으면서 케릭스에게 달려들었다. 그리고 그의 가슴에 얼굴을 부볐다. 케릭스는 당황해서 손을 어떻게 할지를 몰랐다.

"케릭스님! 보고 싶었어요. 지난주 내내 보이지 않으시고. 저 되게 슬펐어요."

블루벨의 심장이 쿵쿵 뛰었다. 블루벨은 케릭스의 허리를 감았던 손을 풀었다. 케릭스의 눈에 볼이 붉게 물든 블루벨의 귀여운 얼굴이 보였다. 정말 이런 외모는 반칙 아닌가? 귀엽게 생겨도 이렇게 귀엽게 생길 수는 없었다. 케릭스는 블루벨의 뺨을 늘였다.

"내가 보고 싶었냐?"

카를리티오가 심한 케릭스는 모두의 안전을 위해서 집에 틀어박혀서 찬물에 몸의 열기만 내내 식혔다.

"예. 엄청, 엄청 보고 싶었어요."

블루벨은 팔을 크게 벌려 제 마음을 표현했다. 그리고 헤실헤실 웃으면서 주머니를 주섬주섬 뒤져서 서툰 손으로 완성한 손수건을 케릭스에게 건네었다. 케릭스는 한눈에 봐도 엉성해 보이는 손수건을 받았다.

"이게 뭐냐."

"그동안 제게 음식 가져다주신 것이 감사해서 만들어봤어요. 여기 케릭스님 이름을 수놓았어요."

회색 실로 삐뚤삐뚤 수놓은 케릭스의 이름이 하얀 손수건 구석에 있었다. 케릭스는 블루벨이 이 손수건을 만드느라 얼마나 고생했을지가 느껴져서 그녀의 작은 몸을 꼭 안아주었다.

"우왓!"

블루벨의 발이 땅에서 떨어졌다.

"고맙다. 잘 쓰마."

블루벨의 볼이 달아올랐다. 케릭스의 낮은 목소리에 그녀의 심장박동이 빨라졌다. 케릭스는 다시 블루벨을 내려주었다. 블루벨은 타는 것과 같은 볼을 차가운 손으로 식혔다.

"고마우시면, 저 자주 찾아와 주세요. 저 케릭스님 정말 많이,

많이 좋아해요."

"그래, 알겠다. 그런데 오늘은 레티티아님과 같이 있지 않구나? 무슨 일이 있니?"

"아니요. 유채님은 오늘 프레드릭님께 수업을 받으러 가셨어요. 그래서 저에게 쉬라고 하셨고요. 전 책을 싫어하거든요."

"그렇구나."

케릭스가 중얼거렸다. 루프스도 지금 도서관에 갔는데, 혹여 좋지 않은 일이 생기지 않기를 케릭스는 간절히 소망했다.

루프스는 책상 앞에 앉아서 얌전히 책을 읽고 있는 유채를 멀찍이 서서 바라보았다. 카클리티오는 어제 끝이 났고 그의 이성도 완전히 돌아왔다. 제가 무슨 짓을 한 것인지 깨닫고 스스로를 한심해했다. 그리고 사정을 설명하기 위해서 유채를 찾아갔지만, 그녀는 차갑게 굳은 얼굴로 그의 말을 한 귀로 듣고 한 귀로 흘렸다. 무시하려고만 하는 유채의 태도에 화가 치밀어, 저도 어쩔 수 없는 일이라고 자신도 억울하다고 다그치려고도 했다. 그러나 벌벌 떨던 유채의 얼굴이 떠올라서 그렇게 하지도 못했다.

꼭 예전에 어머니에게 혼나고 쩔쩔매던 꼴 같았다. 도대체 제가 왜 펠릭스 다우스에게 이렇게 휘둘리고 있는지 모르겠다. 뭐 마려운 강아지처럼 쩔쩔매는 스스로가 한심하지만 일단 잘못한 것이 있으니 어쩔 수 없었다.

루프스는 책을 읽고 있는 유채에게 다가갔다.

"무슨 책인가?"

유채는 익숙한 목소리에 고개를 들었다. 책상에 손을 짚은 루프스가 유채가 읽는 책을 내려다보았다.

"내게 도와달라고 하면 도와줄 텐데, 어려운 고어로 된 책을 꽤나 잘 읽는군."

"나, 책 다 읽었어요. 지금 블루벨이랑 산책 갈 거예요."

유채는 루프스가 제 옆에 앉으려고 하자 책을 챙겨 들고 자리에서 일어나려고 했다.

"앉아."

루프스는 유채의 팔목을 잡고 잡아당겼다. 유채는 하는 수 없이 자리에 앉았다.

"손목 놔줘요."

유채는 그때의 기억을 떠올리면서 잡힌 손목을 빼내려 애썼다. 혹여 그가 저를 바닥으로 내리누르고 그때와 같이 굴 것 같아서 몸이 떨렸다. 루프스가 놓아주자 유채는 그에게 잡혔던 손목을 문질렀다.

루프스는 제 시선을 집요하게 피하는 유채에게 다시 한 번 사과했다.

"그땐, 내가 미안했다. 제정신이 아니었다."

"그때 이야기는 들었어요. 그만해요. 떠올리기도 싫으니까."

유채가 차갑게 대답했다. 그의 사과를 받아줄 마음이 조금도 없었다.

"내가 다시 사과하마. 그때 일은 정말 미안하다. 내가 정말 미안하다. 이유가 뭐가 됐든 내가 무조건 잘못했다."

"당신 사과를 어떻게 믿어요? 거짓말하는 걸 수도 있잖아요? 당신이 내게 진심으로 사과하는 거라고 내가 어떻게 믿어요?"

"미안하다. 이건 사과의 선물이다."

루프스는 유채의 눈앞에 그녀가 돌려달라고 말했던 물건을 내밀었다. 그것을 본 유채의 눈이 커졌다. 유채는 휴대폰 쪽으로 손을 뻗었다.

"잠깐."

유채의 손이 닿기 전 루프스는 휴대폰을 다시 가져갔다. 유채가 원망스러운 눈으로 루프스를 바라보았다. 루프스는 그제야 저를 똑바로 바라보는 유채의 눈에 흡족했다. 유채의 검은 눈이 공허함이 아닌 생기를 띠고 있는 것이 마음에 들었다.

"다시 한 번 말하마. 그때의 그 일은 정말로 미안하다. 내 잘못이다. 내가 잘못했다. 거짓이 아니라 진심으로 하는 사과이다. 정말이다. 정말 미안하다."

"알았으니까. 내 휴대폰 내놔요."

유채는 루프스에게 손을 내밀었다. 루프스는 유채에게 휴대폰을 건네었다. 유채는 루프스의 심기를 거스르지 않기 위해 대충 고맙다고 하고는 얼른 휴대폰의 가죽 덮개를 열었다. 분명 엉망으로 깨졌던 액정이 멀쩡했고 배터리도 100%를 가리켰다. 이게 어찌 된 일인지 유채는 찬찬히 휴대폰을 살폈다.

"왜…… 시계가……."

유채는 제 눈을 의심했다. 액정에 표시된 날짜와 시간이 수능을 보았던 바로 그날에 멈춰 있었다. 뭔가 잘못된 것 같았다. 혹시, 다른 세계의 물건이라 움직이지 않는 것일까? 오만 가지 생각을 다 하던 유채는 고개를 저었다. 일단 시계에 관한 것은 천천히 생각해도 된다. 일단 다른 것부터 살펴서 이곳에 넘어오기 전의 마지막 기억을 찾아야 했다.

"내가 그 건방진 마레 위르 수킷에게 부탁해서 고쳐 온 것이다."

루프스는 유채의 고민은 알지 못한 채 제가 무엇을 했는지 설명했다. 사과를 위해 나름대로 고민한 방법이었다. 유채의 옷과 소지품 중에서 빨간 가죽의 이상한 물건을 찾는 것은 그렇게 어려운 일이 아니었다. 찾은 물건이 뭔지는 모르겠지만 딱 봐도 망가진 모양새에 자존심이 조금 상해도 마레 위르 수컷을 불러서 고치게 했다.

호기심에 레티티아의 물건을 이리저리 만져 보았지만, 그가 알아낸 것은 이걸 누르면 까맣던 표면이 환해진다는 것과 거기에 유채와 그녀의 자매로 보이는 이의 그림이 담겨 있다는 것뿐이었다. 지금보다 훨씬 앳되어 보이는 단발머리의 유채였다. 그녀가 밝고 쾌활해 보인다면 그녀 옆의, 닮은 암컷은 매우 다소곳하고 차분해 보였다. 그녀가 바로 유채의 언니인 듯했다. 둘 다 예뻤지만 루프스의 눈에는 유채가 훨씬 더 예뻤다. 제 앞에서는 울거나 무표정한 얼굴인 것과 달리 그 이상한 물건 속의 유채는 환하게 웃고 있어서 루프스는 그 그림을 갖고 싶었다.

루프스는 얼굴 만면에 미소를 띠고 정체를 알 수 없는 물건을 건드리는 유채의 얼굴을 가만히 바라보았다. 예쁘다. 웃으니 정말로 예뻤다. 그의 가슴 한편이 봄바람이 볼을 간질이는 것처럼 간질거렸다. 유채의 저런 얼굴은 그 어떤 수컷에게도 보여주고 싶지 않았다. 항상 저렇게만 웃어준다면 마냥 좋을 것 같았다.

"아아악!"

유채가 비명을 지르더니 자리에서 벌떡 일어나 머리카락을 쥐어뜯었다. 휴대폰이 바닥으로 떨어졌지만 유채는 거친 숨을 내뱉느라 거기에 신경을 쓰지 못했다. 유채의 얼굴이 한껏 찡그려졌다. 루프스는 갑자기 왜 이러나 싶어 유채의 어깨를 잡고 제 쪽으로 돌려세웠다.

"왜 그러는가! 잠깐 너, 피."

유채의 입가에 가느다란 선혈이 흘러내렸다. 유채는 손으로 입가를 훔쳤다. 손등에 피가 묻어났다.

"……피?"

그렇게 중얼거림과 동시에 입에서 핏덩어리가 쏟아져 나왔다. 유채가 얼른 손으로 입을 막았음에도 그 손을 넘쳐서 피가 흘러내렸다.

"레티티아!"

유채의 몸이 기울어졌다. 루프스는 유채의 몸이 바닥에 닿기 전에 그녀를 받아내었다. 바닥에 유채가 쏟은 피가 흥건했다.

"거기 누구 없나! 당장 오르페를 불러와!"

루프스가 다급하게 무어라 말하는 소리가 들렸지만, 유채는 그게 도통 무슨 말인지 제대로 들리지 않았다. 유채는 제 아래에 가득한 피 웅덩이를 전에도 본 적이 있었다. 유채의 입에서 계속 피가 흘러나왔다. 머리가 깨질 것처럼 아파왔다.

지끈거리는 머릿속으로 잊고 있었던 기억이 흘러넘쳤다. 자동차의 클랙슨 소리, 눈이 부시게 밝은 헤드라이트 빛, 공중으로 날아올랐다가 바닥에 처박힌 몸, 온몸의 뼈가 부러진 것처럼 아프고 머리가 깨져서 피가 흘렀다. 그렇게 흐른 피가 지금처럼 주위에 피 웅덩이를 만들었다.

내가 왜 이걸 잊고 있었지.

그래, 그랬다. 치킨을 사서 병원으로 돌아가던 그 밤. 이 이상한 세상으로 떨어졌던 그날, 유채는 휴대폰 문자 메시지를 보다가 뺑소니를 당했다. 차가운 아스팔트 바닥에 쓰러졌다. 그래서 에클레시아에서 깨어났을 때 온몸이 쑤셨고 휴대폰 액정도 박살 나 있었던 것이었다. 쿨럭, 피를 쏟으며 유채는 바닥에 떨어진 휴대폰을 향해 손을 뻗었다.

〈유채야. 문자가 늦어서 미안하다. 아빠가 오늘 정신이 없어서 이제야 생각나서 문자를 보낸다. 의사 선생님이 너와 유하의 골수가 일치한다고 했어. 유채, 네 수시 일정만 괜찮다면 수술 날짜를 내일 조정하자고 의사가 그러더구나.〉

유채는 의식이 흐려지는 와중에도 그 문자의 내용만 떠올렸다. 그래, 제가 결코 잊어서는 안 되는 것이었다. 유하는 골수이식이 필요했고 유채는 언니에게 골수를 줄 수 있었다. 유채의 눈앞이 까맣게 흐려졌다. 그럼에도 유채는 한 가지만은 필사적으로 제 머릿속에 각인시켰다.

반드시 꼭 살아서 돌아가야만 한다. 언니를 위해서.

의식이 가물가물해진 유채가 눈을 느리게 깜빡일 때, 루프스는 눈을 감지 말라고 절박하게 외쳤다. 유채의 눈이 감기고 축 늘어졌을 때는 순간 정신이 멍했다. 루프스는 오르페를 더 이상 기다릴 수 없어 유채의 몸을 안아 올렸다. 그때 마침 오르페가 도서관에 도착했다.

"이게 어떻게 된 것이냐!"

루프스는 오르페를 앞에 두고 소리를 버럭버럭 질렀다. 루프스의 옷은 이미 유채가 흘린 피로 엉망이었다. 분명히 멀쩡했던 유채가 갑자기 피를 울컥 쏟으면서 쓰러졌다. 얼마나 많은 피를 흘렸는지, 꼭 죽을 것만 같았다.

"독에 중독되셨습니다."

오르페가 식은땀을 뻘뻘 흘리면서 답했다.

"독?"

뱀 수인 일족은 절대 독에 중독되지 않는다. 그래서 의사인 오르페는 특정한 독을 먹은 적이 있다면, 독의 맛을 보고 그게 무슨 독인지 파악할 수 있었다. 유채의 피를 찍어 맛을 본 오르페는 독인 것을 확인했다.

"무슨 독?"

"제가 맛본 적이 없는 독이라 무슨 독인지는 정확히 모르겠습니다. 유채님이 드시거나 마신 모든 것을 조사해 봐야 할 것 같습니다."

유채의 숨이 점점 잦아들었다. 다급해진 오르페와 루프스는 유채를 도서관의 책상 위에 눕혔다. 오르페는 유채가 토한 피가 기도를 막을 걱정에 그녀의 고개를 옆으로 틀어 기도를 확보한 뒤에 맥을 짚었다. 지나치게 불규칙했다. 게다가 유채의 피는 선홍색이 아닌 검붉은색이었다. 그 뒤 오르페는 제가 알고 있는 모든 지식을 동원해서 해독했다.

유채가 고른 호흡을 되찾자마자 루프스는 그녀를 안아 자신의 방으로 데려가 눕혔다. 루프스는 제가 무슨 정신으로 그녀를 안고 제 방까지 왔는지 기억나지 않았다. 하지만 그는 정신없는 와중에도 레티티아가 차를 마시고 있었다는 사실을 깨달았다.

"차."

"예?"

"레티티아는 차를 마시고 있었다. 빨리 가서 알아봐!"

루프스의 노성에 오르페는 늙은 몸을 허둥지둥 움직였다. 루프스는 열이 올라서 땀을 뻘뻘 흘리고 있는 유채의 이마를 짚었다. 이마가 불덩이처럼 뜨거웠다. 이대로 있다가는 고열에 몸이 상할 것 같았다. 루프스는 궁녀들을 불렀다.

"얼음물을 가져와! 빨리!"

다람쥐 궁녀들은 작은 발을 빠르게 움직였다. 유채의 소식을 들은 블루벨이 헐레벌떡 뛰어왔다.

"유…… 아니 레티티아님은요!"

블루벨은 땀을 흘리며 신음하는 유채의 모습에 탄식을 뱉었다. 블루벨은 다급한 손길로 유채의 옷을 벗겼다. 두꺼운 겨울 드레스를 벗겨내니 유채는 가벼운 원피스 차림이 되었다.

다람쥐 궁녀들이 얼음물을 받은 목욕통을 끙끙대면서 들고 들어왔다. 루프스는 유채의 몸을 통 안으로 옮겼다. 물이 넘치면서 바닥이 흥건해졌다. 블루벨이 다른 궁녀가 가져온 수건에 물을 적셔서 유채의 얼굴을 닦았다. 차가운 얼음물 덕에 유채의 체온도 조금 떨어졌다. 하지만 그것도 잠시, 유채의 몸의 열기에 오히려 얼음이 녹고 물도 점차 미지근해졌다. 다람쥐 궁녀들이 얼음을 더 가져와 통에 부어 넣었다.

"찾았습니다!"

오르페가 헉헉거리며 달려와서는 숨을 몰아쉬었다. 루프스는 유채의 몸을 들어 올렸다. 침대에 눕힌 유채의 옆에서 오르페는 분주하게 손을 움직였다. 블루벨은 눈물이 그렁그렁한 얼굴로 발만 동동 굴렀다. 루프스는 형형한 눈을 한 채 오르페와 블루벨을 유채의 곁에 남겨두고 밖으로 빠져나왔다.

"헤나."

"하명하십시오."

"독이 차에서 나온 것이 맞나?"

"예, 차에서 독이 나왔습니다."

"찾아."

헤나는 고개를 숙이고 물러났다.

궁 전체를 병사들이 이 잡듯이 뒤졌다. 궁의들이 근무하는 약재실이 가장 먼저 수색을 당했고, 그다음은 주방이었다. 유채가 먹고 마시는 것에 독을 넣을 수 있다고 추정되는 곳이 뒤집어졌다. 궁녀들이 기거하는 곳과 프레드릭이 머무는 곳은 가장 나중에 수색에 들어갔다. 그사이에 오르페는 유채를 완전히 해독했다.

프레드릭은 유채의 소식을 듣고 안절부절못했다. 몸이 나은 지 얼마나 되었다고 독을 마셨으니 몸이 또 얼마나 상했을까 걱정이 되었다. 걱정으로 방 안을 서성이고 있던 그때 병사들이 프레드릭의 방으로 들이닥쳤다. 프레드릭은 선선히 수색에 응했다. 병사들은 그의 거처를 샅샅이 뒤졌다. 그리고 병사 한 명이 큰 소리로 외쳤다.

"찾았습니다!"

프레드릭은 깜짝 놀라서 그 병사를 돌아보았다. 그의 손에는 검은 액체가 든 병이 들려 있었다. 프레드릭이 무어라 변명을 하기도 전에 늑대 수인 병사가 프레드릭의 정강이를 걷어찼다. 무릎이 꺾이고 동시에 프레드릭의 머리가 아래로 눌렸다. 병사들이 프레드릭의 손을 뒤로 돌려서 수갑을 채웠다.

"감옥으로 데려가라!"

"잠시만! 나는 유채 양의 일과 아무런 관련이 없습…… 윽."

프레드릭이 해명을 하기 위해서 소리를 질렀으나 병사 하나가 그의 뒷목을 강하게 가격했다. 정신을 잃고 축 늘어진 프레드릭을 병사 둘이 양쪽에서 붙잡고 질질 끌고 갔다.

"프레드릭 하워드의 방과 한 사슴 수인의 궁녀의 방에서 독이 발견되었습니다."

케릭스가 루프스에게 말했다. 루프스는 의외의 인물의 이름에 되물었다.

"프레드릭?"

"차에서 독이 발견되었는데, 레티티아님과 차를 같이 마신 것이 프레드릭입니다. 그의 방을 수색한 결과 프레드릭의 방에서 차에서 발견된 것과 동일한 종류의 독이 발견되었습니다."

루프스가 화를 참듯이 주먹을 말아 쥐었다.

"그래서 그놈은 뭐라 말하던가?"

"자신은 억울하답니다."

"뻔하지. 무슨 짓을 해서든 제 죄를 토해내게 만들어. 사슴 수인이든 프레드릭 놈이든, 배후가 누군지 알아야겠다."

케릭스는 루프스의 살기에 몸을 떨었다. 루프스는 지금 굉장히 분노한 상태였다. 그는 온갖 것을 다 부수고 싶은 심정을 주먹을 말아 쥐는 것으로 참았다. 제가 여기서 난동을 피워봤자 유채의 휴식에 방해가 될 뿐이기 때문이었다. 루프스는 이를 악물고 말을 씹듯이 뱉었다.

루프스는 케릭스를 보내고서 자신의 침대에 누운 유채를 내려다보았다. 밀랍인형처럼 창백한 얼굴을 하고서 유채는 마치 시체처럼 가만히 누워 있었다. 숨도 쉬는 것 같지 않아서 유채의 코 아래에 몇 번이나 손을 가져다 댔는지 모른다. 그때마다 미약하게 느껴지는 숨소리에 루프스는 안심했다.

루프스는 유채의 볼을 쓸었다. 피를 토하며 쓰러지는 것을 봤을 때, 그는 그녀가 죽는 줄만 알았다. 축 늘어져 가쁜 숨을 토해 낼 때, 루프스는 제 온몸이 얼어붙는 것 같은 기분을 느꼈다. 유채 때문에 그의 간장이 졸아 없어지는 것 같았다.

"대체 네가 뭐가 특별해서."

오르페가 말하기를 정신을 차리려면 삼 일은 기다려야 한다고 했다. 루프스는 이불을 들추고 유채의 옆에 누웠다. 그는 옆으로 돌아누워 한쪽 팔꿈치에 체중을 싣고 몸을 반쯤 일으켜 세웠다. 그는 잠든 유채의 얼굴을 한참을 바라보았다.

정말 손이 많이 가는 펠릭스 다우스였다. 자존심도 강하고 귀엽게 굴지도 않는 유채가 그는 계속 신경이 쓰였다. 아프지 않기를 원했고 울지 않기를 원했고 그녀가 계속 제 곁에 있기를 원했다. 유채가 힘들어 하는 모습을 보면 가슴 한편이 묵직해졌고 드물지만 그녀가 제 앞에서 부드럽게 굴면 가슴이 간질거렸다.

"예쁘기만 한 게 뭐가 좋다고."

루프스는 그렇게 중얼거리면서 유채의 몸을 끌어안았다. 유채의 마른 몸이 그의 품에 안겨 들어왔다. 루프스는 유채의 등을 한 손으로 쓸어내렸다. 뼈밖에 남지 않은 마른 등이 고스란히 만져졌다. 그는 유채의 이마에 입술을 맞췄다.

"지켜주겠다."

루프스는 유채의 귓가에 속삭였다.

"아무리 생각해도 네가 거슬리고 신경 쓰인다고 죽여 버리는 것은 아닌 것 같다."

유채가 사라져 버리면 오히려 더 가슴이 저릿할 것 같았다. 이유를 알 수 없는 혼란스러움과 유채에게 휘둘리는 스스로가 마음에 들지 않지만, 그래도 그녀가 제 곁에 계속 머물러 주기를 원했다. 유채가 이렇게 손을 뻗으면 잡을 수 있는 거리에 있는 것은 혼란을 감수할 만한 가치가 있었다. 항상 그의 발치에 넘실거리던 검은 뱀 같은 감정은 그녀를 볼 때만큼은 고요해졌다. 유채가 웃을 때는 그 검은 뱀들이 사라지기까지 했다.

"그러니, 곁에 있어라."

루프스는 조금만 힘을 주면 부러질 것 같은 유채의 몸을 끌어안았다. 잠든 유채의 몸을 세게 끌어안고 그는 고개를 숙여 그녀의 정수리에 입을 맞추었다.

"무엇이든 해주겠다. 원하는 것은 뭐든 가져다주마. 그러니, 곁에 있어."

그게 유채가 제 곁에서 없어지는 것보다 나았다.

⚜

"흐으음."

유채는 목이 타는 것 같은 갈증을 느끼면서 눈을 떴다. 주위를 둘러보니 루프스의 방이었다. 유채는 지끈거리는 머리를 감싸 쥐면서 몸을 일으켰다. 그리고 기억해 냈다.

"언니!"

유채는 얼른 일어났다. 침대 아래로 발을 딛자마자 어지럼증을 느끼면서 자리에 주저앉았다. 유채는 그대로 주저앉아서 헛웃음을 터뜨렸다. 이렇게 중요한 사실을 잊은 제 자신에게 화가 났다.

"아아아악!"

유채는 크게 소리쳤다. 그래도 답답한 속은 풀리지 않았다. 유채는 가슴을 쳤다. 군데군데 비어 있던 기억은 이것이었다. 유하의 항암치료는 실패로 끝났다. 의사는 유하에게 남은 방법이 골수이식 외에는 없다고 했다. 유채의 수능이 얼마 남지 않았을 때의 일이었다. 의사는 유하는 반일치가 힘들겠다는 결정을 내렸다.

조혈모세포는 언제나 50%만 일치할 뿐 100% 일치하지 않았다. 하지만 형제자매는 달랐다. 25%의 확률로 조혈모세포가 동일할 수 있었다. 아무리 가능성이 낮다고 해도 유채는 그 25%의 확률을 믿었다. 유채는 시간을 내어 조혈모세포 검사를 받았고 유채의 수능 날이 그 검사 결과가 나오는 날이었다. 그리고 그날 저녁 유채는 언니의 병문안을 갔고 치킨을 사서 병원으로 돌아가던 중 아빠의 문자를 받았다.

수능 시험에 방해될까 봐 아버지는 유채에게 연락하는 것을 미루고 있었고 약국 일을 정리한 후에야 문자를 보낸 것이었다.

유채는 그 문자를 보고 자신이 찻길 위라는 것도 잊어버리고 자리에 우두커니 서버렸다. 언니가 살 수 있다. 자신이 언니를 살릴 수 있다. 그리고 그 기쁨도 잠시, 유채는 클랙슨 소리와 헤드라이트 빛을 그제야 인식했다. 그 순간 차가 덮쳤다.

"아아아아……."

유채는 답답한 마음에 가슴만 쥐어뜯었다. 이제 어떻게 해야 하지? 언니는 어떻게 됐을까? 주먹을 움켜쥐었다. 죽고 싶다는 말도 이제는 사치였다. 돌아가야만 한다. 살아서 반드시 집으로 돌아가야만 한다. 유채는 이를 악물었다.

"유채님!"

문을 열고 들어온 블루벨이 유채의 이름을 부르며 달려왔다. 블루벨은 유채의 몸을 끌어안고 코맹맹이 소리를 내면서 훌쩍거렸다.

"정말로 잘못되시는 줄 알았어요! 유채님, 제발 이제 아프지 마세요!"

"블루벨? 나한테 무슨 일이 있었어?"

유채는 혼란스러운 와중에도 블루벨의 훌쩍거림이 의아해서 물었다. 블루벨은 벌게진 눈으로 훌쩍이며 설명했다. 블루벨은 유채가 삼 일간 사경을 헤맸다는 말로 시작했다. 유채가 도서관에서 독을 마시고 쓰러졌고 마침 가까이에 있던 루프스 덕분에 오르페가 빨리 와서 유채의 목숨을 구했으며 프레드릭과 사슴 수인한 명이 용의자로 잡혔다고 했다. 배후를 알아내기 위해서 프레드릭과 사슴 수인을 고문을 했고, 사슴 수인이 토모스가 배후라고 밝혔으며 지금 루프스는 토모스와 프레드릭을 유채가 루프스와 처음 만났던 그곳에서 추국하고 있다는 것이었다.

"프레드릭 씨가 왜? 그분이 뭘 잘못했다고!"

유채는 잊고 있던 기억을 찾고, 이제 집으로 돌아가야 할 방법을 생각하는 것만으로도 벅찼지만 프레드릭이 고문받고 있다는 말에는 가만히 있을 수 없었다.

"저도 정확히는 모르겠는데, 프레드릭 씨 방에서 독이 나왔는데 그 독이 유채님이 마신 차에서도 나왔대요. 사슴 수인이 유채님께 꾸준히 먹이던 독약하고 그 독약이 반응해서 유채님이……."

"아, 아니야. 난 프레드릭 씨가 준 차, 다 마셨어. 그건 사슴 수인이 새로 가져다준 거야."

"예?"

유채는 당황한 블루벨을 뒤로하고 비틀거리며 자리에서 일어났다. 삼 일간 가만히 누워만 있던 몸을 움직이는 것은 쉬운 일이 아니었다. 유채는 힘이 잘 들어가지도 않는 다리를 억지로 움직였다. 유채는 블루벨이 말리는 것도 무시하고 다행히 열려 있는 문밖으로 나갔다. 헤나가 놀란 얼굴로 유채의 팔을 잡았다.

"어디 가십니까?"

"놔요! 나, 지금 루프스가 약속한 산책하러 가는 거예요!"

유채는 할 수 있는 한 최대한 몸부림을 쳤다. 헤나는 유채의 몸에 무리가 갈까 봐 얼른 그녀의 팔을 놓아주었다. 유채는 비틀거리는 걸음으로 정신없이 달렸다. 추국은 유채가 루프스를 처음 만났던 그곳에서 이루어지고 있었다. 유채는 맨발로 정신없이 달려갔다.

✣

프레드릭은 이제 눈을 뜰 힘도 없었다. 온몸이 욱신거리고 밧줄에 쓸린 손목에서는 피가 뚝뚝 흘렀다. 형틀에 묶여서 허공에 매달린 시간이 너무 오래되어 이제 어깨에는 감각이 없었다. 몽둥이가 그의 등을 다시 한 번 내려쳤다.

"헉!"

비명을 지를 힘도 없었다. 프레드릭은 거친 숨만 몰아쉬었다. 프레드릭은 늑대 수인이 뿌린 차가운 물 한 바가지에 벼락을 맞은 것처럼 몸을 떨었다. 그는 제 옆에, 저와 똑같이 피로 범벅이 된, 악에 받친 눈을 하고 있는 중년의 남자를 보았다. 토모스였다.

토모스는 제 딸이 죽은 것에 대한 앙갚음으로 유채를 독살하려고 했고, 그 과정에서 두 개의 독을 이용했는데, 하나는 사슴 수인이 먹인 독이고 하나는 프레드릭의 방에서 발견된 독이라고 했다. 자신은 프레드릭에게 그를 포트리스로 돌려보내 주는 조건으로 일을 부탁했고 프레드릭은 그것을 받아들였다고 진술했다. 프레드릭은 당연히 부인했다. 그는 제 방에서 나온 그 약을 그날 처음 보았다. 그는 억울했다.

"프레드릭이랬나?"

냉정한 눈으로 아래를 내려다보던 루프스가 입을 열었다. 그의 음산한 목소리에 주위의 수인들 모두가 긴장했다.

"다시 묻지, 토모스의 말이 사실인가?"

"아, 아닙…… 니다……."

프레드릭은 다시 한 번 부인했다. 피가 섞인 침이 줄줄 흘렀다. 루프스가 다시 물었다.

"그럼, 너 외엔 출입한 적이 없는 네 방에서 이 독약이 발견된 것과 네가 준 차에서 독약이 나온 이유를 말할 수 있나?"

"그건 저도 모릅니다. 정말 전…… 억울합니다……."

루프스가 눈짓을 하자 늑대 수인이 채찍을 들었다. 프레드릭은 입술을 깨물었다. 채찍과 몽둥이 중 고르라면 몽둥이가 나았다. 몽둥이는 묵직하게 아픔이 남는다면 채찍은 살갗을 찢기 때문에 고통이 두 배였다. 프레드릭은 눈을 감았다. 채찍이 바람을 가르는 소리가 났다.

"아악!"

"레티티아!"

프레드릭은 예상한 고통이 없고 루프스가 난데없이 유채를 찾는 것에 놀라 눈을 떴다. 유채가 형틀의 왼쪽 기둥을 끌어안은 채 주저앉아 있었다.

프레드릭 대신에 채찍을 맞은 유채는 어지러운 머리와 화끈거리는 팔의 아픔을 뒤로하고 입을 열었다.

"프레드릭 씨는 아무…… 잘못 없어요!"

토모스는 유채와 천한 마레 위르의 상처에 민감하게 반응하는 루프스를 보면서 조소를 흘렸다. 그리고 분노했다. 그에게 독약을 전해준 마레 위르가 그렇게 말했다. 루프스가 펠릭스 다우스로 들인 암컷을 연모하고 있다고. 처음에는 믿지 않았다. 그런데 그게 사실이었다. 루프스라는 작자가 저깟 암컷에 눈이 돌아가서 제 딸을 죽인 것이었다.

토모스는 이를 갈았다. 루프스가 저 마레 위르 암컷에게 눈이 돌아간 것을 일찍 알았다면 제가 직접 갈기갈기 찢어서 죽일 걸 그랬다고 후회했다. 늑대들에게 연인을 잃는 것만큼 더한 고통은 없었다. 괜히 그 마레 위르 놈의 말을 반신반의했다가 제대로 복수할 기회를 놓쳐 버렸다.

"혹여나 실패하신다면, 그 마레 위르 암컷이 프레드릭 놈을 사랑하고 있으니 제 딸과 똑같이 사랑하는 이의 손에 죽게 하려 했던 거라고 하십시오. 루프스 놈의 눈이 제대로 돌아갈 것입니다."

"푸하하하!"

토모스의 웃음이 추국장을 가득 채웠다. 유채에게로 향하던 루프스가 걸음을 멈추었다.

"이거 정말 걸작이군. 사랑에 눈이 멀어서, 저를 죽이려고 했던 자를 변호해?"

토모스가 번뜩이는 눈으로 유채를 바라보았다. 독에 된통 당한 것인지 초췌해진 얼굴이 딱 봐도 병자의 꼴이었다. 비록 죽이지는 못했어도 저렇게 엉망인 꼴을 보니 기분이 조금 풀렸다.

"이봐, 암컷. 내가 왜 저 수컷에게 독을 줬는지 아나?"

유채는 토모스가 제게 뿌리는 살기에 몸을 움츠렸다. 아직 완전히 회복되지 않은 몸이 부들부들 떨렸다. 토모스의 눈에는 진득한 악의가 가득했다.

"내 딸이 루프스의 손에 죽었거든. 그 앤 루프스를 사랑한 죄밖에 없었어! 그래서 너도 그렇게 죽어보라고, 악!"

루프스는 말뚝에 양손이 묶인 토모스의 머리를 힘을 주어서 꾹 눌렀다. 토모스는 머리가 바닥에 눌리는 고통에 비명을 질렀다. 루프스가 한 자, 한 자 씹어서 말을 뱉었다.

"이렇게 떠들 줄 알았으면, 네놈의 혀부터 자를 것을 내가 너무 너그럽게 굴었군."

루프스는 토모스의 머리끄덩이를 잡아 올렸다. 그는 악에 받친 눈으로 자신을 노려보는 토모스를 향해 날카로운 손톱을 꺼냈다.

"끄아아아아악!"

"어차피 죽을 놈이니, 눈 한쪽은 없어도 괜찮겠지."

루프스는 토모스의 오른쪽 눈알을 잡아 뜯어서 터뜨렸다. 토모스의 텅 빈 오른쪽 눈에서 피가 철철 흘러내렸다. 루프스는 고통에 몸부림치는 토모스를 뒤로하고 유채 쪽으로 걸어갔다. 바닥에 쓰러진 토모스는 병사들의 몽둥이세례에 비명을 질러댔다.

유채는 루프스의 손에서 떨어지는 피에 겁을 집어먹고 거친 숨을 내쉬었다. 유채의 눈동자가 이리저리 흔들렸다. 그가 프레드릭에게도 똑같이 할 것 같아서 겁이 났다. 유채는 루프스가 가까이 다가오자 다급하게 말했다.

"프, 프레드릭 씨는 아니에요! 동, 동기도 없고⋯⋯ 정황상 증,

증거만…… 있잖아요! 무, 무죄 추정, 정의 원칙에…… 따라서……
아니에요…….”

루프스는 그저 유채가 걱정되었을 뿐인데 그녀가 이렇게 절박
하게 프레드릭을 변호하는 것을 보자 속이 뒤틀렸다. 루프스의
차가운 청회색 눈동자가 유채를 응시했다. 유채는 자꾸만 바싹바
싹 마르는 입술을 침으로 축였다.

“나, 나…… 프, 프레, 드릭 씨가 준 차, 다 마셨어요……. 도……
독이 나온 차, 차는 다른 수인이…….”

“그건 네 추측이지, 레티티아.”

루프스가 유채의 말을 끊었다. 그의 눈에 지나치게 얇은 유채
의 옷과 몇 번이나 넘어졌는지, 멍이 들고 까진 무릎과 생채기로
가득한 발이 보였다. 루프스는 유채를 이곳에서 내보내기 위해
그녀의 손목을 잡고 잡아당겼다.

유채는 이대로 밀려나면 프레드릭의 죽음을 막을 수 없을지도
모른단 생각이 들었다. 유채는 온 힘을 다해서 형틀을 잡고 루프
스의 힘을 버텼다.

“프, 프레드릭 씨는 정말…… 아니에요! 아니라고! 그, 그러니
까……!”

“거기서 저 수컷을 변호하는 말이 한마디만 더 나오면 저 수컷
을 네 눈앞에서 친히 찢어 죽여주지.”

이를 악물고 말하는 그의 살기에 유채는 입을 다물었다.

루프스가 제 옷을 벗어서 유채의 어깨에 덮어주었다. 아직 낫지
도 않은 몸에 찬바람을 맞아 앓을 것이 걱정되었다. 그새 살갗이
빨갛게 얼었다. 한눈에도 유채의 상태는 좋아 보이지 않았다.

유채는 혹시 루프스가 수가 틀리면 프레드릭을 죽여 버릴까 봐

몸을 부들부들 떨면서도 그의 비위를 건드리지 않기 위해서 가만히 있었다. 루프스는 유채의 몸을 안아 올렸다. 유채가 버둥거렸지만, 루프스는 그녀의 팔과 다리를 손으로 단단하게 감았다.

"저, 저……."

"추국은 나중으로 미룬다. 저 두 놈은 다시 지하 감옥에 가두어놓아라."

"예!"

프레드릭을 형틀에 매달았던 수갑이 풀렸다. 프레드릭의 몸이 바닥으로 떨어졌다. 유채는 프레드릭이 바닥에 질질 끌려가는 것을 바라볼 수밖에 없었다.

루프스는 유채의 고개를 손으로 눌러서 다른 이의 눈으로부터 감추고 빠른 걸음으로 밖으로 나갔다.

"헤나!"

루프스는 제 방 앞에서 블루벨을 나무라고 있는 헤나를 분노한 목소리로 불렀다. 블루벨과 헤나의 어깨가 움츠러들었다.

"내가 언제 레티티아가 방을 나오게 하는 것을 허락했지?"

"산책이라고 하셨습니다."

"너는 내 말보다 레티티아의 말이 중요한가 보군?"

루프스의 차가운 시선이 블루벨을 향했다.

"너는 네가 모시는 주인을 막지 않고 무엇을 했나?"

"그…… 그게 제가……."

블루벨은 유채를 쫓아가려고 했으나 유채가 나가면서 방문을 닫아버리는 바람에 그 안에 갇혀 버려서 그녀를 쫓아갈 수가 없었다. 블루벨이 우물쭈물하면서 사정을 설명을 하기도 전에 루프스가 말을 끊었다.

"같잖은 변명을 할 것이면 집어치워라."

루프스는 유채의 방으로 들어가서 문을 닫았다. 문을 닫으면 자동적으로 잠기도록 되어 있는 방이라 루프스가 문을 닫자마자 철컥거리는 소리가 나면서 방문이 잠겼다. 루프스는 덜덜 떠는 유채를 침대에 앉혔다. 찬바람을 맞은 유채의 몸이 차가웠다.

"도대체 몸도 성하지 않은 게 뭔 배짱이라고!"

루프스는 유채에게 화를 냈다. 찢겨진 옷 사이로 선명한 채찍 자국이 보였다. 꽤나 깊게 파인 것인지 벌건 살이 드러나 보였다. 삼 일간 누워 있기만 해 초췌해진 몰골에 바닥에 구르기라도 했는지 머리에는 흙먼지를 뒤집어썼고 다리에는 멍과 생채기가 가득했다. 더 화를 내고 싶어도 그 처참한 몰골에 루프스는 이 이상 할 수가 없었다. 그는 거칠게 머리카락을 쓸어 올렸다.

"오르페를 불러오마."

유채는 오르페라는 말에 루프스에게 해야 할 말이 떠올랐다. 유채는 그의 소매를 붙잡고 누가 쫓아오기라도 하는 것처럼 다급하게 입을 열었다.

"나, 나…… 돌, 돌아가야 해요……."

루프스의 얼굴이 일그러졌다. 유채는 루프스의 냉랭한 시선에도 아랑곳 않고 울먹거리면서 말을 이었다.

"나, 나…… 여기 오기, 오기 전, 전에 교통사고를 당, 당했는데……. 그러니까 그, 그때 문자를 봤어요……."

유채는 지금 너무 혼란스러웠다. 저는 죽은 걸까? 아니면 살아 있는 것일까? 옷이나 휴대폰을 모두 가져온 것을 보면 살아 있는 것 같기도 하고. 살아 있다면, 지금 거기는 얼마나 시간이 흘렀을까? 언니는 병이 더 심각해지지는 않았을까? 나 말고 골수가 일치하는 기증자가 혹시, 혹시 나타났을까? 조리 있게 설명하는 건 무리였다. 그저 생각나는 말을 곧바로 뱉었다.

"그러니까, 백, 백혈병이란 병, 병을 우리 언니가…… 앓고 있는데…… 그 병을 고치려면 조, 조혈모세, 포라는 게 필요한데 그, 그걸…… 내가, 내가 줄, 줄 수 있어요……."

루프스는 유채가 제 소매를 붙잡고 절박하게 하는 말을 들었다. 교통사고라는 것은 무엇이며 백혈병은 또 무엇이며, 조혈모세포란 것이 무언지는 몰랐으나, 한 가지는 알았다. 지금 유채의 언니를 구할 수 있는 사람이 그녀라는 것이었다.

"그, 게 없, 없으면 우리 언, 언니 죽, 죽을지도 몰, 몰라요."

유채는 꺼억꺼억 울면서 애원했다.

"나, 나…… 해달라는 거…… 다, 다 해줄…… 게요……. 몸을 달, 달라면 주, 주고…… 개, 개처럼…… 짖, 짖으라면, 짖을게요. 그러니까……. 제, 제발…… 나, 나 여, 여기 나, 나가게 해줘요."

유채는 무릎을 꿇고 머리를 숙였다. 눈물이 주체할 수 없이 흘러나왔다. 유채는 꺼이꺼이 우는 와중에도 빌기를 멈추지 않았다.

"제발, 나, 돌아가게 해줘요……."

루프스는 울면서 비는 유채를 보면서 이를 갈았다.

돌아간다고? 누구 마음대로?

루프스의 발목에 머무르던 검은 뱀이 그의 몸을 휘감았다. 루프스는 어두워진 눈동자로 으르렁거리면서 입을 열었다.

"입 다물어."

루프스는 유채의 어깨를 잡았다. 그녀의 상체를 일으켜 세워서 눈을 마주했다. 눈물이 그렁그렁한 커다란 검은 눈이 불안하게 떨렸다. 손에 잡힌 어깨 역시 바들바들 떨렸다. 루프스는 유채를 끌어안았다.

유채는 당장에라도 루프스를 밀어내고 싶었지만 혹시 그게 그의 심기를 건드릴까 봐 이를 악물고 버텼다.

"돌아갈 방법은 아나? 돌아가는 방법을 알면 놓아주는 것을 고려해 준다고 했는데?"

"에, 에클레시아나……. 고양이 일족, 땅. 땅에 가면…… 알 수 있을…… 지도……."

"그럼 방법은 모른다는 거군."

루프스는 유채의 어깨를 더욱 강하게 끌어안았다. 유채는 숨이 막힐 것 같았다. 루프스가 유채의 귓가에 속삭였다.

"그럼, 그곳은 잊어."

루프스의 속삭임에 유채는 눈을 크게 떴다.

"은가연은 신과 계약해서 이곳으로 넘어왔다. 신이 아니면 너를 그곳으로 돌려보내 줄 수인은 없다. 그러니 못 돌아가. 포기하고 잊어. 그리고 내 곁에 있어."

루프스가 유채의 파렌티아를 당겼다. 차가운 금속의 감촉이 목에 닿았다.

"넌 내 펠릭스 다우스이고 영원히 나에게 속한 존재다. 나의 것이고, 그러니 그딴 과거는 잊고 여기 있어."

"어떻게 그래요! 호, 혹시라도. 아주 만약에 기증자가 나타나지 않고…… 갑자기 상, 상태가 나빠지면 우리 언니는 죽어요! 죽는다고! 당신은 당신 동생의 죽음에 무감각해도 나는 아니라고! 난 돌아가야……."

"입 다물어!"

루프스는 거친 숨을 몰아쉬었다.

"거기서 한마디만 더 하면, 내가 너를 어떻게 해버릴지 나도 장담 못 한다!"

"난, 그냥 돌아가게…… 아악!"

유채는 비명을 질렀다. 아까 전 프레드릭을 보호하기 위해서 대신 맞은 채찍 때문에 생긴 상처가 벌어졌다. 루프스가 화를 삭이기 위해서 유채의 팔을 잡고 있던 손에 힘을 준 탓이었다.

루프스는 제 곁을 떠나게 해달라는 유채의 말에 화가 치밀어 올랐다. 그냥 비웃고 무시하면 될 일인데, 유채의 일에 한해서는 그렇게 되지 않았다. 유채는 제 것이다. 지금은 이렇게 반항적이어도 결국 유채는 제 곁을 떠날 수 없음을 깨닫게 될 것이다.

루프스는 진득한 소유욕을 느꼈다. 그는 유채의 팔을 좀 더 강하게 움켜쥐었다. 루프스는 제가 유채의 상처를 더 심하게 만들고 있다는 사실을 깨닫지 못했다. 그저 그녀를 향한 감정을 억누르는 것이 급했다.

유채는 너무 아파서 비명도 지르지 못한 채 그저 눈물만 흘렸다. 유채의 옷이 피로 물들었다. 아픔에 울먹이던 유채는 루프스의 이성을 잃은 눈을 보았다.

살과 살 사이에 파찰음이 울려 퍼졌다. 유채가 자유로운 한 손을 겨우 휘두른 것에 루프스의 고개가 돌아갔다. 그는 그제야 정신을 차렸다. 뺨에 그어진 붉은 실금에서 피가 흘렀다.

유채는 붉게 상기되고 눈물로 범벅된 얼굴로 거친 숨을 몰아쉬었다. 루프스는 그제야 제가 무슨 짓을 하였는지 깨달았다.

"나쁜 새끼."

유채는 반쯤 울음 섞인 소리로 외쳤다.

"당신이 조금이라도 나를 동정한다면, 제발 여, 여기서 나가게 해줘요! 난 돌아가……."

"그 입 다물어."

루프스가 음산하게 속삭였다. 루프스는 다짜고짜 그녀를 제 품
으로 강하게 끌어안았다. 마른 나뭇가지 같은 몸에 그는 제대로
힘도 줄 수 없었다. 그녀가 제 품에 안겨 있다는 사실 하나만으로
화가 가라앉았다. 이 작고 약한 암컷이 왜 자신을 이렇게 들었다
놓았다 하는지 알 수 없었다. 평소라면 무례하다고 죽여 버렸을
암컷을 왜 이렇게 손해까지 입으면서 아끼는 것일까.

"놔! 놓으라고! 놔!"

제 품에서 벗어나려고 몸부림치는 유채의 몸짓에 그의 새파란
청회색 눈동자가 명백한 노기를 품고 번들거렸다.

"한 번만 더 그 입에서 돌아가겠다, 나가게 해달라는 말이 나오
면 그땐, 네 발목에 족쇄를 달아 침대 기둥에 묶어놓겠다. 블루벨
도 만나지 못하게 하고 두 번 다시 바깥 구경 못 하게 해주겠어."

루프스의 손이 유채의 눈물을 거칠게 닦았다. 유채는 형형한
기세의 루프스에게 눌려서 벌벌 떨었다.

"오르페를 불러오지. 별로 당분간은 산책도 없고 블루벨도 네
시중을 들지 못하게 하겠다. 몸이 회복되는 동안은 얌전히 쉬어
라. 원하는 것이 있으면 내게 말하고. 단, 돌아가겠다, 나가겠다
는 말만 빼고."

루프스의 입술이 유채의 이마에 닿았다 떨어졌다. 루프스는 뒤
도 돌아보지 않고 방을 빠져나갔다. 유채는 답답한 가슴을 두드
리며 소리를 질렀다.

"아아아…… 악!"

유채의 고함은 점차 물기로 젖어갔다.

"흐어어어엉."

유채는 가슴을 부여잡고 통곡했다. 오르페가 오기 전까지 유채는 몸의 수분을 모두 비워낼 기세로 통곡했다.

❖

토스 호무스가 떠들썩하니 포트리스 근처에 사는 여우 수인 하나가 저들끼리 떠드는 소리로 프레드릭의 소식을 전해주었다. 그리고 비슷한 시기 헤임달도 그 이야기를 레이라에게 털어놓았다. 산달이 거의 가까워진 레이라는 부른 배를 부여잡고 통곡을 했다. 알렉스는 레이라를 끌어안고 위로하는 것밖에는 방법이 없었다.

그리고 프레드릭의 목숨을 담보로 해서 가져온 약초는 결론적으로 말해서 아무런 효과도 없었다. 그 약초는 그저 병의 증세를 지연시키는 것밖에 하지 못했다. 아마 루프스도 알고 있을 가능성이 컸다. 결국 루프스가 그들을 속인 것이었다. 형을 따라 화합을 지지하는 온건파에 속하는 알렉스도 분노한 판국에 그들과의 전쟁을 주장하는 강경파의 분노는 가히 하늘을 찔렀다. 그들의 수장인 렉스는 지금이라도 그놈들을 쓸어버려야 한다고 길길이 날뛰었다. 알렉스는 프레드릭이 인질로 잡혀 있음을 이유로 들면서 렉스의 분노를 진정시켰다.

"어떡해, 알렉스. 나, 나 그 사람 없으면, 죽을 것 같은데……. 나 어떡해…… 우리 그이는 어떡해……."

레이라가 눈물이 범벅이 된 얼굴로 울기만 했다. 알렉스는 레이라의 어깨를 잡고 그녀의 눈을 똑바로 바라보면서 말했다.

"내가 형을 데려올게요, 레이라."

알렉스는 레이라의 눈물을 닦아주었다.

"내가 예전에 약속했잖아요. 형은 반드시 구해오겠다고, 그러니까. 내가 형을 데려올게요."

"하지만, 알, 알렉스. 그건 위험해! 토스 호무스가 어떤 곳인지 알잖아? 네가 거길 어떻게 가……. 안 돼. 알렉스까지 없으면."

"레이라, 내 눈을 봐요."

알렉스가 고개를 흔드는 레이라의 얼굴을 붙잡았다.

"나 알잖아요. 한다면 해요. 그러니까, 여기서 기다려요. 내가 무슨 일이 있어도 형을 레이라에게 데려다줄게요."

알렉스는 그 말을 끝으로 짐을 챙겨 들고 뒤도 돌아보지 않고 나왔다. 수인 내전에 아들 내외를 잃은 미스 캣플릿에게 레이라를 도와달라고 부탁을 한 뒤, 알렉스는 그 길로 헤임달을 찾았다.

"그나저나, 형님. 그거 진짜 성공할 것 같아?"

알폰소가 배에서 잡아온 생선을 정리하면서 헤임달에게 물었다. 헤임달은 타우루스 헥터의 소개로 토모스를 만났고, 루프스에게 복수하는 방법으로 유채를 죽이라면서 독약을 건넸다.

"원래 늑대 놈들은 제 암컷 일이면 눈이 돌아가. 지금쯤 루프스 놈은 그 계집애에게 온 신경이 쏠려서 원래대로라면 눈치챘을 미노르 호무스의 일을 몰라볼 거야."

헤임달이 헥터에게 알려준 작전은 간단했다. 루프스의 눈을 돌린 뒤, 그를 칠 전쟁 준비를 하라는 것이었다. 갑작스러운 기습에는 루프스도 무너질 수 있다고 감언이설로 그를 설득했다. 물론 헤임달은 기습이라 하더라도 루프스가 쓰러지지 않을 거라고 생각했다. 지금 이 작전은 오로지 수인들 간에 분란의 씨앗을 심고 하워드 형제를 제거하기 위한 것이었다.

"프레드릭 놈이 우리 예상대로 잡힌 것은 확인되었고. 알렉스 그놈도 움직일까?"

헤임달은 알폰소가 던져 준 생선의 머리를 칼로 내려쳐서 잘라 내려고 하였다. 뼈가 단단한 놈인지 한 번에 머리가 잘리지 않았다. 헤임달은 속으로 웃었다. 하워드 형제가 딱 이놈의 뼈 같은 놈들이었다.

헤임달에게 화합과 평화는 불행이었다. 프레눔 광산을 차지하기 위해서는 수인 놈들은 저들끼리 싸워야 하고 인간들은 그들 사이에 휘말려서 공멸해야 한다.

그러기 위해 분란의 씨앗이 필요한 법이었다. 화합이니 평화니 강조하는 두 형제 덕택에 그는 이제껏 이렇다 할 만한 성과를 올리지 못했다. 그저 적당한 때를 기다리면서 사전 작업만 하고 있었다. 그러던 중 프레드릭 놈이 헤임달의 정보를 의심하기 시작했다. 자신이 몰래 양귀비를 기르고 있다는 것이 밝혀질지도 모른다는 두려움이 그를 잠식했다.

"알렉스 그놈도 움직일 거야. 제 형에 관한 일이면 앞뒤 재지 않는 놈이니."

하워드 형제만 없다면 렉스 뮈어를 움직여서 수인 내전이라든지, 아니면 인간 대 수인의 전쟁을 일으키기가 훨씬 더 쉬워질 것이다. 헤임달에게 그 두 형제는 눈엣가시 같은 존재였다.

"그나저나, 형님. 그 루프스 놈이 죽으면 그놈이 옆에 끼고 사는 계집애 나 주면 안 돼? 내가 데리고 살게, 형님. 나도 그런 미녀랑 결혼하고 알콩달콩 살아보자. 응?"

알폰소가 손에 묻은 생선 비늘을 바지에 대강 닦아내면서 덩치에 어울리지 않은 애교를 떨어대었다. 헤임달이 알폰소의 머리를 들고 있던 칼의 손잡이로 한 대 쥐어박았다.

"잘 끝나면, 공작에게 첩으로 바치지 않고 네놈에게 줄게."

"진짜지? 약속하는 거다, 형님."

알폰소가 신나 하면서 자발적으로 그물 정리에 나섰다. 헤임달은 신이 난 알폰소를 보면서 고개를 절레절레 흔들었다.

"헤임달 씨."

헤임달의 머리 위로 건장한 남자의 그림자가 드리워졌다. 헤임달은 고개를 들었다. 알렉스였다. 허리 왼쪽에 검을 매고 오른쪽에는 여러 개의 단검을 맨 알렉스는 가죽 갑옷을 입고 머리카락을 하나로 높이 묶고 있었다. 그의 등에는 마치 행군을 나가는 병사처럼 짐이 메어져 있었다. 알렉스의 자수정빛 눈이 결의에 불타고 있었다.

"나 좀 도와줘요. 형을 구하러 가야겠어요."

헤임달은 속으로 웃었다.

"나를 토스 호무스로 데려가 줘요."

언제나 세상은 그에게 불행한 운명을 쥐어주는 것만큼 그의 뜻대로 돌아갔다. 지금처럼.

⟨2권으로 계속⟩